HEYNE BÜCHER

W0414827

SCIENCE FICTION

Herausgegeben
von Dr. Herbert W. Franke
und Wolfgang Jeschke

very sincerely yours
Allan Quatermain

Nach dem Gemälde, das sich im Besitz von George Curtis, Esq., befindet

SIR HENRY RIDER HAGGARD

ALLAN QUATERMAIN

Ein klassischer Fantasy-Roman

Mit den Stichen der Originalausgabe
und einem Nachwort von
Dr. Franz Rottensteiner

WILHELM HEYNE VERLAG
MÜNCHEN

HEYNE-BUCH Nr. 3647
im Wilhelm Heyne Verlag, München

Titel der englischen Originalausgabe
ALLAN QUATERMAIN
Deutsche Übersetzung von Joachim Pente

Die Stiche der Originalausgabe entstanden
nach Zeichnungen von Charles H. M. Kerr

Redaktion: Wolfgang Jeschke
Die Originalausgabe erschien 1887

Printed in Germany 1979
Umschlagbild: Segrelles/Norma
Umschlaggestaltung: Atelier Heinrichs, München
Gesamtherstellung: Mohndruck Reinhard Mohn GmbH, Gütersloh

ISBN 3-453-30560-4

Inhalt

	Vorwort des Autors	7
1	Des Konsuls Garn	16
2	Die schwarze Hand	31
3	Die Missionsstation	42
4	Alphonse und seine Annette	55
5	Umslopogaas gibt ein Versprechen ab	66
6	Die Nacht vergeht	81
7	Ein gewaltiges und blutiges Gemetzel	91
8	Alphonses Erklärung	105
9	Ins Unbekannte	118
10	Die Feuerrose	133
11	Die finster blickende Stadt	148
12	Die königlichen Schwestern	164
13	Über das Volk von Zu-Vendis	185
14	Der Sonnenblumentempel	198
15	Sorais' Lied	215
16	An der Statue	230
17	Der Sturm bricht los	242
18	Krieg! Blutiger Krieg!	256
19	Eine seltsame Hochzeit	271
20	Die Schlacht am Pass	282
21	Vorwärts! Vorwärts!	297
22	Wie Umslopogaas die Treppe verteidigte	307
23	Ich habe gesprochen	323
24	Von einer anderen Feder	333
	Anmerkungen von George Curtis, Esq.	340
	Nachwort Der Zauberer des Zululandes von Dr. Franz Rottensteiner	341

VORWORT DES AUTORS

23. Dezember

Soeben habe ich meinen Jungen zu Grabe getragen, meinen armen, schönen Jungen, der mein ganzer Stolz war. Es bricht mir das Herz. Es ist ein schwerer Schlag, den einzigen Sohn auf solche Weise zu verlieren, aber so es des Herrn Wille ist, so soll er geschehen. Wer bin ich, daß ich mich beklagen sollte? Das große Rad des Schicksals dreht sich unerbittlich weiter, und es zermalmt uns alle eines Tages; den einen früher, den andern später – wann; das spielt keine Rolle; letztendlich kann keiner ihm entrinnen. Wir werfen uns nicht vor dieses Rad, wie die armen Inder; wir fliehen vor ihm in alle Himmelsrichtungen – wir flehen um Erbarmen; allein – es nützt uns nichts; das schwarze Rad des Schicksals donnert über uns hinweg und hinterläßt nichts als Staub.

Der arme Harry! Wie zeitig doch sein Ende gekommen war! Sein Leben sollte doch gerade erst beginnen! Er machte sich so gut in dem Krankenhaus. Seine letzte Prüfung hatte er mit Auszeichnung bestanden, was mich mit großem Stolz erfüllte; viel mehr noch als ihn, glaube ich. Und dann mußte er in jenes Hospital für Pockenkranke gehen. Er schrieb mir noch, er habe keine Furcht vor den Pocken, und er wolle unbedingt sein Wissen darüber erweitern. Und nun hat eben diese Krankheit ihn dahingerafft, und ich, alt, grau und verwittert wie ich bin, bin der einzige, der geblieben ist, ihn zu betrauern, und ich habe weder Kind noch Enkel, die mir in meiner Trauer Trost spenden könnten. Ich hätte ihn vor diesem grausamen Schicksal bewahren können – ich habe genug Geld für uns beide; mehr als genug – »König Salomons Schatzkammern«* haben mir Mittel im Überfluß eingebracht. Aber ich sagte mir, laß den Jungen seinen Lebensunterhalt selbst verdienen, laß ihn hart arbeiten, damit er sich der wohlverdienten Ruhe erfreuen kann. Und nun hat die ewige Ruhe ihn ereilt, noch bevor er richtig zu arbeiten begonnen hatte. Oh, mein guter Sohn, mein armer Sohn!

Ich bin wie der Mann aus dem Gleichnis in der Bibel, der viele

---

* »King Salomon's Mines«, der Roman, mit dem Henry Rider Haggard Weltruhm erlangte, erschien 1885. Eine deutsche Ausgabe erschien zuletzt unter dem Titel »König Salomons Schatzkammern« 1971 in der Sammlung »Klassische Abenteuer« im Diogenes Verlag Zürich.

Güter anhäufte und Scheunen dafür erbaute – Güter für meinen Jungen, und Scheunen, diese darin zu bewahren; und nun hat der Herr ihn zu sich gerufen, und ich bin übriggeblieben, allein und verzweifelt. Wäre doch meine Seele von mir gegangen und nicht die meines armen Jungen!

Wir beerdigten ihn heute nachmittag im Schatten des grauen alten Kirchturms in dem Dorf, in dem mein Haus steht. Es war ein trauriger, düsterer Dezembernachmittag, und der Himmel war bleischwer vor Schnee. Es fiel jedoch nicht viel. Der Sarg war neben dem Grab aufgestellt, und ein paar große Flocken ließen sich auf ihm nieder. Wie weiß sie schienen auf dem schwarzen Tuch! Es gab eine kleine Verzögerung – man hatte vergessen, die Seile, an denen der Sarg in das Grab hinabgelassen wird, mitzubringen. Wir traten ein paar Schritte zurück und warteten schweigend, daß man sie hole. Sanft fielen die dicken Flocken auf den Sarg; eine neben die andere – wie eine vom Himmel herabgesandte Weihe, und auf Harrys Leichentuch zerschmolzen die Flocken zu Tränen. Aber das war noch nicht alles: ein kleines Rotkehlchen kam keck herbeigeflogen und setzte sich auf den Sarg, wo es laut zu singen begann. Da überwältigte mich der Schmerz, und ich brach zusammen. Ebenso erging es Sir Henry Curtis, einem wahren Baum von einem Mann. Und auch Captain Good mußte sich schmerzerfüllt abwenden, wie ich trotz meiner eigenen unendlichen Trauer bemerkte.

Diese Worte, unterzeichnet mit »Allan Quatermain«, sind ein Auszug aus meinen Tagebuchaufzeichnungen. Diese Worte wurden vor mehr als zwei Jahren geschrieben. Ich schreibe den Auszug deshalb hier ab, weil mir scheint, daß er den treffendsten Anfang darstellt für die Geschichte, die ich mich hier und jetzt zu schreiben anschicke; möge Gott mich solange am Leben erhalten, bis ich sie vollendet habe! Wenn nicht – nun, so macht es nichts. Den obigen Tagebuchauszug schrieb ich ungefähr siebentausend Meilen entfernt von dem Orte, an dem ich jetzt liege und langsam und unter unsäglichen Mühen diese Worte schreibe. Zu meiner Seite steht ein hübsches Mädchen und wedelt die Fliegen von meinem Antlitz. Harry ist dort, und ich bin hier; und doch fühle ich irgendwie, daß ich nicht mehr weit von Harry entfernt bin.

Wenn ich in England weilte, pflegte ich in einem sehr schönen Haus zu leben – ich nenne es zumindest »schön«, vergleichsweise gesehen, wenn ich nach dem Standard der Häuser gehe, an die ich

Arthur John Rider Haggard
(Jock)
Er starb am 8. Februar 1891

mich während meiner langen Aufenthalte in Afrika gewöhnt hatte. Nun, dieses Haus, von dem ich spreche, stand keine fünfhundert Yard entfernt von der alten Kirche, neben der Harry seine letzte Ruhe gefunden hat. Dorthin begab ich mich, nachdem die Bestattungszeremonie beendet war, und nahm etwas zu mir; denn es ist nicht gut, fast Hungers zu sterben, auch wenn man soeben noch alle seine irdische Hoffnung zu Grabe getragen hat. Ich konnte jedoch kaum etwas herunterbekommen, und so verfiel ich bald darauf, unstet auf und ab zu gehen, oder besser ausgedrückt: zu humpeln – ich bin auf einer Seite lahm, seit mich einmal ein Löwe gebissen hat. Ich humpelte also auf und ab und hin und her und ging wie gehetzt in meinem Vestibül umher (mein Haus in England verfügt über ein solches). An allen vier Wänden dieses Vestibüls waren Gehörne angebracht – insgesamt wohl etwa hundert, deren Träger ich alle eigenhändig geschossen hatte. Es sind durchweg prächtige Exemplare, da ich niemals Hörner behalte, die nicht in jeder Hinsicht makellos sind, es sei denn, daß dann und wann besondere Umstände und Erlebnisse, die mit ihrem Erwerb verbunden waren, mich dazu anhielten, sie als Andenken zu bewahren. In der Mitte des Raumes jedoch, über dem großen Kamin, befand sich eine von Jagdtrophäen freie Stelle; dort hatte ich alle meine Gewehre aufgehängt. Einige davon besaß ich schon seit vierzig Jahren – uralte Vorderlader, die heutzutage niemand mehr eines Blickes würdigen würde. Eines von ihnen war ein Elefantengewehr mit schmalen Streifen von Rimpi oder grüner Haut um den Griff und das Schloß, von der Art, wie die Holländer sie besaßen; »Roer« nennen sie es. Dieses Gewehr war von dem Vater des Buren, von dem ich es vor vielen Jahren gekauft hatte, wie er mir damals erzählte, in der Schlacht am Blutigen Fluß benutzt worden, kurz nachdem Dingaan in Natal eingefallen war und sechshundert Männer, Frauen und Kinder abgeschlachtet hatte, woraufhin die Buren jenen Ort, an dem sie gestorben waren, »Weenen« genannt hatten. Das heißt soviel wie »Ort des Weinens«. Und diesen Namen trägt das besagte Gewehr bis zum heutigen Tage, und es wird bis in alle Zeiten so heißen. Manch einen Elefanten habe ich mit dieser alten Büchse erlegt. Sie bedurfte lediglich einer Handvoll Schwarzpulvers und einer Kugel von drei Unzen Gewicht, und schon schoß sie wie der Teufel.

So schritt ich also auf und ab, und mein Blick hing unverwandt auf den Gewehren und auf den Hörnern, die ich mit eben jenen Gewehren erbeutet hatte; und da erwuchs allmählich in mir eine große Sehnsucht – übermächtig regte sich in mir der Wunsch, fortzugehen von hier – fort von dem Orte, an dem ich satt und wohlgenährt lebte, wieder zurück in jenes wilde Land, in dem ich mein Leben verbracht hatte, in dem ich meine liebe Frau kennengelernt hatte, und wo der arme Harry geboren wurde. Zurück in das Land, in dem ich so vieles, Gutes wie Böses, erlebt hatte. Der Hunger auf die Wildnis hatte mich wieder überkommen; ich konnte dieses Dasein hier nicht länger ertragen. Ja, ich würde fortgehen und so sterben, wie ich gelebt hatte: bei den wilden Tieren und den Eingeborenen. Und während ich noch in meinem Vestibül auf und ab schritt, erwachte in mir wieder die Sehnsucht, das Mondlicht zu betrachten, wie es silbrigweiß über den unendlichen Steppen glänzte und über dem geheimnisvollen Buschmeer; zu beobachten, wie in weiter Ferne das Wild in einer langen Linie über die Hügelkämme zum Wasser zieht. Leidenschaft kann übermächtig sein im Augenblick des Todes, so sagt man, und mein Herz war tot in jener Nacht. Jedoch – ungeachtet meines Leides – ich glaube, kein Mann, der vierzig Jahre lang ein Leben geführt hat wie ich, kann sich ungestraft und ohne Schaden an sich zu nehmen an ein Leben in diesem steifen, gespreizten und spröden England gewöhnen; dieses Land mit seinen kunstvoll zurechtgestutzten Hecken und seinen kultivierten Feldern, mit seinen steifen, förmlichen Umgangsformen und seinen Massen wohlgekleideter Menschen. Unweigerlich beginnt er, sich wieder nach dem herben Atem der Wüstenluft zu sehnen; ja – unerträglich wird in ihm diese Sehnsucht. Er träumt wieder von dem herrlichen Anblick der Zulu-Impis, wie sie in die Reihen ihrer Feinde hineinbrechen wie die Brandung auf einen Felsen, und sein Herz erhebt sich rebellierend gegen die Enge, die das Leben in der Zivilisation ihm aufzwingt. Ja! Diese Zivilisation, wohin wird sie den Menschen noch führen! Vierzig Jahre und länger habe ich unter den Wilden gelebt und sie und ihre Art zu leben studiert. Und jetzt lebe ich seit einigen Jahren hier in England, und seither habe ich mein Bestes getan, auf meine eigene, einfältige Weise vom Wesen der Kinder des Lichts zu lernen. Und was habe ich gefunden? Daß man einen großen Abgrund zugestopft hat? Nein, nur einen ganz kleinen, einen, wie ihn der Gedanke eines einfachen, schlichten Mannes mit Leichtigkeit zu überspringen vermag. Ich behaupte, so wie der Wilde, so ist auch der weiße Mann, nur mit dem Unterschied, daß der letztere erfindungsreicher ist und mehr von der Gabe der Logik und der Kombination besitzt. Und noch ein Unterschied: der Wilde – so wie ich ihn kennengelernt habe – ist in einem großen Ausmaße frei von der Gier nach Geld, die sich wie eine Krebsgeschwulst in das Herz des weißen Mannes frißt. So niederschmetternd der Gedanke auch sein mag; aber in allen wesentlichen Dingen sind die Söhne der Zivilisation mit dem Wilden identisch. Ich wage zu behaupten, daß die höchst zivilisierte und mit den Segnungen der Kultur versehene weiße Lady, die diese Worte liest, für die Gedanken eines alten Trottels mit dem simplen Geist eines Jägers nicht viel mehr als ein Lächeln übrig hat, wenn sie an ihre schwarze, perlengeschmückte Geschlechtsgenossin denkt; nicht viel anders wird sich der gepflegte, kultivierte und eitle Müßiggänger verhalten, der mit gezierten Manieren in seinem Club sein Dinner einnimmt, dessen Kosten allein so hoch sind, daß sich eine hungernde Familie eine ganze Woche davon ernähren könnte. Aber, liebe Lady, so sagt doch, was sind das für schöne Dinge, die Ihr selbst dort um Euren Hals tragt? Haben sie nicht eine überaus frappierende Ähnlichkeit mit den Perlenketten, die die Wilde sich um ihren Hals hängt, besonders dann, wenn Ihr Euer wunderschönes, tief ausgeschnittenes Kleid tragt? Die Art, in der Ihr Euch beim Klange von Hörnern und Trommeln im Kreise dreht, Euer Gefallen an Färbemitteln und allerlei Puder, die Art, in der Ihr Euch ach so gern dem reichen Krieger unterwerft, der sich Euch zum Heiraten gefangen hat, und die Schnelligkeit, mit der sich Euer Geschmack an aller Art gefiederten Kopfschmuckes wandelt – all dies deutet doch auf eine gewisse Verwandtschaft hin; und schließlich vergeßt nicht, daß Ihr in den fundamentalen Prinzipien Eurer Natur ohnehin nicht anders seid als jene schwarzen Frauen. Und was Euch anbetrifft, verehrte Herren der Schöpfung, die Ihr ebenfalls über meine Worte lacht: gesetzt, zu Euch kommt ein Mann und schlägt Euch ins Gesicht, während Ihr gerade Eure exquisiten Tafelfreuden genießt, dann werden wir ja sehen, wieviel von einem Wilden auch in *Euch* steckt.

Mit Exempeln solcher Art könnte ich nun endlos fortfahren, aber wozu wäre das schon gut! Zivilisation ist nichts weiter, als eine mit einer dünnen Silberschicht überzogene Art der Wildheit. Die ist nichts weiter als aufgeblasene Hoffart; sie kommt daher, gleichsam wie ein Nordlicht, das bald wieder erlischt, und das den Himmel nur noch schwärzer als vorher erscheinen läßt. Aus dem Boden der Barbarei ist sie emporgesprossen wie ein Baum, und ich glaube, daß sie früher oder später auch wieder zu Boden fallen wird wie ein Baum, sie wird untergehen, so wie einst die ägyptische Zivilisation untergegangen ist, oder wie die griechische untergegangen ist oder die römische, und wie so viele andere schon zuvor, an die die Welt sich heute kaum noch erinnert. Verstehen Sie mich jedoch nun nicht als jemanden, der in Bausch und Bogen alle unsere modernen Institutionen verdammt, die doch zum Teil den gesammelten Erfahrungsschatz der Menschheit darstellen, angewandt zu unser aller Wohl. Natürlich gibt es große Errungenschaften – Hospitäler zum Beispiel; und doch; bedenken Sie, wir sind es, die die kranken Menschen heranziehen, mit denen sie sich füllen. In der Wildnis gibt es diese nicht. Auch wird sich hier die Frage aufwerfen: Wie viele dieser segensreichen Einrichtungen verdanken wir dem Christentum als einer von der Zivilisation gesondert zu betrachtenden Institution? Und so neigt sich die Waage wieder zur anderen Seite, und das Ganze sieht so aus: hier ein Gewinn – dort ein Verlust, und über beiden Waagschalen Mutter Naturs großer Durchschnittswert, deren Gesamtsumme einen der Faktoren darstellt in jener gewaltigen Gleichung, in der das Resultat ebenso groß sein wird wie die unbekannte Größe ihres Zwekkes.

Ich entschuldige mich nicht und bitte nicht um Nachsicht wegen dieser meiner Abschweifung, insbesondere, da dies ein Vorwort ist, über das alle jungen Leute und die, denen es niemals gefällt, nachzudenken (und das ist eine sehr schlechte Angewohnheit), natürlich leicht hinweglesen werden. Es erscheint mir überaus wünschenswert, daß wir manchmal versuchen, unsere eigenen Grenzen, die die Natur uns gesetzt hat, zu erkennen und zu verstehen, damit wir nicht vom Stolz auf unser Wissen allzusehr in die Höhe getragen werden. Der Geist des Menschen ist fast unbegrenzt, und er dehnt sich wie ein elastisches Band, aber die menschliche Natur ist wie ein eiserner Ring. Wir können, soviel wir auch wollen, an seiner Innenseite entlanggehen, wir können ihn auf Hochglanz polieren, wir können ihn sogar auf einer Seite ein wenig flachdrücken, wodurch er sich auf der anderen ein wenig nach außen drückt, aber wir werden *niemals,* solange die Welt besteht und der Mensch existiert, in der Lage sein, seinen Durchmesser zu vergrößern. Er ist das einzig Feste, Unveränderliche – unverrückbar wie die Sterne, dauerhafter noch und härter als die mächtigsten Gebirge, unveränderbar wie die Wege des Ewigen. Die menschliche Natur ist das Kaleidoskop Gottes, und die kleinen Splitter gefärbten Glases, unsere Leidenschaften, Hoffnungen, Ängste, Freuden und unser Trachten nach Gut und Böse und was weiß ich noch alles; sie drehen sich in Seiner mächtigen Hand so sicher und unaufhaltsam, wie es auch die Sterne tun, und unablässig formen sie sich zu neuen Mustern und Kombinationen. Die einzelnen Elemente des Ganzen bleiben jedoch dieselben, und auf immer und ewig wird die Anzahl der bunten Glassplitter gleich bleiben; sie wird weder größer noch kleiner werden.

Da dies so ist, sehen wir einmal die Sache aus Gründen der Anschaulichkeit so: wir bestehen aus zwanzig Teilen; neunzehn davon sind wild und einer zivilisiert. Und wenn wir wirklich unser Wesen verstehen wollen, dann müssen wir auf die neunzehn ungezähmten, wilden Teile unserer Natur achten, und nicht auf den einen zwanzigsten, welcher, wiewohl in Wirklichkeit so unbedeutend, die neunzehn anderen überlagert und verdeckt und dadurch ihr eigentliches Wesen verändert erscheinen läßt, just wie die Schuhwichse den Stiefel in einem anderen Glanze erstrahlen läßt oder das Furnier die rohe Tischplatte. Und eben auf diese neunzehn dauerhaften und nützlichen »wilden« Teile unseres Wesens fallen wir in der Not zurück, und nicht auf den einen geschliffenen, in Wirklichkeit jedoch so substanzlosen. Sollte man nicht verlangen können, daß die Zivilisation unsere Tränen fortwischt? Und doch weinen wir, und oft kann nichts uns Trost spenden. Sie verabscheut doch zutiefst das Kriegswesen; und doch kämpfen wir für Haus und Hof, für Ehre und Ruhm, und wir frohlocken im Kampfe. Und dergleichen Exempel lassen sich zahllose finden, in allen Bereichen unseres Lebens.

Wenn unser Herz uns wehtut und unser Haupt in den Staub geschickt wird, dann läßt uns die Zivilisation völlig im Stich. Dann kriechen wir zurück und legen uns wie kleine Kinder an die große Brust von Mutter Natur, auf daß sie doch unseren Schmerz lindern möge und uns vergessen mache, oder daß sie uns zumindest der Erinnerung an den von ihr selbst vollführten Schlag entledige. Wer hat nicht schon einmal in seiner unendlichen Gram die Sehnsucht verspürt, an dem Antlitz der allumfassenden Mutter emporzublicken; auf einem hohen Berge zu liegen und den Lauf der Wolken zu betrachten, die dort oben am Himmel entlangziehen; dem Tosen der Brandung zu lauschen, die sich im ewigen Rhythmus am Gestade bricht; sein eigenes armseliges kleines Leben für eine Weile mit ihrem gewaltigen Atem verschmelzen zu lassen? Wer hat in solchen Momenten nicht schon den Wunsch verspürt, den beruhigenden, steten Schlag ihres ewigen Herzens zu spüren, sein Leiden zu vergessen und sein eigenes Ich gänzlich aufsaugen zu lassen von jener ungeheuren, unmerklich pulsierenden Energie, aus der wir sind, aus der wir entstanden, und mit der wir wieder eins werden, die uns unser Leben gab und die uns eines fernen Tages auch wieder unser Ende bringen wird.

Und so geschah es also, daß ich, als ich in meiner tiefen Trauer so in meinem eichenholzgetäfelten Vestibül meines Hauses in Yorkshire auf und ab schritt, daß ich mich wieder einmal danach sehnte, mich in die Arme von Mutter Natur zu werfen. Nicht die Natur, wie Ihr sie kennt, verehrter Leser, die Natur, die da aus wohlgepflegten Wäldern winkt oder uns in Gestalt wohlbestellter Kornfelder zulächelt, sondern jene Natur, die so ist, wie sie an jenem Tage war, als das Schöpfungswerk vollendet wurde, unbefleckt noch vom schmutzigen Schweiße der Menschheit. Ich wollte wieder dort hin, wo die wilden Tiere waren, zurück in das Land, dessen Geschichte keiner kennt, zurück zu den wilden Eingeborenen, die ich liebe, obwohl einige von ihnen beinahe ebenso gnadenlos sind wie die Politische Ökonomie. Vielleicht konnte ich dort lernen, an den armen Harry in seinem kühlen Grab zu denken, ohne das Gefühl zu haben, als breche mir das Herz entzwei.

Doch Schluß nun mit diesem egoistischen Gerede, und ich will auch nichts mehr davon erwähnen. Aber wenn Ihr, deren Blick vielleicht eines Tages auf diese meine zu Papier gebrachten Gedanken fallen sollte, schon an dieser Stelle angekommen seid, dann bitte ich Euch, auszuharren und weiterzulesen, denn was ich Euch zu berichten habe, sind die abenteuerlichsten Begebenheiten; sie sind noch nie berichtet worden und werden nie wieder berichtet werden.

Allan Quatermain

1

Des Konsuls Garn

Seit dem Begräbnis meines armen Jungen war eine Woche vergangen. Eines Abends, als ich in meinem Zimmer auf und ab ging und nachdachte, läutete es plötzlich an der Eingangspforte. Ich ging die Treppe hinunter, um selbst zu öffnen. Und herein kamen meine alten Freunde Sir Henry Curtis und Captain John Good, R. N.* Sie traten in das Vestibül und nahmen vor dem großen Kamin Platz, in dem gerade, wie mir wieder einfällt, ein besonders gutes Feuer brannte.

»Es ist sehr freundlich von euch, einmal vorbeizuschauen«, sagte ich, »es muß ziemlich anstrengend gewesen sein, durch den tiefen Schnee zu stapfen.«

Sie schwiegen; Sir Henry stopfte mit gemessenen Bewegungen seine Pfeife und zündete sie mit einem glühenden Span an. Als er sich zu diesem Zwecke nach vorn beugte, hatten die Flammen im Kamin gerade ein gasiges Stück Fichtenholz erwischt und loderten hell auf. Dadurch trat die ganze Szene plastisch hervor, und ich mußte unwillkürlich denken, wie prächtig dieser Mann doch aussieht! Ein ruhiges, stark ausgeprägtes Gesicht, markante Züge, große graue Augen, blonder Bart und ebensolche Haare – kurz, ein prächtiges Exemplar von einem Menschen. Seine Statur entsprach ganz seinem Gesicht. Nie zuvor habe ich breitere Schultern oder eine mächtigere Brust gesehen. Sir Henrys Statur ist in der Tat so gewaltig, daß er trotz seiner Größe von fast sechseinhalb Fuß nicht lang wirkt. Wie ich ihn so betrachtete, konnte ich nicht umhin, mir vorzustellen, was für einen kuriosen Kontrast mein kleiner, vertrockneter Körper im Gegensatz zu diesem formidablen Mannsbild abgeben mußte. Stellt Euch einen kleinen, runzligen Mann vor, mit gelblicher Gesichtshaut, dreiundsechzig Jahre alt, mit dürren Händen, großen braunen Augen, grauem, kurzgeschnittenen Haar, das vom Kopf absteht wie die Borsten einer alten, abgenutzten Scheuerbürste – das Ganze von einem Gesamtgewicht (in Kleidern) von knapp über einem Zentner – und Ihr werdet Euch ein recht gutes Bild machen können von Allan Quatermain, genannt der Jäger, oder, in der Sprache der Eingeborenen, ›Macumazahn‹-Anglicè, d.h. der, der in der Nacht über einen klaren

* Royal Navy

Blick verfügt, oder, auf gut Englisch, ein gerissener Bursche, den man nicht so leicht hereinlegen kann.

Good, der andere Besucher, hat weder mit Curtis noch mit mir Ähnlichkeit; er ist klein, dunkelhaarig und beleibt – *sehr* beleibt, um ehrlich zu sein. Er hat lebhaft funkelnde, schwarze Augen. In eines davon hat er sein unvermeidliches Monokel geklemmt. Wenn ich ›beleibt‹ sage, dann ist das eine wohlwollende Untertreibung: ich bedauere es außerordentlich, unumwunden feststellen zu müssen, daß Good in den letzten Jahren geradezu abstoßend fett geworden ist. Sir Henry behauptet immer, das sei eine Folge des Müßiggangs und allzu üppiger Ernährung. Good ist davon verständlicherweise überhaupt nicht erbaut, kann diesen Vorwurf jedoch auch nicht entkräften.

Nachdem wir eine Weile schweigend beieinandergesessen hatten, nahm ich ein Streichholz und zündete die Lampe an, die auf dem Tisch stand, da das Zwielicht allmählich eine düstere Stimmung zu verbreiten begann, wie sie einem besonders dann aufs Gemüt schlägt, wenn man nicht einmal eine Woche zuvor die ganze Hoffnung seiner alten Tage zu Grabe getragen hat. Als nächstes nahm ich aus einem Schrank, der hinter der Wandtäfelung verborgen war, eine Flasche Whisky und einige Gläser und Wasser. Diese Dinge mache ich am liebsten, wenn ich allein bin; es irritiert mich, beständig jemand an meiner Seite zu haben, so als wäre ich ein achtzehn Monate altes Baby. Curtis und Good hatten die ganze Zeit über geschwiegen; vermutlich fühlten sie instinktiv, daß sie in diesem Moment nichts hätten sagen können, was mir über meine Trauer hinweghelfen konnte. So begnügten sie sich damit, mich durch ihre bloße Anwesenheit und ihr unausgesprochenes Mitgefühl ein wenig aufzumuntern. Seit dem Begräbnis war es erst ihr zweiter Besuch. Ich glaube, daß uns ganz einfach die Tatsache, daß jemand *bei uns* ist, in den dunkelsten Stunden unseres Grams Trost spendet; nicht seine Worte sind es, die uns aufrichten; oft haben sie nur den zweifelhaften Erfolg, uns zu reizen. Wenn ein schlimmer Sturm droht, sucht das Wild immer den Schutz der Herde; gleichzeitig aber verstummt es.

Sie saßen still da, rauchten und tranken Whisky mit Wasser, und ich stand, ebenfalls rauchend, am Feuer und schaute sie an.

Schließlich brach ich das Schweigen. »Meine lieben Freunde«, hob ich an, »wie lange ist es her, seit wir von Kukuanaland zurückgekehrt sind?«

»Drei Jahre«, antwortete Good. »Warum fragst du?«

»Ich frage deshalb, weil ich glaube, daß ich lange genug die Zivilisation genossen habe. Ich werde wieder zurück in die Wildnis gehen.«

Sir Henry lehnte seinen Kopf zurück in die Sessellehne und ließ dann sein lautes, schallendes Lachen ertönen. »Es ist wirklich zu lustig«, sagte er, noch immer lachend. »Findest du nicht auch, Good?«

Good strahlte mich mit geheimnisvollem Blick durch sein Monokel an und murmelte: »Ja, lustig – sehr lustig in der Tat.«

»Ich verstehe nicht ganz«, sagte ich und schaute die beiden abwechselnd an. Ich bin nämlich kein großer Freund von Geheimnissen.

»Wirklich nicht, alter Knabe?« fragte Sir Henry; »dann will ich es mal erklären. Als Good und ich den Weg hier heraufkamen, hatten wir ein Gespräch.«

»Was einem ja nicht sonderlich schwerfällt, wenn Good dabei ist«, warf ich spöttisch ein; Good plaudert nämlich überaus gern. »Und worüber habt ihr euch unterhalten?«

»Nun, was meinst du wohl?« ließ mich Sir Henry raten.

Ich schüttelte den Kopf. Es war unwahrscheinlich, daß ich das Richtige treffen würde; Good redet über so vieles.

»Nun, dann will ich es verraten: wir sprachen über einen kleinen Plan, den ich mir ausgeheckt habe; nämlich, falls du auch dazu bereit bist, unsere Siebensachen zusammenzupacken und wieder nach Afrika auf eine Expedition zu gehen.«

Bei diesen Worten machte ich buchstäblich einen Luftsprung. »Das kann doch nicht wahr sein!« rief ich.

»Doch es ist aber wahr, und Good ist derselben Meinung; nicht wahr, Good?«

»So ist es«, sagte der andere Gentleman.

»Hör zu, alter Knabe«, fuhr Sir Henry mit beträchtlicher Begeisterung in seiner Stimme und seinen Gesten fort. »Ich habe es ebenfalls satt, völlig satt, hier tatenlos herumzusitzen mit der einzigen Beschäftigung, den Landedelmann zu spielen, und das in einem Land, das noch einmal an seinen Landedelmännern erstikken wird. Schon seit mehr als einem Jahr hat mich eine Ruhelosigkeit gepackt wie bei einem alten Elefanten, der Gefahr wittert. Ich träume ständig von Kukuanaland und Gagool und den Minen des Königs Salomon. Ich versichere dir, ich leide an einer immer unerträglicher werdenden Sucht. Ich bin es leid, Fasanen und Rebhühner zu schießen. Ich will endlich wieder einmal auf Großwildjagd gehen. Du kennst ja sicher selber das Gefühl – wer einmal Branntwein und Wasser gekostet hat, dessen Gaumen kann keine Milch mehr schmecken. Das Jahr, das wir zusammen unten in Kukuanaland verbracht haben, bedeutet mir mehr als all die übrigen Jahre meines Lebens zusammengerechnet. Vielleicht mag man mich einen Dummkopf schelten, daß ich so darunter leide, hier zu sein, aber ich kann nichts dagegen machen; ich will unbedingt wieder dorthin gehen, und, was noch viel mehr ist, ich *werde* es in die Tat umsetzen.« Er schwieg einen Augenblick lang, um dann weiterzusprechen: »Und warum, so frage ich mich, sollte ich eigentlich nicht gehen? Ich habe weder Frau noch Eltern, noch sonst jemand, dessentwegen ich hierbleiben müßte. Sollte mir etwas zustoßen, dann geht die Baronetswürde an meinen Bruder George und seinen Jungen über, wie es schließlich und endlich ohnehin der Fall sein würde. Ich bin für niemanden hier von allzu großer Wichtigkeit.«

»Großartig«, jubelte ich, »ich habe mir immer gedacht, daß du früher oder später wieder Heimweh kriegen würdest. Und wie ist es bei dir, Good? Welche Gründe haben dich dazu bewogen, daß du den Wunsch hast, wieder auf Wanderschaft zu gehen? Gibt es einen?«

»Es gibt einen«, sagte Good mit feierlicher Betonung in der Stimme. »Ich tu nie etwas ohne Grund; und es ist keine Frau im Spiel – zumindest, wenn das der Grund sein sollte, dann müßten es wohl schon mehrere sein.«

Ich schaute ihn noch einmal an. Good ist wirklich von einer manchmal überwältigenden Frivolität. »Nun, was ist es dann?« fragte ich.

»Nun, wenn du es wirklich wissen willst, dann werde ich es dir sagen, obwohl ich ja nicht gern von solch delikaten und im höchsten Maße persönlichen Dingen rede: der Grund ist, ich werde langsam zu fett.«

»Sei still, Good!« rief Sir Henry. »Und nun, Quatermain, sag uns, was schlägst du vor? Wohin sollen wir gehen?«

Bevor ich antwortete, zündete ich meine Pfeife an, die ausgegangen war. »Habt ihr schon einmal vom Mount Kenia gehört?« fragte ich.

»Kenne ich nicht«, sagte Good.

»Habt ihr jemals von der Insel Lamu gehört?« fragte ich weiter.

»Nein. Doch halt, warte einmal – liegt sie nicht ungefähr 300 Meilen nördlich von Sansibar?«

»Ja. Nun hört einmal gut zu. Ich habe folgenden Plan: Wir gehen zuerst nach Lamu und von dort aus etwa 250 Meilen landeinwärts bis zum Mount Kenia. Von dort aus orientieren wir uns weiter landeinwärts bis zum Mount Lekakisera. Das sind noch einmal 200 Meilen, oder etwa annähernd. Weiter ist meines Wissens noch nie ein Weißer ins Landesinnere vorgedrungen. Und dann, falls wir so weit kommen, gehen wir von dort aus geradewegs ins unbekannte Landesinnere. Was haltet ihr von diesem Vorhaben, Freunde?«

»Ziemlich abenteuerlicher Plan«, sagte Sir Henry nachdenklich.

»Du hast recht«, gab ich zur Antwort, »es ist wirklich ein ziemliches Abenteuer; aber ich gehe davon aus, daß wir alle drei ja auf der Suche nach großen Abenteuern sind. Wir wollen einen Tapetenwechsel; und den werden wir bekommen – und was für einen! Mein ganzes Leben lang war ich von dem Wunsch beseelt, jenes Gebiet kennenzulernen, und jetzt bin ich fest dazu entschlossen, diesem Wunsch nachzugeben, bevor ich sterbe. Der Tod meines armen Sohnes hat die letzten Bande zwischen mir und der Zivilisation zerrissen. Ich will wieder zu meinen Eingeborenen zurück. Und jetzt werde ich euch noch etwas erzählen: seit vielen Jahren habe ich immer wieder Gerüchte davon gehört, es gebe eine große weiße Rasse, die angeblich irgendwo in jener Gegend beheimatet sein soll. Ich habe mir in den Kopf gesetzt, nachzuforschen, ob in diesen Gerüchten etwas Wahres steckt. Wenn ihr Burschen Lust habt mitzukommen, das wäre eine tolle Sache; wenn nicht, dann werde ich alleine aufbrechen.«

»Du kannst auf mich rechnen, obwohl ich nicht an deine weiße Rasse glaube«, sagte Sir Henry Curtis, wobei er sich erhob und mir seinen Arm auf die Schulter legte.

»Dito«, sagte Good trocken; »ich werde mich sofort darauf einrichten und ein bißchen was für meinen Körper tun. Was auch immer passiert; laßt uns zum Mount Kenia aufbrechen und zu der anderen Stelle mit dem unaussprechlichen Namen und nach einer weißen Rasse forschen, die es nicht gibt. Mir ist es recht; ich bin dabei.«

»Was meinst du, wann wir aufbrechen können?« fragte Sir Henry.

»Auf den Tag genau in einem Monat«, antwortete ich. »Mit dem Dampfer der British India; und seid nicht so sicher, daß Dinge nur deshalb nicht zu existieren brauchen, weil ihr zufällig noch nichts von ihnen gehört habt. Erinnert euch nur an die Minen des Königs Salomon!«

Etwa vierzehn Wochen waren seit diesem Gespräch vergangen, und der Schauplatz dieser Geschichte ist inzwischen ein völlig anderer.

Nach zahlreichen Überlegungen und Nachforschungen kamen wir zu dem Entschluß, als Ausgangspunkt unserer Reise zum Mount Kenia einen Ort in der Nähe der Tanamündung zu wählen, und nicht Mombasa, das über hundert Meilen näher zu Sansibar lag. Zu diesem Entschluß veranlaßten uns gewisse Informationen, die uns ein deutscher Handelsmann gab, den wir auf dem Dampfer in Aden kennengelernt hatten. Ich glaube, er war der schmutzigste Deutsche, den ich je kennengelernt habe; aber sonst war der Kerl in Ordnung, und er konnte uns eine Menge wertvoller Informationen geben. »Lamu«, sagte er mit einem schrecklichen deutschen Akzent, »Sie fahren nach Lamu – oh, es ist wunderschön dort!« Dabei strahlte sein feistes Gesicht vor Entzücken. »Anderthalb Jahre lebe ich schon dort und habe noch nie mein Hemd gewechselt – noch nie!«

Und so kam es, daß wir, auf der Insel angekommen, das Schiff mit unserem ganzen Hab und Gut verließen, und, da wir nicht wußten, wohin wir gehen sollten, frech direkt zum Hause des Konsuls Ihrer Majestät marschierten, wo man uns einen sehr gastfreundlichen Empfang bereitete.

Lamu ist ein sehr eigentümlicher Ort, aber was mir als erstes ins Gedächtnis kommt, wenn ich an diesen Ort zurückdenke, ist sein unüberbietbarer Gestank und der allgegenwärtige Schmutz. Letzterer ist geradezu unerträglich. Direkt unterhalb des Konsulatsgebäudes liegt der Strand, oder besser ausgedrückt, eine Schlammgrube, die diesen Namen trägt. Bei Ebbe liegt dieser »Strand« frei und dient als Deponie für den gesamten Müll und Abfall, den die Stadt hervorbringt. Dies ist auch der Ort, an dem die Frauen Kokosnüsse in den Schlamm eingraben. Sie lassen sie dort liegen, bis die äußere Schale verfault ist. Nach einiger Zeit graben sie sie wieder aus; die dadurch gewonnenen Fasern benutzen sie dann zur Herstellung von Matten und ähnlichen Dingen. Da dieses Verfahren schon seit Generationen angewandt wird, kann man den Zustand der Küste kaum noch mit Worten beschreiben; es bedarf schon einiger Fantasie dazu. Ich habe während meines Lebens schon viele abscheuliche Gerüche ertragen müssen, aber der entsetzliche Gestank, der von dem Strand in Lamu herüberwehte, als wir beim Schein des Mondes nicht unter, sondern auf dem gastfreundlichen Dach unseres Freundes, des Konsuls, saßen, übertraf bei weitem alles bisher Dagewesene. Als er mir in die Nase stieg, verblaßte die Erinnerung an alle üblen Gerüche zuvor zu einem Nichts. Kein Wunder, daß die Menschen in Lamu an Fieber erkranken. Und dennoch entbehrte der Ort nicht eines gewissen Liebreizes; er zeichnete sich durch eine eigentümliche, anheimelnde Schlichtheit aus, obwohl er möglicherweise – wahrscheinlich sogar – sehr schnell seinen Reiz auf den Betrachter verlieren würde und langweilig werden würde.

»Nun, was ist Euer Ziel, Gentlemen?« fragte unser Freund, der gastfreundliche Konsul, als wir nach dem Dinner unsere Pfeifen angezündet hatten.

»Wir haben vor, zum Mount Kenia vorzustoßen, und von da aus weiter zum Mount Lekakisera«, antwortete Sir Henry. »Quatermain ist da etwas zu Ohren gekommen; in dem weiter landeinwärts liegenden unerforschten Gebiet soll angeblich eine weiße Rasse existieren.«

Der Konsul machte plötzlich einen interessierten Eindruck und sagte, er selbst habe auch schon davon gehört.

»Was habt Ihr davon gehört?« fragte ich.

»Ach, nicht viel. Alles, was ich davon weiß, habe ich einem Brief entnommen, den ich vor ungefähr einem Jahr von Mackenzie, dem schottischen Missionar, erhielt. Seine Missionsstation, die ›Highlands‹, befindet sich an der äußersten schiffbaren Stelle des Tana. In dem Brief stand etwas darüber.«

»Habt Ihr den Brief hier?«

»Nein. Ich habe ihn vernichtet; aber ich erinnere mich, daß der Missionar darin von einem Mann berichtete, der in seiner Station eingetroffen war und erzählte, er habe in einer Entfernung von zwei Monatsreisen jenseits des Mount Lekakisera, in einer Gegend, die noch nie eines Europäers Fuß betreten hat – soweit ich zumindest orientiert bin – einen See namens Laga entdeckt. Von da aus sei er weiter in nordöstlicher Richtung vorgedrungen, und nach einem Monat unsäglicher Strapazen, die er auf einem Marsch durch Wüsten, tiefes Dornengestrüpp und riesige Berge erlitten hätte, sei er schließlich in ein Land gelangt, in dem Weiße wohnen, die dort in Gebäuden aus Stein hausen. Dort habe man ihn eine ganze Weile sehr gastfreundlich aufgenommen und bewirtet, bis schließlich die Priester dieses Landes das Gerücht in Umlauf gesetzt hätten, er sei ein Teufel. Daraufhin hätten die Leute ihn fortgejagt. Acht Monate brauchte er, um sich bis zu Mackenzies Station durchzuschlagen. Wie ich hörte, war er todkrank, als er dort eintraf und starb kurz darauf. Das ist alles, was ich darüber weiß. Wenn Ihr mich fragt; ich glaube, die Geschichte ist von Anfang bis Ende erlogen. Wenn Ihr jedoch mehr darüber erfahren wollt, dann rate ich Euch, den Tana hinaufzufahren und Euch bei Mackenzie nach weiteren Einzelheiten zu erkundigen.«

Sir Henry und ich schauten uns an. Hier war zumindest ein Ansatzpunkt.

»Ich glaube, wir werden zu Mr. Mackenzie fahren«, sagte ich.

»Das ist natürlich das beste, was Ihr machen könnt«, gab der Konsul zur Antwort. »Aber ich warne Euch: Euer Marsch dorthin wird sicherlich mit einigen Gefahren verbunden sein; wie ich hörte, sind die Masai in der Gegend, ziemlich unangenehme Zeitgenossen, wie Ihr wahrscheinlich wißt. Das beste wird sein, Ihr sucht Euch einige gute Männer als persönliche Diener und als Jäger aus und mietet Euch von Dorf zu Dorf jeweils neue Träger. Das wird wahrscheinlich eine Menge Unannehmlichkeiten mit sich bringen, aber vielleicht ist es insgesamt gesehen billiger und vorteilhafter, als eine Karawane aufzustellen. Außerdem wird die Gefahr des Desertierens geringer sein.«

Ein glücklicher Zufall wollte es, daß sich in Lamu gerade eine Gruppe von Wakwafi Askari (Kriegern) aufhielt. Die Wakwafi, eine Mischung aus Masai und Wataveta, sind eine feine, starke Rasse, deren Krieger alle männlichen Tugenden aufweisen. Sie besitzen viele der guten Qualitäten, über die auch die Zulu verfügen, und besitzen die ausgeprägte Fähigkeit zur Zivilisation. Darüberhinaus sind sie als große Jäger bekannt. Folgendes war geschehen: Diese hervorragenden Männer waren erst kurz zuvor von einer langen Expedition mit einem Engländer namens Jutson zurückgekehrt. Dieser war in Mombasa, einer Hafenstadt, die ungefähr 150 Meilen unterhalb von Lamu lag, aufgebrochen und war um den Kilimandscharo, einen der höchsten bekannten Berge Afrikas, herumgereist. Der arme Kerl war auf dem Rückweg, nur noch einen Tagesmarsch von Mombasa entfernt, am Fieber gestorben. Ein hartes Schicksal, so kurz vor dem rettenden Hafen zugrunde zu gehen, wenn man schon so viele Gefahren glorreich überstanden hat, aber es war nun einmal der Lauf der Dinge. Seine Jäger hatten ihn begraben und waren dann nach Lamu gekommen. Unser Freund, der Konsul, schlug uns vor, den Versuch zu machen, diese Männer bei uns zu verdingen. Gesagt, getan, am folgenden Morgen machten wir uns in Begleitung eines Dolmetschers auf den Weg zu der Gruppe.

Wir trafen sie zur rechten Zeit in einer Lehmhütte am Stadtrand an. Drei der Männer saßen draußen vor der Hütte. Es waren prächtige, offenherzig dreinblickende Burschen von mehr oder weniger zivilisiertem äußeren Erscheinen. Wir eröffneten ihnen vorsichtig, warum wir gekommen waren; zunächst mit geringem Erfolg. Sie erklärten uns, sie wären im Augenblick nicht in der Verfassung, an solch einen Plan auch nur zu denken, erschöpft und müde wie sie seien von der langen und beschwerlichen Reise; darüberhinaus wären sie in tiefer Trauer über den Verlust ihres Herrn. Sie hätten vor, nach Hause zurückzukehren und sich daselbst eine Weile auszuruhen. All dies hörte sich alles andere als vielversprechend an. Um zunächst einmal auf ein anderes Thema zu kommen, fragte ich sie danach, wo sich die anderen Männer aus ihrer Gruppe befänden. Man habe mir gesagt, es wären insgesamt sechs, und ich könne lediglich drei sehen. Einer der Männer sagte, sie schliefen in der Hütte und ruhten sich noch von den Strapazen aus – »der Schlaf zog an ihren Augenlidern, und der Kummer machte ihre Herzen schwer wie Blei: es war das Beste für sie, sich schlafenzulegen, denn der Schlaf bringt Vergessen. Aber sie müßten jetzt aufgewacht sein.«

Im selben Augenblick kamen sie gähnend aus der Hütte. Die beiden ersten Männer gehörten offensichtlich zur selben Rasse wie die, mit denen wir gerade gesprochen hatten; sie trugen auch die gleiche Kleidung. Das Erscheinen des dritten und letzten hingegen traf mich wie ein überraschender Schlag. Der Mann war großgewachsen und breit, ich würde sagen, er war weit größer als sechs Fuß, dabei jedoch hager, mit schlanken, drahtigen Armen und Beinen. Schon der erste Blick verriet mir, daß es kein Wakwafi war: er war ein reinrassiger Zulu. Als er aus der Hütte heraustrat, hielt er gerade mit seiner schmalen, aristokratischen Hand sein Gesicht halb verdeckt, um ein Gähnen zu verbergen. Aus diesem Grunde konnte ich nur erkennen, daß es sich um einen »Keshla«, oder einen Beringten*, handelte. Auch konnte ich erkennen, daß er ein großes, dreieckiges Loch in seiner Stirn hatte. Eine Sekunde

* Es ist bei den Zulu Brauch, daß ein Mann den Ring empfängt (der aus einer Art schwarzem Gummi gemacht ist, zusammen mit dem Haar verknüpft und solange poliert wird, bis er in einem glänzenden Schwarz erstrahlt), sobald er eine bestimmte Würde oder ein bestimmtes Alter erreicht hat, oder sobald er der Ehemann einer genügend großen Anzahl von Frauen ist. Bis zu dem Zeitpunkt, an dem er für würdig erachtet wird, einen Ring zu tragen, wird er als Knabe betrachtet, auch wenn er schon fünfunddreißig Jahre oder gar älter ist. – *A. Q.*

später nahm er die Hand vom Gesicht, und zum Vorschein kam ein kräftiges Zulugesicht mit einem spöttisch lächelnden, humorvollen Mund, einem kurzen wolligen Bart, mit einem Anflug von Grau darin, und zwei braunen Augen, deren Blick scharf war wie der eines Falken. Ich erkannte den Mann sofort wieder, obwohl ich ihn zwölf Jahre lang nicht mehr gesehen hatte. »Sei gegrüßt, Umslopogaas!« sagte ich ganz ruhig in der Sprache der Zulu.

Der riesige Mann (der in seinem eigenen Volk berühmt ist als »der Sprecht« oder auch als »der Schlächter«) fuhr zusammen, und fast hätte er die langstielige Streitaxt, die er in der Hand hielt, fallen lassen. Im selben Moment hatte er mich schon erkannt, und dann begrüßte er mich überschwenglich mit einem blumenreichen Wortschwall, dem seine Gefährten, die Wakwafi, mit offenen Mündern und weit aufgerissenen Augen zuhörten.

»Koos (Anführer)«, begann er, »Koos-y-Pagate! Koos-y-umcool! (Anführer aus alter Zeit – mächtiger Anführer) Koos! Baba! (Vater) Macumazahn, alter Jäger, Totschläger der Elefanten, Verspeiser der Löwen, Schlauer und Gerissener! Achtsamer! Tapferer! Schneller! Der, dessen Schuß niemals fehlgeht, dessen Schlag immer trifft, der eine Hand ergreift und sie bis zum Tode festhält (d.h. der ein treuer Freund ist) Koos! Baba! Weise ist die Stimme unseres Volkes, die da sagt: ›Der Berg trifft niemals mit dem Berg zusammen, aber bei Tagesanbruch oder am Abend wird der Mann wieder mit dem Mann zusammentreffen.‹ Siehe! ein Bote kam aus Natal hergereist. ›Macumazahn ist tot!‹ rief er. ›Das Land wird Macumazahn nicht mehr wiedererblicken.‹ Dies war vor vielen Jahren. Doch nun, siehe da! An diesem Orte des Gestankes finde ich Macumazahn, meinen Freund, wieder. Da ist kein Platz für Zweifel. Die Mähne des alten Schakals ist ein wenig grau geworden; doch ist nicht sein Auge so scharf, sind nicht seine Zähne so spitz wie eh und je? Ha! Ha! Macumazahn, erinnerst du dich daran, wie du die Kugel mitten in das Auge des wütend angreifenden Büffel jagtest? Erinnerst du dich . . .?«

Ich hatte ihn nicht unterbrochen, da ich bemerkte, welch tiefen Eindruck seine enthusiastische Begrüßungsrede auf die fünf Wakwafi machte, die zumindest einen Teil dessen, was er sagte, zu verstehen schienen. Nun jedoch hielt ich es für an der Zeit, seinen Redeschwall einzudämmen; nichts auf der Welt ist mir so zuwider wie die Angewohnheit der Zulu, jemanden in höchsten Tönen zu preisen – ›bongern‹ – wie sie es nennen. »Ruhe jetzt!« rief ich. »Ward all dein lärmender Redefluß gedämmt, seit ich dich das

(Mount Kenia), und tief in das unbekannte Gebiet dahinter. Wir wissen nicht, was wir dort finden werden; wir wollen auf die Jagd gehen und Abenteuer erleben und neue Gebiete entdecken, da wir es müde sind, daheim am Ofen zu sitzen und jeden Tag dieselben alten Dinge zu sehen. Willst du mit uns kommen? Dir soll das Kommando über alle unsere Diener zufallen. Was jedoch mit dir geschehen wird, weiß ich nicht. Schon einmal reisten wir drei zusammen, so wie jetzt, auf der Suche nach Abenteuern. Mit uns ging ein Mann so wie du – Umbopa war sein Name. Und siehe da! Wir ließen ihn zurück als König eines großen Landes, mit zwanzig Impis (Regimentern). Jedes davon zählte 3000 federgeschmückte Krieger, die alle auf seinen Befehl hörten. Was dir widerfahren wird, kann ich nicht wissen; vielleicht wartet auf dich und auf uns der Tod. Willst du das Glück mit beiden Händen ergreifen und mit uns kommen, oder fürchtest du dich, Umslopogaas?«

Der große Mann lächelte. »Du irrst, Macumazahn«, antwortete er. »Zu meiner Zeit schmiedete ich Ränke und machte viele Pläne, aber nicht Ehrgeiz war es, der mich zur Strecke brachte, sondern – Schande über mich, daß ich das bekennen mußte – das Antlitz einer schönen Frau. Laß es nun geschehen sein. Wir werden also wieder die alten Zeiten erleben, Macumazahn, da wir zusammen große Kämpfe durchstanden und in Zululand jagten. Ja, ich werde mit euch kommen. Leben oder Tod, was macht es schon, solange die Axt ihr Ziel erreicht und schnell und hart trifft. Ich werde alt, ich werde alt, und ich habe noch nicht genug gekämpft! Und doch bin ich ein Krieger unter Kriegern; seht meine Narben!« – bei diesen Worten zeigte er auf die zahllosen Narben, Stichwunden und Schnitte, mit denen sein Oberkörper und seine Arme und Beine übersät waren. »Seht das Loch in meinem Kopf; das Gehirn spritzte mir dort heraus; dennoch tötete ich den, dem ich diesen Hieb zu verdanken hatte und lebe noch immer. Weißt du, wie viele Männer ich in fairem Zweikampf tötete, Macumazahn? Schau, diese Axt kann dir erzählen, wie viele es waren.« Er deutete auf die lange Reihe von Kerben, die er in den hörnernen Griff seiner Waffe geschnitzt hatte. »Zähle sie, Macumazahn – hundertdrei – und ich habe nur die gezählt, die ich aufgeschlitzt habe*.«

---

* Anspielung auf den Brauch der Zulu, den Bauch eines getöteten Feindes zu öffnen. Es herrscht bei ihnen der Aberglaube, daß, falls sie das nicht tun, und der Körper des Getöteten anschwillt, der Körper desjenigen, der ihn getötet hat, ebenfalls anschwillt. – *A. Q.*

»Schweig nun«, entgegnete ich, da ich bemerkte, daß der Blutrausch ihn allmählich wieder überkam. »Schweig! Zu Recht nennt man dich den ›Schlächter‹. Wir wollen nicht von deinen Bluttaten hören. Bedenke, wenn du uns wirklich begleiten willst; wir kämpfen nur zur Selbstverteidigung! Nun hör, wir brauchen Begleiter. Diese Männer hier . . .« – ich zeigte auf die Wakwafi, die sich während unseres ›indaba‹ (Gesprächs) ein wenig zurückgezogen hatten – »sagen, sie wollen nicht mitkommen.«

»Wollen nicht mitkommen!« schrie Umslopogaas voller Entrüstung; »wo ist der Hund, der da sagt, er wolle nicht mitkommen, wenn mein Vater es befiehlt? Du da . . .« – und mit einem Riesensatz sprang er auf den Wakwafi zu, mit dem ich zuerst gesprochen hatte, packte ihn am Arm und zerrte ihn zu uns – »Du Hund!« rief er und schüttelte den erschrockenen Mann durch wie ein Lumpenbündel, »Sagtest du, du wollest nicht mit meinem Vater gehen? Sag das noch einmal, und ich erwürge dich« – seine langen Finger legten sich um die Gurgel des armen Kerls – »dich, und die anderen, mit denen du zusammen bist. Hast du vergessen, wie ich es mit deinem Bruder machte?«

»Ja, ja, wir werden mit dem weißen Mann gehen«, brachte der Mann keuchend hervor.

»Weißer Mann!« ereiferte sich Umslopogaas in gespieltem Zorn, den jedoch die leiseste Provokation sehr schnell in echten verwandeln konnte; »von wem sprichst du, frecher Hund?«

»Wir werden mit dem großen Häuptling mitgehen.«

»So!« sagte Umslopogaas, nun wieder in ruhigem Ton. Er löste seinen Griff so plötzlich, daß der Mann strauchelte und hinten überfiel. »Ich dachte mir doch, daß ihr mitkommen würdet.«

»Dieser Umslopogaas scheint eine eigentümliche Überlegenheit über seine Gefährten zu haben«, bemerkte Good später gedankenverloren.

2

Die schwarze Hand

Alsbald verließen wir Lamu, und zehn Tage später befanden wir uns an einem Ort namens Charra, am Ufer des Tanaflusses. In der Zwischenzeit hatten wir schon so manches Abenteuer mitgemacht, worüber ich jedoch hier nicht im einzelnen berichten will. Unter anderem besuchten wir eine verfallene Stadt, von denen es an dieser Küste eine ganze Reihe gibt. Sie müssen einstmals, nach ihrer Ausdehnung und den zahlreichen Überresten von Moscheen und steinernen Gebäuden zu urteilen, stark bevölkert gewesen sein. Diese verfallenen Städte sind sehr alt. Sie müssen – wie ich glaube – zu den Zeiten des Alten Testaments Stätten von großem Reichtum und enormer Macht gewesen sein. Sie waren wohl Stützpunkte des Handelsverkehrs mit Indien und anderen überseeischen Gebieten. Doch nun ist ihr Ruhm längst Geschichte – die Jagd auf schwarze Sklaven hat ihrer Blütezeit ein Ende gesetzt –, und wo einst reiche Kaufleute aus allen Teilen der damals zivilisierten Welt sich niedergelassen und ihre Waren auf den menschengefüllten Marktplätzen feilgeboten hatten, da hielt jetzt der Löwe des Nachts Hof; und wo einst das Stimmengewirr der Sklaven und der laute Ruf der Händler und Käufer erscholl, da hallt nun sein schreckliches Gebrüll in den ausgestorbenen und hohlen Gassen wider. In einer solchen Stadt entdeckten wir auf einer Anhöhe unter einem Haufen von Dreck, überwuchert mit Ranken, zwei der schönsten steinernen Torwege, die ich je gesehen hatte. Die Reliefs auf ihnen waren exzellent, und ich bedaure nur, daß wir keine Möglichkeit hatten, sie mitzunehmen. Zweifelsohne waren sie einst die Eingänge zu einem Palast gewesen, von dem jedoch nicht eine Spur mehr zu sehen war, obwohl es wahrscheinlich ist, daß seine Ruinen unter dem Hügel verborgen sind.

Fort! Verschüttet und verweht! Der Weg, den alles dereinst gehen muß. Wie die vornehmen Herren und Damen, die einst in ihren Mauern lebten, so hatten auch diese Städte ihre Blüte erlebt, und nun sind sie verfallen wie Babylon und Ninive, und wie es auch London und Paris einst sein werden. Nichts auf der Welt ist für immer von Bestand. Das ist ein unauslöschliches Gesetz. Männer und Frauen, Königreiche und stolze Städte, Herrschaftshäuser, Fürstentümer und Weltreiche, Berge, Flüsse und unendlich tiefe Seen, Welten, ja Universen, sie alle haben ihre Blütezeit, und sie alle müssen einst untergehen. In einem Ort wie diesem, verfallen, ausgestorben und vergessen, da kann ein religiöser Mensch ein Symbol des universellen Schicksals erkennen. Denn in diesem unserem System, da ist kein Platz für Stillstand – nichts und niemand kann auf dem Wege verweilen und den Gang der Dinge aufhalten; weder die Aufwärtsbewegung der Dinge, zum Leben hin, noch den Fall der Dinge, abwärts, zum Tode hin. Die Fügung, dieser gestrenge Herr, sie bewegt uns und alle Dinge weiter, unaufhaltsam weiter, bergan und bergab und geradeaus; es gibt keine Rast für die müden Beine, bis uns zu guter Letzt der Schlund verschluckt und wir von den Gestaden des Vergänglichen hinabgerissen werden in die unendliche See des Ewigen.

In Charra kam es zwischen uns und dem Anführer der Träger, die wir bis dorthin gemietet hatten, zu einem heftigen Streit. Er wollte uns einen erheblichen Extralohn abpressen. Im Verlaufe dieses Streites drohte er uns damit, uns die Masai – später mehr von ihnen – auf den Hals zu hetzen. In derselben Nacht lief er gemeinsam mit allen Trägern, die wir gemietet hatten, davon und nahm den größten Teil der Waren mit, die wir in seine Obhut gegeben hatten. Zu unserem Glück hatten sie jedoch unsere Gewehre, die Munition und unsere persönliche Habe an Ort und Stelle gelassen; nicht aus Freundlichkeit, sondern einfach weil sich die Waffen in der Obhut der fünf Wakwafi befunden hatten. Nach diesem Zwischenfall war es klar für uns, daß wir von Karawanen und Trägern ein für allemal genug hatten. Es gab auch in der Tat wirklich nicht mehr viel, was noch den Aufwand einer Karawane gerechtfertigt hätte. Wie sollte es nun weitergehen?

Es war Good, der schließlich auf die Lösung des Problems kam. »Hier ist doch Wasser«, sagte er und deutete auf den Tanafluß, »und erst gestern noch sah ich eine Gruppe von Eingeborenen, die mit Kanus Flußpferde jagte. Wenn ich richtig verstanden habe, dann liegt Mr. Mackenzies Missionsstation doch am Ufer des Tana. Warum nehmen wir nicht einfach Kanus und paddeln flußaufwärts bis zu der Station?«

Es braucht wohl nicht sonderlich erwähnt zu werden, daß dieser brillante Vorschlag mit großem Beifall aufgenommen wurde. Ich machte mich unverzüglich auf den Weg, passende Kanus von den in der Umgebung lebenden Eingeborenen zu kaufen. Innerhalb von drei Tagen gelang es mir, zwei große Kanus zu erwerben; beide waren aus je einem einzigen Stamm leichten Holzes gefertigt, den man ausgehöhlt hatte, und jedes der beiden Kanus vermochte sechs Personen mitsamt Gepäck zu tragen. Die beiden Boote kosteten uns nahezu unsere gesamte restliche Habe, bestehend aus Tuchen und diversen anderen Waren.

Am Tag darauf fuhren wir los. Im ersten Kanu befanden sich Good, Sir Henry und drei unserer Wakwafi-Begleiter; im zweiten ich, Umslopogaas und die beiden anderen Wakwafi. Da wir stromaufwärts fahren mußten, waren wir gezwungen, in jedem Kanu mit vier Paddeln zu arbeiten. Das bedeutete, daß wir alle, mit Ausnahme von Good, wie Galeerensklaven rudern mußten. Es war fürchterlich anstrengend. Ich sage, mit Ausnahme von Good, denn kaum hatte er seinen Fuß ins Boot gesetzt, war er in seinem Element und übernahm das Kommando über die Gruppe. Er ließ uns ordentlich schuften. An Land ist Good ein gutherziger, jovialer Mensch, hat immer einen Scherz parat; in einem Boot jedoch war Good, wie wir nur allzu bald zu unserem Verdruß feststellen mußten, ein wahrer Dämon. Der erste Grund war natürlich: er wußte alles, was mit Schiffen zusammenhing, und wir wußten nichts. Welches nautische Problem auch auftauchte: von der Torpedoausrüstung eines Kriegsschiffes bis zur bestmöglichen Art, ein afrikanisches Kanu zu manövrieren, Good war eine unerschöpfliche Informationsquelle, was wir, um es milde auszudrücken, nicht waren. Auch was die Disziplin anbetraf, war er unerbittlich, und, um es klipp und klar auszudrücken: er kam wie der leibhaftige Royal Navy-Offizier über uns und zahlte uns all die Sticheleien, mit denen wir ihn an Land so gern und häufig aufzogen, doppelt und dreifach heim. Andererseits jedoch muß ich neidlos anerkennen, daß er die Boote auf eine bewundernswerte Art im Griff hatte.

Am zweiten Tag unserer Fahrt gelang es Good mit Hilfe von einigen Tüchern und Stangen in beiden Booten je ein Segel anzubringen, wodurch unsere Anstrengungen nicht unerheblich erleichtert wurden. Aber die Strömung war sehr stark, und wir schafften bestenfalls zwanzig Meilen pro Tag. Es war uns das Beste erschienen, im Morgengrauen abzulegen und bis etwa halb elf zu paddeln. Danach war für gewöhnlich die Sonne zu heiß, um größere Anstrengungen zu unternehmen. Wir legten dann am Ufer an, vertäuten unsere Kanus und aßen unser karges Mahl. Danach schliefen wir oder vertrieben uns die Zeit anderweitig bis etwa gegen drei Uhr, worauf wir wieder ablegten. Wir ruderten dann weiter, bis etwa eine Stunde vor Sonnenuntergang. Das war der Zeitpunkt, das Nachtquartier aufzuschlagen. Sobald wir angelegt hatten, pflegte Good sofort mit Hilfe der Askari einen kleinen »scherm«, d.h. eine Einfriedung zu errichten, wozu er Dornbuschzweige zusammensuchte. Alsdann machte er ein Feuer. Ich, Sir Henry und Umslopogaas, gingen dann gewöhnlich los, um etwas Geeignetes für den Kochtopf zu schießen. Im allgemeinen war dies keine sehr schwierige Aufgabe, da das Ufer des Tana von allen möglichen Arten von Wild im Überfluß bevölkert war. Eines Abends schoß Sir Henry eine junge Giraffenkuh, deren Markknochen ein exzellentes Mahl abgaben; ein paar Abende später rückte ich mit einem Wasserbüffel an; und einmal gelang es Umslopogaas (der, wie die meisten Zulus, nicht besonders gut mit einem Gewehr umgehen konnte) zu seiner überaus großen Befriedigung, eine schöne, fette Elenantilope mit einer Martini, die ich ihm geliehen hatte, zu erlegen. Ab und zu bereicherten wir unsere Speisekarte mit Perlhühnern oder Buschtrappgänsen *(paau)* – beides hier sehr häufig vorkommende Tiere –, die wir mit einer Schrotflinte schossen; oder wir fingen uns ein paar der herrlichen gelben Fische, von denen der Tana nur so wimmelt, und die – soweit ich weiß – die Hauptemährungsquelle der Krokodile darstellen.

Drei Tage nach unserem Aufbruch ereignete sich etwas, das auf nahendes Unheil schließen ließ. Wir manövrierten die Boote gerade ans Ufer, um wie gewöhnlich unser Nachtquartier aufzuschlagen, als wir plötzlich eine Gestalt erblickten, die kaum vierzig Yards entfernt auf einer Hügelkuppe stand und unser Kommen beobachtete. Ein Blick genügte; ich war sicher – obwohl ich noch nie mit eigenen Augen ein Mitglied des Stammes gesehen hatte –, daß es sich bei dem Mann um einen Masai Elmoran, d.h., um einen jungen Krieger, handelte. Und in der Tat, auch wenn ich Zweifel gehabt hätte, so wären diese sehr schnell beseitigt worden: aus den Mündern unserer Wakwafi ertönte fast einstimmig der Schreckensruf: *»Masai!«* Die Wakwafi sind, wie ich – glaube ich – schon erwähnte, selbst Masaimischlinge.

Und was für ein Bild, wie er da oben in seinem wilden Kriegsschmuck stand! Obwohl ich ja zeit meines Lebens an den Anblick von Wilden gewöhnt war; ich konnte mich nicht erinnern, jemals zuvor einen ähnlich furchteinflößenden und ehrfurchtgebietenden Anblick vor mir gehabt zu haben! Was mir als erstes auffiel, war die enorme Größe des Mannes. Er war bestimmt so groß wie Umslopogaas und von schöner, wenn auch etwas zu hagerer Gestalt. Und sein Gesicht! Er sah wirklich aus wie ein Teufel. In der Rechten hielt er einen Speer von bestimmt fünfeinhalb Fuß Länge.

Die geschliffene Spitze war zweieinhalb Fuß lang und wohl an die drei Zoll breit. An ihrem Fuße befand sich ein eiserner Widerhaken, der mehr als einen Fuß maß. Mit der Linken hielt er einen großen, hervorragend gefertigten länglichen Schild aus Büffelhaut, der mit fremdartigen heraldischen Emblemen bemalt war. Über seinen Schultern trug er einen riesigen Umhang aus Habichtfedern, und um seinen Hals hatte er ein »naibere« gewunden, ein Baumwollband, ungefähr siebzehn Fuß lang, anderthalb Fuß breit, in dessen Mitte ein farbiger Streifen entlanglief. Den Umhang aus gegerbtem Ziegenleder, der zu Friedenszeiten seine normale Kluft darstellte, hatte er lose um seine Hüften geschlungen; er diente ihm jetzt als Gürtel, durch den er auf der rechten Seite sein kurzes Schwert mit birnenförmiger Klinge, auf der Linken seinen gewaltigen Knüppel gesteckt hatte. Das Schwert war aus einem einzigen Stück Stahl gefertigt und steckte in einer hölzernen Scheide. Aber das wahrscheinlich Bemerkenswerteste und Eindrucksvollste an seiner Kleidung war sein Kopfschmuck aus Straußenfedern. Er war am Kinn befestigt und ging vor den Ohren her zur Stirn. Er hatte die Form einer Ellipse und umrahmte das Gesicht des Kriegers völlig, so daß der diabolische Ausdruck auf seinem Gesicht aus einer Art federnem Feuerrad hervorzuspringen schien. Um die Fußknöchel trug er Fransen aus schwarzem Haar, und vom oberen Teil seiner Waden hingen lange, dornenartige Sporen herab, an denen Büschel aus dem prächtig schwarzen, welligen Haar des Colobusaffen befestigt waren.

Das also war die kunstvolle Tracht des Masai Elmoran, der von dem Hügel herab das Herannahen unserer Kanus beobachtete. Man muß diese Krieger, um sie in all ihrer Pracht wirklich würdigen zu können, selbst gesehen haben. Nur ist es leider so, daß die, die einmal einen Blick davon erhaschen, meist nicht mehr die Gelegenheit haben, sie jemandem zu beschreiben. Natürlich konnte ich die einzelnen Details seines Kriegsschmuckes nicht bei diesem ersten Zusammentreffen ausmachen, da ich in der Tat von dem Gesamteindruck, den er auf mich machte, überwältigt war, aber ich hatte später noch Gelegenheit genug, die Einzelheiten seiner Kleidung, die diesen Gesamteindruck ausmachen, gebührend kennenzulernen.

Während wir noch überlegten, was wir tun sollten, reckte sich der Masaikrieger zu ehrfurchtgebietender Haltung hoch, machte eine drohende Gebärde mit seinem Speer, wandte sich um und verschwand hinter dem Hügel.

»Halloo!« rief Sir Henry aus dem anderen Boot, wobei er seine Hände vor dem Mund zu einem Trichter formte, »unser freundlicher Karawanenführer hat sein Wort gehalten und die Masai auf uns gehetzt. Haltet ihr es nicht für zu gefährlich, jetzt an Land zu gehen?«

Ich hielt es unter diesen Umständen auf jeden Fall für ziemlich gefährlich, an Land zu gehen; andererseits hatten wir keine Möglichkeit, in den Kanus zu kochen, und wir hatten in den Booten auch nichts, was wir roh hätten verzehren können. Da war natürlich guter Rat teuer. Schließlich war es Umslopogaas, der die Lage erst einmal erleichterte, indem er sich freiwillig als Kundschafter meldete. Er kroch in das Buschwerk schnell und gewandt wie eine Schlange, während wir die Boote im Strom hielten und auf ihn warteten. Eine halbe Stunde später kehrte er zurück und meldete, daß weit und breit kein Masai zu sehen wäre. Er hatte jedoch die Stelle entdeckt, an der sie erst kurz zuvor ihr Lager aufgeschlagen hatten, und verschiedene Anzeichen hatten darauf hingedeutet, daß sie etwa eine Stunde zuvor das Lager verlassen hatten und weitergezogen waren. Der Mann, den wir gesehen hatten, war ohne Zweifel zurückgelassen worden, um den anderen zu melden, wie wir uns verhielten.

Wir entschlossen uns daraufhin, an Land zu gehen, stellten eine Wache auf, trafen alle Vorbereitungen und nahmen unser Abendessen ein. Nach dem Essen berieten wir über unsere Lage. Es war natürlich denkbar, daß das Auftauchen des Masaikriegers überhaupt nichts mit uns zu tun hatte, sondern daß er zu einer Gruppe gehörte, die sich auf einem Raub- und Plünderungszug gegen irgendeinen anderen Stamm befand. Unser Freund, der Konsul, hatte uns nämlich berichtet, daß solche Züge zur Zeit wieder an der Tagesordnung waren. Aber wenn wir an die Drohung des Karawanenführers zurückdachten und uns die drohende Gebärde vergegenwärtigten, mit der der Masai Elmoran seinen Speer auf uns gerichtet hatte, dann schien diese Erklärung sehr unwahrscheinlich. Im Gegenteil: allem Augenschein nach hatte die Gruppe es auf uns abgesehen; sie schienen nur auf eine günstige Gelegenheit zu warten, in der sie uns angreifen konnten. Wenn dies der Fall war – woran keiner von uns ernstlich zweifelte –, dann gab es für uns zwei Möglichkeiten: entweder weiterzuziehen, oder den Rückzug anzutreten. Die letztere Möglichkeit wurde jedoch auf der Stelle verworfen, denn es war klar, daß wir mit denselben Gefahren konfrontiert sein würden, ob wir nun weiterzögen oder zurückführen. Außerdem hatten wir uns dazu entschlossen, unsere Fahrt um jeden Preis fortzusetzen. Unter diesen Umständen hielten wir es jedoch für sehr gefährlich, am Ufer zu übernachten. Wir stiegen also wieder in unsere Kanus, paddelten bis in die Mitte des Stromes, der an dieser Stelle nicht sehr breit war und verankerten sie dort mit Hilfe von großen Steinen, die wir an Seile aus Kokosnußfasern banden, von denen wir in jedem der Boote im Überfluß hatten.

Hier jedoch fraßen uns die Moskitos beinahe bei lebendigem Leibe. Das – in Verbindung mit der Sorge um unsere nicht sehr aussichtsreiche Lage – brachte mich, im Gegensatz zu den anderen, völlig um den Schlaf. Ich lag also wach, rauchte, dachte über viele Dinge nach, und lauschte den pausenlosen Attacken der Moskitos des Tanaflusses. Da ich jedoch ein sehr praktisch veranlagter Mensch bin, kreisten meine Gedanken hauptsächlich darum, wie wir den schurkischen Masai entwischen konnten. Es war eine wunderschöne Nacht. Der Mond stand am Himmel, und ich war – abgesehen von der Moskitoplage, der Gefahr, die wir liefen, am Fieber zu erkranken, wenn wir an einem solchen Orte schliefen, dem Krampf, den ich durch die beengte Lage in dem Kanu allmählich in meinem rechten Bein verspürte, sowie dem fürchterlichen Geruch, den der Wakwafi, der direkt neben mir schlief, ausströmte – guter Dinge und in angenehmer Stimmung. Das Mondlicht spielte auf der Oberfläche des Wassers, das unaufhaltsam an uns vorbeirauschte, dem Meere zu, wie das Leben der Menschen dem Tode entgegenfließt, und es glitzerte an den Stellen, wo die Bäume keine Schatten warfen und das Mondlicht ungehindert auf das Wasser treffen konnte, wie Silberfolie. In der Nähe der Ufer jedoch war es sehr dunkel, und der Nachtwind sang mit einem tiefen Seufzen sein trauriges Lied im Schilf. Zu unserer Linken, auf der entfernteren Seite des Ufers, war eine kleine Einbuchtung mit einem Sandstrand, auf dem keine Bäume standen. Dort konnte ich die schemenhaften Umrisse einer Gruppe von Antilopen erkennen, die sich langsam auf das Wasser zubewegten. Plötzlich erscholl ein unheilvolles Röhren, und sie stoben blitzschnell davon. Nach einer Weile erkannte ich die mächtige Gestalt Seiner Majestät, des Löwen, der nun ans Wasser gekommen war, um mit gierigem Trunk sein Nachtmahl zu beschließen. Kurz darauf verschwand er wieder, und dann vernahm ich, etwa fünfzig Yards oberhalb von uns, den knisternden Laut berstenden Schilfes. Einige Minuten später tauchte eine riesige schwarze Masse aus dem

Wasser auf, kaum zwanzig Yards von mir entfernt, und gab ein schnaubendes Geräusch von sich. Es war der Kopf eines Flußpferdes. Lautlos tauchte es wieder unter, nur um unmittelbar danach ein paar Yards neben unserem Kanu wieder aufzutauchen. Das war mir nun doch entschieden zu nah, und ich fühlte mich ziemlich unbehaglich, zumal das Flußpferd sich nun auch noch ganz augenscheinlich dazu animiert fühlte, herauszukriegen, was in drei Teufels Namen das für ein Ding war, das da so dicht neben ihm auf dem Wasser schaukelte. Es öffnete sein riesiges Maul, wahrscheinlich, um zu gähnen, und verhalf mir damit zu einem hervorragenden Einblick in das Innere seines mit riesigen Zähnen ausgestatteten Rachens. Mir schoß der Gedanke durch den Kopf, mit welcher Leichtigkeit es unser Kanu mit einem einzigen Biß zermalmen konnte. Schon halb entschlossen, ihm eins aus meiner großkalibrigen Büchse zu verpassen, überlegte ich mir dann doch, es besser in Ruhe zu lassen und abzuwarten, bis es tatsächlich das Boot angriff. Im selben Augenblick verschwand es auch schon wieder unter der Wasseroberfläche und ward nicht mehr gesehen.

Als ich, noch nach dem Flußpferd Ausschau haltend, meinen Blick über das rechte Ufer schweifen ließ, kam es mir so vor, als sähe ich eine dunkle Gestalt zwischen den Bäumen entlanghuschen. Ich habe sehr gute Augen, und ich war ziemlich sicher, etwas gesehen zu haben; es war mir jedoch unmöglich, zu sagen, ob es sich um einen Vogel, ein Tier oder einen Menschen gehandelt hatte. In diesem Moment jedoch schob sich eine große dunkle Wolke vor den Mond, und es wurde mit einem Schlag stockfinster. Zur gleichen Zeit erhob sich, obwohl alle anderen Geräusche des Waldes verstummt waren, das langgezogene Geheul einer gehörnten Eule, deren Ruf ich sehr gut kannte. Nach einer Weile verstummte auch dieser Laut, und außer dem Rascheln der Bäume und des Schilfs im Winde herrschte nun absolute Stille.

Aber irgendwie war ich auf unerklärliche Weise plötzlich nervös geworden. Es gab eigentlich keinen besonderen Grund für meine Nervosität, abgesehen von den alltäglichen Gefahren natürlich, die dem Reisenden in Zentralafrika auf Schritt und Tritt begegnen können. Und dennoch war ich es. Wenn mich irgend etwas fürchterlich in Rage bringt, weil ich einfach an so etwas nicht glauben will, dann sind das Vorahnungen. Und genau eine solche hatte ich in diesem Augenblick: ich war ganz plötzlich erfüllt, ja besessen von der unbezweifelbaren Vorahnung, daß eine schreckliche Gefahr herannahe. Ich wollte mich indessen um keinen Preis von diesem Gefühl irre machen lassen, obschon ich spürte, daß mir der kalte Schweiß auf der Stirn stand. Ich wollte die anderen nicht in Aufruhr bringen. Ich wurde von Sekunde zu Sekunde unruhiger, und mein Puls jagte wie der eines Sterbenden; das entsetzliche Gefühl, in ohnmächtigem Schrecken befangen zu sein, ein Gefühl, das jedem vertraut ist, der dann und wann an Alpträumen leidet, ließ meine Nerven förmlich flattern. Dennoch war mein Wille immer noch stärker als meine Furcht, und ich zwang mich dazu, ruhig in meiner mehr als unbequemen Position in dem Kanu zu verharren. (Ich saß eigentlich mehr, als daß ich lag, im Bug des Kanus zusammengekauert.) Nur dann und wann drehte ich meinen Kopf ein wenig, um Umslopogaas und die beiden Wakwafi im Blickfeld zu haben, die neben respektive hinter mir schliefen.

Von weitem hörte ich ein leises Platschen: das Flußpferd. Dann ertönte wieder das langgezogene Heulen der Eule; es hörte sich unnatürlich an; eher wie ein Schrei*. Der Wind sang in den Baumwipfeln sein Klagelied; sein seufzender Ton ließ mir das Blut in den Adern gefrieren. Über mir hing der tiefschwarze Busen der Wolken, und unter mir gluckerte unheilvoll die schwarze Flut des Wassers, und ich fühlte mich, als sei nur noch ich alleine mit dem Tod zwischen den beiden schaurigen Elementen. Ich kam mir trostlos und verlassen vor.

Plötzlich stockte mir der Atem, und das Herz schien stehenzubleiben. War es nur eine Einbildung, oder bewegten wir uns tatsächlich von der Stelle? Ich wandte den Blick, um nach dem anderen Kanu zu schauen, das längs dem unseren liegen mußte. Ich konnte es nicht sehen; statt dessen sah ich eine dürre, krallenartige Hand, die sich langsam über den Rand des kleinen Bootes schob. Es mußte ein Alptraum sein! Im selben Moment tauchte ein dunkles, diabolisch verzerrtes Gesicht aus dem Wasser auf. Das Kanu wippte mit einem kurzen Ruck auf die Seite, ein Messer blitzte auf, und dann zerriß ein grauenhafter Schrei die Luft. Es war der Wakwafi, der neben mir lag (derselbe arme Kerl, dessen Ausdünstungen mich so gestört hatten). Etwas Warmes spritzte mir ins Gesicht. Im Bruchteil einer Sekunde brach der Bann, der mich gelähmt hatte; ich wußte jetzt nur zu gut, daß es kein Alptraum war, sondern daß die Masai uns vom Wasser her angriffen. Ich griff nach der erstbesten Waffe, die mir in die Hand geriet. Es war Ums-

* Ohne Zweifel war dieser Vogel ohne Flügel. Ich erfuhr später, daß das Heulen dieser Eule ein beliebtes Signal bei den Masaistämmen ist. – *A. Q.*

lopogaas' Streitaxt. Ich holte aus und hieb sie mit aller Kraft in die Richtung, aus der das Aufblitzen des Messers gekommen war. Die Schneide traf den Arm eines Mannes genau an der Stelle, an der der Arm auf dem dicken hölzernen Bootsrand auflag. Krachend durchschlug sie den Arm und fuhr in das Holz. Der Hieb hatte den Arm ein Stück oberhalb des Handgelenkes vom Körper abgetrennt! Der Mann gab nicht den geringsten Laut von sich. Wie ein Gespenst war er aus dem Dunkel aufgetaucht, und wie ein Gespenst verschwand er wieder. Zurück ließ er eine blutige Hand, die noch immer ein großes Messer umklammert hielt, oder besser ein kurzes Schwert, das tief im Herzen unseres armen Dieners steckte.

Augenblicklich entstand ein völliger Wirrwarr, und ich glaubte zu sehen – ob zu recht oder zu unrecht, weiß ich nicht –, wie mehrere Köpfe sich auf das rechtsseitige Ufer zubewegten, auf das auch wir jetzt rasch zutrieben; sie hatten unser Ankerseil mit einem Messer durchtrennt. Kaum hatte ich das erkannt, als ich auch schon durchschaute, was sie damit bezweckten: das Boot sollte ans rechte Ufer treiben (denn genau dorthin zog uns die Strömung). Dort stand dann sicherlich schon eine Gruppe Masai bereit, die nur darauf warteten, uns ihre schaufelförmigen Speerspitzen in den Leib zu bohren. Ich nahm eines der Paddel, gab Umslopogaas das andere, (der überlebende Askari war zu verängstigt und verstört, um in diesem Augenblick von irgendeinem Nutzen zu sein), und gemeinsam ruderten wir aus Leibeskräften zur Mitte des Stroms hin, und keine Sekunde zu früh! Schon im allernächsten Moment wären wir auf Grund gelaufen, und das hätte unser Ende bedeutet.

Sobald wir auf sicherer Distanz waren, machten wir uns daran, das Boot wieder stromaufwärts zu paddeln, zu der Stelle, an der das andere Kanu vertäut lag. Das war in der Dunkelheit ein verdammt schwieriges und gefährliches Stück Arbeit. Als einzigen Orientierungspunkt hatten wir die hallenden Rufe von Goods Stentorstimme, die er in kurzen Abständen wie ein Nebelhorn erschallen ließ, um uns die Richtung zu weisen. Aber schließlich schlossen wir zu dem anderen Kanu auf. Erleichtert stellten wir fest, daß die anderen überhaupt nicht behelligt worden waren. Mit Sicherheit hatte der Mann, dem ich den Arm abgehackt hatte, und der unser Tau durchgeschnitten hatte, auch das Tau des anderen Kanus durchschneiden sollen, aber davon hatte ihn wohl der unwiderstehliche Drang abgehalten, einen von uns zu ermorden, als sich ihm die Chance dazu bot. Dieser Tatsache, die einen von uns das Leben und ihn seine Hand gekostet hatte, verdankten wir alle zweifelsohne die Rettung vor einem Massaker. Wäre nicht diese grausige Hand über dem Bootsrand aufgetaucht – ein Anblick, den ich bis zur Stunde meines Todes nie wieder vergessen werde –, dann wäre das Kanu, noch bevor ich die Lage erkannt hätte, unweigerlich an Land getrieben, und diese Geschichte wäre niemals geschrieben worden.

3
Die Missionsstation

Wir befestigten das verbliebene Ende unseres Taus an dem anderen Kanu und warteten im Sitzen auf das Herannahen der Morgendämmerung. Immer wieder beglückwünschten wir uns zu unserer glücklichen Rettung, die wir wirklich mehr der Gunst der Vorsehung zu verdanken hatten als unserer eigenen Vorsicht oder Tapferkeit. Endlich graute der Morgen; selten hatte mich der Anblick des Lichts mit größerer Dankbarkeit erfüllt, obwohl es – zumindest, was mein Kanu betraf – einen gespenstischen Anblick enthüllte. Am Boden des kleinen Bootes lag zusammengekrümmt der unglückliche Askari; das kurze Schwert steckte in seiner Brust, und die abgehackte Hand hielt noch immer den Griff umklammert. Ich konnte diesen Anblick nicht länger ertragen. Wir zogen also so schnell wie möglich den Stein hoch, der dem anderen Kanu als Anker gedient hatte, banden ihn an dem Ermordeten fest und kippten ihn über Bord. Er sank sofort auf den Grund. Das letzte, was wir von ihm sahen, waren ein paar Luftblasen. O weh! Wenn eines Tages unsere letzte Stunde gekommen ist, dann werden die meisten von uns, so wie er, nichts weiter als ein paar Blasen zurücklassen, die Zeugnis von unserem vergangenen Dasein ablegen; und diese Blasen werden schnell zerplatzen. Die Hand seines Mörders warfen wir in den Strom, wo sie langsam unterging. Das Schwert, dessen elfenbeinerner Griff mit Einlegearbeiten aus Gold verziert war (offenbar arabischer Herkunft), behielt ich für mich, um es als Jagdmesser zu benutzen. Es sollte sich noch als sehr nützlich erweisen.

Nachdem ein Mann in mein Kanu umgestiegen war, machten wir uns erneut auf den Weg. Die Stimmung war sehr niedergeschlagen, und die nahe Zukunft schien uns alles andere als rosig. Wir waren alle von der Hoffnung beseelt, noch vor Einbruch der Nacht die ›Highlands‹ zu erreichen, Mackenzies Missionsstation. Zu allem Überfluß fing es kaum eine Stunde nach Sonnenaufgang in Strömen zu regnen an. Wir waren sofort bis auf die Haut durchnäßt. Alle paar Minuten mußten wir Wasser aus unseren Kanus schöpfen. Und da der Regen den Wind niederschlug, konnten wir auch mit unseren Segeln nichts mehr anfangen und mußten, so gut es eben ging, zusehen, wie wir mit unseren Paddeln vorankamen.

Um elf Uhr machten wir an einer offenen Stelle des linken Flußufers halt. Da der Regen ein wenig nachgelassen hatte, gelang es uns, ein Feuer anzuzünden und ein paar Fische, die wir schnell gefangen hatten, zu rösten. Wir wagten nicht, vom Ufer wegzugehen, um nach Wild zu suchen. Um zwei Uhr brachen wir wieder auf und nahmen ein paar geröstete Fische als Vorrat mit. Kurze Zeit später wurde der Regen heftiger als je zuvor. Darüberhinaus wurde es immer schwieriger, die Boote auf dem Fluß zu manövrieren, da inzwischen zahlreiche Felsen aufgetaucht waren, die aus dem Wasser ragten; dazu liefen wir ständig Gefahr, in einer der Untiefen auf Grund zu laufen. Die durch den heftigen Regen reißend gewordene Strömung tat ein übriges, ein Vorankommen fast unmöglich zu machen. Es war uns sehr bald klar, daß wir das gastliche Haus des Reverend Mackenzie auf keinen Fall mehr vor Einbruch der Nacht erreichen würden – eine Aussicht, die alles andere als geeignet war, unsere Stimmung zu heben. Obwohl wir uns bis zur Erschöpfung verausgabten – mehr als eine Meile pro Stunde konnten wir beim besten Willen nicht schaffen. Wir rechneten damit, um fünf Uhr nachmittags (um diese Zeit würden wir alle völlig ermattet sein) noch immer ungefähr zehn Meilen unterhalb der Missionsstation zu sein. Wir mußten uns also wohl oder übel daran machen, die bestmögliche Lösung für das Übernachtungsproblem zu suchen. Nach unseren jüngsten Erlebnissen wagten wir nicht mehr, an Land zu gehen, insbesondere, da die Ufer des Tana an dieser Stelle mit dichtem Buschwerk bewachsen waren, welches eine vorzügliche Deckung für mindestens fünftausend Masai bot.

Ich bereitete mich innerlich schon wieder darauf vor, eine weitere Nacht in dem Kanu zu verbringen, als wir ein Stück stromaufwärts eine kleine, felsige Insel von ungefähr fünfzehn Yards im Quadrat erspähten, die fast in der Mitte des Flusses lag. Wir steuerten auf sie zu, zogen die Kanus ans Ufer, gingen an Land und versuchten es uns so bequem wie möglich zu machen, was unter den gegebenen Umständen nicht gerade leicht war. Das Wetter hatte sich um keinen Deut geändert; es war einfach abscheulich. Es goß wie aus Kübeln, und nach kurzer Zeit klapperten uns vor Kälte die Zähne. Ein Feuer anzuzünden war völlig unmöglich. Wenigstens ein Gutes hatte der Regen indessen: unsere Askari erklärten übereinstimmend, daß nichts auf der Welt die Masai dazu bringen konnte, uns bei diesem Wetter anzugreifen, da sie nichts so sehr haßten, wie im Nassen herumzulaufen, vielleicht – wie

Good mutmaßte – weil sie den Gedanken an eine Wäsche nicht ausstehen können. Wir aßen etwas von dem faden, vom Regen durchweichten Fisch – mit Ausnahme von Umslopogaas, der, wie die meisten Zulus, keinen Fisch mag – und tranken einen Schluck Brandy, von dem wir glücklicherweise noch ein paar Flaschen hatten, und dann begann das, was mit einer einzigen Ausnahme – nämlich, als wir drei, Sir Henry, Good und ich, beinahe im Schnee des Sheba während unserer Reise nach Kukuanaland vor Kälte gestorben wären – die unangenehmste, qualvollste Nacht war, die ich je erlebt hatte. Sie schien endlos zu sein, und mehr als einmal hatte ich die Befürchtung, zwei unserer Askari würden vor Nässe und Kälte erfrieren. Und in der Tat; hätte ich ihnen nicht in regelmäßigen Abständen ein wenig von dem Brandy eingeflößt, dann wären sie mit Sicherheit gestorben; kein Afrikaner kann Kälte lange ertragen. Erst läßt sie ihn erstarren und lähmt ihn, dann bringt sie ihn um. Ich sah deutlich, daß selbst der alte Eisenfresser Umslopogaas fürchterlich unter ihr litt. Im seltsamen Gegensatz zu den Askari jedoch, die ohne Unterlaß stöhnten und ihr Los bejammerten, ertrug er die Kälte, ohne auch nur einen einzigen Laut der Klage von sich zu geben. Zu allem Überfluß vernahmen wir gegen ein Uhr nachts wieder das unheilvolle Geheul der Eule, so daß wir uns auf der Stelle genötigt sahen, uns auf einen erneuten Angriff vorzubereiten. Ich glaube nicht, daß wir, wenn sie es tatsächlich versucht hätten, noch echten Widerstand hätten leisten können. Aber entweder war die Eule dieses Mal echt, oder die Masai fühlten sich selbst zu elend, um noch an eine Offensive zu denken – die sie nur äußerst selten, wenn überhaupt, im Buschland unternehmen; jedenfalls war von ihnen weit und breit nichts zu sehen.

Endlich, nach einer wahren Ewigkeit, glitt die Dämmerung über das Wasser, eingehüllt in geisterhaft anmutende Dunstschleier, und mit dem Heraufkommen des Tageslichts hörte der Regen auf. Und dann ging die wunderbare, herrliche Sonne auf, die den Schleier des Dunstes zerriß und die kalte Luft schnell aufwärmte. Benommen und aufs äußerste erschöpft rappelten wir uns auf und kamen taumelnd auf unseren Füßen zu stehen. Dankbar gaben wir uns den erquickenden Strahlen der Sonne hin. Ich kann sehr gut nachempfinden, warum primitive Völker zu Sonnenanbetern werden, insbesondere dann, wenn sie durch ihre Lebensumstände häufig der Kälte ausgeliefert sind.

Eine halbe Stunde später machten wir schon wieder schnelle

Fahrt mit Hilfe eines frischen Windes. Unsere Lebensgeister waren mit dem Sonnenschein zurückgekehrt, und wir lachten schon wieder über die Schwierigkeiten und Gefahren, die uns tags zuvor noch beinahe zermalmt hätten.

Gutgelaunt fuhren wir weiter bis gegen elf Uhr. Als wir gerade wie gewohnt eine Pause einlegen wollten, um uns auszuruhen und uns etwas zum Essen zu schießen, sahen wir von weitem hinter einer scharfen Biegung des Flusses ein äußerst solide wirkendes Haus im europäischen Baustil. Rings um das Haus, das wunderschön auf einem Hügel gelegen war, zog sich eine Veranda. Das Ganze war umgeben von einer hohen Steinmauer mit einem Graben am Außenrand. Direkt dem Haus gegenüber stand eine riesige, das Haus in Schatten tauchende Kiefer, deren Wipfel wir schon seit zwei Tagen durch das Fernglas gesehen hatten, ohne jedoch zu wissen, daß es sich um den Orientierungspunkt der Missionsstation handelte. Ich war der erste, der das Haus erblickte, und unwillkürlich stieß ich einen lauten Jubelschrei aus, in den die anderen, eingeschlossen die Eingeborenen, freudig einfielen. Jetzt war natürlich kein Gedanke mehr an Rast. Mit neuen Kräften paddelten wir weiter, denn wir hatten, obwohl das Haus ganz nahe zu sein schien, noch ein ordentliches Stück Weg vor uns. Gegen ein Uhr endlich befanden wir uns am Anfang der Flußbiegung, in der das Haus lag. Wir steuerten das Ufer an, kletterten aus den Kanus, und just in dem Moment, als wir die Boote auf den Strand zogen, erblickten wir drei Gestalten, in ordentlich aussehende englische Kleider gehüllt, die eilig den Hügel heruntergelaufen kamen, um uns zu begrüßen. Noch ein paar Schritte durch das Gehölz, und dann standen sie vor uns.

»Ein Gentleman, eine Lady und ein Mädchen«, rief Good nach einem prüfenden Blick durch sein Monokel aus, »in zivilisierten Kleidern kommen durch einen zivilisierten Garten, um uns hier, an einem solchen Orte, zu begrüßen! Hol mich der Teufel, wenn das nicht das Komischste ist, was wir je erlebt haben!«

Good hatte recht: Die Szene wirkte in der Tat sehr komisch – mehr wie eine Szene aus einem Traum oder einer italienischen Oper als der Wirklichkeit. Dieses Gefühl der Unwirklichkeit wurde auch keineswegs dadurch in Mitleidenschaft gezogen, daß wir in gutem, breitem Schottisch angesprochen wurden, welches ich jedoch leider hier nicht reproduzieren kann.

»Willkommen, meine Herren«, begrüßte uns Mr. Mackenzie, ein grauhaariger, etwas eckig erscheinender Mann mit roten

Wangen und einem freundlichen Gesicht; »ich hoffe, es geht Ihnen allen gut. Meine Eingeborenen berichteten mir vor einer Stunde, sie hätten zwei Kanus mit weißen Männern erspäht, die den Fluß heraufkämen. Und da wollten wir Sie gleich hier in Empfang nehmen.«

»Ich darf Ihnen sagen, daß wir uns sehr freuen, einmal wieder einen Europäer hier zu sehen«, ergänzte die Lady, eine bezaubernde, sehr gut aussehende Frau.

Wir nahmen unsere Hüte ab und stellten uns vor.

»Sicherlich sind Sie alle fürchterlich müde und hungrig, meine Herren«, sagte Mrs. Mackenzie. » Also treten Sie ein; wir freuen uns wirklich, endlich wieder einmal Weiße bei uns zu Gast zu haben. Der letzte Weiße, der hierher kam, war Alphonse – Sie werden Alphonse gleich sehen – und das ist nun schon ein Jahr her.«

Mittlerweile waren wir den Hügel hinaufgegangen, dessen unterer Teil mit Quittenzäunen und hie und da mit rohen Steinwällen in Kaffirgärten aufgeteilt war, in denen gerade Mais, Kürbis, Kartoffeln usw. zur Reife gelangt waren. In den Ecken dieser Gärten standen in kleinen Gruppen ordentliche, gepflegte, pilzförmige Hütten. Darin wohnten Mr. Mackenzies Eingeborene, deren Frauen und Kinder nun aus den Hütten gelaufen kamen, um uns, während wir den Hügel hinaufstiegen, zu begrüßen. Mitten durch die Gärten schlängelte sich der Pfad, der zum Haus führte. Er war auf beiden Seiten von einer Reihe von Orangenbäumen gesäumt, die – obwohl erst vor zehn Jahren angepflanzt – in dem milden Klima des Hochlands unterhalb des Mount Kenia, dessen Fuß ungefähr 5000 Fuß über dem Meeresspiegel liegt, schon zu einer imposanten Größe herangewachsen waren, und die nun mit goldenen Früchten beladen waren. Nach einem beschwerlichen Anstieg von ungefähr einer Viertelmeile – der Hügel war ziemlich steil – kamen wir an einen wunderschönen Quittenzaun, der ebenfalls mit Früchten bedeckt war und der, wie Mr. Mackenzie uns erzählte, ein Grundstück von ungefähr vier Morgen Land umschloß, auf dem sein privater Garten, sein Haus, die Kirche und diverse Nebengebäude standen. Die Fläche nahm die ganze Kuppe des Hügels in Anspruch. Und was für ein Garten es war! Der Anblick eines schönen Gartens hatte schon immer mein Herz höher schlagen lassen, und ich hätte vor Freude die Arme in die Luft werfen können, als ich den von Mr. Mackenzie erblickte. Reihe an Reihe standen da alle bekannten Sorten von europäischen Obstbäumen, alle gepfropft; auf der Kuppe dieses Hügels herrschte ein so mildes

Klima, daß beinahe alle in England üblichen Gemüsearten, Bäume und Blumen üppig gediehen, sogar mehrere Arten des Apfels, der normalerweise in einem zu heißen Klima holzig wird und sich hartnäckig weigert, zu einer halbwegs eßbaren Frucht heranzureifen. Außerdem wuchsen in seinem Garten Erdbeeren, Tomaten (welch wunderbare Tomaten!), Melonen, Gurken; kurz, jede Art von Gemüse und Obst.

»Was für einen wunderschönen Garten Sie haben!« rief ich enthusiastisch, voller Bewunderung für dieses Prachtstück von Garten (und auch nicht ganz ohne Neid).

»Ja«, erwiderte der Missionar, »es ist ein sehr guter Garten; er hat mir meine Mühen wirklich gedankt. Aber in erster Linie habe ich dem Klima zu danken. Wenn Sie hier einen Pfirsichkern in den Boden stecken, dann trägt er im vierten Jahr schon Früchte, und Rosen blühen schon nach einem Jahr. Es ist ein hervorragendes Klima.«

Wir kamen jetzt an einen zehn Fuß breiten, wassergefüllten Graben, hinter dem eine acht Fuß hohe, mit Schießscharten versehene Steinmauer war. Die Mauerkrone war dicht gesprenkelt mit scharfen Steinen, die in den noch weichen Mörtel hineingedrückt worden waren.

»Das da«, sagte Mr. Mackenzie und zeigte auf den Graben und die Mauer, »ist mein *magnum opus;* dies und die Kirche, die sich auf der anderen Seite des Hauses befindet. Zusammen mit zwanzig Eingeborenen habe ich zwei Jahre dafür gebraucht, den Graben zu ziehen und die Mauer zu errichten; denn erst als das geschafft war, fühlte ich mich sicher. Und nun kann ich allen Wilden in Afrika Trotz bieten, da die Quelle, die den Graben speist, sich innerhalb der Mauer befindet; sie fließt winters wie sommers von der Kuppe des Hügels, und im Haus befindet sich ein ständiger Lebensmittelvorrat, der uns vier Monate lang reicht.«

Wir schritten über eine hölzerne Planke und betraten durch eine winzig schmale Öffnung in der Mauer das, was Mrs. Mackenzie als *ihre* Domäne bezeichnete – den Blumengarten, dessen Schönheit ich wirklich nicht mit Worten beschreiben kann. Ich kann mich nicht erinnern, jemals zuvor solche Rosen, solche Gardenien oder Kamelien gesehen zu haben. (Die Samen oder Sprosse dafür waren alle aus England geschickt worden). Ein Eckchen des Gartens beherbergte eine Sammlung zwiebelförmiger Wurzeln, die zum größten Teil Flossie, Mr. Mackenzies kleine Tochter, in der Umgebung der Missionsstation gesammelt hatte. Einige davon waren von wirklich seltener Schönheit. In der Mitte des Gartens, genau gegenüber der Veranda, sprudelte ein wunderschöner Springbrunnen von herrlich klarem Wasser aus dem Boden und fiel in ein steinernes Becken, das man mit viel Sorgfalt so gebaut hatte, daß es alles Wasser auffing. Von dort aus rann das Wasser durch einen Überlauf in eine Auffangrinne, die es wiederum in den Wassergraben rings um die Außenmauer leitete. Der Wassergraben seinerseits diente als kleiner Stausee, der immer einen nie versiegenden Vorrat an Wasser enthielt, mit dem man alle die unterhalb liegenden Gärten berieseln konnte.

Das Haus selbst, ein massives, einstöckiges Gebäude, war mit Steinplatten gedeckt und hatte eine hübsche Veranda. Das Gebäude bestand aus vier Flügeln, die ein Viereck bildeten. Drei dieser Flügel waren Wohn- und Schlafräume, der vierte beherbergte die Küchen, die somit abseits vom Haus lagen – in einem heißen Land eine sehr vorteilhafte Lösung. Inmitten des quadratischen Innenhofes befand sich das vielleicht Bemerkenswerteste, das wir an diesem zauberhaften Orte bisher gesehen hatten: ein einzelner Nadelbaum, wie er in zahlreichen Spielarten im Hochland dieses Teils von Afrika freistehend anzutreffen ist. Dieser großartige Baum, der – wie Mr. Mackenzie uns mitteilte – den Orientierungspunkt für einen Umkreis von fünfzig Meilen darstellte (wir selbst hatten ihn ja schon während der letzten vierzig Meilen unserer Reise ständig sehen können), mußte wohl an die dreihundert Fuß hoch sein. Der Stamm hatte einen Yard über dem Boden gemessen etwa sechzehn Fuß im Durchmesser. Bis zu einer Höhe von etwa siebzig Fuß war der braune, nach oben hin immer schlanker werdende Stamm bar jeglicher Äste. Erst dort entsprangen dem Stamm wunderschöne, dunkelgrüne Zweige, die von unten wie gigantische Farne aussahen. Sie gingen waagerecht vom Stamm ab, und da sie weit über das Haus und den Blumengarten hinausragten, spendeten sie beiden ein hohes Maß an wohltuendem Schatten, ohne jedoch – da sie so hoch waren – den Zugang von ausreichend Licht und Luft zu verhindern.

»Was für ein schöner Baum!« rief Sir Henry begeistert.

»Ja, Sie haben recht; es ist ein wunderschöner Baum. Meines Wissens gibt es in der ganzen Umgegend keinen, der ihm auch nur annähernd gleichkommt«, antwortete Mr. Mackenzie. »Ich nenne ihn meinen Wachtturm. Wie Sie sehen können, habe ich am untersten Ast eine Strickleiter befestigt. Und wenn ich nun sehen will, was in einem Umkreis von fünfzehn Meilen vor sich geht, dann brauche ich bloß hinaufzuklettern und ein Fernglas mitzunehmen. Aber Sie sind jetzt sicherlich sehr hungrig, und ich bin sicher, daß das Essen fertig ist. Treten Sie ein, liebe Freunde; es ist zwar nur ein bescheidenes Heim, aber für diese wilde Gegend ist es gut genug. Und dann will ich Ihnen noch etwas verraten: wir haben einen französischen Koch.« Mit diesen Worten führte er uns auf die Veranda.

Während ich hinter ihm herging und mir den Kopf darüber zerbrach, was in drei Teufels Namen er wohl damit gemeint haben könnte, erschien plötzlich aus einer Tür, die vom Haus auf die Veranda führte, ein flinker kleiner Mann. Er trug einen sauberen, blauen Baumwollanzug, Schuhe aus gegerbtem Fell, und fiel sofort ins Auge wegen seines geschäftigen Gehabes und Gesichtsausdruckes sowie wegen seines mächtigen schwarzen Schnauzbartes, dessen Spitzen er kunstvoll nach oben gezwirbelt hatte, so daß sie wie die Hörner eines Büffels in die Luft ragten.

»Madame 'eißt mich zu sagen, daß das Dinner serviert ist. Messieurs, meine Empfehlung.« Plötzlich bemerkte er Umslopogaas, der hinter uns herbummelte und mit seiner Streitaxt spielte, und er warf verdutzt die Hände in die Luft. *»Ah, mais quel homme!«* stieß er auf Französisch hervor, *»Quel sauvage affreux!* Sehen Sie doch nur seine große 'ackbeil und das große Loch in seinem Kopf!«

»Ja«, rief Mr. Mackenzie, »aber was redest du denn da, Alphonse?«

»Was rede isch da!« rief der kleine Franzose, der noch immer wie gebannt Umslopogaas anstarrte, dessen Anblick ihn ungemein zu faszinieren schien; »warum ich von ihm rede« – und er zeigte mit dem Finger auf Umslopogaas – »von *ce monsieur noir*«.

Über diese Geste und das *»monsieur noir«* mußten wir alle laut lachen, und Umslopogaas, der inzwischen bemerkt hatte, daß es um ihn ging, legte grimmig die Stirn in Falten; denn nichts ärgerte ihn mehr, als wenn seine Würde durch eine persönliche Frechheit angekratzt wurde.

»Parbleu«! rief Alphonse, »er ist wütend – er macht eine Grimasse. Sein Gesicht gefällt mir nicht. Isch verschwinde.« Und das tat er auch mit bemerkenswerter Geschwindigkeit.

Mr. Mackenzie fiel herzlich in unser lautes Gelächter ein, von dem wir uns noch immer nicht erholt hatten. »Er ist schon ein eigentümlicher Mensch, dieser Alphonse. Ich werde Ihnen nach und nach mal seine Geschichte erzählen; in der Zwischenzeit wollen wir erst einmal das Ergebnis seiner Kochkünste probieren.«

»Dürfte ich fragen«, sagte Sir Henry, nachdem wir das wirklich ausgezeichnete Mittagessen beendet hatten, »wie Sie in dieser Einöde an einen französischen Koch geraten sind?«

»Oh«, antwortete Mrs. Mackenzie, »er kam aus freien Stücken vor einem Jahr zu uns und fragte, ob wir irgendeine Verwendung für ihn hätten. Er hatte in Frankreich in irgendwelchen Schwierigkeiten gesteckt, und war dann nach Sansibar geflohen, wo er feststellte, daß die französische Regierung schon um seine Auslieferung nachgesucht hatte. Daraufhin schlug er sich Hals über Kopf in die Büsche, floh ins Landesinnere und wurde halbverhungert von der Karawane aufgelesen, die gerade auf dem Weg war, uns unseren alljährlichen Warenvorrat zu liefern. Die Männer brachten ihn dann zu uns. Sie sollten ihn einmal dazu bringen, Ihnen die Geschichte selbst zu erzählen.«

Nach dem Essen zündeten wir unsere Pfeifen an, und Sir Henry gab unserem Gastgeber eine ausführliche Beschreibung unserer Fahrt bis zur Missionsstation. Als er fertig war, machte Mr. Makkenzie ein ernstes Gesicht.

»Es ist ganz offensichtlich, daß diese schurkischen Masai Sie verfolgen, und ich danke dem Herrn, daß Sie dieses Haus sicher erreicht haben. Ich glaube nicht, daß sie es wagen werden, Sie hier anzugreifen. Dennoch ist es sehr ungünstig, daß fast alle meine Männer zur Küste hinuntergefahren sind mit Elfenbein und anderen Waren. Die Karawane besteht aus zweihundert Männern, und aus diesem Grund habe ich im Augenblick nicht mehr als zwanzig Männer zu Verteidigungszwecken zur Verfügung, falls die Masai uns wirklich angreifen sollten. Ich will trotzdem sofort die nötigen Anweisungen geben.« Er ging ans Fenster, rief einen Schwarzen, der gerade draußen im Garten zu tun hatte, und redete mit ihm in einem Suaheli-Dialekt. Der Mann hörte genau zu, nickte und verschwand.

»Ich hoffe inbrünstig, daß wir Sie in keinerlei Schwierigkeiten bringen«, sagte ich sehr beunruhigt, als er sich wieder hingesetzt hatte. »Ehe wir Ihnen durch unsere Anwesenheit diese blutrünstigen Schurken auf den Hals locken, ziehen wir lieber weiter und versuchen, so durchzukommen.«

»Das werden Sie gefälligst bleibenlassen. Wenn die Masai kommen, dann kommen sie eben, und dann ist die Sache ein für allemal erledigt. Ich denke, daß wir ihnen einen warmen Empfang bereiten können. Nicht für alle Masai auf der Welt würde ich einem Menschen die Tür weisen.«

»Das erinnert mich daran«, sagte ich, »daß der Konsul in Lamu mir erzählt hat, er hätte von Ihnen einen Brief erhalten, in dem Sie schrieben, in Ihrer Station sei ein Mann eingetroffen, der behauptet habe, er wäre mit einem weißen Volk im Innern des Landes in Berührung gekommen. Glauben Sie, daß an dieser Geschichte etwas Wahres dran war? Ich frage deshalb, weil ich ein oder zweimal in meinem Leben Gerüchte von Eingeborenen, die von weit oben aus dem Norden kamen, gehört habe, daß eine solche Rasse existiere.«

Anstelle einer Antwort ging Mr. Mackenzie kurz aus dem Raum und kam mit einem sehr merkwürdigen Schwert wieder. Es war lang, und die gesamte Klinge, die sehr dick und schwer war, war bis auf einen Rand, der von der Scheide nach innen gemessen etwa ein Viertelzoll breit war, mit Ornamenten geschmückt, und zwar so, wie wir mit einer Laubsäge dünne Holzplatten bearbeiten, also durchbrochen. Hier jedoch handelte es sich um Stahl! Er war auf sehr kunstvolle Art so durchbrochen, daß die Festigkeit des Schwertes nicht beeinträchtigt war. Allein diese Tatsache war schon merkwürdig genug, aber noch weitaus beeindruckender war die Tatsache, daß alle Kanten der Löcher, die man in die Klinge geschnitten hatte, mit wunderschönen Einlegearbeiten aus Gold versehen waren, das man auf eine mir völlig unerklärliche Weise auf den Stahl aufgeschweißt hatte*.

»Haben Sie jemals ein solches Schwert gesehen?« fragte Mr. Mackenzie.

Wir alle betrachteten es mit prüfenden Blicken und schüttelten den Kopf.

»Nun, ich zeige es Ihnen deswegen, weil der Mann, der es mitbrachte, behauptete, es von jenem weißen Volk zu haben, und weil es mehr oder weniger ein Hinweis dafür ist, daß an der Geschichte, die ich sonst als glatte Lüge angesehen hätte, wohl doch etwas Wahres ist. Passen Sie auf: ich werde Ihnen alles erzählen, was ich über diese Angelegenheit weiß; es ist nicht viel. Eines späten Nachmittags – es war kurz vor Sonnenuntergang – saß ich gerade auf der Veranda, als ein Mann auf mich zugehumpelt kam und sich vor mir niederkauerte. Er sah elend, abgerissen und halb

* Seitdem habe ich Hunderte von diesen Schwertern gesehen und geprüft, aber es ist mir niemals gelungen, herauszufinden, wie die Goldplatten in die durchbrochenen Stellen der Klinge eingelegt wurden. Die Waffenschmiede in Zu-vendis, die sie herstellen, verpflichten sich durch einen Eid, das Geheimnis nicht preiszugeben. – *A. Q.*

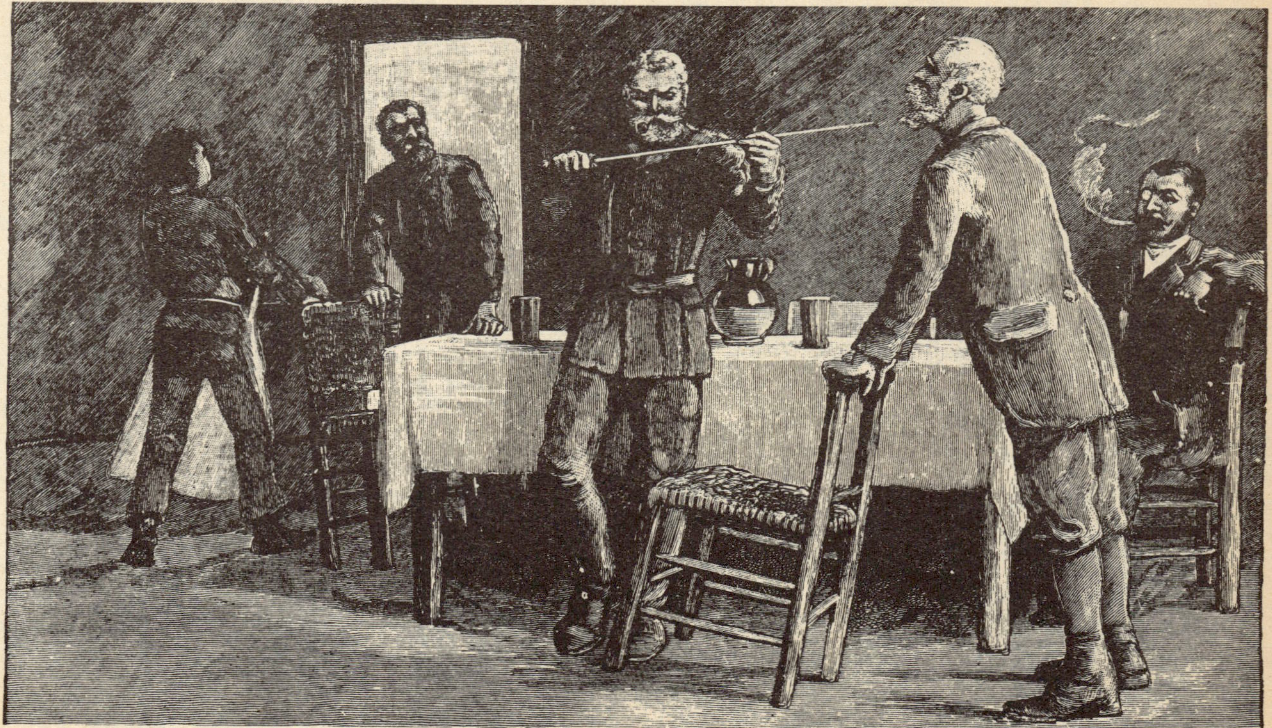

verhungert aus. Auf meine Frage, woher er käme und was er wolle, antwortete er mit einer langen, unzusammenhängend erscheinenden Erzählung. Er erzählte etwas von einem Stamm weit oben im Norden, dem er angehört habe, und daß dieser Stamm von einem anderen vernichtet worden wäre. Er und ein paar andere Überlebende wären dann noch weiter nach Norden getrieben worden bis an einen See namens Laga. Von dort aus schlug er sich anscheinend zu einem anderen See durch, der irgendwo in den Bergen liegen soll. Er nannte ihn ›einen See ohne Boden‹. Dort seien seine Frau und sein Bruder an einer Infektionskrankheit gestorben – vermutlich Pocken –, woraufhin die Leute ihn wieder aus ihrem Dorf hinaus in die Wildnis gejagt hätten. Zehn Tage lang sei er halbverhungert in den Bergen herumgeirrt, bis er in einen dichten Dornenwald geraten sei. Dort fanden ihn eines Tages einige *Weiße,* die dort zufällig auf der Jagd waren. Sie nahmen ihn mit in eine Stadt, in der alle Leute weiß waren und in Steinhäusern lebten. Dort hielt man ihn eine Woche in einem Haus eingeschlossen, bis eines Nachts ein Mann mit weißem Bart, den er wohl für eine Art ›Medizinmann‹ hielt, zu ihm kam und ihn untersuchte. Daraufhin wurde er fortgeführt und wieder zurück durch den Dornenwald gebracht, an dessen Rand man ihn mit Lebensmitteln versorgte, ihm dieses Schwert gab (das behauptete er zumindest) und ihn laufen ließ.«

»Und was machte er dann?« fragte Sir Henry, der mit atemlosem Interesse zugehört hatte.

»Oh! Seiner Erzählung nach scheint er noch fürchterliche Strapazen und Entbehrungen durchgemacht zu haben. Er muß wochenlang von Wurzeln und Beeren gelebt haben und von ein paar Tieren, die er ab und zu fangen und töten konnte. Irgendwie schaffte er es dann doch, zu überleben, und schließlich schlug er sich in kleinen Etappen nach Süden durch und kam hierher. Von den Einzelheiten seiner langen Reise konnte ich leider nichts mehr erfahren; ich sagte ihm, er solle am nächsten Morgen wieder zu mir kommen, und beauftragte einen meiner Eingeborenenhäuptlinge, die Nacht über für ihn zu sorgen. Der Häuptling nahm den Mann mit, aber da der Mann an Krätze litt, weigerte sich die Frau des Häuptlings, ihn in die Hütte zu lassen, aus Furcht, sie könne sich anstecken. Man gab ihm ein paar Decken und sagte ihm, er solle draußen übernachten. Zufällig trieb sich gerade zu der Zeit ein Löwe in der Gegend herum. Wie es der Teufel will, witterte er den unglückseligen Wanderer, springt ihn an und beißt ihm fast den Kopf ab, ohne daß die Leute auch nur das Geringste davon merken. Das war sein Ende und das Ende seiner Geschichte von dem weißen Volk. Ob sie nun wahr ist oder nicht, vermag ich auch nicht zu sagen. Was halten Sie davon, Mr. Quatermain?«

Ich schüttelte den Kopf und antwortete: »Ich weiß es nicht. Dieser große Kontinent hält so viele merkwürdige Dinge in seinem Herzen versteckt, daß ich mich hüten werde, ein Urteil abzugeben. Es täte mir leid, sagen zu müssen, daß an der Geschichte nichts Wahres ist. Nun denn, wir haben jedenfalls die feste Absicht, es herauszufinden. Wir haben vor, zum Lekakisera zu reisen. Vorausgesetzt, wir kommen überhaupt so weit, wollen wir von dort aus zu diesem Laga-See vorstoßen. Und wenn jenseits dieses Sees tatsächlich Weiße leben, dann werden wir alles daransetzen, sie zu finden.«

»Sie sind sehr wagemutig«, sagte Mr. Mackenzie mit einem Lächeln, und damit war das Thema beendet.

4

Alphonse und seine Annette

Nach dem Essen machten wir einen Rundgang durch die ganze Missionsstation, die ich als die erfolgreichste und auch schönste ihrer Art von allen, die ich in Afrika gesehen habe, bezeichnen würde. Als wir auf die Veranda zurückkehrten, fanden wir Umslopogaas damit beschäftigt, die Gelegenheit wahrzunehmen und seiner Lieblingsbeschäftigung nachzugehen: dem Säubern der Gewehre. Dies war die einzige *Arbeit,* die er machte, oder um die man ihn bitten konnte. Es war nämlich unter der Würde eines Zuluhäuptlings, körperliche Arbeit zu verrichten. Diese jedoch tat er gern, und er machte sie auch mit großer Sorgfalt. Es war schon ein seltsamer Anblick, dem großen Zulu zuzuschauen, wie er da auf der Erde saß, seine Streitaxt hinter sich an die Wand gelehnt, und wie er mit seinen langen, aristokratischen Händen mit peinlicher Sorgfalt, ja fast zärtlich, den Mechanismus der Hinterlader säuberte. Er hatte für jedes der Gewehre einen Namen. Die Doppelläufige von Sir Henry hieß »Donnerer«; eine andere, meine 500 Express, die einen besonders scharfen Knall hatte, war »Die-Kleine-die-wie-eine-Peitsche-spricht«; die Winchester-Repetiergewehre waren »Die-Frauen,-die-so-schnell-sprechen,-daß-man-die-Worte-nicht-auseinanderhalten-kann«; die sechs Martinis waren »Das niedere Volk«; und so weiter mit allen anderen Gewehren. Es war schon sehr sonderbar, wenn man ihm zuhörte, wie er mit jedem einzelnen Gewehr sprach, während er es reinigte, so als sei es ein lebendiges Wesen, und das alles mit dem drolligsten Humor. Dasselbe tat er auch mit seiner Streitaxt, die er als einen sehr intimen Freund zu betrachten schien. Manchmal unterhielt er sich stundenlang mit ihr und erzählte ihr von allen seinen großen, vergangenen Abenteuern – von denen einige wahrhaft schrecklich genug waren. Mit einem Anflug von grimmigem Humor hatte er sie »Inkosi-kaas« getauft, welches das Zuluwort für »Anführerin« oder »weiblicher Häuptling« ist. Lange Zeit hatte ich mir keinen Reim darauf machen können, warum er ihr ausgerechnet diesen Namen gegeben hatte. Schließlich hatte ich ihn danach gefragt, und er hatte mir erklärt, die Axt sei deswegen ganz offensichtlich weiblich, weil sie die Angewohnheit der Frauen habe, ihre Nase ganz tief in anderer Leute Dinge zu stecken, und eine Führerin sei sie doch ganz klar deswegen, weil alle Männer vor ihr niederfielen, mit Stummheit geschlagen bei dem Anblick ihrer Schönheit und Macht. Ebenso, wie er ihr von ihren gemeinsamen Abenteuern erzählte, so fragte er sie auch in kniffligen Situationen um Rat. Auf die Frage, warum er das tue, sagte er, er mache es deshalb, weil Inkosi-kaas zwangsläufig ungeheuer weise geworden sein müsse, da sie schon »in die Köpfe so vieler Leute hineingeschaut habe«.

Ich hob die Axt auf und schaute mir die fürchterliche Waffe aus der Nähe an. Sie war, wie ich schon sagte, eine Art Schlachtbeil. Der Griff, der aus einem einzigen riesigen Rhinozeroshorn gefertigt war, hatte eine Länge von drei Fuß und drei Zoll. Er war ungefähr einen und einen Viertelzoll dick und hatte am Ende einen Knauf, der so dick war wie eine Mandarine und verhindern sollte, daß die Hand vom Griff rutschte. Dieser Horngriff war trotz seiner Massivität so flexibel wie Schilfrohr und damit praktisch unzerbrechlich. Aber um doppelt sicherzugehen, daß er auch hielt, war er an den Stellen, wo die Hand ihn umfaßte, im Abstand von jeweils ein paar Zoll mit Kupferdraht umwickelt. Kurz vor der Stelle, an der der Griff ins Blatt eintrat, befanden sich zahlreiche Kerben; eine für jeden Mann, der mit der Axt im Kampfe getötet worden war. Das Blatt selbst bestand aus edelstem Stahl – vermutlich, ja höchstwahrscheinlich, europäischer Provenienz; Umslopogaas wußte selber nichts Genaueres vom Ursprung der Axt – er hatte sie von einem Häuptling erbeutet, den er vor vielen, vielen Jahren im Zweikampf getötet hatte. Sie war nicht sehr schwer – meiner Schätzung nach wog sie nicht mehr als zweieinhalb Pfund. Die Schneide hatte eine leichte Konkavwölbung – nicht, wie sonst bei den Streitäxten der Wilden üblich, konvex – und war scharf wie eine Rasierklinge. An ihrer breitesten Stelle maß sie etwa fünfdreiviertel Zoll. Auf der anderen Seite, gegenüber der Schneide, ragte ein dicker Dorn hervor, etwa vier Zoll lang. Die letzten zwei Zoll davon waren hohl und wie eine Lederstanze geformt. Sie hatte seitlich eine Öffnung, die dazu diente, alles, was sich in den Hohlraum am Ende der Stanze drückte, oben wieder herauszuschieben. In dieser Hinsicht ähnelte sie in der Tat exakt dem Schlachtbeil eines Metzgers. Mit eben dieser stanzenartigen Spitze schlug Umslopogaas, wie wir später entdeckten, auf seinen Gegner ein; er hieb damit ein sauberes, rundes Loch in den Schädel seines Kontrahenten. Die breite Schneide benutzte er nur zum Rundschlag, oder auch bisweilen im Handgemenge. Ich glaube, er betrachtete den Dorn als ein für einen geschickten Sportsmann angemesseneres, da schwieriger zu handhabendes Gerät. Die Art und Weise, in der er im Zweikampf mit dem spitzen Ding auf den Schädel seines Opfers einhieb, hatte ihm auch den Namen »der Specht« eingebracht. In seiner Hand war dieser Stachel aus Stahl eine fürchterliche Waffe, die äußerst wirksam war.

So sah also Inkosi-kaas aus, Umslopogaas Axt, die bemerkenswerteste und fürwahr todbringendste Nahkampfwaffe, die ich je in meinem Leben gesehen habe. Er hätschelte und umsorgte sie wie ein Kind und legte sie fast nie aus der Hand, es sei denn, während er aß, und dann hatte er sie immer quer unter seinen Beinen liegen.

Ich hatte gerade Umslopogaas seine Axt zurückgegeben, als Miß Flossie kam und mich zu ihrer Blumensammlung entführte. Sie zeigte mir afrikanische Lilien und zahlreiche blütentragende Sträucher und Stauden, von denen mir mehrere Arten völlig unbekannt waren, und von denen auch – soviel ich weiß – die botanische Wissenschaft keine Kenntnis hat. Ich fragte sie, ob sie schon einmal etwas von der ›Goyalilie‹ gesehen oder gehört habe, von der mir Reisende berichtet hatten, die dieser seltenen Blume gelegentlich in Zentralafrika ansichtig, und von der vollendeten, majestätischen Schönheit dieser Blume in den Bann gezogen worden waren. Diese Lilie, von der die Eingeborenen behaupten, sie blühe nur alle zehn Jahre einmal, gedeiht nur in dürrem, unfruchtbarem Boden. Sie hat eine im Verhältnis zu ihrer Blüte nur sehr kleine Wurzel, die im allgemeinen etwa vier Pfund wiegt. Diese Blume (die ich nur zu bald unter Umständen, die dazu angetan waren, ihren Anblick immer in mein Gedächtnis einzubrennen, zum ersten Mal erblicken sollte), ist von solch erlesener, unübertroffener Schönheit, und die Süße ihres Duftes ist so betörend, daß mir einfach die Worte fehlen, sie zu beschreiben. Die Blüte – es ist nur eine einzige – steht auf einem dicken, fleischigen Stengel, der seitlich abgeflacht ist. Der, den ich sah, hatte einen Durchmesser von vierzehn Zoll. Die ganze Blume ähnelt in ihrer trompetenartigen Form ein wenig einer aufrecht stehenden, gewöhnlichen »*Longiflorum*«. Der Stengel verbreitert sich zu einem wunderschönen grünen Kelch, der in seiner frühen Wachstumsphase dem einer Wasserrose nicht unähnlich ist. Sobald die Blüte sich jedoch öffnet, platzt der grüne Kelch auf und teilt sich in vier einzelne Blätter, die sich anmutig zurückkräuseln, auf den Stengel zu. Dann kommt die Blüte selbst, ein einziger großer Bogen von atemberaubendem Weiß, welcher wiederum einen Kelch aus tiefem, samtigem Karmesinrot umschließt, aus dessen Mitte ein goldfarbener Stempel entspringt. Nie habe ich eine Blume gesehen, die dieser in ihrer bezaubernden Schönheit und ihrem unbeschreiblichen Duft gleichkam, und da ich glaube, daß sie nur sehr wenigen bekannt ist, habe ich mir die Freiheit genommen, sie so ausführlich zu beschreiben. Ich erinnere mich noch sehr gut daran, daß mir, als ich sie zum ersten Mal sah, mit einem Schlag klar wurde, daß selbst in einer Blume etwas von der majestätischen Größe ruht, die ihren Schöpfer auszeichnet. Zu meiner großen Freude bestätigte Miß Flossie mir, daß sie diese Blume sehr gut kenne, und daß sie – leider erfolglos – versucht habe, sie in ihrem Garten zu ziehen. Sie sagte, daß die Blume in dieser Jahreszeit in voller Blüte stehe, und daß sie glaube, mir ein Exemplar verschaffen zu können.

Danach fragte ich sie, ob sie sich nicht alleine fühlte unter all den Eingeborenen und so ganz ohne Kameradinnen in ihrem eigenen Alter.

»Allein?« rief sie erstaunt aus. »O nein, nicht im geringsten! Ich fühle mich so glücklich wie ein Fisch im Wasser; außerdem habe ich meine eigenen Freunde und Kameraden. Was für ein schrecklicher Gedanke, unterzugehen in einer Menge weißer Mädchen, die alle so sind wie ich! Wo wäre denn dann noch ein Unterschied? Hier«, sagte sie und warf stolz ihren Kopf hoch, »bin ich *ich;* und alle Eingeborenen im Umkreis kennen die ›Wasserrose‹ – so nennt man mich nämlich hier – und sind bereit, zu tun, was ich will. Aber in den Büchern, die ich über die kleinen Mädchen in England gelesen habe, ist das ganz anders. Jeder sieht sie als eine Last an, und sie müssen das tun, was ihre Erzieherinnen wollen. Oh! Ich glaube, es würde mir das Herz brechen, wenn ich so eingesperrt wäre und nicht frei sein könnte wie hier – frei wie der Wind.«

»Würde es dir denn nicht gefallen, etwas zu lernen?« wollte ich wissen.

»Ich lerne doch hier etwas! Vater unterrichtet mich in Latein, Französisch und Mathematik.«

»Und fürchtest du dich niemals unter all diesen wilden Männern?«

»Ob ich mich fürchte? O nein! Sie tun mir nie was Böses. Sie glauben, daß ich ›Ngai‹ (von göttlicher Herkunft) bin, weil ich so weiß bin und blondes Haar habe. Und schaun Sie...« – sie griff mit ihrer kleinen Hand in das Mieder ihres Kleides und zog einen doppelläufigen, vernickelten Derringer hervor –, »ich trage ihn immer geladen bei mir, und wenn jemand versuchen sollte, mir was anzutun, dann würde ich auf ihn schießen. Einmal habe ich einen Leoparden erschossen, der auf meinen Esel springen wollte, als ich gerade vorbeiritt. Ich war zu Tode erschrocken, aber ich schoß ihm ins Ohr, und er fiel tot um. Und jetzt habe ich sein Fell über meinem Bett hängen. Schauen Sie doch einmal!« fuhr sie mit veränderter Stimme fort, wobei sie mich am Arm faßte und mit dem Finger auf etwas weit Entferntes deutete, »ich sagte Ihnen doch vorhin, daß ich Kameraden habe; dort hinten ist einer von ihnen.«

Ich folgte mit den Augen ihrem ausgestreckten Arm – und zum ersten Mal sah ich den majestätischen Gipfel des Mount Kenia. Bisher war der Berg die ganze Zeit über im Dunst verborgen gewesen, doch jetzt erstrahlte seine Schönheit unverhüllt aus vielen tausend Fuß Entfernung zu uns herüber, auch wenn der Fuß des Berges noch immer von Dunst umgeben war, so daß der stolze Gipfel, der fast zwanzigtausend Fuß in den Himmel ragt, sich wie eine Vision aus einem Märchen ausnahm, wie er dort zwischen Himmel und Erde schwebte, wie auf einem luftigen Wolkenbette. Die würdevolle Erhabenheit und die strahlende Schönheit dieses weißen Gipfels zu beschreiben vermag meine Feder nicht. Da stand er, aufrecht, erhaben und rein – eine gleißende weiße Pracht, deren spitze Krone gleichsam das Blau des Himmels zu durchbohren schien. Und wie ich so stand und gemeinsam mit dem kleinen Mädchen den Anblick jenes gewaltigen Berges in mich aufnahm, da fühlte ich, wie mein Herz gleichsam einen Sprung tat vor unbeschreiblicher Freude, und für einen Augenblick durchströmten meinen Geist große, wundervolle Gedanken, während die Strahlen der untergehenden Sonne den schneebedeckten Gipfel in Licht badeten. Mr. Mackenzies Eingeborene nennen den Berg den »Finger Gottes«, und für mich war er ein Zeichen des ewigen Friedens und der reinen, erhabenen Stille, die gewiß hoch über unserer fieberkranken Welt ruht. Irgendwo hatte ich einmal eine Zeile aus einem Gedicht gelesen,

»Schön ist, was ewige Freude gewährt«.

Diese Stelle fiel mir in diesem Moment ein, und zum erstenmal wurde mir vollkommen bewußt, was der Dichter damit aussagen wollte. Armselig wäre in der Tat der Mensch, der jenen mächtigen, schneebedeckten Gipfel – jenes alte weiße Grab der Jahrtausende – betrachten könnte, ohne dabei seine eigene, gänzliche Bedeutungslosigkeit zu spüren, und den nicht der Wunsch über-

Ich folgte mit den Augen ihrem ausgestreckten Arm – und zum ersten Mal sah ich den majestätischen Gipfel des Mount Kenia. Bisher war der Berg die ganze Zeit über im Dunst verborgen gewesen, doch jetzt erstrahlte seine Schönheit unverhüllt aus vielen tausend Fuß Entfernung zu uns herüber

kommen würde, Gott – oder wie immer auch er Ihn nennt – aus tiefstem Herzen zu lobpreisen. Solche hehren Momente sind wie Visionen des Geistes; weit reißen sie das Fenster der Kammer auf, welche unser eigenes kleines, selbstsüchtiges Ich ist. Sie lassen etwas von dem Atemhauch in uns herein, der in den wogenden Sphären wallt, und für einen Moment wird unsere Dunkelheit erhellt vom weit entfernten Schein jenes weißen Lichts, in dem der Thron des Herrn erstrahlt.

O ja, schöne Dinge sind in der Tat ein ewiger Quell der Freude, und ich kann gut verstehen, was die kleine Flossie damit meinte, als sie vom Mount Kenia als ihrem Kameraden sprach. Ebenso wie Umslopogaas, der wilde, alte Zulu, als ich ihm den Gipfel zeigte, der da in weiter Ferne leuchtete, als er sagte: »Ein Mann könnte ihn tausend Jahre betrachten, ohne daß sein Durst, ihn zu sehen, gestillt wäre.« Er gab jedoch sogleich dieser seiner poetischen Empfindung eine etwas andere Einfärbung, als er in einer Art Singsang, und mit einem Anflug jener seltsam anmutenden Imagination, die für ihn so bemerkenswert war, hinzufügte, er wünschte, wenn er einst tot wäre, daß sein Geist für immer auf dem schneebedeckten Gipfel sitzen solle und mit dem unheimlichen Heulen des Wirbelwindes oder auf einem Blitzstrahl hinabfahren möge und »töten, töten, töten«.

»Wen willst du denn dann noch töten, du alter Bluthund?« wollte ich wissen.

Diese Frage verwirrte ihn, aber nach einem Augenblick des Nachdenkens antwortete er: »Die anderen Schatten.«

»Du würdest also sogar nach deinem Tode noch fortfahren zu morden?«

»Ich morde nicht«, erwiderte er hitzig; »ich töte in fairem Zweikampf. Ein Mann ist dazu geboren, zu töten. Wer nicht tötet, wenn das Blut in ihm kocht, ist eine Frau und kein Mann. Die, die nicht töten, sind Sklaven. Ich sage, ich töte in fairem Kampfe. Und wenn ich einmal im ›Reich der Schatten‹ bin, wie ihr Weißen es nennt, dann hoffe ich, auch dort in fairem Kampfe töten zu können. Möge mein Schatten verflucht sein und bis ins Mark verdorren, wenn er anfängt, hinterrücks zu morden wie ein Buschmann mit seinen giftigen Pfeilen!« Mit diesen Worten schritt er stolz und würdevoll davon und ließ mich betreten zurück.

Jetzt kehrten auch die Späher, die unser Gastgeber am frühen Morgen ausgeschickt hatte, um nach den Masai Ausschau zu halten, zurück und berichteten, sie hätten die ganze Umgebung in einem Umkreis von fünfzehn Meilen durchkämmt, ohne auch nur einen einzigen Elmoran gesehen zu haben. Sie glaubten, diese wilden Gesellen hätten die Verfolgung aufgegeben und wären wieder dahin zurückgekehrt, woher sie gekommen waren. Mr. Mackenzie seufzte erleichtert, als er das hörte, und auch wir waren beruhigt, denn von den Masai hatten wir wirklich einstweilen genug. Es herrschte bei allen die Auffassung vor, die Masai hätten eine weitere Verfolgung als aussichtslos angesehen, als sie feststellen mußten, daß wir die Missionsstation, deren Wehrhaftigkeit sie offensichtlich kannten, erreicht hatten. Wie irrig diese Auffassung war, sollte sich bald herausstellen. Nachdem die Späher wieder gegangen waren und auch Flossie und Mrs. Mackenzie sich zur Nachtruhe begeben hatten, kam Alphonse, der kleine Franzose, zu uns, und Sir Henry, der sehr gut Französisch spricht, bat ihn, zu erzählen, was ihn nach Zentralafrika verschlagen hatte. Er tat es auch, aber in einem so herrlichen Kauderwelsch, daß es mir schwerfällt, es hier wiederzugeben.

»Mein Großvater«, begann er, »war Soldat der Garde und diente unter Napoleon. Er war bei dem Rückzug aus Moskau dabei und lebte zehn Tage von seine eigene Gamaschen und ein Paar, das er hatte gestohlen von eine Kamerad. Er war immer betrunken – er starb betrunken, und ich kann mich erinnern, daß isch 'abe gespielt Trommel auf seinem Sarg. Mein Vater. . .«

An dieser Stelle machten wir den Vorschlag, er solle doch die Geschichte seiner Vorfahren nicht in allzu epischer Breite vortragen und lieber etwas schneller auf seine eigene Geschichte zu sprechen kommen.

»Bien, messieurs!« sagte der drollige kleine Mann und machte eine höfliche Verbeugung. »Isch wollte nur demonstrieren, daß das militärische Prinzip nischt vererbbar ist. Meine Großvater war eine großartige Mann, eine Fresser von Feuer und Gamaschen, mehr als sechs Fuß groß, breite Proportion. Sein Erkennungszeichen war sein Moustache. Isch 'abe geerbt den Moustache und – und sonst nichts.

Messieurs, isch bin eine Koch und isch bin geboren in Marseille. In diese schöne Stadt isch 'abe verbracht meine glückliche Jugend. Viele Jahre isch 'abe gespült die Teller in Hôtel Continental. Ah, das war goldene Zeit!« Er gab einen tiefen Seufzer von sich. »Isch bin ein Franzose. Muß isch noch sagen, Messieurs, daß isch bewundere Schönheit? Nein; isch bewundere alles, was ist schön. Messieurs, wir lieben alle Rosen in einem Garten, aber wir pflükken nur eine. *Isch* pflückte eine, Messieurs, aber sie stach mir in den Finger. Sie war eine Zimmermädchen und hieß Annette. Sie 'atte eine 'inreißende Figur und das Gesischt von eine Engel, und ihr 'erz – hélas, Messieurs, das isch 'ätte gern besessen! – war schwarz und glitschig wie eine frischgefettete Stiefel. Isch liebte sie bis zur Raserei, isch betete sie an bis zur Verzweiflung. Sie er'ob misch – in jeder 'insicht; sie inspirierte misch. Nie zuvor 'atte isch gekocht wie isch jetzt kochte (denn in 'otel sie 'atten misch befördert), wo Annette, meine 'eißgeliebte Annette, misch anläschelte. Nie. . .« – seine männliche Stimme verfiel in ein herzzerreißendes Schluchzen – »nie isch werde wieder so gut kochen.« Dann brach er in Tränen aus.

»Kopf hoch!« versuchte Sir Henry ihn aufzumuntern und klopfte ihm kräftig auf den Rücken. »Man weiß nie, was noch alles passieren kann. Ihrem Essen von heute nach zu urteilen, sind Sie jedenfalls schon wieder auf dem besten Wege der Genesung.«

Alphonse hörte auf zu weinen und begann seinen Rücken zu massieren. »Monsieur will bestimmt mich trösten, aber seine 'and ist sehr schwer. Isch erzähle weiter: Wir liebten uns, und wir waren beide glücklisch mit der Liebe von die andere. Die Vögel in ihre kleine Nester konnten nicht glücklischer sein als Alphonse und seine Annette. Dann kam der Schlag – sapristi! – isch darf nischt daran denken! Messieurs werden vergeben, wenn isch weine. Isch hatte eine schleschte Los; ich wurde 'erangezogen zu Militärdienst. So wollte Schicksal sisch räschen an misch, weil isch Herz von Annette gewonnen hatte.

Der schrecklische Moment kam; isch mußte gehen. Isch versuchte wegzulaufen, aber brutale Soldaten fingen misch wieder ein und schlugen misch mit Kolben von Muskete, bis sisch die Spitzen von meinem Moustache vor Schmerz aufrollten. Isch 'atte eine Cousin, eine Tuch'ändler, wohl'abend, aber sehr 'äßlisch. Er 'atte eine gute Nummer gezogen, und er 'atte Mitleid mit mir, als sie misch mit dem Gewehr knufften. ›Dir, mein liebe Cousin‹, sagte isch zu ihm, ›dir, in dessen Adern fließt das blaue Blut von unserem 'elden'aften Großvater, dir vertraue isch Annette an. Wache gut über sie, während isch jage nach Ruhm auf dem Feld der Ehre.‹

›Sei guten Mutes‹, sagte er, ›das werde isch tun.‹ Und – verdammt – das tat er auch; und wie!

Isch ging fort. Isch lebte in die Kaserne und aß schwarze Suppe. Isch bin eine feinfühlige Mann und von Natur aus eine Poet, und isch litt 'öllenqualen in dieser scheußlichen, rauhen Umgebung. Da war eine Feldwebel, und er 'atte einen Rohrstock. Ah, diese Rohrstock, wie er wirbelte! Hélas, niemals isch werde ihn vergessen!

Eines Morgens kam die Nachrischt; mein Bataillon sollte nach Tongking. Der Feldwebel und die anderen brutalen Scheusale waren überglücklisch. Isch – isch 'olte ein Erkundigungen über Tongking. Sie waren nicht sehr nach meine Geschmack. In Tongking gibt es wilde Chinesen, die einen aufschlitzen. Mein künstlerisches Zartgefühl – denn isch bin auch ein Künstler – war angewidert von dem Gedanken, daß isch sollte werden aufgeschlitzt. Die wahre Mann entscheidet sisch schnell. Isch entschied misch. Isch beschloß, nischt aufgeschlitzt zu werden. Isch desertierte.

Isch erreischte Marseille, als alter Mann verkleidet. Isch ging zu dem Haus von meine Cousin – der, in dessen Adern das heroische Blut von meine Großvater fließt –, und da saß Annette. Es war gerade die Zeit der Kirschen. Sie hatten eine doppelte Kirsche mit zwei Stielen. Mein Cousin steckte die eine Kirsche in den Mund und Annette die andere. Dann saugten sie die Kirschen mit den Stielen ein, bis ihre Lippen sisch berührten. Und dann – ah, wie fürchterlisch, daß isch das sagen muß – dann küßten sie sisch. Das Spielschen war 'übsch anzusehen, aber es machte misch rasend. Das 'elden'afte Blut von meine Großvater begann in mir zu kochen. Isch stürzte in die Küsche. Isch schlug mit der Krücke von die alte Mann, als die isch verkleidet war, auf meine Cousin ein. Er fiel hin – isch 'atte ihn getötet! O weh! Isch glaube, daß isch ihn wirklisch getötet habe! Annette kreischte. Die Gendarmes kamen. Isch floh. Isch erreischte den 'afen. Isch versteckte misch auf einem Schiff. Das Schiff stach in See. Der Kapitän entdeckte misch und verprügelte misch. Er packte die Gelegenheit beim Schopf. Von einem ausländischen 'afen schickte er einen Brief zur Polizei. Er brachte mich nischt an Land zurück, weil isch so gut kochte. Isch mußte während der ganzen Fahrt nach Sansibar für ihn kochen. Als isch Lohn forderte, trat er misch. Das Blut von meine 'eroische Großvater begann wieder in mir zu kochen, und isch schüttelte die Faust vor sein Gesischt und schwor ihm Rache. Er trat misch noch einmal. In Sansibar war ein Telegramm. Isch verwünschte die Mann, die 'at den Telegraph erfunden. Und jetzt verwünsche isch ihn wieder. Isch sollte ver'aftet werden wegen Desertion, wegen Mord und *que sais-je?* Isch entfloh aus dem Gefängnis. Isch floh, isch ver'ungerte. Isch traf die Männer von Monsieur le Curé. Sie brachten misch 'ier'er. Und nun bin isch 'ier, ich bin voll von Kummer. Aber isch gehe nischt zurück nach Frankreisch. Besser, mein Leben zu riskieren in diese schrecklische Wildnis, als ins Zucht'aus zu kommen.«

Er hielt einen Augenblick inne, und wir erstickten fast vor Lachen. Wir mußten unsere Gesichter abwenden.

»Ah! Sie weinen, Messieurs«, sagte Alphonse. »Kein Wunder, es ist eine traurige Geschischte.«

»Vielleicht wird das heldenhafte Blut Ihres Großvaters schließlich doch noch triumphieren,« sagte Sir Henry. »Vielleicht werden auch Sie noch seine Größe erlangen. Wir werden jedenfalls sehen. Und jetzt schlage ich vor, daß wir alle zu Bett gehen. Ich bin todmüde, und wir hatten letzte Nacht auf diesem verdammten Felsen nicht viel Schlaf.«

Wir folgten gern seinem Vorschlag. Es war schon ein eigentümliches Gefühl nach unseren jüngsten Erlebnissen, sich wieder in einem ordentlichen Zimmer in ein sauberes Bett mit frischen, weißen Laken zu legen.

5

Umslopogaas gibt ein Versprechen ab

Am nächsten Morgen vermißte ich beim Frühstück Flossie. Ich fragte, wo sie sei.

»Nun«, sagte ihre Mutter, »als ich heute morgen aufstand, fand ich außen an meiner Tür einen Zettel, auf dem – Aber lesen Sie doch selbst, ich habe die Nachricht hier.« Sie reichte mir den Zettel, auf dem folgendes zu lesen war:

Liebste Mutter! Es wird gerade hell, und ich habe mich zu den Hügeln aufgemacht, um Mr. Quatermain eine Blüte der Lilie zu suchen, die er so sehr mag. Ich habe den weißen Esel mitgenommen. Warte bitte nicht auf mich, ich bin bald wieder da. Das Kindermädchen und ein paar der Boys sind auch mit. Zu essen haben wir auch mitgenommen, da wir vielleicht den ganzen Tag über wegbleiben. Ich bin nämlich entschlossen, die Lilie zu finden, und wenn ich zwanzig Meilen dafür laufen muß. – Flossie.

»Hoffentlich macht sie nichts Unvernünftiges«, sagte ich. Mir war gar nicht wohl bei dem Gedanken. »Ich hatte wirklich nicht die Absicht, Flossie wegen der Blume Unannehmlichkeiten zu bereiten.«

»Ach, Flossie kann schon für sich selbst sorgen«, sagte ihre Mutter. »So etwas tut sie oft. Sie ist eben ein echtes Kind der Wildnis.« Mr. Mackenzie jedoch, der in diesem Augenblick hereinkam und den Zettel selbst zum erstenmal las, machte ein ziemlich ernstes Gesicht, auch wenn er nichts sagte.

Nach dem Frühstück nahm ich ihn beiseite und fragte ihn, ob es nicht möglich wäre, jemanden hinter dem Mädchen herzuschicken und es wieder zurück nach Hause zu holen. Ich dachte dabei natürlich noch immer an die Möglichkeit, daß noch Masai in der Gegend waren. Und wenn Flossie in deren Hände geraten sollte, dann wäre das sicherlich nicht ungefährlich.

»Ich fürchte, das hätte keinen Zweck«, sagte er. »Inzwischen kann sie schon fünfzehn Meilen entfernt von hier sein, und es ist unmöglich zu sagen, welchen Weg sie genommen hat. Dort hinten sind die Hügel.« Er deutete auf eine lange Hügelkette, die sich beinahe parallel zum Verlauf des Tanaflusses hinzog und in der Ferne allmählich in eine mit dichtem Buschwerk bewachsene Ebene überging.

Ich schlug vor, auf den großen Baum im Innenhof zu klettern und die Umgebung mit dem Fernglas abzusuchen. Mr. Mackenzie gab noch schnell ein paar seiner Leute Anweisung, Flossies Fährte zu folgen, und dann stiegen wir auf den Baum. Der Aufstieg war trotz der beidseitig befestigten, soliden Strickleiter eine nicht ganz einfach zu bewältigende Aufgabe, zumindest für eine Landratte. Good hingegen kletterte so behende hinauf, als hätte er nie in seinem Leben etwas anderes gemacht.

Als wir die Höhe erreichten, auf der die ersten farnförmigen Äste aus dem Stamm kamen, stiegen wir ohne jede Schwierigkeit auf eine Plattform aus Brettern, die quer über mehrere Äste genagelt waren. Die Plattform bot Platz für mindestens ein Dutzend Leute. Die Aussicht, die sich uns von hier oben bot, war überwältigend. Meilenweit, soweit das Fernglas reichte, wogte der Busch in alle Richtungen wie ein grünes Meer, nur hie und da unterbrochen durch das hellere Grün bebauter Flächen oder durch die glitzernde Oberfläche eines Sees. Im Nordwesten erhob der Mount Kenia sein mächtiges Haupt, und wir konnten fast von seinem Fuße aus den Lauf des Tana verfolgen, der sich wie eine silbern glänzende Schlange durch das Meer von Grün wand, bis er, weit außerhalb unserer Sichtweite, in den Ozean mündete. Es ist ein herrliches Land, und es bedarf nur der Hand des zivilisierten Menschen, um zu einem höchst produktiven zu werden.

Aber soviel wir auch schauten, von Flossie und ihrem weißen Esel war nichts zu sehen, so daß wir schließlich enttäuscht wieder hinunterkletterten. Als ich auf die Veranda kam, traf ich Umslopogaas an, der dort saß und mit langsamen Bewegungen seine Axt schärfte. Er tat dies mit dem kleinen Wetzstein, den er ständig bei sich trug.

»Was tust du, Umslopogaas?« fragte ich ihn.

»Ich rieche Blut«, lautete seine Antwort. Mehr war nicht aus ihm herauszubekommen.

Nach dem Mittagessen stiegen wir wieder auf den Baum und suchten die Umgebung mit einem Fernglas ab, aber auch diesmal ohne Erfolg. Als wir wieder unten waren, war Umslopogaas noch immer damit beschäftigt, Inkosi-kaas zu schärfen, obwohl sie schon eine Klinge wie ein Rasiermesser hatte. Vor ihm stand Alphonse und beäugte ihn mit einer Mischung aus Furcht und Faszination. Umslopogaas bot in der Tat einen furchterregenden Anblick: Er hockte da, in der Manier der Zulus, die Beine über Kreuz, schaute mit drohenden Augen aus seinem wilden und dennoch intelligenten Gesicht und schärfte ohne Unterlaß seine mörderische Axt.

»Oh, das Ungeheuer, der schrecklische Mann!« rief der kleine französische Koch, wobei er in höchster Verwunderung die Arme hob. »Sehen Sie nur das Loch in seinem Kopf! Die 'aut darauf schägt auf und ab wie die von eine kleine Bébé! Aber wer würde schon so eine Bébé auf den Schoß nehmen?« Bei diesem Gedanken fing er laut prustend an zu lachen.

Umslopogaas schaute von seiner Beschäftigung auf, und ein drohender Glanz trat in seine Augen.

»Was sagt die kleine ›Büffelkuh‹?« (Umslopogaas hatte ihm diesen Namen gegeben wegen seines Schnauzbartes und seines weibisch anmutenden Gehabes). »Er soll sich vorsehen, sonst stutze ich ihm seine Hörner. Hüte dich, kleiner Affe, hüte dich!«

Zu seinem Unglück jedoch lachte Alphonse, der inzwischen seine Furcht überwunden zu haben schien, immer lauter über *»ce drôle d'un monsieur noir«*. Gerade wollte ich ihm die Warnung zurufen, daß er besser damit aufhören solle, als plötzlich der riesige Zulu mit einem gewaltigen Satz von der Veranda sprang und vor Alphonse landete. In seinen Augen leuchtete eine Art bösartiger Begeisterung. Er begann, seine Axt im Kreise dicht über dem Kopf des Franzosen wirbeln zu lassen.

»Bewegen Sie sich nicht!« rief ich. »Bleiben Sie ganz still stehen, wenn Ihnen Ihr Leben lieb ist. Er wird Ihnen nichts tun.« Ich bezweifle, daß Alphonse mich überhaupt hörte. Zu seinem Glück schien der Schreck ihn fast versteinert zu haben, so daß er sich auch ohne meine Warnung nicht vom Fleck rührte.

Was dann folgte, war die außergewöhnlichste Darbietung mit dem Schwert, oder besser, mit der Axt, die ich jemals gesehen habe. Zuerst kreiste die Axt über Alphonses Kopf, mit einem scharfen Pfeifton und einer so immensen Geschwindigkeit, daß die Schneide aussah wie ein durchgehendes Band aus blitzendem Stahl. Der wirbelnde Kreis kam immer näher an den Kopf des unglückseligen Alphonse, bis er schließlich wie eine Sense durch den Haarschopf des Kochs fuhr. Plötzlich änderte der singende Kreis seine Richtung, und nun flog die Schneide buchstäblich am Körper des Franzosen entlang, immer auf und ab, nie mehr als ein Achtelzoll von den Gliedmaßen entfernt, ohne sie jedoch auch nur zu streifen. Es war ein faszinierender Anblick: Der kleine Mann, dem offenbar klar geworden war, daß er sich nicht bewegen durfte, ohne einen raschen Tod zu riskieren, stand zur Salzsäule erstarrt da, während sein schwarzer Peiniger sich drohend über ihm erhoben hatte und ihn mit den stählernen Blitzen seiner Axt gleichsam einwickelte. Dies ging so länger als eine Minute, bis ich plötzlich das pfeifende Ungeheuer seitlich am Kopf des Franzosen vorbeihuschen sah. Es folgte ein bogenförmiger Schwung nach außen, und dann blieb die Schneide abrupt hoch erhoben in der Luft stehen. Ein schwarzes, buschiges Etwas fiel im selben Moment zu Boden; es war eine der hochgezwirbelten Bartspitzen des kleinen Franzosen.

Umslopogaas lehnte sich auf den Stiel von Inkosi-kaas und brach in ein langanhaltendes, dröhnendes Lachen aus. Alphonse sank, überwältigt und ermattet vor Furcht, auf die Knie, während wir wie gebannt dastanden, noch immer gefangen in atemloser Faszination über diese Lehrstunde nahezu übermenschlicher Meisterschaft in der Handhabung einer Waffe. »Inkosi-kaas ist scharf genug!« rief Umslopogaas. »Der Hieb, der der Büffelkuh das eine Horn abschnitt, hätte ausgereicht, den Schädel eines Mannes vom Scheitel bis zum Kinn zu spalten. Nur wenige hätten ihn so führen können wie ich; und keiner hätte ihn außer mir so führen können, daß er nicht auch die Schulter mit abgehackt hätte. Sieh her, du kleines Kalb! Glaubst du noch immer, daß man ungestraft über mich lachen kann? Nur um Haaresbreite bist du dem Tode entronnen. Lache nicht noch einmal, sonst wird diese Haaresbreite schwinden! Ich habe gesprochen!«

»Was soll diese Narretei?« rief ich Umslopogaas empört zu. »Bist du verrückt geworden? Zwanzig Mal warst du nahe daran, den Mann zu töten!«

»Und doch habe ich ihn nicht getötet, Macumazahn. Dreimal erschien in mir, als Inkosi-kaas noch über ihm kreiste, das Begehren, ihm ein Ende zu bereiten und sie ihm mit lautem Krachen durch den Schädel fahren zu lassen. Und doch tat ich es nicht. Nein, es war nur ein Scherz. Aber sag der ›Kuh‹, daß es nicht gut ist, einen wie mich zu verspotten. Und nun gehe ich mir einen Schild machen, Macumazahn; denn ich rieche Blut; fürwahr, ich rieche Blut. Hast du nie gesehen, wenn vor der Schlacht plötzlich die Geier am Himmel erscheinen? Sie riechen das Blut, Macumazahn, und meine Nase ist feiner als ihre. Dort hinten ist eine getrocknete Ochsenhaut; daraus werde ich mir einen Schild machen.«

»Da haben Sie aber einen ungemütlichen Gefolgsmann bei sich«, sagte Mr. Mackenzie, der Zeuge dieser außergewöhnlichen Szene gewesen war. »Er hat Alphonse zu Tode erschreckt;

schauen Sie doch nur!« Er machte eine Geste in die Richtung des kleinen Franzosen, der sich wieder aufgerappelt hatte und mit kalkweißem Gesicht und zitternden Knien ins Haus wankte. »Ich glaube kaum, daß er noch einmal seine Späße mit ›le monsieur noir‹ treiben wird.«

»Ja«, antwortete ich, »mit Umslopogaas ist nicht gut Kirschen essen. Wenn man ihn reizt, dann ist er wie ein Rasender; und doch hat er auf seine Weise ein weiches Herz. Ich erinnere mich noch, wie er vor Jahren mal wochenlang ein krankes Kind gesundpflegte. Er ist schon ein eigenartiger Mensch, aber er ist treu wie Gold und eine ehrliche Haut, und wenn Gefahr droht, dann ist er eine Stütze von unschätzbarem Wert.«

»Er sagt, er rieche Blut«, fuhr Mr. Mackenzie fort. »Ich will nur hoffen, daß er nicht recht behält. Ich beginne mir langsam große Sorgen wegen meiner Tochter zu machen. Sie muß sehr weit gegangen sein, sonst wäre sie schon längst wieder hier. Es ist schon halb vier.«

Ich erinnerte ihn daran, daß Flossie doch Proviant mitgenommen hatte und auch, wenn alles glatt abliefe, nicht vor Einbruch der Dunkelheit zu erwarten sei. Dabei machte ich mir längst selber große Sorgen und fürchtete, daß der Missionar nicht merken würde, wie wenig ich von dem, was ich gesagt hatte, überzeugt war.

Kurz darauf kehrten die Männer zurück, die Mr. Mackenzie ausgesandt hatte, um nach Flossie zu suchen. Sie hatten wohl die Fährte des Esels ein paar Meilen verfolgen können, hatten sie dann jedoch auf steinigem Boden verloren und nicht wiederfinden können. Daraufhin hatten sie die ganze Umgebung der Stelle, an der die Spur aufhörte, durchkämmt, jedoch ohne Erfolg.

Der Nachmittag schleppte sich träge dahin; die Stimmung war sehr gedrückt. Als allmählich die Abenddämmerung hereinbrach und von Flossie noch immer kein Lebenszeichen gekommen war, wuchs die Besorgnis fast ins Unerträgliche. Die arme Mutter schien von ihrer Furcht arg mitgenommen und machte einen äußerst niedergeschlagenen Eindruck. Der Vater indessen behielt einen bewundernswert kühlen Kopf. Alles, was getan werden konnte, wurde auch getan. In alle Himmelsrichtungen wurden erneut Späher ausgesandt; Schüsse wurden abgefeuert und der Ausguck auf dem großen Baum wurde nun ständig besetzt gehalten. Aber auch diese Maßnahmen fruchteten nichts.

Die Nacht kam, und von der kleinen blonden Flossie war nach wie vor nichts zu sehen.

Um acht Uhr aßen wir zu Abend. Es war ein trauriges Mahl, Mrs. Mackenzie war gar nicht bei Tisch erschienen. Wir drei schwiegen die ganze Zeit über; denn abgesehen von unserer natürlichen Sorge um das Verbleiben der kleinen Flossie lastete schwer das Gefühl auf uns, daß wir es waren, die unseren freundlichen Gastgeber in diese traurige Lage gebracht hatten. Kurz bevor das Essen beendet war, stand ich auf, entschuldigte mich und verließ die Tafel. Ich wollte nach draußen und die Situation überdenken. Ich ging auf die Veranda, zündete meine Pfeife an und setzte mich auf einen Stuhl, der etwa zwölf Fuß von der rechten Seite des Gebäudekomplexes entfernt stand, das heißt – der aufmerksame Leser wird sich gewiß daran erinnern – genau gegenüber einer der engen Türen des Schutzwalles, der das Haus und den Blumengarten umschloß. Ich hatte etwa sechs oder sieben Minuten dort gesessen, als ich glaubte, das Geräusch einer sich öffnenden oder schließenden Tür wahrzunehmen. Ich schaute angestrengt in die Richtung der Tür und horchte, aber da sich nichts tat, war ich ziemlich sicher, mich getäuscht zu haben. Es war stockfinster; der Mond war noch nicht aufgegangen.

Eine Minute war verstrichen, als plötzlich etwas Rundes mit einem weichen, dumpfen Aufschlag auf den Steinfußboden der Veranda fiel und an mir vorbeikullerte.

Ich blieb einen Moment lang regungslos sitzen und überlegte, was das Ding sein konnte. Ich kam schließlich zu dem Ergebnis, daß es sich um ein Tier handeln müsse. Da schoß mir mit einem Mal ein ganz anderer Gedanke durch den Kopf, und ich sprang mit einem Satz auf. Das runde Ding lag nur ein paar Schritte von mir entfernt regungslos auf dem Boden. Ich streckte meine Hand danach aus; es rührte sich nicht. Ein Tier war es also ganz eindeutig nicht. Ich berührte es vorsichtig mit der Hand. Es fühlte sich weich und warm an. Hastig hob ich es hoch und hielt es gegen das matte Licht der Sterne.

Es war ein frisch abgetrennter Menschenkopf!

Ich bin ein alter Haudegen und nicht mehr so leicht aus der Fassung zu bringen, aber ich gestehe freimütig, daß mir übel wurde beim Anblick dieses grausigen Fundes. Wie war der Kopf hierhergelangt? Wessen Kopf war es? Ich legte ihn wieder auf den Boden und rannte zu der schmalen Tür. Nichts zu hören, niemand zu sehen. Ich wollte schon in die Dunkelheit außerhalb des Schutzwalles hinausgehen, als mir bewußt wurde, daß ich damit riskierte, erstochen zu werden. Ich trat also wieder zurück in den Schutz der

Mauer, zog die Tür zu und verriegelte sie. Dann ging ich zurück auf die Veranda und rief mit so ruhiger Stimme, wie ich konnte, Curtis. Anscheinend hatte mich dennoch der Klang meiner Stimme verraten, denn nicht nur Sir Henry kam aufgeregt herausgelaufen, sondern auch Good und Mackenzie hatten sich vom Tisch erhoben und kamen auf die Veranda.

»Was ist passiert?« rief der Geistliche mit nervöser Stimme.

Es blieb mir keine Wahl; ich mußte ihnen alles erzählen.

Mr. Mackenzie wurde unter seiner rosigen Gesichtshaut totenbleich. Wir standen unmittelbar neben der Flurtür, und in dem daraus fallenden Licht konnte ich alles recht gut erkennen. Mackenzie ergriff den Kopf bei den Haaren und hielt ihn ins Licht.

»Es ist der Kopf von einem der Männer, die Flossie begleitet haben«, brachte er keuchend hervor.

Wir standen wie angewurzelt da und starrten uns gegenseitig entsetzt an. Was sollten wir nun tun?

Im selben Moment klopfte es an der Tür, die ich gerade noch verriegelt hatte, und eine ängstliche Stimme rief: »Öffne, mein Vater, öffne!«

Die Tür wurde aufgeschlossen, und herein stürzte ein zu Tode verängstigter Mann. Es war einer der Späher, die Mackenzie ausgesandt hatte.

»Mein Vater«, schrie er, »die Masai sind hinter uns her! Ich sah eine riesige Anzahl von ihnen um den Hügel herumkommen. Sie sind auf dem Weg zu dem alten steinernen Kraal unten an dem kleinen Fluß. Mein Vater, mache dein Herz stark! Mitten unter ihnen sah ich den weißen Esel, und auf ihm ritt die Wasserrose (Flossie). Ein Elmoran führte den Esel und neben ihm ging weinend das Kindermädchen. Die Männer, die am Morgen mit ihr gegangen sind, konnte ich nicht erkennen.«

»Lebte das Kind?« fragte Mackenzie mit heiserer Stimme.

»Sie war weiß wie der Schnee, mein Vater, aber wohlbehalten. Sie kamen ganz dicht an mir vorbei, und als ich von meinem Versteck aufblickte, sah ich ganz deutlich ihr Gesicht im Licht der Sterne.«

»Gott stehe ihr und uns bei!« brachte der Geistliche mit einem Stöhnen hervor.

»Zu wie vielen sind sie?« wollte ich wissen.

»Mehr als zweihundert – zweihundert und ein halbes Hundert.«

Wieder warfen wir uns einen Blick zu. Was sollten wir in dieser

Lage tun? Ein lautes, forderndes Rufen an der Tür schreckte uns aus unseren Gedanken auf.

»Öffne die Tür, weißer Mann; öffne die Tür! Hier ist ein Bote – ein Bote, der mit dir sprechen will.«

Umslopogaas rannte zur Mauer, hielt sich mit seinen langen Armen an der Krone fest, zog sich ein Stück hoch und schaute über die Mauer hinweg nach draußen.

»Ich sehe nur einen einzelnen Mann«, meldete er. »Er ist bewaffnet und trägt einen Korb bei sich.«

»Öffne die Tür!« rief ich ihm zu. »Nimm deine Axt, stell dich neben den Eingang und laß den Mann herein. Sollte noch ein weiterer folgen, dann töte ihn.«

Der Zulu öffnete die Tür. Rasch stellte er sich in den Schatten der Mauer und hob seine Axt, bereit, sofort zuzuschlagen. Just in diesem Augenblick ging der Mond auf. Ein paar Sekunden warteten wir gespannt, und dann kam ein Masai Elmoran zur Tür hereinstolziert. Er trug den vollen Kriegsschmuck, wie ich ihn schon beschrieben habe. Bei sich hatte er einen großen Korb. Die Spitze seines Speers blitzte hell im Mondlicht auf, während er auf uns zuging. Er war von athletischer Statur. Sein Alter schätzte ich auf etwa fünfunddreißig Jahre. Tatsächlich schien keiner der Masai, die ich bisher gesehen hatte, kleiner als sechs Fuß zu sein, obwohl die meisten von ihnen noch ziemlich jung waren. Der Masai blieb vor uns stehen, setzte den Korb ab und rammte seinen Speer in den Boden, so daß er aufrecht stand.

»Laßt uns sprechen«, sagte er. »Der erste Bote, den wir zu euch sandten, konnte nicht sprechen.« Er zeigte auf den Kopf, der auf dem Steinfußboden lag. Nun, da der Mond auf ihn schien, gab er einen grausigen Anblick ab. »Aber ich habe Worte zu sagen, wenn ihr Ohren habt, sie zu hören. Auch Geschenke habe ich mitgebracht« – er wies auf den Korb, der auf der Erde stand und stieß ein solch unverschämtes Lachen aus, wie man es kaum beschreiben kann, aber welches man doch bewundern mußte, wenn man bedachte, daß er sich praktisch in der Höhle des Löwen befand.

»Sprich weiter!« sagte Mr. Mackenzie.

»Ich bin der ›Lygonani‹ (Kriegshauptmann) einer Abteilung der Masai vom Guasa Amboni. Ich verfolgte mit meinen Männern diese drei weißen Männer« – er deutete auf Sir Henry, Good und mich –, »aber sie waren zu schlau für uns und konnten hierher fliehen. Wir haben mit ihnen einen Streit auszufechten und werden sie töten.«

»Werdet ihr das wirklich, mein Freund?« sagte ich mehr zu mir selbst.

»Als wir diese Männer verfolgten, fingen wir heute morgen zwei schwarze Männer, eine schwarze Frau, einen weißen Esel und ein weißes Mädchen. Einen der schwarzen Männer töteten wir – sein Kopf liegt dort auf dem Boden. Der andere konnte uns entkommen. Die schwarze Frau, das kleine weiße Mädchen und den weißen Esel nahmen wir mit. Als Beweis für das, was ich sage, habe ich diesen Korb mitgebracht. Das weiße Mädchen trug ihn bei sich. Ist es nicht der Korb deiner Tochter?«

Mr. Mackenzie nickte. Der Krieger fuhr fort: »Gut! Mit dir und deiner Tochter haben wir keinen Streit, wir wollen auch nichts von euch – nur dein Vieh. Wir haben es schon eingefangen – zweihundertundvierzig Köpfe – ein Tier für den Vater eines jeden Kriegers.«*

Mr. Mackenzie seufzte tief; seine Viehherde bedeutete ihm sehr viel. Er hatte sie mit viel Sorgfalt und unter großen Mühen herangezogen.

»So. Außer daß wir dein Vieh nehmen, wird dir nichts geschehen, aber nur...«, fügte er freimütig hinzu, wobei er einen Blick auf die Mauer warf, »weil dieser Platz zu schwer einzunehmen ist. Aber mit diesen Männern ist es etwas anderes! Tage und Nächte haben wir sie verfolgt; wir müssen sie töten. Wenn wir unverrichteter Dinge zu unserem Kraal zurückkehren, dann werden alle Mädchen uns verspotten und verhöhnen. So lästig es auch sein mag; sie müssen sterben.

Nun habe ich einen Vorschlag für dich. Wir möchten nicht gerne das kleine Mädchen töten; es ist zu hübsch, um ihm ein Leid zuzufügen. Auch ist es sehr tapfer. Gib uns einen dieser drei Männer – Leben gegen Leben – und wir werden sie freilassen, dazu noch die schwarze Frau. Dies ist ein großzügiges Angebot, weißer Mann. Wir wollen nur einen, nicht alle drei. Wir werden eine andere Gelegenheit abwarten, bis wir auch die anderen beiden töten können. Ich suche mir nicht einmal den Mann heraus, der mir am besten gefallen würde – nämlich der Große dort« – er zeigte auf Sir Henry –, »er sieht sehr kräftig aus und würde nicht so schnell sterben.«

---

* Der Masai Elmoran oder junge Krieger darf keinen Besitz erwerben. So ist es zu erklären, daß alle Beute, die sie in der Schlacht erwerben, allein ihren Vätern zukommt. – *A. Q.*

»Und wenn ich sage, ich liefere den Mann nicht aus?« fragte Mr. Mackenzie.

»Tu das nicht, weißer Mann!« erwiderte der Masai. »Denn in diesem Fall wird deine Tochter sterben, sobald der Morgen graut. Die Frau, die bei ihr ist, sagt, du hättest keine anderen Kinder. Wenn sie älter wäre, dann würde ich sie als Sklavin nehmen; da sie aber noch so jung ist, werde ich sie mit meinen eigenen Händen töten – mit diesem Speer. Wenn du willst, kannst du Zeuge ihrer Hinrichtung werden. Ich gebe dir freies Geleit dazu.« Dann lachte der Schurke aus vollem Halse über seinen brutalen Scherz.

In der Zwischenzeit hatte ich fieberhaft nachgedacht, wie man es häufig in Notsituationen tut. Ich war entschlossen, mich selbst gegen Flossie austauschen zu lassen. Ich wage kaum, das zu erwähnen, aus lauter Furcht, man könnte mich mißverstehen. Daß um Himmels willen bei keinem der Gedanke aufkomme, daran sei irgend etwas Heroisches oder sonst so ein Unsinn. Es war lediglich eine Frage des gesunden Menschenverstandes und zudem ein Gebot der Gerechtigkeit, die mich dazu verleiteten, mich als Tauschobjekt anzubieten. Mein Leben war alt und wertlos, ihres hingegen war jung und voller Zukunft. Ihren Tod hätten sowohl ihr Vater als auch ihre Mutter kaum verwinden können; mein Tod hingegen hätte bei niemandem eine sonderlich große Lücke hinterlassen; im Gegenteil – gewisse wohltätige Institutionen hätten allen Grund gehabt, sich darüber zu freuen. Außerdem trug indirekt ich die Schuld daran, daß das liebe kleine Mädchen in diese schlimme Situation geraten war. Und nicht zuletzt war ich der Meinung, daß ein Mann weit besser dafür gewappnet war, dem Tode in einer so schrecklichen Gestalt zu begegnen, als ein kleines Kind. Das heißt nicht, daß ich beabsichtigte, mich von diesen Bestien langsam und grauenvoll zu Tode martern zu lassen – dazu steckt viel zuviel von einem Feigling in mir; denn von Natur aus bin ich ein sehr furchtsamer Mensch. Mein Plan war, mich nach dem geglückten Austausch, wenn das Mädchen in Sicherheit war, sofort zu erschießen. Ich bin sicher, daß der Allmächtige die besonderen Umstände des Falles in Betracht gezogen und mir den Selbstmord verziehen hätte. All dies und vieles andere schoß mir innerhalb von nur ein paar Sekunden durch den Kopf.

»Hören Sie, Mackenzie«, rief ich. »Sagen Sie dem Mann, daß ich mich für Flossie austauschen lassen will. Die einzige Bedingung, die ich stelle, ist die, daß sie mich erst dann töten, wenn Flossie unversehrt hier im Haus angelangt ist.«

»Was?« entfuhr es Sir Henry und Good gleichzeitig. »Das läßt du schön bleiben!«

»Nein, nein«, mischte sich Mr. Mackenzie ein, »ich werde um keinen Preis meine Hände mit dem Blut eines Menschen besudeln. Wenn es Gottes Entscheidung ist, daß meine Tochter diesen schrecklichen Tod erleidet, so soll Sein Wille geschehen. Sie sind ein tapferer Mann, Quatermain (was auf keinen Fall stimmt) und ein edelgesinnter dazu, aber ich werde nicht zulassen, daß Sie in den Tod gehen.«

»Wenn sich keine andere Lösung finden läßt, dann werde ich gehen!« sagte ich in einem Ton, der keinen Widerspruch zuließ.

»Diese Angelegenheit ist zu wichtig, als daß wir sie auf der Stelle entscheiden könnten«, sagte Mackenzie, an den Elmoran gewandt. »Wir müssen die Sache erst überdenken. Du wirst unsere Antwort noch vor dem Morgengrauen erhalten.«

»Wie du willst, weißer Mann«, sagte der Wilde in gleichgültigem Ton. »Aber vergiß nicht: Wenn deine Antwort zu spät eintrifft, dann wird die kleine weiße Knospe niemals zu einer Blume heranwachsen. Denn hiermit werde ich die Knospe abschneiden.« Bei diesen Worten faßte er an den Speer, der neben ihm im Boden steckte. »Wenn ich nicht genau wüßte, daß deine Männer nicht hier sind, würde ich glauben, daß du uns hereinlegen und in der Nacht angreifen willst. Aber ich weiß von der Frau, die bei dem Mädchen ist, daß alle deine Männer bis auf zwanzig unten an der Küste sind. Es ist nicht klug, weißer Mann«, fügte er mit einem höhnischen Lachen hinzu, »für deinen ›Boma‹ (Kraal) nur eine so kleine Besatzung zu haben. Ich wünsche dir eine gute Nacht, weißer Mann, und auch euch, ihr anderen weißen Männer, deren Augen ich bald für immer schließen werde, wünsche ich eine gute Nacht. Beim Morgengrauen erwarte ich eure Antwort. Wenn nicht, dann wird alles so geschehen, wie ich es gesagt habe; vergeßt das nicht.« Dann wandte er sich Umslopogaas zu, der die ganze Zeit hinter ihm gestanden und ihn beäugt hatte. »Öffne mir die Tür, Bursche, aber schnell!«

Das war zuviel für den Geduldsfaden des alten Häuptlings. Während der letzten zehn Minuten hatte es ihm schon gewaltig in den Fingern gejuckt, und bei dem Gedanken, es dem Masai Lygonani zu geben, war ihm buchstäblich das Wasser im Munde zusammengelaufen. Und jetzt das – da war das Maß voll. Er legte seine große Hand auf die Schulter des Elmorans und drehte den Masai so zu sich herum, daß sie sich Auge in Auge gegenüberstanden. Dann schob er sein wutverzerrtes Gesicht ganz nahe an die höhnisch grinsende, bösartige federumrahmte Fratze des Masai und knurrte leise:

»Siehst du mich?«

»Ja, Bursche, ich sehe dich.«

»Und siehst du das hier?« Bei diesen Worten hielt er ihm Inkosi-kaas ganz dicht vor das Gesicht.

»Ja, Bursche, auch dein Spielzeug sehe ich; und was ist damit?«

»Du räudiger Hund von einem Masai, du jämmerlicher, prahlerischer Windbeutel, du elende Memme, die sich an kleinen Kindern vergreift, mit diesem ›Spielzeug‹ werde ich dir deine Gliedmaßen der Reihe nach abhacken. Sei froh, daß du als Bote hier bist, sonst würde ich hier, auf der Stelle, deine stinkenden Glieder über das Gras verstreuen.«

Der Masai schüttelte seinen großen Speer und lachte laut und ausgiebig. »Ich wünschte, wir könnten uns Mann gegen Mann gegenüberstehen. Dann würden wir ja sehen.« Dann wandte er sich ab und ging, immer noch lachend, auf die Tür zu.

»Du wirst mir noch früh genug Mann gegen Mann gegenüberstehen, hab keine Angst«, erwiderte Umslopogaas, immer noch in demselben drohenden Tonfall. »Du wirst mir Auge in Auge gegenüberstehen, mir, Umslopogaas, vom Blute des Chaka, aus dem Volke der Amazulu, Hauptmann im Regiment der Nkomabakosi! Du wirst mir gegenüberstehen wie schon so viele vor dir, und du wirst dich Inkosi-kaas beugen, wie ebenfalls schon viele vor dir. Ja, lache nur weiter! In der übernächsten Nacht werden die Schakale lachen, wenn sie dir mit ihren Zähnen das Fleisch von den Rippen reißen!«

Als der Lygonani fort war, hatte einer von uns die Idee, den Korb zu öffnen, den er als Beweis dafür mitgebracht hatte, daß Flossie sich in seiner Hand befand. Als wir den Deckel hoben, fanden wir ein wunderschönes, vollständiges Exemplar der Goyalilie, die ich ja schon ausführlich beschrieben habe. Sie war voll aufgeblüht und gänzlich unversehrt. Darunter lag eine Botschaft in Flossies kindlicher Handschrift. Sie war mit Bleistift auf einen Fetzen fettiges Papier geschrieben, in das der Proviant eingepackt gewesen war:

Liebste Eltern! lautete die Anrede. *Die Masai haben uns gefangen, als wir mit der Lilie auf dem Heimweg waren. Ich versuchte ihnen zu entkommen, aber es ist mir nicht gelungen. Sie haben Tom umgebracht; der andere Mann ist fortgelaufen. Dem Kindermädchen und mir haben sie nichts getan, aber sie sagen, sie wollen uns gegen einen von Mr. Quatermains Begleitern eintauschen. Das will ich auf keinen Fall! Laßt nicht zu, daß irgend jemand sein Leben für meines opfert. Versucht, sie während der Nacht anzugreifen. Sie wollen drei der Ochsen, die sie gestohlen haben, schlachten und damit ein Festmahl abhalten. Ich habe ja meine Pistole, und wenn bis zum Morgengrauen keine Hilfe gekommen ist, werde ich mich erschießen. Sie sollen mich nicht töten! Wenn ich sterben sollte, dann vergeßt mich nie, liebste Eltern. Ich habe schreckliche Angst, aber ich vertraue auf Gott. Ich wage nicht, noch mehr zu schreiben, weil sie anfangen, es zu merken. Lebt wohl. – Flossie.*

Quer über die Rückseite war gekritzelt: *Liebe Grüße an Mr. Quatermain. Sie werden den Korb zu euch bringen, und er wird die Lilie bekommen.*

Als ich diese Zeilen las, die jenes kleine, tapfere Mädchen in einer Lage geschrieben hatte, die schrecklich und aussichtslos genug gewesen wäre, selbst einen starken Mann in tiefste Verzweiflung sinken zu lassen, da traten mir Tränen in die Augen, und in meinem Innersten schwor ich, sie nicht dem Tode auszuliefern, wenn mein Leben doch reichen sollte, sie zu retten.

Unmittelbar nachdem wir die Nachricht gelesen hatten, begannen wir eifrig und leidenschaftlich, ja heftig, über die Situation zu diskutieren. Wieder sagte ich, daß ich gehen würde, und wieder lehnte Mackenzie es strikt ab, und Curtis und Good legten als die wahrhaft treuen Männer, die sie sind, feierlich das Versprechen ab, mitzugehen, wenn ich wirklich gehen sollte, und Seite an Seite mit mir zu sterben.

»Jedenfalls«, sagte ich schließlich, »müssen wir unbedingt noch vor der Morgendämmerung etwas unternehmen.«

»Dann laßt uns unsere Chance wahrnehmen und sie mit allen verfügbaren Leuten angreifen!« schlug Sir Henry vor.

»Ja, das ist gut!« knurrte Umslopogaas auf Zulu. »Du hast gesprochen wie ein Mann, Incubu. Wovor sollen wir uns fürchten? Zweihundertfünfzig Masai, fürwahr! Wie viele sind wir? Der Häuptling dort« – er deutete auf Mr. Mackenzie – »hat zwanzig Mann. Du, Macumazahn, hast fünf Männer, und dazu kommen fünf weiße Männer. Das sind insgesamt dreißig Mann – wahrlich genug. Höre, Macumazahn, der du schlau und erfahren im Kriege bist. Was sagt das Mädchen? Diese Männer essen und feiern; so soll es denn ihr Totenmahl sein! Was sagte der Hund, den ich beim Morgengrauen in Stücke zu hauen gedenke? Daß er keinen Angriff befürchte, weil wir so wenige seien. Kennst du den alten Kraal, in dem die Masai ihr Lager aufgeschlagen haben? Ich habe ihn heute morgen gesehen; er sieht so aus«; er beschrieb mit dem Finger ein Oval auf dem Fußboden. »Hier ist der große Eingang. Er ist angefüllt mit Dornengestrüpp und öffnet sich zu einer steilen Anhöhe hin. Nun, Incubu, du und ich, wir werden ihn mit Äxten gegen hundert Mann halten, die versuchen, auszubrechen! Nun seht; so soll die Schlacht gehen: Wenn das Licht auf den Hörnern der Ochsen zu schimmern beginnt – nicht vorher, sonst ist es zu dunkel, und nicht später, sonst wachen sie auf und erblicken uns –, soll Bougwan mit zehn Männern um den Kraal herumkriechen bis zu der Stelle am anderen Ende des Kraals, wo der schmale Eingang ist. Dort töten sie lautlos den Wachtposten, so daß er keinen Laut von sich gibt und halten sich bereit. Dann kriechen Incubu, ich und einer der Askari – der mit der breiten Brust, er ist ein tapferer Mann – zu dem breiten Eingang, der mit Dornenbüschen gefüllt ist und töten auch dort den Wachtposten, und dann beziehen wir, mit Streitäxten bewaffnet, unsere Stellung – jeder an einer Seite des Pfades, der zum Eingang führt, und der dritte ein paar Schritte vom Eingang entfernt, um die zu töten, die es schaffen, an den beiden am Tor vorbeizukommen. An der Stelle wird der größte Ansturm kommen. Es bleiben sechzehn Mann übrig. Laßt uns diese Männer in zwei Gruppen aufteilen. Mit einer davon sollst du gehen, Macumazahn, und mit einer der ›Betmann‹ (Mr. Mackenzie). Sie sollen, mit Gewehren bewaffnet, auf die Seiten des Kraals gehen; eine Gruppe zur Rechten und eine zur Linken. Und wenn du, Macumazahn, wie ein Ochse brüllst, dann sollen alle aus ihren Gewehren das Feuer auf die schlafenden Masai eröffnen; sie müssen dabei aufpassen, daß sie nicht das kleine Mädchen treffen. Dann soll Bougwan am anderen Ende des Kraals seinen Kriegsschrei ausstoßen, über die Mauer springen und mit seinen zehn Männern die Masai zum Zweikampf stellen. Und es wird so sein, daß die Soldaten, benommen von der Speise und dem Schlaf, verwirrt vom Feuer der Gewehre, vom Fallen der Männer und von den Speeren Bougwans, aufspringen und wie gehetztes Wild auf den dornenbewehrten Eingang zustürzen. Und dann werden von beiden Seiten die Kugeln in sie hineinfahren, und am Eingang stehen Incubu und ich und warten auf jene, die den Feuerhagel überstanden haben und zum Eingang gelangt sind. Das ist mein Plan, Macumazahn; wenn du einen besseren hast, dann nenne ihn!«

Als er mit der Darlegung seines Plans fertig war, erklärte ich den anderen die Einzelheiten desselben, die sie nicht ganz verstanden hatten. Und einhellig und vorbehaltlos teilten sie meine Bewunderung für diesen klugen, wohldurchdachten Plan, den der alte Zulu da ausgeheckt hatte. Auf seine Art war Umslopogaas sicherlich der vortrefflichste General, den ich je kennengelernt habe. Nach einer kurzen Debatte entschlossen wir uns, den Plan, so wie er stand, zu akzeptieren, da er unter diesen Umständen das einzig Mögliche war und – angesichts der Tatsache, daß wir eigentlich auf verlorenem Posten standen – wenigstens ein Fünkchen Hoffnung auf Erfolg in uns weckte. Eine Hoffnung, die uns in Anbetracht der gewaltigen Übermacht und der Grausamkeit unserer Widersacher ohnehin nur theoretisch zu sein schien.

»Du alter Löwe«, sagte ich anerkennend zu Umslopogaas, »du verstehst es ebenso, zu beißen, wie auf der Lauer zu liegen. Du weißt genau, wann man zupacken und wann man warten muß.«

»Ja, ja, Macumazahn«, gab er zur Antwort. »Seit dreißig Jahren bin ich Krieger, und ich habe vieles erlebt. Es wird ein großer Kampf werden. Ich rieche Blut – ich sage dir, ich rieche Blut.«

6

Die Nacht vergeht

Wie man sich gewiß vorstellen kann, hatte die gesamte Bewohnerschaft der Missionsstation beim ersten Anzeichen des Auftauchens der Masai im Innern des Steinwalles Zuflucht gesucht. Nun standen sie alle – Männer, Frauen und zahllose Kinder – dicht zusammengedrängt in kleinen Gruppen beieinander, sprachen in ehrfürchtigem Ton von den grausamen Sitten und Bräuchen der Masai und beklagten schon im voraus das schreckliche Los, das ihrer harrte, wenn es diesen blutrünstigen Wilden gelänge, die Mauer zu überwinden.

Unmittelbar nachdem wir uns auf den Plan, den Umslopogaas vorgeschlagen hatte, geeinigt hatten, schickte Mr. Mackenzie nach vier aufgeweckten Burschen zwischen zwölf und fünfzehn Jahren und beauftragte sie, von verschiedenen Stellen aus das Lager der Masai zu beobachten und in regelmäßigen Abständen zu melden, was sich dort tat. Weitere Jungen, ja sogar Frauen, wurden längs der Mauer in bestimmten Abständen postiert, um uns im Falle eines Überraschungsangriffes frühzeitig warnen zu können.

Nachdem diese Maßnahmen in die Wege geleitet worden waren, trommelte unser Gastgeber die zwanzig Mann, die seine ganze Streitmacht darstellten, auf dem Innenhof zusammen und hielt eine ernste Ansprache. Es war in der Tat eine beeindruckende Szene – keiner der Anwesenden wird sie so leicht vergessen können. Direkt neben dem mächtigen Stamm des Baumes stand der Missionar, den eckigen Körper mit einem Arm gegen den Stamm gelehnt; den anderen Arm hielt er ausgestreckt empor, während er sprach. Er stand barhäuptig da, und sein offenes, freundliches Gesicht spiegelte deutlich die Seelenqual wider, die er litt. Neben ihm auf einem Stuhl saß seine arme Frau, das Gesicht in den Händen vergraben. Daneben stand Alphonse, überaus kummervoll dreinblickend, und hinter ihm standen wir drei. Im Hintergrund war Umslopogaas riesige Gestalt zu sehen, wie üblich auf den Stiel seiner Axt gestützt. Im Vordergrund, die Gesichter uns zugewandt, standen und hockten die wehrfähigen Männer – einige mit Gewehren in der Hand, andere mit Speeren und Schildern bewaffnet. Mit gespannter Aufmerksamkeit lauschten sie jedem Wort, das über die Lippen des Sprechers kam. Das weiße Licht des

Mondes, das durch die Äste des großen Baumes fiel, tauchte die Szene in einen fremdartigen, wilden Glanz, und das melancholische Seufzen des Nachtwindes, der durch die Nadeln des Baumes über uns strich, verstärkte nur das Gefühl tiefer Traurigkeit, dessen die ohnehin tragische Situation auch so nicht entbehrte.

»Männer!« sprach Mr. Mackenzie, nachdem er alle Umstände des Falles klar und offen vor ihnen dargelegt und ihnen den Plan, der unsere letzte Hoffnung war, in allen Einzelheiten erklärt hatte – »Männer! Seit vielen Jahren bin ich wie ein guter Freund zu euch! Ich habe euch Schutz und Obdach geboten, ich bin euch Lehrer und Beschützer gewesen, ich habe euch und die euren vor Schaden bewahrt, und zusammen sind wir glücklich und wohlhabend geworden. Ihr selber habt verfolgen können, wie meine kleine Tochter – die Wasserrose, wie ihr sie nennt – aufwuchs, wie sie Jahr für Jahr größer wurde: vom zarten Säugling zum fröhlichen Kinde, und vom Kinde zum Mädchen. Sie war die Spielgefährtin eurer Kinder, und wenn ihr krank wart, so half sie euch gesundpflegen. Und darum habt ihr sie immer geliebt.«

»So war es und so ist es«, sagte eine tiefe Stimme. »Und wir werden unser Leben einsetzen, sie zu retten!«

»Ich danke euch von ganzem Herzen – ich danke euch. Ich bin von der tiefen Gewißheit erfüllt, daß ihr in dieser Stunde der Bedrängnis, da ihr Leben an einem seidenen Faden hängt, den wilde und grausame Menschen – die fürwahr ›nicht wissen, was sie tun‹ – abschneiden wollen, daß ihr in dieser Stunde höchster Not alles, was in euren Kräften steht, tun werdet, um sie zu retten, und um mich und ihre Mutter vor dem gebrochenen Herzen zu bewahren. Denkt auch an eure eigenen Frauen und Kinder. Wenn sie stirbt, wird nach ihrem Tode ein Angriff auf uns hier erfolgen, und im günstigsten Falle können wir unsere eigene Haut retten; aber eure Häuser und Gärten werden zerstört werden, und ihr werdet all eure Habe und euer Vieh verlieren. Ich bin, wie ihr wißt, ein Mann des Friedens. Niemals in all diesen vielen Jahren habe ich meine Hand gegen einen Menschen erhoben, um sein Blut zu vergießen. Doch nun sage ich euch: kämpft! Im Namen des Herrn, der uns hieß, unser Leben und unser Haus zu verteidigen, sage ich euch, kämpft! Schwört mir«, rief er mit doppelter Leidenschaft in der Stimme, »schwört mir, daß ihr bis zum letzten Mann, bis zum letzten Blutstropfen Seite an Seite mit mir und diesen tapferen weißen Männern euer Letztes geben werdet, um meine Tochter vor einem grausamen Tode zu bewahren!«

»Sprich nicht weiter, mein Vater«, sagte wieder die tiefe Stimme, die einem der Ältesten der Missionsstation gehörte, einem kräftigen, entschlossenen Mann; »wir schwören es. Wer diesen Eid bricht, soll wie ein räudiger Hund sterben, und seine Knochen sollen den Schakalen zum Fraß vorgeworfen werden! Es ist ein gewaltiges Wagnis, mein Vater, mit so wenigen so viele anzugreifen, aber wir werden es tun, auch wenn wir dabei untergehen. Wir schwören es!«

»Ja, wir schwören es«, stimmten die anderen ein.

»Ja, wir schwören es«, sagte ich.

»Es ist gut«, sagte Mr. Mackenzie. »Ihr seid brave Männer, auf die man in der Not bauen kann, und die sich nicht wie ein Schilfrohr dem Winde beugen. Und nun, liebe Freunde, laßt uns gemeinsam – Schwarze wie Weiße – niederknien und in Demut zu Seinem mächtigen Thron aufschauen. Lasset uns beten, daß Er, in dessen Hand unser aller Leben liegt, der Herr ist über Leben und Tod, uns armen Sündern gnädig sei, daß er uns stark mache, auf daß wir in der Schlacht, die uns im ersten Lichte des Morgens bevorsteht, mit seiner Hilfe obsiegen.«

Mit diesen Worten fiel er auf die Knie, und wir alle folgten seinem Beispiel, bis auf Umslopogaas, der noch immer im Hintergrund stand, grimmig auf seine Axt gelehnt. Der wilde alte Zulu hatte keine Götter, und es gab nichts, was er verehrte, es sei denn, seine Streitaxt Inkosi-kaas.

»O Gott aller Götter«, begann der Geistliche, und seine tiefe Stimme, die vor Bewegung zitterte, hallte durch die Stille und brach sich trotz der Zweige an dem grünen Dach des Baumes, das sich hoch über uns wölbte; »Beschützer der Elenden und Geknechteten, Zuflucht der Bedrohten, Bewahrer der Hilflosen, erhöre unser Flehen! Allmächtiger Vater, zu dir kommen wir in Bescheidenheit und Demut. Erhöre unser Gebet! Ein einziges Kind gabst du uns – ein unschuldiges Kind, erzogen im Glauben an Dich – und nun schwebt über ihm der drohende Schatten des Todesschwertes, und es ist in der Hand wilder Menschen, in der Erwartung eines furchtbaren Todes. Stehe ihm bei, o Gott, und gib ihm in dieser Stunde deinen Trost. Errette es, o himmlischer Vater! O du Gott der Schlacht, in dessen Händen das Schicksal aller Menschen liegt, sei mit uns in der Stunde des Haders. Wenn wir in den Schatten des Todes treten, mache uns stark. Lasse deinen göttlichen Atem in die Reihen unseres Feindes fahren, auf daß er in alle Winde verstreut werde. Verwandle seinen Stolz in Nichts und seine Kraft in Wasser. Gib uns deinen Schutz und führe uns sicher durch die Schlacht. Wirf über uns den Schild deiner unendlichen Macht. Vergiß uns nicht in der Stunde unserer höchsten Not. Hilf uns zu verhindern, daß der Grausame unsere Kinder vor die Felsen schmettert. Erhöre unser Flehen! Und für die von uns, die jetzt noch stark und gesund vor dir auf der Erde knien und vielleicht bei Sonnenaufgang schon vor deinem Thron stehen, erhöre unser Gebet! Mache sie rein, o Herr! Befreie sie von ihren Sünden gegen das Blut des Lammes! Und wenn ihr Geist sie verläßt, so empfange ihn im Himmel der Gerechten! Schreite voran, o Herr, schreite voran, wenn wir uns in die Schlacht stürzen, so wie du es beim Volke Israel getan hast. O Gott des Kampfes, erhöre unser Flehen!«

Er hielt inne, und nach einem Augenblick des Schweigens erhoben wir uns. Wir mußten nun mit aller Sorgfalt unsere Vorbereitungen treffen. Es war jetzt – wie Umslopogaas treffend bemerkte – an der Zeit, mit dem ›Schwätzen‹ aufzuhören und zu handeln. Die Männer, die die einzelnen Gruppen bilden sollten, wurden sorgfältig ausgesucht und mit noch größerer Sorgfalt und Akribie auf ihre Aufgaben vorbereitet. Sie erhielten präzise Instruktionen, was sie in welchem Moment zu tun hatten. Nach langer Überlegung kamen wir zu der Überzeugung, daß die zehn Männer, die von Good angeführt werden sollten, und die die Aufgabe hatten, das Lager zu stürmen, nicht mit Feuerwaffen ausgerüstet werden sollten; das heißt, mit Ausnahme von Good, der sowohl einen Revolver als auch ein kurzes Schwert hatte – das Masaischwert, das ich aus dem Körper des armen Kerls, der in dem Kanu ermordet worden war, herausgezogen hatte. Wir befürchteten nämlich, daß, wenn sie Feuerwaffen trügen und die Masai von drei Seiten zugleich unter Kreuzfeuer genommen würden, auch ein paar von unseren eigenen Leuten getroffen werden könnten. Außerdem schien es uns allen, daß die Aufgabe, die sie zu erfüllen hatten, am besten mit dem kalten Stahl erledigt werden konnte – besonders trat natürlich Umslopogaas dafür ein, der, wie man sich leicht denken kann, ein leidenschaftlicher Verfechter des kalten Stahls war.

Wir verfügten über vier Winchester-Repetiergewehre sowie ein halbes Dutzend Martinis. Ich selbst nahm eines der Repetiergewehre – mein eigenes; eine ausgezeichnete Waffe für diesen Zweck, wo es auf möglichst schnelles Feuern ankam. Anstelle des schwerfälligen Mechanismus, mit dem sie im allgemeinen ausgerüstet sind, hatte es ordentliche Klappenvisiere. Mr. Mackenzie nahm ebenfalls eins, und die restlichen beiden gingen an zwei von seinen Männern, die sie bedienen konnten und als gute Schützen bekannt waren. Die Martinis und ein paar andere Gewehre aus dem Besitz von Mr. Mackenzie wurden zusammen mit einem ausreichenden Vorrat an Munition an die übrigen Eingeborenen verteilt, die die beiden Gruppen bilden sollten, deren Aufgabe es war, das Feuer von beiden Seiten des Kraals auf die schlafenden Masai zu eröffnen. Zum Glück waren mehr oder weniger alle ausreichend mit der Bedienung eines Gewehres vertraut.

Was Umslopogaas anbetrifft; er war – wie wir wissen – mit seiner Axt bewaffnet. Um es hier noch einmal in Erinnerung zu rufen: Er, Sir Henry und der stärkste der Askari hatten die Aufgabe, den dornenbewehrten Eingang des Kraals gegen den voraussichtlichen Ansturm der Ausbrechenden zu verteidigen. Dazu waren natürlich Gewehre ungeeignet. Also machten Sir Henry und der Askari sich daran, sich auf die gleiche Weise wie der Zulu zu bewaffnen. Zufällig verfügte Mr. Mackenzie in seinem kleinen Lagerhaus über eine Auswahl von Axteisen mit Hammerrücken aus bestem englischen Stahl. Sir Henry suchte sich eines davon aus; es wog etwa zweieinhalb Pfund und hatte eine sehr breite Schneide. Der Askari wählte ein etwas kleineres. Nachdem Umslopogaas die beiden Axteisen mit einer zusätzlichen Schneide versehen hatte, befestigten wir sie an dreieinhalb Fuß lange Stiele, von denen Mr. Mackenzie glücklicherweise noch ein paar auf Vorrat hatte. Sie waren aus einem leichten, aber außergewöhnlich harten, bruchsicheren Holz eines einheimischen Baumes. Es ähnelt dem Holz der englischen Esche, ist jedoch elastischer. Nachdem wir zwei passende Stiele mit großer Sorgfalt ausgewählt hatten und ihre Enden mit Kerben versehen hatten, um ein Abgleiten der Hand zu verhindern, steckten wir die Axteisen so fest wie eben möglich auf das andere Ende der Stiele und tauchten die Waffen eine halbe Stunde lang in einen Eimer Wasser, damit das Holz aufquoll und sich so stark in dem Steckloch des Eisens ausdehnte, daß höchstens das Verbrennen des Stieles das Eisen wieder freigegeben hätte. Nachdem Umslopogaas diese wichtige Prozedur eigenhändig durchgeführt hatte, begab ich mich in mein Zimmer und öffnete eine kleine, metallbeschlagene Holzkiste, die ich seit unserer Abfahrt aus England noch nicht aufgemacht hatte. Sie enthielt – nun, was glaubt Ihr wohl ? – nicht mehr und nicht weniger als vier Panzerhemden.

Auf einer früheren Reise, die wir drei in einen anderen Teil Afrikas gemacht hatten, verdankten wir einmal unser Leben Panzerhemden, die die Eingeborenen hergestellt hatten. Und da ich mich daran noch erinnern konnte, hatte ich, bevor wir uns auf unsere jetzige abenteuerliche Expedition begeben hatten, angeregt, daß wir uns wieder passende Hemden aus Eisengewebe anfertigen lassen sollten. Das war gar nicht so einfach, denn die Kunst des Herstellens von Rüstungen ist derweil ausgestorben. Aber wenn man den Handwerkern in Birmingham nur lange genug auf die Nerven fällt und auch anständig bezahlt, dann sind sie auch fähig, aus Stahl so ziemlich alles zu machen. Schließlich befanden wir uns jedenfalls in dem Besitz der herrlichsten Panzerhemden aus Stahl, die man sich vorstellen kann. Es waren Meisterstücke handwerklichen Könnens. Das Gewebe war zusammengesetzt aus Tausenden und Abertausenden winziger, aber fester Ringe aus bestem Stahl. Diese Hemden (eigentlich waren es eine Art Jerseys mit stählernen Ärmeln) waren mit luftdurchlässigem Waschleder gefüttert; sie hatten nicht den typisch metallischen Glanz von Stahl, sondern die bräunliche Farbe eines Gewehrlaufes. Meines wog genau sieben Pfund; es schmiegte sich so sanft an den Körper an, daß ich das Gefühl hatte, es tagelang wie eine zweite Haut tragen zu können, ohne mich daran wundzuscheuern. Sir Henry besaß gleich zwei; ein normales – nämlich einen Jersey mit herunterhängenden Klappen, die auch der oberen Partie der Oberschenkel noch einen gewissen Schutz boten – und dazu ein zweites, das er selbst entworfen hatte. Es war nach dem Muster der Kleider geschnitten, die man als Hemdhosen oder »Kombination« feilbietet und wog zwölf Pfund. Diese kombinierte Hemdhose, deren Gesäßteil aus Waschleder bestand, schützte zwar den gesamten Körper bis hinunter zu den Knien, aber es war doch ein wenig hinderlich, weil man es längs des Rückens schnüren mußte. Außerdem beeinträchtigte es mit seinen zwölf Pfund Gewicht doch ziemlich die Bewegungsfreiheit. Zu diesen Hemden gehörten noch Kopfbedeckungen, die wie aus vier Einzelteilen bestehende braunwollene Reisekappen aussahen. Dazu hatten sie noch Ohrenklappen. Diese Kappen waren ebenfalls mit Stahlgewebe überzogen, so daß sie einen ausgezeichneten Schutz für den Kopf darstellten.

Es mutet fast ein bißchen lächerlich an, wenn man heutzutage von Kettenhemden als einem Schutz spricht – heute, wo nicht mehr Pfeile durch die Luft fliegen, sondern Kugeln, gegen die diese Hemden natürlich völlig machtlos sind. Aber da, wo man es mit Wilden zu tun hat, die mit Äxten oder ähnlichen Waffen ausgerüstet sind, stellen diese Hemden in der Tat einen trefflichen Schutz dar. Und wenn sie gut gearbeitet sind und gut passen, machen sie den Träger gegen primitive Waffen fast unverwundbar. Oft ist mir der Gedanke durch den Kopf gegangen, daß, wenn die englische Regierung während der Kolonialkriege, besonders dem gegen die Zulus, doch nur auf die Idee gekommen wäre, ihre Männer mit solchen Panzerhemden auszustatten, manch ein Mann heute noch leben könnte, der längst tot und vergessen ist.

Angesichts der Situation, in der wir steckten, beglückwünschten wir uns für unsere weise Voraussicht, die Hemden mitgenommen zu haben, und für das Glück, das wir gehabt hatten, daß nicht auch sie von unseren schurkischen Trägern gestohlen worden waren, als sie uns mit fast allen unseren Ausrüstungsgegenständen davongelaufen waren. Da Curtis zwei besaß und sich nach reiflicher Überlegung dazu entschlossen hatte, die Kombination anzuziehen – das zusätzliche Gewicht von drei oder vier Pfund war für einen Mann von seiner Körperkraft keine wesentliche Beeinträchtigung, ganz abgesehen davon, daß der fast vollkommene Schutz, den die Kombination bot, für einen Mann, der ohne jeglichen Schild kämpfte, von enormer Wichtigkeit war –, machte ich den Vorschlag, daß er das andere Hemd Umslopogaas lieh, der ja auf ebenso gefährlichem wie ruhmvollem Posten kämpfen sollte. Curtis war sofort einverstanden, und er rief den Zulu zu sich. Umslopogaas brachte Curtis' Axt mit, die er inzwischen fertig hatte, und die seiner kritischen Prüfung standgehalten hatte. Als wir ihm das stählerne Hemd zeigten und ihm eröffneten, daß er es tragen solle, stand er diesem Plan zuerst ablehnend gegenüber. Dreißig Jahre lang habe er in seiner eigenen Haut gekämpft, und nun wolle er nicht auf seine alten Tage noch in einer Haut aus Eisen kämpfen. Daraufhin nahm ich einen schweren Speer, breitete das Hemd auf dem Boden aus und hieb den Speer mit aller Kraft darauf. Mit lautem Klirren federte die Waffe von dem Hemd zurück, ohne auch nur einen Kratzer auf dem Gewebe aus gehärtetem Stahl zu hinterlassen. Diese Demonstration schaffte es schon fast, ihn umzustimmen. Und als ich ihm dann noch eindringlich klarmachte, daß er in einer Situation, in der jeder Mann zehnfach zählte, nicht einfach aufgrund altmodischer Vorurteile einen so hervorragenden Schutz für Leib und Leben in den Wind schlagen durfte, und daß er außerdem, wenn er ein solches Hemd trug, auf einen Schild verzichten und mit beiden Händen kämpfen konnte, gab er schließlich nach und streifte sich die »Eisenhaut« über. Und in der Tat – obwohl das Hemd ja für Sir Henry angefertigt worden war, paßte es dem riesigen Zulu wie eine zweite Haut. Die beiden Männer waren fast gleichgroß. Und obwohl Curtis den größeren Eindruck machte, bin ich fast geneigt zu sagen, daß der Unterschied eher der Einbildung zuzuschreiben ist als der Realität. In Wirklichkeit, würde ich sagen, war er vielleicht ein wenig stämmiger, aber eigentlich nicht größer. Vielleicht hatte er etwas muskulösere Arme. Umslopogaas hatte vergleichsweise dünne Arme, diese aber hatten die Stärke von Drahtseilen. Jedenfalls, wie sie nun beide so dastanden, die Axt in der Hand, in braune Kettenhemden gehüllt, die wie eine zweite Haut ihre mächtigen Oberkörper umschmiegten, dabei jeden Muskeln und jede Kontur nachzeichneten, gaben sie in der Tat das Bild eines Paars ab, vor dem sich wohl selbst noch eine Gruppe von zehn starken Männern gefürchtet hätte.

Es war nun fast ein Uhr morgens. Wie die Späher berichteten, schickten sich die Masai allmählich an, schlafenzugehen, nachdem sie das Blut der Ochsen getrunken und gewaltige Mengen Fleisch verzehrt hatten. An den beiden Eingängen des Kraals hatten sie Posten aufgestellt. Flossie, so sagten die Späher, befand sich nicht weit von der auf der westlichen Seite gelegenen Mauer des Kraals entfernt, etwa in der Mitte. Bei ihr befanden sich das Kindermädchen und der weiße Esel, den man an einen Holzpflock gebunden hatte. Ihre Füße hatte man zusammengebunden, und um sie herum lagen Masaikrieger.

Da wir im Augenblick absolut nichts tun konnten als warten, aßen wir etwas und gingen uns für ein paar Stunden schlafen legen. Der gute alte Umslopogaas war einfach bewundernswert: So als mache der bevorstehende Kampf nicht den geringsten Eindruck auf ihn, legte er sich einfach auf die Erde und war in Sekundenschnelle in tiefen Schlaf gesunken. Ich weiß nicht, wie es den anderen erging; ich für mein Teil fand jedenfalls keinen Schlaf. Ich muß zu meinem Leidwesen gestehen, daß ich, wie immer bei solchen Ereignissen, Angst verspürte. Nun, da mein anfänglicher Enthusiasmus über Umslopogaas vortrefflichen Plan schon ein wenig verflogen war, muß ich der Wahrheit halber zugeben, daß mir die Situation alles andere als behagte. Wir waren alles in allem dreißig Mann; viele davon verfügten zweifellos über nur sehr ungenügende Kampferfahrung, und mit diesen dreißig Mann wollten wir zweihundertundfünfzig Masai angreifen! Zweihundertundfünfzig Masai, die zu den heißblütigsten, todesmutigsten, schrecklichsten Wilden Afrikas gerechnet werden, und die zu allem Überfluß auch noch durch eine Steinmauer geschützt waren! Es war in der Tat ein Unternehmen, das schon an Wahnsinn grenzte. Und was das Ganze noch hirnverbrannter machte, war die Wahrscheinlichkeit, daß die Wachtposten uns bemerken und Alarm schlagen würden, wenn wir versuchten, unsere Posten einzunehmen. Eines war sonnenklar: wenn das geschehen sollte; nämlich, daß die Wachposten uns entdeckten – und jedes kleinste Geräusch, und sei es bloß das Knacken eines Astes, konnte das schon bewirken – dann war es um uns geschehen, denn das ganze Lager würde in Sekundenschnelle in Aufruhr geraten. Unsere einzige, wiewohl geringe Chance, lag in einem Überraschungsangriff.

Das Bett, in dem ich lag, während mir diese wenig tröstlichen Gedanken durch den Kopf gingen, stand dicht bei einem offenen Fenster, das auf die Veranda hinausging. Plötzlich hörte ich, wie von draußen ein seltsames Geräusch hereindrang – eine Art Stöhnen, gepaart mit Weinen. Eine Weile hörte ich gespannt zu, konnte mir jedoch keinen Reim darauf machen. Schließlich stand ich auf und ging ans Fenster. Ich lehnte mich hinaus und starrte ins Dunkel. Da sah ich die Umrisse einer menschlichen Gestalt, die am Ende der Veranda kniete und sich unablässig mit den Händen vor die Brust schlug. Es war niemand anders als Alphonse! Da ich sein französisches Gemurmel nicht verstehen konnte und wissen wollte, was er da überhaupt trieb, rief ich ihn an und fragte ihn, was er da mache.

»Ah, monsieur«, sagte er mit einem tiefen Seufzer, »isch mache Gebet für die Seelen von denen, die isch 'eute nacht töten werde.«

»Könnten Sie das nicht ein bißchen leiser machen?«

Alphonse machte sich davon, und ich war von seinem Gestöhne befreit.

Langsam ging die Zeit herum, bis schließlich nach einer wahren Unendlichkeit Mr. Mackenzie den Kopf zum Fenster hereinsteckte und flüsterte – denn von nun an mußte natürlich alles in absoluter Stille geschehen: »Drei Uhr. Wir müssen um halb vier los.«

Ich bat ihn, hereinzukommen, und er kam in mein Zimmer. Und ich muß sagen; wäre die Situation eine andere, weniger traurige gewesen, dann wäre ich bei seinem Anblick in schallendes Gelächter ausgebrochen, so wie er sich für die bevorstehende

Schlacht ausstaffiert hatte: er trug den schwarzen Schwalbenschwanz eines Geistlichen, dazu einen schwarzen, breitkrempigen Hut. Beides hatte er, wie er mir erklärte, aufgrund des vorzüglichen Tarneffekts angezogen. In der Hand hielt er das Winchester-Repetiergewehr, das wir ihm geliehen hatten. Und in einem elastischen Crickettgürtel von der Art, wie englische Schuljungen ihn tragen, steckten ein riesiges Schnitzmesser mit dazugehörigem Stichblatt und ein langläufiger Colt.

»Ah, mein Freund«, sagte er, als er mich auf seinen Gürtel starren sah, »Sie fragen sich sicher, was ich mit meinem Schnitzmesser will. Ich dachte mir, es kann mir noch ganz nützlich werden, wenn es zum Nahkampf kommen sollte. Es ist aus hervorragendem Stahl, und ich habe schon manches Schwein damit geschlachtet.«

Mittlerweile waren alle aufgestanden und zogen sich an. Ich zog eine leichte Norfolk-Jacke über mein Panzerhemd, damit ich eine Tasche für meine Patronen hatte und schnallte meinen Revolver um. Good folgte meinem Beispiel. Sir Henry hingegen zog außer seinem Kettenhemd, der Stahlkappe und einem Paar ›Veldtschoonen‹, das sind weiche Lederschuhe, nichts weiter an. Vom Knie abwärts waren seine Beine nackt. Seinen Revolver schnallte er über das Hemd um die Taille.

In der Zwischenzeit inspizierte Umslopogaas die Männer, die sich im Innenhof unter dem großen Baum versammelt hatten. Er ging von einem zum anderen und achtete sorgfältig darauf, daß jeder richtig bewaffnet und gekleidet war. Im letzten Augenblick nahmen wir noch eine Änderung vor. Da zwei der Männer, die eigentlich zu den beiden mit Gewehren ausgestatteten Gruppen gehörten, nur wenig bzw. überhaupt nicht mit dem Umgang von Schußwaffen vertraut waren, sich aber als außerordentlich geschickt mit dem Speer herausstellten, legten wir ihre Gewehre wieder fort, gaben ihnen Schilde und lange Speere von der Art, wie auch die Masai sie hatten und teilten sie der Gruppe von Curtis, Umslopogaas und dem Askari zu, damit sie ihnen dabei helfen konnten, den großen Eingang zu halten. Es war uns nämlich inzwischen klar geworden, daß drei Männer, und waren sie noch so mutig und stark, für diese Aufgabe einfach zu wenig waren.

7

Ein gewaltiges und blutiges Gemetzel

Als alle Vorbereitungen getroffen waren, harrten wir noch eine Weile in der kalten, stummen Finsternis der Nacht aus und warteten auf den Augenblick des Aufbruchs. Diese endlos sich dahinschleppende Viertelstunde war vielleicht der Moment, der am meisten an den Nerven zerrte. Die Minuten quälten sich dahin wie auf bleiernen Füßen, und die tiefe, weihevolle Stille, die dräuendes Unheil zu verkünden schien, lastete schwer auf den Gemütern. Ich erinnere mich daran, wie ich einmal weit vor dem Morgengrauen aufstehen mußte, um der Hinrichtung eines Mannes beizuwohnen; damals durchlebte ich sehr ähnliche Gefühle. Der Unterschied lag jedoch darin, daß hier und jetzt meine Gefühle weit stärker aufgewühlt waren durch das Element des Persönlichen, Hautnahen, dem natürlich jemand, der selber von einer Sache betroffen ist, weit stärker unterliegt als ein noch so mitfühlender Beobachter. Die ernsten Gesichter der Männer, denen nur allzu bewußt war, daß die heranrückende Stunde für manch einen von ihnen, ja vielleicht sogar für alle, die letzte sein konnte – die letzte vor der langen Reise in das Unbekannte oder in die Vergessenheit; das gleichsam atemlose Flüstern, in dem sie miteinander sprachen; die Manier, in der Sir Henry unablässig und in Gedanken versunken seine Axt inspizierte; die Art, in der Good mit zittrigen Fingern immer wieder sein Monokel putzte; all dies sprach Bände darüber, wie sehr die Nerven aller Beteiligten bis zum Zerreißen gespannt waren. Allein Umslopogaas, der, wie gewöhnlich auf Inkosi-kaas gelehnt, dastand und ab und zu eine kleine Prise Schnupftabak nahm, schien von alledem nicht im geringsten berührt zu sein. Seinen eisernen Nerven konnte wirklich nichts auf der Welt etwas anhaben.

Der Mond sank immer weiter zum Horizont hinunter, bis er schließlich untergegangen war. Er ließ die Welt in totaler Dunkelheit zurück – bis auf einen ganz schwachen, grauen Streifen am östlichen Horizont, der blaß und matt die herannahende Morgendämmerung ankündigte.

Mr. Mackenzie blickte auf die Uhr, die er in der Hand hielt. Neben ihm, an seinen Arm geklammert, stand seine Frau. Nur mit großer Mühe konnte sie ihr Schluchzen unterdrücken.

»Zwanzig vor vier«, sagte der Missionar. »Um zwanzig nach

vier wird es hell genug sein für einen Angriff. Captain Good sollte sich nun auf den Weg machen. Er muß einen Vorsprung von drei oder vier Minuten haben.«

Good putzte noch einmal sein Monokel, nickte uns scherzhaft zu – was ihn, wie ich glaube, eine enorme Überwindung kostete – nahm noch einmal – höflich wie er war – seine stahlüberzogene Mütze vor Mrs. Mackenzie ab und machte sich auf den Weg zu seinem Posten am hinteren Eingang des Kraals, den er nur auf einigen Umwegen über Schleichpfade erreichen konnte, die jedoch den Eingeborenen bekannt waren.

Kaum war er mit seinen Leuten in der Dunkelheit verschwunden, da tauchte einer der Späher auf und berichtete, daß dem Anschein nach nun alle in dem Masailager mit Ausnahme der beiden Wachtposten am vorderen und hinteren Eingang fest schliefen. Das war auch für uns das Zeichen zum Aufbruch. Als erster ging der Führer. Hinter ihm kamen Sir Henry, Umslopogaas, der Wakwafi Askari und die beiden Eingeborenen von Mr. Mackenzies Station, die mit Schilden und langen Speeren bewaffnet waren. Danach kam ich mit Alphonse und fünf Eingeborenen; wir waren alle mit Gewehren ausgerüstet. Den Schluß bildete Mr. Mackenzie, gefolgt von den restlichen sechs Eingeborenen.

Der Viehkraal, in dem die Masai ihr Lager aufgeschlagen hatten, lag am Fuße des Hügels, auf dem das Haus stand. Das waren nach grober Schätzung achthundert Yards. Die ersten fünfhundert Yards davon legten wir möglichst geräuschlos, aber dennoch strammen Schrittes zurück. Danach durften wir uns nur noch kriechend vorwärtsbewegen. Lautlos wie ein Leopard, der seine Beute gewittert hat, schoben wir uns vorwärts. Wie gespenstische Schatten glitten wir von Busch zu Busch und von Stein zu Stein. Als ich auf diese Weise schon ein gutes Stück vorangekommen war, drehte ich mich zufällig um und sah hinter mir den gefürchteten Alphonse mit leichenblassem Gesicht und zitternden Knien einherwanken. Sein Gewehr, dessen Hahn gespannt war, zielte genau auf meinen Rücken. Ich hielt an, brachte vorsichtig das Gewehr in ›Sicherheit‹, und dann gingen wir weiter. Alles ging wie am Schnürchen, bis plötzlich, etwa hundert Yards vor dem Kraal, seine Zähne mit höllischem Getöse zu klappern begannen.

»Wenn Sie nicht sofort damit aufhören, lege ich Sie um«, zischelte ich wütend. Der Gedanke, daß wir alle wegen eines zähneklappernden Kochs unser Leben verlieren könnten, war zuviel für mich. Ich befürchtete, daß er uns noch mit seinem Lärm verraten würde, und wünschte mir aus tiefster Seele, daß wir ihn gar nicht mitgenommen hätten.

»Aber, Monsieur, isch kann nischts dagegen machen«, flüsterte er zurück, »es ist die Kälte.«

Da steckten wir nun schön in der Tinte. Glücklicherweise kam mir eine Idee: In der Tasche des Mantels, den ich anhatte, befand sich noch ein Fetzen von einem schmutzigen Lumpen, den ich vor einiger Zeit zum Gewehrreinigen benutzt hatte. »Stecken Sie sich den Lappen in den Mund!« flüsterte ich und drückte ihm den Fetzen in die Hand. »Und wenn ich noch den geringsten Laut von Ihnen höre, dann sind Sie ein toter Mann!« Ich wußte, daß ich damit das Geklappere erst einmal abgestellt hatte. Ich muß ihn dabei so grimmig angeschaut haben, als sei das mein voller Ernst; denn er gehorchte mir auf der Stelle und kroch nun weiter, ohne einen Mucks von sich zu geben.

Wir schlichen uns lautlos an den Kraal an.

Schließlich hatten wir uns ihm bis auf eine Entfernung von fünfzig Yards genähert. Zwischen dem Kraal und uns lag ein offener grasbewachsener Abhang. Ein einsamer Mimosenstrauch und ein paar Dornenbüsche waren die einzigen Pflanzen, die Deckung bieten konnten. Wir befanden uns noch in dichtem Buschwerk und brauchten im Moment keine Entdeckung zu befürchten. Es wurde allmählich hell. Die Sterne waren verblaßt, ein bleicher Glanz hatte sich im Osten erhoben und erleuchtete matt die Erde. Wir konnten die Umrisse des Kraals deutlich erkennen, und auch die schwach glühende Asche der langsam erlöschenden Lagerfeuer der Masai war noch von unserer Stelle aus zu sehen. Wir machten halt und suchten die nähere Umgebung des Eingangs nach dem Wachtposten ab. Schnell hatten wir ihn entdeckt. Es war ein großer, schlanker Bursche, der mit lässigem Schritt vor dem dornenbewachsenen Eingang auf- und abschritt. Er entfernte sich dabei nicht mehr als vielleicht vier Yards von dem Eingang. Wir hatten insgeheim die Hoffnung gehegt, ihn bei einem Nickerchen zu überraschen, aber es hatte nicht sollen sein. Er schien hellwach zu sein. Wenn es uns nicht gelang, diesen Mann zu töten, und zwar lautlos, dann waren wir verloren. Wir hockten da und beobachteten ihn. Nach kurzer Zeit drehte sich Umslopogaas, der ein paar Schritte vor mir kauerte, zu mir um und gab mir ein Zeichen. Im selben Moment lag er auch schon platt wie eine Schlange auf dem Boden, und als der Posten sich gerade einmal umwandte, glitt er geräuschlos durch das Gras nach vorn.

Der ahnungslose Masai begann, ein kleines Lied zu summen, und Umslopogaas benutzte die Gelegenheit, sich weiter vorwärtszuschieben. Unbemerkt erreichte er den Schutz des Mimosenstrauches und verharrte einen Moment in ihm. Der Wachtposten ging noch immer auf und ab. Dann blieb er stehen, wandte sich um und schaute über die Mauer in das Lager hinein. Sofort glitt die menschliche Schlange, die sich da an ihn heranpirschte, zehn weitere Yards vor und erreichte einen der distelartigen Büsche genau in dem Augenblick, als der Elmoran sich wieder umdrehte. Sein Blick blieb ausgerechnet auf eben diesem Distelbusch haften, und irgendwie schien er den Eindruck zu haben, daß mit dem Busch etwas nicht stimmte. Er machte ein paar Schritte in Richtung des Busches – dann blieb er stehen. Er gähnte, bückte sich, hob einen kleinen Kieselstein auf und warf ihn auf den Busch. Er fiel Umslopogaas genau auf den Kopf. Glücklicherweise traf er nicht das stählerne Hemd. In diesem Fall hätte das Klirren uns verraten. Nun erwies es sich auch als ein großer Segen, daß das Hemd gebräunt war und nicht aus hell glänzendem Stahl bestand. Sonst hätte der Wachtposten es sicherlich gesehen. Offensichtlich zufrieden darüber, daß alles in Ordnung war, verzichtete der Elmoran auf weitere Nachforschungen und begnügte sich damit, auf seinen Speer gestützt dazustehen und untätig auf den Busch zu starren. Mindestens drei Minuten blieb er unbeweglich so stehen, offensichtlich in angenehme Tagträumereien versunken, während wir mit zum Zerreißen gespannten Nerven auf der Erde kauerten und jeden Moment damit rechneten, daß wir entdeckt wurden, oder daß irgendein unvorhergesehener Zwischenfall alles zunichte machte. Ich konnte deutlich hören, wie Alphonses Zähne durch den öligen Lappen gedämpft aufeinanderschlugen. Ich drehte mich zu ihm um und machte ein schrecklich drohendes Gesicht. Aber ich gebe zu, daß mein eigenes Herz denselben wilden Takt schlug wie die Kastagnetten des Franzosen. Der Schweiß rann mir in Strömen den Körper entlang, und die waschlederne Fütterung meines Hemdes klebte mir unangenehm auf der Haut. Kurz, ich war in jenem bedauernswerten Zustand, den man gerne als ›Mordsschiß‹ zu bezeichnen pflegt.

Endlich hatte die Qual ein Ende. Der Wachtposten blickte nach Westen. Er schien mit Befriedigung festzustellen, daß sich seine Dienstzeit dem Ende zuneigte – was ja in der Tat der Fall war, und zwar für immer und ewig –, denn er rieb sich die Hände, und begann, wieder auf- und abzumarschieren, um sich aufzuwärmen.

In dem Augenblick, als er uns wieder den Rücken zuwandte, glitt die lange schwarze Schlange blitzschnell zu dem nächsten Dornenbusch, der nur noch ein paar Schritte von der Stelle entfernt war, an der der Masai sich jedesmal auf dem Absatz drehte.

Jetzt kam der Posten wieder zurück und schlenderte direkt an dem Busch vorbei. Er ahnte nicht im geringsten, was da hinter den Disteln kauerte. Hätte er auch nur einen einzigen Blick nach unten geworfen, wäre ihm dieses Etwas schwerlich entgangen – aber er tat es nicht.

Als er vorbei war, richtete sich sein versteckter Feind auf und schlich mit ausgestrecktem Arm hinter ihm her.

Einen Sekundenbruchteil später – der Elmoran wollte gerade kehrtmachen – machte der lange Zulu einen gewaltigen Satz, und im Licht des allmählich dämmernden Morgens konnten wir erkennen, wie sich seine langen, schlanken Finger um die Gurgel des Masai legten. Dann folgte ein wildes Zucken der beiden ineinander verschlungenen dunklen Leiber, und Sekunden später sah ich, wie der Kopf des Masai sich nach hinten bog. Ein kurzes, scharfes Knacken, das sich anhörte wie das Brechen eines trockenen Zweiges, ertönte, und dann sackte der Körper des Masai zu Boden. Er zuckte noch ein paar Sekunden konvulsivisch hin und her und blieb dann regungslos liegen.

Umslopogaas hatte all seine Kraft zusammengenommen und dem Krieger mit einem einzigen Ruck das Genick gebrochen.

Er kniete noch eine Weile über seinem Opfer und drückte dessen Hals zu, bis er sicher war, daß von ihm keine Gefahr mehr ausging. Dann erhob er sich und machte uns ein Zeichen, daß wir herauskommen konnten. Wir krochen langsam auf allen vieren vorwärts, wie eine Horde großer Affen. Als wir den Kraal erreichten, sahen wir, daß die Masai den Eingang, der ungefähr zehn Fuß breit war, noch zusätzlich blockiert hatten – zweifelsohne, um einem Angriff vorzubeugen – indem sie ihn mit den Ästen von ein paar Mimosensträuchern vollgestopft hatten. Um so besser für uns, dachte ich. Je mehr Hindernisse den Eingang versperrten, desto schwerer würde es den Masai fallen, durchzubrechen. Nun mußten wir uns trennen; Mackenzie und seine Gruppe schlichen, in den Schatten der Mauer geduckt, zur linken Seite des Kraals, während Sir Henry und Umslopogaas sich an den Seiten des dornenbewehrten Eingangs aufstellten. Die beiden Speermänner und der Askari legten sich ein Stück vor den Eingang. Ich selbst kroch

mit meinen Männern auf die rechte Seite des Kraals, der in der Länge etwa fünfzig Schritt maß.

Als ich etwa zwei Drittel der Strecke zurückgelegt hatte, hielt ich an und postierte meine Männer in einem Abstand von vier Schritten längs der Mauer nebeneinander. Alphonse jedoch wollte ich nicht aus den Augen lassen und stellte ihn dicht neben mich. Dann wagte ich zum ersten Mal einen Blick über die Mauer. Es war nun schon ziemlich hell, und das erste, was ich erkennen konnte, war der weiße Esel, der sich genau auf der gegenüberliegenden Seite befand. Unmittelbar neben ihm erkannte ich das blasse Gesicht der kleinen Flossie, die genau da saß, wie der Späher es beschrieben hatte; nämlich etwa zehn Schritt von der Mauer entfernt. Sie war umringt von schlafenden Masaikriegern. Über den ganzen Kraal verstreut befanden sich die Überreste von Lagerfeuern. Um jede dieser Feuerstellen herumgruppiert lagen je ungefähr fünfundzwanzig Masai und schliefen. Die meisten von ihnen hatten sich fürchterlich den Bauch mit Rinderfleisch vollgeschlagen. Bisweilen reckte sich da und dort einer der Krieger, setzte sich auf, gähnte, blickte zum östlichen Horizont, der inzwischen bereits eine blaßgelbe Färbung angenommen hatte, und legte sich wieder hin. Ich beschloß, noch fünf Minuten zu warten; und zwar aus zwei Gründen: zum einen würde es bis dahin so hell geworden sein, daß man exakt zielen konnte, zum zweiten, um Good und seiner Gruppe – von der ich nichts hören oder sehen konnte – genug Zeit zu lassen, bis sie losschlagen konnten.

Die stille Dämmerung begann, ihren immer größer werdenden Mantel über Feld und Wald zu legen – schon schaute der mächtige Mount Kenia aus seiner Hülle ewigen Schnees über das Land –, bis mit einem Male ein Strahl der noch nicht aufgegangenen Sonne seinen in den Himmel ragenden Gipfel traf und ihn in blutiges, purpurnes Rot tauchte; der Himmel über uns wurde allmählich blau; sanft wie das Lächeln einer Mutter schaute er auf uns herab. Ein Vogel stimmte sein Morgenlied an, und eine leichte Brise wehte durch das Buschwerk, um mit Millionen herabfallender Tautropfen die erwachende Welt zu erquicken. Überall war Friede, kündigte die Natur das Erwachen ihrer gewaltigen Kraft an, überall erhob sich das Glück des heranbrechenden Tages. Überall – nur nicht in den Herzen grausamer Menschen!

Plötzlich – ich wartete gespannt auf das Signal zum Angriff und hatte mir schon meinen Mann herausgesucht, auf den ich zuerst das Feuer eröffnen wollte – ein großer Bursche, der nur drei Fuß neben der kleinen Flossie ausgestreckt auf der Erde lag – begannen Alphonses Zähne wieder zu klappern wie die Hufe einer galoppierenden Giraffe. Es machte in der Stille einen entsetzlichen Lärm. Er hatte vor lauter Angst den öligen Lappen aus dem Mund fallen lassen. Sofort wachte ein Masai, der nur drei Schritte von uns entfernt lag, auf, räkelte sich hoch und schaute mit verschlafenem Blick um sich, um nach der Ursache des Geräusches zu suchen. Außer mir vor Wut, hieb ich dem Franzosen den Kolben meines Gewehrs in die Magengrube. Das hatte zwar zur Folge, daß das Geklappere mit einem Schlag aufhörte; aber, als er sich vor Schmerz krümmte, brachte er es zu allem Überfluß auch noch fertig, sein Gewehr so fallen zu lassen, daß sich ein Schuß löste. Die Kugel pfiff nur knapp einen Zoll an meinem Ohr vorbei.

Nun bedurfte es keines Signals mehr. Von beiden Seiten des Kraals donnerte eine wogende Feuerlinie los. Ich selbst hielt genau auf meinen Masai, der direkt neben Flossie lag und erwischte ihn gerade in dem Augenblick, als er aufspringen wollte. Im selben Moment ertönte vom anderen Ende des Kraals her ein markerschütternder Schrei, in dem ich zu meiner Freude Goods Stimme wiedererkannte, die laut gellend den Kampfeslärm übertönte. Und dann spielte sich eine Szene ab, wie ich sie nie zuvor gesehen hatte und auch wohl nie wieder sehen werde und sehen möchte. Unter panischen Entsetzensschreien sprangen die Masaikrieger auf die Füße. Es war ein einziges Knäuel wirbelnder, sehniger Gliedmaßen, aus dem sich einer nach dem anderen löste. Viele von ihnen stürzten, getroffen vom Kugelhagel unseres wohlgezielten Feuers, sofort wieder zu Boden, noch bevor sie auch nur einen Schritt tun konnten. Einen Moment lang standen sie unschlüssig da. Aber als sie die Schreie und Flüche hörten, die unablässig vom anderen Ende des Kraals herüberschallten, stürzten sie völlig verwirrt und von dem Kugelhagel, der einen nach dem anderen von ihnen zu Boden riß, in wilde Panik versetzt, wie aus einem Impuls auf den dornenbewehrten Eingang zu. Während sie liefen, feuerten wir, was die Gewehre hergaben, in den immer dichter werdenden Pulk und rissen tiefe Lücken in die Reihen der Masai. Wir schossen so schnell wir nachladen konnten. Ich hatte die zehn Schüsse meines Repetiergewehrs abgefeuert und begann gerade mit dem Nachladen, als mir der Gedanke an Flossie durch den Kopf schoß. Ich blickte auf und sah den weißen Esel mit zukkenden Gliedmaßen am Boden liegen. Entweder hatte eine unserer Kugeln ihn getroffen oder der Speer eines Masaikriegers. Es war kein lebendiger Masai in der Nähe. Das schwarze Kindermädchen kniete vor Flossie auf der Erde und zerschnitt ihr mit einem Speer die Fußfesseln. In der nächsten Sekunde schon rannte das Kindermädchen auf die Mauer des Kraals zu und schickte sich an, diese zu überklettern. Das kleine Mädchen wollte seinem Beispiel folgen. Aber offensichtlich waren Flossies Beine durch die Fesseln steif geworden und eingeschlafen. Sie konnte nur sehr langsam auf die Mauer zuhinken. Plötzlich wurden zwei Masai, die auf den Vordereingang zurannten, ihrer gewahr und stürzten auf das kleine Mädchen los, um es zu töten. Der erste der beiden Burschen erreichte das Mädchen in dem Moment, als es nach einem verzweifelten Versuch, die Mauer zu erklimmen, wieder herunterfiel und auf dem Boden landete. Ich sah, wie der Masai seinen großen Speer hob, und noch während er ausholte, fuhr ihm die Kugel aus meinem Gewehr zwischen die Rippen, und er kippte vornüber.

Aber hinter ihm kam der andere Mann, und ich bemerkte zu meinem Entsetzen, daß ich keine Patrone mehr im Magazin hatte! Flossie hatte sich inzwischen hochgerappelt und sah nun den zweiten Mann mit hoch erhobenem Speer auf sich zueilen. Ich wandte mein Gesicht ab und wurde von einem Gefühl ohnmächtiger Wut ergriffen. Mir war zum Sterben elend. Ich wollte nicht zuschauen, wie der Masai das arme kleine Mädchen abschlachtete. Doch unwillkürlich blickte ich noch einmal auf, und da sah ich zu meinem großen Erstaunen, daß der Speer des Masai am Boden lag. Der Mann selbst wankte hin und her und hielt sich mit beiden Händen den Kopf. Im selben Moment sah ich ein Rauchwölkchen, das offenbar aus Flossies Richtung kam, und der Mann schlug der Länge nach auf den Boden. Mir fiel der Derringer ein, den sie immer bei sich trug! Sie hatte beide Kugeln der kleinen Pistole auf den Masai abgefeuert! Das hatte ihr das Leben gerettet. Dann lief sie wieder zu der Mauer, und mit einer erneuten Anstrengung gelang es ihr, mit Hilfe des Kindermädchens, das auf der Mauerkrone lag und ihr die Hände reichte, über die Mauer zu klettern und sich vorerst einmal in Sicherheit zu bringen.

Es dauert eine Weile, dies alles zu erzählen, aber ich glaube, daß es in Wirklichkeit nur eine Sache von vielleicht fünfzehn Sekunden war. Bald hatte ich das Magazin meiner Winchester wieder mit Patronen gefüllt und eröffnete erneut das Feuer. Doch diesmal nicht auf die brodelnde schwarze Masse, die sich am Vordereingang des Kraals drängte, sondern auf einzeln herumirrende Masai, die über die Mauer entkommen wollten. Ich erschoß mehrere von ihnen, während ich langsam an der Mauer entlang zum vorderen Ende des Kraals hinüberging. Ich wollte sehen, wie der Kampf dort stand und den fünfen mit meinem Gewehr zur Seite stehen. Bald hatte ich die Ecke, oder besser gesagt, die spitze Rundung des Ovals, erreicht. Vor meinen Augen spielte sich eine unbeschreibliche Szene ab.

Ungefähr zweihundert Masai – etwa fünfzig hatten wir bis zu dem Zeitpunkt schon getötet – drängten sich inzwischen vor dem dornenbewehrten Eingang zusammen, getrieben von unseren Schüssen und von den Speeren von Goods Männern, die sie offensichtlich für eine gewaltige Streitmacht zu halten schienen. In ihrer Verwirrung war ihnen gar nicht aufgefallen, daß es sich bloß um eine zehn Mann starke Gruppe handelte. Aus unerfindlichen Gründen war keiner von ihnen auf die Idee gekommen, einen Ausbruch über die Mauer zu versuchen, was ein verhältnismäßig leichtes Unterfangen gewesen wäre. Statt dessen drängelten sie sich alle in einem dichten Klumpen vor dem Zaun aus Dornengestrüpp, der sich in der Tat als eine nur schwer zu überwindende Barriere erwies. Der erste versuchte, mit einem Riesensprung hinüberzusetzen, aber noch bevor seine Füße auf der anderen Seite den Boden berührten, sah ich Sir Henrys Axt emporschwingen und mit fürchterlicher Wucht auf seinen federgeschmückten Kopf niederfallen. Der Masai sank mitten in das Dornengestrüpp. Mit wütendem Geheul drängten die hinteren nach. Sie versuchten verzweifelt, mit einem Ruck durchzubrechen. Aber jedesmal, wenn einer die Barriere überwunden hatte, erhob sich Sir Henrys riesige Axt und Inkosi-kaas zuckte wie ein Blitz herab, und ein Masai nach dem anderen sank tödlich verwundet in die Dornenbüsche. Bald hatte sich eine zusätzliche Barriere aus toten Leibern gebildet, die es den nachrückenden Kriegern immer schwerer machte, ins Freie zu gelangen. Gelang es einmal einem, heil an den beiden Äxten vorbeizukommen, dann wurde er unweigerlich ein Opfer des Askari und der beiden Kaffern von der Missionsstation. Wer auch diesen unversehrt entkam, den nahmen Mackenzie und ich unter Feuer.

Das Kampfgeschehen wurde immer heftiger und wütender. Jetzt sprangen einzelne Masaikrieger auf den Berg von toten Leibern und griffen von dort aus mit ihren langen Speeren die Axtkämpfer an. Doch dank der Panzerhemden war das Resultat jedesmal dasselbe. Sofort sauste mit mächtigem Schwung die Axt herab, und wieder sank ein Masai tödlich getroffen zu Boden. Das heißt, sofern er es mit Sir Henry zu tun hatte. Wenn einer mit Umslopogaas kämpfte, war das Ergebnis zwar dasselbe; es kam jedoch auf andere Weise zustande. Nur selten gebrauchte der Zulu den wuchtigen, mit beiden Händen ausgeführten Hieb, bei dem die Schneide der Axt krachend in den Schädel des Kontrahenten fuhr. Im Gegenteil; er tat kaum mehr, als unaufhörlich auf den Kopf seines Gegners zu klopfen, wobei er mit dem Dorn der Axt pickte wie ein Specht auf verrottetes Holz. Der letzte, etwas festere Hieb, durchschlug dann die Schädeldecke des Feindes, und er fiel zu Boden, ein sauberes, kleines, kreisrundes Loch in seiner Stirn oder in seinem Schädel. Umslopogaas nahm die breite Schneide der Axt nur dann zu Hilfe, wenn er arg in Bedrängnis geriet, oder wenn er einen Schild durchschlagen wollte. Später erzählte er mir, daß er diese Art zu kämpfen für unsportlich hielt.

Good und seine Männer waren nun dichtauf, und unsere Leute mußten damit aufhören, pausenlos mitten in die Masse von schwarzen Leibern hineinzufeuern, um nicht unsere eigenen Männer zu treffen (in der Tat waren, wie sich später herausstellte, auf diese Weise ein paar von Goods Leuten unseren eigenen Kugeln zum Opfer gefallen). Wahnsinnig vor Angst und mit der Kraft der Verzweiflung brachen nun die Masai mit einem gewaltigen Ruck durch die Dornenbüsche und den Wall von Leibern und gelangten, Curtis und Umslopogaas gleichsam wie eine Lawine hinwegfegend, ins Freie. Und nun machten wir sehr schnell Verluste. Als erster fiel der tapfere Askari, der mit der Axt bewaffnet war; ein langer Speer drang ihm in die Brust und durchbohrte seinen Körper mit solcher Wucht, daß er mindestens einen Fuß aus seinem Rücken herausragte. Und kurze Zeit später fielen auch die beiden Speermänner, die neben ihm gestanden hatten. Noch im Sterben kämpften sie wie die Löwen. Andere aus unserer kleinen Gruppe teilten alsbald ihr Schicksal. Eine Weile fürchtete ich, der Kampf wäre verloren – mit Gewißheit hing er jetzt in der Schwebe. Ich rief meinen Männern zu, ihre Gewehre wegzuwerfen, sich mit Speeren zu bewaffnen und in das Kampfgewühl zu stürzen. Todesmutig und durch den Tod ihrer Kameraden aufs äußerste erbittert, gehorchten sie. Mr. Mackenzies Leute folgten ihrem Beispiel.

Diese Maßnahme erwies sich zwar für den ersten Moment als erfolgreich, aber noch immer war der Ausgang des Kampfes völlig ungewiß.

Unsere Männer fochten großartig; sie warfen sich todesmutig in die dunkle Masse der Elmorane; sie schlugen, stachen und töteten

– und manch einer von ihnen wurde selbst getötet. Und über all dem Kampfgetöse erscholl immer wieder Goods gellender Kriegsschrei, mit dem er unseren Männern neuen Mut machte. Er selbst war immer da zu finden, wo der Kampf am heftigsten wogte. Und immer wieder, mit fast maschinenartiger Regelmäßigkeit, hoben sich die beiden Äxte und sausten herab, mit jedem Schlag Tod und Verderben säend. Aber ich konnte erkennen, daß die übermenschliche Anstrengung begann, ihre Spuren bei Sir Henry zu hinterlassen; er blutete aus mehreren Fleischwunden; sein Atem ging schnell und keuchend, und die Adern auf seinen Schläfen waren hervorgequollen und sahen aus wie blaue, knotige Schnüre. Selbst Umslopogaas, der Eiserne, war hart in Bedrängnis. Ich bemerkte, daß er aufgehört hatte, wie ein Specht auf die Schädel seiner Gegner einzuklopfen. Er nutzte jetzt die breite Schneide von Inkosi-kaas und teilte damit fürchterliche Rundschläge aus. Ich selbst begab mich nicht in das Kampfgetümmel, sondern lauerte abseits wie ein ›Abstauber‹ vor dem gegnerischen Strafraum und schoß auf einzelne Masai, sobald sich auch nur die geringste Chance dazu bot. Auf diese Weise konnte ich mich weit nützlicher machen. Ich verschoß an jenem Morgen neunundvierzig Patronen, und nur die wenigsten meiner Kugeln erreichten nicht ihr Ziel.

So verbissen und geschickt wir auch ans Werk gingen – das Pendel der Waage begann langsam aber sicher gegen uns auszuschlagen. Es sah immer schlechter für uns aus. Wir verfügten vielleicht noch über fünfzehn oder sechzehn kampffähige Männer, die Masai hingegen hatten immer noch mindestens fünfzig. Wenn sie kühlen Kopf bewahrt hätten und sich formiert hätten, wäre der Kampf natürlich sehr schnell zu ihren Gunsten entschieden gewesen; aber gerade das taten sie nicht. Sie hatten anscheinend den Schock noch immer nicht überwunden; dazu kam, daß einige von ihnen in ihrer Verwirrung blindlings von ihren Schlafstellen weggerannt waren, ohne ihre Waffen mitzunehmen. Einige jedoch hatten sich inzwischen erholt und kämpften nun mit ihrer gewohnten Tapferkeit und Übersicht, und allein dies mußte unter normalen Umständen ausreichen, uns bald zu besiegen. Zu allem Überfluß wurde auch noch Mr. Mackenzie gerade in dem Moment, da er sein Magazin leergeschossen hatte, von einem muskulösen Burschen mit dem Kurzschwert angegriffen. Der Geistliche sah den Wilden auf sich zustürzen, warf sein Gewehr zu Boden, riß sein großes Schnitzmesser aus dem Gürtel (sein Revolver war ihm während des Kampfes herausgefallen), und schon waren die beiden in wildem Handgemenge miteinander umschlungen. Eng umklammert rollten die beiden hinter die Mauer, und da ich selbst alle Hände voll zu tun hatte, mich meiner Haut zu wehren, blieb mir der Ausgang des Duells zunächst verborgen.

Hin und her wogte die Schlacht. Alles drehte sich im Kreise wie ein Wirbel aus menschlichen Körpern. Inzwischen sah die Lage für uns so gut wie hoffnungslos aus. Doch da kam uns ein glücklicher Zufall zu Hilfe: Umslopogaas brach – sei es aus Zufall oder Absicht – aus dem Ring der Kämpfenden aus und griff einen Krieger an, der ein paar Schritte abseits von den übrigen Kämpfenden stand. Im selben Moment kam von hinten ein anderer Masai herbeigeeilt und warf mit aller Kraft seinen langen Speer auf den Rükken des Zulu. Der Speer traf mit lautem Klirren auf das Kettenhemd und sprang wirkungslos zurück. Einen Augenblick lang stand der Mann bewegungslos da und starrte mit vor Entsetzen weit aufgerissenen Augen auf Umslopogaas Rücken – Rüstungen oder schützende Kleidung war bei diesen Stämmen etwas völlig Unbekanntes. Dann schrie er mit gellender Stimme so laut er konnte:

»Es sind Teufel – verhext – sie sind verhext!« Von Panik ergriffen warf er seinen Speer fort und rannte davon. Ich stoppte seinen Lauf schnell mit einer Kugel, und Umslopogaas zertrümmerte seinem Gegner den Schädel, und da griff die Panik auch auf die anderen über.

»Verhext, verhext!« schrien sie und stoben wie die Furien in alle Richtungen davon. Völlig demoralisiert warfen die meisten von ihnen noch während des Laufens ihre Schilde und Speere auf die Erde.

Auf der letzten Szene dieser fürchterlichen Schlacht brauche ich nicht zu verweilen. Es war ein gewaltiges, blutiges Gemetzel, bei dem auf keiner Seite Pardon gegeben wurde. Ein Ereignis jedoch möchte ich noch genauer schildern: Gerade als ich hoffte, daß nun endlich alles vorbei wäre, kroch plötzlich unter einem Berg von Leichen ein unverletzter Masai hervor, der sich dort versteckt hatte. Er sprang wie eine Gazelle über die Sterbenden und Toten hinweg und kam schnell wie der Wind den Kraal hinaufgerannt zu der Stelle, an der ich mich gerade befand. Aber er war nicht allein; auf seinen Fersen eilte, in der ihm eigentümlichen, schwalbenartigen Bewegung Umslopogaas heran, und als sie sich mir näherten, erkannte ich in dem Masai den Boten aus der vergangenen Nacht.

Als er merkte, daß sein Verfolger, so sehr er auch rannte, immer mehr an Boden gewann, hielt der Mann an und wirbelte herum, um sich dem Kampfe zu stellen. Umslopogaas blieb ebenfalls stehen.

»Ha, ha«, rief er in spöttischem Ton dem Elmoran zu, »du warst es doch, mit dem ich in der vergangenen Nacht gesprochen habe – der Lygonany! Der Herold! Der Bursche, der kleine Mädchen entführt! Der so tapfer ein kleines Kind umbringen wollte! Und du hofftest, Auge in Auge Umslopogaas gegenüberzustehen, einem Induna aus dem Stamme der Maquilisini, vom Volke der Amazulu? Schau, deine Hoffnung hat sich erfüllt! Und ich schwor, dir deine Glieder einzeln abzuhacken! Du räudiger Hund! Gib acht, ich mache es auf der Stelle!«

Der Masai biß wütend die Zähne aufeinander und ging mit seinem Speer auf den Zulu los. Als er herangeschossen kam, machte Umslopogaas einen raschen Schritt zur Seite, schwang Inkosikaas mit beiden Händen hoch über dem Kopf und hieb die breite Schneide mit solch fürchterlicher Wucht von hinten in die Schulter des Masai, daß der rasiermesserscharfe Stahl durch Knochen, Fleisch und Muskeln fuhr und fast den Kopf mitsamt einem Arm vom Körper des Elmoran abtrennte.

»Oh!« rief Umslopogaas aus, während er den Körper seines Widersachers von oben betrachtete. »Ich habe mein Wort gehalten. Es war ein guter Hieb.«

8

Alphonses Erklärung

Und so endete der Kampf. Als ich meinen Blick von der entsetzlichen Walstatt abwandte, fiel mir mit einem Mal schlagartig Alphonse ein. Seit jenem Moment vor etwa zwanzig Minuten – der Kampf dauerte in Wirklichkeit bei weitem nicht so lange, wie es seiner ausführlichen Beschreibung nach den Anschein hat –, als ich gezwungen war, ihm den Gewehrkolben in den Magen zu stoßen und dabei selbst beinahe erschossen worden wäre, hatte ich nichts mehr von ihm gesehen. Nun befürchtete ich, daß der arme kleine Mann in der Schlacht gefallen war, und begann mit meinen Blicken die Reihen der Toten abzusuchen, um vielleicht irgendwo seine Leiche zu entdecken. Da ich jedoch nichts fand, kam ich zu der Überzeugung, daß er überlebt haben mußte und ging an der Mauer des Kraals entlang zu der Stelle, an der wir zuerst postiert gewesen waren, wobei ich in regelmäßigen Abständen seinen Namen rief. Ungefähr fünfzehn Schritt von der Kraalmauer entfernt stand ein uralter Feigenbaum. Er war so alt, daß im Laufe der Jahrhunderte das Innere des Stammes weggefault war und nur noch die leere Hülle aus Rinde existierte.

»Alphonse«, rief ich, während ich die Mauer entlanglief, »Alphonse!«

»Oui, Monsieur«, erklang hohl eine Stimme. »Hier bin ich.«

Ich blickte mich um, konnte aber nirgends eine Menschenseele erkennen. »Wo?« schrie ich.

»Isch bin 'ier, Monsieur, in dem Baum.«

Ich schaute in die Richtung, aus der die Stimme gekommen war. Und siehe da – aus einem Loch in dem Stamm des Feigenbaums, ungefähr fünf Fuß über dem Erdboden, lugte ein bleiches Gesicht hervor; dazu die beiden Enden eines Schnauzbartes, eines gekappt und das andere so bejammernswert herunterhängend wie der Schwanz eines geprügelten Hundes. Da wurde mir zum ersten Mal in aller Deutlichkeit klar, was ich schon die ganze Zeit über vermutet hatte; nämlich, daß Alphonse ein riesiger Feigling war. Ich ging zu ihm hin. »Kommen Sie aus dem Loch raus!« fuhr ich ihn an.

»Ist es vorbei, Monsieur?« fragte er ängstlich; »ganz vorbei? Ah, welsche Schrecken isch mußte erdulden, und welsche Gebete isch ausgestoßen 'abe!«

»Kommen Sie raus, Sie armseliges Würstchen!« rief ich wütend, denn ich hatte nicht gerade freundliche Gefühle in seiner Gegenwart. »Es ist alles vorbei.«

»Dann 'aben also meine Gebete ge'olfen, Monsieur? Isch komme sofort 'eraus.« Und dann stand er vor mir.

Als wir zusammen zu den anderen gingen, die sich an dem breiten Vordereingang des Kraals, der nun einem Schlachthof ähnlich sah, versammelt hatten, sprang plötzlich ein Masai, der geflohen war und sich die ganze Zeit über hinter einem Busch versteckt hatte, auf und startete einen wütenden Angriff gegen uns. Mit einem gellenden Angstschrei raste Alphonse los; der Masai hinter ihm her. Er schien wild entschlossen, noch einen von uns mit ins Grab zu nehmen, bevor wir ihm ein Ende machen würden. Bald hatte er den armen kleinen Franzosen eingeholt; und sicherlich hätte er ihn auf der Stelle niedergestreckt, wenn ich nicht, gerade in dem Augenblick, als Alphonse einen letzten verzweifelten Haken schlug, in der irrigen Annahme, dem hinter ihm aufblitzenden Stahl dadurch entrinnen zu können, eine Kugel genau zwischen die breiten Schulterblätter des Elmoran gejagt hätte. Das brachte jedenfalls die Sache zu einem befriedigenden Abschluß; zumindest, was den Franzosen betraf. Er stolperte und fiel der Länge nach hin, und der Masai fiel direkt über ihn und zuckte noch einen Moment im Todeskampf. Darauf erhob sich ein derart markerschütterndes Geheul, daß ich befürchtete, der Masai habe Alphonse doch noch den Speer in den Rücken gestoßen, bevor meine Kugel ihn traf. Ich rannte so schnell ich konnte zu ihm hin und zerrte den Masai von ihm herunter. Und da lag Alphonse, über und über mit Blut besudelt, und zuckte krampfartig wie ein galvanisierter Frosch. Armer Kerl! dachte ich, nun hat es ihn doch noch erwischt; ich kniete mich neben ihn und suchte, soweit seine Zuckungen und Verrenkungen das zuließen, nach der Wunde.

»Oh, das fürschterliche Loch in mein Rücken!« schrie er auf. »Isch bin gemordet! Isch bin tot! Oh, Annette!«

Ich suchte weiter, aber ich fand beim besten Willen keine Wunde. Plötzlich dämmerte es mir – der Mann war gar nicht verwundet, er war bloß zu Tode erschrocken!

»Stehen Sie auf!« brüllte ich ihn an, »stehen Sie auf! Schämen Sie sich überhaupt nicht? Ihnen ist kein Haar gekrümmt worden.«

Er stand auf, völlig unversehrt. »Aber, Monsieur, isch dachte, isch wäre tot«, sagte er mit Unschuldsmiene; »isch wußte nischt, daß isch ihn besiegt 'abe.« Dann versetzte er dem toten Masai einen Tritt und rief triumphierend: »Ah, du 'und von einem Masai, du schwarze Wilde, du bist tot nun! Was für ein Sieg!«

Angeekelt wendete ich mich von dem Kerl ab und ging zu den anderen zurück. Alphonse folgte mir wie ein Schatten und beeilte sich, ebenfalls zu den anderen zu kommen. Das erste, was ich sah, war Mr. Mackenzie. Er saß auf einem Stein. Um seinen Oberschenkel, aus dem er stark blutete, hatte er ein Taschentuch gebunden. Eine Speerspitze war ihm in den Oberschenkel gedrungen und hatte ihn durchbohrt. In der Hand hielt er noch immer sein geliebtes Schnitzmesser, dessen Klinge nun völlig verbogen war. Daraus schloß ich, daß er aus seinem Handgemenge mit dem Masai als Sieger hervorgegangen war.

»Ah, Quatermain!« rief er mit zitternder, erregter Stimme, »so haben wir denn nun obsiegt! Aber es ist ein schrecklicher Anblick; fürwahr, ein schrecklicher Anblick!« Und dann verfiel er in ein breites Schottisch und starrte auf die verbogene Klinge in seiner Hand: »Es ärgert mich nur, daß ich die Klinge meines besten Schnitzmessers verbogen habe!« Dann lachte er hysterisch. Der arme Kerl, was er alles hatte durchmachen müssen; und jetzt war er völlig mit den Nerven am Ende. Was Wunder! Es muß entsetzlich sein für einen Mann des Friedens, der noch dazu ein so gutes, weiches Herz hat, sich gezwungen zu sehen, an solch einem grauenhaften Gemetzel mitzuwirken. Aber manchmal treibt uns die Ironie des Schicksals in die seltsamsten Situationen.

Am Vordereingang des Kraals bot sich ein tragischer Anblick. Das Gemetzel war nun vorüber, und die Verwundeten waren von ihren Qualen erlöst worden; es hatte keine Gnade gegeben. Die Dornenbüsche, die den Eingang versperrt hatten, waren plattgetrampelt, und an ihrer Stelle füllten nun die Leiber von Toten den Eingang. Tote, überall Tote – sie lagen in Haufen herum; sie lagen einzeln und zu zweit in allen erdenklichen Positionen über den ganzen Kraal verstreut. Vor diesem Eingang, auf einem Fleck, den man von Leichen und von den Schilden und Speeren, die überall verstreut herumlagen, so wie ihre Träger sie fallengelassen hatten, standen und lagen die Überlebenden des Gemetzels, und zu ihren Füßen waren vier Verwundete. Wir waren dreißig Mann stark in den Kampf gezogen, und von diesen dreißig hatten bloß fünfzehn überlebt, und fünf davon (einschließlich Mr. Mackenzie) waren verwundet, davon zwei tödlich. Von denen, die den Eingang gehalten hatten, waren nur Curtis und der Zulu übriggeblieben.

Good hatte fünf Mann verloren, ich zwei, und Mackenzie nicht weniger als fünf von den sechsen, die in seiner Gruppe gewesen waren. Diejenigen, die überlebt hatten, waren mit Ausnahme meiner Person – ich selbst war nie im dichten Kampfgetümmel gewesen – von Kopf bis Fuß mit Blut beschmiert – Sir Henrys Panzerhemd hätte glatt rot gefärbt sein können – und völlig erschöpft; ausgenommen Umslopogaas, der, wie immer auf seine Axt gelehnt, mit grimmigem Gesicht auf einem kleinen Erdwall hinter einem Berg von Toten stand und wenig mitgenommen aussah, wenngleich die Haut über dem Loch in seinem Kopf heftig pulsierte.

»Ah, Macumazahn!« rief er, als ich erschöpft und müde zu ihm aufblickte. »Ich sagte dir doch, es würde ein guter Kampf werden, und so ist es auch gekommen. Nie habe ich einen besseren gesehen, nie einen, in dem tapferer gekämpft wurde. Und dieses Eisenhemd – bestimmt ist es ›tagati‹ (verzaubert); nichts vermochte es zu durchdringen. Ohne dieses Gewand läge ich jetzt *dort*«, und er deutete mit einer Kopfbewegung auf den riesigen Leichenhaufen.

»Ich schenke es dir; du bist ein tapferer Mann!« sagte Sir Henry knapp und treffend.

»Koos!« rief der Zulu aus, hocherfreut über das Geschenk und über das Kompliment. »Auch du, Incubu, hast gekämpft wie ein wahrer Mann. Aber ich muß dir einige Lehrstunden mit der Axt erteilen; du vergeudest deine Kräfte.«

In diesem Moment fragte Mackenzie nach dem Verbleib Flossies, und zu unserer großen Erleichterung sagte einer der Männer, er habe sie zusammen mit dem Kindermädchen in die Richtung des Hauses laufen sehen. Dann beluden wir uns mit so vielen Verwundeten, wie wir auf einmal tragen konnten, und machten uns langsam auf den Weg zurück zur Missionsstation. Wir waren ermattet von der fürchterlichen Schlacht, die soviel Blut gefordert hatte, aber in unseren Herzen glomm das ruhmreiche Gefühl des Sieges über eine solch überwältigende Übermacht von Feinden. Wir hatten das Leben des kleinen Mädchens gerettet und den Masai jener Gegend eine Lektion erteilt, die sie wohl während der folgenden zehn Jahre nicht vergessen würden – aber zu welch einem Preis!

Mühsam schleppten wir uns den Hügel hinauf, den wir vor etwas mehr als einer Stunde noch unter so ganz anderen Umständen heruntergekommen waren. An dem Tor der Mauer stand

Umslopogaas, wie immer auf seine Axt gelehnt . . .

Mrs. Mackenzie und wartete auf uns. Als sie uns jedoch erblickte, schrie sie entsetzt auf und schlug die Hände vors Gesicht. »Wie schrecklich, wie schrecklich!« rief sie weinend. Ihre Angst verstärkte sich noch, als sie ihren geliebten Mann erblickte, der auf einer improvisierten Trage den Hügel heraufgetragen wurde. Doch ihre Befürchtungen über die Natur seiner Verletzung legten sich schnell. Und als ich ihr mit wenigen Worten vom Ausgang des Kampfes berichtet hatte (über den Flossie, die unversehrt oben angekommen war, schon einiges hatte erzählen können), trat sie zu mir und gab mir feierlich einen Kuß auf die Stirn.

»Gott segne Sie alle, Mr. Quatermain; Sie haben meinem Kind das Leben gerettet,« sagte sie schlicht.

Dann traten wir ins Haus, legten unsere Kleider ab und verarzteten unsere Wunden. Ich bin froh, sagen zu können, daß ich selbst keine hatte. Und die von Sir Henry und Good waren dank der nicht in Gold aufzuwiegenden Kettenhemden vergleichsweise harmlos; mit ein paar Stichen und ein wenig Heftpflaster hatten wir sie schnell versorgt. Mackenzies Verletzung war hingegen recht schwerwiegend; wir konnten von Glück reden, daß der Speer keine größere Arterie durchschlagen hatte. Danach nahmen wir ein Bad. Ich kann gar nicht beschreiben, was für ein herrliches Vergnügen das bereitete! Nachdem wir uns wieder in normale Kleider gehüllt hatten, gingen wir ins Eßzimmer, wo wie gewöhnlich schon der gedeckte Frühstückstisch auf uns wartete. Es war ein seltsames Gefühl, sich dort hinzusetzen und wie ein zivilisierter Mensch des neunzehnten Jahrhunderts Tee zu trinken und Toast zu essen, so als hätten wir nicht die frühen Stunden des Tages mit einer regelrecht primitiven, mittelalterlich anmutenden Schlacht verbracht. Wie Good sagte; die ganze Sache erschien einem jetzt eher wie ein böser Alptraum vor dem Wecken, als ein Ereignis, das wirklich stattgefunden hatte. Wir hatten das Frühstück fast beendet, als die Tür aufging und die kleine Flossie hereintrat. Sie war noch ziemlich blaß und ein wenig wacklig auf den Beinen, aber ansonsten völlig unversehrt. Sie gab uns allen einen Kuß und bedankte sich. Ich beglückwünschte sie zu der Geistesgegenwart, die sie bewiesen hatte, als sie den Masaikrieger mit ihrer Derringerpistole erschoß und dadurch ihr Leben rettete.

»Oh, bitte, sprechen Sie nicht davon!« sagte sie und fing sofort an zu weinen. »Ich werde nie sein Gesicht vergessen, als er sich vor mir im Kreis drehte und hinfiel – *nie!* Ich werde es immer genau vor mir sehen.«

Ich sagte ihr, sie solle zu Bett gehen und ein bißchen schlafen. Sie gehorchte, und als sie am Abend aufwachte, war sie wieder einigermaßen hergestellt, zumindest physisch. Es mutete mir irgendwie seltsam an, daß ein Mädchen, das die Nerven besaß, einen riesigen schwarzen Burschen, der mit einem Speer auf sie losging, zu erschießen, hinterher von dem Gedanken daran dermaßen aufgewühlt werden konnte. Aber das ist wohl charakteristisch für das weibliche Geschlecht. Arme Flossie! Ich fürchte, daß sie noch viele Jahre dazu brauchen wird, jene Ereignisse in dem Masailager zu verarbeiten. Später sagte sie mir, das Schlimmste sei die Ungewißheit gewesen; Stunde um Stunde während jener endlos lang erscheinenden Nacht dort zu sitzen und nicht zu wissen, ob man nun einen Versuch wagen würde, sie zu befreien, oder nicht. Und eigentlich habe sie auch gar nicht mehr damit gerechnet, wohl wissend, wie wenige wir waren und wie viele die Masai – die außerdem alle paar Minuten zu ihr kamen und sie anstarrten. Die meisten von ihnen hatten noch nie in ihrem Leben eine Weiße gesehen, und sie fingerten pausenlos mit ihren dreckigen Pfoten an ihren Armen und Haaren herum. Auch sagte sie mir, sie sei fest entschlossen gewesen, sich zu erschießen, sobald die ersten Strahlen der Morgensonne den Kraal erreichten und bis dahin noch keine Hilfe eingetroffen war. Das Kindermädchen hatte nämlich den Lygonani sagen hören, daß man sie zu Tode foltern wollte, sobald die Sonne aufging, wenn nicht bis dahin an ihre Stelle einer der weißen Männer getreten wäre. Es war ein schrecklicher Entschluß gewesen, aber sie hatte die feste Absicht gehabt, ihn auch in die Tat umzusetzen, und ich zweifle keinen Moment daran, daß sie es auch getan hätte. Obwohl sie in einem Alter war, in dem in England die Mädchen noch die Schulbank drücken und brav zum Mittagessen erscheinen, hatte dieses ›Kind der Wildnis‹ mehr Courage, Besonnenheit und Geistesgegenwart als manch eine Frau reiferen Alters, die in Bequemlichkeit und Luxus aufgewachsen ist; deren Geist sorgfältig gedrillt und geschliffen wurde, fernab jeglicher Originalität und geistiger Wendigkeit, mit der die Natur sie vielleicht ausgestattet hatte.

Nach dem Frühstück begaben wir uns alle ins Bett und schliefen fest bis zum Dinner. Danach machten wir uns zusammen mit allen verfügbaren Kräften – Männern, Frauen, Knaben und Mädchen – erneut auf den Weg zu dem Orte unserer morgendlichen Schlacht, mit der Absicht, unsere Toten zu begraben; die Leichen der Masai wollten wir loswerden, indem wir sie in den Tana warfen, der nur etwa fünfzig Yards an dem Kraal vorbeifloß. Als wir die Stelle erreichten, scheuchten wir Tausende von Aasgeiern und ganze Schwärme von braunen Buschadlern auf, die sich aus allen Himmelsrichtungen zum Festmahl eingestellt hatten. Schon oft hatte ich die Gelegenheit, diese riesigen, widerwärtigen Vögel zu beobachten, und die Geschwindigkeit, mit der sie am Ort einer Schlacht eintreffen, hatte mich immer in Erstaunen versetzt. Kaum hat man einen Bock mit dem Gewehr erlegt, da taucht schon, oft innerhalb von nur einer Minute, ein dunkler Fleck hoch oben im blauen Äther auf, der sich rasch als Geier entpuppt. Und schon kommt der nächste, und blitzschnell ist ein ganzer Schwarm von ihnen da. Ich habe viele Theorien über die wundersame Wahrnehmungsfähigkeit gehört, die die Natur diesen Vögeln mitgegeben hat. Meine eigene Theorie, die sich zum größten Teil auf Beobachtungen gründet, ist folgende: die Geier, die meiner Ansicht nach mit einer Wahrnehmungsfähigkeit ausgestattet sind, wie sie vom Menschen selbst mit dem schärfsten Fernglas nicht erreicht werden kann, teilen untereinander den Himmel in verschiedene, etwa gleich große Abschnitte auf. Dann schweben sie in riesigen Höhen über der Erde – wahrscheinlich zwischen zwei und drei Meilen hoch –, und jeder von ihnen hält sorgsam über ein gewaltiges Gebiet hinweg ständig Ausschau. Sobald nun einer von ihnen irgendwo Nahrung sieht, läßt er sich sofort an der betreffenden Stelle herabsinken. Daraufhin folgt sein nächster Nachbar, der vielleicht in einem Abstand von ein paar Meilen gemächlich durch die luftigen Höhen segelt, seinem Beispiel, da er nun weiß, daß Nahrung gesichtet worden ist. Und schon schießt er herab, und all die anderen Geier in seiner Sichtweite folgen ihm, und desgleichen tun wiederum die, welche die letzteren hinabschießen sehen. Auf diese Weise können alle Geier in einem Umkreis von zwanzig Meilen in Minutenschnelle zum Festmahl zusammengerufen werden.

Wir begruben unsere Toten in feierlicher Stille. In Abwesenheit von Mr. Mackenzie, der ans Bett gefesselt war, wurde Good dazu ausersehen, den Totengottesdienst für sie zu lesen, da er nach der Meinung aller die beste und eindrucksvollste Stimme besaß. Die Andacht war in höchstem Maße melancholisch, aber, wie Good sagte, es hätte schlimmer kommen können; denn nur zu leicht hätten wir ›uns selbst zu Grabe tragen‹ können. Ich wies darauf hin, daß dies ein fürwahr schwieriges Kunststück gewesen wäre, aber ich wußte natürlich, was er damit sagen wollte.

Als nächstes luden wir die Leichen der Masai auf einen Ochsenkarren, den wir eigens zu diesem Zweck von der Missionsstation mitgebracht hatten, nicht ohne jedoch zuvor die Speere, Schilde und die anderen herumliegenden Waffen eingesammelt zu haben. Fünfmal mußten wir den Karren, auf dem jeweils fünfzig Masai Platz fanden, beladen, zum Fluß ziehen und dort ausleeren. Hieraus kann man ersehen, daß nur wenige Masai geflohen sein konnten. Die Krokodile müssen sich in jener Nacht meilenweit völlig überfressen haben. Eine der letzten Leichen, die wir auf den Karren luden, war die des Wachtpostens vom anderen Ende des Kraals. Ich fragte Good, wie er es geschafft hatte, den Mann auszuschalten, und er antwortete mir, er sei ähnlich wie Umslopogaas ganz nahe an den Posten herangeschlichen und habe ihn dann mit dem Schwert niedergestochen. Der Mann habe noch eine ganze Weile ziemlich laut gestöhnt, aber zum Glück hatte niemand ihn gehört. Wie Good glaubhaft versicherte, hatte er bei der Sache ein abscheuliches Gefühl gehabt, denn noch niemals hätte er jemanden so kaltblütig ermorden müssen.

Mit der letzten Leiche, die von der Strömung des Tana fortgetrieben wurde, war auch dieser Zwischenfall mit unserem Angriff auf das Masailager beendet. Die Speere, Schilde und sonstigen Waffen nahmen wir mit zur Missionsstation, wo sie ein ganzes Lagerhaus füllten. Ein Ereignis jedoch muß ich unbedingt noch erzählen. Als wir von dem Leichenbegräbnis wieder zur Missionsstation zurückkehrten, kamen wir an dem hohlen Baum vorbei, in dem Alphonse sich am Morgen während der Schlacht verkrochen hatte. Zufällig war der kleine Mann gerade in meiner Nähe. Er hatte uns bei unserer höchst unangenehmen Aufgabe mit weit besserem Willen assistiert als dem, den er am Morgen, als es sich noch um höchst lebendige Masai handelte, an den Tag gelegt hatte. In der Tat, für jede Leiche, die er aufladen half, hatte er eine passende höhnische Bemerkung parat. Der Alphonse, der tote Masai in den Fluß warf, war ein völlig anderer Mensch als der Alphonse, der vor einem lebendigen, speerschwingenden Masai um sein Leben rannte. Er war lustig und guter Dinge, und jedesmal, wenn einer der toten, grimmigen Krieger mit einem lauten ›platsch‹ im Wasser landete, um die Botschaft von Tod und Vernichtung zu seiner Verwandtschaft hundert Meilen flußabwärts zu tragen, klatschte er in die Hände und trällerte lauthals ein paar Takte. Da ich der Ansicht war, daß er dringend einmal einen Dämpfer brauchte, machte ich den anderen den Vorschlag, ein

Kriegsgericht über ihn abzuhalten wegen seines Verhaltens vom Morgen.

Wir brachten ihn also zu dem Baum, in dem er sich versteckt hatte, und schickten uns an, über ihn zu Gericht zu sitzen. Sir Henry hielt ihm in bestem Französisch seine unerhörte Feigheit vor und führte ihm eindringlich sein unverzeihliches Verhalten vor Augen, besonders die Tatsache, daß er den öligen Lappen aus dem Mund hatte fallen lassen, was beinahe zur Folge gehabt hätte, daß er mit seinem Zähneklappern das gesamte Masailager aufgescheucht und damit unsere Pläne zum Scheitern gebracht hätte. Er beendete seine Anklage mit der Aufforderung an Alphonse, eine Erklärung abzugeben.

Aber wenn wir geglaubt hatten, Alphonse zerknirscht und vor Scham am Boden zerstört zu sehen, dann hatten wir uns gewaltig geirrt. Er verbeugte sich tief, machte einen Kratzfuß und gab charmant lächelnd zu, daß sein Verhalten auf den ersten Blick wohl merkwürdig erscheinen könne, es in Wirklichkeit jedoch nicht im geringsten so wäre. Schließlich hätte er nicht vor Angst mit den Zähnen geklappert – oh, lieber Himmel, nein! Doch deswegen nicht! Er wundere sich, wie die ›Messieurs‹ auch nur im entferntesten an so etwas denken könnten – sondern die Kälte der Morgenluft hätte ihn dazu gebracht. Und was den Lumpen anbetrifft, wenn Monsieur selbst seinen gräßlichen Geschmack hätte probieren können – der sich in der Tat zusammensetzte aus einer Mischung von muffigem Paraffinöl, Fett und Schießpulver – so hätte Monsieur ihn selbst auf der Stelle ausgespien. Aber er, Alphonse, hätte das nicht getan! Er hätte fest entschlossen den Lappen im Mund behalten bis – o weh! – sein Magen ›revoltiert‹ und den Lappen in einem Anfall von entsetzlicher Übelkeit gleichsam hinauskatapultiert habe.

»Und was haben Sie dazu zu sagen, daß Sie sich in dem hohlen Baum versteckten?« fragte Sir Henry, der nur mit Mühe die Fassung bewahren konnte.

»Aber, Monsieur, die Erklärung ist einfach; oh, ganz einfach! Es war so: Isch stand dort 'inter der Kraalmauer, und der kleine graue Monsieur schlug mir in den Magen, so daß mein Gewehr losging, und die Schlacht begann. Isch beobachtete die Schlacht genau, während isch misch von Monsieurs grausamem Schlag erholte. Und dann, Messieurs, begann in meine Adern wieder das 'eroische Blut von meine Großvater zu kochen. Der Anblick der Schlacht machte misch verrückt. Isch knirschte mit den Zähnen!

Aus meine Augen schossen Blitze! Isch schrie: ›En avant!‹ Es dürstete misch nach Blut! Vor meine Augen er'ob sisch die Vision von meine 'eroische Großvater! Kurz, isch war rasend! Isch war in der Tat ein schrecklicher Krieger! Aber dann, in meinem 'erzen, da 'örte isch eine leise Stimme. Sie sagte: ›Alphonse, mäßige disch! Gib dieser bösen Leidenschaft nischt nach! Diese Männer sind Brüder, auch wenn es Schwarze sind! Und du willst sie abschlachten? Grausamer Alphonse!‹ Die Stimme 'atte rescht. Isch wußte es. Isch war kurz davor gewesen, die abscheulichsten Grausamkeiten zu bege'en: zu verwunden! Zu massakrieren! Arme und Beine abzureißen! Aber wie sollte isch misch mäßigen? Isch blickte misch um; isch sah den Baum; isch erblickte das Loch. ›Schließe disch ein!‹ sagte die Stimme, ›und 'alte aus! Nur so kannst du die grausame Versuchung widerstehen! Nur dursch brutale Gewalt gegen disch selbst.‹ Es war bitter, wo doch gerade das 'eroische Blut von meine Großvater auf dem Siedepunkt war. Aber dennoch ge'orschte isch! Isch zog meinen unwilligen Leib zu dem Baum; meine Beine wollten mir kaum ge'orchen! Isch schloß misch ein! Dursch das Loch beobachtete isch die Schlacht! Mit gewaltigen Worten schleuderte isch Fluch um Fluch auf den Feind hinab! Mit Befriedigung sa' isch, wie einer nach dem anderen fiel! Warum nischt? Isch 'atte ihnen ja nischt ihr Leben geraubt! Isch 'atte meine 'ände ja nischt mit ihrem Blut befleckt. Das Blut von meine 'eroische Großvater –«

»Ach, hör auf, du kleiner Halunke!« platzte Sir Henry mit schallendem Gelächter heraus und versetzte ihm einen kräftigen Hieb auf die Schulter, der ihn mit kläglichem Gesichtsausdruck auf dem Boden landen ließ.

Am Abend hatte ich eine Unterredung mit Mr. Mackenzie, dem seine Wunden schwer zu schaffen machten. Good, der zwar ein unqualifizierter, aber dennoch geschickter Arzt war, behandelte ihn so gut er konnte. Mackenzie eröffnete mir, dieser Zwischenfall hätte ihn dazu bewogen, die Missionsstation, sobald er wieder gesund sei, an einen jüngeren Mann zu übergeben und nach England zurückzukehren. Der junge Mann sei im übrigen schon auf dem Weg zur Station, wo er sich erst noch eine Weile unter seiner, Mackenzies, Führung einarbeiten wolle.

»Sehen Sie, Quatermain«, sagte er, »heute morgen, als wir uns an jene unwissenden Wilden heranschlichen, habe ich mich zu diesem Schritt entschlossen. ›Wenn wir das hier überstehen und Flossies Leben retten sollten‹, sagte ich mir, ›dann werde ich heim nach England gehen. Ich habe genug von den Wilden.‹ Nun, zu jenem Zeitpunkt hätte ich nicht im Traum daran gedacht, daß wir heil aus der Sache herauskommen würden; aber mit Gottes Hilfe und der Hilfe von euch haben wir nun doch überlebt; und ich habe die Absicht, zu meinem Entschluß zu stehen, damit uns nicht eines Tages noch etwas Schlimmeres passiert. Noch ein solches Ereignis, das würde meine arme Frau nicht überstehen. Und, unter uns gesagt, Quatermain; ich bin recht wohlhabend: Ich besitze heute gut dreißigtausend Pfund, und jeden Penny davon habe ich ehrlich erworben, durch ehrbaren Handel und durch die Zinsen meiner Ersparnisse, die auf der Bank von Sansibar liegen. Ich habe sehr viel sparen können, weil mich das Leben hier fast nichts kostet. Und so schwer es mir auch fallen mag, diesen Ort zu verlassen, den ich wie eine Rose in der Wildnis zum Blühen gebracht habe, und so hart es auch sein mag, diese Menschen, die ich lehrte und heranwachsen sah, allein zu lassen; ich habe die feste Absicht, nach England zurückzugehen.«

»Ich beglückwünsche Sie zu Ihrem Entschluß!« antwortete ich. »Und zwar aus zwei Gründen: zum einen, weil ich glaube, daß Sie das Ihrer Frau und Ihrer Tochter schuldig sind, und insbesondere der letzteren, die eine gute Schulausbildung erhalten und auch unter Mädchen ihrer eigenen Rasse kommen sollte. Wenn sie weiter in der Wildnis aufwächst, wird sie sonst noch eines Tages ihren gleichaltrigen Geschlechtsgenossinnen aus dem Wege gehen. Der andere Grund ist der, daß, so wahr ich hier stehe, die Masai früher oder später den Versuch unternehmen werden, sich für die vernichtende Niederlage von heute morgen zu rächen. Zweien oder dreien von ihnen ist es mit Sicherheit gelungen, in dem allgemeinen Wirrwarr unbemerkt zu entkommen, und sie werden ihrem Stamm alles erzählen, und sicherlich wird man eines Tages eine riesige Expedition gegen Sie aussenden, um Sie zu vernichten. Vielleicht dauert es länger als ein Jahr, bis sie so weit sind, doch früher oder später werden sie auf jeden Fall wiederkommen. Schon allein aus diesem Grund würde ich an Ihrer Stelle gehen. Wenn sie erst einmal in Erfahrung gebracht haben, daß Sie nicht mehr hier sind, lassen sie die Missionsstation vielleicht in Frieden*.«

* Ein trauriger Zwischenfall gab Mr. Quatermain leider unrecht: Im April 1886 massakrierten die Masai einen Missionar und seine Frau – Mr. und Mrs. Houghton – unweit des besagten Tanaflusses, und zwar genau an der Stelle, die Mr. Quatermain be-

»Sie haben völlig recht«, antwortete der Geistliche. »Ich werde diesem Ort in einem Monat den Rücken kehren. Aber es wird wehtun, glauben Sie mir. Es wird sehr weh tun.«

---

schrieb. Dies sind meines Wissens nach die ersten Weißen, die erwiesenermaßen diesem grausamen Stamm zum Opfer gefallen sind. – *Der Herausgeber.*

9

Ins Unbekannte

Eines Abends saßen wir alle zusammen beim Essen im Speisezimmer der Missionsstation. Inzwischen war eine Woche verstrichen. Unsere Stimmung war sehr gedrückt, denn am darauffolgenden Morgen wollten wir unseren lieben Freunden, den Makkenzies, Lebewohl sagen und uns auf unsere Reise ins Unbekannte aufmachen. Von den Masai hatten wir nichts mehr gesehen oder gehört, und außer ein paar Speeren, die wir übersehen hatten, und die nun langsam im Gras verrosteten und ein paar leeren Patronenhülsen, die noch an der Außenmauer lagen, da, wo wir gestanden hatten, gab es nichts mehr, aus dem noch hätte hervorgehen können, daß der alte Viehkraal am Fuße des Hügels noch vor kurzem der Schauplatz eines so blutigen Gemetzels gewesen war. Mackenzie erholte sich, hauptsächlich dank der Tatsache, daß er von so gesunder Natur war, sehr rasch von seiner Verwundung. Inzwischen konnte er schon wieder auf Krücken herumlaufen. Von den anderen Verwundeten war einer am Wundbrand gestorben, während der Rest auf dem raschen Wege der Besserung war. Mr. Mackenzies Karawane war inzwischen von der Küste zurückgekehrt, und somit war die Missionsstation wieder weitgehend vollzählig.

Unter diesen Umständen waren wir zu dem Entschluß gekommen, so herzlich und drängend man uns auch zum Bleiben einlud, weiterzuziehen; zuerst zum Mount Kenia, und von dort aus weiter ins Unbekannte, wo wir die geheimnisvolle weiße Rasse zu entdecken hofften, die es uns so sehr angetan hatte. Dieses Mal wollten wir mit Hilfe des anspruchslosen, aber nichtsdestoweniger äußerst nützlichen Esels vorwärtskommen. Wir hatten uns nicht weniger als ein Dutzend Tiere besorgt, die unser Hab und Gut und, wenn nötig, auch uns selbst tragen sollten. Uns waren nur noch zwei Wakwafi als Diener geblieben, und es stellte sich alsbald heraus, daß es so gut wie unmöglich war, weitere Eingeborene zu bekommen, die sich gemeinsam mit uns in das unbekannte Gebiet wagen würden, das wir erforschen wollten. Wir machten keinem einen Vorwurf daraus. Schließlich war es in der Tat, wie Mr. Makkenzie bemerkte, schon mehr als ungewöhnlich, daß drei Männer, von denen jeder viele der Dinge besaß, die das Leben lebenswert machen sollen – Gesundheit, gesicherte Existenz, gesellschaftliches Ansehen etc. – zu ihrem eigenen Vergnügen in so ein Abenteuer ziehen wollten, von dem sie höchstwahrscheinlich nie wieder zurückkehren würden – zumindest war die Chance nicht sehr groß. Aber so ist der Engländer nun einmal – ein Abenteurer bis ins Mark. Und unsere gesamte prächtige Stammrolle von Kolonien, von denen jede einst eine große Nation sein wird, legt Zeugnis ab von dem außergewöhnlichen Wert des Abenteurergeistes, der auf den ersten Blick manchmal wie eine gelinde Form des Irrsinns erscheint. »Abenteurer« – das ist der, der hinausgeht, um zu meistern, was auch immer ihm begegnet. Nun, das tun wir alle auf der Welt auf diese oder jene Weise, und was mich betrifft, so bin ich stolz auf diese Bezeichnung, steht sie doch auch für ein tapferes Herz und für ein tiefes Vertrauen in die Vorsehung. Und wenn manch ein berühmter Krösus, dem heute das Volk zu Füßen liegt, und manch ein heuchlerischer, konjunkturreitender, wortklaubender Politiker längst der Vergessenheit anheimgefallen sein wird, dann werden die Namen jener mutigen, weltoffenen alten Abenteurer, die England zu dem gemacht haben, was es heute ist, weiterleben in den Gedanken des Volkes, und mit Liebe und mit Stolz wird man von ihnen den Kindern erzählen, deren ungeformte Seelen noch im Schoße ferner Jahrhunderte schlummern. Nicht, daß wir drei erwarten können, einst in einem Atemzug mit jenen genannt zu werden; aber dennoch haben wir etwas vollbracht – genug vielleicht, um einen Mantel über die Nacktheit unserer Dummheit zu werfen.

Als wir an jenem Abend auf der Veranda saßen, um vor dem Schlafengehen noch eine Pfeife zu rauchen, klopfte es plötzlich an der Tür, und vor uns stand niemand anderes als Alphonse, der mit einer tiefen Verbeugung ankündigte, daß er um eine Unterredung mit uns bitten wollte. Als wir ihn höflich aber bestimmt aufforderten, ›sich davonzumachen‹, eröffnete er uns mit weitschweifigen Worten, daß er darauf brenne, sich unserer Expedition anzuschließen. Ich war darüber nicht schlecht erstaunt, wußte ich doch, was für ein Feigling der kleine Mann war. Seine Gründe blieben uns jedoch nicht lange verborgen: Mr. Mackenzie wollte zur Küste hinunter und von dort aus weiter nach England. Und nun war Alphonse überzeugt, daß man ihn, sobald er an der Küste auftauchte, ergreifen und nach Frankreich ausweisen würde, wo er ins Zuchthaus käme. Dieser Gedanke suchte ihn hartnäckig heim, genauso wie der Kopf von König Charles Mr. Dick heimsuchte, und er hatte solange darüber nachgebrütet, bis sich die

Gefahr in seiner Fantasie verzehnfacht hatte. In Wirklichkeit war sein Verstoß gegen die Gesetze seines Landes aller Wahrscheinlichkeit nach längst vergessen, und außer in Frankreich hätte er sich wohl überall auf der Welt unbehelligt bewegen können. Aber wir kriegten ihn beim besten Willen nicht dazu, das einzusehen. Als der geborene Feigling, der er nun einmal war, zog der kleine Franzose es hundertmal eher vor, die Risiken, Gefahren und Strapazen, die eine solche Expedition mit sich brachte, auf sich zu nehmen, als sich – ungeachtet seiner großen Sehnsucht nach seinem Heimatland – den möglichen Verhören eines Polizeibeamten auszusetzen, was am Ende nur ein weiteres Beispiel für die Richtigkeit der Behauptung ist, daß für die Mehrzahl der Menschen eine weit entfernte Gefahr, so verschwommen und unrealistisch sie auch sein mag, ein weit stärkeres Angstgefühl auslöst als der ernsteste momentane Notstand. Nachdem wir Alphonse zu Ende angehört hatten, beratschlagten wir, was wir tun sollten, und schließlich erklärten wir uns damit einverstanden, mit Mr. Makkenzies Zustimmung, das Angebot des kleinen Franzosen anzunehmen. Der Entschluß fiel uns nicht leicht; aber zum einen brauchten wir dringend noch einen Mann, und Alphonse war ein quicklebendiger, flinker Bursche, der ein Händchen für viele Dinge besaß, insbesondere fürs Kochen – ah, und wie er das konnte! Ich bin überzeugt, er hätte sogar noch aus den Gamaschen seines heroischen Großvaters, über die er so gerne sprach, eine schmackhafte Mahlzeit gezaubert. Zum anderen war er stets gutgelaunt, immer zu Späßen aufgelegt und nicht zuletzt eine gutmütige Seele, und sein pompöses, prahlerisches Gerede war uns eine Quelle ununterbrochenen Spaßes. Und was noch viel wichtiger ist: er war nie hinterhältig oder boshaft. Natürlich war die Tatsache, daß er so ein ausgesprochener Feigling war, ein großer Minuspunkt für ihn, aber da wir diese Schwäche bei ihm ja nun zur Genüge kannten, konnten wir uns mehr oder weniger darauf einstellen. Nachdem wir ihn also noch einmal eindringlich auf die möglichen Gefahren hingewiesen hatten, denen er sich aussetzte, wenn er mit uns ging, erklärten wir ihm, daß wir sein Angebot unter der Bedingung annehmen wollten, wenn er verspreche, allen unseren Anweisungen strikt Folge zu leisten. Wir versprachen ihm außerdem, ihn für seine Dienste mit zehn Pfund pro Monat zu entlohnen, falls er je wieder in zivilisierte Gegenden kommen würde, um sie noch empfangen zu können. Erfreut stimmte er allen unseren Vorschlägen und Bedingungen zu. Dann zog er sich zurück, um seiner Annette einen Brief zu schreiben. Mr. Mackenzie hatte ihm versprochen, den Brief zu besorgen, sobald er die Küste erreicht hätte. Als er mit dem Brief fertig war, las er ihn uns vor. Sir Henry übersetzte ihn uns. Es war eine wundervolle Komposition. Ich bin sicher, die Tiefe seiner Zuneigung, seine glühende Verehrung und die Schilderungen seiner Leiden in der barbarischen Fremde – »weit, so weit von dir, o Annette, welche zu erringen ich solche Pein auf mich nehme . . .« – hätten auch das Herz des hartherzigsten Mädchens zum Schmelzen gebracht.

Der Morgen unserer Abreise kam, und gegen sieben Uhr waren alle Esel bepackt. Nun war es an der Zeit, Lebewohl zu sagen. Es war eine traurige Angelegenheit, insbesondere der Abschied von der kleinen Flossie. Sie und ich waren dicke Freunde geworden, und unsere zahlreichen Gespräche waren uns eine liebe Gewohnheit gewesen. Aber ihre Nerven hatten sich nie von dem Schock erholt, den sie in jener Nacht erlitten hatte, als sie, im sicheren Gefühl des Todes, hilflos den blutrünstigen Masai ausgeliefert war.

»Oh, Mr. Quatermain!« rief sie mit tränenerstickter Stimme und schlang ihre Arme um meinen Hals. »Es ist so schrecklich, daß ich Ihnen Lebewohl sagen muß! Ob wir uns wohl einmal wiedersehen?«

»Ich weiß nicht, mein liebes kleines Mädchen«, gab ich zur Antwort. »Ich bin am einen Ende des Lebens, und du bist am anderen. Ich habe nur noch eine kurze Zeit vor mir, wenn ich Glück habe, und das meiste liegt schon in der Vergangenheit. Aber ich hoffe, daß vor dir noch viele lange, glückliche Jahre liegen. Du hast deine Zukunft noch vor dir. Mit der Zeit wirst du zu einer wunderschönen Frau heranwachsen, Flossie, und dieses wilde Leben hier wird dir nur noch wie ein längst vergangener, weit entfernter Traum vorkommen. Aber ich hoffe, daß du, auch wenn wir uns niemals wiedersehen sollten, manchmal an deinen alten Freund zurückdenken und dich seiner Worte erinnern wirst. Bemühe dich immer, gut zu sein, mein liebes Kind, und strebe stets danach, das zu tun, was richtig ist, und nicht nur das, was dir angenehm erscheint; denn am Ende wird sich zeigen, daß das Gute auch immer das ist, was dich wirklich glücklich macht, auch wenn manch einer spöttisch darüber lächeln mag. Sei uneigennützig und hilf, wann immer du kannst, deinem Nächsten – die Welt ist voll von Leid; es zu lindern, ist unser nobelstes Ziel. Wenn du das tust, dann wirst du eine gütige und gottesfürchtige Frau werden, und du wirst ein wenig Licht in das Leben vieler Menschen bringen, und am Ende wirst du nicht, wie so viele andere, umsonst gelebt haben. Nun habe ich dir eine Menge altmodischer Ratschläge mit auf den Weg gegeben, aber ich will dir auch etwas geben, womit du sie dir ein wenig versüßen kannst. Du siehst dieses kleine Blatt Papier; man nennt so etwas einen Scheck. Wenn wir fort sind, gib ihn deinem Vater zusammen mit diesem Brief – aber erst, wenn wir fort sind, hörst du! Du wirst eines Tages heiraten, meine liebe kleine Flossie, und mit diesem Scheck sollst du dir ein Hochzeitsgeschenk kaufen, das du immer bei dir tragen sollst, und nach dir deine Tochter, wenn du eine haben solltest – zur Erinnerung an den alten Jäger Quatermain.«

Die arme, kleine Flossie weinte ganz schrecklich und schenkte mir eine Locke von ihrem hellglänzenden Haar, die ich noch heute bei mir trage. Der Scheck, den ich ihr gab, belief sich über tausend Pfund (die ich nun, da es mir finanziell gut geht und ich keine Verpflichtungen als solche karitativer Natur habe, leicht verschmerzen kann). In dem Brief wies ich ihren Vater an, diese Summe in Regierungspapieren anzulegen und ihr, sobald sie heiratete oder in heiratsfähiges Alter kam, das beste Diamantenkollier zu kaufen, das er für das Geld und die daraus erwachsenen Zinsen bekommen konnte. Ich wählte Diamanten aus dem Grund, weil ich glaube, daß nun, da die Minen des Königs Salomo der Welt für immer verlorengegangen sind, der Preis für Diamanten niemals wieder unter den jetzigen sinken wird, so daß Flossie, sollte sie später einmal in finanzielle Schwierigkeiten geraten, keine Probleme haben dürfte, die Steine zu Geld zu machen.

Nach vielem Händeschütteln, Hüteschwenken und auch überschwenglichen Abschiedsgrüßen seitens der Eingeborenen brachen wir schließlich auf. Aphonse vergoß wahre Bäche von Tränen (er ist ein warmherziger Mann), als er sich von den Mackenzies verabschiedete. Ich selbst brachte die Sache so schnell wie möglich hinter mich; ich hasse Abschiedsszenen. Was mich vielleicht am meisten rührte, war der offensichtliche Kummer, den Umslopogaas die Trennung von der kleinen Flossie bereitete. Der grimmige alte Krieger hatte eine tiefe Zuneigung zu dem kleinen Mädchen entwickelt. Er sagte ihr immer wieder, daß sie so schön anzuschauen sei wie der einzige Stern an einem dunklen Nachthimmel, und er wurde nicht müde, sich laut zu beglückwünschen, daß er den Lygonani getötet hatte, der damit gedroht hatte, das Mädchen zu ermorden. Und das war das letzte, was wir von dem schönen Missionshaus – einer wahren Oase in der Wüste – und der europäischen Zivilisation überhaupt sahen. Aber oft noch denke ich zurück an die Mackenzies und frage mich, ob sie es geschafft haben, zur Küste zu kommen, und ob sie wohl nun sicher und wohlbehalten in England sind und jemals diese Zeilen lesen können. Arme kleine Flossie! Ich frage mich, wie sie wohl zurechtkommt in Gefilden, in denen es keine schwarzen Diener gibt, die ihren gebieterischen Wünschen auf der Stelle nachkommen, und keinen himmelhohen, schneebedeckten Mount Kenia, den sie betrachten kann, wenn sie des Morgens aufsteht. Leb wohl, kleine Flossie!

Nachdem die Missionsstation unseren Blicken entschwunden war, zogen wir unbehelligt am Fuße des Mount Kenia vorüber, den die Masai ›Donyo Egere‹ nennen, was soviel heißt wie ›der gesprenkelte Berg‹; und zwar bezeichnen sie ihn so wegen der zahlreichen schwarzen Punkte, die auf seiner mächtigen Kuppe erscheinen. Das sind die Stellen, an denen die Abhänge so steil sind, daß der Schnee nicht darauf liegenbleibt, so daß der nackte Fels zum Vorschein kommt. Danach zogen wir weiter, vorbei an dem einsam gelegenen Baringosee. Hier trat einer unserer beiden übriggebliebenen Askari unglücklicherweise auf eine Puffotter und starb trotz all unserer Rettungsversuche an dem Biß dieser überaus giftigen Schlange. Von da aus marschierten wir weiter, bis wir nach etwa hundertfünfzig Meilen einen anderen großartigen, ebenfalls schneebedeckten Berg erreichten, den Lekakisera. Soweit ich weiß, waren noch nie Europäer bis hierher gelangt. Es war ein grandioser Berg, doch leider kann ich mich nun nicht mit seiner Beschreibung aufhalten. Vierzehn Tage verweilten wir dort, und dann brachen wir auf in den dichten und unbewohnten Wald des riesigen Gebietes, das Elgumi genannt wird. Allein in diesem Wald gab es mehr Elefanten, als ich jemals zuvor gesehen hatte. Diese riesigen Säugetiere tauchen dort buchstäblich in Schwärmen auf, da sie dort vom Menschen völlig in Ruhe gelassen werden; ihrer Vermehrung wird nur Einhalt geboten durch jenes Gesetz der Natur, das dafür sorgt, daß kein Lebewesen die Zahl übersteigt, die das Gebiet, das es bewohnt, verkraften kann. Ich brauche wohl nicht zu erwähnen, daß wir nur wenige von ihnen abschossen. Zum einen, weil wir es uns nicht leisten konnten, unsere kostbare Munition zu vergeuden, die ohnehin gefährlich knapp geworden war (der Esel, den wir mit ihr beladen hatten, war beim Durchwaten eines überfluteten Flusses von der Strömung fortgerissen worden); zum anderen, weil wir keine Möglichkeit hatten, das Elfenbein fortzuschaffen. Und einfach um des

Tötens willen zu schießen lehnten wir selbstverständlich ab. Also ließen wir die riesigen Tiere in Frieden; nur zweimal sahen wir uns gezwungen, eines zu erschießen, weil es uns angriff. In dieser Gegend, in der die nichtsahnenden Elefanten dem Jäger auf Gnade oder Ungnade ausgeliefert sind, kann man sich ihnen auf offenem Felde unbekümmert bis auf etwa zwanzig Yards nähern. Dann standen sie da, die großen Ohren gespitzt wie ein verwirrter Riesenhund, und starrten auf dieses neue, außergewöhnliche Phänomen – den Menschen. Gelegentlich, wenn die Musterung nicht zu ihrer Zufriedenheit ausfiel, endete das Anstarren mit einem lauten Trompeten und einem Angriff; dies passierte jedoch nur selten. Und wenn es doch einmal geschah, dann griffen wir zu unseren Gewehren.

Die Elefanten waren indessen nicht die einzigen wilden Tiere, die den riesigen Wald von Elgumi bevölkerten. Da gab es alle Arten von Wild im Überfluß, nicht zuletzt auch Löwen – zum Teufel mit ihnen! Seit mich einmal einer ins Bein gebissen und mich für mein ganzes Leben zu einem hinkenden Krüppel gemacht hatte, haßte ich den Anblick dieses Tieres. Was ebenfalls in riesigen Mengen herumschwirrte, war die verfluchte Tsetsefliege; ihr Stich ist für Haustiere tödlich. Man sagt, daß sich Esel – ebenso wie der Mensch – einer besonderen Immunität gegenüber ihren Attacken erfreuen; ich kann dazu nichts weiter sagen, als daß unsere – sei es aufgrund ihrer erbärmlichen Allgemeinverfassung, sei es, weil die Tsetsefliege in jener Gegend giftiger als anderswo ist, oder aus welchen Gründen auch immer – unter ihrem Angriff zusammenbrachen. Das geschah glücklicherweise jedoch erst zwei Monate nachdem sie von der Fliege gebissen worden waren; plötzlich – es hatte zwei Tage lang heftig geregnet – starben sie alle gleichzeitig. Ich zog mehreren von ihnen die Haut ab und entdeckte bei allen übereinstimmend die langen, gelben Streifen auf dem Fleisch, die als charakteristisches Zeichen für den Tod durch den Biß der Tsetsefliege genau an der Stelle auftreten, an der das Insekt seinen Rüssel in die Haut hineinsticht.

Sobald wir den Wald von Elgumi durchquert hatten und wieder in relativ freies Gebiet gekommen waren, schlugen wir, nachdem wir Richtung Norden marschiert waren – gemäß den Informationen, die Mr. Mackenzie von dem unglücklichen Wanderer, der sich zu ihm durchschlug, um dann so tragisch zu enden, erhalten hatte–, genau zum rechten Zeitpunkt den Weg zu dem großen See ein, den die Eingeborenen Laga nennen. Er sollte – nach dem Bericht des Wanderers – ungefähr fünfzig Meilen lang und etwa zwanzig Meilen breit sein. Von dort aus durchquerten wir in einem Marsch, der fast einen Monat in Anspruch nahm, ein gewaltiges, wellenförmiges Hochland; es ähnelte ein wenig der Landschaft, die mir von Transvaal her bekannt war; im Gegensatz zu jener war sie jedoch hie und da mit Flecken von Buschland durchsetzt, die die Einöde ein wenig auflockerten.

Die ganze Zeit über befanden wir uns in einem kontinuierlichen Anstieg von etwa hundert Fuß pro zehn Meilen. Das Land machte in der Tat eine Steigung, die in der Ferne in einer Kette schneebedeckter Berge zu enden schien. Diese Bergkette steuerten wir nun an; dort sollten wir auch erfahren, wo der zweite See, von dem der Wanderer als einem ›See ohne Grund‹ gesprochen hatte, gelegen war.

Endlich erreichten wir die Stelle, und als wir uns versichert hatten, daß oben in den Bergen tatsächlich ein See existierte, stiegen wir weiter, bis wir in etwa dreitausend Fuß Höhe an einen steilen Felsabsturz kamen. Etwa fünfzehnhundert Fuß unter uns erstreckte sich ein See von ungefähr zwanzig Quadratmeilen Oberfläche, der offensichtlich einen erloschenen Krater von riesigen Ausmaßen füllte. Da wir am Ufer dieses Sees Dörfer erkennen konnten, wagten wir den gefährlichen Abstieg, der uns durch Nadelwälder führte, die nun die steilen Innenabhänge des Kraters bedeckten. Unten wurden wir freundlich empfangen. Die Bevölkerung, einfache, unkriegerische Leute, die noch nie etwas von Weißen gehört, geschweige denn gesehen hatten, behandelten uns mit großer Ehrfurcht und Zuvorkommenheit und versorgten uns mit soviel Nahrung und Milch, wie wir essen und trinken konnten. Dieser großartige, wunderschöne See lag nach Auskunft unseres Aneroidbarometers nicht weniger als 11450 Fuß über dem Meeresspiegel; das Klima hier oben war ziemlich kühl, fast so wie in England. Und in der Tat – in den ersten drei Tagen unserer Anwesenheit sahen wir nur wenig oder so gut wie gar nichts von der Landschaft, weil ein dichter, typisch schottischer Nebel alles einhüllte. Und hier fiel auch der Regen, der das Gift der Tsetsefliegen in den Körpern unserer restlichen Esel zur Wirkung brachte, worauf sie alle tot umfielen.

Dieses Unglück brachte uns in eine arge Klemme, hatten wir doch nun keinerlei Transportmittel mehr. Zum Glück gab es aber auch nicht mehr soviel zu transportieren. Auch unsere Munition war äußerst knapp geworden; wir verfügten lediglich noch über hundertfünfzig Schuß Gewehrmunition und zirka fünfzig Schrotpatronen.

Wir wußten nicht, wie wir weiterkommen sollten; es sah in der Tat ganz so aus, als wären wir mit unserem Latein am Ende. Selbst wenn wir den Entschluß gefaßt hätten, das Ziel unserer Reise aufzugeben, (woran, sosehr es auch im Dunkeln lag, keiner von uns auch nur im Traum dachte), so schien es lächerlich, auch nur mit dem Gedanken zu spielen, in unserem gegenwärtigen Zustand die Reise von siebenhundert Meilen zurück zur Küste zu wagen. Sosehr wir nachdachten; es gab nur eine Entscheidung: erst einmal da zu bleiben, wo wir waren; die Eingeborenen waren uns wohlgesonnen, und zu essen gab es in Hülle und Fülle. Im Augenblick gab es nichts anderes zu tun, als zu warten, der Dinge zu harren, die da kämen, und soviel wie möglich Informationen über die angrenzenden Gebiete zu sammeln.

Wir kauften also ein großes Holzkanu, das Platz genug für uns alle und unser Gepäck bot, von dem Häuptling des Dorfes, in dem wir untergekommen waren (als Zahlungsmittel dienten uns drei leere, kaltgezogene Patronenhülsen aus Messing, über die er höchst erfreut war) und begaben uns auf eine Rundfahrt am Ufer des Sees entlang, um einen möglichst günstigen Lagerplatz für uns zu suchen. Da wir nicht wußten, ob wir noch einmal in das Dorf zurückkehren würden, packten wir unsere gesamte Habe in das Kanu, dazu einen halben gekochten Wasserbüffel (der, wenn er noch jung ist, eine wahre Köstlichkeit darstellt) und ließen das Kanu zu Wasser. Mehrere Eingeborene waren schon in leichten Booten vorausgefahren, um den Bewohnern der anderen Dörfer unser Nahen anzukündigen.

Wie wir so gemächlich dahinpaddelten, machte uns Good auf das außerordentlich tiefe Blau des Wassers aufmerksam und sagte, er habe von den Eingeborenen, die erfahrene Fischer waren – Fisch bildete das Hauptnahrungsmittel der hiesigen Bevölkerung – gehört, daß der See ungeheuer tief sei und auf dem Grunde ein Loch habe, durch das das Wasser abfließe und sich weit unten über ein tosendes Feuer ergieße.

Ich wies darauf hin, daß das, was er da gehört hatte, sicherlich auf einer uralten Legende beruhte, die man sich seit Generationen unter der Bevölkerung erzählte. Wahrscheinlich wäre diese Legende auf die Zeit zurückzuführen, in der noch einer der erloschenen parasitären Vulkanschlote aktiv war. Wir sahen mehrere von ihnen rund um das Ufer des Sees, von denen ohne Zweifel mindestens einer noch zu einer Zeit aktiv gewesen war, als der Hauptvulkan, der jetzt das Becken des Sees selbst bildete, schon längst erloschen gewesen sein mußte. Als auch dieser schließlich erlosch, waren die Leute wahrscheinlich in dem Glauben gewesen, das Wasser des Sees sei hinuntergeflossen und habe das große Feuer unten gelöscht, insbesondere weil der See, obwohl er ständig von dem Wasser gespeist wurde, das von den schneebedeckten Gipfeln ringsum herabfloß, keinen sichtbaren Abfluß hatte.

Als wir uns dem anderen Ufer des Sees näherten, stellten wir fest, daß es aus einer riesigen, senkrecht hochragenden Felswand bestand und nicht, wie an den anderen Ufern, aus einem allmählich ansteigenden Strand. Wir paddelten also parallel zu dieser Wand weiter am Ufer entlang, in einem Abstand von etwa hundert Schritt, und steuerten das Ende des Sees an, wo – wie wir wußten – ein Dorf lag.

Nach einer Weile tauchte vor uns im Wasser eine beträchtliche Ansammlung von treibenden Binsen, Unkraut, abgerissenen Baumästen und ähnlichem Zeug auf. Irgendeine Strömung, die Good im höchsten Maße erstaunte, und für die er keine Erklärung fand, mußte das Zeug hierhergetrieben haben. Während wir noch daran herumrätselten, machte uns Sir Henry auf einen Schwarm großer weißer Schwäne aufmerksam, die kurz vor uns in der Strömung trieben und nach Nahrung suchten. Ich hatte schon mehrfach Schwäne vom Ufer aus über den See fliegen sehen, und da ich noch nie zuvor welchen in Afrika begegnet war, war ich natürlich äußerst begierig darauf, ein Exemplar davon zu erwischen. Ich hatte die Eingeborenen nach der Herkunft der Tiere gefragt, und dabei hatte ich erfahren, daß sie von jenseits der Berge kamen, und zwar immer zu bestimmten Jahreszeiten und immer morgens in der Frühe, wenn man sie leicht fangen konnte, weil sie völlig erschöpft waren. Als ich sie fragte, aus welchem Lande die Schwäne kamen, zuckten sie die Achseln und sagten, oben auf dem großen schwarzen Felsen sei steiniges, unbewohnbares Land, und dahinter befänden sich schneebedeckte Gebirge, wo keine Menschenseele wohne, und die von wilden Tieren bevölkert sei, und hinter dem Gebirge sei auf Hunderten von Meilen dichter Dornenwald, der so dick sei, daß sogar die Elefanten ihn nicht durchdringen könnten, geschweige denn der Mensch. Auf die Frage, ob sie schon einmal etwas von einem weißen Volk gehört hätten, das hinter dem Gebirge und dem Dornenwald lebe, antworteten sie mit lautem Gelächter. Aber später kam dann eine uralte Frau zu mir und sagte, ihr Großvater habe ihr, als sie noch ein ganz kleines Mädchen gewesen sei, erzählt, *sein* Großvater habe ihm erzählt, daß, als *er* klein war, *sein* Großvater die Wüste und das Gebirge durchwandert hätte, durch den dichten Dornenwald hindurchgedrungen wäre und ein weißes Volk gesehen hätte, welches jenseits des Waldes in steinernen Kraalen lebte.

Diese Information, die ihren Ursprung in einem Ereignis hatte, das schon etwa zweihundertfünfzig Jahre zurücklag, war natürlich äußerst vage. Aber immerhin; einen Anhaltspunkt zumindest gab es, und als ich mir das Ganze noch einmal durch den Kopf gehen ließ, gelangte ich immer mehr zu der Überzeugung, daß an diesem Gerücht irgend etwas Wahres sein mußte. Und je mehr ich dessen gewiß wurde, desto fester war ich entschlossen, dieses Geheimnis zu lüften. Wenn ich geahnt hätte, auf welch wundersame Weise mein Wunsch bald in Erfüllung gehen sollte!

Nun, jedenfalls pirschten wir uns langsam an die Schwäne heran, die, während sie fraßen, immer näher an die Felswand herantrieben. Schließlich, als wir nur noch vierzig Yards von ihnen entfernt waren, lenkten wir das Kanu hinter einem Haufen Treibgut in Deckung. Sir Henry hielt das Schrotgewehr im Anschlag und wartete auf eine günstige Schußposition. Schließlich hatte er gleich zwei auf einmal im Schußfeld; er hielt auf ihre Hälse und traf beide mit einem Schuß. Sofort erhob sich der Rest – es waren mehr als dreißig – unter lautem Geplatsche und Flügelschlagen aus dem Wasser. Sofort schickte Sir Henry die Ladung aus dem zweiten Lauf hinterher. Ein Bursche trudelte mit gebrochenem Flügel herunter, und bei einem anderen sah ich, wie er kurz zusammenzuckte, und wie sich ein paar Rückenfedern lösten und herabsegelten; aber er flog mit kräftigem Flügelschlag weiter. Höher und höher stiegen die Schwäne, immer im Kreis, bis sie nur noch als Punkte, etwa auf gleicher Höhe mit dem oberen Rand der finsteren Felswand, zu erkennen waren; dann bildeten sie einen Schwarm in Form eines Dreiecks und verschwanden nach Nordwesten, in das unbekannte Gebiet. Mittlerweile hatten wir die beiden toten Schwäne aufgelesen – es waren prächtige Tiere; jedes von ihnen wog sicherlich mehr als dreißig Pfund – und die Verfolgung des dritten, der am Flügel verletzt war, aufgenommen. Er krabbelte über einen Berg von Treibgut und ließ sich in das freie Wasser dahinter plumpsen. Da es relativ schwierig war, sich mit dem Kanu einen Weg durch das treibende Geäst zu bahnen, das uns mittlerweile wie ein Ring umschloß, befahl ich unserem einzigen übriggebliebenen Wakwafi, ins Wasser zu springen, unter dem Treibgut hinwegzutauchen und den Schwan zu fangen. Er war, wie sich schon einige Male gezeigt hatte, ein ausgezeichneter Schwimmer, und da sich in dem See keine Krokodile befanden, wußte ich, daß ihm nichts geschehen konnte. Der Mann, dem die Sache augenscheinlich selbst Spaß zu machen schien, zögerte nicht lange, und bald glitt er mit kräftigen Zügen hinter dem angeschossenen Schwan her. Dabei näherte er sich immer mehr der Felswand, an die nun schon die Wellen schlugen, die er beim Schwimmen verursachte.

Urplötzlich jedoch ließ er von der Verfolgung des Vogels ab und schrie laut zu uns herüber, etwas zöge ihn unwiderstehlich fort. Und tatsächlich – obwohl er versuchte, mit aller Kraft zum Kanu zurückzuschwimmen, sahen wir, daß er ganz langsam auf die Felswand zutrieb. Mit ein paar verzweifelten Paddelschlägen zwangen wir das Kanu durch den Wall aus Treibgut und ruderten mit aller Kraft auf den Mann zu. Jedoch – so schnell wir auch vorwärtskamen; er wurde immer schneller auf die Felswand zugetrieben. Auf einmal sah ich vor uns in der Felswand eine Öffnung; sie verlief bogenförmig etwa achtzehn Zoll über dem Wasserspiegel und sah aus wie die obere Rundung eines überschwemmten Kellergewölbes oder Eisenbahntunnels. Aus der Wasserlinie, die deutlich auf dem Felsen zu erkennen war, und die mehrere Fuß oberhalb der äußersten Krümmung der Öffnung verlief, war einwandfrei ersichtlich, daß die Öffnung normalerweise unter der Wasseroberfläche liegen mußte; aber es hatte eine lange Trockenheit geherrscht, und, bedingt durch die außergewöhnliche Kälte, war von den Bergen nicht soviel Schmelzwasser wie gewöhnlich in den See geflossen, so daß der Wasserstand sehr niedrig war und die Wölbung an der Oberfläche des Sees hervortrat. Diese Öffnung saugte nun unseren armen Diener mit beängstigender Geschwindigkeit an. Er war nunmehr höchstens noch zehn Klafter von ihr entfernt; wir etwa zwanzig. Ohne daß wir noch stark zu rudern brauchten, schoß das Kanu nun blitzschnell hinter ihm her.

Er wehrte sich tapfer gegen die Strömung, und ich dachte schon, wir hätten es geschafft, als ich plötzlich einen Ausdruck panischen Entsetzens auf sein Gesicht treten sah. Und vor unseren Augen wurde er in den grausamen, wirbelnden Schlund hinabgezogen und war in Sekundenschnelle verschwunden. Im selben Moment hatte ich das Gefühl, als hätte eine mächtige Faust unser Kanu gepackt; und schon riß uns eine unwiderstehliche Kraft auf die Wand zu.

Augenblicklich erkannten wir die Gefahr, in der wir schwebten und ruderten, oder besser gesagt, paddelten was das Zeug hielt, um wieder aus dem Sog herauszukommen. Vergeblich! Im nächsten Moment flogen wir schon wie ein Pfeil geradewegs auf die Öffnung zu, und ich glaubte, nun wäre das Ende gekommen. Zum Glück war ich noch geistesgegenwärtig genug, laut zu schreien: »Runter mit euch – runter!« Ich warf mich auf den Boden des Kanus. Die anderen reagierten blitzschnell und folgten meinem Beispiel. Im gleichen Augenblick ertönte ein Knirschen, und das Boot wurde so tief heruntergedrückt, daß Wasser über den Rand ins Innere schwappte. Nun glaubte ich endgültig, wir seien verloren.

Doch dann hörte ganz plötzlich das Knirschen wieder auf, und ich fühlte, daß das Kanu wieder ungehindert dahinschoß. Ich drehte meinen Kopf ein wenig – ihn zu heben wagte ich nicht – und blickte nach oben. In dem schwachen Licht, das noch immer von der Öffnung her zu uns drang, erkannte ich dicht über unseren Köpfen die Wölbung eines Felsentunnels. Das war alles, was ich sehen konnte. Eine Minute später konnte ich nicht einmal diese mehr erkennen; denn das schwach hereindringende Licht war inzwischen von völliger Finsternis verschluckt worden.

Eine Stunde – vielleicht länger – hatten wir nun schon auf diese Weise liegend im Boot verbracht. Wir wagten nicht, die Köpfe zu heben, aus Angst, sie würden gegen die Felsen schmettern. Wir waren kaum in der Lage, uns zu verständigen, denn das mächtige Rauschen des dahinschießenden Wassers erstickte unsere Stimmen. Uns war überdies auch nicht sehr nach reden zumute; die Aussichtslosigkeit unserer Lage und die lähmende Angst vor einem raschen Tod zogen uns völlig in den Bann. Wir konnten entweder ganz plötzlich gegen den Rand der Tunnelwölbung geschmettert werden, oder gegen einen Felsen, oder wir konnten hinabgezogen werden in die tosende Flut; vielleicht würde uns auch allmählicher Sauerstoffmangel ein qualvolles Ende bereiten. Diese und viele andere Todesarten geisterten durch meine Fantasie, während ich auf dem Boden des Kanus lag und bang dem Brausen des dahinschießenden Wassers lauschte, das uns mit sich ins Unbekannte fortriß. Es gab nur noch ein einziges anderes Geräusch, das ich vernehmen konnte: das Schreckensgeheul von Alphonse, das aus der Mitte des Kanus zu mir drang; aber selbst das schien unendlich fern und unwirklich. Das Ganze wurde in der Tat langsam zuviel für mein gemartertes Hirn, und ich glaubte allmählich, ich wäre das Opfer eines quälenden, bösen Alptraums.

10

Die Feuerrose

Weiter flogen wir dahin, fortgerissen von der mächtigen Strömung, bis ich nach einer Weile bemerkte, daß das Rauschen des Wassers nicht einmal mehr halb so ohrenbetäubend war wie am Anfang; daraus schloß ich, daß die Höhlung größer geworden war, so daß sich der Schall besser verlaufen konnte. Ich konnte Alphonses Gebrüll jetzt viel klarer und deutlicher hören; seine Schreie waren eine kaum zu beschreibende Mischung aus inbrünstigem Flehen an den Allerhöchsten und Beschwörungen seiner geliebten Annette; kurz, sie waren, obwohl ihre aufrichtige Ernsthaftigkeit sie davor bewahrte, bloße Flüche zu sein, höchst bemerkenswert – um es gelinde auszudrücken. Ich nahm ein Paddel und stupste ihm damit in die Rippengegend, was zur Folge hatte, daß er um so lauter brüllte, weil er nun glaubte, das Ende sei gekommen. Langsam und mit äußerster Vorsicht erhob ich mich auf die Knie und reckte einen Arm hoch, konnte jedoch keinen Fels über mir fühlen. Als nächstes nahm ich das Paddel und hob es so hoch über meinen Kopf, wie eben möglich; auch hier war das Resultat dasselbe. Dann schob ich es auf beiden Seiten über den Rand des Kanus, aber auch hier berührte ich nichts. Da fiel mir ein, daß sich in dem Boot unter anderem eine Blendlaterne und eine Büchse Öl befanden. Ich kramte eine Weile auf dem Boden herum, bis ich die Sachen gefunden hatte. Ich nahm ein Streichholz und zündete die Laterne vorsichtig an. Sobald sich der Docht entflammt hatte, leuchtete ich in das Boot. Wie es der Zufall wollte, war das erste, auf das der Lichtkegel fiel, das weiße, angstverzerrte Gesicht von Alphonse. Der glaubte, nun sei das Ende endgültig gekommen und er sehe schon die ersten Vorboten des himmlischen Lichts anrücken. Er stieß einen gellenden Angstschrei aus, und ich konnte ihn nur mit Mühe und unter Zuhilfenahme des Paddels wieder auf den Boden der Wirklichkeit zurückholen. Doch nun zu den anderen drei: Good lag platt auf dem Rücken. Sein Monokel saß noch immer auf dem Auge, und er starrte bestürzt nach oben in die Dunkelheit. Sir Henry hatte seinen Kopf auf die Duchten des Bootes gestützt und hielt eine Hand ins Wasser, um die Geschwindigkeit der Strömung zu testen. Als der Lichtstrahl auf Umslopogaas fiel, mußte ich fast laut loslachen. Ich glaube, ich erwähnte bereits, daß wir einen halben Wasserbüffel mitgenommen hatten. Und wie es der Zufall nun wollte, war Umslopogaas, als wir uns alle auf den Boden des Kanus geworfen hatten, um zu vermeiden, daß die Felskante uns heraushaute, mit seinem Kopf verführerisch nahe bei dem köstlich duftenden Fleisch des Wasserbüffels zu liegen gekommen. Und kaum hatte er sich von dem ersten Schreck über unsere vertrackte Situation erholt, als er einen mächtigen Hunger verspürte. Kaltblütig hatte er sich mit Inkosi-kaas ein Stück von dem Fleisch abgeschnitten, und nun war er dabei, es mit allen Anzeichen höchster Befriedigung zu verzehren. Wie er mir später erklärte, hatte er gedacht, er würde auf ›eine lange Reise‹ gehen, und da hätte er es vorgezogen, diese Reise lieber mit vollem Bauch anzutreten. Es erinnerte mich an die Leute, die gehängt werden sollen, und von denen die englischen Tageszeitungen im allgemeinen schreiben, sie seien mit einem ›exzellenten Frühstück‹ im Bauch zum Galgen geschritten.

Sobald die anderen bemerkt hatten, daß es mir gelungen war, die Laterne anzuzünden, packten wir Alphonse in das hintere Ende des Kanus und brachten ihn schnell mit der Drohung zum Verstummen, wir würden ihn, wenn er uns weiterhin mit seinem schauerlichen Geheul heimsuche, sehr rasch aus seiner Spannung befreien, indem wir ihn dahin schickten, wo der Wakwafi jetzt wäre; und in jener anderen Sphäre könne er dann in aller Ruhe auf seine Annette warten. Das beruhigte ihn ungemein.

Alsdann begannen wir, über unsere Situation zu diskutieren. Vorher jedoch stellten wir auf Goods Vorschlag hin zwei Paddel hochkant im Bug des Kanus auf und befestigten sie so gut wir konnten, um gleich gewarnt zu sein, wenn sich das Dach der Höhle wieder senken sollte. Es war uns mittlerweile klar geworden, daß wir uns in einem unterirdischen Fluß befanden, oder, wie Alphonse es definierte, in einem ›'auptabfluß‹, der das überschüssige Wasser des Sees ableitete. Es ist eine bekannte Tatsache, daß es solche Flüsse in vielen Teilen der Welt gibt, jedoch sind wohl noch nicht allzu oft Forscher in die unheilvolle Lage gekommen, sie als Transportweg zu benutzen.

Der Fluß mußte sehr breit sein; der Lichtstrahl der Laterne reichte jedenfalls nicht bis an die Ufer. Gelegentlich jedoch, wenn die Strömung uns nahe an eines der Ufer herantrieb, konnten wir für einen Augenblick die Felswände des Tunnelgewölbes sehen. Wir schätzten, daß es sich in etwa fünfundzwanzig Fuß Höhe über uns wölbte. Die Geschwindigkeit der Strömung betrug nach Goods Schätzung etwa acht Knoten; sie war zu unserem Glück am stärksten in der Mitte des Flusses, was ja auch gewöhnlich der Fall ist. Das erste, wofür wir sorgten, war, daß immer einer von uns im Bug des Kanus mit der Laterne und einer Stange (die wir glücklicherweise im Boot hatten) bereitstand, um möglichst zu verhindern, daß wir an die Felswand oder einen hervorstehenden Stein trieben. Umslopogaas, der ja schon gegessen hatte, war als erster damit an der Reihe. Ein weiterer von uns postierte sich mit einem Paddel im Heck, um das Kanu einigermaßen auf Kurs in der Mitte des Flusses zu halten. Dies war alles, was wir im Moment für unsere Sicherheit tun konnten. Nachdem wir diese Maßnahmen ergriffen hatten, nahm jeder eine kleine Ration des kalten Büffelfleisches zu sich (wir wußten ja nicht, wie lange wir damit auskommen mußten), und danach fühlten wir uns schon wieder weitaus besser. Ich vertrat die Ansicht, daß unsere Lage, so ernst sie auch sein mochte, nicht gänzlich hoffnungslos war, es sei denn, die Eingeborenen hatten doch recht und der Fluß ergoß sich direkt ins Erdinnere. Sollte das aber nicht der Fall sein, dann mußte er zwangsläufig irgendwo wieder ans Tageslicht treten, vermutlich auf der anderen Seite des Gebirges. In dem Fall konnten wir nur eines tun: uns am Leben zu erhalten, bis wir dort ankamen – wo immer dieses ›dort‹ auch war. Natürlich konnten wir, wie Good kummervoll bemerkte, auf dem Wege dorthin noch hundert anderen unbekannten Fährnissen zum Opfer fallen – oder, was durchaus zu befürchten war, der Fluß versickerte irgendwo im Erdinnern, was in der Tat ein grauenvolles Ende für uns bedeutet hätte.

»Nun dann, laßt uns auf das Beste hoffen und uns auf das Schlimmste vorbereiten«, sagte Sir Henry, der immer gleichmütig und guter Dinge ist – ein wahrer Turm der Stärke in Zeiten der Not. »Wir sind gemeinsam schon aus so vielen Zwickmühlen herausgekommen, daß ich fast sicher bin, wir kommen auch aus dieser heraus.«

Das war ein ausgezeichneter Ratschlag, und jeder von uns versuchte auf seine Weise, das Beste daraus zu machen – das heißt, mit Ausnahme von Alphonse, der inzwischen in eine völlige Abgestumpftheit verfallen war. Good befand sich mit dem Paddel im Heck des Bootes, und Umslopogaas hielt seinen Posten im Bug inne, so daß Sir Henry und mir einstweilen nichts zu tun blieb, als im Boot zu liegen und nachzudenken. Es war eine seltsame, ja schon fast unheimlich anmutende Lage, in der wir da steckten – in einem Boot durch die Eingeweide der Erde zu schießen, getragen von den Fluten eines Höllenflusses, wie die Seelen, die von Charon gefahren wurden, wie Curtis bemerkte. Und wie dunkel es war! Der dünne Strahl unserer kleinen Lampe machte uns die Dunkelheit erst so richtig bewußt. Vorn im Bug saß der gute alte Umslopogaas, wachsam und unermüdlich, die Stange fest in der Hand, bereit, sofort einzugreifen, wenn Gefahr auftauchte; und hinten, schon im Dunkeln, sah ich die Umrisse von Captain Good, der angestrengt nach vorn in den Lichtkegel spähte, um rechtzeitig sehen zu können, wie er mit dem Paddel steuern mußte, das er ab und zu kurz ins Wasser tauchte.

»Na schön«, dachte ich, »du wolltest Abenteuer erleben, alter Knabe, und nun hast du erreicht, was du wolltest. Und das in deinem Alter! Du solltest dich was schämen! Aber du tust es ja doch nicht. Und, so schrecklich die Sache im Moment auch aussieht, vielleicht kommst du ja durch; und wenn nicht – nun, dann kannst du es auch nicht ändern. Und wenn alles gesagt und alles getan ist, dann ist ein unterirdischer Fluß auch keine schlechte Grabstätte.«

Ich will jedoch nicht verhehlen, daß die Spannung, die auf meinen Nerven lastete, sehr groß war. Selbst der kaltblütigste und erfahrenste Mann wird nervös, wenn er über Stunden hinweg darüber im Ungewissen ist, ob er nicht schon in den nächsten fünf Minuten ein toter Mann ist; aber es gibt nichts auf der Welt, an das man sich nicht gewöhnen könnte, und mit der Zeit gewöhnten wir uns selbst an diesen Zustand. Schließlich und endlich war unsere Angst, auch wenn sie zweifellos natürlich war, genau besehen unlogisch, wenn man bedenkt, daß wir ja niemals wissen, was uns in der nächsten Minute zustoßen kann, selbst wenn wir in einem trockenen Haus sitzen, vor dessen Tür zwei Polizisten patrouillieren. Ebenfalls wissen wir nicht, wie lange wir noch zu leben haben. Wenn unsere Stunde geschlagen hat, meine Lieben, dann müssen wir eben abtreten. Was sollen wir uns also viel den Kopf zerbrechen und uns grämen?

Es war kurz vor Mittag gewesen, als wir in die Dunkelheit hineingetaucht waren, und wir hatten die erste Wache (Umslopogaas und Good) gegen zwei Uhr eingesetzt. Wir waren übereingekommen, daß sie nach fünf Stunden abgelöst werden sollten. Daher waren um sieben Uhr Sir Henry und ich an der Reihe; Sir Henry am Bug und ich am Heck. Die anderen beiden legten sich schlafen. Drei Stunden lang lief alles ohne besondere Vorkommnisse ab; nur einmal mußte Sir Henry eingreifen und uns mit der Stange ein wenig abstoßen, als wir zu nahe ans Ufer geraten waren. Ich hatte sehr bald festgestellt, daß es nicht viel Arbeit mit dem Paddel erforderte, uns gerade zu halten; die starke Strömung bewirkte das schon ganz von allein. Nur gelegentlich neigte das Kanu dazu, sich querzulegen und seitwärts voranzutreiben, aber das konnte ich stets leicht wieder korrigieren. Was mir bei diesem unterirdischen Fluß am sonderbarsten erschien, war, daß die Luft immer frisch blieb. Sie war zweifellos feucht und muffig, aber trotzdem noch lange nicht schlecht oder gar unerträglich. Die einzige Erklärung, die ich mir denken kann, ist die, daß das Wasser des Sees genügend Luft enthielt, um die Atmosphäre in dem Tunnel vor der völligen Stagnation zu bewahren, und daß der Fluß diesen Sauerstoff während seines langen Weges abgab.

Etwa kurz nach Anbruch der vierten Stunde, die ich im Heck des Kanus verbrachte, bemerkte ich, daß sich deutlich die Temperatur geändert hatte: Es wurde wärmer. Zuerst machte ich mir keine weiteren Gedanken darüber, aber als es, nachdem eine weitere halbe Stunde vergangen war, immer heißer wurde, sprach ich Sir Henry darauf an und fragte ihn, ob er es ebenfalls bemerkte, oder ob ich es mir vielleicht bloß einbildete.

»Habe es auch bemerkt!« antwortete er; »und wie! Ich komme mir vor wie in einem türkischen Bad.«

Im selben Augenblick erwachten keuchend die anderen und zogen ihre Kleider aus. Umslopogaas war hier natürlich im Vorteil; denn abgesehen vielleicht von seinem Moocha trug er sowieso nichts, was man als Kleider hätte bezeichnen können.

Es wurde ständig heißer, und nach kurzer Zeit war die Temperatur derart angestiegen, daß wir kaum noch atmen konnten. Der Schweiß rann uns aus allen Poren. Nach einer weiteren halben Stunde war es kaum noch auszuhalten, obwohl wir inzwischen alle völlig nackt waren. Wir kamen uns vor wie im Vorzimmer der Hölle. Ich hielt meine Hand ins Wasser und zog sie mit einem Aufschrei blitzschnell wieder heraus; es war fast am Kochen. Wir schauten auf das kleine Thermometer, das wir bei uns hatten – die Quecksilbersäule stand bei 123°! Auf der Wasseroberfläche stand eine dichte Dampfwolke. Alphonse stöhnte, wir wären schon im Fegefeuer; das waren wir auch in der Tat, jedoch nicht in dem Sinne, wie er es meinte. Sir Henry vermutete, daß wir dicht an dem Herd eines unterirdischen Vulkans vorbeifuhren, und ich bin nicht abgeneigt, besonders in Anbetracht dessen, was sich kurz darauf ereignen sollte, ihm recht zu geben. Was wir von diesem Zeitpunkt an erdulden mußten, übersteigt wirklich meine Beschreibungsfähigkeit. Von nun an schwitzten wir nicht mehr, denn aller Schweiß war uns regelrecht aus dem Körper herausgetrieben worden. Wir lagen völlig ermattet auf dem Boden des Bootes, das wir einfach physisch nicht mehr zu dirigieren in der Lage waren und fühlten uns wie glühende Kohlen. Ich stelle mir vor, daß wir genau dasselbe Gefühl hatten wie die armen Fische, die auf dem trockenen Land eingehen – nämlich, einen qualvollen Erstickungstod zu sterben. Auf der Haut begannen sich Blasen zu bilden, und das Blut pochte in unseren Schläfen wie der Kolben einer Dampfmaschine.

So trieben wir eine Weile dahin. Plötzlich machte der Fluß eine Biegung, und ich hörte, wie Sir Henry im Bug mit heiserer, entsetzter Stimme aufschrie. Ich fuhr hoch, und vor mir sah ich eine wunderbare und zugleich schreckliche Erscheinung. In einer Entfernung von ungefähr einer halben Meile, ein wenig links von der Mitte des Stroms – der, wie wir nun deutlich sehen konnten, an dieser Stelle etwa neunzig Fuß breit war – erhob sich über der Wasseroberfläche eine gewaltige, säulenförmige Stichflamme von fast weißem Licht. Sie schoß etwa fünfzig Fuß hoch in die Luft, und an der Stelle, wo sie das Dach des Tunnels erreichte, zersprühte sie in zahlreiche kleinere Flammen, die bogenförmig wie die Blätter einer voll erblühten Rose wieder herunterfielen. Das Ding hatte einen Durchmesser von bestimmt vierzig Fuß. Diese schreckliche Flamme ähnelte in der Tat nichts so sehr wie einer riesigen Flammenblume, die aus dem schwarzen Wasser wuchs. Unten war der gerade Stengel, mehr als einen Fuß dick, und darüber erhob sich die furchtbare Blüte. Sie war von solch schrecklicher und furchteinflößender Schönheit, daß wohl niemand sie beschreiben könnte. Ich kann es sicher nicht. Obwohl wir jetzt noch etwa fünfhundert Yards von ihr entfernt waren, war dennoch, trotz des Dampfes, die ganze Höhle in gleißendes Licht getaucht, das heller war als das Tageslicht. Wir sahen, daß sich hier das Dach etwa vierzig Fuß über uns wölbte. Der Fels war von dem Wasser völlig glatt gewaschen. Er war pechschwarz, und an manchen Stellen waren lange, glänzende Linien von Erz zu erkennen, die wie dicke Adern durch den Stein liefen. Was für ein Metall es war, kann ich jedoch nicht sagen.

Und weiter sausten wir auf diese Feuersäule zu, die heftiger glühte als jeder Hochofen, der je von Menschenhand angezündet wurde.

»Halt das Boot rechts, Quatermain – nach rechts!« schrie Sir Henry, und eine Sekunde später kippte er bewußtlos vornüber

Die Feuerrose

und sackte auf den Boden des Kanus. Alphonse war schon ohnmächtig. Good war der nächste. Sie lagen wie tot da. Nur Umslopogaas und ich waren noch bei Bewußtsein. Das Feuer war nur noch fünfzig Yards vor uns. Da sah ich, wie auch Umslopogaas' Kopf nach vorn sackte. Er war ebenfalls ohnmächtig geworden, und nun war ich allein. Ich konnte nicht mehr atmen; die glühende Hitze hatte mich ausgetrocknet. Das Felsendach im Umkreis der Feuerrose war glühend rot. Das Holz des Bootes begann zu qualmen. Ich sah, wie sich die Federn von einem der toten Schwäne bogen und unter der Hitze zusammenschrumpften. Aber ich wollte nicht aufgeben. Ich wußte, wenn auch ich ohnmächtig wurde, dann würden wir in einem Abstand von nur drei oder vier Yards an der Stichflamme vorbeitreiben und elend zugrunde gehen. Ich hielt das Paddel so, daß das Kanu so weit wie nur eben möglich an dem Feuer vorbeifahren mußte und hielt wild entschlossen aus.

Meine Augen traten so weit aus ihren Höhlen, daß ich glaubte, sie würden jeden Moment herausspringen. Durch meine geschlossenen Lider sah ich das gleißende Licht. Jetzt mußten wir auf gleicher Höhe sein! Um mich herum röhrte es, als hätten sich alle Feuer der Hölle vereint, und das Wasser kochte mit brodelndem Zischen. Noch fünf Sekunden! Dann waren wir vorbei. Das Röhren war jetzt hinter mir.

Ohnmächtig sackte auch ich zusammen. Das nächste, woran ich mich erinnern kann, war das Gefühl eines kühlen Lufthauchs auf meinem Gesicht. Es kostete mich erhebliche Anstrengungen, meine Augen zu öffnen. Ich schaute auf. Weit, weit über mir war Licht. Um mich herum jedoch herrschte tiefe Dunkelheit. Allmählich erinnerte ich mich wieder an das, was geschehen war. Ich schaute mich um. Das Kanu trieb noch immer in der Strömung des Flusses. Auf seinem Boden lagen die nackten Leiber meiner Gefährten. Sind sie tot? fragte ich mich. Bin ich allein an diesem grauenvollen Orte? – Ich wußte es nicht. Dann merkte ich, daß ich einen brennenden Durst verspürte. Ich schob meine Hand über den Rand des Bootes ins Wasser und zog sie augenblicklich mit einem Aufschrei wieder zurück. Kein Wunder! Fast die ganze Haut war vom Handrücken weggebrannt. Das Wasser jedoch war einigermaßen kühl, höchstens lauwarm, und ich schüttete es literweise in mich hinein und bespritzte mich von oben bis unten mit dem erquickenden Naß. Mein Körper schien die Flüssigkeit aufzusaugen wie ein Ziegel den Regen nach einer langen Dürre; da, wo mir die

Haut verbrannt war, erzeugte jedoch die Berührung mit dem Wasser einen rasenden Schmerz.

Dann sah ich zu, was ich für die anderen tun konnte. Ich kroch mühevoll zu ihnen hin und benetzte sie mit Wasser. Zu meiner großen Freude begannen sie sich zu bewegen – zuerst Umslopogaas, dann die anderen. Als nächstes tranken auch sie; sie saugten das Wasser gierig in sich auf wie ausgetrocknete Schwämme. Da wir nun zu frieren begannen, zogen wir, so gut es eben ging, unsere Kleider wieder an. Während wir noch damit beschäftigt waren, deutete Good auf die Backbordseite des Kanus; die Außenwand hatte unter der Einwirkung der Hitze Blasen geworfen, und stellenweise war das Holz regelrecht verkohlt. Wäre es gebaut gewesen wie unsere europäischen Boote, dann hätten sich, wie Good erklärte, die Planken verzogen, und es wäre mit Sicherheit soviel Wasser ins Innere gedrungen, daß wir untergegangen wären. Aber zu unserem Glück war es aus dem weichen, biegsamen Holz eines einzigen großen Baumstammes geschnitzt worden, und seine Seiten waren drei und der Boden vier Zoll stark.

Über den Ursprung der riesigen Stichflamme konnten wir natürlich nur Mutmaßungen anstellen; ich vermute, daß an der Stelle ein Riß oder ein Loch im Flußbett war, durch das sich Gas vulkanischen Ursprungs aus einer riesigen Blase in den Eingeweiden der Erde den Weg nach oben an die Luft bahnte. Wie es sich entzündet hatte, war natürlich unmöglich zu sagen – wahrscheinlich, so glaube ich jedenfalls, durch eine spontane Explosion giftiger Gase.

Sobald wir wieder halbwegs bekleidet waren und uns einigermaßen erholt hatten, machten wir uns daran, herauszufinden, wo wir uns jetzt befanden. Ich erwähnte bereits, daß ich weit über uns Licht erblickt hatte. Beim näheren Hinsehen stellten wir fest, daß es Tageslicht war. Unser Fluß, der, wie Sir Henry sagte, buchstäblich die Verwirklichung der fantastischen Vision eines Dichters darstellte*, befand sich nun nicht mehr unter der Erde, sondern nahm seinen finsteren Verlauf, nicht ›durch Höhlen, größer noch, als sie des Menschen Aug' ermessen kann‹, sondern zwi-

* Und Alph, der heil'ge Fluß schwoll an
und floß durch Höhlen, größer noch
als sie des Menschen Aug' ermessen kann
hinab in einen sonnenlosen See . . .

Samuel Taylor Coleridge, *Kubla Khan*

schen zwei unheimlichen Felswänden, die wohl an die zweitausend Fuß hoch sein mußten. Sie waren in der Tat so hoch, daß da, wo wir waren – obwohl man oben einen Streifen des Himmels sehen konnte – tiefe Düsternis herrschte – keine tiefschwarze Nacht indessen, sondern eine Art Dunkelheit, wie sie in einem Raum herrscht, dessen Fensterläden man am hellichten Tage so dicht wie möglich schließt. Auf beiden Seiten stieg die große, glatte Felswand kahl und abweisend fast senkrecht in steile Höhen, daß einem schwindelte, wenn man mit dem Auge ihre gewaltige Größe ermessen wollte. Das kleine Stückchen Himmel, das das Ende der Wälle markierte, lag wie ein dünner blauer Faden auf ihrer schwindelerregenden Schwärze, deren erdrückende Wucht von keinem Baum und keiner Ranke gemildert wurde. Hie und da jedoch zogen sich geisterhaft anmutende Fäden langer, grauer Flechten über das Gestein, die reglos an dem Felsen hingen wie lange weiße Barthaare am Kinn eines toten Greises. Es kam uns so vor, als sänken nur der Bodensatz oder die schwereren Teile des Lichtes zu diesem Ort des Grauens herab; kein heller, beschwingter Sonnenstrahl konnte so tief in die Spalte hineinfallen: er erlosch weit, weit über unseren Köpfen.

An einer Stelle des Flusses befand sich eine kleine Einbuchtung, wo runde Felsbrocken ein Ufer bildeten. Das ständig über sie hinwegfließende Wasser hatte sie so geformt. Die Stelle sah so aus, als wäre sie mit Tausenden von versteinerten Kanonenkugeln übersät. Bei Hochwasser existierte hier wahrscheinlich überhaupt kein Ufer, und zwischen dem Fluß und den Felswänden war keinerlei Übergang. Jetzt jedoch befand sich hier eine Fläche von vielleicht sieben oder acht Yards Breite. Wir beschlossen, an diesem Ufer zu landen, um uns nach all dem, was wir durchgemacht hatten, ein wenig auszuruhen und die Glieder ein bißchen zu strecken. Es war zwar eine schauderhafte Stelle, aber wenigstens konnten wir uns eine Weile von den Schrecken des Flusses erholen und unsere Sachen wieder ordentlich in dem Kanu zurechtlegen und verstauen. Wir suchten uns also einen Fleck aus, der uns einigermaßen günstig erschien, und unter einigen Mühen gelang es uns schließlich, das Kanu an Land zu bringen und hinauszuklettern auf die wenig zum Ruhen einladenden kugelrunden Kiesel.

»Potztausend!« rief Good aus, der als erster an Land ging. »Was für ein gräßlicher Ort! Da kriegt man ja wirklich Anwandlungen!« Und dann lachte er.

Sofort wiederholte eine donnernde Stimme seine Worte und

gab sie hundertfach verstärkt wieder: ». . . *wirklich Anwandlungen – Ha! Ha! Ha!«* – ». . . *dlungen! Ha! Ha! Ha!«* antwortete wieder eine andere Stimme in einem schauderhaften Ton von irgendwo weit oben aus der Felswand *»Ha! ha! ha!«* fiel eine Stimme nach der anderen ein – jede warf die Worte unter tosendem, schrecklichen Gelächter auf die unsichtbaren Lippen der anderen, bis der ganze Ort von den Worten und dem wie entfesselt kreischenden und höhnisch spottenden Gelächter widerhallte, das schließlich ebenso abrupt, wie es begonnen hatte, wieder verstummte.

»Oh, mon Dieu!« schrie Alphonse mit gellender Stimme. Das Getöse hatte ihn so erschreckt, daß er auf der Stelle das bißchen Selbstbeherrschung, über das er verfügte, verloren hatte.

»Mon Dieu! Mon Dieu! Mon Dieu!« donnerte das gigantische Echo, und sogleich schrien, stöhnten und jammerten Hunderte von anderen Stimmen dieselben Worte in allen vorstellbaren Tonlagen und Lautstärken.

»Ah«, sagte Umslopogaas ruhig, »ich spüre deutlich, daß hier Teufel wohnen. Nun, der Ort sieht auch so aus.«

Ich versuchte ihm zu erklären, daß die einzige Ursache des ganzen Getöses in einem höchst bemerkenswerten und interessanten Echo lag, aber das wollte er mir nicht glauben.

»Ah«, antwortete er. »Ich weiß, was ein Echo ist, wenn ich eins höre. Es gab eines, das lebte gegenüber von meinem Kraal in Zululand, und die Intombis (Mädchen) sprachen immer mit ihm. Aber wenn dieses hier ein ausgewachsenes Echo ist, dann kann meins zu Hause nur ein kleines Baby gewesen sein. Nein, nein – da oben wohnen Teufel. Aber ich kümmere mich nicht sehr um sie«, fügte er hinzu und nahm eine Prise Schnupftabak. »Sie können nachmachen, was man sagt, aber sie scheinen keine eigenen Worte sprechen zu können, und sie wagen nicht, ihre Gesichter zu zeigen.« Dann verstummte er und zeigte offensichtlich kein weiteres Interesse an jenen verachtenswerten Feinden.

Nach diesem schauerlichen Erlebnis hielten wir es für angebracht, uns nur noch im Flüsterton zu unterhalten – denn es war einfach unerträglich, jedes Wort, das man äußerte, zwischen den Felswänden hin- und herfliegen zu hören wie einen Tennisball.

Aber selbst unser Geflüster lief an den Felsen entlang und schwoll zu einem geheimnisvollen Gemurmel an, bis es dann schließlich mit einem langgezogenen Seufzen verebbte. Echos sind ergötzliche und romantische Erscheinungen, aber wir hatten wahrlich genug davon in jenem gruseligen Schlund.

Nachdem wir uns ein wenig auf den runden Steinen ausgeruht hatten, wuschen wir uns und behandelten unsere Verbrennungen, so gut es ging. Da wir nur noch wenig Öl hatten, das wir aber dringend für die Lampe brauchten, konnten wir davon nichts abzweigen, also häuteten wir einen der Schwäne und benutzten das Fett seiner Brust, das sich als ausgezeichneter Ersatz erwies. Danach packten wir das Kanu neu und ließen uns endlich nieder, um etwas zu essen zu uns zu nehmen, was wir – das brauche ich wohl kaum zu erwähnen – mehr als nötig hatten; denn unsere Ohnmacht hatte viele Stunden gedauert, und unsere Uhren zeigten inzwischen Mittag an.

Wir ließen uns im Kreis nieder und verzehrten mit ungeheurem Appetit unser kaltes Fleisch.

Ich selbst war nicht sehr hungrig; ich fühlte mich elend und schwach nach all den Strapazen der vergangenen Nacht. Außerdem hatte ich rasende Kopfschmerzen. Es war ein eigenartiges Mahl. Die Dunkelheit war so stark, daß wir Mühe hatten, das Fleisch zu sehen, wenn wir es schnitten und zum Munde führten. Trotzdem mundete es uns allen hervorragend, obwohl es durch die Hitze verdorben war. Plötzlich hörte ich etwas hinter mir. Es war ein Geräusch, als ob etwas über die Steine kröche. Ich drehte mich um, und direkt hinter mir auf einem Felsen saß eine riesige schwarze Süßwasserkrabbe. Sie war bestimmt fünfmal so groß wie die größte Krabbe, die ich je gesehen hatte. Dieses abscheuliche, ekelerregend aussehende Tier hatte weit hervorstehende Augen, mit denen es mich anzuglotzen schien, lange, biegsame Antennen oder Fühler und gewaltige Scheren. Bald mußten wir feststellen, daß ich nicht der einzige von uns war, der die unangenehme Gesellschaft dieser Viecher genoß. Aus allen Ecken kamen jetzt Dutzende dieser ekelhaften Tiere herangekrochen; vermutlich hatte der Duft des Fleisches sie angezogen. Sie tauchten zwischen den runden Steinen auf und kamen aus Löchern in der Felswand hervorgekrochen. Einige von ihnen waren schon ganz dicht an uns herangekommen. Fasziniert starrte ich das ungewöhnliche Schauspiel an. Da sah ich, wie eins der Tiere eine seiner Scheren ausstreckte und den ahnungslosen Good derart heftig zwickte, daß er mit einem Aufschrei hochfuhr und das schaurig tosende Spiel der Echos wieder in Gang setzte. Im selben Moment packte ein anderes, ein wahres Riesenexemplar, Alphonses Bein und wollte sich damit aus dem Staube machen. Man kann sich wohl vorstellen, was für eine Szene darauf folgte. Umslopogaas nahm seine Axt und zerklopfte mit der flachen Seite der Waffe einem der Krebse die Schale. Daraufhin gab das Vieh einen markerschütternden Schrei von sich, der durch das Echo noch tausendfach multipliziert wurde und fing an, aus dem Maul zu geifern. Dies wiederum lockte erneut Hunderte seiner Artgenossen aus allen möglichen Löchern und Winkeln hervor. Diejenigen von ihnen, die sich direkt in seiner Nähe befanden, fielen, als sie merkten, daß er verletzt war, über ihn her wie die Gläubiger über einen bankrotten Schuldner. Sie rissen ihn buchstäblich in Stücke mit ihren starken Scheren und fraßen ihn auf, wobei sie ihre Greifwerkzeuge als eine Art Gabeln benutzten, mit der sie die Bruchstücke und Fetzen des zerrissenen Artgenossen zum Maul führten. Wir packten alles, was uns gerade in die Hände kam, um es als Waffe gegen die Ungeheuer zu benutzen. Mit Steinen, Paddeln und Umslopogaas Axt begannen wir den widerlichen Viechern eine regelrechte Schlacht zu liefern. Ihre Anzahl vergrößerte sich sprunghaft. Sie strömten einen solch ekelhaften Gestank aus, daß einem fast die Sinne schwanden. So schnell auch immer wir den Panzer des einen zerschlugen, kamen schon wieder andere, die den verletzten Artgenossen packten und blitzschnell verschlangen, wobei sie widerlichen Geifer absonderten und laute Schreie ausstießen. Aber das schien den Biestern noch nicht zu reichen. Wann immer sie konnten, schnappten sie mit ihren großen Scheren auch nach uns – was mächtig wehtat – oder versuchten, das Fleisch wegzuzerren. Ein Bursche von enormer Größe kriegte den Schwan zu fassen, den wir gerupft hatten und begann ihn fortzuschleppen. Sofort stürzte sich ein ganzer Klumpen von ihnen ebenfalls auf die Beute, und dann begann eine widerwärtige und abstoßende Szene. Wie die Biester geiferten und kreischten und das Fleisch und sich gegenseitig zerrupften! Es war ein ekelerregender und unwirklicher Anblick, und keiner von uns wird diesen Anblick sein Lebtag vergessen – noch oft hatte ich dieses scheußliche Schauspiel vor Augen, das sich dort unten in der tiefen, beklemmenden Dunkelheit abspielte, untermalt von dem tausendfach gebrochenen, infernalischen Getöse, das an den Nerven rüttelte. So merkwürdig es auch klingen mag; aber diese widerwärtigen Kreaturen hatten etwas erschreckend Menschliches an sich – es war, als ob alle niederträchtigen Leidenschaften und Begierden des Menschen auf einmal in die Schale einer Riesenkrabbe gefahren wären und dort verrückt spielten. Sie waren so entsetzlich mutig und intelligent, und sie schauten einen an, als ob sie *verstünden*.

Die ganze Szenerie hätte wahrlich genug Material liefern können für einen weiteren Gesang von Dantes ›Inferno‹, wie Curtis bemerkte.

»Ich sage euch, Burschen«, rief Good, »laßt uns so schnell wie möglich von hier verschwinden, sonst werden wir noch alle verrückt!« Wir zögerten nicht lange, diesen Rat zu befolgen. Wir schoben das Kanu, um das die Biester nun zu Hunderten herumkrabbelten und vergeblich versuchten, über den Rand ins Innere zu klettern, von den Steinen, sprangen hinein und dirigierten es in die Mitte des Flusses. Hinter uns ließen wir die Reste unserer Mahlzeit zurück und die kreischende, geifernde und stinkende Masse von widerlichen Kreaturen, die nun mit ihren Leibern das ganze Ufer bedeckten.

»Das sind die Teufel dieses schaurigen Ortes«, sagte Umslopogaas mit der Miene dessen, der ein Problem gelöst hat. Ich muß gestehen, ich war geneigt, ihm recht zu geben.

Umslopogaas Bemerkungen waren wie seine Axt – scharf und treffsicher.

»Was tun wir jetzt?« fragte Sir Henry.

»Wir lassen uns treiben, denke ich«, gab ich zur Antwort, und wir ließen uns also erst einmal wieder treiben. Den ganzen Nachmittag hindurch, bis weit in den Abend hinein, glitten wir so in der Düsternis dahin, hoch über uns die unendlich ferne Linie blauen Himmels. Wir wußten kaum, wann die Nacht angebrochen war, denn unten in dem tiefen Schlund machte sich der Unterschied zwischen Tag und Nacht überhaupt nicht bemerkbar. Schließlich, nachdem eine wahre Unendlichkeit vergangen war, zeigte Good plötzlich mit dem Finger auf einen Stern, der direkt über uns stand. Da wir ohnehin nichts Besseres zu tun hatten, beobachteten wir ihn mit großem Interesse. Mit einem Mal war er verschwunden. Die Dunkelheit wurde völlig undurchdringlich, und ein sattsam bekanntes Rauschen erfüllte die Luft. »Wir sind wieder unter der Erde«, sagte ich mit einem Seufzen und hob die Lampe. Ich konnte sogar das Felsdach erkennen. Der Spalt war zu Ende, und der Tunnel hatte wieder begonnen. Und wieder begann eine lange Nacht des Schreckens und der Gefahr. All die schlimmen Ereignisse, die sie mit sich brachte zu beschreiben wäre zu mühsam; so will ich hier nur kurz erwähnen, daß wir etwa gegen Mitternacht auf einen flachen, aus der Flußmitte herausragenden Felsen aufliefen und beinahe mit dem Kanu umschlugen. Wir wären unweigerlich ertrunken, doch wir retteten uns mit knapper Not und fuhren auf unserem ungleichmäßigen, nervenaufreibenden Kurs weiter.

Und so vergingen die Stunden, bis es fast drei Uhr war. Sir Henry, Good und Alphonse waren völlig erschöpft eingeschlafen. Umslopogaas kniete wieder im Bug mit der Stange, und ich saß achtern und hielt das Paddel. Plötzlich kam es mir so vor, als hätte sich unsere Geschwindigkeit erheblich vergrößert. Im selben Moment hörte ich, wie Umslopogaas aufschrie, und eine Sekunde später kam ein Geräusch, wie wenn Zweige auseinandergeschoben würden. Es wurde mir bewußt, daß das Kanu durch herunterhängende Büsche oder Ranken trieb. Noch ein paar Sekunden, und dann strich mir eine Brise würziger, kühler Luft über das Gesicht, und ich spürte, daß wir aus dem Tunnel heraus waren und nun auf offenem Fahrwasser dahinglitten. Ich sage deshalb ›spürte‹, weil ich absolut nichts sehen konnte. Die Dunkelheit war völlig undurchdringlich, wie es oft unmittelbar vor der Dämmerung der Fall ist. Aber selbst das konnte meine Freude kaum trüben. Endlich waren wir aus diesem schrecklichen Fluß heraus, und wo immer wir auch jetzt waren – dafür zumindest konnten wir dankbar sein. Ich setzte mich hin, atmete in tiefen Zügen die kühle Nachtluft ein und wartete ungeduldig auf die Morgendämmerung.

11

Die finster blickende Stadt

Eine Stunde oder länger hatte ich dagesessen und gewartet (Umslopogaas hatte sich mittlerweile ebenfalls schlafen gelegt), als sich schließlich der Osten grau färbte und riesige Nebelschwaden über das Wasser schwebten, wie Geister aus längst vergangenen Zeiten. Es waren die Dämpfe, die sich aus dem Wasser erhoben, um die herannahende Sonne zu begrüßen. Das Grau verwandelte sich in ein blasses Gelb, und das blasse Gelb wurde zu einem leuchtenden Rot. Als nächstes sprangen herrliche Balken von Licht am östlichen Horizont empor, und zwischen ihnen schossen die leuchtenden Pfeile, jene strahlenden Boten des heranrückenden Tages hervor, die den Dunst verscheuchten und die Berge mit ihrem süßen Kuß zum Leben erweckten. Weiter und weiter flogen sie, von Berg zu Berg, von Längengrad zu Längengrad. Im nächsten Moment schwangen die goldenen Tore weit auf, und die Sonne selbst trat hervor wie die Braut aus ihrem Gemache, mit Glanz und Pracht und dem Aufblitzen von Millionen von goldenen Speeren, und sie umarmte die Nacht und deckte sie mit ihrem Glanze zu. Es war Tag!

Aber noch konnte ich nichts erkennen außer dem wunderbaren blauen Himmel über uns, denn über dem Wasser lagen dichte Nebelbänke, als hätte man die gesamte Oberfläche des Sees mit dikker Watte bedeckt. Nach und nach saugte jedoch die Sonne den Nebel auf, und bald konnte ich erkennen, daß wir auf einer prächtig blauen Wasserfläche schwammen, deren Ufer ich nicht sehen konnte. Etwa acht bis zehn Meilen hinter uns erstreckte sich jedoch, soweit das Auge reichte, eine lange Kette steiler Felswände, die gleichsam die Stützmauer des Sees bildeten. Ohne Zweifel trat in irgendeiner Spalte zwischen diesen Felsen der unterirdische Fluß ans Tageslicht und floß in den See. Es zeugte nur von der außergewöhnlichen Stärke der Strömung des geheimnisvollen Flusses, daß unser Kanu selbst jetzt noch, da wir schon meilenweit von der Felswand entfernt waren, darauf reagierte und langsam vorwärts trieb. Und kurz darauf fand Umslopogaas, der inzwischen aufgewacht war, noch einen weiteren Hinweis auf die Stärke der Strömung des Flusses – und zwar einen, der alles andere als angenehm war. Er sah einen weißlich schimmernden Gegenstand auf dem Wasser treiben und lenkte meine Aufmerksamkeit mit einer

Handbewegung darauf. Mit ein paar Paddelschlägen brachten wir das Kanu in die Nähe des Gegenstandes. Zu unserem Schrecken stellten wir fest, daß es sich um die Leiche eines Mannes handelte, die mit dem Gesicht nach unten auf dem Wasser trieb. Das war an sich schon schlimm genug, aber stellt euch mein Entsetzen vor, als ich, nachdem Umslopogaas die Leiche umgedreht hatte, in dem eingefallenen Gesicht die Züge von niemand anderem als unserem armen Diener wiedererkannte, der zwei Tage vorher in dem Strudel des unterirdischen Flusses versunken war. Mir lief ein Schauder über den Rücken! Ich hatte gedacht, wir hätten ihn für immer und ewig aus den Augen verloren, und – siehe da! Mitgerissen von der Strömung hatte er die schreckliche Reise gemeinsam mit uns gemacht, und gemeinsam mit uns hatte er auch das Ziel erreicht! Er war grausam zugerichtet; sein Äußeres deutete darauf hin, daß er mit seinem Körper die Stichflamme berührt hatte – ein Arm war völlig zusammengeschrumpft, und sein ganzes Haar war weggebrannt. Sein Gesicht war eingefallen, aber dennoch hatte es den Ausdruck panischen Entsetzens bewahrt, den ich zuletzt auf seinem lebendigen Gesicht gesehen hatte, kurz bevor der arme Kerl unterging. Der Anblick erschütterte mich zutiefst, müde und ausgelaugt wie ich war nach allem, was wir durchgemacht hatten, und ich war heilfroh, als plötzlich der Leichnam zu versinken begann, gerade so, als habe er eine Mission zu erfüllen gehabt, und nun, da er sie erfüllt hatte, ging er unter. Der wahre Grund für das plötzliche Absinken der Leiche war natürlich der, daß das Gas, nun, da er auf dem Rücken schwamm, aus dem offenen Mund entweichen konnte. Da sank er nun hinunter in die transparenten Fluten – Klafter um Klafter konnten wir seinen Weg in die Tiefe verfolgen, bis schließlich nur noch eine lange Reihe von Luftblasen nach oben stieg, die letztes Zeugnis darüber ablegten, wohin er gegangen war. Schließlich waren auch die Blasen verschwunden, und das war das Ende unseres armen Dieners. Umslopogaas schaute gedankenvoll dem Toten nach.

»Warum folgte er uns?« fragte er. »Es ist gewiß ein böses Omen für dich und mich, Macumazahn.« Dann lachte er.

Ich warf ihm einen wütenden Blick zu; denn ich hasse solche obskuren Andeutungen. Wenn jemand solche abergläubischen Ideen hat, dann sollte er sie meiner Meinung nach gefälligst für sich behalten. Ich kann Menschen nicht ausstehen, die einem mit ihren verdrießlichen Vorahnungen auf die Nerven gehen, oder die, wenn sie geträumt haben, daß man als Verbrecher gehängt wurde, oder sonst etwas Scheußliches, einem das gleich in aller Ausführlichkeit beim Frühstück auf die Nase binden müssen, selbst wenn sie dazu früher als sonst aufstehen müssen.

Nun wachten auch die anderen auf und stellten voller Freude fest, daß wir aus dem schrecklichen Fluß heraus waren und wieder offenen blauen Himmel über uns hatten. Als nächstes redeten alle wirr durcheinander und äußerten alle möglichen Vorschläge, was wir als erstes tun sollten. Das Ergebnis war, daß wir, hungrig, wie wir waren (das einzige, was wir noch hatten, waren ein paar dünne Streifen Biltong, das ist eine Art getrocknetes Wildbret – unsere ganzen übrigen Vorräte hatten wir ja jenen furchterregenden Süßwasserkrebsen zum Fraß überlassen müssen) erst einmal beschlossen, irgendwo an Land zu gehen. Doch nun tauchte eine neue Schwierigkeit auf. Wir wußten ja überhaupt nicht, wo das nächste Ufer war. Abgesehen von den Klippen, durch die der unterirdische Fluß in den See trat, konnten wir nichts als eine ausgedehnte, glänzende Fläche blauschimmernden Wassers sehen. Aber nachdem wir festgestellt hatten, daß die großen Schwärme von Wasservögeln immer von der linken Seite her kamen, schlußfolgerten wir, daß sich dort irgendwo das Ufer befinden mußte. Folglich steuerten wir das Kanu in die Richtung, aus der die Vögel kamen und paddelten mit frischem Mut voran. Nach einer Weile kam eine steife Brise auf, die zum Glück genau in die Richtung blies, die wir eingeschlagen hatten. Mit Hilfe der Stange und einer Decke machten wir uns ein behelfsmäßiges Segel, das uns bald munter vorantrug. Nachdem wir dies besorgt hatten, vertilgten wir den Rest unseres Biltong, spülten es mit einem kräftigen Schluck des köstlichen Seewassers herunter, zündeten unsere Pfeifen an und harrten der Dinge, die da kommen sollten.

Als wir eine Stunde so dahingesegelt waren, rief Good, der die ganze Zeit über den Horizont mit dem Fernglas beobachtete: »Land in Sicht!« Voller Freude blickten wir nach vorn. Good machte uns darauf aufmerksam, daß wir uns, wie die veränderte Farbe des Wassers verriet, der Mündung eines Flusses näherten. Ein paar Minuten später erblickten wir in der Ferne eine große goldene Kuppel, ähnlich der von St. Paul's Cathedral, die aus dem Morgendunst herausragte, und während wir noch darüber rätselten, was in aller Welt das sein konnte, meldete Good eine weitere, noch viel wichtigere Entdeckung, nämlich, daß sich ein kleines Segelschiff auf uns zubewegte. Diese Nachricht, von deren Richtigkeit wir uns bald darauf mit unseren eigenen Augen überzeugen konnten, brachte uns mächtig in Unruhe. Daß die Eingeborenen dieses unbekannten Sees die Kunst des Segelns beherrschten, ließ darauf schließen, daß sie einen gewissen Grad der Zivilisation erreicht hatten. Einige Minuten später hatte uns der Insasse oder die Insassen des Bootes offenbar entdeckt. Einen Moment lang schien er unentschieden zu sein, doch dann kreuzte das Boot mit hoher Geschwindigkeit in unsere Richtung. Nach zehn Minuten war es nur noch etwa hundert Yards von uns entfernt, und wir konnten es uns näher betrachten. Es war ein hübsches kleines Boot – kein aus einem Baumstamm gehöhltes Kanu, sondern eher nach europäischer Art gebaut; also aus Holzplanken. Es trug ein für seine Größe ungeheuer großes Segel. Doch schon bald wurde unsere Aufmerksamkeit von dem Boot auf seine Insassen gelenkt. Es waren ein Mann und eine Frau. *Sie waren fast so weiß wie wir.*

Wir starrten uns gegenseitig verblüfft an. Wir mußten uns geirrt haben. Aber nein, es gab nichts daran zu rütteln: es handelte sich um Weiße. Sie waren nicht blond, aber die beiden Leute in dem Boot waren eindeutig der weißen Rasse zuzuordnen, die sich in wesentlichen Merkmalen von der schwarzen unterscheidet. Sie hatten ungefähr das Äußere von Spaniern oder Italienern. Es war eine ganz eindeutige Tatsache. So war es also doch wahr! Und wir hatten, gelenkt von einer Macht, die nicht die unsrige war, auf unerklärliche, geheimnisvolle Weise dieses mysteriöse Volk entdeckt. Ich hätte vor Freude laut aufjauchzen können ob der Wunderbarkeit dieses Momentes. Wir schüttelten uns gegenseitig die Hände und beglückwünschten uns für den unerwarteten und so plötzlich eingetretenen Erfolg unserer abenteuerlichen Suche. Mein ganzes Leben lang hatte ich Gerüchte gehört von einem weißen Volk, das im Hochland im Innern dieses riesigen Kontinents existieren sollte, und immer hatte ich davon geträumt, dieses Gerücht einmal zu beweisen. Und nun sah ich mit eigenen Augen, daß das Gerücht der Wahrheit entsprach. Ich war verblüfft und sprachlos und vor Freude ganz benommen. Hier bewies der Spruch jenes alten Römers, den Sir Henry so gern zitierte, fürwahr seine Gültigkeit: ›Ex Africa semper aliquid novi‹, was, wie Sir Henry sagt, bedeutet, daß aus Afrika immer etwas Neues kommt.

Der Mann in dem Boot war von guter, wenn auch nicht besonders feiner Physiognomie. Er hatte glattes schwarzes Haar, regelmäßige Züge und besaß ein intelligentes Gesicht. Er trug ein braunes Hemd aus Tuch, vergleichbar etwa einem ärmellosen Flanellhemd, und einen unverwechselbaren Rock aus dem gleichen Material. Die Beine und Füße waren nackt. Um den rechten Arm und das linke Bein trug er dicke Ringe aus einem gelblich glänzenden Metall; vermutlich Gold. Die Frau hatte ein reizendes Gesicht, wild und scheu zugleich. Sie hatte große, dunkle Augen und braunes, lockiges Haar. Ihr Kleid bestand aus demselben Material wie das des Mannes und bestand, wie wir später entdeckten, aus einem leinenen Unterkleid, das ihr bis zum Knie ging, und dann aus einem einzigen langen Streifen Tuch, ungefähr vier Fuß breit und fünfzehn Fuß lang, der in anmutigen Falten um den ganzen Körper geschlungen war und ganz zum Schluß so über die Schulter geworfen wurde, daß sein Ende, das je nach der sozialen Stellung des Trägers blau, purpurn, oder von irgend einer anderen Farbe war, über die Schulter frei nach vorn fiel. Der rechte Arm und die rechte Brust blieben jedoch unbedeckt. Ein passenderes, anmutigeres Kleid kann man sich, besonders, wenn wie in diesem Fall die Trägerin jung und hübsch war, kaum vorstellen. Good (der ein Auge für so etwas hat) war sichtlich zutiefst davon beeindruckt, und ich muß gestehen, daß ich es ebenfalls war. Ein ebenso schlichtes wie raffiniertes Kleidungsstück.

So erstaunt wir über die Erscheinung des Mannes und der Frau waren, sie waren es, wie wir deutlich erkennen konnten, jedenfalls nicht minder über unser plötzliches Auftauchen. Was den Mann betraf, so schien er von Furcht und Erstaunen gleichermaßen überwältigt zu sein. Er umkreiste eine ganze Weile unser Kanu, wagte jedoch nicht, näher heranzukommen. Schließlich kam er jedoch auf Rufweite heran und rief uns etwas zu in einer Sprache, die sanft und melodisch klang, von der wir aber leider nicht ein Wort verstehen konnten. Wir antworteten auf englisch, französisch, lateinisch, griechisch, deutsch, zulu, niederländisch, sisutu, kukuana und in ein paar anderen Eingeborenendialekten, die mir geläufig sind, aber unser Besucher verstand offenbar keine dieser Sprachen. Im Gegenteil; sie schienen ihn beträchtlich zu verwirren. Was die Frau betraf, so war sie voll und ganz damit beschäftigt, uns aufmerksam zu beobachten. Good gab das Kompliment zurück, indem er sie mit forschendem Blick durch sein Monokel anstarrte, was sie eher zu belustigen schien, als daß es ihr Angst einjagte. Schließlich wendete der Mann, der offensichtlich nicht wußte, was er mit uns anfangen sollte, plötzlich das Boot und steuerte in Richtung Ufer. Sein kleines Boot flog vor dem Wind wie eine Schwalbe. Als es bei dem Wendemanöver dicht vor unserem Bug vorbeisegelte, wandte sich der Mann für einen Augenblick um, um nach dem Segel zu sehen. Good ergriff prompt die Gelegenheit beim Schopfe und warf der jungen Dame eine Kußhand hinüber. Ich war entsetzt, einmal aus Gründen des Anstands, und zum zweiten, weil ich befürchtete, daß sie es als Beleidigung auffassen könnte. Aber zu meiner großen Erleichterung tat sie das nicht. Im Gegenteil; sie warf einen kurzen Blick über die Schulter, und als sie sah, daß ihr Mann oder ihr Bruder, oder wer auch immer er sein mochte, anderweitig beschäftigt war, warf sie ihm prompt eine Kußhand zurück.

»Aha!« sagte ich. »Es sieht ganz so aus, als ob wir nun doch eine Sprache gefunden hätten, die das Volk dieses Landes versteht.«

»Wenn das so ist«, frozzelte Sir Henry, »dann haben wir ja in Good einen unschätzbar wertvollen Dolmetscher.«

Ich runzelte die Stirn, denn ich billigte Goods Frivolitäten ganz und gar nicht. Das weiß er auch, und ich lenkte die Unterhaltung wieder auf ernstere Themen. »Es ist völlig klar«, sagte ich, »daß der Mann in Kürze mit einer ganzen Schar seiner Gefährten zurückkommen wird. Wir sollten uns Gedanken darüber machen, wie wir sie empfangen wollen.«

»Ich glaube, die Frage lautet eher: wie werden sie uns empfangen?« wandte Sir Henry ein.

Was Good anbetraf, so sagte er überhaupt nichts dazu. Statt dessen zog er einen kleinen, quadratischen Blechkoffer hervor, der uns schon während unserer ganzen Wanderung, unter einem Haufen Gepäck verborgen, begleitet hatte. Wir hatten uns schon oft mit Good wegen dieses Blechkoffers herumgezankt, insbesondere weil er ziemlich sperrig war und uns ständig beim Transport unseres Gepäcks behindert hatte. Er hatte nie eine klare Antwort über den Inhalt dieses Koffers gegeben. Er hatte jedoch immer darauf bestanden, ihn mitzunehmen, wobei er jedesmal geheimnisvoll angedeutet hatte, daß er sich eines Tages noch als äußerst nützlich erweisen könne.

»Was in aller Welt tust du da, Good?« fragte Sir Henry.

»Was ich da tue? Ich ziehe mich natürlich um! Ihr glaubt doch nicht im Ernst, daß ich mich bei einem neuentdeckten Volk in diesen Klamotten vorstelle, oder?« Er deutete mit einer Geste auf seine schmutzigen, abgewetzten Kleider, die indessen, wie alle Kleidungsstücke von Good, äußerst ordentlich und an zerrissenen Stellen peinlich sauber geflickt waren.

Wir sagten nichts weiter, sondern verfolgten statt dessen sein Vorgehen mit atemlosem Interesse. Als erstes beauftragte er Alphonse, der in solchen Dingen äußerst kompetent war, sein Haar und seinen Bart nach der neuesten Mode zurechtzustutzen. Ich glaube, wenn er heißes Wasser und ein Stück Seife zur Hand gehabt hätte, dann hätte er gar den letzteren abrasiert; aber leider war das nicht der Fall. Als dies geschehen war, schlug er uns allen Ernstes vor, das Segel des Kanus zu reffen und ein Bad zu nehmen. Das taten wir auch, zum großen Erstaunen und Entsetzen von Alphonse, der die Hände über dem Kopf zusammenschlug und feststellte, daß die Engländer schon verrückte Leute wären. Umslopogaas, der wie die meisten Zulus von hoher Herkunft und guter Erziehung äußerst reinlich war, was seine Person anbetraf, hatte indessen keine Lust, im See herumzuschwimmen und betrachtete das ganze Theater mit milder Belustigung. Erfrischt von dem kühlen Naß kletterten wir wieder in das Kanu und setzten uns zum Trocknen in die Sonne, während Good seinen Blechkoffer öffnete und zu unser aller Verblüffung als erstes ein sauberes, blütenweißes Hemd hervorholte. Es sah ganz so aus, als käme es frisch aus einer Londoner Dampfreinigung. Als nächstes tauchten mehrere Kleidungsstücke auf. Sie waren zuerst in braunes, dann in weißes, und schließlich in Silberpapier eingewickelt. Wir beobachteten das Auspacken mit größtem Interesse und atemloser Spannung. Mit größter Sorgfalt öffnete Good eine Hülle nach der anderen und ließ die Pracht, die sich in ihrem Innern verbarg, offen zutage treten. Dann faltete er sorgsam jeden einzelnen Bogen Papier wieder zusammen und legte ihn zurück in den Koffer. Und was glaubt Ihr, verehrter Leser, was da vor uns lag? Vor uns in dem Kanu lag in ihrer ganzen majestätischen Pracht, im Glanze ihrer goldenen Schulterstücke, Tressen, Borten und Knöpfe – die Paradeuniform eines Fregattenkapitäns der Royal Navy, komplett mit Galadegen, Dreispitz, Lackstiefeln und allem Drum und Dran! Uns verschlug es buchstäblich den Atem!

»*Was!*« riefen Sir Henry und ich fast gleichzeitig, »*was!* Willst du das etwa anziehen!«

»Natürlich«, antwortete Good gefaßt; »wie ihr wissen solltet, hängt ungeheuer viel vom ersten Eindruck ab. Besonders . . .«, fuhr er fort, »wenn, wie ich feststellte, Damen in der Nähe sind. Wenigstens einer von uns sollte ordentlich gekleidet sein.«

Wir wußten nichts weiter zu sagen; wir waren ganz einfach sprachlos, besonders, wenn wir daran dachten, auf welch gerissene Weise Good während all der Monate den Inhalt dieses Koffers vor uns verheimlicht hatte. Wir schlugen ihm lediglich vor, er solle sein Kettenhemd unter der Uniform anziehen. Er erwiderte, daß er befürchtete, das Hemd würde dem guten Sitz seines Mantels, den er sorgfältig in der Sonne ausgebreitet hatte, um die Kniffe und Eselsohren herauszukriegen, abträglich sein, stimmte jedoch schließlich dieser Vorsichtsmaßnahme zu. Das Lustigste an der ganzen Sache war jedoch, Umslopogaas' Verblüffung und Alphonses Entzücken über Goods unglaubliches Verwandlungskunststück zu beobachten. Als er schließlich in voller Pracht dastand, sogar mit den Orden auf der Brust, und sich in den stillen Wassern des Sees betrachtete, so wie einst der junge Mann in jener alten Geschichte, dessen Name mir entfallen ist, aber von dem ich weiß, daß er sich in sein eigenes Spiegelbild verliebte, da konnte der alte Zulu seine Gefühle nicht länger im Zaum halten.

»Oh, Bougwan!« rief er. »Oh, Bougwan! Ich hielt dich immer für einen häßlichen kleinen Mann – und fett, fett wie eine Kuh vor der Kalbung; und nun siehst du aus wie ein blauer Eichelhäher, wenn er stolz seinen Schwanz spreizt. Oh, Bougwan, meine Augen sind geblendet, wenn ich dich anschaue.«

Good liebte diese Anspielungen auf seine Fettleibigkeit ganz und gar nicht; ich muß der Wahrheit halber auch hinzufügen, daß sie nicht mehr allzu berechtigt waren; denn die harten Anstrengungen der letzten Monate hatten seinen Leibesumfang bestimmt um drei Zoll verringert. Aber ansonsten fühlte er sich durch Umslopogaas' offensichtliche Bewunderung äußerst geschmeichelt. Alphonse war in höchstes Entzücken geraten.

»Ah! Monsieur 'at das 'errliche Aussehen von . . . von eine Krieger. Das werden die Demoiselles sagen, wenn wir an Land gehen. Monsieur ist vollkommen; er erinnert misch sehr an meine 'eroische Groß . . .«

An dieser Stelle unterbrachen wir seinen Redefluß.

Als wir den Glanz betrachteten, den Good da so unerwartet enthüllt hatte, wurden wir mit einem Mal von dem eifersüchtigen Gedanken beseelt, es ihm gleichzutun, und wir machten uns daran, uns ebenfalls so gut es ging herzurichten. Das einzige jedoch, was wir tun konnten, war, uns mit unseren Jagdanzügen aufzuputzen, von denen wir jeder einen besaßen. Unsere Panzerhemden behielten wir darunter an. Was meine Erscheinung anbetrifft, so hätten auch alle feinen Kleider der Welt nichts daran ändern können, daß sie schäbig und unbedeutend wirkte. Sir Henry hingegen hinterließ in seinem fast neuen Tweedanzug, seinen Gamaschen und Stiefeln einen hervorragenden Eindruck. Alphonse putzte sich ebenfalls mächtig heraus und zwirbelte seine enormen Bartspitzen besonders hoch. Selbst der alte Umslopogaas, der im allgemeinen kein Freund eitler Selbstbespiegelung war, schloß sich dem allgemeinen Trend an und polierte mit etwas Werg und dem Öl aus der Lampe solange an seinem Kopfring herum, bis er glänzte wie Goods Lackstiefel. Dann zog er das Panzerhemd an, das Sir Henry ihm geschenkt hatte, sowie seinen ›Moocha‹, und schließlich komplettierte er seine Erscheinung noch, indem er Inkosi-kaas gründlich reinigte.

Mittlerweile hatten wir uns schon ein ganzes Stück dem Land, beziehungsweise der Mündung eines großen Flusses genähert (das Segel hatten wir, gleich nachdem wir unser Bad beendet hatten, wieder gesetzt). Kurz darauf sahen wir – inzwischen waren ungefähr anderthalb Stunden vergangen, seit das kleine Boot uns verlassen hatte – wie vom Fluß oder Hafen her eine große Anzahl von Booten auftauchte. Die größten von ihnen hatten wohl an die zwölf Tonnen. Eines von ihnen wurde von vierundzwanzig Rudern vorwärtsbewegt; fast alle anderen waren Segelboote. Wir spähten durch das Glas und erkannten sogleich, daß das Ruderboot ein offizielles Schiff war; die Mannschaft trug eine Art Uniform. Vorn auf dem Halbdeck stand ein alter, ehrwürdig aussehender Mann mit einem langen weißen Bart und einem Schwert im Gürtel. Offensichtlich war er der Befehlshaber des Schiffes. Die anderen Boote waren anscheinend voll mit Leuten, die die Neugier herausgetrieben hatte. Sie segelten oder ruderten, so schnell sie konnten, auf uns zu.

»Was sollen wir wetten?« fragte ich. »Werden sie uns freundlich empfangen, oder werden sie kurzen Prozeß mit uns machen?«

Keiner wußte eine Antwort auf diese Frage. Das kriegerische Aussehen des Alten und sein Schwert machten uns ein wenig nervös.

In diesem Augenblick erspähte Good eine Herde Flußpferde auf dem Wasser, ungefähr zweihundert Yards von uns entfernt. Er schlug vor, es wäre nicht das Schlechteste, den Eingeborenen mit unserer Macht Respekt einzuflößen, indem wir einige der Tiere erschossen. Wir waren sofort von dieser Idee eingenommen (was sich noch als großer Fehler erweisen sollte) und holten unsere großkalibrigen Gewehre hervor, für die wir noch ein paar Patronen hatten. Die Herde bestand aus vier Tieren; einem großen Bullen, einer Kuh und zwei Kälbern, von denen eines schon fast zwei Drittel der Größe eines ausgewachsenen Tieres hatte. Schnell hat-

Die Boote nähern sich

ten wir sie erreicht. Ihre einzige Reaktion auf unser plötzliches Erscheinen bestand darin, daß sie sich unter die Wasseroberfläche sinken ließen und ein paar Yards weiter gleich wieder auftauchten. Ihre unglaubliche Arglosigkeit kam mir in der Tat ungewöhnlich vor. Als die herankommenden Boote etwa noch einen Abstand von etwa fünfhundert Yards hatten, eröffnete Sir Henry den Reigen, indem er auf das größere der beiden Kälber feuerte. Die schwere Kugel traf es genau zwischen den Augen, durchdrang den Schädel und tötete es auf der Stelle. Als es unterging, zog es eine breite Blutspur hinter sich her. Dann feuerten Good und ich fast gleichzeitig unsere Kugeln ab; ich auf die Kuh, und Good auf den alten Bullen. Mein Schuß traf das Tier, verletzte es aber nicht tödlich. Mit einem gewaltigen Platschen tauchte das Flußpferd unter und kam sogleich mit wütendem Grunzen wieder hoch. Mit der Kugel aus dem zweiten Lauf gab ich ihm den Rest. Das Wasser färbte sich blutigrot, und dann versank das mächtige Tier. Good, der ein erbärmlicher Schütze ist, verfehlte den Kopf des Bullen; die Kugel streifte ihn lediglich. Nachdem ich meinen zweiten Schuß abgefeuert hatte, blickte ich auf. Den Reaktionen nach zu urteilen, schienen die Menschen, mit denen wir hier in Berührung gekommen waren, noch nie Feuerwaffen gesehen zu haben: die Verwirrung, die unsere Schüsse und ihre Wirkung auf die Tiere auslösten, war ungeheuer. Einige der Leute in den Booten stießen laute Entsetzensschreie aus; andere wendeten und machten, daß sie so schnell wie möglich wieder davonkamen. Auch der alte Mann mit dem Schwert machte ein entsetztes und verwirrtes Gesicht und ließ sein großes Ruderboot auf der Stelle anhalten. Es blieb uns indessen nur wenig Zeit zum Schauen; denn just in dem Moment tauchte der alte Bulle, durch die Verletzung, die er durch den Streifschuß erlitten hatte, aufs äußerste gereizt, wieder aus dem Wasser auf, etwa vierzig Yards von unserem Boot entfernt, und glotzte uns wutschnaubend an. Wir schossen alle drei auf ihn und erwischten ihn an verschiedenen Stellen. Schwer getroffen ging er wieder unter. Bei den Zuschauern schien jetzt doch die Neugier über die Angst zu siegen; denn einige segelten dicht an uns heran; unter ihnen befanden sich auch der Mann und die Frau, die wir als erste etwa zwei Stunden zuvor gesehen hatten. Sie kamen am dichtesten heran und waren bald fast auf gleicher Höhe mit uns. In dem Moment tauchte das riesige Tier, knapp zehn Yards von ihrem Boot entfernt, erneut auf, und mit wütendem Gebrüll und weit aufgerissenem Maul griff es das Boot an. Die Frau stieß einen spitzen Schrei des Entsetzens aus, und der Mann versuchte noch, mit dem Boot auszuweichen; jedoch ohne Erfolg. In der nächsten Sekunde sah ich, wie der riesige rote Schlund mit den glänzenden Stoßzähnen sich mit einem knirschenden Geräusch über dem einen Ende des zerbrechlichen Gefährtes schloß, buchstäblich eine Ecke davon abbiß und das Boot umwarf. Das Fahrzeug kenterte auf der Stelle, und seine Insassen flogen in hohem Bogen ins Wasser. Gleich darauf, ohne daß wir auch nur eine Sekunde Zeit gehabt hätten, etwas zur Rettung der beiden zu unternehmen, war das bis aufs Blut gereizte Tier schon wieder zur Stelle und griff mit weit aufgerissenem Maul das arme Mädchen an, das verzweifelt in den Fluten um sich schlug. Schon waren die mahlenden Kiefer der Bestie im Begriff, sich über dem armen Mädchen zu schließen, da hatte ich mein Gewehr auch schon hochgerissen und feuerte knapp über den Kopf des Mädchens hinweg mitten in den Schlund des Flußpferdes. Es kippte nach hinten weg und begann, laut schnaubend und rote Blutfontänen aus seinen Nasenlöchern pustend, sich im Wasser um seine eigene Achse zu drehen. Bevor es sich jedoch noch einmal erholen konnte, hatte ich ihm auch schon die Kugel aus dem zweiten Lauf seitlich in den Hals gejagt, und das gab ihm endgültig den Rest. Es hörte sofort auf sich zu drehen und sank auf der Stelle.

Unsere nächste Anstrengung galt der Rettung des Mädchens. Der Mann war inzwischen fortgeschwommen und in ein anderes Boot geklettert. Diesmal jedoch hatten wir sofort Glück; es gelang uns (unter dem Geschrei der Schaulustigen), das Mädchen, das völlig erschöpft und verängstigt, aber ansonsten unverletzt war, schnell ins Kanu zu ziehen.

In der Zwischenzeit hatten sich die Boote in respektvoller Entfernung versammelt, und wir sahen, wie ihre Insassen, die offenbar völlig verwirrt und verängstigt waren, beratschlagten, was sie nun tun sollten. Ohne ihnen Zeit für irgendwelche Entschlüsse zu lassen, die, so fürchteten wir, möglicherweise zu unseren Ungunsten ausgefallen wären, griffen wir nach unseren Paddeln und hielten auf sie zu. Good stellte sich aufrecht in den Bug des Kanus, schwenkte höflich seinen Dreispitz in sämtliche Richtungen und ließ sein ohnehin freundlich wirkendes Gesicht in einem offenen und aufgeweckten Lächeln erstrahlen.

Die meisten Boote wichen zurück, als wir näherkamen. Einige jedoch blieben da, wo sie waren, während das große Ruderboot uns entgegenkam, um uns in Empfang zu nehmen. Kurz darauf war es längsseits von uns, und ich konnte deutlich sehen, daß unsere äußere Erscheinung – besonders die von Good und Umslopogaas, bei dem ehrwürdigen Kapitän Erstaunen erweckte, gepaart mit ein wenig Furcht. Er war nach der gleichen Mode gekleidet wie der Mann, den wir zuerst gesehen hatten, nur daß sein Hemd nicht aus braunem Tuch war, sondern aus schneeweißem Leinenstoff, der purpurfarben gesäumt war. Der Rock jedoch war der gleiche; ebenso die dicken Goldringe um den Arm und den linken Unterschenkel. Die Ruderer trugen lediglich einen Rock, ansonsten waren sie bis zur Hüfte nackt. Good zog vor dem alten Mann den Dreispitz mit einer besonders tiefen Verbeugung und fragte ihn in makellosem Englisch nach seinem Befinden. Wie als ob er damit antworten wolle, legte der Mann Zeige- und Mittelfinger seiner rechten Hand quer über die Lippen und hielt sie einen Moment lang so. Wir vermuteten, daß das seine Art zu grüßen war. Dann rief auch er etwas zu uns herüber, in derselben melodisch klingenden Sprache, die schon den ersten Mann ausgezeichnet hatte. Wir mußten ihm jedoch leider zu verstehen geben, daß wir kein Wort verstanden. Das taten wir, indem wir den Kopf schüttelten und die Achseln zuckten. Das letztere tat Alphonse so perfekt, als sei es ihm angeboren, und dabei auf eine so höfliche Weise, daß niemand es als Beleidigung hätte auffassen können. Als wir uns so gegenüberstanden und im Moment niemand so recht weiterzuwissen schien, dachte ich mir, da mein Hunger inzwischen kaum noch auszuhalten war, daß es nichts schaden könne, wenn ich die Aufmerksamkeit der Männer auf diese Tatsache lenkte. Gesagt, getan; ich öffnete also den Mund, zeigte mit dem Finger auf ihn und rieb mir dann den Magen. Diese Signale verstand der alte Mann sofort. Er nickte heftig mit dem Kopf und zeigte mit dem Finger in Richtung Hafen; gleichzeitig warf einer von der Besatzung seines Bootes uns eine Leine herüber und gab uns ein Zeichen, sie festzumachen, was wir auch sofort taten. Das Ruderboot nahm uns ins Schlepptau und glitt mit hoher Geschwindigkeit auf die Flußmündung zu. Die anderen Boote folgten uns. Ungefähr zwanzig Minuten danach erreichten wir die Hafeneinfahrt, in der es nur so wimmelte von Booten, die alle voll besetzt waren mit Leuten, die extra herausgekommen waren, um uns zu sehen. Wir machten die Beobachtung, daß alle von heller Hautfarbe waren, obwohl manche hellhäutiger schienen als andere. Die Haut einiger Frauen war in der Tat von blendendem Weiß; den dunkelsten Teint, den wir entdecken konnten, war ungefähr der eines ziemlich dunkelhäutigen Spaniers. Kurz darauf machte der breite Strom einen Bogen, und im selben Moment entfuhr uns allen gleichzeitig ein Ausruf höchsten Erstaunens und Entzükkens, als wir zum ersten Mal die Stadt vor uns liegen sahen, die wir bald kennenlernen sollten als Milosis oder die ›Finster blikkende Stadt‹ (von *mi,* was Stadt bedeutet, und *losis,* was soviel heißt wie Stirnrunzeln oder finsterer Blick).

Etwa fünfhundert Yards hinter dem Flußufer ragte ein steiler Felsen aus Granit auf, dessen Höhe wohl zweihundert Fuß betrug. Früher hatte er sicherlich einmal selbst das Flußufer gebildet – den Streifen Land, auf dem sich jetzt Docks und Fahrdämme befanden, hatte man wohl trockengelegt, indem man den Fluß eingedeicht und sein Bett vertieft hatte.

Auf dem Vorsprung dieses Felsens stand ein großes Gebäude, das aus demselben Granit wie der Felsen errichtet war. Es bestand aus drei rechtwinklig zueinanderstehenden Flügeln. Die vierte Seite war offen, abgesehen von einer Art Brustwehr, an deren Fuß sich eine kleine Tür befand. Wie wir später erfuhren, war dieser imposante Bau der Palast der Königin, oder richtiger, der Königinnen.

Hinter dem Palast erstreckte sich auf einem sanft ansteigenden Hügel die Stadt, in deren Hintergrund sich ein prunkvoll leuchtendes Gebäude aus weißem Marmor erhob, dessen Krone die goldene Kuppel bildete, die wir vorher schon von weitem gesehen hatten. Die gesamte Stadt war, mit Ausnahme dieses einen Gebäudes, ganz aus rotem Granit errichtet; sie war in regelmäßigen Rechtecken angeordnet, zwischen denen sich herrliche Straßen hinzogen. Soweit wir erkennen konnten, waren die Häuser alle einstöckig und freistehend. Sie waren ausnahmslos von Gärten umgeben, die das vom monotonen Anblick des roten Granits ermüdete Auge erquickten. Von der Rückseite des Palastes ausgehend zog sich eine Straße von außerordentlicher Breite etwa anderthalb Meilen bergan. Sie mündete in einen offenen Platz, der das weiß leuchtende Gebäude, das den Hügel krönte, umgab. Aber direkt vor uns lag das, was die eigentliche Pracht und Herrlichkeit von Milosis ausmachte – der große Treppenaufgang des Palastes, dessen kühner Glanz uns fast den Atem raubte. Der geneigte Leser möge sich, wenn er dazu in der Lage ist, eine herrliche Treppe vorstellen, fünfundsechzig Fuß von Balustrade zu Balustrade, bestehend aus zwei gigantischen Fluchten, von denen jede hundertfünfundzwanzig Stufen hat, je acht Zoll hoch und drei

Fuß breit, zwischen denen sich ein Ruheplatz von sechzig Fuß Länge befindet. Er möge sich weiter vorstellen, daß diese ungeheure Konstruktion, die sich von der Palastmauer auf dem oberen Rand des Felsens bis hinunter zu einem Wasserweg oder Kanal, den man eigens dazu an ihrem Fuße gegraben hatte, erstreckte, auf einem einzigen gewaltigen Bogen aus Granit ruht, dessen Schlußstein der Ruheplatz zwischen den beiden Fluchten bildet; das heißt, der die beiden Fluchten verbindende Platz liegt genau auf der höchsten Krümmung des Granitbogens! Aus diesem Bogen wuchs ein freischwebender Stützbogen, oder besser etwas, das von der Form her einem freischwebenden Bogen ähnlich war, wie es nie zuvor jemand von uns irgendwo auf der Welt gesehen hatte, und dessen Schönheit und Großartigkeit alles, was wir uns überhaupt je hatten vorstellen können, weit in den Schatten stellte. Dreihundert Fuß von einem Ende zum anderen, und nicht weniger als fünfhundertundfünfzig, wenn man entlang der Krümmung maß, schwang sich dieser halbkreisförmige Bogen in die Höhe; die Brücke, die er trug, berührte er nur auf einer Fläche von fünfzig Fuß. Das eine Ende ruhte, wie schon erwähnt, auf dem Hauptbogen, und das andere Ende war in den soliden Granit der Felswand eingebettet.

Dieser Treppenaufgang war mit seinen Stützbogen in der Tat ein Meisterwerk der Architektur, auf das jeder Mensch auf der Welt stolz gewesen wäre; zum einen aufgrund seiner unerhörten Größe, zum andern aufgrund wegen seiner alles übertreffenden Schönheit. Viermal war das Werk, mit dem irgendwann in grauer Vorzeit begonnen worden war, gescheitert – das erfuhren wir später –, und man hatte es über drei Jahrhunderte hinweg halb vollendet so stehen lassen, bis schließlich ein jugendfrischer Baumeister namens Rademas die Stirn hatte zu behaupten, er würde das Werk erfolgreich vollenden. Er setzte für diese ungeheure Aufgabe sein Leben als Pfand ein: wenn er scheiterte, dann sollte er von eben jenem Felsen, den mit seinem Bauwerk zu erstürmen er sich so keck erkühnt hatte, hinabgeschleudert werden; sollte er jedoch das Werk erfolgreich zu Ende führen, dann sollte er zum Lohn die Hand der Königstochter erhalten. Er sollte fünf Jahre Zeit haben, die Arbeit auszuführen; Arbeitskräfte und Baumaterial wurden ihm in unbegrenzter Höhe zur Verfügung gestellt. Dreimal fiel sein Bogen in sich zusammen; schließlich, als er sah, daß sein Scheitern unvermeidlich war, beschloß er, am Morgen nach dem dritten Zusammenbruch seinem Leben selbst ein Ende zu setzen. In jener Nacht erschien ihm jedoch im Traum eine wunderschöne Frau, die seine Stirn berührte. Und plötzlich hatte er vor seinen Augen die Vision des vollendeten Werkes, und durch das Mauerwerk hindurch sah er gleichzeitig, wie er all die Schwierigkeiten, die mit dem Bau des freischwebenden Bogens, der bisher seinem Genius hohngesprochen hatte, verbunden waren, mit einem Schlag lösen konnte. Er erwachte und begab sich sofort mit neuem Mut ans Werk; diesmal jedoch nach einem neuen, anderen Plan, und – siehe da! – er schaffte es, und als der letzte Tag des fünften Jahres angebrochen war, führte er die Prinzessin als Braut über die Treppe in den Palast. Und als der König gestorben war, wurde er als Gemahl der Königin zum König gekrönt und begründete die Zu-Vendi-Dynastie, die noch heute besteht, und die bis zum heutigen Tage ›das Herrscherhaus der Treppe‹ genannt wird. Dies ist einmal mehr der Beweis dafür, daß Ausdauer im Verein mit Talent das natürliche Sprungbrett für Größe und Ruhm ist. Und um seinen Triumph bis ans Ende aller Tage unvergeßlich zu machen, errichtete er ein Standbild, das ihn selbst darstellt, wie er im Traum von der schönen Frau an der Stirn berührt wird, und er ließ es in der großen Halle des Palastes aufstellen, wo es bis zum heutigen Tage zu sehen ist.

Das also war die große Treppe von Milosis mit der dahinter liegenden Stadt. Kein Wunder, daß sie ›die finster blickende Stadt‹ genannt wurde; schienen doch jene mächtigen Bauwerke aus solidem roten Granit stirnrunzelnd in ihrem düsteren Glanz auf unsere vergängliche Kleinheit herabzublicken. Das war sogar der Fall, wenn die Sonne schien; aber wenn sich erst die finsteren Wolken des Sturmes über ihrer gebieterischen Stirn zusammenballten, dann sah Milosis eher aus wie die Wohnstätte des Übernatürlichen oder wie die fantastische Ausgeburt eines Dichterhirns, als das, was sie in Wirklichkeit ist – eine vergängliche Stadt, von dem geduldigen Genius von Generationen aus der roten Stille der Berge gemeißelt.

12

Die königlichen Schwestern

Das große Ruderboot glitt nun in die künstliche Bucht hinein, die fast bis zum Fuß der riesigen Treppe reichte, und legte an einem Steg an, von dem ein paar Stufen zum Landeplatz führten. Hier stieg der alte Mann vom Schiff und bedeutete uns mit einer Geste, es ihm gleichzutun, was wir, da wir gar keine andere Möglichkeit hatten und außerdem schon bald dem Hungertode nahe waren, auch ohne zu zögern taten – nicht ohne jedoch unsere Gewehre mitzunehmen. Jedesmal, wenn einer von uns auf den Landesteg trat, legte unser Führer zum Gruße Zeige- und Mittelfinger seiner rechten Hand über die Lippen und machte eine tiefe Verbeugung. Gleichzeitig gemahnte er die Masse, die sich schon versammelt hatte, um uns anzustarren, zurückzutreten. Als letzte verließ das Mädchen, das wir aus dem Wasser gefischt hatten, das Kanu. Ihr Gefährte erwartete sie schon. Bevor sie ging, küßte sie meine Hand, vermutlich als ein Zeichen ihrer Dankbarkeit, daß ich sie in letzter Sekunde vor dem wütend zuschnappenden Maul des Flußpferdes gerettet hatte. Die Angst, die sie möglicherweise vor uns gehabt hatte, schien sie inzwischen überwunden zu haben, und keineswegs wild darauf zu sein, allzu eilig zu ihren rechtmäßigen Eigentümern zurückzukehren. Jedenfalls schickte sie sich gerade an, auch noch Goods Hand zu küssen, als der junge Mann einschritt und sie davonführte.

Kaum waren wir an Land, als sich auch schon ein paar von den Männern, die das große Boot gerudert hatten, unserer Sachen bemächtigten und sie flink die riesige Treppe hinauftrugen. Unser Führer deutete uns sogleich mit einer Geste an, daß die Sachen in sicherer Obhut seien. Dann wandte er sich nach rechts und schritt zu einem kleinen Haus, das, wie ich bald herausfand, ein Gasthof war. Wir wurden in einen großen Raum geführt, in dem schon ein hölzerner Tisch gedeckt war, vermutlich für uns. Unser Führer gab uns ein Zeichen, daß wir uns auf die Bank setzen sollten, die längs des Tisches stand. Es bedurfte fürwahr keiner zweiten Einladung; sofort fielen wir heißhungrig über die Köstlichkeiten her, die man uns da auf hölzernen Tabletts serviert hatte. Es war kaltes Ziegenfleisch, eingewickelt in würzige Blätter, die ihm einen delikaten Geschmack verliehen; dazu gab es einen grünen Salat, ähnlich unserem Kopfsalat, dunkles Brot und Rotwein, der aus einem

Schlauch in Hornbecher geschenkt wurde. Dieser Wein war mild und hervorragend; er ähnelte im Geschmack ein wenig dem Burgunder. Nach zwanzig Minuten erhoben wir uns von jener gastlichen Tafel und fühlten uns wie neugeboren. Nach allem, was wir durchgemacht hatten, brauchten wir vor allem zwei Dinge: Nahrung und Ruhe. Die Nahrung allein war für uns schon eine herrliche Wohltat. Zwei Mädchen, die den gleichen Liebreiz in ihren Gesichtszügen hatten wie die Frau, die wir als erste gesehen hatten, bedienten uns während des Essens; sie machten es auf eine sehr angenehme Weise. Auch sie waren auf die gleiche Art gekleidet, wie wir es schon bei den anderen gesehen hatten; ein weißer Leinenunterrock, der bis zum Knie reichte, und darüber das togaähnliche Gewand aus braunem Tuch, das die rechte Brust und den rechten Arm unbedeckt ließ. Später erfuhr ich, daß es sich hierbei um die nationale Tracht handelte. Sie richtete sich nach strengen Regeln, variierte jedoch in einem gewissen Rahmen. Wenn zum Beispiel der Unterrock weiß war, bedeutete das, daß die Trägerin unverheiratet war. War er weiß mit einem purpurfarbenen Streifen längs des Saumes, dann war sie verheiratet und war erste oder gesetzliche Frau. War er weiß mit einem wellenförmigen Purpurstreifen, dann war sie zweite oder Nebenfrau. War der Streifen schwarz, dann bedeutete das, daß es sich um eine Witwe handelte. Auch die Toga, oder der ›Kat‹, wie sie es nennen, kam in zahlreichen Farben vor; je nach dem sozialen Rang gingen die Farbschattierungen vom reinsten Weiß bis zum tiefsten Braun; die Enden waren auf die verschiedensten Arten mit Stickereien geschmückt. Das gleiche traf auch auf die ›Hemden‹ oder besser, Kittel zu, die die Männer trugen; sie variierten in Material und Farbe. Die Röcke jedoch waren immer die gleichen; sie unterschieden sich höchstens in der Qualität voneinander. Eines jedoch trug jeder im Lande, gleich ob Mann oder Frau, gewissermaßen als nationales Signum: das dicke Goldband um den rechten Oberarm und den linken Unterschenkel. Leute von sehr hohem Rang trugen auch noch einen goldenen Ring um den Hals. Unser Führer zum Beispiel gehörte zu dieser Gruppe.

Als wir das Mahl beendet hatten, verbeugte sich unser ehrwürdiger Begleiter, der die ganze Zeit neben uns gestanden und uns neugierig betrachtet hatte, insbesondere unsere Gewehre, die er mit kaum verhohlener Furcht bestaunte, soweit das sein Stolz eben zuließ, vor Good, den er aufgrund seiner prächtigen Staffage offensichtlich für den Anführer unserer Gruppe hielt, und dann geleitete er uns wieder zur Tür hinaus und führte uns zum Fuß der großen Treppe. Dort verweilten wir einen Augenblick, um die beiden gewaltigen, jeweils aus einem einzigen Block reinen schwarzen Marmors gehauenen Löwen zu bewundern, die hoch aufgerichtet am Ende der beiden Balustraden des Treppenaufgangs standen. Diese Löwen waren von hervorragender Ausführung. Auch sie waren das Werk von Rademas, dem berühmten Prinzen, der die Treppe erbaut hatte, und der zweifelsohne, den zahlreichen wunderschönen Zeugnissen seiner Kunst nach zu urteilen, die wir später noch sehen sollten, einer der hervorragendsten Bildhauer war, die jemals auf dieser Erde gelebt haben.

Danach stiegen wir mit einem fast ehrfürchtigen Gefühl die gewaltige Treppe hinauf, jenes Meisterwerk, das, für die Unendlichkeit gebaut, ohne Zweifel noch in Tausenden von Jahren von den nachfolgenden Generationen bewundert werden wird, wenn es nicht vorher einem Erdbeben zum Opfer fallen sollte. Selbst Umslopogaas, dem es in der Regel gegen die Ehre ging, unverhüllt Verblüffung und Erstaunen zu zeigen (er fand, das sei eines Kriegers nicht würdig), war buchstäblich hingerissen und fragte mich, ob die Brücke ›das Werk von Menschen oder von Teufeln‹ sei, womit er auf seine Weise auf alles ihm übernatürlich Erscheinende anzuspielen pflegte. Einzig Alphonse schien völlig unbeeindruckt. Die wuchtige Pracht des Bauwerks schien den kleinen Franzosen eher unangenehm zu berühren. Er gestand zwar, daß alles ›très magnifique‹ sei, fand aber gleichzeitig, daß es ›triste, très triste‹ wirkte und daß das Bauwerk weit eleganter und schöner wäre, wenn man die Balustraden *vergoldete.*

Bald hatten wir die hundertfünfundzwanzig Stufen der ersten Flucht hinter uns gebracht und erreichten erschöpft die breite Plattform, die sie mit der zweiten Flucht verband. Hier hielten wir für einen Augenblick an, um aus luftiger Höhe den herrlichen Anblick zu genießen, den einer der schönsten Landstriche, den diese Welt wohl besitzt, dem Auge des Betrachters darbot. Das Ganze war eingerahmt von dem herrlich blauen Wasser des Sees. Alsdann begaben wir uns zum Anstieg auf die zweite Treppenflucht, und schließlich erreichten wir die Spitze, wo wir eine große Fläche vorfanden, zu der es drei Zugänge gab, die alle recht klein waren. Zwei davon führten auf schmale Galerien oder Fahrwege, die man in die Vorderseite des Felsens gehauen hatte. Sie verliefen längs der Palastmauern und mündeten in die Hauptverkehrswege der Stadt. Sie wurden von den Bewohnern benutzt, die zwischen den

Hafenanlagen und dem Palast verkehrten. Sie waren mit großen Toren aus Bronze gesichert; darüber hinaus war es, so erfuhren wir später, möglich, ganze Abschnitte der Fahrwege selbst hinunterzulassen, indem man bestimmte Riegel und Schließhaken löste. Auf diese Weise konnte man etwaigen Angreifern den Zugang versperren. Der dritte Zugang bestand aus einer Treppenflucht aus zehn halbkreisförmigen schwarzen Marmorstufen, die zu einer Pforte in der Palastmauer führten. Die Mauer war für sich genommen schon ein Kunstwerk; sie bestand aus riesigen, an die vierzig Fuß hohen Granitblöcken und war so gebaut, daß die Außenseite eine Konkavwölbung aufweist, was ein Erklimmen der Mauer unmöglich macht.

Unser Führer geleitete uns nun zu dieser Pforte. Die Tür aus massivem Holz, die zusätzlich noch durch ein Außentor aus Bronze geschützt wurde, war geschlossen. Als wir uns ihr jedoch näherten, wurde sie von innen geöffnet. Es erscholl der Anruf eines Wachtpostens. Gleichzeitig stellte dieser sich uns in den Weg, und wir hatten die Gelegenheit, ihn uns näher zu betrachten. Er war bewaffnet mit einem schweren Speer, dessen Spitze, ähnlich wie ein Bajonett, die Form eines Dreikants hatte und mit einem kurzen Schwert. Brust und Rücken waren mit Platten aus sorgfältig präpariertem Flußpferdleder geschützt. Ein kleiner runder Schild aus demselben Material vervollständigte seine Ausrüstung. Das Schwert erregte auf der Stelle unsere Aufmerksamkeit: es war praktisch identisch mit dem, das sich im Besitz von Mr. Mackenzie befand, jener Waffe also, die der unglückliche Wanderer bei sich gehabt hatte. Das Schwert des Wachtpostens war mit den gleichen unverwechselbaren, mit Gold ausgelegten Durchbrüchen versehen. Also hatte der Wanderer doch die Wahrheit gesprochen.

Unser Führer gab das Losungswort, woraufhin der Wachtposten den Eisenschaft seines Speers zum Salut mit einem klirrenden Geräusch auf das Pflaster stieß; wir durften passieren. Durch die dicke Mauer marschierten wir in den Hof des Palastes. Dieser maß etwa vierzig Yards im Quadrat und war ganz mit Blumenbeeten und Sträuchern angelegt. Viele der Pflanzen waren mir völlig unbekannt. Mitten durch diesen parkähnlichen Palasthof verlief ein breiter Pfad, den man anstelle von Kies mit zerriebenen Muscheln bestreut hatte. Die Muscheln stammten wahrscheinlich aus dem See. Wir schritten den Pfad entlang und kamen an einen zweiten Eingang, über dem sich ein schwerer Torbogen wölbte. Anstelle einer Tür befanden sich vor diesem Eingang schwere

Vorhänge. Dahinter folgte ein kurzer Korridor, und dann standen wir in der großen Halle des Palastes. Und wieder waren wir überwältigt von dem schlichten und doch so eindrucksvollen Glanz der Architektur dieses Volkes.

Die Halle war – das erfuhren wir später – hundertfünfzig Fuß lang und achtzig Fuß breit. Sie hatte eine wunderschön gewölbte Decke aus reichlich mit Schnitzwerk versehenem Holz. Auf beiden Längsseiten der Halle waren in einem Abstand von zwanzig Fuß von der Wand in langer Reihe schlanke Säulen aus schwarzem Marmor angeordnet, die bis zur Decke reichten, sehr schön kanneliert und mit reich verzierten Kapitälen. An dem einen Ende dieser großen Säulenhalle befand sich die Skulptur, die ich schon erwähnt habe: jene Gruppe, die Rademas zur Erinnerung an den erfolgreichen Bau der Brücke schuf. Die Schönheit dieses Werkes raubte uns fast den Atem; in sprachloser Bewunderung standen wir vor ihm. Die Gruppe, deren Figuren weiß waren (der Rest der Statue war aus schwarzem Marmor), hatte ungefähr anderthalbfache Lebensgröße. Eine der Figuren stellte einen jungen Mann mit edlen Gesichtszügen und vollendeter Gestalt dar, der schwermütig auf einem Bette liegt. Ein Arm hing nachlässig über den Rand des Bettes, während er den Kopf auf den anderen stützte, wobei die herabwallenden Locken ihn halb verdeckten. Über ihn gebeugt stand eine weibliche Gestalt mit einem reich drapierten Gewand. Ihre Hand ruhte leicht auf seiner Stirn. Diese Frau war von einer solch strahlend weißen Schönheit, daß der Betrachter unwillkürlich den Atem anhielt. Und erst der stille Zauber, der auf ihrem vollendeten Antlitz ruhte – es fehlen mir die Worte, ihn zu beschreiben! Er ruhte auf ihren Zügen wie das Lächeln eines Engels; Macht, Liebe, Göttlichkeit – all dies schien aus ihrem Blick zu sprechen. Sie schaute den schlummernden Jüngling an, und das vielleicht Außergewöhnlichste an diesem Meisterwerk war die frappierende Naturtreue, in der es dem Künstler gelungen war, auf dem erschöpften, sorgenumwölkten Gesicht des Schlafenden den Ausdruck der plötzlich aufkeimenden Hoffnung wiederzugeben, die in dem Augenblick eintritt, da der Zauber in seinem Geiste zu wirken beginnt. Es hatte fast den Anschein, als bräche eine Inspiration in die Dunkelheit seiner Seele, wie die Morgendämmerung über die Dunkelheit der Nacht. Es war in der Tat ein großartiges Meisterwerk der Bildhauerkunst, wie es nur ein wahrer Genius vollendet haben kann.

Zwischen den schwarzen Marmorsäulen waren ebenfalls Statuen gruppiert; einige von ihnen stellten allegorische Motive dar, andere verstorbene Monarchen und ihre Frauen oder berühmte Männer. Keine dieser Statuen jedoch kam unserer Meinung nach auch nur annähernd jenem großartigen Kunstwerk gleich, das ich hier beschrieben habe, obwohl verschiedene darunter ebenfalls von der Hand des großen Bildhauers und Architekten, König Rademas, sind.

Im Mittelpunkt der Halle befand sich ein massiver Klotz aus schwarzem Marmor. Er hatte etwa die Größe eines Babystuhls und ähnelte ihm auch ein wenig in der Form. Dieser Marmorblock war, wie wir später noch erfuhren, der heilige Stein dieses bemerkenswerten Volkes. Auf ihn legten die Monarchen nach der Krönungszeremonie ihre Hand und schworen bei der Sonne, das Reich mit allen Mitteln zu schützen und zu verteidigen und seine Gebräuche, Traditionen und Gesetze zu befolgen und zu bewahren. Dieser Stein war allem Anschein nach uralt, und längs seiner Seiten waren lange Linien eingekerbt, was, wie Sir Henry mir erklärte, der Beweis dafür war, daß er einmal vor Urzeiten in der eisernen Umklammerung eines Gletschers gewesen sein mußte. Um diesen Marmorblock, der dem Volksglauben nach von der Sonne gefallen war, rankte sich eine merkwürdige Prophezeiung; nämlich daß, wenn er einst in Stücke zerspränge, ein König, der einer fremden Rasse entstammte, die Herrschaft über das Reich antreten würde. Der Stein sah indessen so bemerkenswert solide aus, daß die angestammten Prinzen wohl eine gute Chance hatten, ihre Herrschaft noch für einige Jahrhunderte zu behalten.

Am Ende der Halle befand sich ein Podium, welches mit dicken, reich verzierten Teppichen ausgelegt war. Auf diesem Podium standen nebeneinander zwei Thronsessel. Diese Thronsessel, die die Form großer Stühle hatten, bestanden aus massivem Gold. Die Sitzflächen waren dick ausgepolstert, die Rückenlehnen hingegen waren nackt. Auf jeder der beiden Rückenlehnen befand sich ein großes Sonnenemblem, das seine feurigen Strahlen in alle Richtungen aussandte. Als Fußstützen dienten zwei liegende Löwen aus purem Golde, deren Augen aus gelb schimmernden Topasen bestanden.

Ihr Licht bekam die Halle aus zahlreichen schmalen Fenstern, die ziemlich weit oben in die Wand gebrochen waren. Sie erinnerten ein wenig an Schießscharten, wie man sie in alten Schlössern sieht. Glas hatten sie keines; diesen Werkstoff kannte man hier offensichtlich nicht.

So also sah die großartige Halle aus, in der wir uns befanden. Die recht ausführliche Beschreibung gründet sich natürlich auf die etwas eingehendere Betrachtung, zu der wir bei späteren Besuchen noch Gelegenheit haben sollten. Im Augenblick jedenfalls hatten wir nur wenig Zeit, uns alles genauer anzusehen, denn als wir die Halle betraten, sahen wir, daß sich eine große Anzahl von Männern vor den zwei Thronsesseln versammelt hatten, die indes noch unbesetzt waren. Einige von ihnen, offenbar ihre Anführer, saßen auf reichlich mit Schnitzwerk geschmückten Holzstühlen, die links und rechts von den Thronsesseln aufgereiht waren, jedoch nicht davor. Sie trugen weiße Kittel mit mannigfachen Stikkereien und Säumen von verschiedenen Farben und waren mit den üblichen durchbrochenen und mit Gold besetzten Schwertern bewaffnet. Der Würde ihrer Erscheinung nach zu urteilen, schienen es allesamt Persönlichkeiten von höchstem Range zu sein. Hinter jedem dieser Männer drängte sich eine kleine Gruppe von Gefolgsleuten und Dienern.

Etwas abseits davon, zur Linken der beiden Thronsessel, saß eine Gruppe von Männern ganz anderen Gepräges. Statt des üblichen Rockes trugen sie lange Roben aus weißem Leinenstoff. Ihre Brust zierte das mit Goldfäden eingewebte Sonnenemblem, das auch die Rückenlehnen der Thronsessel zierte. Dieses Gewand wurde über der Hüfte zusammengehalten von einer einfachen goldenen Kette, die etwa die Stärke einer Kandare hatte. Von diesem Kettengürtel hingen lange, elliptische Platten, ebenfalls aus Gold, herab. Sie waren gestaltet wie die Schuppen eines großen Fisches und klirrten und reflektierten das Licht, sobald sich ihre Träger bewegten. Es waren durchweg Männer reiferen Alters mit ernsten und eindrucksvollen Gesichtern, die durch ihre langen Bärte noch beeindruckender wirkten.

Einer von diesen Männern fiel uns ganz besonders auf. Er schien unter den anderen Männern der Gruppe eine Sonderstellung einzunehmen. Er war von sehr hohem Alter – mindestens achtzig – und von imponierender Größe. Sein langer, schneeweißer Bart fiel ihm über die Brust bis zum Gürtel hinab. Sein Gesicht erinnerte an einen Adler; die Züge schienen wie gemeißelt und seine grauen Augen hatten einen kalten Ausdruck. Die Häupter der anderen waren unbedeckt; dieser Mann hingegen trug eine runde, goldbestickte Kappe. Wir schlossen daraus, daß er eine Persönlichkeit von höchstem Range war; und tatsächlich – wie sich später herausstellte – handelte es sich bei diesem Mann um Agon, den höchsten Priester des Landes. Als wir uns näherten, erhoben sich alle diese Männer, einschließlich der Priester, und verbeugten sich tief vor uns, wobei sie gleichzeitig die zwei Finger zum Gruße über die Lippen legten. Dann traten mit lautlosem Schritt Diener zwischen den Säulen hervor und stellten eine Reihe von drei Stühlen vor den Thronsesseln auf. Wir drei setzten uns darauf, Umslopogaas und Alphonse stellten sich hinter uns. Kaum hatten wir Platz genommen, als eine Fanfare von irgendeinem Gang zur Rechten erscholl. Unmittelbar danach erklang eine ganz ähnliche Fanfare von der linken Seite her. Als nächstes trat ein Mann mit einem langen weißen Elfenbeinstab direkt vor den Thronsessel zur Rechten und rief mit lauter Stimme etwas aus, das mit dem Wort *Nylephta* endete. Dieses Wort wiederholte er dreimal. Ein anderer Mann, der genauso gekleidet war und ebenfalls einen Elfenbeinstab trug, trat vor den anderen Thron und rief einen ähnlichen Satz aus, welcher jedoch mit dem Wort *Sorais* endete. Auch er wiederholte das letzte Wort dreimal. Von den beiden Seiteneingängen erscholl jetzt der Marschtritt bewaffneter Männer, und herein kamen etwa zwanzig besonders ausgesuchte, prachtvoll ausstaffierte Leibwächter, die sich zu beiden Seiten der Thronsessel aufstellten. Mit metallischem Gerassel stießen sie alle gleichzeitig ihre mit eisernen Stielen versehenen Speere auf den schwarzen Marmorboden. Erneut ertönte schmetternd ein doppelter Fanfarenstoß, und dann schritten gleichzeitig von jeder Seite die beiden Königinnen von Zu-Vendis, jede begleitet von sechs Jungfern, in die Halle. Augenblicklich erhob sich jeder in der Halle Anwesende von seinem Platz, um ihnen seinen Gruß zu entbieten.

Ich habe in meinem Leben manch eine schöne Frau gesehen und bin durch den Anblick eines hübschen Gesichtes nicht mehr so leicht aus der Fassung zu bringen, aber die Sprache versagt mir den Dienst, wenn ich versuche, auch nur eine annähernde Vorstellung von dem ungeheuren Glanz von Schönheit und Liebreiz zu geben, der in jenem Moment in Gestalt dieser beiden königlichen Schwestern über uns hereinbrach. Beide waren jung – vielleicht fünfundzwanzig Jahre alt – beide waren großgewachsen und von vollendeter Figur; hier jedoch hörte schon die Gemeinsamkeit auf. Die eine, Nylephta, war eine Frau von blendender, strahlender Blondheit und Hellhäutigkeit; ihre rechte Brust und ihr rechter Arm, die nach dem Brauch ihres Volkes unverhüllt waren, hoben sich in ihrer schneeweißen Reinheit sogar noch deutlich gegen ihre weiße, goldbestickte Toga ab. Und was ihr Gesicht

Die königlichen Schwestern

anbetrifft – ich kann nur eines dazu sagen: Es war von solcher Schönheit, daß wohl kaum ein Mann auf der Welt, der es einmal gesehen hat, es je wieder vergessen kann. Ihr Haar, eine wahre Krone leuchtenden Goldes, umkräuselte in kurzen Ringellocken ihren wohlgeformten Kopf und verbarg zur Hälfte ihre elfenbeinerne Stirn, unter der zwei Augen von tiefem, prachtvollen Grau in majestätischer Sanftheit schimmerten. Ich will gar nicht erst versuchen, ihre übrigen Gesichtszüge zu beschreiben, möchte jedoch noch einige Worte ihrem Mund widmen. Er war süß, dabei von hinreißender Form; er war geschwungen wie Cupidos Bogen. Über ihrer ganzen Erscheinung lag eine unbeschreibliche Aura liebevoller Zärtlichkeit, erhellt noch von einem Hauch sanften Humors, der auf ihren Zügen lag wie ein leiser Anflug von Silber auf einer rosa Wolke.

Sie trug keine Edelsteine, doch um ihren schwanengleichen Hals, ihren alabasternen Arm und ihren weiß schimmernden Unterschenkel hatte sie die üblichen Ringe aus Gold, welche in ihrem Falle in der Form einer Schlange gearbeitet waren. Ihr Kleid aus feinstem weißen Linnen war verschwenderisch mit goldenen Stickereien versehen, von denen einige das schon beschriebene Sonnenemblem darstellten.

Ihre Zwillingsschwester Sorais verkörperte den anderen, dunklen Typ von Schönheit. Ihr Haar war gelockt wie das von Nylephta, jedoch von pechschwarzer Farbe. Es fiel ihr dicht und schwer über die Schultern. Ihre Gesichtsfarbe hing ins Oliv, und ihre großen, dunklen Augen hatten einen tiefen, geheimnisvollen Glanz. Ihre vollen, üppigen Lippen hatten einen – wie mir schien – grausamen Ausdruck. Auf eine hintergründige Weise ging von ihren Zügen, so ruhig, ja kalt sie auch schienen, eine Ausstrahlung tief im Verborgenen schlummernder Leidenschaft aus; unwillkürlich fragte ich mich, wie es wohl aussehen würde, wenn irgend etwas geschähe, was diese gebändigte Leidenschaft erweckte. Ihr Gesicht erinnerte mich an die tiefe See, die selbst unter blauestem Himmel niemals das sichtbare Gepräge ihrer Macht und Stärke verliert, und die auch in ihrem leise murmelnden Schlaf erfüllt ist vom Geiste des Sturmes. Ihre Figur war wie die ihrer Schwester von absoluter Vollendung, vielleicht ein wenig runder, und ihr Kleid war dem ihrer Schwester völlig gleich.

Als dieses liebreizende Paar seinen Thronsesseln zustrebte, herrschte in der Halle absolute Stille. Ich war geneigt, mir einzugestehen, daß sie in der Tat genau meine Vorstellung wahrer Königswürde verkörperten. Und wahrhaft königlich waren sie in jeder Hinsicht – in ihrer Gestalt, in ihrer Anmut, und in ihrer königlichen Erhabenheit und dem barbarischen Glanze des sie umgebenden Pompes. Mir schien es, als hätte es zu keiner Leibwache und keines Goldes bedurft, ihre Macht zur Schau zu stellen und die Loyalität widerspenstiger und eigensinniger Männer zu gewinnen. Ein Blick aus jenen strahlenden Augen oder ein Lächeln jener süßen Lippen, und solange das rote Blut in den Adern der Jugend fließt, wird es solchen Frauen niemals an Untertanen ermangeln, die bereit sind, ihre Wünsche selbst auf die Gefahr des Todes hin zu erfüllen.

Aber schließlich waren sie doch in erster Linie Frauen, und erst dann Königinnen, und somit auch nicht gegen weibliche Neugier gefeit. Als sie zu ihren Thronsesseln schritten, sah ich, daß sie beide ganz schnell und verstohlen in unsere Richtung blickten. Ich sah auch, daß mich ihr Blick nur streifte, da es doch an der Person eines unscheinbaren, ergrauten alten Mannes nichts gab, das ihn hätte fesseln können. Mit unverhohlenem Staunen hingegen blieb er an der Gestalt des grimmigen Riesen Umslopogaas haften, der zum Gruße seine Axt erhob. Dann wurde ihr Blick von dem prächtigen Gewand Goods angezogen, und eine Sekunde lang hing er auf ihm wie eine Biene über dem Kelch einer Blüte, bevor er wie ein Blitz dahin schoß, wo Sir Henry Curtis stand. Das Sonnenlicht, das durch ein Fenster hereindrang, spielte auf seinen hellblonden Haaren und auf seinem Spitzbart und zeichnete die Umrisse seines kräftigen, großgewachsenen Körpers gegen das Zwielicht der irgendwie düster wirkenden Halle. Er hob die Augen, und voll traf sein Blick den Nylephtas. Dieses war das erste Mal, daß sich der schönste Mann und die schönste Frau, die je zu sehen mir vergönnt war, einander in die Augen schauten. Und ich weiß nicht warum, aber ich sah, daß das Blut Nylephta ins Gesicht schoß wie das rote Licht der Morgensonne den Himmel überflutet. Ein sanftes Rot trat auf ihren alabasternen Busen und auf ihren wohlgeformten Arm, und auch ihr schwanengleicher Hals errötete heftig; ihre sanft geschwungenen Wangen bekamen die Farben einer Rosenblüte, und dann versank die rote Flut wieder so, wie sie gekommen war und ließ sie bleich und zitternd zurück.

Ich warf einen verstohlenen Blick auf Sir Henry. Auch er war heftig errötet.

Lieber Himmel! dachte ich, die Ladys sind auf den Plan getreten, und jetzt brauchen wir nur noch abzuwarten, wie sich das Intrigenspiel ganz von selbst entwickelt. Und mit einem Seufzen schüttelte ich den Kopf; denn ich wußte, daß die Schönheit einer Frau wie die Schönheit eines Blitzes ist – zerstörerisch und nur allzuoft die Ursache von Kummer und Gram. Ich war noch tief in solcherlei Gedanken versunken, als sich die beiden Königinnen schon auf ihren Thronsesseln niedergelassen hatten; all dies, wovon ich soeben berichtet habe, hatte kaum mehr als zehn Sekunden gedauert. Erneut erschollen die unsichtbaren Fanfaren, und dann nahm der ganze Hof wieder auf den Stühlen Platz, und Königin Sorais bedeutete uns mit einer Geste, uns ebenfalls hinzusetzen.

Als nächstes trat unser Führer, jener alte Mann, der uns in den Hafen geschleppt hatte, aus der Menge, in die er sich zurückgezogen hatte, hervor; an der Hand hielt er das Mädchen, dem wir ganz zuerst begegnet waren, und das wir später vor dem Flußpferd gerettet hatten. Er machte eine tiefe Verbeugung und sprach dann zu den beiden Königinnen. Offensichtlich beschrieb er ihnen, wie und wo wir entdeckt worden waren. Es war höchst amüsant zu beobachten, wie sich die Verblüffung, vermengt mit Furcht, auf ihren Gesichtern widerspiegelte, während sie seinem Bericht gespannt lauschten. Es war ihnen natürlich ein absolutes Rätsel, wie wir den See erreicht hatten, und wahrscheinlich schrieben sie unsere Anwesenheit übernatürlichen Kräften zu. Nun kam, wie ich aus der Häufigkeit schloß, mit der unser Führer auf das Mädchen deutete, der Bericht auf den Punkt zu sprechen, wo wir die Flußpferde erschossen hatten, und sogleich fiel uns auf, daß es mit diesen Flußpferden irgend etwas Besonderes auf sich gehabt haben mußte; denn nun wurde der Bericht häufig durch zornige Ausrufe aus den Reihen der Priester unterbrochen, und auch aus den Reihen der Höflinge ertönte hier und da ein Ruf der Entrüstung. Die beiden Königinnen hingegen hörten mit vor Erstaunen weit aufgerissenen Augen zu, besonders, als der alte Mann auf unsere Gewehre zeigte. An dieser Stelle möchte ich, um die Sache gleich klarzustellen, erklären, was es mit den Flußpferden auf sich hatte. Die Bewohner von Zu-Vendis sind Sonnenanbeter, und aus irgend einem Grund gilt das Flußpferd bei ihnen als heiliges Tier. Nicht, daß sie es nicht töteten – im Gegenteil; in einer bestimmten Jahreszeit schlachten sie die Tiere, die eigens zu diesem Zwecke in großen Seen im Hochland gehalten werden, gleich zu Tausenden ab und benutzen ihre Häute zur Herstellung von Panzern für die Soldaten – aber dies hält sie nicht davon ab, dieses

Tier als ein der Sonne geweihtes Wesen anzusehen*. Und wie es das Pech nun einmal gewollt hatte, gehörten die Flußpferde, die wir erlegt hatten, zu einer Familie von zahmen Tieren, die in der Hafenmündung gehalten und tagtäglich von Priestern gefüttert wurden, deren einzige Aufgabe darin bestand, für eben diese Tiere, die wir nun erschossen hatten, zu sorgen. Schon als wir die Tiere erschossen hatten, war mir aufgefallen, wie eigenartig zahm sie waren. Der Grund dafür war nun natürlich völlig klar. So hatten wir also das genaue Gegenteil dessen bewirkt, was wir eigentlich erreichen wollten: statt einen imponierenden Eindruck zu hinterlassen, hatten wir ein unverzeihliches Sakrileg begangen.

Als unser Führer mit seinem Bericht fertig war, erhob sich der Greis mit dem langen Bart und der runden Kappe, den ich bereits beschrieben habe, und der, wie ich ebenfalls bereits sagte, der oberste Priester des Landes war, Agon mit Namen, von seinem Platze und hielt eine leidenschaftliche Rede. Der Ausdruck seiner kalten, grauen Augen, deren Blicke uns zwischendurch fixierten, gefiel mir überhaupt nicht. Er hätte mir noch viel weniger gefallen, hätte ich gewußt, daß er gerade dabei war, im Namen der schändlichst beleidigten Ehre seines Gottes mit bewegten Worten zu fordern, daß wir alle fünf geopfert werden sollten, indem man uns bei lebendigem Leib verbrannte.

Als er seine Anklagerede beendet hatte, sprach Königin Sorais mit sanfter und melodischer Stimme zu ihm. Seinen ablehnenden Gesten nach zu urteilen, schien sie ihm die andere Seite der Frage darzulegen. Dann sprach Nylephta in sanft fließendem Ton. Später sollten wir erfahren, daß sie in jenem Augenblick dafür plädierte, daß wir am Leben blieben. Schließlich wandte sie sich um und sprach zu einem großen, soldatisch wirkenden Mann mittleren Alters, der einen schwarzen Bart hatte und ein langes, schmuckloses Schwert trug. Er hieß, wie wir später erfuhren, Nasta, und er war der mächtigste Fürst des Landes. Offensichtlich wollte Nylephta ihn um Unterstützung bitten. Nun war mir jedoch nicht entgangen, daß dieser Mann deutlich bemerkt hatte, daß Nylephta beim Anblick von Sir Henry heftig errötet war, und – schlimmer noch – dieser Vorfall schien ihm äußerst unangenehm gewesen zu sein, denn ich sah, wie er sich auf die Lippen biß und mit der Rechten

---

* Quatermain wußte offenbar nicht, daß Massenschlachtungen heiliger Tiere zu bestimmten Festtagen bei vielen Völkern üblich waren (und sind). Schon Herodot berichtet davon. – *Der Herausgeer*

den Griff seines Schwertes heftig umklammerte. Später erfuhren wir, daß er der aussichtsreichste Kandidat für die Hand dieser Königin war; das erklärte natürlich seine Reaktion. Nylephta hätte sich in diesem Moment mit ihrem Ansinnen an keine ungeeignetere Person wenden können; mit schleppender, schwerer Stimme schien er all das nur noch zu bestätigen und zu untermauern, was der Hohepriester Agon gegen uns vorgebracht hatte. Während er noch sprach, stützte Sorais ihren Ellenbogen auf das Knie, legte ihr Kinn auf die Handfläche und betrachtete ihn mit einem unterdrückten Lächeln auf den Lippen, so als durchschaue sie den Mann voll und ganz. Sie schien entschlossen, ihm Paroli zu bieten. Nylephta hingegen wurde sehr wütend; das Blut schoß ihr in die Wangen, ihre Augen blitzten wild auf, und sie sah einfach hinreißend aus. Schließlich wandte sie sich Agon zu und schien wohl eine Art eingeschränkter oder bedingter Zustimmung zu geben; denn er verbeugte sich bei ihren Worten. Und während sie sprach, unterstrich sie ihre Worte mit lebhaften Gesten, während Sorais die ganze Zeit über mit aufgestütztem Kinn dasaß und lächelte. Dann gab Nylephta plötzlich ein Zeichen, die Fanfaren erschollen wieder, und alle erhoben sich, um die Halle zu verlassen, außer uns und der Leibwache, die sie zu bleiben aufforderte.

Als alle fort waren, beugte sie sich zu uns vor, lächelte uns zu und versuchte, uns teils mit Hilfe von Gesten, teils mit Ausrufen, zu erklären, daß sie neugierig darauf war, zu erfahren, wo wir herkamen. Die Schwierigkeit war nur: wie sollten wir es ihr bloß erklären? Schließlich hatte ich eine Idee: Ich hatte ja mein großes Notizbuch und einen Bleistift in der Tasche. Ich holte beides hervor, machte eine kleine Skizze von dem See, und dann malte ich, so gut ich konnte, den unterirdischen Fluß und den See am anderen Ende des Flusses auf das Blatt. Als ich die Zeichnung fertig hatte, machte ich ein paar Schritte zu den Stufen des Throns hin und überreichte ihr das Notizbuch. Sie begriff sofort, was die Zeichnung darstellte und klatschte verzückt in die Hände. Dann stieg sie von ihrem Thron und zeigte es ihrer Schwester Sorais, die es ebenfalls sofort verstand. Dann nahm sie selbst den Bleistift, betrachtete ihn einen Augenblick lang neugierig und machte dann selbst eine Reihe allerliebster kleiner Zeichnungen. Die erste stellte sie selbst dar, wie sie beide Hände zum Willkommensgruß ausstreckte. Der Mann, der ihr dabei auf der Zeichnung gegenüberstand, hatte eine verteufelte Ähnlichkeit mit Sir Henry. Als nächstes zeichnete sie ein hübsches kleines Bild, auf dem ein

Flußpferd abgebildet war, das sich sterbend im Wasser herumwälzte. Am Ufer stand ein Mann, in dem wir ohne Mühe Agon,

den Hohepriester wiedererkannten, der mit einem Ausdruck des Entsetzens die Hände über dem Kopf zusammenschlug. Dann folgte die höchst beängstigende Darstellung eines brennenden Scheiterhaufens, in den uns dieselbe Person vom vorherigen Bild, nämlich Agon, mit einem an der Spitze gegabelten, langen Spieß

hineinstieß. Dieses Bild erfüllte mich mit Schrecken; ich war jedoch wieder ein wenig beruhigt, als sie freundlich nickte und sich anschickte, ein viertes Bild zu zeichnen. Es zeigte einen Mann, der wieder Sir Henry verteufelt ähnlich sah, und zwei Frauen, in denen ich Sorais und sie selbst erkannte, die beide je einen Arm um ihn gelegt hatten und mit dem anderen schützend ein Schwert über ihn hielten. Zu allen diesen Bildern gab Sorais, die, wie ich bemerkte, uns sorgfältig in Augenschein nahm – insbesondere Curtis – ihre Zustimmung, indem sie jedesmal ausdrücklich nickte.

Schließlich zeichnete Nylephta noch eine letzte Skizze, auf der eine aufgehende Sonne zu sehen war; das sollte bedeuten, daß sie nun gehen mußte, und daß wir uns am darauffolgenden Morgen wiedersehen würden. Als Curtis dieses Bild sah, machte er ein so bekümmertes Gesicht, daß es der blonden Königin nicht entging. Sie reichte ihm ihre Hand zum Kusse – ich vermute, um ihn zu trösten –, und er nahm sie und küßte sie feurig und galant. Zugleich belohnte Sorais Good, der während des ganzen *Indaba* (Unterredung) nicht eine Sekunde lang den Blick von ihr gewandt hatte, ebenfalls, indem sie ihm ihre Hand zum Kusse darbot. Ich bemerkte jedoch, daß sie, während Good ihr die Hand küßte, unablässig Sir Henry anschaute. Ich war ganz froh, nicht in dieses Spielchen mit einbezogen zu sein; mir jedenfalls bot keine der beiden ihre Hand zum Kusse dar.

Danach wandte sich Nylephta um und sprach mit dem Mann, der dem Anschein nach das Kommando über die Leibwache innehatte; ihrer Gestik und ihrer festen Stimme nach zu urteilen, sowie der Tatsache, daß er sich zwischendurch mehrere Male leicht vor ihr verbeugte, schien sie ihm klare und eindeutige Anweisungen zu geben. Nachdem sie dies getan hatte, verließ sie, gefolgt von Sorais und dem größten Teil der Leibwache, mit einem koketten Lächeln auf den Lippen die Halle.

Als die Königinnen fort waren, trat der Offizier, mit dem Nylephta gesprochen hatte, auf uns zu und führte uns aus der Halle hinaus und durch zahlreiche Flure und Gänge in einen Teil des Palastes, der aus mehreren verschwenderisch ausgestatteten Gemächern bestand, die alle von einem großen, zentralen Saal aus zugänglich waren, der von Messinglampen, die von der Decke hingen, erleuchtet (inzwischen hatte es schon zu dämmern begonnen) und mit dicken Teppichen und Diwanen ausgestattet war. Während des ganzen Weges dorthin bekundete uns der Offizier immer wieder mit Gesten seine Ehrerbietung.

Auf dem Tisch in der Mitte des Saales befanden sich Speisen und Früchte im Überfluß; darüber hinaus war er mit Blumen geschmückt. Außerdem gab es köstlichen Wein aus alten, tönernen Krügen und dazu wunderschön ziselierte Becher aus goldgefaßtem Elfenbein. Eine Anzahl Diener und Dienerinnen stand bereit, unsere Wünsche zu erfüllen, und während wir speisten, ertönte von irgendwoher der silberne Klang einer Laute, umrahmt von den stolzen, herrischen Tönen einer Fanfare, und wir waren nahe daran, uns wie in einem Paradies auf Erden zu fühlen. Der einzige bittere Tropfen im Becher unseres Wohlgefühls war der Gedanke, daß uns dieser abscheuliche Hohepriester den Flammen überantworten wollte. Aber nach all den Anstrengungen der vergangenen Tage waren wir so müde, daß wir schon fast während des köstlichen Mahles einschlummerten, und als wir es schließlich beendet hatten, äußerten wir sofort den Wunsch, schlafen zu gehen.

Die Diener führten uns in unsere Schlafgemächer, jeden in ein eigenes, jedoch gaben wir ihnen zu verstehen, daß wir zu zweit in je einem Raum schlafen wollten. Als zusätzliche Vorsichtsmaßnahme ließen wir Umslopogaas mit seiner Axt in dem Hauptgemach schlafen, welches nahe bei den mit Vorhängen versehenen

Eingängen unserer Gemächer lag. Good und ich belegten zusammen eines davon, das andere nahmen Sir Henry und Alphonse. Wir zogen uns aus bis auf unsere Kettenhemden, die wir der Sicherheit halber anlassen wollten, und warfen uns todmüde auf die niedrigen, luxuriösen Betten. Kaum hatte ich die seidenbestickte Decke über mich gezogen, als ich auch schon in tiefen Schlaf sank. Goods Stimme weckte mich sogleich wieder auf.

»Quatermain, hast du jemals zuvor solche Augen gesehen?«

»Augen!« knurrte ich mürrisch. »Was für Augen?«

»Die der Königin natürlich! Ich meine Sorais – so ist doch, glaube ich, ihr Name.«

»Ach, ich weiß nicht«, erwiderte ich gähnend, »ich habe nicht sonderlich darauf geachtet. Ich glaube, sie hat recht hübsche Augen.« Und sogleich schlief ich wieder ein.

Fünf Minuten waren vielleicht verstrichen, als ich wieder aufwachte.

»Du, Quatermain!« meldete sich wieder Goods Stimme.

»Was ist denn nun schon wieder los?«

»Hast du ihre schlanken Fesseln gesehen? Ihre Form . . .«

Das war zuviel für mich. Neben meinem Bett standen die ›Veldtschoonen‹, die ich getragen hatte. Außer mir vor Wut beugte ich mich über den Bettrand und angelte nach ihnen. Als ich sie erwischt hatte, warf ich sie Good an den Kopf – und traf!

Bald schlief ich den Schlaf der Gerechten. Er war tief und fest. Ich weiß nicht, ob Good auch endlich schlief, oder ob er sich noch den Rest der Nacht damit um die Ohren schlug, indem er sich in seiner Vorstellung sämtliche Vorzüge Sorais' vor Augen führte. Ich muß gestehen, verehrter Leser, das war mir damals völlig egal.

13

Über das Volk von Zu-Vendis

Und nun senkt sich der Vorhang für ein paar Stunden, und die Akteure dieses neuen Dramas sind für eine Weile in tiefen Schlummer versunken, ausgenommen vielleicht Nylephta, von der der Leser sich vielleicht, so er poetische Neigungen hat, vorstellen mag, wie sie, umgeben von eifrigen Kammerzofen, geschwätzigen Frauen, Leibwächtern und all den anderen Hofschranzen, die gemeinhin um einen Thron herumschwirren, in ihrem prunkvollen, königlichen Bette liegt und keinen Schlaf finden kann, da sie unablässig an jene Fremden denken muß, die da so plötzlich in ihrem Lande aufgetaucht sind, in dem noch nie zuvor solche Fremden gewesen waren, und wie sie sich, während sie so wachliegt, immer wieder die Frage stellt, wer diese Fremden wohl sind und welche Vergangenheit sie wohl haben, und ob sie, Königin Nylephta, wohl häßlich ist im Vergleich zu den Frauen jenes Landes, in dem diese Fremden geboren sind. Ich hingegen, der ich keine solchen poetischen Neigungen habe, will diese kurze Atempause, welche der Lauf der Ereignisse uns gewährt, dazu nutzen, einiges über dieses Volk, in dessen Mitte uns der Zufall geleitet hatte, zu berichten. Ich brauche wohl nicht besonders hervorzuheben, daß ich das, worüber ich jetzt berichten will, erst im weiteren Verlaufe unseres Aufenthalts erfahren sollte.

Um gleich am Anfang zu beginnen: der Name dieses Landes ist Zu-Vendis. Dieser Name ist entstanden aus Zu, ›gelb‹, und Vendis, was soviel bedeutet wie ›Land‹ oder ›Landschaft‹. Warum diese Gegend ›das gelbe Land‹ genannt wird, habe ich niemals genau herauskriegen können. Auch die Einwohner selbst haben nur vage Vermutungen über den Ursprung des Namens. Drei Vermutungen gibt es jedoch, die mir einigermaßen plausibel erscheinen: Die erste besagt, daß der Name seinen Ursprung darin hat, daß das Land über beträchtliche Goldvorkommen verfügt. Zu-Vendis ist in der Tat ein wahres Eldorado; überall kann man Gold finden. Zum gegenwärtigen Zeitpunkt fördert man es in erster Linie aus den reichlich vorhandenen Schwemmablagerungen (von denen wir einige später zu Gesicht bekamen), welche eine Tagesreise von Milosis entfernt sind. Man findet das kostbare Metall dort in Klumpen, die häufig bis zu sieben Pfund schwer sind. Aber es existieren auch noch mehrere Erzgruben, die äußerst ertragreich sind. Darüber hinaus habe ich selbst an vielen Stellen des Landes dicke Adern goldhaltigen Quarzes gesehen, die man abzubauen gar nicht der Mühe wert befunden hatte. In Zu-Vendis kommt Gold weitaus häufiger vor als Silber. Dadurch ist es zu der uns recht seltsam anmutenden Situation gekommen, daß Silber und nicht Gold das Zahlungsmittel des Landes darstellt.

Die zweite, durchaus in Betracht zu ziehende Erklärungsmöglichkeit für den Ursprung des Namens ist die, daß das im übrigen äußerst saftige und üppig wachsende Gras des Landes zu bestimmten Jahreszeiten die goldgelbe Farbe reifen Korns annimmt. Die dritte gründet sich auf eine Tradition, welche besagt, daß die Bevölkerung ursprünglich gelbe Hautfarbe hatte, die jedoch allmählich weiß wurde, nachdem sie über viele Generationen hinweg im Hochland gelebt hatte.

Zu-Vendis hat ungefähr die Größe Frankreichs und ist, grob betrachtet, von ovaler Form. Von den umliegenden Gebieten ist es ringsum durch eine natürliche Grenze riesiger undurchdringlicher Dornenwälder abgeschnitten. Jenseits dieser Wälder sollen sich noch einmal über Hunderte von Meilen hinweg gewaltige Landstriche mit Sümpfen, Wüsten und Gebirgen erstrecken. Das Land liegt sozusagen auf einer riesigen, tafelförmigen Hochebene, die sich etwa im Zentrum des schwarzen Kontinents erhebt, und die vergleichbar ist mit den Tafelbergen des südlichen Afrikas, die aus dem umliegenden Steppenland herausragen. Milosis selbst liegt nach den Angaben meines Aneroidbarometers etwa neuntausend Fuß über dem Meeresspiegel. Der größte Teil des Landes liegt jedoch noch höher; die größte Erhebung des Landes ist etwa in elftausend Fuß über dem Meeresspiegel gelegen. Das Klima ist folglich vergleichsweise kühl; es ähnelt sehr dem Klima Südenglands, nur ist es heller und weniger regnerisch. Das Land ist ungeheuer fruchtbar; alle Getreidearten und Früchte und Bäume gemäßigter Klimazonen gedeihen hier prächtig. In den niedriger gelegenen Regionen wächst sogar eine kräftige, gegen kühle Temperaturen unempfindliche Gattung des Zuckerrohrs. An Bodenschätzen verfügt das Land außer dem Gold noch über Kohle, die teilweise sogar im Tagebau gewonnen werden kann, sowie über reinen Marmor, schwarzen wie weißen. Das gleiche gilt, mit Ausnahme von Silber, für fast alle anderen Metalle. Silber kommt, wie bereits erwähnt, nur in sehr geringen Mengen vor, und zwar in den Bergen des Nordens, wo es unter erheblichen Mühen gefördert wird.

Zu-Vendis verfügt in seinen Grenzen über eine Vielzahl verschiedener Landschaften, darunter zwei Ketten schneebedeckter Gebirge, von denen sich die eine an der Westgrenze jenseits des undurchdringlichen Dornenwaldgürtels befindet, und die andere das Land von Norden nach Süden durchzieht. Sie ist nur etwa achtzig Meilen von der Hauptstadt entfernt, und von der Stadt aus kann man ihre höchsten Erhebungen deutlich erkennen. Diese Gebirgskette bildet die Hauptwasserscheide des Landes. Außerdem gibt es drei große Seen – der größte davon, nämlich der, auf dem wir auftauchten, heißt nach der Stadt ebenfalls Milosis und bedeckt eine Fläche von ungefähr zweihundert Quadratmeilen – und darüber hinaus zahlreiche kleinere, von denen einige salzig sind.

Die Bevölkerungsdichte dieses vom Klima so begünstigten Landes ist vergleichsweise hoch; das Land zählt grob geschätzt etwa zehn bis zwölf Millionen Einwohner. Es ist fast ausschließlich Agrarland, und die Bevölkerung zerfällt wie überall in mehrere Klassen. Da ist einmal der Landadel, dann eine beträchtliche Mittelschicht, die sich in erster Linie aus Kaufleuten, Armeeoffizieren etc. zusammensetzt, und schließlich die Mehrheit der Bevölkerung, hauptsächlich wohlhabende Bauern, die in Lehnspacht die Güter der Landedelmänner bewirtschaften. Die Bevölkerung besteht, wie ich schon erwähnte, ausschließlich aus Weißen; einige davon wirken vom Typ her durchaus mitteleuropäisch, wohingegen die Masse der Bevölkerung einen mehr südländischen Einschlag hat, jedoch keinerlei negroide oder sonstwie geartete afrikanische Charakteristiken aufweist. Über ihren Ursprung kann ich keine eindeutige Information geben. Aus ihren schriftlichen Überlieferungen, die teilweise bis ins neunte Jahrhundert zurückdatieren, geht nichts über ihre Abstammung hervor. Einer ihrer frühesten Chronisten spricht zwar im Zusammenhang mit einer uralten Tradition, die zu seiner Zeit existiert haben muß, davon, daß sie ›wahrscheinlich mit den Leuten von der Küste heraufgekommen sind‹, aber das kann alles mögliche bedeuten. Kurz, der Ursprung der Zu-Vendi liegt im Dunkel der Vergangenheit. Woher sie stammen oder welcher Rasse sie sind, weiß keiner. Ihre Architektur und einige ihrer Skulpturen deuten auf ägyptischen oder vielleicht auch assyrischen Einfluß hin; aber es ist historisch klar und deutlich zurückzuverfolgen, daß ihr gegenwärtiger bemerkenswerter Baustil erst innerhalb der vergangenen achthundert Jahre entstanden ist. Außerdem lassen sich keinerlei Spuren ägyptischer Theologie oder Bräuche feststellen. Eher würde man sie aufgrund ihrer äußeren Erscheinung und einiger ihrer Bräuche für jüdische Abkömmlinge halten; aber es ist kaum denkbar, daß sie dann alle Einflüsse der jüdischen Religion so völlig abgelegt hätten.

Vielleicht sind sie eines jener zehn verloren geglaubter Völker, nach deren Spuren man heute auf der ganzen Welt so eifrig forscht. Ich weiß es nicht, und daher muß ich mich darauf beschränken, sie so zu schildern, wie ich sie angetroffen habe, und es weiseren Köpfen als dem meinigen überlassen, sich darüber Gedanken zu machen – wenn sie tatsächlich einmal diesen Bericht in die Hände bekommen sollten, was ich jedoch für höchst unwahrscheinlich halte.

Und nachdem ich dies nun alles niedergeschrieben habe, werde ich schließlich doch noch meine eigene, wiewohl sehr laienhafte und spekulative Theorie über den Ursprung der Zu-Vendi zum Besten geben. Diese Theorie gründet sich auf eine Legende, die ich bei den Arabern an der Ostküste hie und da gehört habe. Dieser Legende nach gab es ›vor mehr als zweitausend Jahren‹ Unruhen in dem Land, das als Babylonien bekannt war. Daraufhin kam eine riesige Menge von Persern bis herunter nach Bushire. Sie fuhren mit Schiffen und Booten aufs offene Meer hinaus und wurden vom Nordost-Monsun an die Ostküste Afrikas getrieben. Hier gerieten, so die Legende, diese ›Sonnen- und Feueranbeter‹ (!) in Konflikt mit den Arabern, die schon damals dort ansässig waren. Schließlich gelang es den Persern, die Sperrlinien der Araber zu durchbrechen. Sie verschwanden im Innern des Landes, und man hörte und sah nie wieder etwas von ihnen. Ich frage nun: Besteht nicht zumindest die Möglichkeit, daß die Zu-Vendi die Abkömmlinge jener ›Sonnen- und Feueranbeter‹ sind, die in grauer Vorzeit die Linien der Araber durchbrachen und dann spurlos verschwanden? Und in der Tat; in ihrem Charakter und ihren Gebräuchen liegt etwas, das sich mit meinen etwas vagen Vorstellungen, die ich von den Persern habe, in etwa deckt. Natürlich haben wir keine Bücher hier, in denen wir die Geschichte jener Zeit nachlesen könnten, aber auch Sir Henry sagt, soweit ihn die Erinnerung nicht trüge, habe es ungefähr im fünften Jahrhundert vor Christi Geburt einen gewaltigen Aufstand in Babylon gegeben, in dessen Folge ein großer Teil der Bevölkerung aus der Stadt vertrieben wurde. Jedenfalls ist es eine historisch dokumentierte Tatsache, daß es mehrere Auswanderungswellen von Persern gegeben hat, die die Gegend um den Persischen Golf verließen und an der Ostküste Afrikas ansässig wurden. Diese Auswanderungswellen hielten bis in das zwölfte Jahrhundert nach Christi Geburt an. Es gibt recht gut erhaltene Gräber von Persern in Kilwa, an der Ostküste, aus deren Daten hervorgeht, daß sie nicht älter als siebenhundert Jahre sind*.

Obwohl die Zu-Vendi ein Agrarvolk sind, sind sie erstaunlicherweise äußerst kriegerisch veranlagt. Da ihnen jedoch die geographische Lage ihres Landes nicht erlaubt, andere Länder mit Krieg zu überziehen, bekriegen sie sich untereinander wie die berühmten Katzen von Kilkenny, mit dem Resultat, daß die Bevölkerung niemals so groß wird, daß das Land sie nicht mehr ernähren könnte. Diese kriegerische Haltung erwächst wohl in erster Linie aus den politischen Verhältnissen des Landes: die Monarchie von Zu-Vendis ist, zumindest nominell, eine absolute. Ihre unumschränkte Macht wird lediglich im Zaume gehalten von dem Einfluß der Priesterschaft und durch den gesetzlich nicht verankerten Rat der Landadeligen. Jedoch, wie es in vielen Institutionen dieser Art häufig der Fall ist, reicht der Arm des Hofes nicht unbedingt in jeden Winkel des Landes. Kurz, es herrscht ein Feudalsystem (obwohl völlige Leibeigenschaft oder Sklaverei unbekannt sind), in dem alle großen Landadeligen offiziell der Krone unterstehen, wobei einige jedoch praktisch unabhängig vom Königshof sind. Sie verfügen über die absolute richterliche Gewalt und können

* Es gibt noch eine andere Theorie, die den Ursprung der Zu-Vendi erklären könnte. An sie scheinen weder mein Freund Mr. Quatermain, noch seine Gefährten gedacht zu haben. Es könnte durchaus möglich sein, daß die Zu-Vendi Abkömmlinge der Phönizier sind. Man vermutet, daß die Wiege der Phönizier am Westufer des Persischen Golfs gestanden hat. Viele Beweise sprechen dafür, daß sie von dort auswanderten, und zwar nahm ein großer Zug den Weg nach Palästina, wo er sich in der Küstengegend ansiedelte, während man vermutet, daß ein anderer Zug sich auf den Weg entlang der Küste Ostafrikas gemacht hat und in der Gegend von Mozambique ansässig wurde, wo es noch heute zahlreiche Spuren phönizischer Vergangenheit gibt. Es wäre auch in der Tat sehr außergewöhnlich gewesen, wenn sie nicht, als sie vom Persischen Golf aus aufbrachen, die direkte Route zur Ostküste eingeschlagen hätten; denn der Nordostmonsun weht die Hälfte des Jahres genau in diese Richtung, während er in der anderen Hälfte des Jahres genau in entgegengesetzter Richtung bläst. Und um die Wahrscheinlichkeit, daß es so gewesen ist, noch zu illustrieren, möchte ich hinzufügen, daß bis heute ausgezeichnete Handelsverbindungen zwischen dem Persischen Golf und Lamu sowie anderen ostafrikanischen Häfen bestehen, und zwar bis tief in den Süden hinunter, bis nach Madagaskar, welches natürlich die alte Ebenholzinsel ist, die in »Tausendundeiner Nacht« erwähnt wird. – *Der Herausgeber*.

nach eigenem Gutdünken Kriege erklären und Frieden mit ihren Nachbarn schließen, gerade so, wie es in ihre Interessenlage paßt. Einige von ihnen haben sich auch dann und wann schon in offener Rebellion gegen ihren königlichen Herrn oder ihre königliche Herrin erhoben und haben aus dem sicheren Schutz ihrer Burgen und ihrer befestigten Städte heraus jahrelang gegen die Regierungstruppen, die so weit entfernt von der Hauptstadt operieren mußten, erfolgreich Widerstand geleistet.

Zu-Vendis hat, ebenso wie England, seine Königsmacher gehabt. Die Tatsache, daß sich innerhalb der vergangenen tausend Jahre allein acht verschiedene Dynastien einander ablösten, spricht eine deutliche Sprache. Jede dieser Dynastien ging aus einer adeligen Familie hervor, der es irgendwann einmal gelungen war, die Herrschaft nach einer blutigen Fehde an sich zu reißen. Zu der Zeit, als wir in Zu-Vendis auftauchten, befand sich das Land gerade in einer Periode relativer Stabilität. Der letzte König, der Vater von Nylephta und Sorais, war ein außergewöhnlich fähiger und energischer Regent gewesen, der mit starker Hand die Macht der Priester und der Adeligen in Grenzen gehalten hatte. Nach seinem Tode, der ihn erst zwei Jahre vor unserem Eintreffen in Zu-Vendis ereilt hatte, wurden, in Anlehnung an einen Jahrhunderte zurückliegenden Präzedenzfall, die Zwillingsschwestern, seine Töchter, auf den Thron gehoben. Hätte man eine von beiden von der Thronfolge ausgeschlossen, dann wäre unweigerlich nach kurzer Zeit ein blutiger Bürgerkrieg ausgebrochen; aber man hatte überall im Lande das Gefühl, daß diese Lösung nur sehr unbefriedigend war; keiner glaubte daran, daß sie von sehr langem Bestand sein würde. Und tatsächlich hatten auch die zahlreichen Intrigen, die immer wieder von ehrgeizigen Adeligen angezettelt wurden, die eine der beiden Königinnen zur Frau haben wollten, das Land schon mehrmals in Unruhe versetzt, und die allgemeine Auffassung war die, daß es über kurz oder lang darüber zu einem Blutvergießen kommen würde.

Ich möchte nun einiges über die Religion der Zu-Vendis erzählen; diese Religion ist eigentlich nichts anderes als Sonnenverehrung von stark ausgeprägtem, hochentwickeltem Charakter. Dieser Sonnenkult ist der Mittelpunkt des gesamten sozialen Systems von Zu-Vendis. Er wirkt sich in jeder Institution und fast allen Sitten und Gebräuchen des Landes mehr oder weniger stark ausgeprägt aus. Von der Wiege bis zum Grab folgt der Zu-Vendi der Sonne, und zwar in mehrfacher Hinsicht. Als Kleinkind hält man ihn feierlich in ihr Licht und weiht ihn dem ›Symbol des Guten, dem Ausdruck aller Macht und der Hoffnung auf die Ewigkeit‹. Diese Zeremonie entspricht unserer Taufe. Schon als kleines Kind lehren die Eltern ihn, daß die Sonne der sichtbare und allmächtige Gott sei, und er betet zu ihr, wenn sie aufgeht, und wenn sie versinkt. Und eines Tages, noch immer im Kleinkindalter, geht er dann, das kleine Händchen fest an den herabhängenden Togazipfel der Mutter geklammert, zum ersten Mal zum Sonnentempel in die nächste Stadt und hört dort, wenn zur Mittagsstunde die hellen Strahlen auf den goldenen Hauptaltar fallen und das Feuer, das auf ihm brennt, überstrahlen, wie die Priester in ihren weißen Roben ihre Stimmen zu feierlichen Lobgesängen erheben, und sieht, wie die Menschen betend auf die Knie fallen, und dann wird er zum ersten Mal Zeuge jenes Spektakels, bei dem unter dem Schall der goldenen Fanfaren das Opfer in den Flammenofen unterhalb des Altars geworfen wird. Und dann, zum Jüngling herangewachsen, kommt er wieder an diesen Ort, wo ihn die Priester zum Manne weihen und ihn segnen, auf daß er seinen Mann im Kriege und bei der Arbeit stehen möge; und vor denselben heiligen Altar führt er eines Tages seine Braut; und ebenfalls an diesem Orte wird, sofern Zwietracht sich erhebt, seine Ehe wieder geschieden.

Und so schreitet er sein ganzes Leben lang weiter in diesen Tempel, bis zu seinem letzten Gang; dann kommt er wieder, bewaffnet zwar noch immer, jedoch als Toter. Sie tragen seinen Leichnam in den Tempel und stellen seine Totenbahre auf die Messingfalltür vor dem Ostaltar, und wenn der letzte Strahl der untergehenden Sonne auf sein bleiches Gesicht fällt, dann werden die Bolzen herausgezogen, und er verschwindet für immer in den tosenden Flammen des Ofens unter dem Altar.

Die Priester der Sonne sind unverheiratet. Ihr Nachwuchs rekrutiert sich aus den Reihen junger Männer, die von ihren Eltern schon frühzeitig ganz dieser Aufgabe geweiht und vom Staat unterstützt werden. Das Recht zur Ernennung in höhere Ämter innerhalb der Priesterschaft liegt in den Händen der Krone; einmal ernannt, können die Priester jedoch nie wieder ihres Amtes enthoben werden. Es ist nicht übertrieben, wenn man sagt, daß sie die eigentlichen Herrscher des Landes sind. Sie bilden eine festgefügte, unerschütterliche Gemeinschaft, in der strikter Gehorsam und absolute Verschwiegenheit herrschen. Erläßt zum Beispiel der Hohepriester in Milosis eine Order, so wird diese auf der Stelle und widerspruchslos von dem Priester einer kleinen Provinzstadt, die vielleicht drei- oder vierhundert Meilen von der Hauptstadt entfernt liegt, ausgeführt. Sie sind gleichzeitig die Richter des Landes, sowohl im zivilen, als auch im strafrechtlichen Bereich. Eine Berufung kann nur beim obersten Lehnsherr des Bezirkes eingereicht werden, und von dort aus wird sie weitergeleitet zum König. Natürlich verfügen die Priester auch über die praktisch uneingeschränkte Rechtssprechung in religiösen und moralischen Angelegenheiten; desgleichen steht ihnen das Recht der Exkommunizierung zu, ein Recht, das, wie auch in Ländern höherer Zivilisation, eine äußerst wirksame Waffe darstellt. Und so üben sie in der Tat fast uneingeschränkte Macht aus. Ich möchte jedoch hier der Gerechtigkeit halber anmerken, daß die Priester, zumindest die der jetzigen Generation, überaus klug in ihren Entscheidungen sind und die Dinge nicht zu weit treiben. Es kommt wirklich nur höchst selten vor, daß sie gegen jemand zum äußersten Mittel greifen. In der Regel neigen sie eher dazu, sich vom Gedanken der Gnade leiten zu lassen, als daß sie das Risiko eingehen, das mächtige und streitbare Volk so sehr zu reizen, daß es eines Tages das Joch ihrer fast unumschränkten Herrschaft zerbrechen könnte.

Eine andere Quelle ihrer gewaltigen Macht liegt in ihrer Monopolstellung im Bereich der Wissenschaft begründet und in ihren beträchtlichen Kenntnissen auf dem Gebiete der Astronomie. Mit diesen Kenntnissen sind sie stets in der Lage, die öffentliche Meinung zu steuern, indem sie zum Beispiel Sonnenfinsternisse oder sogar Kometen exakt voraussagen. In Zu-Vendis können lediglich ein paar Mitglieder der Oberschicht lesen und schreiben; von den Priestern hingegen können das bis auf ein paar Ausnahmen alle. Sie gelten daher in der Öffentlichkeit als gebildete Männer.

Die Gesetze des Landes sind im großen und ganzen mild und gerecht, unterscheiden sich jedoch in verschiedener Hinsicht von den Gesetzen unserer zivilisierten Länder. In England zum Beispiel sind die Gesetze für Verstöße gegen das persönliche Eigentum weit härter als die, die Verstöße gegen Menschen ahnden. So ist es wohl bei jedem Volk, in dem in erster Linie das Geld und der Besitz regieren. Ein Mann, der seine Frau halb totschlägt, oder der seine Kinder quält, kann damit rechnen, in unserem Land weit milder bestraft zu werden, als hätte er ein Paar alte Stiefel geklaut. In Zu-Vendis ist das nicht so; hier zählt in jeder Hinsicht der Mensch mehr als Geld und Besitz. Er ist nicht wie in England ein notwendiges Anhängsel des letzteren. Auf Mord steht die Todesstrafe, ebenso auf Landesverrat. Auch Betrug eines Waisenkindes oder einer Witwe, Gotteslästerung und Religionsfrevel, sowie der Versuch, das Land zu verlassen (was ebenfalls als Sakrileg betrachtet wird), werden mit dem Tode bestraft. Die Methode der Exekution ist in jedem Falle dieselbe, und zwar eine überaus schreckliche: der Delinquent wird bei lebendigem Leibe in einem der Flammenöfen, die sich unter den Altären im Tempel befinden, verbrannt. Für alle anderen Gesetzesverstöße, einschließlich des Müßiggangs, besteht die Strafe in Zwangsarbeit an einem der öffentlichen Gebäude, von denen immer in irgendeinem Teil des Landes eines gerade im Entstehen begriffen ist. Außerdem wird der zur Zwangsarbeit Verurteilte je nach der Schwere des Verbrechens noch zusätzlich in bestimmten Abständen ausgepeitscht.

Das Gesellschaftssystem der Zu-Vendi räumt dem Individuum beträchtliche Freiheit ein, vorausgesetzt, es mißbraucht diese nicht zu Verstößen gegen die Gesetze und die Sitten des Landes. Die Polygamie ist gestattet; die meisten Zu-Vendi haben jedoch aus Kostengründen nur eine Frau. Der Ehemann ist gesetzlich verpflichtet, jeder seiner Frauen einen eigenen Haushalt einzurichten. Die erste Frau ist auch die rechtmäßige Ehefrau, und ihre Kinder sind die Kinder ›aus dem Hause des Vaters‹. Die Kinder der anderen Ehefrauen sind die Kinder aus dem Hause ihrer jeweiligen Mutter. Dies bedeutet jedoch nicht, daß diese Frauen oder Kinder irgendwie benachteiligt sind. Die Erstfrau hat die Möglichkeit, sobald sie in den Ehestand getreten ist, mit ihrem Mann einen Vertrag abzuschließen, in dem er sich verpflichtet, keine weitere Frau zu ehelichen. Dies kommt jedoch nur in den seltensten Fällen vor, sind es doch gerade die Frauen, die die Polygamie am schärfsten verteidigen; denn diese sorgt nicht nur dafür, daß sie in der Überzahl sind, sondern gibt der Erstfrau auch eine größere Wichtigkeit: sie ist so praktisch das Oberhaupt mehrerer Haushalte. Die Ehe ist in erster Linie ein Zivilkontrakt, in dem verschiedene Bedingungen, so zum Beispiel eine ordentliche Erziehung und Versorgung der Kinder, festgelegt werden. Sie ist auflösbar, vorausgesetzt, beide Vertragsparteien sind damit einverstanden. Der Scheidungsakt wird formal vollzogen mit einer Zeremonie, in der man die einzelnen Schritte des Hochzeitsaktes rückwärts ablaufen läßt.

Die Zu-Vendi sind im großen und ganzen ein sehr freundliches, liebenswürdiges und fröhliches Volk. Sie sind keine großen Kaufleute und machen sich wenig aus Geld; im allgemeinen arbeiten sie gerade soviel, daß sie ein ausreichendes Auskommen haben in der Klasse, in die sie hineingeboren wurden. Sie sind äußerst konservativ und betrachten alle Änderungen mit Unbehagen und Mißtrauen. Ihr gesetzliches Zahlungsmittel ist – das erwähnte ich bereits – Silber, welches man in kleine viereckige Plättchen von unterschiedlichem Gewicht geschnitten hat. Es gibt auch Goldmünzen; sie sind jedoch von geringerem Wert. Ihr Wert ist etwa so hoch wie der unseres Silbers. Man benutzt jedoch Gold, dessen Schönheit man sehr schätzt, für Ornamente und zu vielen anderen dekorativen Zwecken. Der größte Teil des Handels wird jedoch eigentlich in Form von Tauschgeschäften abgewickelt, das heißt, es wird mit Naturalien bezahlt. Das Land lebt, wie schon erwähnt, hauptsächlich von der Agrarwirtschaft, und somit stellt der Handel mit Agrarprodukten natürlich den Hauptanteil des gesamten nationalen Wirtschaftslebens. Der Ackerbau ist hochentwickelt und sehr ertragreich; der größte Teil des verfügbaren Akkerlandes ist kultiviert. Große Aufmerksamkeit läßt man auch der Vieh- und Pferdezucht angedeihen. Die Pferde, die ich dort gesehen habe, übertreffen alles, was es sonst in Afrika oder Europa gibt.

Das Land befindet sich theoretisch im Besitz der Krone, und darunter den großen Landadeligen. Diese wiederum verteilen es an kleinere Junker usw. bis hinunter zum Kleinbauern, der seine vierzig ›Reestu‹ (Morgen) bewirtschaftet und sich nach dem System des Halbprofits den Ertrag mit seinem unmittelbaren Lehnsherrn teilt. Wie ich schon sagte, ist das System ausgesprochen feudal, und wir fanden es höchst interessant, diesem alten Bekannten aus Europa mitten im tiefsten, unbekannten Afrika zu begegnen.

Die Steuern sind sehr hoch. Der Staat zieht ein Drittel des Gesamteinkommens ein, und die Priesterschaft noch einmal fünf Prozent vom Rest. Kommt jedoch andererseits jemand aus irgendeinem Grund unverschuldet in eine Notlage, dann unterstützt der Staat ihn nach Maßgabe der sozialen Klasse, der er zugehört. Ist er jedoch arbeitsscheu, dann wird er zur Arbeit an einem der Regierungsvorhaben herangezogen, und der Staat übernimmt die Versorgung seiner Frauen und Kinder. Der Straßen- und Wohnungsbau ist vollständig in der Hand des Staates. Er läßt ihm äußerste Sorgfalt angedeihen und überläßt den Familien die Wohnungen zu sehr geringen Mieten. Der Staat unterhält auch eine stehende Armee von ungefähr zwanzigtausend Mann Stärke und sorgt für die öffentliche Sicherheit. Als Gegenleistung für ihre fünf Prozent bestreiten die Priester die Instandhaltung der Tempel und die Aufwendungen für den Gottesdienst; außerdem führen sie alle religiösen Zeremonien kostenlos aus. Außerdem unterhalten sie Schulen, in denen das gelehrt wird, was sie für erstrebenswert halten; und das ist nicht sehr viel. Einige der Tempel verfügen über Privateigentum; der Priester als Individuum ist jedoch mittellos.

Und nun komme ich zu einer Frage, die nur sehr schwer zu beantworten ist: Sind die Zu-Vendi ein zivilisiertes oder ein primitives, unkultiviertes Volk? Manchmal neige ich mehr zu dem einen, dann wieder mehr zu dem anderen. Auf einigen Gebieten der Kunst zum Beispiel sind sie zu höchster Meisterschaft und Vollkommenheit gelangt. Man betrachte nur ihre Gebäude oder ihre Skulpturen. Ich glaube nicht, daß die letzteren in Perfektion und Schönheit irgendwo auf der Welt auch nur annähernd erreicht werden, und was die ersteren betrifft, so fällt mir höchstens die Baukunst der alten Ägypter ein, die vielleicht einem Vergleich standhalten könnte; seitdem jedoch hat es wohl auf der Welt nichts mehr gegeben, was der Architektur der Zu-Vendi gleichkommt. Auf der anderen Seite jedoch sind ihnen viele Techniken, die uns seit Jahrhunderten geläufig sind, völlig unbekannt. So waren sie zum Beispiel nicht in der Lage, Glas herzustellen, bis ihnen Sir Henry, der zufällig etwas davon versteht, zeigte, wie man es macht, indem er Kieselerde und Kalk miteinander vermengte. Ihre Töpferwaren sind ziemlich primitiv. Die Uhrzeit bestimmen sie mit der Wasseruhr. Als sie zum ersten Mal unsere Uhren sahen, waren sie völlig aus dem Häuschen. Unbekannt sind ihnen auch die Dampfkraft, die Elektrizität und das Schießpulver, und zu ihrem – wie ich meine – großen Glück haben sie auch die Buchdrukkerkunst noch nicht erfunden. Dadurch bleibt ihnen viel Kummer erspart, denn unser Jahrhundert hat uns meiner Ansicht nach nur allzu deutlich gelehrt, daß das uralte Sprichwort ›Je mehr man weiß, desto mehr Sorgen hat man auch‹ nichts von seiner Gültigkeit verloren hat.

Was ihre Religion anbetrifft, so ist es nichts weiter als eine Naturreligion für fantasiereiche Menschen, die es nicht anders wissen, und von denen man daher nichts anderes erwarten kann, als daß sie sich der Sonne als dem allmächtigen Vater zuwenden und sie als solchen verehren und anbeten. Man kann sie jedoch nicht als erhebend oder geistlich im religiösen Sinne bezeichnen. Sie bezeichnen zwar manchmal die Sonne als das ›Kleid des Geistes‹, aber das ist nur ein sehr vager Begriff; was sie in Wirklichkeit anbeten, ist nichts weiter als der feurige Himmelskörper selbst. Sie bezeichnen ihn auch als ›Hoffnung auf die Ewigkeit‹, aber auch hier haben sie wieder nur äußerst unklare Vorstellungen, und ich bezweifle, daß sie mit diesem Begriff einen klaren Eindruck verbinden. Einige von ihnen glauben in der Tat an ein Weiterleben nach dem Tode – ich weiß es zum Beispiel von Nylephta – aber das ist nur ein privater Glaube, der aus der Eingebung des Geistes herrührt, und kein wesentlicher Bestandteil ihrer Religion. Insgesamt betrachtet würde ich also nicht sagen, daß ich diesen Sonnenkult als eine Religion ansehe, die auf ein zivilisiertes Volk deuten würde, so prächtig und beeindruckend auch seine Rituale erscheinen und so moralisch und sehr auch die Maximen seiner Priester klingen mögen, von denen viele, wie ich ganz sicher glaube, ihre eigene Meinung zu der ganzen Sache haben. In der Öffentlichkeit sind sie natürlich voll des Lobes über ein System, das sie im Überfluß mit all den guten Dingen versorgt, die unsere Erde zu bieten hat.

Noch zwei Themen möchte ich ansprechen: nämlich die Sprache und die Schrift. Was die erstere betrifft, so hat sie einen sehr weichen Klang und zeichnet sich durch große Vokalfülle und Geschmeidigkeit aus. Sir Henry sagt, sie ähnelte in ihrem Klang ein wenig dem Neugriechischen; sie hat jedoch damit keinerlei Verwandtschaft. Sie ist leicht zu erlernen, da sie recht einfach aufgebaut ist. Das Bemerkenswerteste an ihr ist jedoch die besondere Bedeutung, die der jeweiligen Klangfarbe des Wortes zukommt. Das Wort paßt sich in seiner Betonung gewissermaßen der intendierten Bedeutung an. Lange bevor wir die Sprache beherrschten, waren wir schon häufig in der Lage, die ungefähre Bedeutung eines Satzes anhand der speziellen Tonhöhe und Satzmelodie zu erkennen, die der Sprecher ihm gegeben hatte. Aus diesem Grunde ist die Sprache auch so überaus gut zur poetischen Deklamation geeignet, einer Kunst, die in diesem bemerkenswerten Lande sehr gepflegt wird. Das Zu-Vendi-Alphabet ist anscheinend, wie übrigens jedes andere bekannte Buchstabensystem auch, phönizischen Ursprungs und mithin, geht man noch weiter zurück, aus dem ägyptischen Hieroglyphensystem entstanden. So sagt es jedenfalls Sir Henry. Ob dies den Tatsachen entspricht, kann ich nicht beurteilen, da ich auf diesem Gebiete völliger Laie bin. Ich weiß nur, daß ihr Alphabet aus zweiundzwanzig Zeichen besteht; einige davon, insbesondere B, E und O, sind unseren entsprechenden Zeichen nicht unähnlich. Das Ganze wirkt auf mich jedoch sehr umständlich und verworren*. Aber da die Zu-Vendi nicht veranlagt sind zum Schreiben von Romanen oder anderen Dingen, außer Geschäftsdokumenten und kurzen Notizen, reicht ihre Schrift für ihre Zwecke völlig aus.

* Das phönizische Alphabet umfaßt zweiundzwanzig Buchstaben (vgl. Anhang, Maspero: *Histoire ancienne des peuples de l'Orient*, S. 746 ff.). Leider liefert uns Mr. Quatermain keine Probe der Zu-Vendi-Schrift. – *Der Herausgeber.*

14

Der Sonnenblumentempel

Meine Uhr zeigte halb neun, als ich am Morgen nach unserer Ankunft in Milosis aufwachte. Ich hatte fast zwölf Stunden geschlafen, und ich fühlte mich in der Tat besser. Ein gesunder, langer Schlaf kann schon einiges bewirken. Nur zwölf Stunden, und man fühlt sich wie neugeboren, besonders, wenn man vorher tage- und nächtelange Strapazen durchgemacht hat.

Ich setzte mich aufrecht in mein seidenbezogenes Bett – noch nie hatte ich in einem derartigen Bett gelegen – und das erste, was ich sah, war Goods Monokel, das aus den Tiefen seines seidenbezogenen Bettes zu mir herüberstarrte. Sein Monokel war das einzige, was von ihm zu sehen war, aber ich wußte sofort, daß er wach war und bereits darauf wartete, daß ich ebenfalls aufwachte.

»Hör mal, Quatermain«, legte er gleich wieder los, »hast du ihre Haut gesehen? Sie ist so glatt wie der Rücken einer elfenbeinernen Haarbürste.«

»Nun hör mal gut zu, Good«, sagte ich protestierend, als sich mit einem Rauschen der Vorhang öffnete. Im Rahmen stand ein Bediensteter, der uns durch Handzeichen zu verstehen gab, daß er uns ins Bad führen wollte. Hocherfreut stimmten wir zu, und dann geleitete er uns in einen prachtvollen Raum aus Marmor, in dessen Mitte sich ein eingelassenes Becken mit fließendem, kristallklarem Wasser befand. Voller Freude sprangen wir hinein und taten uns in dem klaren Wasser gütlich. Als wir gebadet hatten, gingen wir wieder in unser Gemach und kleideten uns an. Danach gingen wir wieder in den zentralen Saal, in dem wir am Abend zuvor schon gespeist hatten und fanden den Frühstückstisch bereits fertig gedeckt vor. Herrliche Köstlichkeiten hatte man da für uns aufgetragen, und ich bin außerstande, all die verschiedenen Gerichte zu beschreiben! Nach dem Frühstück bummelten wir ein wenig in den umliegenden Gemächern umher und bewunderten die kostbaren Wandbehänge und Teppiche und mehrere herrliche Statuen, die überall die Räume zierten und fragten uns, was uns wohl als nächstes an Überraschungen erwarten würde. Zu diesem Zeitpunkt befanden wir uns bereits in einem solchen Zustand völliger Verblüffung, daß uns in der Tat kaum noch etwas hätte aus der Fassung bringen können. Wir waren wirklich auf so ziemlich alles gefaßt, nach all dem, was wir in dieser kurzen Zeit schon in

Milosis erlebt und gesehen hatten. Während wir noch alle möglichen Mutmaßungen anstellten, erschien unser Freund, der Hauptmann der Leibgarde, auf dem Plan und machte uns unter zahlreichen Ehrfurchtsbezeugungen klar, daß wir ihm folgen sollten, was wir auch mit recht gemischten Gefühlen und einigem Herzklopfen taten. Wir glaubten, daß nun die Stunde gekommen wäre, in der wir mit unserem alten Freund Agon, dem Hohepriester, die Rechnung wegen der verdammten Flußpferde begleichen mußten. Uns blieb jedenfalls keine Wahl; ändern konnten wir ohnehin nichts daran, und ich persönlich tröstete mich vorerst mit dem Gedanken, daß die königlichen Schwestern uns ihren Schutz zugesagt hatten, wußte ich doch nur zu gut, daß Frauen, die ihren Willen durchsetzen wollen, im allgemeinen auch einen Weg dazu finden. Wir machten uns also schicksalsergeben auf den Weg. Nachdem wir etwa eine Minute durch einen Flur und einen Außenhof gegangen waren, erreichten wir die großen zweiflügeligen Außentore des Palastes, hinter denen die breite Allee beginnt, die bergan mitten durch das Herz von Milosis und schließlich zum Sonnentempel führt, der etwa eine Meile vom Palast entfernt ist, von wo aus sie den Abhang auf der Rückseite des Tempels nimmt und geradewegs zur Stadtmauer von Milosis verläuft.

Diese gewaltigen, massiven Torflügel stellen ein außerordentlich kunstvolles Meisterwerk aus Metall dar. Zwischen den beiden Toren – eines befindet sich am Eingang der inneren Mauer, das andere an dem der äußeren – verläuft ein fünfundvierzig Fuß breiter Graben. Dieser Graben ist mit Wasser gefüllt und wird von einer Zugbrücke überspannt. Wenn diese hochgezogen ist, dann ist der Palast so gut wie uneinnehmbar, es sei denn, man beschösse ihn mit Belagerungskanonen.

Als wir an das Tor traten, wurde jeweils ein Flügel der beiden gewaltigen Tore geöffnet, und als wir über die Zugbrücke ins Freie gelangt waren, bot sich unseren Augen der eindrucksvolle Anblick einer der schönsten Straßen der Welt – wenn nicht der schönsten überhaupt. Sie mißt in der Breite hundert Fuß. An beiden Seiten stehen in langen Reihen wunderschöne einstöckige Wohnhäuser aus rotem Granit – nicht, wie es bei uns in Europa üblich ist, dicht an dicht aneinandergezwängt, sondern jeweils auf einem eigenen, abgegrenzten Grundstück, mit jeweils gleichem Abstand zueinander. Diese Häuser, alle im gleichen Stil gebaut, beherbergen die Stadtwohnungen der Adeligen des Hofes. Sie flankierten zu beiden Seiten in ununterbrochener Reihe die Prachtstraße, bis das Auge angehalten wurde von dem überwältigenden Anblick des Sonnentempels, der wie eine Krone am Ende der Straße auf der Anhöhe ruhte.

Während wir noch geblendet von dem prächtigen Anblick in der Toreinfahrt standen, kamen mit einem Male vier Wagen herangebraust, jeder von zwei Schimmeln gezogen. Diese Wagen waren aus Holz und hatten zwei Räder. Das Gewicht der kräftigen Deichsel ruhte auf Ledergurten, die einen Teil des Geschirrs bildeten. Die Räder, die nur vier Speichen hatten, waren mit Eisen bereift und bar jeder Federung. Im Vorderteil des Wagens, direkt über der Deichsel, befand sich ein kleiner Sitz für den Fahrer. Der Sitz war mit einem niedrigen Geländer umgeben, damit der Fahrer in Kurven oder auf unwegsamer Strecke nicht heruntergeschleudert wurde. Im Innern des Wagens befanden sich drei flache Sitze, jeweils einer an den Seiten, und der dritte mit dem Rükken zu den Pferden. Diesem Sitz gegenüber befand sich die Tür. Das ganze Gefährt war leicht, aber stabil gebaut und dank seiner anmutigen Form trotz seiner Primitivität gar nicht einmal so unansehnlich, wie man meinen könnte.

Was jedoch diese Wagen zu wünschen übrigließen, das machten die Pferde mehr als wett. Es waren einfach herrliche Tiere, nicht sehr groß, aber von starkem Wuchs und vollendeten Proportionen. Sie hatten einen kleinen Kopf, bemerkenswert große, runde Hufe und machten den Eindruck hervorragender Zucht und großer Schnelligkeit und Ausdauer. Ich habe mir schon sehr häufig die Frage gestellt, woher diese Rasse, die eine ganze Reihe besonderer Eigenarten aufweist, wohl stammen mag, aber ihre Herkunft liegt wie die ihrer Besitzer im Dunkeln. Ebenso wie die Menschen waren auch die Pferde schon immer dagewesen.

Der vordere und der hintere Wagen waren mit Gardisten besetzt. Die beiden mittleren hingegen waren bis auf den Fahrersitz leer. Zu diesen beiden wurden wir nun geführt. Alphonse und ich stiegen in den zweiten, Sir Henry, Good und Umslopogaas in den dritten. Kaum hatten wir Platz genommen, als sie auch schon losfuhren. Und ab ging die Post, daß sich mir die Nackenhaare sträubten! Bei den Zu-Vendi ist es nicht üblich, Pferde traben zu lassen, weder als Kutschpferde noch als Reittiere; es sei denn, die Strecke, die man zurücklegen will, ist nur sehr kurz. Ansonsten prescht man in vollem Galopp dahin. Wie gesagt – wir saßen also kaum, als der Fahrer auch schon die Zügel schießen ließ, und die Pferde mit einem mächtigen Satz nach vorne sprangen. Sogleich jagten wir mit einer solch irrsinnigen Geschwindigkeit dahin, daß es mir fast den Atem verschlug und ich einen Moment lang, bevor ich mich an das Tempo gewöhnt hatte, fürchtete, der Wagen würde umkippen. Alphonse saß mit schreckensbleichem Gesicht auf seinem Sitz und klammerte sich verzweifelt am Rand fest, im sicheren Glauben, jede Minute sei seine letzte. Kurz darauf kam er auf die Idee, mich zu fragen, wohin die Fahrt ginge, und ich antwortete ihm, wir sollten, soweit ich wüßte, auf dem Flammenaltar geopfert werden. Sie hätten sein Gesicht sehen sollen, als er sich an den Rand des Gefährtes krallte und in blankem Entsetzen losschrie, als steckte er schon am Spieß!

Aber der wilde Kutscher beugte sich nur weiter nach vorn über seine dahinfliegenden Rösser und rief etwas; und der Wind, der an uns vorüberpfiff, trug den Klang von Alphonses Jammergeschrei rasch davon.

Und dann lag er vor uns, in all seinem wunderbaren Glanz und seiner berauschenden Pracht und Anmut – der Tempel der Sonne, der Stolz von Zu-Vendis, der für jenes Volk das ist, was für die Juden der Tempel des Salomo, oder besser der des Herodes war. In den Bau dieses erhebenden Werkes waren der Reichtum, das Können und die Arbeitskraft ganzer Generationen geflossen; erst fünfzig Jahre zuvor war der Tempel endgültig vollendet worden. Alles, was das Land zu bieten hatte, war in dieses Werk eingegangen, und das Ergebnis war in der Tat eine große Entschädigung aller Mühen und Anstrengungen, nicht so sehr, was die Größe betraf – es gibt größere Tempel auf der Welt – sondern in erster Linie, was die perfekten Proportionen, die Kostbarkeit und die Schönheit der verbauten Materialien und die überragende Ausführung des Gebäudes betraf. Der Tempel (der für sich allein auf einer Gartenfläche von etwa acht Morgen Ausdehnung auf dem Gipfel der Anhöhe steht, umgeben von den Wohnstätten der Priester), hat die Form einer Sonnenblume. Den Mittelpunkt bildet eine Halle mit einem Kuppeldach, von der aus zwölf Höfe, die die Form eines Blütenblattes haben, strahlenförmig abgehen. Jeder dieser Höfe ist einem der zwölf Monate gewidmet. Sie dienen als Aufbewahrungsort für die Statuen, die man zu Ehren berühmter Verstorbener geschaffen hatte. Die Länge des Kreisbogens unterhalb der Kuppel beträgt dreihundert Fuß, die Höhe der Kuppel beträgt vierhundert Fuß. Die Strahlen sind einhundertfünfzig Fuß lang, und in der Höhe messen sie vom Boden bis zum Dach dreihundert Fuß, so daß sie exakt wie die Blütenblätter einer Sonnenblume in den kuppelbedachten Saal einmünden. So beträgt die Entfernung vom Hauptaltar in der Mitte des Saales bis zur äußersten Spitze jedes einzelnen Blütenblattes exakt dreihundert Fuß (das entspricht genau der Länge des Kreisbogens um den Kuppelsaal), oder, in der Totale gemessen, also vom äußersten Punkt eines Blattes bis zum äußersten Punkt des ihm gegenüberliegenden Blattes, genau sechshundert Fuß.

Das Gebäude besteht aus purem, geschliffenem weißen Marmor, der sich in einem großartigen Kontrast von dem roten Granit der Stadt abhebt, über der es glitzernd prangt wie ein herrschaftliches Diadem auf der Stirn einer geheimnisvoll düsteren Königin. Die Oberfläche der Kuppel und die Dächer der zwölf blütenblattförmigen Höfe sind mit hauchdünnem Blattgold überzogen. Und auf der äußersten Spitze jedes einzelnen Hofdaches steht eine goldene Statue mit ausgebreiteten Flügeln und einer Fanfare in der Hand, die die Figur eines Engels darstellt, der im Begriff ist, sich in die Lüfte zu erheben. Ich muß es wirklich dem Leser überlassen, sich eine Vorstellung zu machen von dem zauberhaften Glanz, der vor diesen Dächern ausgeht, wenn sie von den Strahlen der Sonne gebadet werden. Es ist fürwahr, wie wenn tausend Feuer auf einem Berg aus poliertem Marmor aufleuchteten; die Sonnenstrahlen werden so stark reflektiert, daß man das Aufblitzen der Dächer noch klar und deutlich vom Gipfel eines der Berge der hundert Meilen entfernten Gebirgskette wahrnehmen kann.

Es ist einfach ein traumhafter Anblick – diese goldene Blume, die da erwächst aus den kalten weißen Marmorwällen. Ich bezweifle, daß die Welt desgleichen noch einmal zu bieten hat. Die großartige Wirkung dieses genialen Zusammenspiels von künstlerischer Form, goldenem Licht und edlem Marmelstein wird noch verstärkt durch einen hundertfünfzig Fuß breiten Gürtel rings um den Tempel, der bepflanzt ist mit einer einheimischen Sonnenblumenart; zu dem Zeitpunkt, als wir den Tempel zum ersten Mal sahen, standen diese Blumen gerade in voller Blüte und bildeten einen goldenen Teppich rings um die weiße Tempelmauer.

Der Haupteingang dieses herrlichen Gebäudes befindet sich zwischen den zwei nach Norden ausgerichteten Strahlen oder blattförmigen Höfen. Zuerst kommt ein großes Tor aus Bronze, und dahinter liegen Türen aus massivem Marmor. Sie sind wunderschön verziert mit allegorischen Motiven und mit Blattgold überzogen. Wenn man diese durchschritten hat, trennt einen vom Inneren nur noch die mächtige Außenwand aus Marmor, die eine

Stärke von sage und schreibe fünfundzwanzig Fuß aufweist (die Zu-Vendi bauten in der Tat für die Ewigkeit). Danach kommt noch eine Tür, ebenfalls aus weißem Marmor, die man in die Wand eingelassen hat, um von innen her den Eindruck eines sichtbaren Spaltes in der fugenlosen Innenwand aus Marmor zu vermeiden. Und dann steht man in der kreisförmigen Halle, direkt unter der gewaltigen Kuppel. Geht man weiter auf den Hauptaltar zu, dann offenbart sich dem Auge ein solch schöner Anblick, wie er die Vorstellungskraft des Menschen schier übersteigen muß. Man befindet sich genau in der Mitte der heiligen Stätte, und hoch über einem wölbt sich die weiße Marmorkuppel (die Innenhaut besteht ebenso wie die äußere aus poliertem, weißem Marmor), die in ihrer anmutig geschwungenen Form an die St. Pauls Kathedrale in London erinnert, nur daß der Kreiswinkel ein wenig kleiner ist. Und aus einer luftschachtähnlichen Öffnung genau im Apex der Kuppel flutet das goldene Licht der Sonne herein und ergießt sich über den golden schimmernden Altar. Auf der Ost- und Westseite der Halle stehen ebenfalls Altäre, deren Lichtstrahlen mit dem weihevollen Dämmerlicht um die Vorherrschaft ringen. In alle Richtungen öffnen sich weiß, mystisch und wunderbar die strahlenförmigen Höfe; und durch jeden von ihnen bohrt sich ein einzelner Pfeil weißen Lichtes, der die erhabene Stille in fahlen Schimmer taucht und die Monumente der Toten mit blassem Schein der völligen Düsternis abringt.

Überwältigt von diesem ehrfurchtseinflößenden Anblick, dessen kalte und dennoch in den Bann ziehender Liebreiz die Nerven erzittern läßt wie der Blick aus dem Auge der Göttin der Schönheit selbst, wendet man sich ab und wird sogleich erneut in den Bann gezogen von dem goldenen Hauptaltar, in dessen Mitte, bei Tageslicht dem Auge des Betrachters verborgen, eine ewige Flamme brennt, über der sich sanft eine Krone fahlblauen Rauches erhebt. Der Altar besteht aus goldüberzogenem Marmor. Er ist rund wie die Sonne; der Kreisbogen mißt sechsunddreißig Fuß; die Höhe des Altars beträgt vier Fuß. Am Fuße des Altars befinden sich ebenfalls zwölf Blütenblätter; sie sind aus purem Blattgold und mit Scharnieren versehen. Des Nachts und tagsüber (mit Ausnahme einer Stunde) bilden diese Blütenblätter einen geschlossenen Kelch über dem Altar, genau wie die Blütenblätter, die sich bei stürmischem Wetter um das Haupt der Wasserrose schließen. Wenn jedoch zur Mittagsstunde die Strahlen der Sonne durch den Luftschacht oben hereinfallen und auf die goldene Blume treffen, dann öffnet sich der Kelch und enthüllt das in ihm schlimmernde Geheimnis, nur, um sich sofort wieder zu verschließen, sobald der letzte Strahl sich verloren hat.

Aber das ist noch nicht alles. Auf der Nord- und der Südseite der heiligen Stätte stehen, halbkreisförmig angeordnet und in gleichem Abstand zueinander aufgestellt, zehn goldene Engel, oder vielmehr Frauenfiguren mit weit ausgebreiteten Schwingen; sie sind hervorragend geformt, und selbst der Faltenwurf ihrer Gewänder ist bis ins kleinste Detail perfekt gestaltet. Diese Engelsfiguren, die leicht überlebensgroß sind, stehen mit gebeugten Häuptern in andächtiger Pose da, die Gesichter halb in den Schatten der Schwingen getaucht. Sie sind in der Tat von eindrucksvoller Schönheit und bewegender Anmut.

Dieser Altar weist noch eine weitere Einzelheit auf, die einer kurzen Beschreibung bedarf: nämlich der Fußboden direkt vor dem Altar, und zwar auf der Ostseite desselben; er besteht nicht, wie sonst überall in dem Bauwerk, aus reinem weißem Marmor, sondern aus solidem Messing. Ähnliche Bodenplatten befinden sich auch vor den anderen beiden Altären.

Die Altäre auf der West-, beziehungsweise Ostseite der Halle, die die Form eines Halbkreises haben und dicht vor der Wand des Gebäudes stehen, sind weit weniger beeindruckend als der Hauptaltar; sie sind auch nicht von goldenen Blütenkelchen umschlossen wie jener. Jedoch sind auch sie ganz aus Gold, und auch auf jedem von ihnen brennt die heilige Flamme, und je zwei Engelsfiguren aus Gold stehen zu ihrer Seite. Je zwei goldene Strahlen gehen von ihnen aus und ziehen sich über die Wand hinter ihnen schräg nach oben.

An der Stelle, wo man den dritten Strahl vermuten sollte, also genau zwischen den beiden anderen, befindet sich eine Öffnung in der Wand, die auf der Außenseite recht breit ist, innen jedoch nur noch ein schmaler Schlitz, etwa wie eine sich nach innen allmählich verjüngende Schießscharte. Durch den Schlitz auf der Ostseite der Halle fallen des Morgens die ersten Strahlen der aufgehenden Sonne quer durch die Halle und treffen, während die Sonne nach Westen wandert, auf den goldenen Blütenkelch des Hauptaltars, bis sie schließlich auch auf den Altar zur Westseite fallen. Desgleichen ruhen zur Abenddämmerung die letzten, durch den Schlitz auf der Westseite hereinfallenden Strahlen der untergehenden Sonne noch eine Weile auf dem Ostaltar, bevor sie schließlich in der Dunkelheit versinken. Dies symbolisiert das

Versprechen der Morgen- an die Abenddämmerung, und das der Abend- an die Morgensonne.

Mit Ausnahme dieser drei Altare und den um sie herumgruppierten Engelsfiguren ist der gesamte Raum unter der gewaltigen weißen Kuppel bar jeglichen weitern Schmuckes, was erheblich zu seiner Erhabenheit und Größe beiträgt.

Dies also ist die kurze Beschreibung dieses großartigen, wunderbaren Bauwerkes, und ich wünschte mir von Herzen, ich besäße die Fähigkeit, seinem Glanze, der meiner Meinung nach zum großen Teil seiner verblüffenden Einfachheit zu verdanken ist, mit dem ach so unzulänglichen Mittel meiner Feder gerecht zu werden. Aber ich kann es nicht, und so ist es sinnlos, noch mehr Worte darüber zu verlieren. Und wenn ich dieses geniale Meisterwerk vergleiche mit einigen der flitterhaften, wertlosen Gebäude und dem unecht glänzenden Talmi, der in unseren Tagen so häufig von europäischen Kirchenarchitekten hervorgebracht wird, dann habe ich das Gefühl, daß auch die hochzivilisierte Kunst noch etwas von den Meisterwerken der Zu-Vendi lernen kann. Ich kann nur sagen, daß mir, als meine Augen sich zum ersten Mal an das düstere Licht jenes großartigen Bauwerkes, an seine weiße, anmutig geschwungene Schönheit, die so perfekt und erregend ist wie die einer nackten Göttin, gewöhnt hatten, spontan der Ausruf über die Lippen kam: »Sogar einen Hund würden hier religiöse Gefühle überkommen.« Das mag zwar banal oder vulgär klingen, aber vielleicht verdeutlicht es meine Meinung weit besser als irgendwelche geschliffenen Äußerungen.

Vor den Toren des Tempels wurde unsere Gruppe von einer Abteilung Wachsoldaten empfangen, die offensichtlich der Befehlsgewalt eines Priesters unterstand. Die Soldaten führten uns in einen der ›Blütenhöfe‹ (so nennen die Priester die ›strahlen‹) und ließen uns dort erst einmal eine halbe Stunde lang warten. Sofort hielten wir Kriegsrat ab; und da uns klar war, daß äußerste Gefahr für unser Leib und Leben drohte, beschlossen wir, für den Fall, daß man uns ans Leder wollte, dieses so teuer wie möglich zu verkaufen – Umslopogaas kündigte seinen festen Entschluß an, daß er dem Hohepriester Agon das ehrwürdige Haupt mit Inkosi-kaas spalten wollte. Von der Stelle aus, an der wir uns befanden, konnten wir deutlich sehen, daß eine riesige Menschenmenge in den Tempel strömte, offenbar in Erwartung eines außergewöhnlichen Spektakels, und ich konnte mich nicht ganz von dem Gedanken lösen, daß dieses Spektakel etwas mit uns zu tun hatte. An dieser Stelle möchte ich noch zur Erläuterung der Situation hinzufügen, daß jeden Tag, wenn das Sonnenlicht auf den Hauptaltar fällt, unter dem Schall der Fanfaren der Sonne ein Brandopfer dargeboten wird, welches aus dem Kadaver eines Schafes oder eines Ochsen besteht, gelegentlich auch aus Früchten oder Getreide. Dieses Ereignis findet gegen Mittag statt; natürlich nicht immer genau um zwölf Uhr, aber da Zu-Vendis nicht weit vom Äquator entfernt liegt – trotz dieser Lage hat es aufgrund seiner Höhe ein so angenehm gemäßigtes Klima – fallen die Sonnenstrahlen fast immer gegen Mittag auf den Altar. An jenem Tage sollte das Opfer um acht Minuten nach zwölf stattfinden.

Um Punkt zwölf Uhr erschien ein Priester, gab ein Handzeichen, und der Hauptmann der Garde bedeutete uns, daß wir nun nach vorn gehen sollten. Wir versuchten, dabei soviel äußere Gelassenheit an den Tag zu legen, wie nur eben möglich. Eine Ausnahme bildete natürlich wieder einmal der unglückselige Alphonse, dessen Zähne auf der Stelle laut zu klappern begannen. Ein paar Sekunden später waren wir aus dem Hof heraus und traten ins Innere der Halle. Dort wartete schon eine riesige Menschenmenge neugierig darauf, einen Blick auf die geheimnisvollen Fremden zu erhaschen, die das Sakrileg begangen hatten, die ersten Fremden, die – soweit die Menge wußte – seit Menschengedenken ihren Fuß auf Zu-Vendis gesetzt hatten.

Bei unserem Erscheinen ging sofort ein aufgeregtes Getuschel und Gemurmel durch die riesige Menschenmenge, die sich ringsum bis dicht an die Wand der Halle drängte, das sich auf schaurige Art und Weise in der riesigen Kuppel brach und wie ein Echo zurückhallte, und wir sahen, daß auf dem Meer von Gesichtern eine Röte der Erregung erschien, die aussah wie der rosa Schimmer der untergehenden Sonne auf einer langgestreckten weißen Wolkenbank. Es war ein unheimlicher, alles andere als beruhigender Anblick.

Wir schritten weiter durch eine Gasse, die sich zwischen den Leibern bildete, bis wir schließlich auf dem Messingboden auf der Ostseite des Altars standen, den letzteren direkt vor Augen. Eine Fläche im Umkreis von vielleicht dreißig Fuß um die Engelsfiguren herum war mit Seilen abgesperrt, und die Menge drängte sich dicht hinter der Absperrung. Vor den Seilen standen in einem Kreis mehrere Priester in weißen Roben mit ihren goldenen Kettengürteln und hielten lange, goldene Fanfaren in den Händen; und unmittelbar vor uns stand unser alter Freund Agon, der Hohepriester, mit seiner eigentümlichen Kappe auf dem Kopf. Er war der einzige in der riesigen Menge, der eine Kopfbedeckung trug. Wir stellten uns auf die Messingplatte, ohne zu ahnen, was für eine nette Überraschung uns darunter erwartete; ich glaubte indessen, ein seltsames Zischen wahrzunehmen, das ganz offensichtlich vom Boden herkam, und für das ich keine Erklärung fand. In den folgenden Minuten passierte überhaupt nichts, und ich ließ meinen Blick durch die Runde schweifen, um zu sehen, ob ich irgendwo die beiden Königinnen Nylephta und Sorais entdekken konnte; aber sie waren nirgends zu sehen. Zu unserer Rechten jedoch befand sich eine freie Stelle, und ich vermutete, daß sie für die Königinnen reserviert war.

Wir warteten. Kurze Zeit später erscholl von irgendwoher der Klang einer Fanfare – vermutlich aus der Kuppel – und erneut ging ein aufgeregtes Raunen durch die Menge. Und dann schritten wir durch eine lange Gasse, die zu dem freien Platz rechts von uns führte, Seite an Seite die beiden Königinnen. Hinter ihnen kamen ein paar Adelige des Hofes, darunter auch der große Fürst Nasta, und dann folgte eine Leibwache, bestehend aus etwa fünfzig Soldaten. Der Anblick der letzteren ließ mich erleichtert aufatmen. Bald hatten sie alle auf dem freien Platz ihre Positionen eingenommen; die beiden Königinnen in vorderster Reihe, links und rechts neben ihnen die Höflinge, und dahinter in einem doppelten Halbkreis die Gardisten.

Wieder herrschte für einen Augenblick absolute Stille. Ich sah, wie Nylephta plötzlich aufblickte und versuchte, meinen Blick auf sich zu ziehen; sie schien mir mit ihrem Blick irgend etwas mitteilen zu wollen, und ich folgte mit meinen Augen so unauffällig wie möglich den ihrigen. Ihr Blick wanderte langsam hinunter an die Stelle, wo sich die Bodenplatte aus Messing befand, auf deren äußerster Kante wir standen. Dann machte sie mit dem Kopf eine leichte, kaum merkliche Seitwärtsbewegung. Ich verstand nicht sogleich, was sie damit sagen wollte, und sie wiederholte die Bewegung. Diesmal glaubte ich, daß sie uns sagen wollte, daß wir von der Bodenplatte zurücktreten sollten. Ein weiterer Blick, und ich war ganz sicher – die Messingplatte bedeutete Gefahr für uns! Sir Henry stand rechts von mir, Umslopogaas links. Ohne meinen Blick, der geradeaus auf den Altar gerichtet war, abzuwenden, flüsterte ich leise und unauffällig zuerst auf Zulu und dann auf Englisch, daß sie ganz langsam, Zoll für Zoll, zurücktreten sollten, bis ihre Schuhe den festen Marmorboden erreicht hätten, der sich unmittelbar an die Kante der Messingplatte anschloß. Sir Henry flüsterte die Nachricht Good zu, und dieser gab sie an Alphonse weiter, und dann schoben wir uns langsam, unendlich langsam, zurück; wir gingen dabei in der Tat so behutsam vor, daß niemand, abgesehen von Nylephta und Sorais, die aus den Augenwinkeln unser Zurückweichen verfolgten, auch nur das Geringste mitbekam. Als wir weit genug waren, schaute ich wieder Nylephta an, und ich sah, daß sie mit einem kaum merklichen Nicken ihrer Befriedigung Ausdruck gab. Agon hatte die ganze Zeit über tief versunken den Altar angestarrt; vermutlich befand er sich in einem Zustand kontemplativer Ekstase, und ich hatte meinen Blick auf sein Kreuz geheftet, ebenfalls in einem – wiewohl ganz anders gearteten – Zustand der Ekstase. Plötzlich warf er seine langen Arme hoch, und mit feierlicher, bebender Stimme verfiel er in eine Art liturgischen Gesang. Der Bequemlichkeit halber möchte ich hier eine grobe, aber wirklich *sehr* grobe Übersetzung dieses Gesanges beifügen, obwohl ich natürlich zu dem Zeitpunkt die Bedeutung des Inhaltes überhaupt noch nicht verstand. Es war ein Bittgesang an die Sonne, der ungefähr wie folgt lautete:

Es herrscht Stille über der Erde und über den Wassern!
Fürwahr, die Stille brütet über den Wassern wie der Vogel in seinem Nest;
Die Stille schlummert auch auf dem Busen der tiefen Finsternis.
Nur hoch oben im All spricht Stern mit Stern.
Die Erde ist ohnmächtig und schwach vor Sehnsucht und naß von den Tränen ihres Verlangens;
Die sternenumgürtete Nacht umarmt sie, aber sie kann ihr keinen Trost spenden.
Sie liegt gehüllt in die Tücher des Nebels wie der Leichnam im Totengewand
Und sie streckt ihre blasse Hand gen Osten.
Und siehe! Weit hinten im Osten erhebt sich der Hauch eines Lichtes;
Die Erde erblicket das Licht und erhebt sich. Sie schaut über den Rand ihrer hohlen Hand hinweg.
Und dann erheben sich Deine mächtigen Engel von Deiner Heiligen Stätte, o Sonne,
Sie werfen ihre flammenden Speere in den Leib der Dunkelheit und machen ihn schrumpfen.
Sie erstürmen den Himmel und stürzen die bleichen Sterne von ihrem Thron;

Ja, sie schleudern die unbeständigen Sterne zurück in den Schoß ihrer Mutter, der Nacht;
Sie lassen den Mond erblassen, so daß sein Gesicht matt und bleich wird wie das Antlitz eines sterbenden Menschen,
Und siehe da! Du erscheinst in all deiner Pracht, o Sonne!

Oh, Du Schöne, die Du gehüllet bist in ein Gewand aus Feuer!
Der unendliche Himmel ist Deine Straße; Du rollst über sie hin wie ein Triumphwagen.
Die Erde ist Deine Braut; Du küssest sie, und sie gebiert Dir ihre Kinder;
Ja, Du bist der allmächtige Vater und der Spender allen Lebens, o Sonne!
Die kleinen Kinder strecken ihre Hände nach Dir aus und wachsen auf in dem Glanze Deines Lichts;
Die Greise kriechen hervor, Deine Strahlen zu spüren, und sie erinnern sich ihrer einstigen Stärke, so Deine Strahlen sie küssen;
Nur die Toten vergessen Dich, o Sonne!
Und wenn Du ergrimmt bist, hältst Du Dein Antlitz verborgen;
Und Du ziehst einen dicken Vorhang aus Schatten vor Deinen Leib.
Dann erkaltet die Erde, und der Himmel verzagt;
Und sie erzittern; und der Klang ihres Zitterns ist der Hall des Donners;
Sie weinen, und ihre Tränen sind der Regen;
Sie seufzen, und die wütenden Winde sind der Klang ihrer Seufzer.
Und die Blumen sterben, und die Frucht auf dem Felde erschlafft und erbleicht;
Und die Greise und Kinder gehen wieder in die Hütten zurück,
Wenn Du Dein Licht verbirgst, o Sonne!

Sag an, wer bist Du, o Glanz ohnegleichen –
Wer trug Dich in die Höhen des Himmels, o Du flammender Zorn?
Wo war Dein Anfang, und wann wird der Tag sein, da Du vergehst?
Du bist das Kleid des lebendigen Geistes.*

---

* Diese Zeile ist insofern interessant, als sie eine der wenigen Stellen im Zu-Vendi-Ritual darstellt, die auf eine vage göttliche Wesenheit anspielt, die unabhängig ist von der rein materiellen Verehrung des Himmelskörpers an sich. Der Begriff »*Taia*«, der an dieser Stelle benutzt wird, hat nur eine sehr verschwommene, unspezifische Bedeutung und heißt soviel wie *Wesen, Lebensprinzip, Geist* oder sogar *Gott*.

Du wirst nicht vergehen, wenn Deine Kinder schon vergessen sind;
Nein Du wirst niemals enden, denn Du bist die Ewigkeit!
Du thronest dort oben in deinem goldenen Haus und missest die Jahrhunderte.
O Vater allen Lebens! O Sonne, die die Finsternis vertreibt!

An dieser Stelle unterbrach Agon seinen feierlichen Gesang, der, auch wenn er sich nur noch sehr arm und dünn ausmacht, nachdem ich ihn durch die Mühle meiner Übersetzung gedreht habe, im Original wirklich wunderschön und äußerst beeindruckend ist. Und dann, nach einem kurzen Moment der Stille, hob er den Blick zu der Öffnung in der Kuppel des Tempels und rief –

O Sonne, steig herab auf Deinen Altar!

Während er noch sprach, geschah etwas Wunderbares: Von der Höhe der Kuppel blitzte ein herrlicher Strahl goldenen Lichtes herab und zerschnitt das düstere Zwielicht in der Halle wie ein Flammenschwert. Es fiel direkt auf die Sitze des goldenen Blütenkelches über dem Altar, und wie von Geisterhand bewegt öffnete sich die herrliche Blume, und die goldenen Blätter sanken ringsum auf den Boden um den Altar, in dessen Mitte die ewige Flamme loderte. Im selben Moment bliesen die Priester einen hallenden Fanfarenstoß, und aus tausend Mündern zugleich erklang ein Ausruf der Lobpreisung, der sich in dem Kuppeldach brach und von den Marmorwänden zurückhallte. Und nun schien das Licht der Sonne voll auf die emporzüngelnde heilige Flamme; sie flakkerte, sank in sich zusammen und verschwand in der Tiefe des Altars, aus der sie sich erhoben hatte. Als sie gänzlich versunken war, hallte erneut der Ton der Fanfaren durch die Halle, und wieder erhob der greise Priester die Hände und rief –

Wir bringen Dir Dein Opfer dar, o Sonne!

Ich blickte aus den Augenwinkeln hinüber zu Nylephta; ihr Blick war auf die Messingplatte geheftet.

»Aufgepaßt!« rief ich. Gleichzeitig sah ich, wie Agon sich nach vorn beugte und etwas an dem Altar berührte. Im selben Moment trat ein roter Schimmer auf das weiße Meer von Gesichtern um uns herum, dann wurden die Gesichter wieder ganz bleich, und die Menge hielt den Atem an. Nylephta beugte sich vor und schlug unwillkürlich die Hände vors Gesicht. Sorais neigte den Kopf zur Seite und sprach im Flüsterton mit dem Hauptmann der königlichen Leibgarde. Und da glitt direkt vor unseren Augen mit einem quietschenden Geräusch die Bodenplatte aus Messing zur Seite und gab den Blick frei auf einen glatten Marmorschacht, der in einen wütend brausenden Ofen direkt unter dem Altar mündete. Dieser Ofen war so groß und seine hell lodernden Flammen waren so heiß, daß sie glatt den Achtersteven eines Kriegsschiffes zerschmolzen hätten!

Mit einem Schrei des Entsetzens sprangen wir zurück. Alphonse war vor Schreck so gelähmt, daß er beinahe in die Glut hinabgestürzt wäre, hätte Sir Henry ihn nicht in letzter Sekunde, als er schon über dem Abgrund taumelte und zu verschwinden drohte, mit starker Hand gepackt und zurückgerissen.

Sogleich erhob sich ein beängstigender Tumult, und wir vier stellten uns Rücken an Rücken, um unsere Haut so teuer wie möglich zu verkaufen. Alphonse raste wie ein Wilder um uns herum und versuchte verzweifelt, zwischen unsere Beine zu kriechen und sich dort zu verstecken. Wir hatten alle unsere Revolver dabei. Man hatte uns zwar höflich, aber bestimmt, unsere Gewehre abgenommen, als wir den Palast verließen, aber diese Leute wußten natürlich nicht, was ein Revolver war, und hatten ihnen deshalb auch keine weitere Aufmerksamkeit gewidmet. Umslopogaas hatte seine Axt behalten, die ihm abzunehmen man nicht der Mühe wert befunden hatte, und nun wirbelte er sie über seinem Kopf und stieß seinen markerschütternden Zulu-Kriegsschrei aus, der mit donnerndem Echo an den Wänden der Halle entlangrollte und trotzig und herausfordernd in die Ohren der Priester drang. Sekunden später hatten die Priester, die sich um ihre Beute betrogen sahen, ihre unter den weißen Roben verborgenen Schwerter gezückt und drangen wütend auf uns ein wie Jagdhunde auf ein gestelltes Wild. Nun gab es kein langes Überlegen mehr; vielleicht war es sinnlos, sich zur Wehr zu setzen, aber es gab nur zwei Alternativen: kämpfen oder sterben. Ich jagte dem ersten von ihnen, der auf uns zugeschossen kam – es war ein kräftiger, hochaufgeschossener Bursche – eine Revolverkugel in den Leib; er wankte, und dann fiel er in die Öffnung des Schachtes. Er glitt unter entsetzlichem Brüllen die glatten Marmorwände hinab und verschwand in dem tosenden Feuerschlund, wie es eigentlich uns zugedacht gewesen war.

Ob es nun seine entsetzten Schreie waren, oder der für sie schrecklich laute Knall des Revolverschusses und seine verheerende Wirkung – jedenfalls blieben die anderen Priester konsterniert und unentschlossen stehen; und bevor sie noch einen neuen Angriff gegen uns starten konnten, rief Sorais etwas, und wir waren plötzlich gemeinsam mit den beiden Königinnen und einem Teil der Hofadeligen von einem Wall bewaffneter Männer umringt. Dies geschah in Sekundenschnelle; die Priester zögerten noch immer, und die Masse schwankte unentschlossen hin und her wie eine Herde verstörter Schafe und machte keinerlei Anstalten, sich auf die Seite der einen oder der anderen Partei zu schlagen.

Der letzte verzweifelte Schrei des brennenden Priesters war verhallt, das Feuer hatte ihm ein Ende gemacht, und eine Grabesstille senkte sich über den Schauplatz.

Dann drehte sich der Hohepriester mit teuflisch verzerrtem Gesicht den Königinnen zu und schrie: »Laßt das Opfer geschehen! Verhindert nicht, daß diese Fremden, die wahrlich genug Sünde begangen haben, ihrer gerechten Strafe zugeführt werden! Wollt ihr, Königinnen, den Mantel des Schutzes über Missetäter werfen? Sind nicht die Tiere, die der Sonne geweiht waren, tot? Und starb nicht soeben erst, vor unseren Augen, ein Priester der Sonne, hingeschlachtet von der Zauberkraft dieser Fremdlinge, die zu uns kamen wie der Sturm vom Himmel; woher, wissen wir nicht, und auch wer sie sind, wissen wir nicht? Hütet euch, o Königinnen, euch der großen Majestät Gottes zu widersetzen, angesichts seines Altars! Es gibt eine Macht, die größer ist denn eure; es gibt eine Gerechtigkeit, die höher ist denn eure Gerechtigkeit! Hütet euch, eure gottlose Hand gegen sie zu erheben! Laßt das Opfer geschehen, o Königinnen!«

Dann antwortete ihm Sorais mit ihrer tiefen, ruhigen Stimme, bei deren Klang ich nie ganz den Verdacht loswerden konnte, daß ein leiser Unterton von Spott in ihr mitschwang, wie ernst auch immer das Thema war: »O Agon, du hast gemäß deinem Wunsche gesprochen, und, fürwahr, du hast die Wahrheit gesagt. Aber du bist es, der ruchlos und frevelhaft seine Hand gegen die Gerechtigkeit deines Gottes erhebt! Vergiß nicht, daß das mittägliche Opfer geschehen ist: Die Sonne hat einen ihrer Priester als Opfer genommen!«

Das war eine ganz neue Idee, und sie brachte die Sache in eine ganz andere Richtung; die Menge tat unter lautem Applaus ihre Zustimmung dazu kund.

»Vergißt du, wer diese Männer sind? Es sind Fremde, die man auf dem Busen eines Sees dahingleitend vorfand. Wer brachte sie dorthin? Wie kamen sie auf den See? Woher willst du wissen, ob nicht auch sie Diener der Sonne sind? Ist dies die Gastfreundschaft, die unsere Nation nach deinem Willen gegenüber Fremden an den Tag legen soll, die das Schicksal auf solch wundersame Weise zu uns brachte? Ist das deine Art von Gastfreundschaft, sie in die Flammen zu stoßen? Schande über dich, tausendmal Schande über dich! Was aber ist wahre Gastfreundschaft? Den Fremden bei sich aufzunehmen und ihm Schutz zu gewähren. Seine Wunden zu verbinden, ihm ein Kissen für das müde Haupt zu geben und Speise, damit er seinen Hunger stillen kann. Aber dein Kissen ist der Flammenofen, und deine Speise ist der heiße Wohlgeschmack der Glut! Schande über dich!«

Sie machte eine Pause, um zu sehen, welche Wirkung ihre Rede bei der Menge hinterließ, und als sie sah, daß ihre Worte gut ankamen, ließ sie ihren Tonfall sofort von einem protestierenden in einen gebieterischen umschlagen.

»Ho! Platz da!« rief sie. »Platz gemacht, sage ich! Gebt den Weg frei für die Königinnen und für die, über die die Königinnen ihren ›Kaf‹ geworfen haben*!«

»Und wenn ich mich weigere, Königin?« zischte Agon mit gepreßter Stimme durch die Zähne.

»Dann werde ich mir mit meiner Leibwache einen Weg bahnen!« lautete die stolze Antwort. »Jawohl, auch hier, angesichts des Allerheiligsten, und wenn es sein muß, durch die Leiber deiner Priester!«

Agons Gesicht wurde in ohnmächtiger Wut aschfahl. Er starrte in die Menge, als wollte er sie beschwören, aber er mußte in diesem Moment erkennen, daß die Sympathien bei der Gegenseite waren. Die Zu-Vendi sind von ihrer Mentalität her ein neugieriges und umgängliches Volk, und so sehr sie es auch als eine Ungeheuerlichkeit ansahen, daß wir die heiligen Flußpferde erschossen hatten; der Gedanke, daß die ersten echten Fremden, die jemals in ihr Land gekommen waren, in einen Flammenofen geworfen und verbrannt werden sollten, behagte ihnen überhaupt nicht; denn waren sie erst einmal tot, dann war ein für allemal die Chance vertan, etwas von ihnen zu lernen und über sie zu klatschen. Agon spürte diese Stimmung und zögerte; und da erhob zum erstenmal Nylephta ihre sanfte, melodische Stimme.

* Kaf = Mantel

»Bedenke, Agon«, sagte sie, »diese Männer können sehr wohl, wie meine königliche Schwester schon sagte, Diener der Sonne sein. Aber sie können nicht für sich selbst sprechen, da ihre Zungen gebunden sind. Warte erst einmal solange, bis sie unsere Sprache gelernt haben. Man darf niemanden verurteilen, ohne ihn vorher gehört zu haben. Wenn diese Männer erst sich selbst verteidigen können, dann wird der Zeitpunkt gekommen sein, sie auf die Probe zu stellen.«

Hiermit hatte Nylephta dem Priester eine goldene Brücke gebaut, über die er sich ohne Gesichtsverlust vorerst aus der Affäre ziehen konnte, so wenig sie ihm auch paßte; jedenfalls ergriff der rachsüchtige Alte den dargebotenen Strohhalm mit beiden Händen.

»So sei es denn, o Königinnen«, antwortete er. »Mögen diese Männer in Frieden ziehen, und wenn sie unsere Sprache gelernt haben, dann sollen sie sprechen. Und ich, jawohl – ich, werde in Ehrfurcht vor dem Altar auf die Knie fallen, auf daß nicht wegen des Sakrilegs die Pest über unser Land komme.«

Diese Worte wurden von der Menge mit beifälligem Gemurmel aufgenommen, und ein paar Minuten später verließen wir schon den Tempel, umringt von den Soldaten der königlichen Leibgarde.

Erst viel später jedoch sollten wir erfahren, was sich eigentlich alles im einzelnen hinter den Kulissen abgespielt hatte, und wie knapp wir dem grausamen Griff der Priesterschaft entrungen worden waren, der gegenüber selbst die Königinnen praktisch keine Macht hatten.

Hätten nicht die Königinnen alles in ihrer Macht stehende unternommen, uns zu beschützen, dann wären wir schon getötet worden, bevor wir überhaupt den Fuß über die Schwelle des Tempels gesetzt hätten. Der heimtückische Versuch, uns bei lebendigem Leibe in den Flammenofen zu stürzen, war der letzte in der Reihe mehrerer gescheiterter Attentatsversuche gewesen, mit dem die Priester sich uns vom Halse hatten schaffen wollen.

15

Sorais' Lied

Nachdem wir Agon und seiner bigotten Mörderbande so glücklich entkommen waren, kehrten wir in unsere Quartiere im Palast zurück. In der Folgezeit erging es uns prächtig. Die beiden Königinnen, die Adeligen und die Bevölkerung wetteiferten miteinander darin, uns mit Ehrerbietungen und Geschenken zu überschütten. Und was den unglücklichen Zwischenfall mit den Flußpferden betrifft, so geriet er sehr bald in Vergessenheit, was uns auch alles andere als ungelegen war. Jeden Tag kamen Menschen, manchmal sogar ganze Abordnungen, zu uns, die unsere Waffen, unsere Kleidung, unsere Kettenhemden, unsere Instrumente, und insbesondere unsere Uhren bestaunen wollten. Die letzteren hatten es ihnen besonders angetan und schienen ihnen ein Heidenvergnügen zu bereiten. Kurz, wir kamen ganz groß in Mode; das ging sogar so weit, daß einige der modebewußten jungen Burschen unter den Zu-Vendi anfingen, den Schnitt einiger unserer Kleider zu kopieren, besonders Sir Henrys Jägerjacke. Eines Tages erwartete uns wieder einmal eine Gesandtschaft, und Good legte wie üblich zum Anlaß eines solchen Ereignisses seine Uniform an. Allem Anschein nach war diese Abordnung von etwas anderer Art als die, die uns gewöhnlich mit ihrem Besuch beehrten. Sie bestand aus einer Gruppe unscheinbar aussehender kleiner Männer, die ein ausgesucht höfliches, um nicht zu sagen unterwürfiges Verhalten an den Tag legten; ihre ganze Aufmerksamkeit galt augenscheinlich ausschließlich den Details von Goods Uniform; sie waren die ganze Zeit über damit beschäftigt, Aufzeichnungen davon anzufertigen und die exakten Maße der einzelnen Uniformteile zu nehmen. Good fühlte sich höchst geschmeichelt; denn er hatte zu dem Zeitpunkt noch keine Ahnung davon, daß es sich bei den Männern um die fünf führenden Schneider von Milosis handelte. Vierzehn Tage später jedoch – wir hielten wieder einmal wie gewöhnlich Hof – hatte er das Vergnügen, zu sehen, wie sieben oder acht Zu-Vendi – ›Stutzer‹ in der vollen Pracht einer ausgezeichneten Imitation seiner Paradeuniform hereinstolziert kamen. Mit seiner guten Stimmung war es schlagartig vorbei. Ich werde niemals vergessen, wie er verblüfft und angewidert das Gesicht verzog. Nach diesem Ereignis beschlossen wir, in erster Linie, um nicht immer soviel Aufsehen zu erregen, und zweitens, weil sich unsere Kleider langsam auftrugen und geschont werden mußten, uns gemäß der einheimischen Gepflogenheiten zu kleiden. Und ich muß sagen, die Zu-Vendi-Tracht erwies sich als äußerst bequem, auch wenn ich zugeben muß, daß ich meines Erachtens nach einen recht lächerlichen Eindruck darin machte, ganz zu schweigen von Alphonse! Nur Umslopogaas scherte sich nicht darum; als sein altes Moocha durchgewetzt war, machte sich der wilde alte Zulu ein neues und lief weiterhin völlig unbekümmert darin herum, grimmig und nackt wie seine Streitaxt.

In der Zwischenzeit hatten wir eifrig unsere Sprachlektionen aufgenommen und recht gute Fortschritte gemacht. Am Morgen nach unserem Abenteuer im Tempel hatten sich drei gesetzte, ehrwürdig aussehende Herren bei uns eingefunden, bewaffnet mit Büchern, Tintenfässern und Federkielen, die uns eröffneten, daß man sie geschickt habe, uns in der Sprache der Zu-Vendi zu unterweisen. Mit Ausnahme von Umslopogaas machten wir uns alle eifrig ans Werk und büffelten vier Stunden pro Tag. Umslopogaas wollte auch damit nichts zu tun haben; er lehnte es ab, das ›Weibergewäsch‹ zu erlernen – nein, nicht mit ihm! Und als einer der Lehrer auf ihn zuging und ihm mit dem Buch und dem Gänsekiel aufmunternd vor der Nase herumwedelte, etwa so wie ein Kirchendiener, der einladend mit dem Klingelbeutel unter der Nase eines reichen, aber knickrigen Gemeindeschäfleins rasselt, da sprang der alte Zulu mit einem wütenden Fluch auf und fuchtelte unserem gelehrten Freund mit Inkosi-kaas vor dem Gesicht herum. Damit war der Versuch, *ihm* Zu-Vendi beizubringen, ein für allemal im Keim erstickt.

So verbrachten wir unsere Vormittage mit nützlicher Beschäftigung, die uns überdies auch großen Spaß machte, besonders, als wir feststellten, daß wir Fortschritte machten. Unsere Nachmittage waren ganz der Erholung gewidmet. Einige Male machten wir Ausflüge; unter anderem besuchten wir die Goldminen und die Marmorbrüche. Schade, daß mir Platz und Muße fehlen, diese ausführlich zu beschreiben. Ein paarmal gingen wir auch auf die Rehjagd, und zwar mit Hunden, die eigens für diesen Zweck ausgebildet waren; es machte ungeheuren Spaß, denn das Land verfügt über zahlreiche ausgezeichnete Wildgehege, und wir hatten wunderbare Pferde. Das war nicht weiter verwunderlich, zieht man in Betracht, daß wir nach Belieben über die königlichen Stallungen verfügen durften. Zusätzlich hatte uns Nylephta noch vier herrliche Reitpferde überlassen.

Manchmal vergnügten wir uns auch auf der Falkenjagd, die eine äußerst beliebte Freizeitbeschäftigung bei den Zu-Vendi darstellt. Sie richten ihre Vögel gewöhnlich auf eine Rebhuhngattung ab, die sich durch die große Schnelligkeit und die bemerkenswerte Ausdauer ihres Fluges auszeichnet. Wenn dieses Rebhuhn von dem Falken angegriffen wird, verliert es anscheinend den Kopf und fliegt, statt einen sicheren Schutz zu suchen, in schwindelnde Höhen hinauf und bietet damit natürlich dem Falken ein hervorragendes Angriffsziel. Einmal wurde ich Zeuge, wie ein Rebhuhn, das von einem Falken verfolgt wurde, so hoch aufstieg, daß ich es beinahe aus dem Blick verloren hätte. Ein noch besseres Opfer für den Falken bietet eine Spielart der Einsiedlerschnepfe, die fast die Größe einer kleinen Waldschnepfe erreicht und in diesem Lande sehr häufig vorkommt. Man jagt sie mit einem sehr kleinen, beweglichen, hervorragend abgerichteten Falken, der einen fast roten Schwanz besitzt. Der Zickzacklauf der großen Schnepfe und der pfeilschnelle Flug und die blitzartigen Bewegungen des rotschwänzigen Falken machen diesen Zeitvertreib zu einem höchst erbaulichen Vergnügen. Eine andere Variante dieses Sports ist die Jagd auf eine sehr kleine Antilopenart mit abgerichteten Adlern; und es ist wirklich ein grandioses Erlebnis, den großen Vogel zu beobachten, wie er in den Äther steigt, bis man ihn nur noch als winzigen schwarzen Fleck im Sonnenlicht erkennen kann, und dann, ganz plötzlich, kommt er heruntergeschossen wie eine Kanonenkugel und stürzt sich auf den Bock, der, vor allem verborgen außer dem alles durchbohrenden Blick des Adlers, irgendwo im Gras kauert. Das ganze Schauspiel ist noch schöner, wenn der Adler die Antilope in vollem Lauf schlägt.

An manchen Tagen fuhren wir hinaus auf die Landsitze einiger hoher Adeliger und besichtigten ihre wunderschönen Festungen mit den hinter ihre Mauern geschmiegten Dörfern. Wir sahen Weingärten, Kornfelder und gepflegte parkähnliche Anlagen mit herrlichen Bäumen, bei deren Anblick mir oftmals das Herz höher schlug; denn ich liebe schöne Bäume über alles. Kräftig und standhaft stehen sie da, so stark und doch voller Schönheit, eine wahre Verkörperung edlen Mannestums. Wie stolz ein edler Baum sein bares Haupt gegen den winterlichen Sturm erhebt, und mit welch freudig vollem Herzen er frohlockt, wenn der Frühling zurückgekehrt ist! Und wie erhaben seine Stimme erklingt, wenn er mit dem Winde spricht: Selbst der Klang von tausend Aeolsharfen kommt nicht dem wunderbaren Seufzen des Windes gleich, wenn er durch einen Baum in voller Blätterpracht rauscht. Am Tage ist er auf die Sonne gerichtet, und des Nachts auf die Sterne, und so überdauert er leidenschaftslos, und zugleich doch so voll mit Leben, die Jahrhunderte, ob es stürmt, oder ob die Sonne scheint, und er saugt seinen Lebenssaft aus dem kühlen Busen der Mutter Natur, und während die Jahre langsam dahingehen, erfährt er das Geheimnis des Wachstums und des Verfalls. Und ganze Generationen überdauert er, er überlebt Personen, Reiche, Dynastien – alles, bis auf die Erde, die er schmückt und Mutter Natur selbst – bis zu jenem Tage, an dem der Wind in dem langen Kampfe den Sieg davonträgt und sich des wieder errungenen Platzes erfreuen kann, oder bis der Verfall zu seinem letzten, zerstörerischen Schlag ausholt und den schon vom Tode gezeichneten Baum niederstreckt.

Das Abendessen pflegten Sir Henry, Good und ich gemeinsam mit den königlichen Majestäten einzunehmen – zwar nicht immer, aber wohl drei oder vier Mal die Woche, wann immer es ihnen an Gesellschaft ermangelte, oder die Staatsgeschäfte ihnen dazu Zeit ließen. Und ich muß sagen, daß diese gemeinsamen Mahlzeiten die reizendsten ihrer Art waren, die ich je erlebt hatte. Ich glaube wirklich, daß der ungeheure Liebreiz, den Nylephta ausstrahlt, in erster Linie in ihrer reizenden Schlichtheit und Unkompliziertheit begründet ist und in ihrem nicht gespielten, freundlichen Interesse, das sie selbst kleinen, unwichtig erscheinenden Dingen gegenüber an den Tag legt. Sie ist die einfachste Frau, die je kennenzulernen mir vergönnt war, und sie ist, sofern ihre Leidenschaften nicht berührt werden, auch die bezauberndste von allen Frauen, die ich je sah; aber wann immer es erforderlich erscheint, dann kann sie auch wahrhaft königlich und würdig auftreten und so heftig und ungestüm sein wie eine echte Wilde.

So werde ich zum Beispiel niemals jene Situation vergessen, in der mir zum erstenmal klar wurde, daß sie verliebt war in Curtis. Die ganze Sache wurde ins Rollen gebracht durch Goods bekannte Schwäche für weibliche Gesellschaft. Nachdem wir etwa drei Monate lang eifrig jeden Tag Zu-Vendi gelernt hatten, war Master Good der ehrwürdigen alten Herren, die so freundlich gewesen waren, uns mit gutem Erfolg in die Geheimnisse des Zu-Vendi einzuführen, überdrüssig. Und ohne auch nur ein Sterbenswörtchen einem von uns gegenüber darüber zu verlieren, gab er ihnen zu verstehen, daß er der Ansicht sei, man könne nur dann tiefer in die Feinheiten einer Fremdsprache eindringen, wenn man von

Damen unterrichtet würde – jungen Damen, wie er nicht ausdrücklich hinzuzufügen vergaß. Außerdem sei das ein wissenschaftlich erwiesenes Faktum. In seinem eigenen Lande, so erklärte er ihnen im Brustton der Überzeugung, sei es gang und gäbe, daß man die bestaussehendsten und reizvollsten Mädchen aussuche, die man finden könne, wolle man Fremden, die der Zufall ins Land verschlagen habe, die Sprache beibringen.

Die alten Herren standen mit offenem Mund da. Es wäre, so gaben sie zu, etwas Wahres in seinen Worten, führe doch die Betrachtung des Schönen, wie ihre Philosophie lehrte, zu einer gewissen Durchlässigkeit des Geistes, ähnlich der, die der heilsame Einfluß von Sonne und Luft beim physischen Körper hervorrufe. Folglich wäre die Wahrscheinlichkeit hoch, daß wir die Sprache der Zu-Vendi ein wenig schneller absorbieren könnten, wenn man passende Lehrkräfte für uns finde. Ein weiterer Vorteil wäre darin zu sehen, daß wir, da ja das weibliche Geschlecht bekanntlich etwas geschwätzig wäre, hervorragende Praxis im *Viva voce*-Bereich unserer Sprachstudien erlangen würden.

Diesen Ausführungen pflichtete Good eifrig bei, und alsbald entschwanden die Herren mit der festen Zusicherung, ihre Anweisungen würden voll und ganz unseren Wünschen entsprechen, und man würde sich bemühen, unserem Geschmack so gut wie möglich gerecht zu werden.

Sie können sich daher, verehrter Leser, vorstellen, wie überrascht und gleichzeitig ärgerlich ich war – und ich bin sicher, Sir Henry teilte in diesem Punkt voll und ganz meinen Standpunkt –, als wir am darauffolgenden Morgen beim Betreten des Raumes, in dem wir wie gewöhnlich unsere Studien fortsetzen wollten, anstelle der ehrwürdigen alten Herren drei der bestaussehendsten jungen Damen vorfanden, die Milosis aufbieten konnte – und das will schon etwas heißen! Als wir eintraten, erröteten sie heftig, machten schüchtern lächelnd einen Knicks und gaben uns zu verstehen, daß sie gekommen wären, unsere Anweisungen auszuführen. Und während wir noch dastanden und uns verblüfft anstarrten, hielt Good die Zeit für gekommen, uns zu sagen, daß die alten Herren ihn am Abend zuvor unterrichtet hätten, sie hielten es für absolut notwendig, daß unsere weitere sprachliche Unterweisung von Mitgliedern des anderen Geschlechts durchgeführt werde. Ich fühlte mich von der Situation völlig überrumpelt und wandte mich an Sir Henry mit der Bitte um einen Rat in einer derartigen Krise.

»Hm«, sagte er, wobei er sich räusperte, »wie ihr seht, sind die Damen nun einmal hier, nicht wahr? Wenn wir sie nun wieder fortschickten, glaubt ihr nicht, daß wir damit ihre Gefühle verletzen? Wir wollen doch nicht unhöflich und grob sein, oder? Und außerdem – sehen sie nicht bezaubernd aus?«

Mittlerweile hatte Good schon seine Lektion mit der hübschesten von den dreien begonnen; zu ändern war ohnehin nichts mehr an der Situation. Also seufzte ich einmal tief und ergab mich in mein Schicksal. An jenem Tag verlief alles bestens: die jungen Damen waren wirklich sehr klug, und sie lächelten auch nur dann, wenn einer von uns einen Schnitzer machte. Good war so eifrig bei der Sache wie nie zuvor, und sogar Sir Henry paukte Zu-Vendi mit ganz neuem Elan. Je nun, dachte ich, ob das wohl lange so anhält?

Tags darauf waren wir schon weit lebendiger als am Vortage: Unsere Studien waren angenehm aufgelockert mit Fragen, die unser Heimatland betrafen: z.B. wie die Frauen in England wären etc. Wir beantworteten alle Fragen so gut wir konnten auf Zu-Vendi, und ich hörte, wie Good seiner Lehrerin versicherte, ihr Liebreiz sei im Vergleich mit den Schönheiten Europas wie der der Sonne im Vergleich zum Mond, worauf sie neckisch den Kopf zurückwarf und erwiderte, sie sei nichts weiter als eine schlichte, unscheinbare Lehrerin, und es wäre nicht nett, ein armes Mädchen so in Verlegenheit zu bringen. Danach sangen sie uns ein Lied vor; es war wirklich ganz reizend, so natürlich und unaffektiert. Die Liebeslieder der Zu-Vendi sind sehr schön und ergreifend.

Am dritten Tag waren wir schon ganz vertraut miteinander; Good erzählte seiner hübschen Lehrerin seine letzten Liebesaffären, was sie so sehr rührte, daß sich ihre Seufzer mit den seinigen vermengten. Ich plauderte mit der meinigen, einem aufgeweckten, blauäugigen Geschöpf, über die Kunst der Zu-Vendi, während hinten in der Ecke Sir Henry mit seiner Erzieherin allem Anschein nach gerade dabei war, eine anschauliche Lektion durchzunehmen. Die Dame wiederholte mit sanft vibrierender Stimme das Zu-Vendi-Wort für ›Hand‹, woraufhin er die ihrige zärtlich ergriff; sie sagte das Wort für ›Augen‹, und er schaute tief in ihre rehbraunen Pupillen; dann sagte sie das Wort für ›Lippen‹, und – aber just in dem Moment öffnete sich die Tür und, begleitet von nur zwei Wächtern, spazierte *Nylephty* herein! Good hörte auf der Stelle mit seiner Seufzerei auf und radebrechte mit lauter Stimme Zu-Vendi. Sir Henry stieß einen Pfiff aus und machte ein dämliches Gesicht. Und die armen Mädchen standen mit hochroten Köpfen da und wußten nicht, was sie sagen sollten.

Nylephta reckte sich, bis ihr Körper die der hochgewachsenen Gardisten zu überragen schien; ihr Gesicht lief erst rot an, und dann wurde es bleich wie der Tod.

»Wächter«, sagte sie mit leiser, erstickter Stimme und zeigte auf die gelehrige, aber unfreiwillige Schülerin Sir Henrys, »tötet diese Frau!«

Die Männer zögerten.

»Wollt ihr meinen Befehl ausführen«, sagte sie wieder mit derselben, mühsam beherrschten Stimme, »oder nicht?«

Sie gingen mit erhobenen Speeren auf das Mädchen zu. Mittlerweile hatte Sir Henry sich wieder von dem Schrecken erholt. Er merkte, daß die Komödie dabei war, in eine Tragödie umzuschlagen.

»Zurück!« rief er mit donnernder Stimme; gleichzeitig stellte er sich schützend vor das zu Tode erschrockene Mädchen. »Schäm dich, Nylephta – schäm dich! Du wirst sie nicht töten!«

»Zweifellos hast du allen Grund, sie in Schutz zu nehmen. Du könntest kaum etwas weniger Ehrenhaftes tun!« erwiderte die Königin, bebend vor Wut. »Aber sie soll sterben – ich will, daß sie stirbt!« Sie stampfte wütend mit den Fuß auf.

»Wohlan denn!« gab er zur Antwort. »Dann werde ich mit ihr zusammen sterben! Ich bin dein Diener, o Königin; mache mit mir, was du willst!« Und dann beugte er sich zu ihr herunter und schaute ihr mit seinen offenen, klaren Augen voller Verachtung ins Gesicht.

»Am liebsten würde ich dich auch töten lassen«, antwortete sie; »denn du machst mich zum Gespött.« Und als sie spürte, daß sie besiegt war, und, wie ich vermute, nicht wußte, was sie anderes hätte tun können, brach sie in ein solches Meer von Tränen aus und schaute dabei so königlich reizend aus in ihrem leidenschaftlichen Kummer, daß ich, alt wie ich bin, Curtis um seine Aufgabe, sie zu trösten, zutiefst beneidete. Es war schon recht komisch, zu sehen, wie er sie in den Armen hielt, bedenkt man, was soeben noch vorgefallen war – dies schien auch ihr plötzlich bewußt zu werden; denn sie wand sich aus seinem Arm und ließ uns mit unserer Betroffenheit allein.

Kurz darauf kam einer der Gardisten zurück und überbrachte den Mädchen eine Botschaft, daß sie auf der Stelle, andernfalls sie mit dem Tode bestraft würden, die Stadt verlassen müßten und sich wieder in ihre Heimat auf dem Lande zu begeben hätten; ansonsten würde ihnen nichts weiter geschehen. Sie machten sich sogleich auf; eine von ihnen bemerkte noch, man könne eben nichts daran ändern, und es sei sehr befriedigend, zu wissen, daß sie uns ein wenig nützliches Zu-Vendi beigebracht hätten. Meine war ein äußerst nettes Mädchen, und ich schenkte ihr zum Abschied meinen Lieblingsglücksbringer, ein Sixpence-Stück mit einem Loch darin. Nach diesem Zwischenfall nahmen wieder unsere vorherigen Lehrer den Unterricht auf, zu meiner großen Erleichterung, wie ich wohl nicht extra zu betonen brauche.

An jenem Abend begaben wir uns etwas unbehaglich an die königliche Tafel. Nylephta ließ sich entschuldigen; sie liege mit starken Kopfschmerzen zu Bett. Diese Kopfschmerzen hielten drei volle Tage an; am dritten Tag war sie jedoch wieder wie gewöhnlich beim Abendessen zugegen, und mit dem anmutigsten und süßesten Lächeln der Welt bot sie Sir Henry ihre Hand, um sich an die Tafel geleiten zu lassen, und mit keinem Wort erwähnte sie den Zwischenfall. Damit war das Thema endgültig beendet. Nach dem Abendessen geruhte Nylephta, uns einer Prüfung zu unterziehen, um zu sehen, was wir gelernt hatten; sie war mit dem Resultat sehr zufrieden. Sie ließ sich sogar dazu herab, uns – insbesondere Sir Henry – eine Privatstunde zu erteilen, und es war in der Tat eine sehr interessante.

Und die ganze Zeit über, während wir plauderten, oder vielmehr, uns bemühten, zu plaudern, und lachten, saß Sorais da in ihrem geschnitzten Elfenbeinstuhl, schaute uns zu und las in unseren Gesichtern wie in einem Buch. Nur dann und wann streute sie eine Bemerkung ein und lächelte dabei ihr flüchtiges, geheimnisvoll dunkles Lächeln, das mir erschien wie ein Blitz, der in einem Sommergewitter durch eine dunkle Wolke fährt. Und in ihrer Nähe, so nahe, wie er sich eben heranwagte, saß Good und schaute sie hingebungsvoll durch sein Monokel an. Er war auf dem besten Wege, sich ernsthaft in diese dunkle Schönheit zu verlieben, vor der ich persönlich schreckliche Furcht empfand. Ich beobachtete sie sehr genau, und bald war mir klar, daß all ihre zur Schau getragene Gelassenheit nur dazu diente, die bittere Eifersucht, die sie Nylephta gegenüber empfand, zu verbergen. Und noch etwas bemerkte ich an ihr; eine Erkenntnis, die mich in Angst und Schrecken versetzte: auch sie war auf dem besten Wege, sich in Sir Henry Curtis zu verlieben! Ich war natürlich nicht sicher; es ist nicht leicht, einer so kühlen, stolzen Frau die Gefühle vom Gesicht abzulesen. Aber ich war doch ziemlich sicher, zwei oder drei Anzeichen bemerkt zu haben, und, wie Elefantenjäger wissen: trockenes Gras zeigt am besten, woher der Wind weht.

Und so vergingen drei weitere Monate. Inzwischen hatten wir alle einen beachtlichen Stand im Zu-Vendi, einer im Grunde auch recht leicht zu erlernenden Sprache, erreicht. Mit der Zeit hatten wir eine riesige Beliebtheit bei der Bevölkerung, ja sogar bei den Adeligen des Hofes, erlangt. Wir standen in dem Ruf enormer Klugheit, und zwar in erster Linie deshalb, weil Sir Henry – ich glaube, ich erwähnte es bereits – in der Lage war, ihnen zu zeigen, wie Glas hergestellt wurde (womit in der Tat ein großer nationaler Mangel behoben werden konnte); aber auch deshalb, weil wir mit Hilfe eines aus England mitgebrachten Kalenders, der eine Übersicht über die kommenden zwanzig Jahre bot, Voraussagen über diverse Himmels- und Gestirnskombinationen machen konnten, die die einheimischen Astronomen nicht vorausgesehen hatten. Es gelang uns sogar, vor einer Versammlung von Gelehrten, das Prinzip der Dampfmaschine zu demonstrieren; was die Herren mit großem Erstaunen erfüllte. Und noch weitere derartige Dinge brachten wir ihnen bei. Und so kam es, daß das Volk an die Königinnen appellierte, man dürfe auf keinen Fall zulassen, daß wir außer Landes gingen (was wir ohnehin, selbst, wenn wir es gewollt hätten, kaum hätten tun können). Wir wurden mit Ehrungen geradezu überhäuft: man ernannte uns sogar zu Offizieren der Leibwache ihrer Majestäten, der Königinnen. Man teilte uns feste Quartiere im Palast zu, und bei wichtigen politischen Fragen von nationaler Bedeutung wurde unser Rat eingeholt.

Und so wäre alles eitel Sonnenschein für uns gewesen, wenn sich nicht am Horizont drohend eine große Wolke zusammengeballt hätte: Zwar war der Zwischenfall mit den verdammten Flußpferden nie wieder erwähnt worden, aber das bedeutete beileibe nicht, daß unser Sakrileg vergeben und vergessen war, oder daß die wütende Feindschaft, die die Priesterschaft, angeführt von dem mächtigen Hohepriester Agon, gegen uns hegte, besänftigt war. Im Gegenteil – sie loderte um so heller, je mehr sie aufgrund unserer allgemeinen öffentlichen Beliebtheit unterdrückt werden mußte, und was vielleicht aus purer Frömmelei begonnen hatte, war mittlerweile zu tiefem, aus Neid genährtem Haß geworden. Bisher nämlich waren die Priester immer die weisen Männer im Lande gewesen, und man hatte sie deshalb, und darüber hinaus noch aus Gründen des Aberglaubens, mit besonderer Ehrfurcht betrachtet. Unser Erscheinen jedoch hatte den Jahrhunderte alten Stand der Dinge erheblich aus dem Gleichgewicht gebracht; mit unserem für die Bevölkerung fast übernatürlich anmutenden Wissen, mit unseren fremdartigen Erfindungen und unseren Hinweisen auf bisher unvorstellbar gehaltene Dinge hatten wir, insbesondere bei den gebildeten Zu-Vendi ein unerhörtes Prestige erlangt und gleichzeitig die bornierte Priesterschaft in den Augen der Bevölkerung von ihrem Sockel des Hochmuts heruntergeholt. Was ihnen jedoch als noch viel größerer Affront erscheinen mußte, war die ungeheure Beliebtheit und die offiziellen Ehrungen, die wir genossen. All dies hatte bewirkt, daß wir der gesamten Priestersippschaft, und damit der mächtigsten, weil am straffsten organisierten Interessengruppe innerhalb des Staatsgefüges, ein unerträglicher Dorn im Auge waren.

Einen anderen Herd ständig drohender Gefahr stellte der wachsende Neid seitens einiger mächtiger Adeliger, an ihrer Spitze Nasta, für uns dar. Lange Zeit hatte ihre Abneigung uns gegenüber nur mühsam verschleiert im Verborgenen geschwelt, und nun drohte sie, in eine hell auflodernde Flamme offener Feindschaft umzuschlagen. Nasta war schon seit einigen Jahren ein aussichtsreicher Kandidat für die Hand Nylephtas gewesen, und ich glaube, nach allem was ich gehört und gesehen hatte, daß er zu dem Zeitpunkt, als wir auf der Bildfläche erschienen, ungeachtet der Tatsache, daß es noch einige Hindernisse aus dem Weg zu räumen galt, seinem Ziel ein ganzes Stück nähergekommen war. Aber mit einem Male war alles anders geworden: die scheue Nylephta lächelte plötzlich nicht mehr schüchtern in seine Richtung, sobald er irgendwo auftauchte, und er hatte sehr bald die Gründe dafür erraten. Enttäuscht und außer sich vor Zorn hatte er seine Aufmerksamkeit Sorais zugewandt und nur zu bald feststellen müssen, daß er ebenso gut einer Wand den Hof hätte machen können. Das einzige, was er von der stolzen Königin Sorais geerntet hatte, waren ein oder zwei bittere Scherze über seinen Wankelmut, und damit war ihm auch diese Tür für immer vor der Nase zugeschlagen worden. Also war ihm nichts anderes übriggeblieben, als sich der dreißigtausend grimmigen Schwertkämpfer zu entsinnen, die auf sein Kommando über die Pässe der nördlichen Gebirgskette einfallen würden, wenn er es wollte; und ich bin sicher, er hatte hoch und heilig geschworen, die Tore von Milosis mit unseren Köpfen zu zieren.

Wie wir jedoch bald erfahren sollten, hatte er zunächst einmal einen anderen Entschluß gefaßt: und zwar hatte er die Absicht, einen erneuten Versuch zu machen und Nylephta um ihre Hand zu bitten. Dies sollte vor Augen des ganzen Hofes geschehen, sobald die alljährlich stattfindende Zeremonie der Unterzeichnung der Gesetze, die im Laufe des Jahres von den Königinnen proklamiert worden waren, vorbei war.

Auf diese verblüffende Neuigkeit reagierte Nylephta mit gespielter Gleichgültigkeit und Gelassenheit. Ihre Stimme zitterte jedoch ein wenig, als sie uns am Vorabend der großen Zeremonie der Gesetzesunterzeichnung die Nachricht brachte, während wir wie gewöhnlich gemeinsam beim Abendessen saßen.

Sir Henry biß sich auf die Lippen; er gab sich kaum die Mühe, seine Erregung, die ob dieser Nachricht von ihm Besitz ergriffen hatte, zu verbergen.

»Und welche Antwort gedenkt Ihre Majestät dem großen Fürsten zu geben?« fragte ich, wobei ich mich um einen möglichst scherzhaft klingenden Ton bemühte.

»Antworte selbst, Macumazahn« (wir waren nämlich übereingekommen, uns in Zu-Vendis mit unseren Zulunamen anreden zu lassen), erwiderte sie und hob anmutig ihre alabasterfarbenen Schultern. »Was bleibt einer armen Frau schon anderes übrig, als zu gehorchen, wenn der Freier über dreißigtausend Schwerter verfugt, mit denen er seinem Werben Nachdruck verleihen kann?« Und durch ihre langen Wimpern hindurch sah sie Curtis an.

Wir waren gerade im Begriff, in einen anderen Raum hinüberzugehen, als Curtis mich am Arm packte und beiseite nahm. »Quatermain, einen Augenblick – ich möchte dir etwas sagen. Ich habe zwar noch nie über das Thema gesprochen, aber ich bin sicher, du hast schon erraten, worum es sich handelt: Ich liebe Nylephta. Was soll ich bloß tun?«

Glücklicherweise hatte ich das Problem schon mehr oder weniger in Betracht gezogen und war deshalb in der Lage, ihm die Antwort zu geben, die mir unter den gegebenen Umständen die klügste zu sein schien.

»Du mußt noch heute nacht mit Nylephta sprechen«, sagte ich ihm. »Jetzt muß es geschehen – jetzt oder nie. Hör zu: Geh gleich im Salon ganz nah an sie heran und flüstere ihr zu, daß du sie um Mitternacht an der Rademas-Statue am Ende der großen Halle treffen möchtest. Ich werde auch dort sein und aufpassen, daß niemand euch dort sieht. Und vergiß nicht: jetzt oder nie, Curtis!«

Wir schlenderten hinüber in den Salon. Nylephta hatte schon Platz genommen. Sie starrte auf ihre Hände hinab; ein trauriger, angstvoller Ausdruck lag in ihren Augen. Ein Stück von ihr entfernt saß Sorais und unterhielt sich mit Good; ich hörte ihre ruhige, gemessene Stimme deutlich zu mir herüberschallen.

Die Zeit verrann. In einer Viertelstunde – das wußte ich – würden sich die Königinnen wie gewöhnlich in ihre Gemächer zurückziehen. Bis zu diesem Zeitpunkt hatte Sir Henry noch keine Gelegenheit gehabt, Nylephta für einen Moment unter vier Augen zu sprechen; so oft wir die königlichen Schwestern auch sahen, eine Gelegenheit, sie einmal allein zu sehen oder zu sprechen, gab es nur sehr selten. Ich zermarterte mir das Gehirn, und dann hatte ich plötzlich eine Idee.

»Würde die Königin die Güte haben«, sagte ich, wobei ich mich vor Sorais verbeugte, »ihren Dienern etwas vorzusingen? Unsere Herzen sind schwer in dieser Nacht; sing uns ein Lied, o Herrin.«

»Meine Lieder sind nicht von der Art, daß sie einem das Herz erleichtern könnten, Macumazahn, und doch; wenn es dir Freude bereitet, dann will ich gern singen«, war ihre Antwort. Und dann erhob sie sich und ging ein paar Schritte zu dem Tisch, auf dem ein Instrument lag, das einer Zither nicht unähnlich war. Gedankenverloren schlug sie leise ein paar Saiten an.

Und dann, ganz plötzlich und unvermittelt, erhob sie ihre weiche Stimme zu einem Lied; ihre Stimme klang so wild und süß wie der Gesang eines klagenden, aus voller Kehle jubilierenden Vogels – und doch war der Refrain so unheimlich und traurig, daß mir fast das Blut in den Adern gefror. Hoch, immer höher, schwebten die Klänge, weit in der Ferne schienen sie zu verhallen, um sich dann wieder zu voller Kraft aufzuschwingen und weiterzufliegen – beladen mit allem Kummer der Welt und mit all der Verzweiflung der Verlorenen ... Es war ein herrliches Lied, aber ich hatte nicht die Muße, mich seinem Klang gebührend zu widmen. Ich bekam jedoch später die Gelegenheit, mir den genauen Text anzusehen. Hier ist eine Übersetzung seines Leitmotivs, soweit eine solche überhaupt möglich ist:

SORAIS' LIED

Wie ein einsamer Vogel auf seinem verlorenen Flug durch die Finsternis,
Wie eine Hand, die sich hilflos erhebt, wenn die Sichel des Todes fällt,

Sorais' Lied

So ist das Leben! ja, das Leben, das meinem Gesang Leidenschaft
und Odem erleiht.

Wie das Lied der Nachtigall, das erfüllt ist von unaussprechlicher
Süße,
Wie der Geist, der des Himmels Pforten aufstößt, um nach einem
Zeichen zu suchen,
So ist die Liebe! ja, die Liebe, die sterben wird, wenn ihre Schwingen gebrochen.

Wie das Donnern der Legionen, wenn die Trompeten zum Angriff
blasen,
Wie der Ruf des Sturmgottes, wenn Blitze durch den dunklen
Himmel zucken,
So ist die Macht, ja die Macht, die am Ende zu Staub zerfallen
wird.

So kurz ist unser Leben; und doch lang genug, uns Verzicht zu
lehren,
Ein bitterer Wahn, ein Traum, aus dem uns nichts erwecken kann,
Bis des Todes ohn' Unterlaß uns nachspürender Schritt uns eines
Morgens oder Abends einholt

Refrain

Oh, die Welt, sie ist schön, wenn dämmert der Morgen – der Morgen,
Doch die rote Sonne versinkt im Blut – die Sonne versinkt im Blut.

Ich wünschte nur, ich hätte können auch die Musik aufschreiben!

»Los, Curtis – jetzt!« flüsterte ich, in dem Augenblick, als Sorais mit der zweiten Strophe anfing. Dann wandte ich ihm wieder den Rücken zu.

»Nylephta«, sagte er im Flüsterton – ich war unter einer solch starken nervlichen Anspannung, daß ich jedes Wort verstehen konnte, obwohl sie sehr leise miteinander sprachen und trotz Sorais' göttlichem Gesang – »Nylepha, ich muß heute nacht mit dir sprechen – sowahr ich lebe, ich muß es! Sag nicht nein; oh, bitte, sag nicht nein!«

»Aber wie kann ich mit dir sprechen?« fragte sie, die Augen starr nach vorn gerichtet; »Königinnen sind nicht wie andere Menschen. Ich bin ständig von Wachen umgeben.«

»Höre, Nylephta, wie es geschehen soll: Ich werde um Mitternacht bei der Statue des Rademas in der großen Halle sein. Ich kenne das Losungswort und kann die Halle unbehelligt betreten. Macumazahn wird auch dort sein und uns warnen, wenn jemand naht. Bei ihm wird auch der Zulu sein. O komme, meine Königin, weise mich nicht ab!«

»Es geziemt sich nicht«, sagte sie leise, »und morgen . . .«

In diesem Augenblick verklangen die letzten klagenden Töne des Refrains, und Sorais drehte sich langsam um.

»Ich werde dort sein«, sagte Nylephta hastig; »sieh zu, daß wir uns nicht verpassen.«

16

An der Statue

Es war Nacht – tiefe Nacht –, und die finster blickende Stadt lag in tiefer Ruhe.

Sir Henry Curtis, Umslopogaas und ich schlichen uns heimlich, wie Übeltäter, durch die Gänge, die zu einem Nebeneingang des großen Thronsaales führten. Einmal schreckte uns der laut durch die Stille hallende Anruf des Wachtpostens auf. Ich gab das Losungswort, und der Mann setzte seinen schon erhobenen Speer wieder ab und ließ uns passieren. Als Offiziere der königlichen Leibgarde hatten wir das Recht, zu kommen und zu gehen, wann immer wir wollten.

Wir erreichten sicher und unbehelligt die Halle. Sie war so leer und still, daß selbst unsere leisen Schritte an den stattlichen Wänden widerhallten und als schwaches Echo von der Decke zurückgeworfen wurden, so daß sie sich anhörten wie die geisterhaften Schritte von Verstorbenen, die jetzt ihre Stätte früherer Tage heimsuchten.

Es war ein unheimlicher Ort; ein unangenehmes Gefühl von Beklommenheit beschlich mich. Es war Vollmond, und durch die hohen, fensterlosen Öffnungen in der Wand fielen bleiche Lichtstreifen in die Halle und malten weiße Flecken auf den glänzenden schwarzen Marmorboden. Es war ein schöner und zugleich schauerlicher Anblick; wie weiße Blumen auf einem schwarzen Sarg. Einer dieser silbernen Lichtstreifen fiel auf die Statue des schlafenden Rademas; mit sanftem, klarem Licht schien er auf die über ihn gebeugte Engelsgestalt und tauchte einen kleinen Kreis um die Statue herum in einen blassen Schein, der mich an das Licht erinnerte, mit dem die Katholiken die Altäre ihrer Kathedralen illuminieren.

Dicht im Schatten der Statue bezogen wir Stellung und warteten. Sir Henry und ich standen nahe beieinander. Umslopogaas stand ein paar Schritte entfernt in der Dunkelheit. Ich konnte nur ganz schwach die Umrisse seiner Gestalt erkennen, die sich auf die ebenfalls nur schemenhaft wahrnehmbare Axt stützte.

Die Zeit verstrich. Ich stand gegen den kalten Marmor gelehnt und wäre beinahe eingeschlafen, als ich plötzlich zusammenfuhr; Curtis hatte heftig den Atem ausgestoßen. Und dann hörte ich wie aus weiter Ferne einen Laut. Es schien mir fast, als hätten sich die

Statuen, die in einer Reihe vor den Wänden aufgestellt waren, leise eine Botschaft aus längst vergangenen Tagen zugeflüstert.

Es war das leise Rauschen eines Damengewandes. Es kam näher und näher. Wir sahen, wie sich eine Gestalt von einem mondbeschienenen Fleck zum andern vortastete. Dann nahmen wir auch das kaum hörbare Geräusch sandalenbeschuhter Füße auf dem Marmorboden wahr. Sekunden später sah ich, wie die Silhouette des alten Zulu die Hand zu einem stummen Gruße erhob, und dann stand Nylephta vor uns.

Oh, wie wunderschön sie aussah, als sie einen Moment lang in dem Kreis weißen Mondlichtes stand! Sie hatte die Hand auf ihr Herz gepreßt, und ihr weißer Busen hob und senkte sich vor innerer Erregung. Um ihren Kopf hatte sie lose ein besticktes Tuch geschlungen, das ihr makelloses Gesicht halb verbarg und damit nur noch anmutiger machte; Schönheit, die ja zum großen Teil auf unserer Vorstellungskraft und Phantasie beruht, wirkt niemals bezaubernder, als wenn sie halb verborgen ist. Da stand sie in all ihrer strahlenden Schönheit, halb vom Zweifel geplagt, majestätisch und doch so süß und zart. Und von einem Moment auf den anderen, dort, an der Statue des Rademas in der großen Halle des Palastes, faßte mich selbst ein Gefühl tiefer Zuneigung zu ihr; es ist bis zum heutigen Tage so geblieben. In jenem Augenblick erschien sie mir in der Tat mehr wie ein Engel, der vom Himmel zu uns heruntergestiegen ist, als eine liebende, von lebendigen Gefühlen und Leidenschaften ergriffene Frau aus Fleisch und Blut. Wir verbeugten uns tief vor ihr, und dann sprach sie.

»Ich bin gekommen«, flüsterte sie, »aber es war ein großes Wagnis. Ihr wißt nicht, wie sehr ich bewacht werde. Die Priester beobachten mich auf Schritt und Tritt. Auch Sorais läßt mich niemals aus den Augen. Meine eigenen Leibwächter bespitzeln mich; Nasta verfolgt mich ständig. Oh, er soll sich hüten!« sie stampfte wütend mit dem Fuß auf. »Er soll sich nur vorsehen! Ich bin eine Frau, und ich bin eine Königin, und ich kann mich noch immer rächen! Er möge sich vorsehen, sage ich, daß ich nicht, statt ihm meine Hand zu reichen, ihm seinen Kopf nehme!« Und dann schloß sie ihren Wutausbruch mit einem kleinen Schluchzer, schaute uns bezaubernd an und lachte.

»Du batest mich, hierher zu kommen, Incubu« (Curtis hatte sie gebeten, ihn so zu nennen). »Zweifelsohne handelt es sich um eine wichtige Staatsangelegenheit; ich weiß doch, daß du immer voller großer Ideen und Pläne bist für mein Wohlergehen und das meines Volkes. So bin ich denn gar gekommen in meiner Eigenschaft als Königin, wiewohl ich mich allein in der Dunkelheit sehr fürchte.« Dann lachte sie wieder und schaute ihn mit ihren grauen Augen an.

An dieser Stelle hielt ich es für angebracht, mich ein wenig abseits zu stellen, da ich der Ansicht bin, daß ›Staatsgeheimnisse‹ nicht unbedingt etwas für die Öffentlichkeit sind. Aber weit kam ich nicht; sie bestand hartnäckig darauf, daß ich mich nicht weiter als vielleicht fünf Yards von ihr entfernte, da sie, wie sie behauptete, Angst hatte, so allein mit Curtis plötzlich entdeckt zu werden. So kam es, daß ich gegen meinen Willen Zeuge der ganzen Unterredung zwischen den beiden wurde.

»Du weißt sehr wohl, Nylephta«, sagte Sir Henry, »daß es nicht solche Gründe sind, die mich veranlaßten, dich um eine Unterredung an solch einsamem Orte zu bitten. Nylephta, ich beschwöre dich, vergeude nicht die Zeit mit heiteren Späßen, sondern höre mich an! Ich – ich liebe dich!«

Als er diese Worte gesagt hatte, sah ich deutlich, wie sich ihr Gesicht mit einem Schlag veränderte. die Koketterie verschwand völlig aus ihren Zügen, und an ihre Stelle trat der tiefe, zauberhafte Schein der Liebe, der es wie eine Aura zu umhüllen schien, so daß es aussah wie das Antlitz des marmornen Engels, der über ihr schwebte. Und unwillkürlich kam mir der Gedanke, daß der längst verstorbene Rademas in einem Anflug prophetischen Instinktes das Abbild seiner inspirierenden Traumerscheinung mit eben jenen Zügen versehen hatte, die, Jahrhunderte später, eine seiner eigenen Urenkelinnen tragen sollte. Auch Sir Henry muß die frappierende Ähnlichkeit bemerkt haben; denn ich sah, wie sein erstaunter Blick von Nylephta auf die vom Mondlicht umspielte Statue glitt, wo er einen Augenblick verweilte, um sich dann wieder dem Antlitz der geliebten Frau zuzuwenden.

»Du sagst, daß du mich liebst«, flüsterte sie. »Deine Stimme klingt, als sprächest du die Wahrheit. Aber woher soll ich wissen, daß du auch wirklich die Wahrheit sprichst?«

»Wiewohl ich«, fuhr sie in stolzer Bescheidenheit fort, nun in die würdevolle dritte Person verfallend, die bei den Zu-Vendi so häufig benutzt wird, »klein und unbedeutend bin in den Augen meines Gebieters«, und dabei machte sie vor ihm einen Knicks, »der aus den Reihen eines wunderbaren Volkes hervorgegangen ist, im Vergleich mit dem die Menschen meines Volkes nur Kinder sind, so bin ich hier, bei meinem Volke, doch eine Königin, und Männer

Vor der Statue

sind meine Untertanen; und wenn ich in die Schlacht zöge, so würden hunderttausend Speere in meinem Gefolge funkeln, so wie die Sterne erglitzern im Pfade des Mondes. Und ist auch meine Schönheit nur ein Nichts in den Augen meines Herrn . . .« – sie raffte ihr besticktes Gewand und verneigte sich abermals vor Curtis –, »so gelte ich doch hier, bei meinem eigenen Volke, als schön, und seit ich zur Frau heranreifte, haben sich die großen Fürsten meines Königreiches untereinander um mich befehdet, als wäre ich fürwahr . . .«, fügte sie mit aufblitzender Leidenschaft hinzu, »ein Reh, das dem reißendsten Wolf in den Rachen fallen, oder ein Pferd, das an den, der am meisten bietet, verkauft werden soll. Mein Gebieter möge verzeihen, wenn ich ihn mit meinen Worten langweile, aber mein Gebieter hat gesagt, daß er mich, Nylephta, eine Königin der Zu-Vendi, liebt, und so möchte ich antworten, daß meine Liebe und meine Hand, wiewohl sie für meinen Gebieter ein Nichts sind, für mich doch alles sind.«

»Oh!« rief sie mit plötzlich veränderter Stimme aus, dabei auf ihre vorherige, würdevolle Redeweise verzichtend. »Oh, wie kann ich wissen, daß du nur mich liebst? Wie kann ich wissen, ob du nicht bald meiner überdrüssig bist, wieder in deine Heimat zurückkehren willst und mich im Stich läßt? Wer kann mir sagen, ob du nicht eine andere Frau liebst, eine schöne Frau, die ich nicht kenne, und die unter demselben Mondlicht atmet, das heute Nacht auf mich herabscheint? Sag an, *wie* soll ich es wissen?« Und sie faltete die Hände, streckte sie ihm beschwörend entgegen und sah ihn mit einem flehenden Ausdruck an.

»Nylephta«, antwortete Sir Henry, »ich habe dir gesagt, daß ich dich liebe; und ich kann dir nicht sagen, wie groß meine Liebe zu dir ist. Gibt es denn ein Maß, mit dem man die Größe der Liebe ermessen kann? Und doch will ich es versuchen. Ich sage nicht, daß ich noch nie eine andere Frau mit Gefallen betrachtet habe, aber ich sage, daß ich dich mit all meinem Herzen und all meiner Kraft liebe; daß ich dich jetzt liebe und daß ich dich immer lieben werde, bis einst der Tod meinen Leib erkalten läßt; ja, und ich glaube, auch dann noch werde ich dich lieben bis in alle Ewigkeit. Ich sage, daß deine Stimme wie Musik in meinen Ohren klingt, und deine Berührung ist wie das Wasser, das auf durstiges Land fällt; wenn du zugegen bist, dann ist die Welt schön, und wenn ich dich nicht sehen kann, dann ist es, als herrsche tiefe Finsternis. Oh, Nylephta, ich werde dich nie verlassen; um deinetwegen will ich mein Volk und meines Vaters Haus vergessen, ja, ich will verzichten auf alles, was mir lieb und teuer war. An deiner Seite will ich leben. Nylephta, und an deiner Seite will ich sterben!«

Er hielt inne und schaute sie mit ernstem Gesicht an. Sie aber ließ ihr Haupt hängen wie eine welke Blume und sagte kein einziges Wort.

»Schau!« rief er und zeigte auf die Statue, die in das silberne Licht des Mondes getaucht war. »Du siehst dort jene engelsgleiche Frau, die ihre Hand auf die Stirn des schlafenden Mannes gelegt hat, und du siehst, wie durch ihre Berührung seine Seele auflodert und durch sein Fleisch hindurchscheint, so wie eine Lampe durch die Berührung des Feuers: so ist es auch mit mir und dir, Nylephta. Du hast meine Seele aus tiefem Schlummer erweckt, und nun, Nylephta, ist sie nicht mehr mein, sondern *dein;* sie gehört dir, nur dir. Mehr kann ich dir nicht mehr sagen: in deine Hände lege ich mein Leben.« Und dann lehnte er sich zurück gegen den Sockel der Statue. Er sah bleich aus, und seine Augen glänzten feucht, aber er war stolz und schön wie ein Gott.

Und langsam, unendlich langsam, hob sie ihren Kopf und schaute ihn mit ihren wunderbaren Augen, in denen jetzt ihre ganze Leidenschaft erstrahlte, fest und lange an, so als wolle sie direkt in das Innerste seiner Seele blicken. Und schließlich sprach sie, leise zwar, doch mit einer Stimme so klar wie der Klang einer silbernen Glocke.

»Fürwahr, ich bin nur ein schwaches Weib, und ich glaube dir. Schrecklich wird für dich der Tag sein, und auch für mich, an dem der Zufall mich lehren sollte, daß ich einer Lüge geglaubt habe. Und nun höre, was ich dir sage, o Mann, der du hierherkamst aus der Fremde, um mein Herz zu stehlen. So lege ich denn meine Hand auf die deine, und ich, deren Lippen nie zuvor geküßt haben, küsse deine Stirn; und ich schwöre bei dieser meiner Hand, und bei diesem ersten und heiligen Kuß, ja, und beim Wohle meines Volkes und bei meinem Thron, den ich wohl bald deinetwegen verlieren werde – bei dem Namen meines hehren Geschlechtes, bei dem heiligen Stein und bei der ewig währenden Würde der Sonne, daß ich für dich leben und für dich sterben will. Und ich schwöre, daß ich dich, und nur dich, lieben werde bis ins Grab, ja, und noch danach – wenn es, wie du sagst, ein »danach« gibt. Und dein Wille soll mein Wille sein, und deine Wege sollen auch meine Wege sein!

Oh, siehe, mein Herr! Du weißt nicht, wie demütig die ist, die liebt; ich, die ich eine Königin bin, knie vor dir nieder; zu deinen

Füßen liegend bete ich dich an.« Und mit diesen Worten fiel das bezaubernde, in heißer Liebe entbrannte Geschöpf vor ihm auf die Knie, auf den kalten Marmor. Und was danach geschah, weiß ich nicht, denn ich konnte es nicht länger ertragen und stahl mich davon, um mich ein wenig an der Gesellschaft des alten Umslopogaas zu erquicken. Ich wollte die beiden eine Weile mit sich selbst und ihrem Glück allein lassen.

Der alte Krieger stand wie gewöhnlich auf Inkosi-kaas gelehnt und betrachtete die Szene, die sich da vor seinen Augen in dem kleinen vom Lichte des Mondes erhellten Kreis abspielte, mit einem amüsierten Lächeln.

»Ah, Macumazahn«, sagte er, »vielleicht liegt es daran, daß ich alt werde, aber ich glaube nicht, daß ich euch Weiße jemals verstehen werde. Schau doch nur die beiden dort; sie sind ein hübsches Paar Turteltauben, aber warum das ganze Theater, Macumazahn? Er will eine Frau, und sie will einen Mann. Warum zahlt er dann nicht mit seinen Kühen* wie ein Mann und damit basta? Sie könnten sich damit eine Menge Unannehmlichkeiten ersparen, und wir würden nicht unseren Nachtschlaf versäumen. Aber sie reden und reden und reden, und küssen und küssen und küssen. . . Pah!«

Eine gute Dreiviertelstunde später kam das Paar Turteltauben zu uns herübergeschlendert. Curtis machte ein etwas einfältiges Gesicht, und Nylephta bemerkte beiläufig, welche bezaubernden Effekte doch das Mondlicht auf den Marmorboden hervorrufe. Dann nahm sie meine Hand; denn sie war in einer höchst gönnerhaften Stimmung und sagte, da ich der treue Freund »ihres Gebieters« sei, wäre ich auch ihr treuer Freund – Sie sehen, ich persönlich war gar nicht mehr wichtig; alles drehte sich nur noch um ihren geliebten Incubu. Dann nahm sie Umslopogaas' Axt, betrachtete sie neugierig und sagte bedeutungsvoll, daß er vielleicht schon sehr bald gute Gründe hätte, sie zu ihrer Verteidigung zu benutzen.

Dann schenkte sie uns allen ein anmutiges Lächeln, warf ihrem Geliebten einen letzten, zärtlichen Blick zu und entschwand in der Dunkelheit wie eine schöne Vision.

Während wir zu unseren Quartieren zurückgingen, was im übrigen ohne jeden weiteren Zwischenfall vonstatten ging, fragte Curtis mich scherzhaft, was ich von der ganzen Sache dächte.

---

* Ein alter Brauch bei den Zulu. – *A. Q.*

»Ich frage mich«, antwortete ich, nach welchem Prinzip es so eingerichtet ist, daß manche Leute schöne Königinnen finden, in die sie sich verlieben können, während andere überhaupt niemanden finden, oder noch weniger als niemanden; und ich frage mich außerdem, wie viele tapfere Männer die Ereignisse dieser Nacht das Leben kosten wird.« Es war vielleicht eine etwas gehässige Bemerkung meinerseits, aber nicht alle Gefühle lösen sich im Alter in Luft auf, und ich muß gestehen, daß ich einfach ein bißchen neidisch auf das Glück meines guten alten Freundes war. Eitelkeit, meine Freunde – nichts als gekränkte Eitelkeit!

Am Morgen des folgenden Tages erzählten wir Good von dem freudigen Ereignis. Er strahlte wie ein Honigkuchenpferd; sein Gesicht warf vor freudigem Lächeln lauter Falten, die irgendwo in der Umgebung des Mundes ihren Ursprung nahmen, sich langsam über sein Gesicht ausdehnten wie die Kringel auf der Oberfläche eines Ententeichs und gleichsam über den Rand seines Monokels hinwegschwappten, bis sie irgendwo verebbten, wie es sich für ordentliche Lachfalten gehört. Der eigentliche Grund für seine Freude lag jedoch nicht nur in dem Ereignis selbst, sondern auch darin, daß er persönliche Vorteile damit verbunden sah. Er verehrte nämlich Sorais ebenso tief wie Sir Henry Nylephta; seine Bemühungen waren jedoch bisher alles andere als von Erfolg gekront gewesen. Es war in der Tat weder ihm noch mir entgangen, daß Sorias, diese dunkle, undurchschaubare Kleopatra, auf ihre eigentümliche, unerforschliche Art Curtis weit eher zu favorisieren schien als ihn, Good. Deshalb war er natürlich sehr erleichtert, als er erfuhr, daß sein ahnungsloser, unfreiwilliger Rivale schon fest anderweitig engagiert war. Er machte jedoch ein langes Gesicht, als er erfuhr, daß die ganze Affäre strikt geheim bleiben sollte, vor allem vor Sorais, da die politischen Erschütterungen, die die öffentliche Verkündung dieser Liaison unweigerlich nach sich ziehen würde, für den Augenblick untragbar sein würden; darüber hinaus hätte eine frühzeitige Bekanntgabe des Geheimnisses höchstwahrscheinlich Nylephtas sofortigen Verzicht auf den Thron heraufbeschworen.

An jenem Morgen waren wir wieder in der Thronhalle zugegen, und ich konnte mir ein Lächeln nicht verkneifen, als ich diesen Besuch mit unserem letzten verglich. Wenn Wände reden könnten, dachte ich, dann hätten sie sicherlich eine Menge interessanter Geschichten zu erzählen.

Was für perfekte Schauspielerinnen Frauen doch sind! Hoch

oben auf ihrem goldenen Thron, in ihr prächtiges Königinnengewand gehüllt, saß die schöne Nylephta, und als Sir Henry ein paar Minuten zu spät eintrat, gekleidet in der Uniform eines Offiziers ihrer Leibgarde, und sich demütig vor ihr verbeugte, erwiderte sie seinen Gruß mit einem beiläufigen Nicken und wandte ihren Blick sogleich kühl von ihm ab.

Der ganze Hof war versammelt. Die feierliche Zeremonie der Gesetzesunterzeichnung hatte nicht nur eine ganze Anzahl von Leuten mehr angelockt als die, deren Pflicht es ohnehin war, dem Akt beizuwohnen, sondern darüber hinaus hatte sich auch wie ein Lauffeuer das Gerücht im ganzen Lande verbreitet, daß Nasta öffentlich um die Hand Nylephtas anhalten wollte. So kam es, daß die große Halle fast aus ihren Nähten platzte. Da waren einmal unsere lieben Freunde, die Priester, in riesiger Zahl erschienen, an ihrer Spitze Agon, der uns rachsüchtige Blicke zuwarf; sie boten in der Tat einen höchst beeindruckenden Anblick mit ihren langen weißen, bestickten Gewändern und ihren goldenen Kettengürteln, von denen die schuppenähnlichen goldenen Plättchen herabhingen. Des weiteren war eine große Anzahl hoher Adeliger zugegen; auch sie boten ein imposantes Bild mit ihren prunkvoll gekleideten Gefolgsleuten. Die herausragende Erscheinung unter ihnen war jedoch Nasta, der sich mit nachdenklicher Miene durch den schwarzen Bart fuhr und ein ungewöhnlich mißmutiges Gesicht machte.

Es war eine äußerst prunkvolle und beeindruckende Zeremonie, besonders, wenn der Offizier die einzelnen Gesetze, sobald er sie laut verlesen hatte, den Königinnen zur Unterzeichnung überreichte. Dann schmetterten die Fanfaren, und die Leibgardisten der Königinnen stießen zum Salut ihre Speere knallend auf den Marmorboden. Das Verlesen und Unterzeichnen der Gesetze dauerte ziemlich lange, doch schließlich endete die Prozedur damit, daß das letzte verlesen wurde. Darin wurde »gewissen Fremden, die sich in hervorragender Weise um das Land verdient gemacht hatten«, der Fürstentitel verliehen, dazu einige militärische Kommandos und große Landgüter als persönliches Geschenk der Königinnen. Als es verlesen war, schmetterten wieder die Fanfaren, und die Leibgardisten stießen wie schon bei den anderen Gesetzen ihre Speere auf den Boden. Ich bemerkte, daß einige der Adeligen sich umwandten und miteinander tuschelten. Nasta mahlte wütend mit den Zähnen aufeinander. Es paßte ihnen ganz und gar nicht, daß wir mit derlei Gunstbezeugungen bedacht wurden, was ja auch unter all den gegebenen Umständen nicht weiter verwunderlich war.

Danach kam eine Pause, und schließlich trat Nasta vor den Thron und bat mit einer tiefen Verbeugung – der jedoch sein alles andere als unterwürfig zu bezeichnende Blick Hohn sprach – die Königin Nylephta um Gehör.

Nylephta wurde ein wenig blaß, aber sie machte eine freundliche Verbeugung und forderte den »hochgeschätzten Fürsten« auf, sein Ansinnen vorzubringen, woraufhin dieser sie mit wenigen, soldatisch anmutenden Worten bat, seine Frau zu werden.

Bevor sie überhaupt die passenden Worte zu einer Erwiderung gefunden hatte, ergriff auch schon der Hohepriester Agon das Wort, und mit einer feurigen Rede von höchster Eloquenz und Überzeugungskraft wies er auf die zahlreichen Vorteile hin, die eine solche Allianz mit sich bringen würde; wie sehr sie dazu dienen würde, das Königreich zu konsolidieren, (ich muß dazu erläutern, daß Nastas Gebiet, über das er de facto wie ein König regierte, im Verhältnis zum übrigen Zu-Vendis so etwas war wie Schottland im Verhältnis zu England); wie sehr sie dazu beitragen würde, endlich das wilde Bergvolk zu befriedigen; ja, und wie sehr das Militär diese Verbindung schätzen würde, denn Nasta war ein berühmter General. Eine solche Heirat würde den Fortbestand ihrer Dynastie sichern und last not least wäre dieser Allianz der Segen und die Zustimmung der »Sonne« (d.h. des Hohepriesters) gewiß; usw., usf. Viele der Argumente, die er vorbrachte, waren durchaus nicht von der Hand zu weisen, und, betrachtete man die Sache vom politischen Standpunkt aus, sprach eigentlich alles für diese Heirat. Aber leider ist es nun einmal nicht so einfach, das Spiel der Politik mit den Personen zweier junger und reizender Königinnen zu spielen, als wären sie nichts weiter als beinerne Abbilder ihrer selbst auf einem Schachbrett. Während Agon noch daherschwadronierte, beobachtete ich Nylephtas Gesicht; es war eine perfekte Studie: Zwar lächelte sie, doch unter dieser Maske des Lächelns war ihr Gesicht hart wie Stein, und ihre Augen stießen drohende Blitze hervor.

Schließlich war Agon mit seinem Sermon fertig, und Nylephta machte sich bereit, zu antworten. Bevor sie jedoch dazu kam, beugte sich Sorais zu ihr hinüber und sagte so laut, daß ich jedes Wort verstehen konnte: »Überlege dir genau, was du sagen willst, meine Schwester, bevor du antwortest; mich deucht, daß unser Thron von deinen Worten abhängen kann.«

Nynlephta gab ihr jedoch keine Antwort, und mit einem Lächeln lehnte sich Sorais schließlich achselzuckend in ihren Thronsessel zurück.

»Es ist fürwahr eine hohe Ehre für mich«, begann Nylephta, »daß nicht nur um meine Hand angehalten wird, sondern daß sogar Agon sich beeilt, dieser Verbindung den Segen der Sonne zu erteilen. Mich dünkt, es hätte nicht viel gefehlt, und er hätte mich schon verheiratet, bevor ich noch mein Jawort gegeben habe. Nasta, ich sage dir Dank, und ich werde mich deiner Worte besinnen, aber mir steht nicht der Sinn nach Heirat, ist sie doch wie eine Tasse, deren Inhalt niemand kennt, bevor er nicht aus ihr trinkt. Ich danke dir abermals, Nasta.« Und dann deutete sie mit einer Handbewegung an, daß das Gespräch für sie beendet war.

Das Gesicht des großen Fürsten lief vor Wut dunkel an, so daß es fast die Farbe seines Bartes hatte; er wußte, daß diese Antwort als endgültige Absage an seinen Heiratsantrag anzusehen war.

»Der Königin sei Dank für ihre huldvollen Worte«, antwortete er; nur mit Mühe konnte er an sich halten. »Ich werde diese Worte in meinem Herzen bewahren. Und nun bitte ich um eine weitere Gunst, nämlich die, daß ich mich mit Ihrer Majestät huldvoller Erlaubnis zurückziehen darf in meine eigenen armen Städte im Norden. Dort werde ich warten, bis die Königin endlich geruht, sich dazu zu entschließen, meinen Antrag mit einem klaren Ja oder Nein zu beantworten. »Vielleicht«, fügte er mit einem höhnischen Lächeln hinzu, »läßt sich die Königin dazu herab, mir dort einen Besuch abzustatten. Sie kann ja bei der Gelegenheit gleich diese fremden Herren da mitbringen.« Dabei warf er uns einen grollenden Blick zu. »Es ist zwar nur ein armes und rauhes Land, aber wir sind ein tapferes, hartes Bergvolk, und es werden dort dreißigtausend Schwertkämpfer versammelt sein, Ihrer Majestät und ihren Begleitern den Willkommensgruß entgegenzurufen.«

Auf diese Worte, die fast als eine Erklärung offener Rebellion aufzufassen waren, folgte atemlose Stille. Nylephta stieg die Zornesröte ins Gesicht; sie beugte sich stolz vor und schleuderte Nasta ihre Antwort entgegen.

»Oh, sei gewiß, Nasta, ich werde kommen, und keine fremden Herren werden in meinem Gefolge sein, und jedem deiner Bergbewohner, der dich einen Prinzen heißt, werde ich zwei aus dem flachen Lande entgegensetzen, die mich eine Königin nennen. Und wir werden sehen, welche Rasse die stärkste ist! Bis dahin – lebwohl.«

Ein Fanfarenstoß erscholl, die Königinnen erhoben sich, und dann löste sich die Versammlung unter verwirrtem Geraune und Getuschel auf. Ich für mein Teil begab mich in tiefer Nachdenklichkeit zurück in mein Quartier; ein Bürgerkrieg schien unvermeidlich.

Nach diesem Ereignis herrschte ein paar Wochen Ruhe. Curtis und die Königin trafen sich nicht sehr oft. Sie erlegten sich äußerste Zurückhaltung auf, damit nichts von dem wahren Verhältnis, in dem sie zueinander standen, in die Öffentlichkeit durchsickerte. Aber so verschwiegen und vorsichtig sie auch waren; nach einiger Zeit erhoben sich Gerüchte, die so schwer zu verfolgen waren wie eine umhersummende Fliege in einem dunklen Zimmer, und die doch ebenso deutlich hörbar waren, und schließlich pfiffen es die Spatzen von den Dächern, daß die beiden mehr miteinander verband als Staatsgeschäfte.

17

Der Sturm bricht los

Und nun braute sich noch zu allem Überfluß ein anderes Unheil wie eine drohende schwarze Wolke am Horizont zusammen, das schon eine ganze Weile über wie eine zunächst noch kleine Regenwolke am blauen Himmel gelauert hatte; nämlich Sorais' Zuneigung zu Sir Henry. Ich sah förmlich, wie der Sturm näher und näher kam, und schließlich war es dann soweit. Die Liebe einer solch schönen und hochgestellten Frau wäre unter normalen Umständen für jeden normal empfindenden Mann alles andere als ein trauriges Ereignis gewesen, aber für Curtis bedeutete sie, in Anbetracht der Lage, in der er sich befand, eine bedrückende Last.

Dazu muß gesagt werden, daß Nylephta, so bezaubernd sie auch war, leider Gottes eine sehr eifersüchtige Person war, die häufig ihren Zorn über die eindeutigen Blicke, mit der ihre königliche Schwester Curtis bedachte – Alphonse pflegte das als ›bemerkenswerte Considération‹ zu bezeichnen – an ihrem armen Geliebten ausließ. Da seine wahre Beziehung zu Nylephta höchster Diskretion unterlag, traute Curtis sich nicht, diesen Anschuldigungen, die, was ihn anbetraf, jeglicher Grundlage entbehrten, ein Ende zu machen oder wenigstens den Versuch dazu zu unternehmen, indem er vielleicht gelegentlich Sorais diskret davon in Kenntnis gesetzt hätte, daß er die Absicht hatte, ihre Schwester zu heiraten. Eine dritte Fliege in Sir Henrys Suppe war die Tatsache, daß er sehr wohl um Goods ernsthafte Zuneigung zu der unheimlichen, aber nichtsdestoweniger höchst attraktiven »Herrin der Nacht, wie Sorais vom Volk genannt wurde, wußte. Der arme Bougwan hatte sich in der Tat zu einem Schatten seiner selbst heruntergehungert, um ihr zu gefallen; sein sonst so volles Gesicht war schon so hager geworden, daß er Mühe hatte, sein Monokel fest ins Auge zu klemmen; und sie ermunterte ihn in einer Art sorgloser Koketterie immer wieder soweit, daß er glauben konnte, berechtigte Hoffnungen zu hegen, sie eines Tages zu erobern. Zweifellos verfolgte sie damit die Absicht, sich den armen Kerl für ihre Zwecke warmzuhalten. Ich versuchte, ihn so behutsam wie nur eben möglich darauf hinzuweisen – mit dem Erfolg, daß er sich zutiefst beleidigt von mir abwandte. Also entschloß ich mich schweren Herzens dazu, ihn gewähren zu lassen, aus Furcht, alles nur noch schlimmer zu machen. Der arme Good ahnte gar nicht, wie sehr er sich in seinem Liebeskummer zum Clown machte. In der Hoffnung, damit seinem Ziel ein wenig näherzukommen, verfiel er in alle möglichen Tollheiten. Schließlich setzte er seinem Wahn die Krone auf, indem er – mit Hilfe eines der gesetzten, ehrwürdigen alten Herren, die uns unterrichteten – ein endloses Liebeslied auf Zu-Vendi verfaßte (der alte Herr mag zwar sehr gebildet gewesen sein; Verse zu schmieden war jedenfalls nicht seine starke Seite). Der sich ständig wiederholende Refrain dieses schauerlichen Machwerks war »Ich will dich küssen; o ja, ich will dich küssen!« Nun ist es bei den Zu-Vendi ein sehr verbreiteter und harmloser Brauch, daß junge Männer des Abends ihrer Angebeteten vor dem Fenster ein Ständchen darbringen und allerlei liebestolle Liedchen schmettern, wie man es meines Wissens nach auch recht häufig in südeuropäischen Ländern findet. Ob der junge Mann dabei ernste Absichten verfolgt oder nicht, spielt dabei keine Rolle; jedenfalls werden solche Ständchen nicht als Beleidigung aufgefaßt. Man hat halt seinen Spaß daran, und selbst Damen höchsten Ranges fassen das ganze Spektakel etwa so auf, wie ein englisches Mädchen etwa ein freundliches Kompliment auffassen würde.

Sich diesen Brauch zunutze machend, beschloß der gute Good also, Sorais ein Ständchen zu bringen. Ihre Privatgemächer lagen, gemeinsam mit denen ihrer Zofen, direkt den unsrigen gegenüber, das heißt, auf der gegenüberliegenden Seite eines engen Hofes, der einen Teil des riesigen Palastes vom anderen trennte. Nachdem er sich mit einer der landesüblichen Zithern bewaffnet hatte, auf der er in seiner Eigenschaft als passabler Gitarrenspieler recht schnell gelernt hatte, ein paar Akkorde zu zupfen, begab sich der Unglücksrabe zu mitternächtlicher Stunde – also genau der passenden Zeit für derartiges Katzengejammer – vor das Fenster seiner Angebeteten, um sein Liebesgeschluchze ertönen zu lassen. Ich schlief schon fest, als sein Gegreine anfing, aber es machte mich auf der Stelle hellwach – denn Good besitzt eine gewaltige Stimme und hat darüber hinaus kein Zeitgefühl. Ich sprang aus dem Bett und rannte ans Fenster, um zu sehen, was los war. Und unten, im vollen Mondlicht, stand Good. Er trug einen riesigen Kopfschmuck aus Straußenfedern und ein flatterndes Seidengewand – wohl genau das Passende bei einer derartigen Gelegenheit – und gab mit grölender Stimme das abscheuliche Lied zum besten, das er und der alte Herr fabriziert hatten. Dazu klimperte er abgehackt auf der Zither herum. Es war wirklich ein ohrenbetäubender Alptraum. Aus der Richtung der Zofengemächer erklang ein leises Kichern; hinter den Fenstern von Sorais hingegen – die ich, sofern sie überhaupt da war, wirklich aus tiefster Seele bedauerte – blieb alles totenstill. Als der entsetzliche Gesang mit seinem ewigen »Ich will dich küssen!« überhaupt kein Ende nehmen wollte, hielten weder ich noch Sir Henry, den ich herbeigerufen hatte, damit auch er sich an dem Anblick ergözten konnte, es länger aus; ich steckte den Kopf durch die Fensteröffnung nach draußen und brüllte: »In drei Teufels Namen! Red nicht soviel drumherum, sondern geh endlich zu ihr hoch und *küß* sie, damit wir endlich schlafen können!« Das brachte ihn dann doch zum Schweigen, womit das Ständchen beendet war.

Dieses mitternächtliche Ereignis war ein lustiger Zwischenfall in einer ansonsten doch recht tragischen Angelegenheit. Wir sollten wirklich dankbar dafür sein, daß selbst die ernstesten Dinge bisweilen ein bißchen Spaß mit sich bringen, wenn auch die meisten Leute diesen häufig nicht erkennen können oder wollen.

Nun, je mehr Sir Henry sich jedenfalls zurückhielt, desto forscher ging Sorais an ihn heran, wie das ja in solchen Fällen nicht ungewöhnlich ist, bis dann schließlich alles verquer lief. Offensichtlich war Sorais in ihrer Zuneigung zu Sir Henry so verbohrt, daß sie überhaupt kein Auge mehr für den wahren Stand der Dinge hatte; und ich muß gestehen, ich fürchtete nichts mehr als den Augenblick ihres Erwachens. Sorais war eine gefährliche Frau, wenn man es mit ihr zu tun bekam; ob man nun willentlich oder unbeabsichtigt mit ihr aneinandergeriet, spielte dabei keine Rolle. Schließlich kam es, wie es kommen mußte: Eines schönen Tages – Good war auf die Falkenjagd gegangen, und Sir Henry und ich saßen gerade zusammen und besprachen die Situation – trat ein königlicher Bote in den Raum und überreichte Sir Henry einen Brief. Wir brauchten eine ganze Weile, ihn zu entziffern. Er lautete sinngemäß folgendermaßen: »Königin Sorais befiehlt dem Fürsten Incubu, sich umgehend in ihren Privatgemächern einzufinden. Der Überbringer des Briefes wird ihn dorthin geleiten.«

»Lieber Himmel«, stöhnte Sir Henry. »Kannst du nicht für mich gehen, alter Knabe?«

»Kein Bedarf«, erwiderte ich mit Nachdruck. »Lieber würde ich einem verwundeten Elefanten mit einer Schrotflinte gegenübertreten. Das mußt du schon selbst in die Hand nehmen, mein Junge. Wenn du schon eine solche Faszination auf die Damenwelt ausübst, dann mußt du auch die Konsequenzen tragen. Ich würde nicht für ein Königreich mit dir tauschen wollen.«

»Wenn ich dich so reden höre, dann fällt mir meine Schulzeit ein«, sagte er mürrisch. »Wenn ich verprügelt werden sollte, haben mich meine Klassenkameraden auch immer so liebevoll getröstet wie du jetzt. Mit welchem Recht befiehlt mir diese Königin eigentlich, in ihre Privatgemächer zu kommen? Das würde ich doch gern einmal wissen. Ich werde nicht gehen!«

»Aber du mußt! Du bist einer ihrer Offiziere, und damit bist du *verpflichtet,* ihr zu gehorchen. Das weiß sie natürlich genau. Und außerdem – es ist ja bald vorüber.«

»Das sagten meine Klassenkameraden auch immer! Ich will nur hoffen, daß sie mir keinen Dolch zwischen die Rippen steckt; das würde ich ihr nämlich ohne weiteres zutrauen.« Dann machte er sich seufzend mit weichen Knien auf den Weg zu ihr – wen wundert's?

Ich blieb sitzen und wartete. Nach ungefähr einer Dreiviertelstunde kam er zurück. Er machte ein noch sorgenvolleres Gesicht als vorher.

»Gib mir was zu trinken«, sagte er mit heiserer Stimme.

Ich schenkte ihm einen Becher Wein ein und fragte, was geschehen sei.

»Was geschehen ist? Wenn wir jemals wirklichen Ärger hatten, dann jetzt! Aber der Reihe nach: Also, der Bote führte mich auf direktem Wege in Sorais' Privatgemach; ich sage dir, es ist wirklich ein wunderschöner Raum. Sie war allein. Sie saß auf einem seidenbezogenen Bett am anderen Ende des Zimmers und spielte leise etwas auf ihrer Zither. Ich stellte mich vor sie und wartete. Eine Zeitlang nahm sie keinerlei Notiz von mir, sondern spielte weiter auf ihrer Zither und sang dazu. Es war wirklich eine sehr betörende Musik. Nach einer Weile blickte sie plötzlich auf und lächelte mich an.

›So bist du also gekommen‹, sagte sie. ›Ich dachte schon, du würdest nur noch Königin Nylephtas Angelegenheiten verrichten. Du verrichtest doch meistens ihre Angelegenheiten, nicht wahr? Und ich bezweifle nicht im geringsten, daß du ihr dabei stets ein guter und treuer Diener bist.‹

Ich verzichtete darauf, eine Antwort zu geben, verbeugte mich vor ihr und sagte, ich wäre gekommen, die Befehle der Königin entgegenzunehmen.

›Ach, richtig, ich wollte ja mit dir sprechen. Aber setz dich doch erst einmal. Es strengt mich an, immerzu aufblicken zu müssen.‹ Mit diesen Worten rückte sie zur Seite, um mir auf dem Bett Platz zum Hinsetzen zu machen. Sie lehnte sich mit dem Rücken an das Kopfende des Bettes, damit sie mir beim Reden in die Augen blikken konnte.

›Es geziemt sich nicht für einen Soldaten ihrer Majestät, sich auf eine Stufe mit der Königin zu erheben‹, erwiderte ich.

›Ich sagte: setz dich!‹ war ihre Antwort. Also setzte ich mich auf die Kante des Bettes. Und dann begann sie, mich unverwandt aus ihren dunklen Augen anzuschauen. Sie saß da wie eine Inkarnation der Schönheit und schaute mich unablässig an. Sie sprach nur sehr wenig, und wenn, dann tat sie es mit ganz leiser, suggestiver Stimme. Sie hatte eine weiße Blume in ihr schwarzes Haar gesteckt, und ich versuchte, diese Blume zu fixieren und ihre Blätter zu zählen; aber vergeblich. Nach einer Weile – ich wußte nicht, ob es an ihrem Blick lag oder an dem verführerischen Duft ihrer Haare oder weiß der Himmel woran – kam ich mir wie hypnotisiert vor. Schließlich – es kam mir vor, als hätten wir Stunden so dagesessen – erhob sie sich.

›Incubu‹, sagte sie, ›liebst du Macht?‹

Ich antwortete, daß wohl alle Männer auf irgendeine Weise Macht liebten.

›Du sollst Macht haben‹, lautete ihre Antwort. ›Liebst du Reichtum?‹

Ich sagte, daß ich Reichtum nicht in Bausch und Bogen verdamme.

›Du sollst auch Reichtum haben‹, sagte sie orakelhaft. ›Und liebst du Schönheit?‹

Ich gab ihr zur Antwort, daß ich großen Gefallen fände an Meisterwerken der Bildhauerkunst und der Architektur. Daraufhin runzelte sie die Stirn, und dann verfiel sie wieder in Schweigen. Mittlerweile waren meine Nerven so gespannt, daß ich am ganzen Leibe zitterte. Ich wußte, irgend etwas Schreckliches bahnte sich an, aber ich war irgendwie völlig hilflos – ich stand wie unter einem Bann.

›Incubu‹, sagte sie schließlich, ›würdest du gern König sein? Höre, würdest du gern König sein? Schau, Fremder, ich bin gewillt, dich zum König von ganz Zu-Vendis zu machen – und zum Gemahl von Sorais, der Herrin der Nacht. Nein, schweig und hör mir zu. Keinem Mann aus meinem Volke hätte ich so das Geheimnis meines Herzens offenbart, du aber bist ein Ausländer, und daher spreche ich ohne Scham, da ich weiß, was alles ich dir anzubieten habe, und wie schwer es dir gefallen wäre, mich zu fragen.

Siehe, eine Krone liegt dir zu Füßen, Incubu, und darüber hinaus eine Frau, die schon viele haben freien wollen. Und nun antworte, Auserwählter, und sanft mögen deine Worte in meinen Ohren klingen.‹

›O Sorais‹, antwortete ich, ›ich flehe dich an, sprich nicht solche Worte‹ – du mußt wissen, mir blieb keine Zeit mehr, nach wohlgesetzten Worten zu suchen –; ›denn dies kann nicht sein! Ich bin mit deiner Schwester Nylephta verlobt, und ich liebe sie und nur sie allein.‹

Im nächsten Moment schoß mir durch den Kopf, daß ich da etwas Schreckliches gesagt hatte, und ich blickte sie an, um zu sehen, welches Resultat ich damit heraufbeschworen hatte. Als ich sprach, hatte Sorais ihr Gesicht in den Händen verborgen, und als sie meine Worte gehört hatte, hob sie es langsam. Ich fuhr bestürzt zurück: es war leichenblaß, und ihre Augen loderten. Sie stand vom Bett auf, und ich hörte, wie sie mehrmals schluckte. Das Schlimme bei der ganzen Sache war, daß sie völlig ruhig blieb. Dann wanderten ihre Augen zu einem kleinen Tisch, auf dem ein Dolch lag, und von dort ging ihr Blick wieder zurück zu mir, als ringe sie mit dem Gedanken, mich zu töten; sie nahm jedoch den Dolch nicht vom Tisch. Zum Schluß sagte sie etwas. Es war nur ein einziges Wort:

›Geh!‹

Ich ging also. Ich war heilfroh, wieder aus ihrem Gemach heraus zu sein. So, und nun bin ich also wieder hier. Gib mir noch einen Becher Wein, sei so lieb, und dann sag mir bloß, was ich tun soll.«

Ich schüttelte den Kopf; denn die Sache war wirklich sehr ernst. Wie sagt doch der Dichter –

»Selbst die Hölle hat nicht solch Feuer
wie der Zorn eines verschmähten Weibes«

und ganz besonders, wenn das Weib eine Königin ist und Sorais heißt. Ich befürchtete in der Tat das Schlimmste, sogar unmittelbare Gefahr für unser Leib und Leben.

»Wir müssen sofort Nylephta davon berichten«, schlug ich vor. »Und vielleicht wäre es in diesem Falle besser, ich ginge zu ihr und erzählte ihr alles; deinen Bericht würde sie wahrscheinlich mit Mißtrauen aufnehmen.

Wer ist heute diensthabender Offizier ihrer Garde?« fuhr ich fort.

»Good.«

»Ausgezeichnet! Dann besteht keine Gefahr für sie. Schau mich nicht so erstaunt an. Ich glaube nicht, daß ihre Schwester davor zurückschrecken würde. Wir müssen wohl Good erzählen, was passiert ist.«

»Ach, ich weiß nicht so recht«, erwiderte Sie Henry. »Es würde ihn fürchterlich treffen. Der arme Bursche! Du weißt doch, wie sehr er sich für Sorais interessiert.«

»Das ist wahr. Und außerdem – vielleicht brauchen wir es ihm wirklich nicht zu erzählen. Er wird die Wahrheit noch früh genug erfahren. Und nun paß gut auf, was ich dir sage; du wirst dich meiner Worte noch erinnern. Sorais wird sich mit Nasta zusammentun, der oben im Norden sitzt und schmollt; schließlich teilen beide nun das gleiche Los. Ich sage dir, es wird einen Bürgerkrieg geben, wie Zu-Vendis ihn seit Jahrhunderten nicht mehr gesehen hat! Schau, dort!« Aus der Tür, die zu Sorais' Privatgemächern führte, kamen in diesem Moment zwei Boten, die sich schnellen Schrittes entfernten. »Folge mir!« rief ich, nahm mein Fernglas und rannte so schnell es ging die Treppe hoch auf einen Aussichtsturm, der sich direkt über unseren Gemächern befand. Von dem Turm aus konnte ich gut über die Palastmauer schauen. Das erste, was ich sah, war einer der Boten, der in Richtung Tempel lief. Ohne Zweifel trug er eine Botschaft von Sorais an Agon, den Hohepriester, bei sich. Nach dem anderen Boten hielt ich zunächst vergeblich Ausschau. Im selben Moment jedoch erspähte ich einen Reiter, der in vollem Galopp durch das nördliche Stadttor davonsprengte; es war der andere Bote.

»Aha!« rief ich. »Sorais ist eine Frau, die Mut und Geistesgegenwart besitzt; sie handelt schnell, und sie wird flugs und unbarmherzig zuschlagen! Du hast sie tief gekränkt, mein Sohn, und das Blut wird in Strömen fließen, bis dieser Schandfleck wieder weggewaschen ist, und deines wird dabeisein, sollte es ihr gelingen, deiner habhaft zu werden. Ich laufe jetzt auf der Stelle zu Nylephta. Du bleibst, wo du bist, alter Knabe, und siehst zu, daß du deine Nerven wieder in Ordnung kriegst. Du wirst sie noch brauchen, das versichere ich dir. Wenn nicht, dann habe ich fünfzig Jahre meines Lebens die menschliche Natur umsonst beobachtet und studiert.«

Ich hatte keine Schwierigkeiten, eine Audienz bei der Königin zu bekommen. Sie erwartete Curtis und war nicht gerade darüber erbaut, statt dessen mein Gesicht im Türrahmen zu erblicken.

»Stimmt etwas nicht mit meinem Gebieter, Macumazahn?

Warum macht nicht er mir seine Aufwartung? Sprich, ist er krank?«

Ich sagte ihr, es ginge ihm gut, und dann kam ich ohne Umschweife zum Thema und erzählte ihr alles vom Anfang bis zum Ende. Sie hätten sehen sollen, wie wütend sie wurde! Sie sah in ihrem Zorn anmutiger denn je aus.

»Wie kannst du es wagen, mir mit einer solchen Geschichte zu kommen!« schrie sie wutentbrannt. »Es ist eine Lüge, zu behaupten, mein Gebieter habe meiner Schwester Sorais seine Liebe zu ihr offenbart!«

»Verzeih, oh Königin«, erwiderte ich, »ich sagte, daß Sorais *ihm ihre* Liebe offenbarte!«

»Versuche er nicht, mich mit Wortklauberei zu verwirren! Ist es nicht einerlei, wer wem seine Liebe offenbart hat? Der eine gibt, der andere nimmt; die Gabe jedoch bleibt dieselbe. Was tut es da zur Sache, wer der Schuldigere von beiden ist? Sorais! Oh, wie ich sie hasse! Sorais, meine Schwester, eine der Königinnen von Zu-Vendis! Sie wäre niemals so weit gegangen, hätte er sie nicht dazu ermuntert und ihr den Weg gewiesen! Oh, wie recht doch der Dichter hat, wenn er sagt, der Mann sei wie eine Schlange! Niemand kann ihn halten, und ihn zu berühren ist Gift!«

»Eine treffende Bemerkung, o Königin, doch mich deucht, du hast den Dichter nicht richtig gelesen. Nylephta«, fuhr ich fort, »du weißt sehr wohl, daß deine Worte leer und töricht sind, und ebenso weißt du auch, daß jetzt nicht die Zeit für solcherlei Narretei ist.«

»Wie kannst du es wagen!« platzte sie heraus und stampfte mit dem Fuß auf. »Hat dein feiner Herr dich zu mir gesandt, damit du mich auch noch beleidigst? Wer bist du, Fremder, daß du dich erkühnst, so mit der Königin zu sprechen! Wie kannst du es wagen!«

»Nun, du siehst, ich wage es. Und nun hör mir gut zu! Die Zeit, die du mit deinem törichten Zorn vergeudest, kann dich sehr wohl deine Krone und uns alle unser Leben kosten. Schon sind Sorais' berittene Boten unterwegs, die Männer zu den Waffen zu rufen! In spätestens drei Tagen wird Nasta sich drohend erheben wie der Löwe am Abend, und sein Brüllen wird durch den ganzen Norden hallen. Die ›Herrin der Nacht‹ hat eine betörende Stimme, und sie wird nicht vergebens singen. Ihr Banner wird von Berg zu Berg und von Tal zu Tal getragen werden, und überall, wo es auftaucht, werden Krieger in hellen Scharen herbeiströmen, wie der Staub im Gefolge des Wirbelsturmes. Die halbe Armee wird ihr begeistert zujubeln, und in jeder Stadt und in jedem Flecken dieses Landes werden die Priester ihre Stimme gegen die Fremdlinge erheben und Sorais' Sache zu einem heiligen Feldzug erklären. Ich habe gesagt, was ich zu sagen hatte, o Königin!«

Nylephta war ganz ruhig geworden; ihre eifersüchtige Wut war vollends verflogen. Und mit der für sie charakteristischen Schnelligkeit und Vollständigkeit wechselte sie von der Rolle der reizenden, dickköpfigen Dame in die der Königin und entscheidungsfreudigen Frau. Die Wandlung vollzog sich plötzlich, aber sie war perfekt.

»Deine Worte sind weise, Macumazahn. Verzeih mir meine Dummheit. Oh, was für eine Königin ich sein könnte, wenn ich doch nur kein Herz besäße! Herzlos zu sein – das bedeutet, alles zu unterwerfen. Die Leidenschaft ist wie ein Blitz; sie ist schön, und sie verbindet Himmel und Erde miteinander, aber leider macht sie blind!

Und du glaubst also, daß meine Schwester gegen mich Krieg anfangen will. Nun, so möge sie es tun. Doch soll sie nicht den Sieg über mich davontragen. Auch ich habe Freunde und Gefolgsleute! Und ich sage dir, es sind viele, die laut ›Nylephta!‹ rufen werden, wenn meine Fahne an Türmen und Zinnen hochgeht, und wenn heute nacht das Licht meiner Signalfeuer von Felsspitze zu Felsspitze springt und die Botschaft meines Krieges ins Land hinaus trägt. Ich werde ihre Macht zerbrechen und ihre Armeen in alle Winde zerstreuen. Ewige Nacht soll das Los der ›Herrin der Nacht‹ sein. Gib mir jenes Pergament und die Tinte! So, und nun ruf den wachhabenden Offizier aus dem Vorzimmer! Er ist ein treuer und zuverlässiger Mann.«

Ich tat, wie mir geheißen. Der Mann, ein Veteran und gutmütig aussehender Mann der Garde namens Kara, trat ein und machte eine tiefe Verbeugung.

»Nimm dieses Pergament!« befahl Nylephta. »Es ist deine Vollmacht. Bewache alle Ein- und Ausgänge zu den Gemächern meiner Schwester Sorais, der ›Herrin der Nacht‹ und Königin von Zu-Vendis. Sorge dafür, daß niemand herein- oder herauskommt. Du bürgst mir mit deinem Leben dafür!«

Der Mann schaute sie bestürzt an. Er enthielt sich jedoch eines Kommentars und sagte lediglich: »Der Wille der Königin geschehe.« Dann ging er hinaus. Als nächstes sandte Nylephta einen Boten zu Sir Henry, der auch kurz darauf in das Zimmer trat. Er sah ungewöhnlich bedrückt aus. Ich war schon auf einen erneuten

Wutausbruch von Nylephta gefaßt; aber wundersam sind doch die Wege der Frauen – sie verlor nicht ein Wort über Sorais und seine vermeintliche Untreue, sondern begrüßte ihn mit einem freundlichen Nicken und sagte ihm, sie benötige seinen Rat in einer Angelegenheit von höchster Wichtigkeit. Und dennoch – da war so ein seltsamer Blick in ihren Augen, und ihr Verhalten ihm gegenüber schien mir doch ein wenig von unterdrückter Energie gekennzeichnet zu sein. Ich vermutete daher, daß sie die Sache noch nicht vergessen hatte und sie sich für einen späteren Zeitpunkt, an dem die beiden allein waren, aufsparen wollte.

Kurz nachdem Curtis gekommen war, kam der Offizier wieder zurück und meldete, daß Sorais verschwunden sei. Der Vogel war also schon ausgeflogen! Sie hatte unter dem Vorwand, die Nacht in der Meditation vor dem Altar zu verbringen – was bei Damen der höheren Gesellschaft in Zu-Vendis nicht unüblich war – ihre Gemächer verlassen und war in den Tempel gegangen. Wir tauschten alle miteinander verständnisinnige Blicke aus. Sorais hatte in der Tat keine Zeit verloren.

Dann machten wir uns an die Arbeit.

Wir ließen sofort alle Generäle, denen man vertrauen konnte, aus ihren Quartieren zusammentrommeln. Wir informierten jeden einzelnen von ihnen über die Lage der Dinge, soweit es uns wünschenswert erschien und entließen sie dann mit der strikten Auflage, so schnell wie möglich alle ihre verfügbaren Kräfte zusammenzuholen. Ähnlich verfuhren wir mit allen den einigermaßen mächtigen Landesfürsten, von denen Nylephta wußte, daß sie sich auf sie verlassen konnte. Einige von ihnen verließen noch am selben Tag die Stadt, um in entlegenen Landesteilen ihre Lehnsmänner und Gefolgsleute zu den Waffen zu rufen. Und noch vor Einbruch der Nacht sandten wir etwa zwanzig Boten mit versiegelten Briefen aus, die alle an die Regenten weit abgelegener Städte und Landstriche gerichtet waren. Wir befahlen den Boten, Tag und Nacht zu reiten, bis die Briefe in die Hände ihrer Adressaten gelangt waren. Desgleichen sandten wir zahlreiche Kundschafter aus. Wir schufteten den ganzen Nachmittag und Abend hindurch, assistiert von mehreren verläßlichen Schreibern. Die Energie und Überlegtheit, mit der Nylephta dabei zu Werke ging, erweckte meine tiefste Hochachtung. Als wir schließlich zurück in unsere Quartiere gingen, war es acht Uhr. Wir wurden sogleich von Alphonse, der im übrigen zutiefst beleidigt war, daß wir ihm durch unser spätes Erscheinen sein ganzes herrliches Dinner vermasselt hatten (er betätigte sich nämlich inzwischen wieder als Koch), davon in Kenntnis gesetzt, daß Good von der Falkenjagd zurückgekommen war und schon seinen Wachtdienst aufgenommen hatte. Und da wir schon den diensthabenden Offizier der äußeren Palastwache beauftragt hatten, die Torwachen zu verdoppeln und somit keinen Grund für unmittelbare Gefahr sahen, entschlossen wir uns, Good jetzt nicht aufzuscheuchen und ihm die ganze Sache zu erzählen. Dies war ohnehin eine der delikaten Aufgaben, die man nur allzu gern auf einen späteren Zeitpunkt hinausschiebt. Wir schlangen also hastig unser Essen hinunter und begaben uns auf unsere Zimmer, um endlich unseren wohlverdienten Schlaf zu bekommen. Vorher jedoch bat Curtis noch den alten Umslopogaas, ein wenig die Umgebung von Nylephtas Privatgemächern im Auge zu behalten. Umslopogaas, der inzwischen überall im Palast gut bekannt war, hatte von Nylephta die Erlaubnis erhalten, alle Wachen im Palast ungehindert zu passieren, wann immer er wollte. Er bediente sich dieses Sonderrechts sehr häufig und streifte mit Vorliebe zu den stillen Stunden der Nacht in dem riesigen Bauwerk herum. Daß er dabei die Nachtstunden bevorzugte, war nicht weiter verwunderlich; ist dies doch ein weit verbreiteter Brauch bei Schwarzen überhaupt. Deshalb war nicht zu befürchten, daß seine Anwesenheit zu nächtlicher Stunde in den Gängen des Palastes Aufsehen erregen würde. Der Zulu nahm kommentarlos seine Axt und machte sich auf den Weg, und wir begaben uns endlich ins Bett.

Ich hatte meinem Empfinden nach höchstens ein paar Minuten geschlafen, als ich mit einem seltsamen Gefühl äußersten Unbehagens aus den Kissen hochschreckte. Ich hatte das Gefühl, als sei jemand im Zimmer und beobachtete mich. Zu meiner großen Überraschung graute schon der Morgen. Am Fuße meines Bettes stand niemand anderes als Umslopogaas. In dem fahlen Licht sah er besonders dürr und furchterregend aus.

»Wie lange stehst du schon hier?« fragte ich mürrisch. Es ist nämlich nicht angenehm, auf solche Weise geweckt zu werden.

»Vielleicht die Hälfte einer Stunde, Macumazahn. Ich muß dir etwas sagen.«

»Schieß los!« sagte ich. Ich war jetzt hellwach.

»Wie mir geheißen war, ging ich in der letzten Nacht zu dem Orte der Weißen Königin und verbarg mich hinter einem Pfeiler in dem zweiten Vorraum, hinter dem sich die Schlummerstätte der Königin befindet. Bougwan (Good) war allein in dem ersten Vorraum, und vor dem Vorhang dieses Raums stand ein Wachtposten. Ich aber wollte versuchen, ungesehen in den zweiten Vorraum zu kommen, und fürwahr, es gelang mir; ich glitt an beiden vorbei. Ich hatte dort viele Stunden gewartet, als ich plötzlich eine dunkle Gestalt bemerkte, die heimlich in den Raum geschlichen kam, direkt auf mich zu. Es war die Gestalt einer Frau, und in der Hand hielt sie einen Dolch. Hinter jener Gestalt schlich eine weitere Gestalt, die jedoch von der Frau nicht bemerkt wurde. Es war Bougwan, der ihr auf den Fersen war. Er hatte seine Schuhe ausgezogen, und für einen so fetten Mann schlich er sehr gut. Die Frau kam an mir vorüber, und das Licht der Sterne schien auf ihr Gesicht.«

»Wer war es denn?« fragte ich ungeduldig.

»Das Gesicht war das der ›Herrin der Nacht‹, und fürwahr, der Name ist gut gewählt.

»Ich wartete, und Bougwan schlich ebenfalls an mir vorüber. Dann folgte ich den beiden. Langsam und lautlos schlichen wir zu dritt durch das lange Zimmer. Zuerst die Frau, dann Bougwan, und dann ich; und die Frau sah Bougwan nicht, und Bougwan sah mich nicht. Dann kam die ›Herrin der Nacht‹ an die Vorhänge, die die Schlummerstätte der weißen Königin verschließen und streckte ihre Hand aus, um sie zu teilen. Sie schritt hindurch, und desgleichen tat Bougwan, und desgleichen tat ich. Am Ende des Raumes ist das Bett der Königin, und sie lag darauf, in tiefem Schlafe. Ich konnte hören, wie sie atmete, und sehen, wie einer ihrer weißen Arme auf der Decke lag, wie ein Streifen von Schnee auf trockenem Gras. Die ›Herrin der Nacht‹ duckte sich – so, wie ich es jetzt mache – und mit erhobenem Messer kroch sie auf das Bett zu. Sie blickte so starr darauf, daß sie nie auf den Gedanken kam, sich umzuwenden. Als sie ganz dicht bei dem Bette war, berührte Bougwan sie am Arm. Sie holte tief Atem und schnellte herum, und ich sah, wie das Messer blitzte, und ich hörte, wie es zustieß. Es war gut für Bougwan, daß er seine Haut aus Eisen trug, sonst hätte die Klinge ihn durchbohrt. Und da sah er zum ersten Mal, wer die Frau war, und ohne ein Wort fuhr er erschrocken zurück. Er hatte die Sprache verloren. Auch sie war erschrocken und sprach nicht, doch plötzlich legte sie ihren Finger auf ihre Lippe – so, wie ich es jetzt mache – und ging auf den Vorhang zu und durch ihn hindurch, und mit ihr ging Bougwan. So nah ging sie an mir vorbei, daß ihr Kleid mich berührte, und ich war nahe daran, sie zu töten, als sie ging. In dem ersten Vorraum sprach sie mit flü-

Und ich sah, wie das Messer blitzte

sternder Stimme zu Bougwan, und sie rang die Hände – so, wie ich es jetzt mache – und flehte ihn an. Was sie jedoch sagte, weiß ich nicht. Und so gingen sie weiter in den zweiten Vorraum, sie flehte, und er schüttelte den Kopf und sagte immerzu ›nein, nein, nein‹. Und es schien mir, als ob er die Wache rufen wollte, als sie plötzlich zu flehen innehielt und ihn mit großen Augen anschaute. Und ich sah, daß er verhext war von ihrer Schönheit. Dann streckte sie die Hand aus, und er küßte sie, worauf ich mich entschloß, zu ihr zu gehen und sie zu ergreifen, denn ich sah, daß Bougwan nun auch eine Frau geworden war und nicht mehr wußte, was gut war und was böse. Doch siehe da! Sie war fort.«

»Fort!« entfuhr es mir.

»Ja, fort, und da stand Bougwan und starrte an die Wand wie einer, der schläft, und dann ging auch er, und ich wartete eine Weile, und dann ging auch ich.«

»Bist du sicher, Umslopogaas«, fragte ich, »daß du heute nacht nicht geträumt hast?«

Anstelle einer Antwort öffnete er die linke Hand und zeigte mir ein etwa drei Zoll langes Bruchstück einer Dolchklinge aus feinstem Stahl.

»Und wenn ich geträumt habe, Macumazahn, dann sieh, was der Traum mir hinterlassen hat. Das Messer zerbrach an Bougwans Busen, und als ich ging, hob ich dies in der Schlummerstätte der Weißen Königin auf.«

18

Krieg! Blutiger Krieg!

Ich bat Umslopogaas, zu warten, schlüpfte in meine Kleider und ging mit ihm in Sir Henrys Gemach, wo der Zulu seine Geschichte Wort für Wort wiederholte. Sie hätten Curtis' Gesicht sehen müssen, als er Umslopogaas zuhörte.

»Großer Gott!« rief er. »Da liege ich hier und schlafe, während zur selben Stunde Nylephta fast ermordet wird – und alles auch noch meinetwegen! Diese Sorais muß ja von Furien besessen sein! Es wäre ihr ganz recht geschehen, wenn Umslopogaas sie dabei erschlagen hätte.«

»Ja«, sagte der alte Zulu. »Keine Angst, ich hätte sie schon rechtzeitig getötet, noch bevor sie hätte zustechen können. Ich habe nur auf den richtigen Zeitpunkt gewartet.«

Ich sagte dazu nichts weiter, aber irgendwie hatte ich die leise Ahnung, daß das Leben vieler tausend Unschuldiger hätte gerettet werden können, wenn der Zulu Sorais das Schicksal hätte zukommen lassen, das sie ihrer Schwester zugedacht hatte. Und, wie die späteren Ereignisse noch beweisen sollten; ich sollte mit meiner Vermutung recht behalten.

Nachdem Umslopogaas seine Geschichte zu Ende erzählt hatte, ging er ungerührt sein Frühstück einnehmen. Sir Henry und ich diskutierten hingegen die Situation.

Er war höchst erbittert über Goods Verhalten und meinte, man dürfe ihm nicht länger vertrauen. Schließlich habe er in voller Absicht Sorais über eine geheime Treppe entkommen lassen, wo es eigentlich seine Pflicht gewesen wäre, sie festzunehmen und der Justiz zu übergeben. Er war in der Tat maßlos in seiner Bitterkeit und Enttäuschung. Ich ließ ihn sich eine Weile austoben, wobei ich im stillen darüber nachdachte, wie leicht es uns doch fällt, uns über die Fehler und Unzulänglichkeiten anderer zu ereifern, und mit welcher Nachsicht wir uns unsere eigenen Schwächen verzeihen.

»Mein lieber Freund«, sagte ich schließlich, »wenn man dich so reden hört, dann sollte man gar nicht glauben, daß du derselbe Mann bist, der erst gestern noch mit dieser Frau eine lange Unterredung hatte, und der mir hinterher erzählte, wie schwer es ihm gefallen wäre, sich der Faszination dieser Person zu entziehen. Und das, obwohl du eine der schönsten und liebenswertesten

Frauen der ganzen Welt liebst! Nun stelle dir doch nur einmal vor, es wäre Nylephta gewesen, die versucht hätte, Sorais zu ermorden, und *du* hättest sie dabei ertappt, und sie hätte *dich* angefleht; wärst du dann auch so wild darauf gewesen, sie der öffentlichen Schande und dem Feuertod auszuliefern? Sieh die Sache doch einmal ein paar Minuten durch Goods Monokel, bevor du dich dazu hinreißen läßt, einen guten alten Freund als Schurken zu beschimpfen!«

Er hörte sich meine Standpauke gehorsam an und gab rundheraus zu, zu hart gegenüber Good geurteilt zu haben. Es ist eine von Sir Henrys besten Charaktereigenschaften, daß er stets bereit ist, einen Fehler, den er gemacht hat, zuzugeben.

Wenn ich mich auch mit allem Nachdruck für Good einsetzte, so war ich dennoch nicht blind gegenüber der Tatsache, daß er, so verständlich und natürlich sein Verhalten auch sein mochte, auf dem besten Wege war, sich in eine heikle Klemme hineinzureiten. Immerhin hatte Sorais versucht, ein Attentat auf ihre Schwester zu verüben, und er hatte die Mörderin laufen lassen; damit hatte er ihr unter anderem die Möglichkeit gegeben, ihn voll in der Hand zu haben und jede Art von erpresserischem Druck auf ihn auszuüben. Er war in der Tat auf dem besten Wege, ihr Werkzeug zu werden – und es kann keinem Mann ein schlimmeres Schicksal widerfahren, als das Werkzeug einer skrupellosen Frau zu werden; oder überhaupt einer Frau. So etwas führt schließlich immer zum selben Ende: Wenn er vollends zerbrochen ist, oder wenn er seinen Zweck erfüllt hat, dann wird er fallengelassen wie eine heiße Kartoffel, und dann kann er zusehen, wie er seine verlorene Achtung vor sich selbst wiederfindet. Während ich noch über diesen Vorfall nachgrübelte und überlegte, was man in einem solchen Fall am besten machen sollte – war doch die ganze Situation äußerst prekär –, hörte ich plötzlich von draußen auf dem Hof einen Riesenlärm. Ich erkannte sogleich die Stimmen von Umslopogaas und Alphonse; der erstere fluchte wie ein Berserker, während der letztere ein panisches Gebrüll von sich gab.

Ich rannte sofort nach unten auf den Hof, um zu sehen, was los war. Unten bot sich meinen Augen ein drolliger Anblick: der kleine Franzose rannte wie von Furien gehetzt über den Hof, und Umslopogaas schoß wie ein Windhund hinter ihm her. Gerade in dem Moment, als ich aus der Tür trat, erwischte er Alphonse beim Kragen. Er hob ihn buchstäblich von den Beinen und trug ihn zu einem nahegelegenen Strauch, der in voller Blüte stand. Es war eine Blume, die unserer Gardenie ein wenig ähnelte, jedoch war der ganze Strauch mit kurzen Stacheln bedeckt. Ungerührt vom gellenden Geschrei und Gezappel des Franzosen warf Umslopogaas den armen Kerl mit dem Kopf voran mitten in den Strauch, so daß nur noch seine Unterschenkel und seine Absätze herausguckten. Dann stellte er sich, zufrieden mit seiner Leistung, mit verschränkten Armen vor den Strauch und betrachtete mit grimmigem Lächeln Alphonses verzweifelt strampelnde Beine und lauschte mit sichtlicher Genugtuung seinen gellenden Schmerzensschreien.

»Was tust du da?« schrie ich wütend und rannte zu ihm hin. »Willst du den Mann umbringen? Zieh ihn sofort aus dem Busch heraus!«

Mit einem wilden Grunzen gehorchte der Zulu und packte den unglückseligen Alphonse beim Fußgelenk. Und mit einem Ruck, mit dem er ihm beinahe den Fuß ausgerenkt hätte, zog er ihn aus dem Gestrüpp heraus. Nie zuvor hatte ich einen bedauernswerteren Anblick gesehen: Alphonses Kleider waren fast völlig zerrissen, und der arme Kerl blutete am ganzen Leib aus den Wunden, die ihm die scharfen Dornen gerissen hatten. Vor Schmerz schreiend wälzte er sich auf der Erde, und es war völlig unmöglich, etwas aus ihm herauszubekommen.

Schließlich rappelte er sich auf, und aus dem sicheren Schutz meines Rückens verfluchte er den alten Umslopogaas bei allen Heiligen, mit denen der Kalender aufzuwarten hat; und bei dem Blute seines heroischen Großvaters schwor er, ihn zu vergiften und sich fürchterlich zu rächen.

Und schließlich bekam ich dann auch heraus, worum es eigentlich ging. Gelegentlich kochte Alphonse Umslopogaas seinen Haferschleim, den der letztere, ganz, wie er es auch daheim in Zululand getan hätte, mit einem Holzlöffel aus einer Kürbisflasche irgendwo in einer Ecke des Hofes aß. Nun hatte Umslopogaas, wie übrigens sehr viele Zulu, einen großen Ekel vor Fisch. Er betrachtete dieses Tier als eine Art Wasserschlange. Alphonse, dem ständig der Schalk im Nacken saß, und der darüber hinaus ein vollendeter Koch war, beschloß daher, Umslopogaas einen Streich zu spielen, indem er ihn ohne dessen Wissen Fisch essen lassen wollte. Er zerrieb einen weißen Fisch zu feinem Mehl und mischte dieses unter Umslopogaas' Haferschleim. Dieser aß fast seine ganze Portion auf, ohne zu wissen, was Alphonse damit angestellt hatte. Zu seinem großen Unglück jedoch konnte der Franzose seine diebische Freude darüber nicht verbergen und scharwenzelte immerzu um den Zulu herum, um zu sehen, ob der etwas merkte. Schließlich schöpfte Umslopogaas, der auf seine Weise ein äußerst kluger Bursche war, Verdacht. Er untersuchte sorgfältig die Reste seines Haferschleims und entdeckte schließlich den »Trick der Büffelkuh«. Seinen daraufhin stattfindenden Rachefeldzug habe ich bereits ausführlich beschrieben. Der kleine Mann konnte wirklich von Glück reden, daß er noch so glimpflich davongekommen war. Ebensogut hätte der Zulu ihm nämlich das Genick brechen können. Es wäre eigentlich anzunehmen gewesen, daß er aus der Episode in der Missionsstation, als der Zulu ihm die Vorstellung mit der Axt geliefert hatte, gelernt hätte, daß Umslopogaas eine höchst ungeeignete Zielscheibe für seine Streiche darstellte.

Dieser Zwischenfall war für sich genommen eigentlich ziemlich unwichtig; ich schildere ihn jedoch deswegen, weil er ernsthafte Konsequenzen nach sich zog. Sobald Alphonse die Blutungen aus seinen Kratzwunden gestillt und sich gewaschen hatte, machte er sich, noch immer laut fluchend, davon, um seine Wut verrauchen zu lassen. Wie ich aus Erfahrung wußte, dauerte das immer mehrere Tage. Als er fort war, hielt ich Umslopogaas eine lange Gardinenpredigt und sagte ihm, daß ich mich für sein Verhalten schämte.

»Nun gut, Macumazahn«, erwiderte er. »Du darfst nicht so streng mit mir sein, denn dies ist nicht mein Ort. Ich bin seiner überdrüssig; es langweilt mich zu Tode, immerzu nur zu essen und zu trinken, zu schlafen und von Hochzeiten zu hören. Ich liebe nicht dieses weiche Leben in Steinhäusern, das einem Mann das Herz raubt und seine Kraft zu Wasser macht und sein Fleisch in Fett verwandelt. Ich liebe nicht die weißen Kleider und die eleganten Frauen, den Klang der Fanfaren und die Falkenjagd. Als wir gegen die Masai kämpften, dort, in jenem Kraal, ja, da war es noch wert zu leben; hier jedoch fällt niemals ein Hieb im Zorn, und ich fange schon an zu glauben, daß ich den Weg meiner Väter gehe und niemals mehr Inkosi-kaas erhebe.« Er erhob seine Axt und schaute sie kummervoll an.

»Aha!« gab ich ihm zur Antwort, »das also quält dich, nicht wahr? Du bist wieder einmal vom Blutrausch ergriffen, oder? Der Specht braucht wieder einen Baum, nicht wahr? Und das in deinem Alter! Du solltest dich schämen, Umslopogaas!«

»Ja, Macumazahn, mein Geschäft ist ein blutiges; aber dennoch ist es ehrenhafter als manch anderes. Es ist besser, einen Mann im edlen Kampfe zu töten, als ihm das Blut aus dem Herzen zu saugen, indem man kauft und verkauft und ihn durch Wucher zur Strecke bringt, wie ihr Weißen es tut. Manch einen Mann tötete ich, und doch gibt es niemand, dem ich nicht mehr in die Augen schauen könnte. Ja, und viele sind da, die einst Freunde waren, und mit denen ich mit größtem Vergnügen eine gemeinsame Prise Schnupftabak nehmen würde. Aber schau! Du gehst deinen Weg, und ich gehe meinen: jeder geht zu seinem eigenen Volk und an seinen eigenen Ort. Der Ochse aus der Hochsteppe stirbt in dem Land, wo es fettes Gras gibt, und so ist es mit mir, Macumazahn. Ich bin rauh und wild, das weiß ich, und wenn mein Blut heiß ist, dann weiß ich nicht, was ich tu; und doch wirst du bekümmert sein, wenn die Nacht mich verschluckt und ich in der tiefsten Schwärze verloren bin, denn tief in deinem Herzen liebst du mich, mein Vater Macumazahn, der alte Fuchs, wiewohl ich nichts bin als ein alter, zerbrochener Zulukrieger – ein Häuptling, für den es keinen Platz gibt in seinem eigenen Kraal, ein Ausgestoßener, ein Wanderer in einem fremden Land; ja, und ich liebe dich, Macumazahn, denn zusammen sind wir ergraut, und zwischen uns ist etwas, das man nicht sehen kann, und doch ist es zu stark, um zu zerbrechen.« Dann nahm er seine Schnupftabaksdose, eine alte Messingpatrone, aus dem Schlitz in seinem Ohr, wo er sie aufzubewahren pflegte und reichte sie mir mit der Aufforderung, mich zu bedienen.

Mit einem Gefühl der Rührung nahm ich die Prise. Er hatte recht; ich hing sehr an dem alten, blutrünstigen Raufbold. Ich weiß auch nicht, was eigentlich seinen Charme ausmachte; jedenfalls hatte er welchen; vielleicht war es seine leidenschaftliche Aufrichtigkeit und Direktheit; vielleicht war es auch seine schier übermenschliche Geschicklichkeit und Kraft, was ich an ihm so bewunderte; vielleicht war es auch allein die Tatsache, daß er so absolut einzigartig war. Ich muß freimütig bekennen: Obwohl ich während meines Lebens viele Wilde kennengelernt habe; nie habe ich einen Mann kennengelernt, der ihm ähnlich war; er war so weise, und zugleich naiv wie ein Kind. Und – so lächerlich sich das auch anhören mag – er hatte, wie jener Held aus der Yankee-Parodie, »ein weiches Herz«. Nun, jedenfalls mochte ich ihn sehr; ich wäre jedoch nie auf den Gedanken gekommen, ihm das zu sagen.

»Jaja, du alter Wolf«, sagte ich, »deine Liebe ist schon eine sehr seltsame. Du würdest mir schon morgen den Schädel bis zum Kinn spalten, wenn ich dir im Wege stünde.«

»Du sprichst die Wahrheit, Macumazahn. Das würde ich auch tun, wenn die Pflicht es von mir verlangte. Aber dennoch würde ich dich lieben, wenn der Hieb sein Ziel erreicht hätte. Sag, Macumazahn, glaubst du, daß ich bald wieder die Möglichkeit habe, Inkosi-kaas zu schwingen?« fuhr er mit einschmeichelnder Stimme fort. »Mich dünkt, daß das, was ich in der letzten Nacht sah, bedeutet, daß die beiden großen Königinnen Streit miteinander haben. Sonst hätte die ›Herrin der Nacht‹ nicht den Dolch bei sich getragen.«

Ich bestätigte seine Vermutung und erklärte ihm, daß die beiden ziemlichen Ärger miteinander hatten. Dann erzählte ich ihm rundheraus, wie die Dinge standen, und daß sie sich wegen Incubu in die Haare geraten waren.

»Ah! Ist es so?« rief er und machte vor Freude einen Luftsprung. »Wenn es so ist, dann wird Krieg sein, so sicher wie der Fluß nach einem Regen anschwillt. Ein Krieg bis zum bitteren Ende! Frauen lieben den letzten Schlag genauso wie das letzte Wort, und wenn sie für die Liebe kämpfen, dann sind sie so gnadenlos wie ein verwundeter Büffel. Ich sage dir, Macumazahn; eine Frau schwimmt durch Blut, ohne sich etwas dabei zu denken. Mit meinen eigenen Augen habe ich es einmal gesehen, und noch ein zweites Mal. Oh, Macumazahn, wir werden noch erleben, wie diese schöne Stätte von Häusern in Flammen aufgeht, und wir werden hören, wie die Schlachtrufe durch die Straßen hallen. So bin ich nun doch nicht umsonst gewandert. Kann dieses Volk kämpfen? Was glaubst du?«

In diesem Augenblick trat Sir Henry ein. Kurz darauf kam auch Godd, jedoch aus einer anderen Richtung. Er sah blaß und hohläugig aus. Als Umslopogaas Godd erblickte, hörte er mit seiner blutrünstigen Schwelgerei auf und begrüßte ihn.

»Ah, Bougwan!« rief er, »sei gegrüßt, o Häuptling! Sicher bist du müde. Hast du in der letzten Nacht zuviel gejagt?« und ohne eine Antwort abzuwarten, fuhr er fort:

»Höre, Bougwan, ich will dir eine Geschichte erzählen; sie handelt von einer Frau, und du wirst sie sicher hören wollen, ist es nicht so?

Es war ein Mann, und der hatte einen Bruder. Und da war eine Frau, die liebte den Bruder des Mannes und wurde von dem Mann geliebt. Aber der Bruder des Mannes hatte eine andere Frau und liebte die Frau nicht, sondern verspottete sie. Aber die Frau, die sehr verschlagen war und Rache in ihrem Herzen trug, beratschlagte mit sich selbst und sagte zu dem Mann: ›Ich liebe dich, und wenn du einen Krieg gegen deinen Bruder machst, dann werde ich deine Frau.‹ Und er wußte, daß es eine Lüge war, und dennoch, weil er die Frau sehr liebte, lauschte er ihren Worten und machte einen Krieg. Und als schon viele Menschen getötet waren, schickte sein Bruder nach ihm und fragte ihn: ›Warum machst du Krieg gegen mich? Was habe ich dir angetan? Habe ich dich nicht von Kindesbeinen an geliebt? Und als du klein warst, habe ich dich da nicht genährt und aufgezogen? Und sind wir nicht zusammen in den Krieg gezogen und haben das Vieh brüderlich geteilt, Frau für Frau, Ochse für Ochse und Kuh für Kuh? Warum willst du mich töten, Bruder, Sohn meiner eigenen Mutter?‹

Und das Herz des Mannes war schwer, und er wußte, daß er auf einem bösen Pfade wandelte, und er widerstand der Versuchung der Frau und hörte auf, Krieg gegen seinen eigenen Bruder zu führen. Und sie lebten wieder zusammen in Frieden in ihrem Kraal. Und nach einer Weile kam die Frau zu dem Mann und sprach zu ihm: ›Ich habe die Vergangenheit verloren, ich will deine Frau sein.‹ Und tief in seinem Herzen wußte er, daß es eine Lüge war, und daß sie Böses im Schilde führte, doch da er sie noch immer liebte, nahm er sie zur Frau.

Und noch in derselben Nacht, in der sie getraut waren, stand die Frau, als der Mann in tiefen Schlaf gesunken war, auf und nahm die Axt aus seiner Hand und schlich in die Hütte seines Bruders und erschlug ihn im Schlaf. Und dann stahl sie sich davon wie eine vollgefressene Löwin und legte die blutrote Axt wieder auf seinen Arm und ging ihres Weges.

Und beim Morgengrauen kamen die Menschen und schrien: ›Lousta ist in der Nacht getötet worden!‹ Und dann gingen sie zu der Hütte des Mannes, und da lag er in tiefem Schlummer, und die blutige Axt lag neben ihm. Und sie erinnerten sich wieder, daß Krieg zwischen den beiden Brüdern gewesen war und sie sprachen: ›Seht her! Gewiß hat er seinen Bruder getötet‹, und sie hätten ihn sicherlich ergriffen und getötet, wenn er nicht schnell aufgestanden und geflohen wäre. Und während er floh, sah er die Frau und tötete sie.

Aber auch der Tod konnte nicht die Schuld auslöschen, die sie auf sich geladen hatte, und nun ruhte all ihre Sünde auf seinen Schultern. Und darum ist er ein Geächteter, und sein Name wird in seinem Volke nur mit Verachtung ausgesprochen, denn auf ihm, und nur auf ihm, lastet die Bürde von der, die betrogen und verraten hat. Und darum wandert er in der Ferne umher, ohne einen Kraal, ohne einen Ochsen oder eine Frau, und daher wird er in der Ferne sterben wie ein verwundetes Tier, und sein Name wird verflucht sein von Generation zu Generation, und die Menschen werden sagen, daß er es war, der seinen Bruder des Nachts heimtückisch abschlachtete.«

Hier hielt der alte Zulu inne, und ich merkte, daß er selbst tief bewegt war von seiner eigenen Geschichte. Doch sogleich hob er wieder den Kopf, den er auf die Brust hatte sinken lassen und fuhr fort:

»Dieser Mann war niemand anderes als ich, Bougwan. Oh, *ich* war dieser Mann, und nun höre weiter zu! So wie ich war, wirst auch du sein – ein Werkzeug, ein Spielzeug, ein Lastochse, der die bösen Taten eines anderen tragen muß. Höre! Als du hinter der ›Herrin der Nacht‹ einherschlichest, da war *ich* dicht hinter dir. Und als sie dich mit dem Messer stach in der Schlummerstätte der weißen Königin, da war ich auch zugegen. Und als du sie entgleiten ließest wie eine Schlange zwischen den Steinen, da sah ich dich, und ich wußte, daß sie dich verhext hatte und daß ein aufrichtiger Mann den Pfad der Wahrheit verlassen hatte, und daß der, der vorher den geraden Weg gegangen war, nun den krummen Pfad beschritten hatte. Vergib mir, mein Vater, wenn meine Worte scharf sind, aber sie kommen aus einem redlichen Herzen. Sieh sie nicht mehr, und du wirst als ehrenhafter Mann ins Grab gehen. Sonst wirst du, so wie ich, wegen der Schönheit einer Frau, die auf dir lastet wie ein Gewand aus Pelz, einhergehen; und vielleicht mit größerer Berechtigung als ich. Ich habe gesprochen.«

Während dieser langen und wortreichen Ansprache hatte Good kein Wort gesagt. Als die Geschichte jedoch immer mehr Gestalt annahm und er merkte, daß sie seiner eigenen verteufelt ähnlich war, errötete er, und als er schließlich auch noch erfuhr, daß Umslopogaas alles von Anfang bis Ende mitbekommen hatte, war er zu Tode betrübt. Und als er sich dann schließlich zu dem Vorfall äußerte, tat er dies in einem so niedergeschlagenen Ton, wie man ihn bei ihm gar nicht kannte.

»Ich muß gestehen«, sagte er mit einem bitteren Lächeln, »daß ich wohl niemals auch nur im Traum daran gedacht hätte, mir einmal von einem Zulu die Leviten lesen lassen zu müssen. Aber es zeigt doch einmal wieder, wie schnell man in die Tinte geraten kann. Ich frage mich, ob ihr Burschen mir nachfühlen könnt, wie erniedrigt ich mich fühle. Und was das Ganze um so bitterer macht: ich habe es nicht anders verdient. Natürlich hätte ich Sorais der Wache übergeben müssen, aber ich konnte es einfach nicht, versteht ihr? Ich ließ sie laufen und versprach ihr, Stillschweigen zu bewahren. Mein Gott, wie ich mich schäme! Sie sagte mir, daß sie mich heiraten und zum König dieses Landes machen würde, wenn ich mich auf ihre Seite schlüge. Aber Gott sei Dank brachte ich den Mut auf, ihr zu sagen, daß selbst dann, wenn sie mich heiraten würde, ich nicht meine Freunde verließe. Und nun macht mit mir, was ihr wollt; verdient habe ich es auf jeden Fall. Eines jedoch will ich euch noch sagen: Ich will nur hoffen, daß keiner von euch jemals eine Frau von ganzem Herzen liebt und dann so schamlos von ihr in Versuchung geführt wird.« Darauf wandte er sich um und ging.

»Hör mal, alter Knabe«, rief ihm Sir Henry nach, »warte noch einen Augenblick. Auch ich habe dir eine kleine Geschichte zu erzählen.« Und dann berichtete er Good, was sich tags zuvor zwischen ihm und Sorais abgespielt hatte.

Das war einfach zuviel für den armen Good. Es ist sicher für keinen Mann angenehm, zu hören, daß man ihn lediglich als ein Mittel zum Zweck mißbraucht hat, aber wenn die Umstände gar noch so schlimm sind wie im vorliegenden Fall, dann ist das schon eine verdammt bittere Pille.

»Wißt ihr«, sagte er, »ich glaube, ihr Burschen habt euch untereinander schon irgendein Heilmittel ausgedacht.« Und dann drehte er sich wieder um und ging. Ich für meinen Teil hatte großes Mitleid mit ihm. Ach, wenn doch die Motten besser aufpassen könnten, daß sie nicht zu nah ans Licht kommen; wie wenig verbrannte Flügel würde es dann geben!

Jener Tag war ein sogenannter Hoftag. Die Königinnen pflegten dann im Palast zu sein und Bittschriften entgegenzunehmen, Gesetze zu besprechen, Zuschüsse zu bewilligen usw. Mit einiger Verspätung begaben auch wir uns in die Halle. Unterwegs trafen wir auf Good, der einen äußerst deprimierten Eindruck machte.

Als wir die Halle betraten, saß Nylephta schon, umringt von Beratern, Höflingen, Rechtskundigen und Priestern, wie gewöhnlich auf ihrem Thron und erledigte ihre Geschäfte. Die Leibgarde war jedoch weit stärker als sonst. Es war indessen ganz deutlich zu erkennen, daß keiner der Anwesenden so recht mit den Gedanken bei der Sache war; in den Gesichtern aller Anwesenden zeichnete sich Erregung und Erwartung ab. Es hatte sich nämlich inzwischen im ganzen Lande herumgesprochen, daß ein Bürgerkrieg unmittelbar bevorstand. Wir begrüßten Nylephta und nahmen unsere gewohnten Plätze ein. Und für eine Weile nahm auch alles seinen gewohnten Gang, bis plötzlich von draußen der Klang von Fanfaren erscholl und unmittelbar darauf die Menge, die sich dort in Erwartung eines außergewöhnlichen Ereignisses versammelt hatte, laut »*Sorais, Sorais*« brüllte.

Dann hörte man das Rumpeln von zahlreichen Streitwagen, und gleich darauf teilte sich der große Vorhang am Eingang der Halle, und herein schritt die ›Herrin der Nacht‹ höchstpersönlich. Sie kam jedoch nicht allein. Ihr voran schritt Agon, der Hohepriester, der seine kostbarsten Gewänder trug, und zu ihrer Linken und Rechten befanden sich weitere Priester. Die Gründe für die Anwesenheit der Priester lagen klar auf der Hand – in dem Falle wäre es nämlich ein Sakrileg gewesen, sie zu verhaften. In ihrem Gefolge befand sich eine Anzahl mächtiger Fürsten, und hinter ihnen kamen mehrere sorgsam ausgewählte Wachsoldaten. Ein kurzer Blick auf Sorais genügte schon, um zu wissen, daß sie nicht in friedlicher Absicht gekommen war; denn sie trug nicht wie gewöhnlich ihren goldbestickten »Kaf«, sondern statt dessen ein glitzerndes Gewand aus goldenen Schuppen, und auf ihrem Kopf trug sie einen kleinen goldenen Helm. In der Hand hielt sie einen herrlich gearbeiteten Spielzeugspeer aus reinem Silber. In ihrem Stolz und ihrer Schönheit wirkte sie wie eine Löwin, als sie so erhobenen Hauptes durch die Halle schritt. Als sie näherkam, wichen die Schaulustigen unter tiefen Verbeugungen zurück und machten ihr Platz. Vor dem heiligen Stein hielt sie an, legte ihre Hand darauf und rief laut Nylephta ihren Gruß zu: »Sei gegrüßt, o Königin!«

»Sei gegrüßt, meine königliche Schwester!« rief Nylephta ebenso laut zurück. »Komm näher heran zu mir, ich gebe dir freies Geleit.«

Sorais warf ihr als Antwort einen hochmütigen Blick zu, und dann schritt sie durch die Halle, bis sie vor den Thronsesseln stand.

»Ich muß mit dir sprechen, o Königin!« rief sie.

»Sprich, meine Schwester; was kann ich dir, die die Hälfte unseres Königreiches besitzt, geben?«

»Du kannst mir die Wahrheit sagen – mir und dem Volke von Zu-Vendis. Willst du also – oder willst du es nicht, diesen fremdländischen Wolf. . .« – dabei zeigte sie mit ihrem Spielzeugspeer auf Sir Henry – »zum Gemahle nehmen, auf daß er dein Bett und deinen Thron mit dir teile?«

Bei diesen Worten zuckte Sir Henry zusammen. Er wandte sich zu Sorais und sagte leise: »Ich erinnere mich gut daran, o Königin, daß du gestern noch andere Namen als ›Wolf‹ für mich hattest.« Das Blut schoß ihr in den Kopf, und sie biß sich wütend auf die Unterlippe.

Als Nylephta merkte, daß es nun ohnehin nichts mehr nützte, die Affäre geheimzuhalten, entschloß sie sich, die Frage ihrer Schwester auf eine neue und höchst wirkungsvolle Art zu beantworten. Ich bin sicher, daß sie dazu inspiriert worden war aus Koketterie und dem Wunsch, das Gefühl des Triumphes über ihre Rivalin voll auszukosten.

Sie erhob sich von ihrem Thron und rauschte in der ganzen Pracht ihrer königlichen Anmut zu dem Platz, an dem sich ihr Geliebter befand. Sie blieb vor ihm stehen und löste die goldene Schlange von ihrem Arm. Dann bat sie ihn, sich niederzuknien. Als nächstes nahm sie die goldene Schlange in beide Hände und legte ihm das weiche Metall sanft um den Hals. Als es fest saß, küßte sie ihn bedächtig auf die Stirn und nannte ihn ihren »geliebten Herrn«.

»Du siehst«, sagte sie, nachdem das aufgeregte Gemurmel der Zuschauer verebbt war, »ich habe meinen Kragen um den Hals des ›Wolfes‹ gelegt und siehe! Er soll mein Wachhund sein. Das ist meine Antwort für dich, meine Schwester, und für die, welche in deinem Gefolge sind. Fürchte dich nicht«, fuhr sie fort, indem sie ihren Geliebten sanft anlächelte und mit dem Finger auf die goldene Schlange deutete, die sie um seinen starken Hals geschlungen hatte. »Wenn mein Joch auch schwer ist, so ist es doch aus purem Golde, und es soll dich nicht peinigen.«

Dann wandte sie sich der Menge zu und verkündete mit klarer, stolzer Stimme: »Herrin der Nacht, Fürsten, Priester und alle anderen, die ihr hier versammelt seid, höret, was ich euch zu sagen habe: Hiermit, mit diesem Zeichen, nehme ich den Fremden zum Manne, hier, vor euch allen. Ich bin eine Königin; sollte ich nicht frei den Mann wählen dürfen, den ich lieben will? Sollte ich weniger Rechte haben als das einfachste Mädchen aus meinen Provinzen? Nein! Er hat mein Herz gewonnen, und mit ihm meine Hand und meinen Thron und alles, was ich habe. Ja, und wäre er ein Bettler gewesen und nicht der große und schöne Herr, der stärker und schöner ist als jeder von euch, und der mehr Weisheit besitzt und Kenntnisse von fremdartigen Dingen, als jeder einzelne von euch, auch dann hätte ich ihm alles zu Füßen gelegt. Um wieviel lieber jedoch gebe ich ihm erst alles, da er so ist, wie er ist!« Und dann nahm sie seine Hand und blickte ihn voller Stolz an. Und mutig stellte sie sich mit ihm an der Hand vor die Menge. So groß waren der Liebreiz und die Kraft und die Würde, die ihre Person ausstrahlte, und so bezaubernd schön sah sie aus, wie sie da Hand in Hand an der Seite ihres geliebten Mannes stand, seiner und ihrer selbst so sicher, und so bereit, alle Gefahren auf sich zu nehmen und alle Leiden für ihn zu erdulden, daß die meisten von jenen, die Zeuge dieses Anblicks waren – und sicherlich wird keiner von jenen diesen Anblick jemals vergessen –, von dem Feuer, das aus ihren Augen leuchtete und von dem Liebreiz, der auf ihren geröteten Wangen loderte, ergriffen wurden und ihr frenetisch zujubelten. Es war ein kühner Streich, zu dem sie da ausgeholt hatte, und er appellierte stark an das Gefühl; aber die menschliche Natur ist nun einmal so beschaffen (und Zu-Vendis bildet da keine Ausnahme), daß sie die Kühnheit liebt und den, der sich nicht scheut, althergebrachte Regeln zu brechen, und darüber hinaus reagiert sie besonders empfindlich im positiven Sinne, wenn man an den poetischen Bereich ihres Wesens rührt.

Und also jubelten die Menschen, daß der Palast in seinen Grundfesten zu zittern schien.

Und Sorais, die Herrin der Nacht, stand da mit gesenktem Blick, konnte sie es doch nicht ertragen, zusehen zu müssen, wie ihre Schwester in vollen Zügen den Triumph genoß, der sie des Mannes beraubte, den zu erringen sie gehofft hatte. Und in ihrer rasenden Eifersucht und ihrem lodernden Haß zitterte sie wie Espenlaub, und ihr Gesicht wurde weiß wie eine Wand. Ich glaube, ich erwähnte schon einmal, daß sie mich an die See an einem ruhigen Tag erinnerte, an jenen Eindruck schlummernder Gewalt. Und nun war diese Kraft erwacht, und wie das Gesicht des wütenden Ozeans erfüllte sie mich mit Furcht und faszinierte mich zugleich. Eine schöne Frau in heiligem Zorn ist von jeher ein bezaubernder Anblick gewesen, doch solche Wut, gepaart mit solcher Schönheit, hatte ich nie zuvor gesehen, und ich kann nur sagen: die so entstandene Wirkung war in der Tat beider würdig.

Sie hob ihr weißes Gesicht, ihre Zähne waren zusammengebissen, und unter ihren glühenden Augen waren purpurfarbene Ringe. Dreimal hub sie an zu sprechen, und dreimal versagte ihr die Stimme den Dienst; doch schließlich gelang es ihr, wieder Herr ihrer Stimme zu werden. Sie hob ihren silbernen Speer und schüttelte ihn, und das Licht blitzte an ihm und an den goldenen Schuppen ihres Harnisches auf.

»Und glaubst du, Nylephta«, sagte sie mit einer Stimme, die durch die große Halle schmetterte wie ein Fanfarenstoß, »glaubst du, daß ich, Sorais, eine der Königinnen der Zu-Vendi, dulden werde, daß dieser hergelaufene Fremdling auf dem Throne meines Vaters sitzen wird und Mischlinge heranzieht, die eines Tages den Platz einnehmen, der allein den wahren Nachfahren des großen Hauses der Treppe gebührt? Niemals! Niemals! Solange noch Leben in meinem Busen ist, und solange es noch einen Mann gibt, der bereit ist, mir zu folgen, und solange es noch einen Speer gibt, mit dem man zustoßen kann, wird dies nicht geschehen.

Nun übergib mir diesen fremdländischen Wolf und jene, die mit ihm hierherkamen, auf daß sie ein Opfer des Feuers werden, haben sie sich doch tödlich gegen die Sonne versündigt. Tust du es nicht, Nylephta, dann werde ich Krieg gegen dich führen – blutigen Krieg! Wahrlich, ich sage dir: gebrandschatzte Städte werden den Pfad deiner Leidenschaft kennzeichnen, und er wird überströmt sein von dem Blut derer, die an dir haften. Auf deinem Haupte laste der Fluch deiner ruchlosen Tat, und in deinen Ohren halle das Stöhnen der Verwundeten und das Wehklagen der Witwen und jener, die für immer und ewig ohne Vater sein werden.

Ich sage dir, ich werde dich, Nylephta, die Weiße Königin, von deinem Throne schleudern, und ich werde dich von der höchsten Stufe der großen Treppe hinunterstürzen zu ihrem Fuße, auf daß die tiefe Schande, die du über den Namen des Hauses dessen, der sie erbaute, gebracht hast, getilgt werde. Und euch Fremdlingen sage ich – euch allen außer dir, Bougwan, dem ich, weil du mir einen Dienst erwiesest, das Leben schenken werde, so du diese Männer verläßt und mir folgst« (an dieser Stelle schüttelte der arme Good heftig den Kopf und rief auf Englisch: »Nichts zu machen«) –, »daß ich euch in Blätter aus Gold einwickeln lassen werde und euch bei lebendigem Leibe an langen, goldenen Ketten an den vier goldenen Fanfaren der vier Engel aufhängen lasse, die sich im Norden, Süden, Osten und Westen in schwindelnder Höhe über die höchsten Zinnen des Tempels erheben, auf daß ihr auf ewig ein Zeichen und eine Mahnung für das Land seid. Und du, Incubu, wirst auf noch andere Weise sterben, die ich dir aber nun noch nicht verraten will.«

Sie hielt inne und rang heftig nach Luft, denn ihre Leidenschaft schüttelte sie wie ein Sturmwind. In der Halle erhob sich ein Raunen, teils aus Schrecken, teils aus Bewunderung. Und dann antwortete Nylephta ruhig und würdevoll:

»Es stünde meinem Range und meiner Würde schlecht an, Schwester, so zu sprechen, wie du gesprochen hast, und so zu drohen, wie du gedroht hast. Wenn du den Krieg willst, so führe ihn gegen mich; doch glaube mir, ich werde alles tun, dir zu widerstehen; und wenn meine Hand auch sanft erscheinen möge, so wirst du doch sehen, daß sie aus Eisen ist, wenn sie deine Armeen an der Kehle packt. Sorais, ich fürchte dich nicht! Ich weine ob des Unglücks, das du über unser Volk und über dich selbst bringen wirst, aber für mich selbst sage ich: ich fürchte dich nicht. Doch du, die du erst gestern nacht versuchtest, meinen Herrn und Geliebten, den du jetzt einen ›fremdländischen Wolf‹ nennst, für dich zu gewinnen, auf daß er *dein* Geliebter und *dein* Herr werde (wieder ging ein Raunen durch die Halle), du, die du noch in der vergangenen Nacht, wie ich erst soeben erfahre, wie eine Schlange in mein Schlafgemach krochst – ja, sogar auf einem geheimen Schleichwege – und die du mich, deine eigene Schwester, heimtückisch ermorden wolltest, während ich schlief. . .«

»Eine Lüge, eine Lüge!« schrie Agon mit sich überschlagender Stimme; andere Stimmen schlossen sich ihm empört an.

»Es ist *keine* Lüge!« entgegnete ich, während ich die abgebrochene Dolchklinge hervorholte und sie, für alle Anwesenden sichtbar, hoch in die Luft hielt. »Wo ist der Griff, der zu dieser Spitze gehört, Sorais?«

»Es ist keine Lüge!« rief jetzt auch Good, der sich endgültig dazu durchgerungen hatte, wie ein treugesinnter Mann zu handeln. »Ich überraschte die ›Herrin der Nacht‹ vor dem Bette der Weißen Königin, und an meiner Brust zerbrach der Dolch.«

»Wer ist auf meiner Seite?« schrie Sorais und schüttelte wie wild ihren silbernen Speer. Sie sah, daß sich die Stimmung in der Menge immer mehr gegen sie wandte. »Und du, Bougwan, du willst mir nicht nachfolgen?« sagte sie mit leiser, gepreßter Stimme zu Good, der dicht neben ihr stand. »Du armseliger Tor; als Lohn dafür sollst du dich auf immer nach mir verzehren, doch dein Begehren, meine Liebe zu erlangen, soll niemals erfüllt werden! Und du hättest mein Gemahl und König sein können! Zumindest *dich* halte ich an einer Kette, die niemals gesprengt werden kann.

»Krieg! Krieg! Krieg!« schrie sie mit gellender Stimme. »Hier, mit dieser meiner Hand, die ich auf den heiligen Stein lege, der – so sagt es die Legende – fortdauern wird, bis die Zu-Vendi ihren

Rücken unter ein fremdes Joch beugen müssen, erkläre ich Krieg bis zum bitteren Ende. Wer ist bereit, Sorais, der Herrin der Nacht, auf dem Wege zu Sieg und Ruhm zu folgen?«

Auf der Stelle entstand ein riesiges Wirrwarr in der großen Halle. Viele der Anwesenden beeilten sich, sich auf Sorais' Seite zu schlagen, aber es gab auch einige, die von ihrer Seite zu uns herüberkamen. Unter den ersteren befand sich auch ein Unteroffizier aus Nylephtas persönlicher Leibgarde. Er wandte sich plötzlich um und begann auf den Eingang zuzulaufen, durch den Sorais' Leute sich schon auf den Weg nach draußen machten. Umslopogaas schaltete blitzschnell – er hatte mit bewundernswerter Geistesgegenwart erkannt, daß weitere seinem Beispiel folgen würden, wenn es ihm erst gelänge, zum Ausgang zu kommen. Er schnellte hinter dem Manne her und packte ihn, kurz bevor er die Tür erreicht hatte. Der Soldat zog sein Schwert und hieb damit nach dem Zulu. Dieser sprang mit einem wilden Schrei zurück und wich damit dem Schwerthieb aus. Und schon kreiste seine Axt und fiel mit einem krachenden Geräusch auf den Schädel des Mannes. Sekunden später hatte den Gardisten sein Schicksal ereilt, und tödlich getroffen schlug er mit einem klirrenden Laut auf den Marmorboden.

Dies war das erste Blut, das in diesem Krieg vergossen werden sollte.

»Schließt die Tore!« schrie ich, in der Hoffnung, daß wir vielleicht so Sorais habhaft werden konnten. Sakrileg oder nicht – darauf pfiff ich in diesem Moment. Aber leider kam der Befehl zu spät; ihre Gefolgsleute drängten schon durch die Tore nach draußen, und Sekunden später hallten schon die Straßen von den Hufen ihrer Pferde und dem dröhnenden Poltern ihrer Triumphwagen wider.

Und so stürmte Sorais, fast die Hälfte des Volkes in ihrem Gefolge, wie ein Wirbelwind durch die Straßen der finster blickenden Stadt, um alsbald ihr Hauptquartier in M'Arstuna zu erreichen, einer Festung, die etwa hundertdreißig Meilen nördlich von Milosis liegt.

Von da an war die Stadt mit lebhaftem Treiben erfüllt. Regimenter zogen durch die Straßen und sammelten sich, und überall wurden die nötigen Vorbereitungen für den bevorstehenden Krieg getroffen. Und wieder saß der alte Umslopogaas in der Sonne und führte das Schauspiel vor, wie er Inkosi-kaas' rasiermesserscharfe Klinge wetzte.

19

Eine seltsame Hochzeit

Einer Person jedoch war es nicht gelungen, noch rechtzeitig zu entkommen, bevor die Tore des Palastes geschlossen wurden; diese Person war niemand anderes als der Hohepriester Agon, der, wie wir allen Grund hatten anzunehmen, Sorais' großer Bundesgenosse und Herz und Seele ihres ganzen Haufens war. Dieser hinterhältige und grausame alte Mann hatte uns den Zwischenfall mit den Flußpferden noch immer nicht verziehen; zumindest schob er das immer als Hauptgrund für seine Feindseligkeit uns gegenüber vor. Was dahintersteckte, war klar: Er wollte um jeden Preis verhindern, solange das noch irgend möglich war, daß unsere freiere Geisteshaltung und unsere fremdländische Gelehrsamkeit in Zu-Vendis Schule machten und unser Einfluß noch größer wurde, als er es ohnehin schon war. Auch wußte er, daß wir ein anderes Religionssystem besaßen, und zweifelsohne plagte ihn ständig die Furcht, daß wir versuchen würden, es in Zu-Vendis einzuführen. Eines Tages hatte er mich gefragt, ob es in unserem Lande auch eine Religion gäbe, und darauf hatte ich geantwortet, daß wir meines Wissens sogar fünfundneunzig verschiedene davon aufzubieten hatten. Diese Antwort hatte ihn fast vom Stuhl gekippt; und es ist ja auch wirklich schwer, den Hohepriester eines fest etablierten Kultes, dem das Gespenst von fünfundneunzig Religionen im Nacken sitzt, *nicht* zu bedauern.

Als wir die Nachricht hörten, daß Agon gefangen genommen worden war, berieten wir – das heißt, Nylephta, Sir Henry und ich –, was wir mit ihm anstellen sollten. Ich plädierte dafür, ihn kurzerhand in den Kerker zu werfen, worauf Nylephta jedoch heftig den Kopf schüttelte; sie sagte, daß das eine verhängnisvolle Wirkung im ganzen Lande nach sich ziehen würde.

»Wenn ich gewinne, dann werde ich die Macht dieser Priester brechen«, versicherte sie. »Ich hasse ihre Geheimniskrämerei und ihren Hochmut.«

»Nun«, schlug Sir Henry vor, »wenn wir ihn also nicht ins Gefängnis stecken sollen, dann lassen wir ihn doch besser gleich wieder laufen. Er ist unnütz. Was sollen wir mit ihm?«

Daraufhin schaute ihn Nylephta mit einem seltsamen Blick an und sagte mit einer Stimme wie die eines Vogels: »Bist du sicher, daß er zu nichts nütze ist?«

»He?« entfuhr es Curtis. »Nun, ich wüßte wirklich nicht, wozu es gut sein sollte, ihn hierzubehalten.«

Sie sagte nichts, schaute ihn jedoch mit einem ebenso schüchternen wie süßen Lächeln an.

Da begriff er endlich.

»Verzeih mir, Nylephta«, sagte er mit bebender Stimme. »Willst du damit sagen, daß du mich heiraten willst, jetzt und hier, auf der Stelle?«

»Ich weiß nicht; mein Geliebter möge es entscheiden. Wenn mein Gebieter es will. . . ich bin bereit, dem Wunsche meines Gebieters Folge zu leisten. Höre, mein Gebieter, in acht Tagen, vielleicht gar schon früher, mußt du mich verlassen und in den Krieg ziehen; denn du sollst meine Armeen führen. Und im Kriege – im Kriege fallen oft Männer, und wenn das auch dein Schicksal sein sollte, dann will ich dich wenigstens für eine kurze Zeit ganz für mich allein gehabt haben, und wenn es auch nur für die Erinnerung sein sollte.«

Ich sah, daß sie Tränen in den Augen hatte.

»Vielleicht«, fuhr sie fort, »wird es auch geschehen, daß ich meine Krone verliere, und mit ihr mein Leben und das deinige dazu. Sorais ist hart und voller Haß; wenn sie obsiegt, dann wird sie in ihrer Rache unbarmherzig sein. Wer kann schon in die Zukunft blicken? Das Glück ist der Welt weißer Vogel, und nur selten kommt er zu uns geflogen und läßt sich neben uns nieder; meistens fliegt er schnell vorbei und strebt in die weite Ferne, bis er eines Tages in den Wolken verschwindet. Und darum sollten wir ihn festhalten, solange es geht, wenn er einmal für eine Weile auf unserer Hand sitzt. Es ist nicht weise, die Gegenwart zu mißachten, indem man immer nur an die Zukunft denkt; denn wer weiß schon, was die Zukunft bringen wird, Incubu? Laß uns unsere Blume pflücken, solange noch der Tau auf ihr glitzert; denn wenn die Sonne am Himmel steht und auf sie herabbrennt, dann wird sie verwelken, und morgen schon wird eine andere blühen, die wir niemals sehen werden.« Und dann hob sie ihr schönes Antlitz und schaute ihn an und lächelte, und wieder spürte ich diesen merkwürdigen Stich der Eifersucht in meinem Herzen und ging leise davon. Sie scherten sich nie groß darum, ob ich dabei war oder nicht; wahrscheinlich dachten sie, ich wäre ohnehin nur ein alter Trottel, der solcherlei Dinge längst hinter sich hatte. Nun, ja, eigentlich hatten sie ja auch recht damit.

Und so ging ich also zurück in unser Quartier und grübelte über

Gott und die Welt nach und schaute durch das Fenster dem alten Umslopogaas zu, der seine Axt wetzte wie ein Geier, der neben einem toten Ochsen sitzt und seinen Schnabel wetzt.

Etwa eine Stunde später kam Sir Henry zu uns herübergehetzt. Seine Wangen und Augen glühten, und er machte einen mächtig erregten Eindruck. Er fragte Good und mich, ja sogar Umslopogaas, ob wir ihm bei einer richtigen Hochzeit mithelfen wollten. Natürlich sagten wir ja, und ab ging's in die Kapelle, wo wir schon Agon mit einem solch mürrischen Gesicht vorfanden, wie es wohl nur ein im höchsten Maße übelgelaunter Hohepriester zustandebringen kann. Alles andere wäre ja auch eine Überraschung gewesen. Es stellte sich heraus, daß es zwischen ihm und Nylephta eine kleine Meinungsverschiedenheit betreffs der bevorstehenden Zeremonie gegeben hatte. Er hatte es rundweg abgelehnt, die Feier zu zelebrieren oder einem seiner Priester dazu die Erlaubnis zu erteilten. Daraufhin war Nylephta sehr böse geworden und hatte ihn daran erinnert, daß sie in ihrer Eigenschaft als Königin das Oberhaupt der Kirche war, und daß sie als solches darauf bestünde, daß man ihre Befehle befolge. Sie verkörperte in der Tat die Rolle eines Heinrich VIII. à la Zu-Vendis bis zur Perfektion und bestand darauf, verheiratet zu werden, und zwar von ihm*.

Und als er sich noch immer weigerte, den Trauungsakt zu vollziehen, brachte sie schließlich ein Argument vor, dem es an Überzeugungskraft nicht mangelte –

»Nun gut, ich kann zwar einen Hohepriester nicht hinrichten lassen, dagegen spricht ein absurdes Vorurteil, und ich kann ihn auch nicht ins Gefängnis werfen, weil dann alle seine Untergebenen ein solches Gezeter anstimmten, daß die Sterne vom Himmel fallen und Zu-Vendis zerschmettern würden; aber eines kann ich doch tun: Ich kann ihn dazu zwingen, sich vor den Altar zu knien und in Andacht die Sonne anzubeten, und zwar ohne daß er etwas zu essen bekommt; denn das ist seine eigentliche Berufung. Und wenn du mich nicht trauen willst, Agon, dann werde ich dich mit ein bißchen Wasser vor den Altar setzen, und du wirst solange dort knien, bis du dir die Sache überlegt hast.«

Und wie es der Zufall wollte, war Agon an jenem Morgen schon von Sorais aufgescheucht worden, bevor er noch Zeit gehabt hat-

---

* In Zu-Vendis können Mitglieder der königlichen Familie nur vom Hohepriester selbst oder von einem von diesem formal dazu ernannten Stellvertreter getraut werden. – *A. Q.*

te, zu frühstücken, und mittlerweile plagte ihn schon so sehr der Hunger, daß er auf der Stelle seine Meinung änderte und sich zähneknirschend bereiterklärte, die beiden zu trauen. Er konnte sich jedoch nicht verkneifen, noch hinzuzufügen, daß er seine Hände in Unschuld wasche und in dieser Angelegenheit jegliche Verantwortung ablehne.

Und so kam es, daß kurz darauf Königin Nylephta erschien, nur von zwei ihrer Lieblingszofen begleitet, mit vor Freude glühendem Gesicht und gesenktem Blick; sie war ganz in Weiß gekleidet, wie es wohl bei solcherlei Anlässen überall auf der Welt üblich ist. Sie trug keinerlei Schmuck; sogar ihre Goldreifen hatte sie abgelegt. Ich für mein Teil hatte das Gefühl, daß sie ohne sie noch schöner als vorher aussah – wie es meistens bei so überragend schönen Frauen der Fall ist, wenn sie bar jeglichen Schmuckes sind.

Sie machte einen tiefen Knicks vor Sir Henry, ergriff seine Hand und führte ihn vor den Altar, und nach einem kurzen Moment der inneren Andacht sprach sie langsam und mit klarer Stimme die folgenden Worte, wie es der Brauch ist in Zu-Vendis, wenn die Braut den Bräutigam fragt:

»Schwörst du bei der Sonne, daß du keine andere Frau zum Weibe nimmst, es sei denn, ich lege meine Hand auf sie und bitte sie zu kommen?«

»Ich schwöre es«, antwortete Sir Henry und fügte auf Englisch hinzu: »Eine reicht mir völlig.«

Dann trat Agon, der die ganze Zeit in der Ecke neben dem Altar mit mürrischem Gesicht vor sich hingebrütet hatte, nach vorn und murmelte mit solcher Schnelligkeit etwas in seinen Bart, daß ich kaum ein Wort verstand. Es schien jedoch so etwas wie ein Anruf an die Sonne zu sein, der Bindung ihren Segen zu geben und sie fruchtbar zu machen. Ich bemerkte, daß Nylephta genau auf jedes Wort, das er sagte, achtete. Nach einer Weile ging mir schließlich auf, daß sie befürchtete, Agon würde sie vielleicht hereinlegen wollen, indem er die Anrufe an die Sonne in umgekehrter Reihenfolge abspulte und damit ihre Scheidung besiegelte, statt sie zu trauen. Nachdem das Bittgebet an die Sonne beendet war, wurde dem Brautpaar, wie auch bei unserem Trauungsakt, die Frage gestellt, ob sie einander zum Manne beziehungsweise zur Frau nehmen wollten. Beide antworteten laut und vernehmlich mit »ja«, und dann küßten sie sich vor dem Altar. Damit war gemäß ihrer Riten die Trauung vollzogen. Ich hatte jedoch das Gefühl, daß noch irgend etwas fehlte, und so holte ich mein Gebetbuch hervor, das mich, zusammen mit den ›Ingoldsby-Sagen‹, die ich sehr oft lese, wenn ich des Nachts wach im Bett liege, auf allen meinen Fahrten und Expeditionen begleitet hatte. Ich hatte es vor Jahren meinem armen Harry gegeben, und nach seinem Tod hatte ich es bei seinen Sachen gefunden und wieder an mich genommen.

»Curtis«, sagte ich, »du weißt, ich bin kein Geistlicher, und ich weiß auch nicht, ob ich das, was ich dir jetzt vorschlage, überhaupt tun darf – ich weiß jedenfalls, daß es nicht legal ist –, aber wenn ihr keine Einwände dagegen habt, dann würde ich jetzt gerne den englischen Traugottesdienst für euch lesen. Es ist ein wichtiger Schritt in eurem Leben, den ihr jetzt vollziehen wollt, und ich glaube, daß ihr, soweit die Umstände das erlauben, diesen Akt auch mit dem Segen eurer eigenen Religion versehen solltet, Sir Henry.«

»Ich habe auch schon daran gedacht«, antwortete er, »und ich möchte dich gerne darum bitten, es zu tun. Ich fühle mich bis jetzt noch nicht einmal halb verheiratet.«

Auch Nylephta hatte keinerlei Einwände dagegen. Sie verstand voll und ganz, daß ihr Gemahl den Wunsch hatte, die Trauungszeremonie nach den Riten zu vollziehen, die in seinem eigenen Lande üblich waren. Und so las ich denn den vollen Wortlaut unseres eigenen Traugottesdienstes vor, so schön ich eben konnte; und als ich an die Stelle kam, wo es heißt »Ich, Henry, nehme dich, Nylephta«, da übersetzte ich es, und ebenfalls »Ich, Nylephta, nehme dich, Henry« und sie sprach es mir sehr schön nach. Als nächstes nahm Sir Henry einen schlichten Goldring von seinem kleinen Finger und schob ihn auf den Ringfinger seiner Frau. Der Ring war einst der Trauring von Curtis' Mutter gewesen, und mir kam unwillkürlich der Gedanke, wie verblüfft die gute alte Dame aus Yorkshire wohl gewesen wäre, hätte sie gewußt, daß ihr Trauring eines Tages denselben Zweck bei Nylephta, einer der Königinnen von Zu-Vendis, erfüllen sollte.

Was Agon anbetraf, so hatte er alle Mühe, ruhig zu bleiben, während diese zweite Zeremonie vonstatten ging. Er durchschaute sofort, daß es sich um eine ihrem Wesen nach religiöse Zeremonie handelte, und mit Sicherheit kamen ihm dabei sogleich wieder die fünfundneunzig verschiedenen Religionen in den Sinn, die da so unheilvoll drohend über ihm schwebten. Mich betrachtete er natürlich schon als den Hauptrivalen im Amt des Hohepriesters und starrte mich dementsprechend haßerfüllt an.

Schließlich verschwand er jedoch, vor Wut und Entrüstung buchstäblich kochend, und mir war klar, daß wir uns in Zukunft noch mehr als zuvor vor ihm in acht nehmen mußten.

Und dann verschwanden auch Good und ich, und ebenso der alte Umslopogaas, um das glückliche Paar erst einmal mit sich und seinem Glück allein zu lassen. Wir fühlten uns alle irgendwie ziemlich niedergedrückt. Man nimmt im allgemeinen an, daß Hochzeiten eine fröhliche Angelegenheit sind, aber meiner Erfahrung nach sind sie eigentlich genau das Gegenteil, ausgenommen vielleicht für die beiden Hauptbetroffenen. Sie bedeuten, daß so viele alte Bande zerrissen und so viele neue geknüpft werden, und ich finde, es hat immer etwas Trauriges an sich, wenn eine so altvertraute Ordnung zu bestehen aufhört. Um einmal diesen Fall als Beispiel zu nehmen: Sir Henry Curtis ist wirklich der prächtigste Kerl und beste Freund, den es auf der ganzen Welt gibt, aber seit jener kleinen Begebenheit in der Kapelle ist er nie wieder ganz der Alte gewesen. Alles dreht sich nur noch um seine geliebte Frau: Nylephta hier, Nylephta da – kurz: von morgens bis abends gibt es nichts anderes mehr als seine geliebte Nylephta, ob in Worten oder in Gedanken. Und was seine alten Freunde anbetrifft – nun, sie haben natürlich den Platz eingenommen, den alte Freunde eben so einnehmen; nämlich den – und darauf achten Ehefrauen in der Regel sehr peinlich, wenn der Mann heiratet – in der zweiten Reihe. Natürlich würde er heftig protestieren, wenn jemand ihm das sagte, aber so ist es nun einmal. Er ist nicht mehr so wie früher; und Nylephta ist sehr süß und charmant, und ich glaube, sie möchte, daß er auch deutlich merkt, daß sie *ihn* geheiratet hat, und nicht Quatermain, Good und Co. Aber Schluß jetzt mit dem Gemeckere! Es ist alles richtig und gut, wie jede Ehefrau auf der Welt ohne Schwierigkeiten behaupten könnte, und ich bin ein egoistischer, eifersüchtiger alter Mann, und ich hoffe nur, daß ich es niemals zeigen werde.

Good und ich verschwanden also. Wir aßen schweigend und taten uns danach an einem besonders feinen Tröpfchen besten alten Zu-Vendi-Weines gütlich, um unsere Stimmung wieder ein wenig zu heben. Da trat plötzlich einer unserer Dienstboten ins Zimmer und wartete mit einer Neuigkeit auf, die uns einiges zu denken gab.

Sie erinnern sich vielleicht daran, daß Alphonse nach seinem Streit mit Umslopogaas äußerst schlechtgelaunt weggegangen war, um sich eine Weile in seinen Schmollwinkel zu verziehen.

Nun war er dabei auf direktem Wege zum Tempel marschiert, in den er jedoch nicht hineingegangen war, sondern er war die breite Straße, die hinter dem Tempel wieder bergab führte, weitergegangen, bis er in den schönen Park, beziehungsweise in die Gartenanlagen gelangt war, die sich direkt hinter der Außenmauer erstreckten. Nachdem er dort eine Zeitlang umhergewandert war, hatte er sich wieder auf den Rückweg gemacht. Am Außentor jedoch war er zufällig mit Sorais Wagenkolonne zusammengetroffen, die sich in voller Fahrt in Richtung der nach Norden führenden Landstraße bewegte. Als Sorais Alphonse erblickte, hielt sie an und rief ihn zu sich. Und ehe er sich's versah, hatte man ihn schon gepackt und in einen der Wagen gezerrt, unter ›lautem Gebrüll‹, wie unser Informant sich ausdrückte, und nach allem, was ich über Alphonse weiß, nehme ich ihm das auf der Stelle ab.

Zuerst hatte ich mir überhaupt keinen Reim darauf machen können, warum Sorais ausgerechnet den armen kleinen Franzosen entführt hatte. Schließlich jedoch wurde mir die Sache auf einmal sonnenklar. Wir drei wurden von einem großen Teil der Bevölkerung von Zu-Vendis mit großer Ehrerbietung betrachtet, um nicht zu sagen: bewundert, und zwar zum einen aus dem Grund, weil wir die ersten Ausländer überhaupt waren, die sie jemals zu Gesicht bekommen hatten, und zum andern, weil die Leute glaubten, daß wir uns im Besitz übernatürlichen Wissens befanden. Sorais' wütende Beschimpfungen, wir seien ›fremdländische Wölfe‹ kamen ohne Zweifel bei den Adeligen und den Priestern gut an, bei der Mehrheit der Bevölkerung jedoch fanden sie, wie wir sehr bald merkten, kein besonderes Echo. Die Zu-Vendi sind, ähnlich wie die alten Athener, immer auf der Suche nach etwas Neuem, und allein die Tatsache, daß wir so etwas gänzlich ›Neues‹ waren, reichte schon aus, daß sie uns mit Wohlwollen betrachteten. Dazu kam, daß Sir Henrys großartiges Äußeres einen tiefen Eindruck auf dieses Volk hinterließ, das mehr als jedes andere, das ich je kennengelernt habe, einen ausgeprägten Sinn für das Schöne besitzt. In anderen Ländern mag man durchaus das Schöne preisen; in Zu-Vendis wird es fast vergöttert, wie ja auch die überall im Lande immer wieder festzustellende Vorliebe für die Bildhauerkunst deutlich beweist. Die Menschen redeten ganz offen auf dem Marktplatz davon, daß es wohl kaum einen Mann im ganzen Lande gäbe, der Curtis in seinem Äußeren gleichkäme, so wie es ihrer Meinung nach niemanden außer Sorais gab, der es in Bezug auf Schönheit mit Hylephta aufnehmen konnte. Sie fanden es daher auch völlig normal, daß diese beiden heirateten. Ja, sie waren sogar der festen Überzeugung, daß die Sonne Sir Henry ihrer Königin als Gemahl gesandt hatte. Nun, wenn man dies berücksichtigt, kann man sich wohl gut vorstellen, daß Sorais' Versuche, uns bei der Bevölkerung in ein schlechtes Licht zu rücken, nicht gerade auf fruchtbaren Boden fielen. Und niemand wußte das besser als Sorais selbst. Meine Folgerung war daher, daß sie sich wahrscheinlich dazu entschlossen hatte, draußen bei der Landbevölkerung den Eindruck zu erwecken, als rühre der Konflikt mit ihrer Schwester von ganz anderen, viel allgemeineren Ursachen her als lediglich der Heirat Nylephtas mit einem Fremden. In einem Land, das schon so oft von Bürgerkriegen erschüttert worden war, war es wahrscheinlich leicht, irgendeine alte Geschichte aufzurühren, die die Erinnerung an längst begrabene Fehden wieder wachrief und alte Wunden wieder aufriß. Und, wie ich es vermutete, hatte sie auch sehr schnell etwas Passendes gefunden. Aus diesem Grund war es von großer Wichtigkeit für sie, einen der Fremden bei sich zu haben, den sie der einfachen Landbevölkerung als einen der berühmten Ausländer verkaufen konnte, der sich für ihre gerechte Sache so begeistert hatte, daß er den Entschluß gefaßt hatte, seine Kameraden zu verlassen und ihrem Banner zu folgen.

Dies war ohne Zweifel auch der Grund dafür gewesen, daß sie so sehr darauf bedacht gewesen war, Good auf ihre Seite zu ziehen. Sie hätte ihn solange benutzt, wie er ihr für ihre Zwecke dienlich erschienen wäre, und dann hätte sie ihn fallenlassen. Aber als Good im letzten Moment doch noch abgesprungen war, hatte sie die sich so günstig bietende Gelegenheit, Alphonse zu ergreifen, sofort beim Schopf gepackt. Alphonse hatte, abgesehen vielleicht davon, daß er ein bißchen kleiner war als Good, eine gewisse Ähnlichkeit mit diesem. Ich war felsenfest davon überzeugt, daß Sorais die Absicht hatte, ihn den Leuten auf dem Lande und in den kleineren Städten als den großen Bougwan höchstpersönlich vorzuführen.

»Was?« rief Good mit gequälter Stimme, »du glaubst wirklich, sie hat vor, dieses armselige Häufchen so zu verkleiden, daß alle Welt ihn für mich hält? Nun, dann werde ich so schnell wie möglich das Land verlassen müssen! Mein Ruf wird für immer ruiniert sein.«

Ich tröstete ihn, so gut ich konnte; aber es ist wirklich nicht gerade ein angenehmes Gefühl, zu wissen, daß man in einem fremden Land von einem ausgemachten Feigling verkörpert wird, und ich konnte ihm daher seinen Kummer nur allzu gut nachfühlen.

Nun, wie schon gesagt, an jenem Abend tafelten Good und ich also in zweisamer Erhabenheit, und wir fühlten uns eigentlich eher so, als hätten wir gerade einen guten Freund zu Grabe getragen, anstatt daß wir ihn verheiratet hätten. Am darauffolgenden Morgen begann dann in vollem Ernst die Arbeit. Die Depeschen und Befehle, die Nylephta zwei Tage vorher ins Land geschickt hatte, zeigten nun die erste Wirkung, und aus allen Richtungen strömten pausenlos bewaffnete Männer in die Stadt. In den darauffolgenden Tagen sahen wir, wie man sich wohl leicht denken kann, nur sehr wenig von Nylephta und Sir Henry. Good und ich saßen täglich von früh bis spät mit dem Generalstab und den loyalen Fürsten zusammen und entwarfen Kriegspläne, regelten Nachschub- und Versorgungsangelegenheiten. Stündlich meldeten sich neue Freiwillige bei uns, und von früh bis spät waren die großen Straßen, die nach Milosis führten, bunt gesprenkelt von den Fahnen und Standarten der Fürsten, die oftmals von weit her kamen, um sich um Nylephtas Banner zu scharen.

Nach den ersten beiden Tagen zeichnete sich ab, daß wir mit ungefähr vierzigtausend Fußsoldaten und zwanzigtausend Mann Kavallerie zu Felde ziehen konnten. Das war, wenn man bedachte, in welch kurzer Zeit wir diese Truppe hatten ausheben müssen, eine respektable Streitmacht. Ungefähr die Hälfte der regulären Armee hatte sich entschlossen, Sorais zu folgen.

Aber wenn unsere Streitmacht auch groß war, so war die von Sorais, nach den Meldungen, die unsere Späher Tag für Tag hereinbrachten, noch erheblich größer. Sie hatte ihr Hauptquartier in einer gutbefestigten Stadt namens M'arstuna aufgeschlagen, die – ich erwähnte es bereits – nördlich von Milosis gelegen war, und nun strömte das gesamte Landvolk zu ihren Fahnen. Nasta befand sich ebenfalls auf dem Wege vom Hochland nach M'arstuna, und bei sich hatte er nicht weniger als fünfundzwanzigtausend seiner Hochländer, die zu den gefürchtetsten Soldaten in ganz Zu-Vendis gehörten. Ein anderer mächtiger Fürst mit Namen Belusha, der in der großen Pferdezuchtregion beheimatet war, war mit zwölftausend Mann Kavallerie bei ihr eingetroffen; und so überschlugen sich die Meldungen über gewaltige Truppenbewegungen in Richtung von Sorais' Sammelstellen. Es war nur noch eine Frage der Zeit, bis sie eine gutausgerüstete Armee von nahezu hunderttausend Mann zusammenhaben würde.

Als nächstes überraschte uns die Nachricht, daß Sorais beabsichtigte, ihr Lager abzubrechen und direkt auf die finster blickende Stadt zuzumarschieren und alles Land auf ihrem Wege zu verwüsten. So warf sich die Frage auf, was wir unternehmen sollten; entweder erwarteten wir sie in Milosis, oder wir verließen den Schutz der Stadt und stellten uns ihr zur Schlacht. Als unser Rat zu dem Problem gefragt wurde, stimmten Good und ich ohne zu zögern für die zweite Möglichkeit. Denn wenn wir uns in der Stadt verschanzten und auf den Angriff warteten, dann bestand die Gefahr, daß man unsere abwartende Haltung als Furcht auslegte. Es ist von größter Wichtigkeit, besonders in einem derartigen Fall, wo schon das kleinste Ereignis bewirken kann, daß die Stimmung der Männer ins Gegenteil umschlägt, daß man aktiv ist und etwas unternimmt. Der glühende Eifer, mit dem man für eine Sache eintritt, löst sich sehr schnell in Luft auf, wenn die Truppe nicht in Bewegung ist, sondern zur Untätigkeit verdammt auf den Angriff des Feindes warten muß. Aus diesem Grunde traten Good und ich sofort dafür ein, loszumarschieren und die offene Feldschlacht zu suchen, statt herumzusitzen und zu warten, bis wir endlich aus unseren Mauern getrieben wurden wie ein Dachs aus seinem Loch.

Sir Henry war auch unserer Meinung, und ebenso Nylephta, die gleichsam wie ein Feuerstein immer dazu bereit war, Funken zu sprühen. Man brachte eine große Landkarte und breitete sie vor ihr aus. Etwa dreißig Meilen südlich von M'arstuna, wo Sorais sich bekanntlich aufhielt, und somit etwas mehr als neunzig Meilen nördlich von Milosis verlief die Straße über einen Paß von etwa zweieinhalb Meilen Breite. Er wurde an dieser Stelle auf beiden Seiten von bewaldeten Hügeln flankiert. Diese waren, wenn man gleichzeitig die Straße blockierte, auch wenn sie nicht besonders hoch waren, für eine große Armee mit schwerem Troß unpassierbar. Nylephta schaute mit ernstem Gesichtsausdruck auf die Karte, und plötzlich, mit einem verblüffend schnellen Wahrnehmungsvermögen, wie es bei manchen Frauen schon fast an Instinkt grenzt, tippte sie mit dem Finger auf eben jenen Paß. Dann wandte sie sich zu ihrem Gemahl um, warf ihre goldene Haarpracht in den Nacken und sagte mit stolzer, zuversichtlicher Miene: »Hier sollst du Sorais' Armee stellen. Ich kenne den Flecken, hier sollst du sie stellen, und du sollst sie vor dir hertreiben wie der Sturm den Staub!«

Sir Henry schaute düster drein und sagte nichts.

20

Die Schlacht am Paß

Es war am Morgen des dritten Tages nach dieser kleinen Szene mit der Landkarte, als Sir Henry und ich aufbrachen. Mit Ausnahme einer kleinen Wachmannschaft war die Hauptmasse des Heeres schon in der Nacht losmarschiert. Nun lag die finster blickende Stadt fast leer und totenstill da. Wir hatten es uns einfach nicht leisten können, irgendeine größere Besatzung zurückzulassen außer der persönlichen Leibwache Nylephtas und ungefähr tausend Mann, die wegen Krankheit oder aus sonstigen Gründen nicht mit in den Kampf ziehen konnten; aber da Milosis praktisch uneinnehmbar war, und da unser Feind sich vor uns befand und nicht in unserem Rücken, war das nicht so schlimm.

Good und Umslopogaas waren schon mit dem Heer vorausgeeilt, und so begleitete uns Nylephta allein zum Stadttor. Sie ritt einen herrlichen Schimmel, der als das schnellste und ausdauerndste Pferd in ganz Zu-Vendis galt. Ich konnte sehen, daß sie geweint hatte; doch in diesem Moment waren keine Tränen mehr in ihren Augen. Ich muß sagen, sie verhielt sich wirklich bewundernswert tapfer angesichts dieser für sie so schweren Schicksalsprüfung. Am Stadttor angekommen zügelte sie ihr Pferd und sagte uns Lebewohl.

Am Tage zuvor hatte sie noch die Parade abgehalten und eine Rede an die Offiziere des großen Heeres gehalten. Sie hatte in solch erhabenen, bewegten Worten zu ihnen gesprochen und dabei so überzeugend ihr Vertrauen in ihren Heldenmut und ihren Sieg zum Ausdruck gebracht, daß sie wahrlich ihrer aller Herzen im Sturm erobert hatte, und als sie von Linie zu Linie geritten war, hatten ihr die Männer zugejubelt, daß der Boden schier erbebte. Und heute, in diesem Augenblick, schien sie wieder von derselben Glut beseelt zu sein.

»Leb wohl, Macumazahn!« rief sie mir zu. »Und vergiß nicht, ich vertraue darauf, daß es deinem Verstande, der wie eine Nadel ist zu einem Speergriff im Vergleiche zu dem meines Volkes, gelingen wird, uns vor Sorais zu bewahren. Ich weiß, daß du deine Pflicht tun wirst.«

Ich verbeugte mich und erklärte ihr, welche Angst ich vor dem Kampfe hätte und daß ich befürchtete, meinen Kopf zu verlieren. Aber sie lächelte nur sanft und wandte sich Curtis zu.

»Leb wohl, mein Geliebter! Kehre als stolzer Sieger und als König zurück – oder auf den Speeren deiner Krieger*.«

Sir Henry sagte nichts, sondern wendete sein Pferd, um loszureiten.

»Hier, an diesem Tor«, fügte Nylephta hinzu, »werde ich dich empfangen, wenn du im Triumphzug zurückkehrst. Und nun, zum letzten Male: – Lebt wohl!«

Dann ritten wir los. Als wir uns etwa hundert Yards vom Tor entfernt hatten, blickten wir uns um und sahen, daß sie noch immer an derselben Stelle auf ihrem Pferd saß und uns unter dem Schutz ihrer Hand, die sie wie einen Schirm über die Augen gelegt hatte, nachblickte. Und bald war sie außer Sichtweite.

Wir waren jedoch kaum eine Meile geritten, als wir hinter uns das Galoppieren von Hufen hörten. Wir schauten uns um und erblickten einen berittenen Soldaten, der rasch näherkam. Am Zügel führte er Nylephtas unvergleichliches Roß – *Daylight!*

»Die Königin sendet ihrem Gebieter Incubu den weißen Hengst als Abschiedsgeschenk, und sie gab mir den Auftrag, ihrem Gebieter zu sagen, daß es das schnellste und ausdauerndste Pferd im ganzen Lande ist«, sagte der Soldat und verbeugte sich vor uns bis zum Sattelbogen.

Zuerst wollte Sir Henry das Pferd nicht annehmen, mit der Begründung, es sei zu schade für eine so rauhe Arbeit, wie sie uns bevorstand. Es gelang mir jedoch schließlich, ihn zu überzeugen. Ich war sicher, Nylephta würde gekränkt sein, wenn er es ablehnte. Zu jenem Zeitpunkt hatte ich noch keine Ahnung, welch unbezahlbaren Dienst uns dieses edle Pferd noch in unserer schlimmsten Not erweisen sollte. Es ist merkwürdig, wenn man manchmal zurückschaut und sieht, von welch trivialen und offensichtlich rein zufälligen Umständen Ereignisse von höchster Bedeutsamkeit so manches Mal abhängen. Nun, wir nahmen also das Pferd, ein wirklich wunderschönes Tier – es war ein Vergnügen, seinen anmutigen und doch so kraftvollen Bewegungen zuzuschauen –, Curtis gab dem Manne seine Grüße und seinen Dank mit auf den Weg, und dann ritten wir weiter.

Gegen Mittag holten wir die Nachhut der großen Armee ein, und Sir Henry übernahm nun offiziell das Kommando. Es war eine schwere Verantwortung, und sie bedrückte ihn sehr, aber in

* Eine Anspielung auf den Brauch der Zu-Vendi, tote Offiziere auf einem aus Speeren gebildeten Gitter vom Schlachtfeld heimzutragen. – *A. Q.*

diesem Punkte hatte es für Nylephta nicht die geringste Diskussion gegeben. Curtis begann sich allmählich darüber bewußt zu werden, daß Größe und Wichtigkeit nicht nur Ruhm, sondern auch ein gerüttelt Maß an Verantwortung mit sich bringen.

Wir marschierten weiter, ohne auf irgendwelchen Widerstand zu treffen. Nur selten sahen wir einmal Menschen; die Bevölkerung, die in den Städten und Dörfern längs unserer Marschroute lebte, war schon zum größten Teil geflohen, aus Furcht, zwischen die beiden Armeen zu geraten und dort zu Pulver zerrieben zu werden wie das Korn zwischen den Mühlsteinen.

Am Abend des vierten Tages – das Vorankommen einer solch großen Menschenmenge war naturgemäß sehr langsam – schlugen wir unser Lager etwa zwei Meilen vor dem Paß auf, von dem ich schon berichtete. Unsere Späher überbrachten uns alsbald die Nachricht, daß sich Sorais mit ihrer ganzen gewaltigen Streitmacht auf uns zubewegte. Sie hatte ihr Lager etwa zehn Meilen vor dem Paß, auf der anderen Seite desselben, aufgeschlagen.

Wir sandten daher noch vor Morgengrauen fünfzehnhundert Mann Kavallerie aus, um die Position zu besetzen. Kaum hatten sie jedoch die Stellung erreicht, als sie auch schon von einem etwa gleichstarken Trupp von Sorais' Reiterei angegriffen wurden. Und sogleich entbrannte ein flottes kleines Kavalleriescharmützel, im Verlaufe dessen wir ungefähr dreißig Mann verloren. Als jedoch von unserer Seite her Verstärkung eintraf, machte Sorais' Truppe schnell einen Rückzug; ihre Toten und Verwundeten nahmen sie mit.

Das Gros des Heeres erreichte den Paß etwa gegen Mittag. Ich muß sagen, Nylephta hatte nicht zviel versprochen: die Stelle eignete sich hervorragend für eine Schlacht, besonders wenn man es mit einer zahlenmäßig überlegenen Streitmacht zu tun hatte.

Der Weg zog sich etwas mehr als eine Meile über ein Gelände hin, das zu unwegsam war, als daß man eine größere Truppe hätte aufmarschieren lassen können. Schließlich erreichte er den Kamm einer bewaldeten Anhöhe, die sanft zum Ufer eines kleinen Flusses hin abfiel. Hinter dem Fluß stieg das Land wieder leicht an und ging in eine Ebene über. Der Abstand von dem Kamm bis zum Fluß betrug etwas mehr als eine halbe Meile; vom Fluß bis zur Ebene war er etwas geringer. Die Länge dieser bewaldeten Anhöhe, die exakt der Breite der Landenge zwischen den bewaldeten Hügeln entsprach, betrug, etwa an ihrer höchsten Stelle gemessen, ungefähr zweieinviertel Meilen. Sie war zu beiden Seiten von dichtem, felsigem, mit Büschen bewachsenem Gelände geschützt, das den Flanken der Armee eine äußerst wirksame Deckung bot.

Curtis ließ die Armee auf der uns zugewandten Seite des Hügels vor der Landenge Stellung beziehen, und zwar in der Formation, die er nach Absprache mit den einzelnen Generälen, Good und mir als diejenige ausgewählt hatte, die sie auch in der bevorstehenden Schlacht einnehmen sollte.

Unser sechzigtausend Mann starkes Heer war grob gesehen etwa folgendermaßen gegliedert: das Zentrum des Heeres bildete ein dichtgestaffelter Trupp von ungefähr zwanzigtausend Mann Fußvolk. Die Bewaffnung dieser Infanterie bestand aus Speeren, Schwertern, Brust- und Rückenschutz sowie Schilden aus Flußpferdleder*. Dieser Trupp bildete sozusagen die Brust der Armee; als Reserve standen fünftausend Fußsoldaten und dreitausend Kavalleristen bereit. Beide Seiten dieses Zentrums wurden flankiert von je siebentausend Reitern, die in mächtigen, dichtgestaffelten Schwadronen angeordnet waren; noch weiter außen und ein wenig vorgeschoben standen zwei weitere Truppenkörper, die jeweils etwa siebentausendfünfhundert Speerwerfer umfaßten. Sie bildeten die beiden Flügel der Armee, von denen jeder noch einmal von einem Kontingent von fünfzehnhundert Kavalleristen unterstützt wurde. Das macht insgesamt sechzigtausend Mann.

Curtis hatte das Oberkommando inne, ich befehligte die siebentausend Reiter zwischen dem Zentrum und dem rechten Flügel, über den wiederum Good das Kommando führte. Die restlichen Bataillone und Geschwader standen unter der Befehlsgewalt von Zu-Vendi-Generälen.

Kaum hatten wir unsere Stellungen bezogen, als auch schon Sorais' gewaltige Streitmacht auf der gegenüberliegenden Seite des Hügels, etwa eine Meile vor uns, auszuschwärmen begann. Im Handumdrehen schien die Erde jenseits des Hügelkammes schwarz zu werden von der Masse ihrer Speerträger, und der Boden erzitterte unter dem trampelnden Hufschlag ihrer Reiterei. Wir konnten nun deutlich ausmachen, daß die Späher nicht übertrieben hatten; ihr Heer war mindestens um ein Drittel größer als das unsrige. Zuerst glaubten wir, Sorais wolle uns sofort attackieren, da die riesigen Wolken von Kavallerie, die die Flanken ihrer Truppe bildeten, drohend vorpreschten, aber dann schien sie sich eines Besseren zu besinnen und pfiff ihre Bataillone wieder zurück.

---

* Die Zu-Vendi kannten keine Bogen. – *A. Q.*

Heute also sollte es nicht mehr zum Kampf kommen. Die Formation ihrer Armee kann ich im Augenblick noch nicht exakt beschreiben; es würde wohl auch nur Verwirrung stiften. Auf den ersten Blick jedoch schien sie im großen und ganzen unserer zu ähneln, nur daß natürlich ihre Reserve weit größer war.

Der linke Flügel von Sorais' Heer, der unserem rechten Flügel genau gegenüberlag, bestand aus einem gewaltigen Trupp dunkler, verwegen aussehender Männer, die nur mit Schwertern und Schilden ausgerüstet waren. Es handelte sich dabei, so teilte man mir mit, um Nastas fünfundzwanzigtausend wilde Hochländer.

»Bei Gott!« sagte ich zu Good, als ich ihn sah, »uns steht noch einiges bevor, wenn diese Herrschaften uns morgen angreifen!« Wen wundert's, daß Good daraufhin nicht gerade zuversichtlich dreinblickte.

Den ganzen Tag über blieben wir auf Beobachtungsposten und warteten, aber nichts geschah, und als schließlich die Nacht hereinbrach, erhellten Tausende von Lagerfeuern den Hügel, bis sie schließlich eins nach dem anderen verblaßten und schließlich erstarben wie die Sterne am Morgenhimmel. Und während die Stunden sich dahinschleppten, wurde die Stille, die über den sich gegenüberliegenden Heeren lag, immer tiefer.

Es war eine zermürbende lange Nacht, denn zusätzlich zu den tausend Dingen, auf die man acht haben muß, zerrte noch die fürchterliche Ungewißheit an den Nerven, was der kommende Tag uns wohl bringen würde. Die Schlacht, die uns bevorstand, würde so gewaltig sein und das Gemetzel so entsetzlich, daß man in der Tat schon ein Herz aus Stein besitzen mußte, wollte man von dem drohenden Ereignis nicht überwältigt werden. Und als ich darüber nachdachte, wozu dies alles geschehen sollte, da wurde mir ganz elend zumute. Der Gedanke, daß diese riesigen Armeen nur zu dem Zweck aufgestellt worden waren, zu zerstören, daß sie nur dazu dienten, den eifersüchtigen Haß einer Frau zu befriedigen, erfüllte mich mit tiefer Trauer. Dies also war die gewaltige, tief im Verborgenen schlummernde Macht, die bewirken konnte, daß jene dichten schwarzen Massen von Kavallerie wie Donnerkeile aus Menschenleibern über die Ebene dahinschossen, daß die Bataillone in dichten Wolken ungestüm aufeinanderprallten wie ein gewaltiger Hurrikan, der auf einen anderen trifft. Es war ein grauenvoller Gedanke, und ich mußte unwillkürlich über die Verantwortung nachdenken, die die Großen dieser Erde tragen.

Bis tief in die Nacht hinein saßen wir so beisammen und hielten Rat; unsere Gesichter waren bleich, und unsere Herzen waren schwer. Die Wachtposten schlenderten in regelmäßigem Rhythmus auf und ab, auf und ab, und die bewaffneten Generäle kamen und gingen wie finstere Schatten.

Und so dehnten sich die Stunden zur Unendlichkeit; endlich war alles bereit für das bevorstehende Gemetzel. Ich legte mich hin und grübelte nach. Ich versuchte ein wenig Schlaf zu finden, aber die Furcht vor dem Morgen hielt mich wach – wer konnte schon sagen, was der Morgen uns bringen würde? Tod und Elend in unvorstellbarem Ausmaß; das war gewiß! Alles andere wußten wir nicht, und ich muß gestehen, daß ich große Angst hatte. Und in jenem Moment wurde mir nur allzu deutlich bewußt, daß es sinnlos ist, die Zukunft, jene ewig unergründliche Sphinx, zu befragen. Tag für Tag liest sie uns mit lauter Stimme die Rätsel des Gestern vor, von denen die verwirrten Menschenkinder aller Generationen auch nicht eines gelöst haben, noch jemals lösen werden, raten sie auch noch so ausschweifend und schreien sie auch noch so laut.

Und so gab ich es schließlich auf, weiter nachzugrübeln, sah ich mich doch gezwungen, den Ausgang des morgigen Tages bescheiden und demütig der wägenden Hand des Schicksals zu überlassen.

Und endlich stieg die Sonne rot am Horizont auf, und die riesigen Heerlager erwachten mit lautem Geklirre und Gerassel und sammelten sich zum Kampfe. Es war ein schöner, zutiefst beeindruckender Anblick, und der alte Umslopogaas, der auf seine Axt gelehnt dastand, betrachtete die Szene mit grimmigem Vergnügen.

»Nie zuvor sah ich dergleichen, Macumazahn, nie zuvor!« rief er begeistert. »Die Schlachten meines Volkes sind wie das Spiel der Kinder verglichen mit dem, was kommen wird. Glaubst du, daß sie bis zum bitteren Ende kämpfen werden?«

»Ja«, antwortete ich mit trauriger Stimme, »bis zum letzten Blutstropfen. Du kannst zufrieden sein, ›Specht‹, denn du wirst noch bis zum Überdruß hacken können.«

Die Zeit verging, und noch immer gab es kein Anzeichen für eine Attacke.

Ein Kavallerietrupp überquerte den kleinen Fluß und ritt in weitem Abstand langsam an unserer Front entlang, offensichtlich mit der Absicht, sich über unsere Position und unsere Stärke einen

Überblick zu verschaffen. Wir machten jedoch keinerlei Versuch, uns mit den Reitern anzulegen; wir hatten beschlossen, uns strikt in Verteidigungspostition zu halten und nicht einen Mann unnötig zu opfern. Die Männer frühstückten, während sie kampfbereit bei ihren Waffen standen. Die Zeit verging unendlich langsam. Gegen Mittag, als die Männer gerade ihr Mittagessen einnahmen (wir hielten es nämlich für besser, wenn sie mit vollem Magen kämpften), erscholl plötzlich der Ruf ›*Sorais, Sorais!*‹ wie ein Donnerhall vom äußersten rechten Flügel des Feindes zu uns herüber. Ich nahm das Fernglas, schaute hindurch, und konnte deutlich die ›Herrin der Nacht‹ erkennen, wie sie, von einem Stab prunkvoll gekleideter Offiziere umgeben, langsam an den Linien ihres Bataillons entlangritt. Und während sie sich vorwärtsbewegte, rollte dieser mächtige, donnernde Jubelschrei vor ihr her wie der Klang von Tausenden von Streitwagen, oder wie das Donnern des Ozeans, wenn der Sturm sich plötzlich dreht und seinen Schall an das Ohr des Lauschenden trägt. Das donnernde Getöse brachte die Erde zum Erbeben, und die Luft vibrierte von dem tausendfachen Rufe.

Da wir vermuteten, daß dies die Ouvertüre zum Beginn der Schlacht war, verhielten wir uns ruhig und abwartend und bereiteten uns auf den Kampf vor.

Wir brauchten nicht lange zu warten. Mit einem Mal schossen zwei große zungenförmige Kavalleriebrigaden wie Flammen aus der Mündung einer Kanone hervor und kamen den Abhang heruntergeprescht, auf den kleinen Fluß zu. Zuerst schienen sie sich relativ langsam vorwärtszubewegen, doch je näher sie herankamen, desto mehr gewannen sie an Schnelligkeit. Noch bevor sie den Fluß erreicht hatten, erhielt ich Order von Sir Henry, der offensichtlich die Befürchtung hatte, daß die Wucht eines solchen Angriffes, sollte sie ungehemmt auf unsere Infanterie prallen, zu stark für diese sein würde, fünftausend Reiter nach vorn zu werfen, um die auf meinem Flügel voranpreschende Kavallerie des Feindes aufzuhalten, und zwar in dem Augenblick, da sie den steilsten Teil des Hügels, etwa vierhundert Yards vor unseren Linien, erreichte. Ich gab sofort den entsprechenden Befehl und blieb selbst mit dem Rest meiner Männer im Hintergrund.

Und schon sausten die fünftausend Reiter davon, in langgestreckter Keilform, und ich muß sagen, der sie kommandierende General verstand wirklich sein Handwerk. Er ließ die Männer in kurzem Galopp die ersten dreihundert Yards geradewegs auf die

Spitze der angreifenden zungenförmigen Kavallerietruppe zusprengen. Die Zunge bestand, soweit ich es beurteilen konnte, aus ungefähr achttausend Reitern. Dann schwenkte unser Keil mit einem plötzlichen Ruck nach rechts herüber, wich der vorgezogenen Spitze der Zunge aus – ich sah, wie der ganze riesige Keil sich gleichsam wie eine Locke kräuselte – und, bevor der Feind sich noch besinnen und wenden konnte, war die Spitze des Keils schon mit fürchterlicher Wucht genau auf halber Länge in die Flanke des Feindes gebrochen. Es gab ein entsetzliches Klirren und Krachen, wie wenn eine große Eisfläche aufbräche, der Keil sank tief mitten in das Herz der gegnerischen Truppe hinein und schnitt sich gleichsam seine blutige Bahn durch die Zunge. Hunderte von feindlichen Kavalleristen wurden auf beiden Seiten des Keils emporgeschleudert wie die Erde von einer stählernen Pflugschar, oder, um das Bild genauer zu treffen, sie spritzten zur Seite wie Gischt vor dem Bug eines dahinfliegenden Schiffes. Tiefer, immer tiefer! Vergebens winden sich die Enden der Zunge im Todeskampfe wie eine verwundete Schlange, danach strebend, die Mitte zu schützen; tiefer, immer tiefer! Und mitten hindurch schneidet der Keil, und unter dem Jubelschrei, der sich aus Tausenden von Kehlen erhebt, bricht er in die abgetrennten Enden der Zunge, wirbelt sie empor, treibt sie vor sich her wie der Sturm den Gischt, bis schließlich, inmitten des Gewimmels reiterlos umherirrender Rosse, blitzender Schwerter und dem Getöse der Siegesschreie ihrer Verfolger die gewaltige Streitmacht in sich zusammensackt wie ein leerer Handschuh und sich in wilder Flucht zu den rettenden Linien der eigenen Armee davonmacht.

Ich glaube nicht, daß es mehr als zwei Drittel waren, die die eigenen Linien heil und unversehrt erreichten. Die Linien, die nun zum Angriff vorrückten, öffneten sich und schluckten die zurückflutenden Reiter auf. Mein Trupp zog sich ebenfalls wieder zurück. Wir hatten einen Verlust von nicht mehr als fünfhundert Mann zu beklagen – das war wenig, wenn man bedachte, wie wütend der Kampf getobt hatte. Ich sah nun, daß sich die feindliche Kavallerie auch von unserem linken Flügel zurückzog; wie jedoch der Kampf mit ihnen ausgegangen war, konnte ich nicht erkennen. Ich kann gerade das beschreiben, was sich in meiner unmittelbaren Umgebung abspielte.

In der Zwischenzeit hatten die dichten Massen des feindlichen linken Flügels, die sich fast gänzlich aus Nastas Schwertkämpfern zusammensetzten, den kleinen Fluß überschritten, und unter lauten ›Nasta‹- und ›Sorais‹-Rufen schwärmten sie mit wehenden Fahnen und blitzenden Schwertern wie Ameisen auf uns zu.

Wieder erhielt ich die Order, den Versuch zu unternehmen, diese Bewegung aufzuhalten, und desgleichen den Hauptstoß gegen das Zentrum unserer Armee, indem ich wieder die Kavallerie nach vorn werfen sollte. Ich tat dies, so gut ich konnte, indem ich fortlaufend Einheiten von je tausend Reitern ins Kampfgetümmel schickte. Diese Brigaden rissen tiefe Lücken in die Reihen des Feindes, und sie boten einen überaus prächtigen Anblick, wie sie da den Hügelabhang hinunterbrausten und sich wie ein lebendes Messer tief in das Herz der feindlichen Armee bohrten. Aber auch wir verloren viele Männer, denn nachdem unsere Feinde mehrere Male diese Angriffe, die gleichsam eine Art blutiges Andreaskreuz von Toten und Verwundeten durch das Zentrum von Nastas Truppe gezogen hatten, ohnmächtig hatten hinnehmen müssen, versuchten sie, der unwiderstehlichen Wucht dieser Attacken nicht länger eine starre, ungeschützte Front entgegenzusetzen, sondern wichen geschickt zurück und ließen den Ansturm wirkungslos ins Leere laufen, wobei sie sich auf den Boden warfen und Hunderten unserer Pferde die Knieflechsen zerschnitten und sie so zum Stürzen brachten.

Und so gelang es dem Feind allmählich, trotz aller unserer verzweifelten Anstrengungen, Yard um Yard vorzurücken, bis er sich schließlich auf Goods Truppe von siebentausendfünfhundert Berufssoldaten warf, die sich in drei quadratische Kampfblöcke aufgestellt hatten, um dem Gegner Paroli zu bieten. Zur selben Zeit verriet mir ein entsetzliches, markerschütterndes Gebrüll, daß die beiden Linien im Zentrum und auf der äußersten Linken zusammengeprallt waren und nun die Schlacht voll entbrannt war. Ich erhob mich in meinen Steigbügeln und schaute nach links hinüber: Soweit das Auge blickte, schien die Sonne auf eine langgezogene, blitzende Linie aus Stahl von fallenden Schwertern und zuckenden Speeren.

Hin und her wogten die miteinander ringenden Linien in jener erbitterten Schlacht. Manchmal gelang es der einen, ein wenig Boden zu gewinnen, dann war es wieder die andere, die nach vorn drängte. Wild wogte der Kampf, im verbissenen und doch geordneten Auf und Ab von Angriff und Verteidigung. Ich selbst hatte mehr als genug damit zu tun, die Übersicht über das, was sich auf unserem eigenen Flügel abspielte, zu behalten; und da für einen Augenblick die Kavallerie in die Deckung von Goods drei Kampfblöcken gegangen war, konnte ich sehr gut den gesamten rechten Flügel überblicken.

Nastas verwegene Schwertkämpfer brandeten jetzt in roten Wogen gegen die trutzigen, wie Felsen dastehenden quadratischen Blöcke an. Wieder und wieder stießen sie ihren wilden Kriegsschrei aus und warfen sich gegen die langen Dreierreihen aus Speerspitzen, um sogleich wieder zurückzuprallen wie Wellen, die sich an einer Felsenklippe brechen.

Und so tobte die Schlacht vier Stunden lang nahezu ohne Pause, und als diese vorüber waren, hatten wir, wenn auch nichts gewonnen, so doch auch nichts verloren. Zwei Versuche, die der Feind unternommen hatte, sich von der Seite her durch den Wald einen Weg zu bahnen und in unsere linke Flanke einzubrechen, waren vereitelt worden; und bis zu diesem Zeitpunkt hatten Nastas Hochländer es trotz ihrer verzweifelten Attacken noch nicht geschafft, Goods drei Kampfblöcke zu zerbrechen, wenn sie auch ihre Stärke um gut ein Drittel verringert hatten.

Das Zentrum der Armee, in dem sich Sir Henry mit seinem Stab sowie Umslopogaas befanden, hatte gewaltige Verluste hinnehmen müssen, aber es hatte nichtsdestoweniger todesmutig standgehalten. Dasselbe konnte man auch von unserem linken Flügel berichten.

Schließlich büßten die Angriffe an Heftigkeit ein, und Sorais' Armee trat den Rückzug an. Ich dachte schon, sie hätten genug. Aber in diesem Punkte wurde ich sehr bald eines Besseren belehrt. Sie teilte ihre Kavallerie in vergleichsweise kleine Trupps auf und griff uns auf ganzer Linie mit ungeheurer Wucht von neuem an; und einmal mehr rollten ihre Zehntausende von Schwertkämpfern und Speerträgern gegen unsere geschwächten Kampfblöcke und Schwadronen an. Sorais selbst dirigierte den Angriff; furchtlos wie eine Löwin stürmte sie an vorderster Spitze voran. Sie kamen herangebraust wie eine Lawine – ich sah ihren goldenen Helm in der vordersten Reihe blitzen –, und unserer Kavallerie gelang es nicht, den Ansturm durch gezielte Gegenangriffe aufzuhalten. Sie durchbrachen unsere vordersten Reihen, und das Zentrum unserer Linien bog sich unter der Last ihres Angriffes wie ein Bogen nach innen. Dann brach unsere Linie auf, und hätten nicht die zehntausend Mann, die wir in Reserve hatten, in den Kampf eingegriffen, so wäre das Herz unserer Armee völlig aufgerieben worden. Goods drei Kampfblöcke wurden beiseite gewischt wie Boote von der heranwogenden Springflut. Der vorderste wurde regelrecht auseinandergesprengt und verlor die Hälfte seiner restlichen Männer. Aber die Anstrengung war zu heftig und zu fürchterlich gewesen, als daß sie hätte längere Zeit anhalten können. Plötzlich kam die Schlacht zu einem Wendepunkt, und für eine oder zwei Minuten hing sie in der Balance.

Und dann bewegte sie sich langsam auf Sorais' Lager zu. In diesem Moment wichen auch Nastas verwegene und nahezu unbezwingbare Hochländer, entweder, weil ihre Verluste sie entmutigt hatten, oder aufgrund irgendeiner List, zurück, und die Reste von Goods tapferen Kampfblöcken verließen ihre Stellungen, die sie über so viele Stunden hinweg behauptet hatten, und stießen unter wildem Jubelgeschrei rasch nach. Daraufhin stellten sich die zurückflutenden Schwertkämpfer wieder zum Kampfe und begannen, Goods Männer zu umzingeln. Und erneut stürzten sie sich mit gellenden Kriegsschreien auf sie. Das, was von dem ersten Kampfblock noch übriggeblieben war, wurde auf der Stelle aufgerieben, und ich sah, daß sich auch der zweite, in dessen Mitte Good auf einem großen Pferd sitzend zu erkennen war, kaum noch halten konnte. Einige Minuten später, und auch er war zerbrochen, seine wehenden Fahnen sanken in den Staub, und ich verlor Good inmitten des tobenden Schlachtgetümmels aus den Augen.

Sekunden danach brach ein blaßgelbes Pferd mit schneeweißer Mähne und Schwanz aus den Überresten des zerbrochenen Kampfblockes hervor und sprengte reiterlos und mit flatternden Zügeln an mir vorüber. Ich erkannte in ihm sofort das Offizierspferd, das Good geritten hatte. Ich zögerte nicht einen Moment und ritt sofort mit der Hälfte meiner restlichen Kavallerie, die zu diesem Zeitpunkt etwa noch vier- bis fünftausend Mann stark war, zu Good, und ohne irgendwelche Befehle abzuwarten, griff ich Nastas Schwertkämpfer an. Sie sahen mich kommen, und gewarnt von dem donnernden Hufschlag meiner Pferde wandte sich der größte Teil von ihnen um und bereitete uns einen heißen Empfang. Sie wichen nicht einen Zoll zurück; vergeblich hieben und trampelten wir sie nieder, als wir eine breite rote Furche durch die Masse ihrer Leiber zogen; sie schienen zu Hunderten wieder aufzustehen, trieben ihre fürchterlichen Schwerter in die Leiber unserer Pferde oder zerschnitten ihre Knieflechsen, um sogleich ihre Reiter, die auf die Erde fielen, buchstäblich in Stücke zu hacken. Auch mein Pferd sank, von Schwerthieben tödlich verwundet, unter mir zusammen, aber zum Glück hatte ich noch ein frisches, nämlich mein eigenes Lieblingspferd, eine pechschwarze Stute, die Nylephta mir geschenkt hatte. Sie wurde in Reserve gehalten, und später konnte ich sie besteigen. Vorerst jedoch mußte ich sehen, wie ich ohne Pferd zurechtkam, denn meine Männer hatten mich in dem wüsten Durcheinander völlig aus den Augen verloren. Und meine Stimme konnte man natürlich nicht hören; sie ging unter in dem Klirren des aufeinanderprallenden Stahls und wurde übertönt von den wütenden Kriegsschreien der Kämpfenden und den Schmerzensschreien der Verwundeten und Sterbenden. Gleich darauf fand ich mich mitten im Gewimmel der Überreste des zweiten Kampfblockes wieder. Die Männer hatten sich um ihren Befehlshaber Good geschart und kämpften verzweifelt um ihr Leben. Ich stieß mit dem Fuß gegen jemand, und als ich herunterblickte, erkannte ich Goods Monokel. Er war gestürzt und war auf die Knie gefallen. Über ihn gebeugt stand ein riesiger Bursche und holte zu einem Schwerthieb aus. Irgendwie gelang es mir, den Dolch von dem Masai, dem ich die Hand abgeschnitten hatte, in den Leib des Mannes zu rammen. Doch dabei schaffte er es noch, mir einen fürchterlichen Schwerthieb in die linke Seite der Brust zu verpassen. Zwar rettete mir mein Kettenhemd das Leben, aber ich fühlte, daß ich schwer getroffen war. Ich fiel auf die Hände und die Knie und lag so etwa eine Minute lang inmitten der Toten und Sterbenden. Mir wurde schwarz vor den Augen, und ich war einer Ohnmacht nahe. Als ich wieder einigermaßen zu mir kam, sah ich, daß Nastas Speerträger, oder besser das, was von ihnen noch übriggeblieben war, sich über den Fluß zurückzogen. Neben mir kniete Good und lächelte.

»Das war verdammt knapp!« rief er, »aber Ende gut, alles gut!«

Ich nickte, aber ich hatte das Gefühl, daß es für mich nicht gut geendet hatte. Ich war schwer verwundet.

Just in dem Moment sahen wir, wie die kleineren Kavallerietrupps, die sich auf unseren äußersten Flügeln befanden und die jetzt durch die dreitausend Reiter, die wir in Reserve bereitgehalten hatten, verstärkt worden waren, wie Pfeile aus ihren Stellungen hervorschossen und in die zerrissenen Flanken von Sorais' Armee fielen. Dieser Angriff sollte von entscheidender Bedeutung für den weiteren Verlauf der Schlacht sein. Nur wenige Minuten später zog sich der Feind in langsamer Rückwärtsbewegung, immer noch erbitterten Widerstand leistend, über den kleinen Fluß zurück, wo er sich noch einmal neu formierte. Noch einmal geriet die Schlacht ins Stocken, und während dieser kurzen Kampfpause gelang es mir, mein zweites Pferd zu besteigen. Ich ritt sofort zu Sir Henry, der mir die Anweisung gab, noch einmal anzugreifen. Und mit einem wilden Schlachtruf aus tausend Kehlen, mit wehenden Bannern und blitzendem Stahl gingen die Überreste unserer Armee in die Offensive und rückten vor, langsam zwar, doch stetig und mit unwiderstehlicher Gewalt. Zum erstenmal rückten wir aus den Stellungen, die wir den ganzen Tag über so tapfer gehalten hatten, nach vorn.

Endlich waren wir es, die die Initiative ergriffen.

Wir stießen weiter vor, Berge von Toten und Verwundeten überquerend. Als wir gerade am Fluß angelangt waren, wurde meine Aufmerksamkeit auf eine außergewöhnliche Szene gelenkt. In wildem Galopp, die Arme fest um den Hals des Pferdes geschlungen, die bleiche Wange an die Mähne des Tieres gepreßt, sprengte ein Reiter auf uns zu. Er trug die volle Uniform eines Zu-Vendi-Generals. Als er näherkam, erkannte ich, wer es war. Es war niemand anders als unser verschollener Alphonse. Selbst in dieser Verkleidung waren die hochgezwirbelten Spitzen seines Schnurrbartes unverkennbar. Eine Minute später flog er in wildem Galopp durch unsere Linien; um Haaresbreite wäre er niedergehauen worden. Schließlich fiel ihm jemand in die Zügel, und man brachte ihn zu mir, als unsere Vorwärtsbewegung gerade zu einem Stillstand kam, der es uns erlaubte, die Überreste unserer aufgeriebenen Kampfblöcke wieder in Reih und Glied zu bringen.

»Ah, Monsieur«, keuchte er mit vor Angst bebender Stimme, »dem 'immel sei Dank, Sie sind's! Ah, was isch 'abe erdulden müssen! Aber Sie gewinnen, Monsieur, Sie gewinnen; sie fliehen, diese 'unde. Aber 'ören Sie, Monsieur – isch 'ätte fast vergessen; etwas sehr Schlimmes! Die Königin soll morgen früh beim ersten Lischt des Tages im Palast von Milosis ermordet werden; ihre Gardisten werden sie verlassen, und die Priester werden sie töten. Ah! Wenn sie wüßten! Aber isch war versteckt unter ein Banner und konnte alles 'ören.«

»Was?« rief ich entsetzt, »was wollen Sie damit sagen?«

»Wie isch sage, Monsieur; dieser diable Nasta ist letzte Nacht verschwunden, um die Sache mit dem Erzbischof Agon zu bespreschen. Die Garde wird das kleine Tor auflassen, das von der großen Treppe zu dem Palast führt, und dann wird sie weglaufen. Und Nasta und Agons Priester werden 'ereinkommen und sie töten. Die Gardisten selbst 'aben sisch geweigert, das zu tun.«

»Kommen Sie mit!« rief ich. Ich rief dem nächstbesten Stabsoffizier zu, er solle für mich das Kommando übernehmen, griff die Zügel von Alphonses Pferd und galoppierte in irrwitzigem Tempo in Richtung der etwa eine halbe Meile entfernten Stelle, wo ich die königliche Fahne im Winde flattern sah, und wo ich, wie ich wußte, Curtis finden würde, falls er noch unter den Lebenden weilte. Wir flogen nur so dahin, unsere Pferde sprangen in Riesensätzen über Berge von Toten und Verwundeten, unter ihren trommelnden Hufen spritzte das Blut auf, das in großen Pfützen die ganze Walstatt bedeckte; weiter ging es entlang der zerrissenen Linie von Speerträgern, bis ich schließlich Sir Henrys mächtige Gestalt aus dem Kampfgetümmel herausragen sah. Er saß auf dem weißen Pferd, das Nylephta ihm zum Abschied geschenkt hatte, und überragte wie ein Turm in der Schlacht die ihn umringenden Generäle seines Stabes.

Gerade als wir ihn erreichten, begannen unsere Linien erneut, vorzurücken. Sir Henrys Kopf war mit einem blutigen Fetzen Tuch umwickelt, aber ich sah, daß sein Auge klar und scharf wie immer war. Neben ihm stand der alte Umslopogaas, die Axt rot vom Blut, aber auch er machte einen frischen und unversehrten Eindruck.

»Was ist passiert, Quatermain?« rief Sir Henry, als er meiner gewahr wurde.

»Etwas Entsetzliches! Es ist eine Verschwörung im Gange, mit dem Ziel, Nylephta im Morgengrauen zu ermorden. Alphonse, dem es gelungen ist, Sorais zu entkommen, hat alles gehört.« Ich wiederholte atemlos, was mir der Franzose berichtet hatte.

Curtis' Gesicht wurde leichenblaß, und sein Unterkiefer fiel herunter.

»Im Morgengrauen!« keuchte er, »und jetzt ist Sonnenuntergang! Es wird vor vier Uhr hell werden, und wir sind fast hundert Meilen entfernt – neun Stunden von Milosis! Was sollen wir nur tun?«

Ein Gedanke schoß mir durch den Kopf. »Ist dein Pferd frisch?« fragte ich Curtis.

»Ja, ich habe es eben erst bestiegen – als mein letztes getötet wurde. Und Futter hat es auch eben erst bekommen.«

»Meines ebenfalls. Steig schnell ab und gib es Umslopogaas; er ist ein hervorragender Reiter. Wir werden noch vor Morgengrauen in Milosis sein – wenn nicht, nun, dann haben wir jedenfalls alles versucht, was in unserer Macht steht. Nein, nein; du kannst jetzt unmöglich hier fort. Man würde dich erkennen, und die Schlacht würde sich möglicherweise noch einmal wenden. Sie ist noch nicht halb gewonnen. Die Soldaten würden glauben, du machst dich aus dem Staub. Nun rasch!«

Sofort stieg er von seinem Pferd, und auf mein Geheiß sprang Umslopogaas in den leeren Sattel.

»Und nun leb wohl«, sagte ich. »Sende tausend Reiter mit frischen Pferden hinter uns her; wenn möglich, etwa in einer Stunde. Bleibe du an Ort und Stelle, schicke einen General auf den linken Flügel, um das Kommando zu übernehmen, und erkläre den Männern meine Abwesenheit.«

»Du wirst doch alles tun, um sie zu retten, nicht wahr, Quatermain?« fragte er voller Verzweiflung.

»Ja, das werde ich. Und nun mach, daß du wieder zu deinen Leuten kommst; du bist schon ein ganzes Stück hinter ihnen.«

Er schaute uns noch einmal an, und dann sprengte er, begleitet von seinem Stab, wieder zurück zu seinen Linien, die sich schon wieder auf dem Vormarsch befanden. Mittlerweile hatten sie den kleinen Fluß erreicht, dessen Wasser jetzt rot vom Blute der Gefallenen war.

Und Umslopogaas und ich jagten von der schrecklichen Walstatt davon wie Pfeile, die von der Sehne des Bogens schnellen. Nach wenigen Minuten war das Schlachtgetümmel schon außer Sichtweite; nur der Geruch des Blutes lag noch schwach in der Luft, und das Klirren der Waffen und die Schreie der Kämpfenden und der Sterbenden drangen zu uns herüber wie das weit entfernte Tosen der Brandung.

21

Vorwärts! Vorwärts!

Auf der Spitze des Anstiegs hielten wir für einen Moment an, um unseren Pferden eine Atempause zu gönnen. Als wir uns umwandten, konnten wir weit unten die Schlacht wogen sehen. Von hier oben aus betrachtet mutete sie im Licht der untergehenden Sonne, die die ganze Szene in ein blutiges Rot tauchte, eher an wie ein wildes Titanengemälde als eine wirkliche Schlacht Mann gegen Mann. Das einzige, woran man deutlich erkennen konnte, daß es sich um ein echtes Gefecht handelte, waren die ständig und überall aufblitzenden Lichtreflexe der Speere und Schwerter, ansonsten jedoch wirkte das Panorama bei weitem nicht so beeindruckend, wie man hätte erwarten können. Die große grüne Rasenfläche, auf der sich die Schlacht abwickelte, die deutlich erkennbaren Umrisse der dahinter liegenden Hügel und das riesige Ausmaß der großen Ebene bewirkten, daß sich der eigentliche Raum, auf dem die Schlacht wogte, recht klein, ja geradezu kümmerlich ausnahm. Das, was einem gewaltig und bedeutsam vorkam, wenn man selbst mitten darin steckte, schien mit wachsendem Abstand immer winziger und unbedeutender zu werden. Aber ist es nicht so mit all den großen Taten und Werken unseres Menschengeschlechtes, über die wir so gewaltig die Trompete blasen und von denen wir solch großes Aufhebens machen? Wie unerheblich und lächerlich, wie unbedeutend, moralisch und physisch, müssen sie doch auf jenes ruhige Auge wirken, das von den Höhen des Himmelsgewölbes auf sie herabschaut.

»Wir gewinnen, Maczumazahn«, sagte der alte Umslopogaas, der sogleich die ganze Szene mit dem erfahrenen Auge des alten Kämpfers überblickt hatte. »Schau, die Truppen der Herrin der Nacht geben an allen Fronten nach, es ist keine Kraft mehr in ihnen, sie biegen sich wie heißes Eisen und kämpfen nur noch mit halbem Herzen. Doch leider wird die Schlacht nur unentschieden ausgehen, denn schon bricht die Dunkelheit herein, und unsere Regimenter werden nicht mehr nachsetzen können und die Feinde töten!« – Traurig schüttelte er den Kopf. »Aber ich glaube nicht, daß der Feind noch einmal beginnen wird zu kämpfen; zu bitter war die Speise, mit der wir ihn gefüttert haben. Ah! Es ist gut, gelebt zu haben! Endlich habe ich einen Kampf gesehen, der es wert war, ihn erlebt zu haben.«

Mittlerweile hatten wir uns wieder auf den Weg gemacht, und während wir Seite an Seite dahinflogen, erzählte ich ihm, welches unsere Mission war, und daß all das Blut, das an jenem Tage vergossen worden war, umsonst vergossen sein sollte, wenn diese Mission scheiterte.

»Ah!« sagte er, »nahezu hundert Meilen, und keine anderen Pferde als diese, und im Morgengrauen müssen wir dort sein! Vorwärts! Vorwärts! Wir müssen es versuchen, Macumazahn; und vielleicht erreichen wir die Stadt zeitig genug, um dem alten Hexenmeister Agon den Schädel zu spalten. Einst wollte er uns doch verbrennen, der alte Regenmacher, nicht wahr? Und nun will er also Nylephta, meiner Mutter, eine Falle stellen, oder? Nun gut! So wahr mein Name der des Spechtes ist, so wahr werde ich ihm, gleich, ob meine Mutter stirbt oder nicht, den Schädel bis zum Bart spalten. Ah, ich schwöre es beim Haupte des T'Chaka!« Und während er dahingaloppierte, schüttelte er Inkosi-kaas drohend über seinem Kopf. Inzwischen hatte sich die Dunkelheit herabgesenkt, aber zum Glück würde bald der Mond aufgehen, und der Weg war gut.

Und so sprengten wir voran durch die Dunkelheit, einen leichten Wind im Rücken, und die beiden prachtvollen Pferde, auf denen wir ritten, jagten dahin mit weitausholendem, mächtigem Schritt, Meile um Meile, mit der Regelmäßigkeit eines Uhrwerks. Nicht ein einziges Mal gerieten sie aus dem Tritt. Wir galoppierten jetzt einen Abhang hinunter und kamen durch ein breites Tal, das sich bis an den Fuß einer weit entfernten Bergkette erstreckte.

Langsam wuchsen die blauen Hügel aus der Dunkelheit; jetzt sprengten wir ihrer Kuppe entgegen und hinüber ging's, weiter, immer weiter, bis in der Ferne wieder andere aus der Dunkelheit emporwuchsen wie geisterhafte Visionen.

Vorwärts, nur nicht anhalten oder die Zügel straffen, immer vorwärts durch die völlige Stille der Nacht, in der das Trommeln unserer Hufe wie ein Lied erschallt; weiter, durch verlassene Dörfer, in denen uns verwahrloste, halbverhungerte Hunde ein melancholisches Willkommen heulen; weiter, vorbei an einsamen, grabumzogenen Häusern; weiter, durch das weiße, fleckige Mondlicht, das kalt auf dem Busen der Erde liegt, als habe es alle Wärme verloren; vorwärts, im Rhythmus der Hufe, Stunde um Stunde!

Wir sprachen nicht, sondern beugten uns weit vor über die

Hälse jener herrlichen Rosse und lauschten ihren tiefen, langen Atemzügen, wenn sie ihre großen Lungen füllten, und dem regelmäßigen Klang ihrer unbeirrt trommelnden Hufe.

Drohend und schwarz sah der alte Umslopogaas aus, während er auf dem großen weißen Pferd dahinjagte, wie die Gestalt des Todes in der Offenbarung des Johannes. Dann und wann hob er grimmig den Blick, starrte nach vorn in die Dunkelheit und deutete mit seiner Axt auf eine in der Ferne auftauchende Erhebung oder auf ein weit abgelegenes Haus.

Und weiter ging der wilde Ritt, immer weiter, ohne Pause, Stunde um Stunde.

Doch schließlich fühlte ich, daß auch dem großartigen Pferd, auf dem ich ritt, langsam die Kräfte zu schwinden begannen. Ich schaute auf meine Uhr; es war fast Mitternacht, und wir hatten bereits mehr als die Hälfte des Weges zurückgelegt. Ich konnte mich daran erinnern, daß sich auf der Kuppe der nächsten Anhöhe eine kleine Quelle befand, denn ich hatte ein paar Nächte zuvor neben dieser Quelle geschlafen. Kurz darauf hatten wir die Anhöhe erreicht. Ich gab Umslopogaas ein Zeichen, anzuhalten, denn ich hatte mich dazu entschlossen, den Pferden und uns zehn Minuten Verschnaufpause zu gönnen. Er zügelte sein Pferd, und wir stiegen ab – das heißt, Umslopogaas stieg ab und half mir aus dem Sattel. Ich war so erschöpft, steif und geschwächt von dem Schmerz, den meine Wunde verursachte, daß ich es allein nicht mehr schaffte. Die braven Pferde standen keuchend da, ließen sich erst auf ein Vorderbein herab, und dann auf das andere, während der Schweiß ihnen in Strömen vom Leibe rann und Dampf von ihnen aufstieg und in blassen Wolken in der kühlen Nachtluft hing.

Während Umslopogaas auf die Pferde achtgab, humpelte ich zu der Quelle und trank in tiefen Zügen von ihrem klaren, süßen Wasser. Seit dem Mittag hatte ich nichts außer einem einzigen Schluck Wein zu mir genommen. Ich fühlte mich völlig ausgedörrt, obwohl meine Müdigkeit zu groß war, als daß ein Hungergefühl hätte aufkommen können. Nachdem ich meinen fieberheißen Kopf und meine Hände in dem klaren, kühlen Wasser gewaschen hatte, ging ich zurück, und dann ging der Zulu trinken. Als nächstes ließen wir die Pferde ein paar Schlucke von dem köstlichen Naß nehmen; und ein paar Schlucke nur – nicht mehr! Sie hätten erleben müssen, welche Mühe wir hatten, die armen Tiere wieder von dem Wasser wegzubekommen! Wir hatten noch zwei Minuten Zeit, und ich nutzte sie, indem ich mich auf- und niederbeugte, um meine steifen Glieder ein wenig zu lockern. Dann inspizierte ich die Pferde. Mein Tier, so tapfer und brav es sich auch schlug, machte einen erbarmungswürdigen Eindruck; es ließ den Kopf hängen, und sein Auge war trüb und abwesend. Daylight hingegen, Nylephtas herrliches Pferd – das, so schwor ich mir, würde es bis Milosis durchhalten, bis ans Ende seiner Tage aus einer goldenen Krippe zu fressen bekommen sollte, wie die Pferde, die den großen Ramses aus bitterster Not retteten – machte noch immer einen vergleichsweise frischen Eindruck, obwohl es das weit schwerere Gewicht zu tragen hatte. Es war zwar ein wenig ermattet, und seine Beine waren müde, aber sein Auge war noch immer hell und klar, und es hielt seinen wohlgeformten Kopf in die Luft und blickte in die Dunkelheit, als wollte es sagen: »Wer auch immer versagen mag, *ich* bin noch immer stark genug für die fünfundvierzig Meilen, die noch vor uns liegen.« Dann half mir der alte Umslopogaas wieder in den Sattel – er war einfach nicht kleinzukriegen, dieser prächtige alte Wilde! Er selbst sprang mit einem Satz aufs Pferd, ohne den Steigbügel auch nur zu berühren, und wieder ging es los, zuerst langsam, bis die Pferde ihren Tritt gefunden hatten, und dann wieder schneller. Und so legten wir weitere zehn Meilen zurück, und dann kam ein langer, mühseliger Ritt, der uns weitere sechs oder sieben Meilen einbrachte. Dreimal wäre mein armer Rappen fast mit mir zu Boden gegangen, aber er fing sich wieder und stürmte mit bebenden Flanken und keuchendem Atem den nächsten Abhang hinunter. Die nächsten drei oder vier Meilen kamen wir schneller voran als je zuvor, seit wir zu unserem wilden Ritt aufgebrochen waren, aber ich fühlte, daß es eine letzte verzweifelte Anstrengung meines Pferdes war. Ich sollte leider recht behalten. Plötzlich biß das arme Tier heftig auf die Kandare und ging mit mir durch. Wie von Sinnen schoß es etwa drei- oder vierhundert Yards auf ebener Strecke dahin. Dann machte es noch zwei oder drei schwankende Schritte und blieb stehen. Ein fürchterliches Zucken erfaßte seinen Leib, und dann fiel es mit einem lauten Krachen geradewegs vornüber auf den Kopf und kippte auf die Seite. Es gelang mir mit letzter Kraft, mich zur Seite zu rollen, um nicht von dem Gewicht des Tieres erdrückt zu werden. Als ich mühsam wieder auf die Beine kam, hob das arme Tier ein letztes Mal seinen Kopf und starrte mich aus blutunterlaufenen Augen an. Dann ließ es mit einem letzten Stöhnen den Kopf zu Boden sacken. Es war tot. Es hatte einen Herzschlag erlitten.

Umslopogaas zügelte sein Pferd neben dem Kadaver, und ich schaute ihn bestürzt an. Noch immer lagen mehr als zwanzig Meilen bis zum Morgengrauen vor uns, und wie sollten wir es bloß schaffen, sie mit einem Pferd zurückzulegen? Die Lage schien hoffnungslos. Doch ich hatte eines vergessen: die außergewöhnliche läuferische Fähigkeit des alten Zulu.

Ohne ein Wort zu verlieren, sprang er aus dem Sattel und begann, mich hineinzuhieven.

»Was willst du tun?« fragte ich.

»Laufen«, antwortete er und ergriff meinen Steigbügelriemen.

Und wieder machten wir uns auf den Weg; wir kamen fast so schnell voran wie vorher. Und was für eine Erleichterung es erst für mich war, jetzt auf dem anderen Pferd zu sitzen! Jeder, der schon einmal gegen die Zeit geritten ist, wird es mir nachfühlen können.

Daylight jagte in langgestrecktem Galopp dahin, und mit jedem Schritt zog er den hageren Zulu ein Stück voran. Es war ein herrlicher Anblick, wie der alte Zulu vorwärtsstürmte, Meile für Meile, mit leicht geöffnetem Mund. Seine Nüstern waren weit gebläht und bebten wie die des Pferdes. Ungefähr alle fünf Meilen hielten wir für ein paar Minuten lang an, damit er wieder zu Atem kommen konnte, und dann stürmten wir weiter.

»Kannst du noch weiterlaufen?« fragte ich ihn, als wir zum dritten Male anhielten, »oder soll ich vorausreiten und auf dich warten?«

Er zeigte mit seiner Axt auf eine verschwommene Masse weit in der Ferne. Es war der Tempel der Sonne. Ungefähr fünf Meilen trennten uns noch von ihm.

»Entweder erreiche ich ihn, oder ich sterbe!« brachte er keuchend hervor.

Oh, was waren das für schreckliche, unendlich lange fünf Meilen, dieses letzte Stück bis zum Stadttor! Die Innenseiten meiner Schenkel waren wundgerieben, und jede Bewegung meines Pferdes bereitete mir wahre Höllenqualen. Doch das war noch nicht alles! Ich war völlig erschöpft vor Anstrengung, Hunger und Müdigkeit, und die Wunde auf meiner linken Seite schmerzte entsetzlich. Ich hatte das Gefühl, als bohre sich ein Knochensplitter ganz langsam in meine Lunge. Auch der arme Daylight war fast am Ende – kein Wunder nach diesem irrsinnigen Höllenritt. Aber schon lag der Geruch des Morgengrauens in der Luft, und wir wollten um jeden Preis durchhalten. Besser, wir starben alle drei auf dem Wege, als daß wir aufgaben, solange auch nur ein Fünkchen Leben in uns flackerte. Die Luft war dick und schwer, wie es häufig der Fall ist, kurz bevor der Morgen anbricht. Und dann kündigte sich der bevorstehende Sonnenaufgang durch ein weiteres, unverkennbares Zeichen an, dem ich in Zu-Vendis schon häufig begegnet war; Hunderte von kleinen Spinnen, die an den Enden ihrer langen Fäden und Gewebe klebten, schwebten mit einem Mal durch die Morgenluft. Diese kleinen Tiere, oder vielmehr ihre Netze, legten sich zu Dutzenden über uns, und da wir weder die Zeit noch die Kraft dazu hatten, sie wegzubürsten, stürmten wir dahin, über und über mit Hunderten von langen, grauen Fäden bedeckt, die bis zu mehreren Yards hinter uns herflatterten – wir müssen wirklich furchterregend ausgesehen haben.

Und nun tauchen die riesigen Messingtore der Außenmauer von Milosis vor uns auf, und eine neue, schreckliche Sorge ergreift mich: Was sollen wir tun, wenn sie uns nicht einlassen!

»*Öffnet, öffnet!*« rufe ich mit gebieterischer Stimme und gebe das königliche Losungswort. »Macht das Tor auf! Hier ist ein Bote, der Nachricht vom Kriege bringt!«

»Was für eine Nachricht?« rief der Wachtposten. »Und wer bist du, der du geritten kommst wie ein Rasender? Und wer ist der, dessen Zunge so weit heraushängt« – das tat sie auch wirklich – »und der neben dir einherrennt wie ein Hund neben dem Streitwagen?«

»Es ist Fürst Macumazahn, und bei ihm ist sein Hund, sein schwarzer Hund. *Öffne! So öffne doch!* Ich bringe wichtige Kunde.«

Die großen Tore glitten auf ihren Rollen zur Seite, und die Zugbrücke fiel mit lautem Gerassel herunter, und schon waren wir hinüber und stürmten weiter.

»Welche Kunde, Herr, welche Kunde bringst du?« schrie der Wachtposten.

»Incubu treibt Sorais zurück wie der Wind die Wolken«, antwortete ich noch, und dann waren wir schon außer Sichtweite.

Noch eine letzte Anstrengung, braves Pferd, und noch braverer Mann!

Strauchle nun nicht in letzter Minute, Dayligth, und du, altes Zulu-Kriegsroß, halte dein Leben noch in dir, nur fünfzehn kurze Minuten, und beide werdet ihr für ewig in die Annalen dieses Volkes eingehen!

Weiter, in wildem Galopp durch die schlafenden Straßen, vorbei jetzt am Blumentempel – noch eine Meile, nur noch eine winzige Meile – halte aus, nimm deine letzte Kraft zusammen, schau, wie die Häuser fast wie von selbst an uns vorüberfliegen! Vorwärts, braves Pferd, vorwärts – nur noch fünfzig Yards! Ja, du siehst deinen Stall vor Augen und wankst tapfer weiter!

»Dem Himmel sei gedankt – endlich – der Palast!« und siehe da, die ersten Pfeile der Morgendämmerung treffen auf die goldene Kuppel des Tempels*! Werde ich eintreten können, oder ist die Bluttat schon vollbracht und das Tor verriegelt?

Erneut gebe ich das Losungswort und rufe laut: *»Öffnet! He da, öffnet!«*

Keine Antwort, und der Mut sinkt mir.

Und wieder rufe ich, und dieses Mal antwortet eine einzelne Stimme, und zu meiner Freude erkenne ich in ihr die Stimme von Kara, einem Offizier aus Nylephtas Garde, einem Mann, von dem ich weiß, daß er treu wie Gold ist – es ist jener Mann, den Nylephta gesandt hatte, Sorais zu verhaften an dem Tage, als sie zum Tempel geflohen war.

»Bist du es, Kara?« rufe ich. »Hier ist Macumazahn. Gib der Wache den Befehl, die Brücke herunterzulassen und das Tor weit zu öffnen! Rasch, rasch!«

Die darauffolgenden Minuten schienen mir endlos. Doch endlich fiel die Brücke, ein Torflügel schwang auf, und wir stürmten in den Hof. Und hier brach der arme Daylight unter mir zusammen, tot, wie ich vermutete. Ich rappelte mich mühsam auf, lehnte mich erschöpft gegen einen Pfosten und schaute mich um. Außer Kara war niemand zu sehen. Er machte einen verstörten Eindruck; seine Kleider hingen ihm in Fetzen vom Leibe. Er hatte allein das Tor geöffnet und die Brücke heruntergelassen, und nun war er dabei, sie wieder hochzuziehen (was ein einzelner Mann dank eines genial konstruierten Mechanismus aus Hebeln und Winden auch ohne Schwierigkeiten konnte und in der Tat gewöhnlich auch machte).

»Wo ist die Leibwache?« fragte ich, noch immer schwer atmend. Ich hatte eine solche Furcht vor seiner Antwort, wie noch nie vor etwas in meinem ganzen Leben.

»Ich weiß es nicht«, erwiderte er; »vor zwei Stunden, als ich noch schlief, ergriff man und fesselte mich, und erst jetzt ist es mir

---

* Da das Dach des Tempels so hoch war, traf das Licht natürlich einige Zeit vor dem tatsächlichen Sonnenaufgang darauf. – *A. Q.*

gelungen, mich mit den Zähnen meiner Fesseln zu entledigen. Ich fürchte, ich fürchte sehr, daß wir verraten wurden.«

Seine Worte gaben mir neuen Mut. Ich griff ihn beim Arm und humpelte, gefolgt von Umslopogaas, der wie ein Betrunkener hinter uns hertorkelte, über den Hof, durchquerte die große Halle, die jetzt still war wie ein Grab, und näherte mich dem Schlafgemach der Königin.

Wir kamen in das erste Vorzimmer – kein Wachtposten war zu sehen; dann ins zweite – immer noch kein Wachtposten! Allmächtiger! Sicher war es schon geschehen! Nun waren wir doch zu spät gekommen! Die Stille und die Einsamkeit der großen leeren Gemächer waren bedrückend; sie lasteten auf mir wie ein böser Traum. Und dann kamen wir an Nylephtas Schlafgemach. Wir stürzten hinein, das Schlimmste befürchtend. Doch da – ein Licht, ja, und eine Gestalt, eine weibliche Gestalt, die das Licht trägt. Oh, Gott sei Dank, es ist die Königin selbst, die Weiße Königin; sie ist unverletzt! Da steht sie vor uns in ihrem Nachtgewand. Der Lärm unserer Ankunft hat sie geweckt, und sie ist aus ihrem Bette aufgestanden. Sie ist noch benommen vom Schlafe, und die Röte der Furcht und der Scham bedeckt wie ein Tuch ihre liebliche Brust und ihre Wange.

»Wer ist da?« ruft sie voller Angst. »Was hat dies zu bedeuten? Oh, Macumazahn, du bist es. Warum siehst du so verwirrt und erschöpft aus? Du scheinst mir wie einer, der schlimme Kunde bringt – und mein Gebieter – oh, bitte, sage mir nicht, daß mein Gebieter tot ist!« Sie brach in Tränen aus und rang ihre weißen Hände.

»Als ich Incubu verließ, war er zwar leicht verwundet, aber er führte dennoch den Vorstoß unseres Heeres gegen Sorais gestern abend bei Sonnenuntergang; darum mag dein Herz sich beruhigen. Sorais ist auf ganzer Linie zurückgeschlagen, und deine Streitmacht hat die Oberhand gewonnen.«

»Ich wußte es!« rief sie triumphierend. »Ich wußte, er würde obsiegen; doch sie nannten ihn einen Ausländer und schüttelten ihre weisen Häupter, als ich ihm das Kommando übertrug! Gestern abend bei Sonnenuntergang, sagst du, und noch hat der Morgen nicht gegraut. Gewiß . . .«

»Wirf einen Mantel über deine Schultern, Nylephta«, unterbrach ich sie, »und gib uns Wein zu trinken; ja, und rufe schnell deine Zofen herbei, wenn dir dein Leben lieb ist. Säume nicht! Rasch nun!«

Solchermaßen inbrünstig gebeten eilte sie zum Vorhang ihres Gemaches und rief etwas in einen dahinterliegenden Raum. Dann schlüpfte sie hastig in ihre Sandalen und warf sich einen warmen Mantel über. Mittlerweile hatte sich der Raum schon mit etwa einem halben Dutzend halbbekleideter Frauen gefüllt.

»Folget uns und gebt keinen Laut von euch«, sagte ich zu ihnen. Sie starrten mich verwundert an und hielten sich aneinander ängstlich fest. Dann gingen wir in das erste Vorzimmer.

»Nun«, sagte ich, »gebt uns Wein zu trinken und Nahrung, so ihr welche habt, denn wir sind dem Hungertode nahe.«

Der Raum diente als Messe für die Offiziere der Leibgarde. Man brachte uns schnell mehrere Flaschen Wein aus einem Schrank und ein wenig kaltes Fleisch. Hungrig fielen Umslopogaas und ich darüber her, und bald fühlten wir, wie mit dem guten Wein auch wieder neues Leben in unsere Venen rann.

»Horche, Nylephta«, sagte ich, als ich das leere Seidel absetzte. »Hast du hier unter deinen Zofen solche, die zuverlässig und verschwiegen sind?«

»Gewiß.«

»Dann heiße sie, durch eine Seitentür den Palast zu verlassen, auf die Straße hinauszugehen und jeden Bürger, von dem du weißt, daß er dir treu ergeben ist, zu bitten, daß er bewaffnet hierherkomme. Sie sollen alle ehrenhaften Leute versammeln, um dich vor dem Tode zu erretten. Nein, stelle mir keine Fragen; tu, wie ich dir sage, rasch! Kara wird die Mädchen hinauslassen.«

Sie blickte in die Runde, wählte zwei aus dem Kreise der Zofen aus und wiederholte meine Worte. Dann nannte sie ihnen die Namen der Männer, zu denen sie gehen sollten.

»Eilet schnell und lasset euch nicht erblicken; eilet, als ginge es um euer eigenes Leben«, fügte ich hinzu.

Im nächsten Moment verschwanden sie schon zusammen mit Kara, den ich beauftragt hatte, uns an dem Tor, das den großen Hof mit der Treppe verband, zu erwarten, sobald er die Tür hinter den Mädchen geschlossen hatte. Dann gingen auch Umslopogaas und ich zu dem vereinbarten Treffpunkt, gefolgt von der Königin und ihren Dienerinnen. Während wir gingen, bissen wir gierig große Stücke von dem kalten Fleisch ab. Zwischen den einzelnen Bissen erzählte ich der Königin, was ich von der Gefahr wußte, die ihr drohte, und in welchem Zustand wir Kara vorgefunden hatten, und daß alle Gardisten und Diener fortgelaufen waren, und daß sie ganz alleine mit ihren Zofen und Dienerinnen im Palast war.

Daraufhin berichtete sie mir, in der ganzen Stadt hätte sich das Gerücht verbreitet, daß unsere Armee völlig vernichtet worden sei, und daß Sorais im Triumphe auf Milosis marschiere. Daraufhin seien alle Männer von ihr, Nylephta, abgefallen.

Auch wenn es eine ganze Weile dauert, all dies zu erzählen, so waren doch kaum mehr als sechs oder sieben Minuten vergangen, seit wir den Palast betreten hatten. Zwar glänzte die hehre goldene Kuppel des Tempels bereits hell in den ersten Strahlen der aufgehenden Sonne, doch noch hatte der Tag nicht begonnen. Ich wußte, zehn Minuten würden uns noch bleiben. Wir befanden uns inzwischen auf dem großen Hofe des Palastes. Meine Wunde bereitete mir jetzt solche Schmerzen, daß ich Nylephtas Arm als Stütze nehmen mußte. Umslopogaas ging hinter uns her und schlang heißhungrig Fleisch in sich hinein.

Jetzt hatten wir den Hof überquert und standen vor dem schmalen Durchgang in der Palastmauer, hinter dem die riesige Treppe begann, die hinunter zum Wasser führte.

Ich blickte durch die schmale Öffnung hindurch und stutzte. Ich blickte erneut hindurch und glaubte, meinen Augen nicht zu trauen. Was ich sah, ließ mir fast das Blut in den Adern gefrieren – die Tür war verschwunden; ebenso das große Außentor aus Bronze – einfach fort, wie vom Erdboden verschwunden. Sie waren einfach aus den Angeln gehoben worden und, wie wir später erfuhren, von der großen Treppe herab in die Tiefe geworfen worden und zweihundert Fuß weiter unten zerschellt. Vor uns befand sich nur noch eine Öffnung von etwa der doppelten Größe eines ovalen Eßtisches; dahinter schlossen sich direkt die zehn runden schwarzen Marmorstufen an, die zur Haupttreppe führen – das war alles.

22

Wie Umslopogaas die Treppe verteidigte

Wir schauten uns an.

»Du siehst«, sagte ich, zu Nylephta gewandt, »sie haben die Tür entfernt. Gibt es irgend etwas, womit wir die Lücke füllen können? Besinne dich rasch; denn sie werden noch vor dem Tageslicht hier sein!« Ich wußte, diesen Platz oder keinen galt es zu verteidigen, gab es doch nirgends feste Türen innerhalb des Palastes. Alle Räume waren lediglich durch Vorhänge voneinander getrennt. Ich wußte ebenso, daß, wenn es uns gelänge, diesen Eingang zu halten, die Mörder nirgends sonst in den Palast eindringen konnten. Denn der Palast ist absolut uneinnehmbar, um so mehr, seit der geheime Zugang, durch den Sorais in jener denkwürdigen Nacht, da sie ihre Schwester meucheln wollte, eingedrungen war, auf Nylephtas Geheiß hin zugemauert worden war.

»Ich habe es!« rief Nylephta, die im entscheidenden Moment in bewundernswerter Weise über sich hinauswuchs. »In der hinteren Ecke des Hofes befinden sich mehrere Blöcke gehauenen Marmelsteins – die Arbeiter trugen sie dorthin; sie sind bestimmt für den Sockel der neuen Statue meines Gebieters Incubu. Laßt uns mit ihnen den Zugang verschließen!«

Vor Freude über diese großartige Idee hätte ich einen Luftsprung machen können. Sofort schickte ich eine der restlichen Zofen hinunter, um Hilfe von den großen Hafenanlagen zu holen. Ihr Vater, ein reicher Handelsmann, der viele Leute beschäftigte, wohnte dort unten. Eine zweite ließ ich als Wache an der Toröffnung zurück. Sie sollte in regelmäßigen Abständen durch die große Öffnung blicken, um zu sehen, ob der Feind schon nahte. Alsdann gingen wir wieder zurück durch den Hof, um zu der Stelle zu gelangen, wo die Marmorplatten lagen. Unterwegs trafen wir Kara, der gerade die beiden Botinnen losgeschickt hatte. Und da lagen sie vor uns, die großen Marmorblöcke; es waren breite, massive Klötze. Einige von ihnen waren wohl an die sechs Zoll stark und wogen gut achtzig Pfund. Zum Glück fanden wir neben ihnen zwei Geräte, die die Form kleiner Tragbahren hatten. Auf ihnen pflegten die Arbeiter die Blöcke zu schleppen. Unverzüglich legten wir einige der Blöcke auf die Tragbahren, und vier der Mädchen trugen sie sogleich zu der Toröffnung.

»Höre, Macumazahn«, sagte Umslopogaas, »wenn diese

nichtswürdigen Burschen kommen, dann werde ich die Treppe gegen sie verteidigen, bis das Loch mit Marmor gefüllt ist. Nein, nein, widersprich mir nicht, alter Freund! Ich werde sie abwehren, auch wenn ich dabei mein Leben verliere! Es war ein guter Tag, und nun laß es auch eine gute Nacht werden! Siehe, ich lege mich nieder auf den Marmor, um auszuruhen. Wenn ihre Schritte nahen, dann wecke mich; doch nicht vorher, denn ich brauche alle meine Kraft.« Und ohne ein weiteres Wort zu verlieren, ging er hinaus und legte sich auf den Marmor; und in Sekundenschnelle war er eingeschlafen.

Auch ich konnte mich kaum noch auf den Beinen halten. Mir wurde wieder schwarz vor den Augen, und ich mußte mich nahe der Toröffnung hinsetzen und mich damit begnügen, die Arbeit zu dirigieren. Die Mädchen trugen die Blöcke heran, und Kara und Nylephta schichteten sie vor der sechs Fuß breiten Toröffnung auf. Sie mußten drei Reihen hintereinander stapeln – weniger würde nicht ausreichen; das wußte ich. Doch die Mädchen mußten jedesmal vierzig Yards mit den schweren Blöcken laufen, und dann vierzig Yards zurück, und obwohl sie sich bis zum Umfallen verausgabten – manche wankten sogar alleine, mit einem riesigen Block bepackt, zum Tor – wuchs die Mauer nur sehr langsam, erschreckend langsam.

Es wurde nun immer heller. Plötzlich vernahmen wir, wie aus weiter Ferne, vom unteren Ende der Treppe her, das leise Klirren von Waffen erklang. Der Wall war erst zwei Fuß hoch, obwohl wir schon seit acht Minuten damit beschäftigt waren, ihn aufzuschichten. Nun waren sie also gekommen; Alphonse hatte richtig gehört.

Das klirrende Geräusch kam näher. Ich blickte durch die Öffnung, und in dem gespenstischen Licht des Morgengrauens sah ich, wie etwa fünfzig Männer in langer Reihe langsam die Treppe heraufkamen. Sie befanden sich jetzt auf der Plattform zwischen den beiden Fluchten, die auf dem großen, freischwebenden Bogen ruhte. Auf einmal blieben sie stehen; sie schienen zu bemerken, daß oben irgend etwas im Gange war. Wir gewannen kostbare Minuten. Mehr als drei Minuten verharrten sie unschlüssig und berieten sich, bevor sie langsam und vorsichtig weiterstiegen.

Inzwischen war etwa eine Viertelstunde vergangen, seit wir mit der Arbeit begonnen hatten. Die Mauer war jetzt knapp drei Fuß hoch.

Es war Zeit, Umslopogaas zu wecken. Der große Mann stand auf, reckte sich und schwang Inkosi-kaas über seinem Haupte.

»Es ist gut«, sagte er. »Ich fühle mich noch einmal wie ein junger Mann. Meine Kraft ist in meinen Leib zurückgekehrt, ja, mein Körper ist wie eine Lampe, die noch ein letztes Mal aufflackert, bevor sie erlischt. Sorge dich nicht und habe keine Furcht; ich werde einen guten Kampf liefern; der Wein und der Schlaf haben mir ein neues Herz gegeben.

Macumazahn, ich träumte einen Traum. Ich träumte, daß du und ich zusammen auf einem Stern standen; wir blickten herunter auf die Erde, und du warst ein Geist, Macumazahn, denn das Licht schien durch dein Fleisch. Ich konnte jedoch nicht sehen, ob mein eigener Körper auch schon ein Geist war. Unsere Stunde ist gekommen, alter Jäger. So soll es denn geschehen: wir haben unser Leben gelebt und unsere Uhr ist abgelaufen; ich wünschte nur, ich hätte in meinem Leben mehr solcher Kämpfe wie den gestrigen erlebt.

Man soll mich begraben nach dem Brauch meines Volkes, Macumazahn, mein Blick soll auf Zululand gerichtet sein.« Dann nahm er meine Hand, schüttelte sie ein letztes Mal und stellte sich dem heranrückenden Feind entgegen.

Im selben Moment kletterte zu meiner großen Überraschung auch der Zu-Vendi-Offizier Kara über unsere improvisierte Mauer. Er tat dies in seiner ruhigen, entschlossenen Art, ohne ein Wort darüber zu verlieren. Er bezog neben dem Zulu Stellung und zückte sein Schwert.

»Was, kommst du auch?« rief der alte Krieger freudig überrascht. »Willkommen – ein Willkommen für dich, tapferes Herz! Ho! für den Mann, der sterben kann wie ein Mann; ho! für den Griff des Todes und das Klingen des Stahls. Ho! wir sind bereit. Wir wetzen die Schnäbel wie Adler, und unsere Speere glänzen im Lichte der aufgehenden Sonne; wir schwingen unsere Waffen und sind hungrig zu kämpfen. Wer kommt als erster, Inkosi-kaas zu begrüßen? Wer will als erster ihren Kuß schmecken, dessen Frucht der Tod ist? Ich, der Specht, ich, der Schlächter, ich, der Schnellfüßige! Ich, Umslopogaas, vom Stamme der Maquilisini, vom Volke der Amazulu, Hauptmann des Regiments der Nkomabakosi: Ich, Umslopogaas, Sohn des Indabazimbi, dem Sohne des Arpi, dem Sohne des Mosilikaatze. Ich, Umslopogaas, vom königlichen Geblüte des T'Chaka, ich, aus dem Hause des Königs, ich, der Träger des Ringes, ich, der Induna, ich fordere euch heraus! Ich erwarte euch! Ho! Wer wagt es als erster?«

Während er so sprach, oder besser, sang, und sein grimmiger

Kriegsruf schauerlich durch die Stille des Morgens hallte, stürmten die bewaffneten Verschwörer, unter denen ich im Lichte der aufgehenden Sonne Nasta und Agon erkannte, mit erhobenen Speeren die Treppe hinauf. Ein riesiger Bursche nahm, allen voran, mit mächtigen Sätzen die letzten Stufen, schwang seinen schweren Speer und stieß mit aller Kraft nach dem riesigen Zulu. Umslopogaas wich mit einer schnellen Drehung des Oberkörpers zur Seite, wobei er nicht einmal seine Beine bewegte, der Stoß ging ins Leere, und im nächsten Augenblick krachte Inkosi-kaas wie ein stählerner Blitz durch Helm, Haar und Schädeldecke, und der Körper des Angreifers polterte leblos die Stufen hinab. Während er hintüberkippte, glitt ihm sein runder Schild aus Flußpferdleder aus der Hand und fiel auf den Marmorboden. Der alte Zulu bückte sich blitzschnell und hob ihn auf, wobei er noch immer seinen wilden Kriegsgesang erschallen ließ.

Eine Sekunde später hatte auch der standhafte, treue Kara mit einem mächtigen Schwerthieb seinen ersten Angreifer zu Boden geschickt, und dann begann ein Schauspiel, wie ich es in meinem ganzen Leben noch nicht erlebt hatte.

In grimmiger Wut sprang ein Angreifer nach dem nächsten die Stufen hinauf; oft waren es zwei, drei auf einmal. Doch so schnell sie auch herangeflogen kamen – die Axt fiel krachend herab, das Schwert blitzte, und schon rollten sie wieder die Treppe herunter, tot oder schwer verwundet. Und je dichter das Kampfgetümmel wogte, desto schärfer schien das Auge des alten Zulu zu werden und desto stärker sein Arm. Mit markerschütternder Stimme schrie er seine Kriegsrufe hinaus und zählte all die Namen der Häuptlinge auf, die er getötet hatte, und seine Axt wütete grimmig unter den Verschwörern; sie durchschlug und zerschmetterte alles, auf das sie traf. Vorbei war's mit der exakten Methode, die er immer so geliebt hatte; er pickte keine runden Löcher mehr in die Schädel seiner Feinde; dazu hatte er keine Zeit in diesem seinem letzten unvergeßlichen Kampfe. Er schlug mit voller Kraft zu, und mit jedem Hieb sank ein Angreifer zu Boden und polterte in seiner Rüstung die Stufen hinunter.

Sie mochten noch so sehr mit Schwertern und Speeren nach ihm hauen und stechen und ihn an Dutzenden von Stellen verwunden, bis er blutüberströmt war – der Schild schützte seinen Kopf und das Kettenhemd seinen Lebensnerv; die Zeit verrann, und immer noch stand er, tatkräftig unterstützt von dem aufopferungsvoll kämpfenden Zu-Vendi-Offizier, wie ein Fels in der

Wie Umslopogaas die Treppe verteidigte

Brandung und hielt die Treppe gegen den wütend anrennenden Feind.

Doch da zerbrach Karas Schwert; er schleuderte den Griff zu Boden und warf sich mit bloßen Fäusten dem nächsten Angreifer entgegen. Miteinander ringend stürzten sie zu Boden und rollten ineinander verschlungen die Treppe hinunter; und sogleich wurde Kara buchstäblich in Stücke gehackt. So starb er den Heldentod.

Nun stand Umslopogaas ganz allein der Übermacht wild entschlossener Angreifer gegenüber, doch nicht ein einziges Mal wich er auch nur einen Fußbreit zurück. Gellende Zulu-Schlachtrufe ausstoßend ließ er seine fürchterliche Axt wieder und wieder herabfahren und streckte einen Gegner nach dem anderen nieder, bis sie schließlich voller Grauen von den schlüpfrigen, blutbesudelten Stufen zurückwichen und ihn wie eine übernatürliche Erscheinung entsetzt anstarrten.

Der Wall aus Marmorblöcken war nun fast fünf Fuß hoch, und mein Herz füllte sich mit neuer Hoffnung, während ich hilflos wie ein Greis dastand, in ohnmächtiger Wut die Zähne zusammenbiß und dem glorreichen Kampf zuschaute. Ich hatte keine Möglichkeit, Umslopogaas beizustehen, denn meinen Revolver hatte ich in der Schlacht am Paß verloren.

Und der alte Umslopogaas, er stand da, seine treue Axt schwingend, blutüberströmt und von zahllosen Wunden ermattet, und verhöhnte und verspottete sie. Ganz alleine stand er da, der großartige alte Recke, vor einer erdrückenden Übermacht, und schimpfte sie ›alte Weiber‹ und ›Hasenfüße‹. Und so sehr Nasta auch drohte und ihnen aufmunternd zurief, mehrere Minuten lang wagte keiner, einen neuen Angriff gegen dieses schier unbezwingbar scheinende Wesen aus einer anderen Welt zu unternehmen. Schließlich faßte sich der alte Agon, der – das muß der Gerechtigkeit halber gesagt werden – trotz all seiner Verschlagenheit und Tücke ein tapferer Mann war, ein Herz. Er sah, daß der Wall bald fertig sein würde und wußte, daß das alle seine Pläne vereiteln würde. Er schwang seinen großen Speer und stürzte in rasender Wut die vom Blut rot gefärbten Stufen hinauf.

»Ah, ah!« schrie der Zulu, als er den wehenden weißen Bart des Priesters erkannte, »du bist es, alter Hexenmeister! Komm nur näher heran! Ich habe schon auf dich gewartet, weißer Medizinmann! Komm nur! Komm nur! Ich habe geschworen, dich zu töten, und der alte Umslopogaas hält immer seinen Schwur.«

Und schon war der Alte heran, ihn beim Wort nehmend. Er stieß mit dem großen Speer mit solcher Wucht auf den Zulu ein, daß die Spitze den Schild glatt durchschlug und ihm in den Hals drang. Umslopogaas schleuderte den durchbohrten Schild fort, und dieser Augenblick sollte Agons letzter sein; noch bevor er erneut ausholen und zustoßen konnte, hatte der Zulu Inkosi-kaas mit beiden Händen gegriffen, schrie gellend *»Nimm dies, Regenmacher«!,* wirbelte die Axt hoch in die Luft und spaltete mit einem fürchterlichen Hieb den ehrwürdigen Schädel des Priesters bis zum Hals, so daß dieser tödlich getroffen auf die Leichen seiner Spießgesellen sank. Das war sein Ende und zugleich das seines schändlichen Komplotts. Und noch während er fiel, erscholl vom Fuße der Treppe her ein Ruf. Wir schauten hinaus durch die noch nicht vom Marmor geschlossene Lücke in der Toröffnung und sahen zu unserer großen Freude, wie Bewaffnete die Treppe heraufgerannt kamen und uns zu Hilfe eilten. Voller Freude antworteten wir auf ihren Ruf. Als die Verschwörer, unter denen ich mehrere Priester sah, erkannten, daß ihr Spiel aus war, wandten sie sich hastig zur Flucht. Doch der Weg war ihnen abgeschnitten; es gab kein Entrinnen mehr. Einer nach dem anderen wurden sie niedergemacht. Ein Mann jedoch war oben geblieben; es war der mächtige Fürst Nasta, Nylephtas Freier, der Kopf der Verschwörerbande. Einen Augenblick lang stand er da, auf sein Schwert gestützt, den Kopf voller Verzweiflung gesenkt. Doch dann stürzte er sich mit einem gräßlichen Schrei der Wut und des Hasses auf den alten Zulu. In wilder Raserei hob er den blitzenden Stahl und versetzte ihm einen solch fürchterlichen Hieb, daß die Schneide mit einem lauten Klirren durch das Kettenhemd schlug und tief in Umslopogaas' Seite fuhr. Der Zulu war für einen Moment wie gelähmt; die Axt fiel ihm aus der Hand. Erneut holte Nasta aus und sprang einen Schritt vor, um dem Zulu den Rest zu geben. Aber da kannte er seinen Gegner schlecht. Der alte Zulu riß sich mit einem Schütteln zusammen und sprang Nasta mit einem gellenden Wutschrei direkt an die Gurgel, wie ich es schon einmal bei einem verwundeten Löwen gesehen hatte. Er traf ihn mit voller Wucht, gerade als er seinen Fuß auf die oberste Stufe setzen wollte. Wie stählerne Bänder umschlossen seine langen Arme den Körper des Fürsten, und dann rollten beide in wildem Handgemenge die Treppe hinunter. Nasta war ein starker Mann, und er kämpfte mit dem Mute der Verzweiflung, doch dem stärksten Mann von Zululand war er nicht gewachsen. Wenn er auch schwer verwundet war, so besaß er doch immer noch schier übermenschliche Kräfte. Der Kampf sollte nicht lange dauern. Ich sah, wie der alte Umslopogaas taumelnd auf die Beine kam – und dann, alle Kräfte zusammennehmend, hob er den verzweifelt um sich tretenden und schlagenden Nasta hoch über seine Schultern und schleuderte ihn mit einem gellenden Triumphschrei über das Geländer der Brücke in die Tiefe, wo er mit zerschmetterten Gliedern auf den Felsen liegenblieb.

Inzwischen waren auch die Männer, die die Mädchen aus dem Hafen geholt hatten, eingetroffen, und die lauten Rufe, die von den Außentoren zu uns herüberhallten, verrieten uns, daß auch die Stadt inzwischen auf den Beinen war, und daß die Männer, die von den Mädchen geweckt worden waren, Einlaß begehrten. Einige von Nylephtas tapferen Zofen, die in ihren Nachtgewändern und mit offenem Haar, gerade so, wie sie aus dem Schlaf geholt worden waren, so aufopferungsvoll mitgeholfen hatten, die Marmorblöcke aufzuschichten, liefen flugs zum Seiteneingang, um die Männer hereinzulassen, während andere mit Hilfe der Männer, die vom Hafen gekommen waren, die Marmorblöcke, die sie mit soviel Mühe aufgestapelt hatten, wieder abtrugen.

Bald war die Mauer wieder verschwunden, und durch die Toröffnung wankte der alte Umslopogaas, gefolgt von der Schar von Rettern, herein. Er bot einen fürchterlichen und zugleich doch so erhabenen Anblick. Sein Körper war von Wunden übersät; ein kurzer Blick in seine flackernden Augen verriet mir, daß er starb. Der ›Keshla‹-Gummiring auf seinem Kopf war von Schwerthieben in zwei Stücke zerschlagen; eines davon hing direkt über dem seltsamen Loch in seinem Schädel. Sein Gesicht war über und über mit Blut besudelt, das aus zahlreichen Schnittwunden und klaffenden Spalten auf seinem Kopf quoll. Auf der rechten Seite seines Halses war eine tiefe Stichwunde von einem Speer; es war die, die Agon ihm beigebracht hatte. Auf seinem linken Arm, direkt unterhalb der Stelle, wo das Kettenhemd aufhörte, war eine weitere tiefe Schnittwunde, und auf der rechten Seite seines Oberkörpers wies das Kettenhemd eines sechs Zoll langen Riß auf; es war die Stelle, an der Nastas gewaltiger Schwerthieb das stählerne Gewebe durchschlagen hatte und tief in den Leib des Zulu gedrungen war.

Er torkelte weiter, der grausam zugerichtete, prächtige alte Zulu, die Axt noch immer in der Hand. Die Damen vergaßen ob dieses schauerlichen Anblicks ohnmächtig zu werden und jubelten ihm stürmisch zu. Er beachtete sie nicht und torkelte weiter wie ein Trunkener. Mit ausgestreckten Armen wankte er über den mit Muschelschalen bestreuten Pfad. Wir folgten ihm nach, vorbei an der Stelle, wo die Marmorblöcke lagen, und dann durch den runden Torbogen und die dicken Vorhänge, die in ihm herabhingen. Jetzt taumelte er durch den kurzen Gang und trat in die große Halle, die sich mittlerweile mit Männern gefüllt hatte, die durch den Seiteneingang hereinströmten. Er ging mitten durch die große Halle, wobei er eine breite Blutspur hinter sich herzog. Jetzt hatte er den heiligen Stein erreicht, der sich in der Mitte der Halle befand, und hier schienen ihn endgültig seine Kräfte zu verlassen, denn er blieb plötzlich stehen und stützte sich schwer auf seine Axt. Doch dann reckte er sich mit einem Mal hoch und rief mit lauter Stimme:

»Ich sterbe, ich sterbe – aber es war ein königlicher Kampf. Wo sind die, die die große Treppe heraufstürmten? Ich sehe sie nicht. Bist du da, Macumazahn, oder bist du schon vorausgegangen in die Dunkelheit, die mich gleich einhüllen wird, um mich zu erwarten? Das Blut macht mich blind – alles dreht sich im Kreise – ich höre die Stimmen der Wasser.«

Dann, plötzlich, als wäre ihm ein neuer Gedanke gekommen, hob er die rote Axt und küßte die Schneide.

»Leb wohl, Inkosi-kaas«, rief er laut. »Nein, nein, wir werden zusammen von hinnen gehen; wir können nicht auseinandergehen, du und ich. Zu lange haben wir miteinander gelebt, du und ich.

»Ein letzter Schlag, ein einziger, letzter Schlag nur! Ein guter Schlag! Ein gerader Schlag! Ein fester Schlag!« und mit diesen Worten reckte er sich zu voller Größe auf, stieß einen wilden, markerschütternden Schrei aus, der einem das Blut in den Adern gefrieren machte und begann, Inkosi-kaas mit beiden Händen hoch über seinem Kopf wirbeln zu lassen, bis es den Anschein hatte, als sei sie ein einziges kreisförmiges Band aus blitzendem Stahl. Und dann, ganz plötzlich, ließ er sie mit fürchterlicher Wucht auf den heiligen Stein hinabsausen. Ein wahrer Schauer von Funken sprühte hoch, und die Schneide fuhr mit solch gewaltiger, ja übernatürlich anmutender Wucht in den Stein, daß der massive Marmorklotz mit einem fürchterlichen Krachen in tausend Stücke zersplitterte. Von Inkosi-kaas blieb nichts weiter übrig als ein paar Bruchstücke aus Stahl und ein zerfasertes Band aus zerschmettertem Horn, das einst der Griff gewesen war. Mit lautem Poltern und Klirren fielen die Bruchstücke des heiligen Steins auf den

Marmorboden, und mit einem dumpfen Aufprall folgte ihnen der tapfere alte Zulu, den Griff von Inkosi-kaas noch immer fest umklammernd. – Er war tot.

Und so starb der Held.

Ein erstickter Aufschrei der Ehrfurcht und der Bewunderung erscholl aus den Kehlen all derer, die Zeuge dieser außergewöhnlichen Szene geworden waren. Jemand schrieb: *»Die Weissagung! die Weissagung!* Der heilige Stein! Er hat ihn zerschmettert!« und sogleich ging ein Raunen durch die Halle.

»Fürwahr«, rief Nylephta, die mit der ihr eigenen schnellen Auffassungsabe, die sie so auszeichnete, sofort die Tragweite dessen, was geschehen war, erkannt hatte. »Fürwahr, mein Volk! Er hat den Stein zerschmettert! Und siehe da, die Prophezeiung hat sich erfüllt; denn ein König, der aus einem fremden Land zu uns kam, herrscht nun über Zu-Vendis. Incubu, mein Gemahl, hat Sorais' Truppen zurückgeschlagen. Ich fürchte sie nun nicht mehr. Dem aber, der die Krone so heldenhaft gerettet hat, soll auch die Ehre zuteil werden, sie auf sein Haupt zu setzen. Und jener Mann dort«, fügte sie, an mich gewandt, hinzu, und legte ihre weiße Hand auf meine Schulter, »ritt, wiewohl er in der Schlacht schwer verwundet ward, zusammen mit jenem großen alten Krieger, der dort am Boden liegt, hundert Meilen zwischen Sonnenuntergang und Morgengrauen, um mich zu retten vor der Verschwörung heimtückischer Meuchelmörder. Ja, und er errettete mich in letzter Sekunde. Und dafür, für die großen Taten, die sie vollbracht haben – Taten von solcher Größe und solchem Heldenmute, wie sie in der Geschichte unseres Volkes ohne Beispiel sind – sollen ihre Namen, der Name von Macumazahn und der Name des toten Umslopogaas, ja, und der Name von Kara, meinem treuen Diener, der ihm so tapfer zur Seite stand, als er die Treppe verteidigte, in goldenen Lettern über meinem Throne prangen und für immer, solange dieses Reich existiert, vom Ruhme dieser glorreichen Helden Zeugnis ablegen. Ich, die Königin, befehle dies, und so soll es geschehen.«

Als diese feurige Rede beendet war, erschollen stürmische Jubelrufe, und ich sagte, wir hätten schließlich nur unsere Pflicht getan, wie es bei Engländern und Zulus üblich sei. Daraufhin wurden die Jubelrufe nur noch lauter. Dann half man mir, den Weg über den äußeren Hof zu meinem Quartier zurückzulegen, wo ich mich erst einmal ins Bett legen sollte. Während ich, gestützt von hilfreichen Armen, den Weg entlanghumpelte, fiel mein Blick auf das brave Pferd Daylight, das dort auf der Erde lag, den weißen Kopf nach vorn gestreckt, in derselben Stellung, in der es schon dagelegen hatte, nachdem es auf dem Hofe zusammengebrochen war. Ich bat jene, die mich stützten, mich nahe an das tapfere Tier heranzubringen; ich wollte es noch einmal anschauen, bevor man es davonschleifen würde. Und wie ich es anschaue, da öffnet es zu meinem großen Erstaunen die Augen, hebt seinen Kopf ein wenig und wiehert leise. Ich hätte vor Freude laut schreien können, als ich sah, daß es noch nicht tot war, hätte ich noch die Kraft zu schreien gehabt. Sofort schickte man nach den Stallknechten, die das Pferd auf die Beine stellten und ihm Wein einflößten. Vierzehn Tage später war es wieder so gesund und munter wie eh und je, und heute ist es der Stolz der Leute von Milosis. Sobald sie es auf der Straße sehen, zeigen sie es ehrfurchtsvoll den kleinen Kindern und flüstern ihnen ins Ohr, dies sei das ›berühmte Pferd, das der Königin das Leben gerettet hat‹.

Ich humpelte weiter und legte mich ins Bett. Man wusch mich und zog mir vorsichtig das Kettenhemd aus. Das bereitete mir schreckliche Schmerzen – kein Wunder: meine linke Brustseite war eine einzige schwarz angelaufene Wunde.

Das nächste, woran ich mich erinnere, war das Trappeln von Pferdehufen; es war etwa zehn Stunden später. Ich richtete mich in den Kissen auf und fragte, was los sei. Man sagte mir, daß soeben ein großer Trupp Kavallerie, den Curtis der Königin zu Hilfe gesandt hatte, vom Schlachtfeld eingetroffen sei. Die Männer seien zwei Stunden nach Sonnenuntergang losgeritten. Als sie den Schauplatz des blutigen Gemetzels verließen, befanden sich die versprengten Überreste von Sorais' Armee in vollem Rückzug in Richtung M'Arstuna, verfolgt von unserer gesamten noch kampffähigen Kavallerie.

Sir Henry schlug mit den Resten seiner erschöpften Truppen an der Stelle das Lager für die Nacht auf, wo noch in der Nacht zuvor Sorais' Truppen gelagert hatten (so schnell kann sich das Kriegsglück wenden) und war drauf und dran, am nächsten Morgen auf M'Arstuna zu marschieren. Als ich diese Nachricht gehört hatte, fiel mir ein Stein vom Herzen; nun konnte ich beruhigt sterben. Und in dem Moment wurde alles schwarz um mich herum.

Das erste, was ich sah, als ich erwachte, war ein riesiges Monokel dicht über mir. Hinter dem Monokel befand sich Good.

»Na, wie geht's, alter Knabe?« sagte eine Stimme, die von irgendwo aus der Nähe des Monikels zu kommen schien.

»Was machst du denn hier?« fragte ich matt. »Wieso bist du nicht in M'Arstuna – bist du weggelaufen, oder was?«

»M'Arstuna!« rief er fröhlich, »M'Arstuna ist schon vor einer Woche gefallen. Du warst vierzehn Tage lang bewußtlos, mein Freund. Ich kann dir sagen, da war vielleicht etwas los; sie gingen mit fliegenden Fahnen, mit Pauken und Trompeten unter, gerade so, als wären sie es gewesen, die den Krieg gewonnen haben; aber trotz alledem; froh waren sie nicht, als sie sich ergeben mußten. Ich kann dir sagen; so etwas habe ich noch nie in meinem Leben gesehen.«

»Und Sorais?« fragte ich.

»Sorais – oh, Sorais ist gefangengenommen worden; sie ließen sie im Stich, diese Schufte«, fügte er mit veränderter Stimme hinzu, »sie opferten die Königin, um ihre Haut zu retten. Man bringt sie gerade hierher; ich habe keine Ahnung, was aus ihr werden wird – armes Kind!« Er seufzte.

»Wo ist Curtis?«

»Er ist bei Nylephta. Sie ritt heute hinaus, um uns zu begrüßen. Das gab vielleicht ein Hallo, kann ich dir sagen. Er wird dich morgen besuchen kommen; die Ärzte (es gab in Zu-Vendis eine medizinische ›Fakultät‹ wie anderswo auch) hielten es für ratsam, daß er dich heute noch nicht besuchen sollte.«

Ich schwieg dazu; doch im stillen dachte ich mir, daß er – Ärzte hin, Ärzte her – wenigstens einen kurzen Blick hätte hereinwerfen können; aber so ist es nun einmal: wenn ein Mann frisch verheiratet ist und gerade einen großen Sieg errungen hat, dann neigt er eben sehr dazu, auf den Rat von Ärzten zu hören.

Im selben Moment vernahm ich eine wohlbekannte Stimme, die mich darüber aufklärte, daß ›Monsieur sisch 'inlegen muß‹. Ich schaute auf und sah Alphonses riesige schwarze Bartspitzen, die sich irgendwo in der Ferne kräuselten.

»So sind Sie also auch wieder hier?« fragte ich.

»Mais oui, Monsieur; der Krieg ist nun beendet, meine militärischen Gelüste sind befriedigt, und isch kehre zurück, um Monsieur zu pflegen.«

Ich lächelte, oder besser, versuchte zu lächeln; aber eines muß ich sagen: was auch immer seine Mängel als Krieger gewesen sein mögen (und ich befürchte, daß er in diesem Punkte seinem heroischen Großvater wohl kaum das Wasser reichen konnte, was wieder einmal ein trefflicher Beweis für die Richtigkeit der alten Weisheit ist, die da besagt, daß es nicht gut sei, im Schatten eines großen Vorfahren stehen zu müssen), einen besseren und freundlicheren Krankenpfleger als ihn kann ich mir nicht vorstellen. Der arme Alphonse! Hoffentlich behält er mich immer in so lieber Erinnerung wie ich ihn.

Am folgenden Tage sah ich Curtis, begleitet von Nylephta. Er erzählte mir alles, was sich ereignet hatte, seit Umslopogaas und ich so wild vom Schlachtfeld davongesprengt waren, um das Leben der Königin zu retten. Es schien mir, daß er die Sache gut hingekriegt hatte und daß er in hervorragender Manier seine Fähigkeiten als General unter Beweis gestellt hatte. Natürlich hatten auch wir gewaltige Verluste hinnehmen müssen – in der Tat, ich scheue mich zu sagen, wie viele Opfer die fürchterliche Schlacht, die ich beschrieben habe, forderte, aber ich weiß, daß das Gemetzel die männliche Bevölkerung des Landes beträchtlich dezimiert hatte. Er freute sich sehr, mich zu sehen, die gute Seele, und mit Tränen in den Augen dankte er mir für das Wenige, das ich zum Sieg hatte beisteuern können. Ich merkte jedoch, wie er heftig erschrak, als sein Blick auf mein Gesicht fiel.

Und Nylephta – nun, sie strahlte vor Glück, nun da ihr ›geliebter Gemahl‹ heil aus der Schlacht zurückgekehrt war, mit lediglich einer kleinen Schramme auf der Stirn. Ich glaube, daß für sie diese Tatsache alles andere aufwog. Daß selbst all das grausame, schlimme Gemetzel nicht so schwer wog, um ihr Glück über die gesunde Heimkehr ihres Geliebten zu trüben. Und ich kann es ihr nicht einmal verargen; es liegt nun einmal in der Natur einer liebenden Frau, alles durch die Brille ihrer Liebe zu betrachten, und was zählt in einem solchen Moment schon das Elend der vielen, wenn nur für das Glück des *einen* gesorgt ist. So ist die menschliche Natur, von der die Positivisten sagen, sie sei lediglich Vollkommenheit; also hat dies zweifellos alles seine Richtigkeit.

»Und was hast du vor, mit Sorais zu machen?« fragte ich sie.

Sofort verdüsterte sich ihr Gesicht.

»Sorais!« rief sie und stampfte mit dem Fuß auf; »ah, Sorais!«

Sir Henry beeilte sich, das Gespräch wieder auf ein anderes Thema zu bringen.

»Du wirst bald wieder auf den Beinen sein, alter Knabe, und nach einer Weile bist du wieder ganz der Alte.«

Ich schüttelte den Kopf und lachte.

»Täuscht euch nur nicht«, erwiderte ich. »Vielleicht komme ich noch einmal ein bißchen auf die Beine, aber der Alte, nein, der werde ich niemals mehr sein. Ich bin ein todgeweihter Mann, Curtis. Vielleicht dauert es noch eine Weile, bis es soweit ist, aber sterben muß ich auf jeden Fall. Weißt du, daß ich schon den ganzen Morgen Blut spucke? Ich sage dir, da bohrt sich ganz langsam etwas in meine Lunge; ich spüre es ganz deutlich. Aber nicht doch; mach nicht so ein betrübtes Gesicht; meine Uhr ist abgelaufen, und ich bin bereit, abzutreten. Reich mir bitte den Spiegel, sei so freundlich. Ich möchte sehen, wie ich ausschaue.«

Er machte irgendwelche Ausflüchte, aber ich durchschaute es sofort und beharrte auf meinem Wunsch. Schließlich reichte er mir eine der Scheiben aus blankpoliertem Silber, die in einem hölzernen Rahmen stecken und in Zu-Vendis als Spiegel dienen. Ich schaute hinein und ließ ihn sogleich wieder sinken.

»Aha«, sagte ich und versuchte, meiner Stimme einen möglichst ruhigen Klang zu geben, »ich dachte es mir doch; und du willst mir weismachen, ich wäre bald wieder ganz der Alte!« Ich wollte nicht, daß sie merkten, wie erschreckt ich selbst über mein Aussehen war. Mein graues, struppiges Haar war schneeweiß geworden, und mein gelbes Gesicht war eingefallen wie das einer alten Frau. Um meine Augen lagen tiefe, purpurrote Ringe.

Nylephta fing an zu weinen, und Sir Henry wechselte erneut schnell das Thema. Er sagte mir, daß die Künstler einen Abdruck vom Körper des toten Umslopogaas gemacht hätten, und daß sie eine große Statue aus schwarzem Marmor errichten wollten, die ihn zeige, wie er gerade den heiligen Stein zerschmetterte. Ihr gegenüber sollte eine zweite Statue aus weißem Marmor errichtet werden, die mich auf dem Pferd Daylight darstellte, und zwar in dem Moment, als es am Ende jenes wilden Rittes im Hofe des Palastes unter mir zusammenbricht. Ich habe diese Statuen noch mit eigenen Augen sehen können. Sie sind jetzt, da ich dies schreibe, das heißt, sechs Monate nach der Schlacht, nahezu vollendet. Und ich muß sagen, sie sind wirklich sehr schön geworden, besonders die von Umslopogaas; er ist wirklich genau getroffen. Meine eigene – nun, sie ist auch sehr gut geworden, aber für meinen Geschmack haben sie mein häßliches Gesicht ein wenig zu sehr idealisiert. Vielleicht muß das so sein. Schließlich darf man nicht vergessen, daß im Laufe der kommenden Jahrhunderte Tausende von Menschen diese Statue betrachten werden; und es ist wirklich nicht besonders angenehm, häßliche Dinge zu betrachten.

Dann erzählten mir Nylephta und Sir Henry, daß man Umslopogaas' letztem Wunsche entsprochen und ihn, anstatt ihn zu verbrennen, wie man es mit mir nach dem landesüblichen Brauch machen wird, mit angezogenen Knien nach dem Brauch der Zulu zusammengebunden hatte, um ihn, in eine dünne Folie aus Blattgold gehüllt, in einem Loch beizusetzen, das man in das Mauerwerk der halbkreisförmigen Plattform am oberen Ende der Treppe brach, die er so glorreich verteidigt hatte. Diese halbkreisförmige Plattform weist mit ihrer Rundung, soweit wir das beurteilen können, in die Richtung, in der Zululand liegt. Da hockt er nun, und wird es wohl für immer so tun, denn sie balsamierten seinen Leichnam ein und legten ihn in eine luftdichte steinerne Truhe, und schaut mit grimmigem Lächeln auf jene Stelle, die er allein gegen eine erdrückende Übermacht verteidigte; und die Leute sagen, des Nachts stehe sein Geist aus dem Sarge auf und schüttle drohend Inkosi-kaas gegen unsichtbare Feinde. Bestimmt fürchten sie sich, in der Dunkelheit jenen Ort zu passieren, an dem der Held seine letzte Ruhe gefunden hat.

Und seltsamerweise ist eine neue Legende oder Prophezeiung im Lande entstanden, auf jene unerklärliche Weise, in der so etwas eben bei ungebildeten, halbzivilisierten Völkern aufzutauchen pflegt; niemand weiß, wo es seinen Ausgang genommen hat, und plötzlich ist es einfach da. Diese Legende besagt, daß, solange der alte Zulu dort hockt und auf die Treppe herunterschaut, die er als Lebender verteidigte, solange auch wird die neue Dynastie der Treppe, die entstanden ist aus der Vereinigung des Engländers mit Nylephta, Bestand haben und blühen; doch wenn er einstmals von dort fortgenommen wird, oder wenn, Generationen später, seine Knochen schließlich zu Staub zerfallen, dann wird auch die Dynastie zerfallen, und die große Treppe wird zusammenstürzen, und die Nation der Zu-Vendi wird aufhören, eine Nation zu sein.

23

Ich habe gesprochen

Etwa eine Woche nach Nylephtas Besuch – ich hatte gerade damit begonnen, täglich um die Mittagszeit ein wenig im Zimmer auf- und abzugehen – wurde mir eine Botschaft von Sir Henry überbracht. Man wollte Sorais zur Mittagsstunde im ersten Vorzimmer der königlichen Schlafgemächer vor Nylephta und Sir Henry führen, und Sir Henry bat mich, falls es mir möglich wäre, dabei zu sein. Von der Neugier getrieben, diese unglückliche Frau noch einmal zu sehen, machte ich mich sofort auf den Weg. Der freundliche kleine Alphonse, der mir zu einer unentbehrlichen Stütze geworden ist, und ein weiterer Diener halfen mir, das Vorzimmer zu erreichen. Ich war noch vor den anderen da; außer mir befanden sich nur einige der höheren Offiziellen des Hofes, um deren Anwesenheit man ebenfalls gebeten hatte, in dem Zimmer. Ich hatte kaum Platz genommen, als auch schon Sorais von der Wache hereingeführt wurde. Sie war so schön wie eh und je, und in ihren Zügen lag derselbe herausfordernde Trotz, den sie schon zur Schau getragen hatte, als ich sie das letzte Mal sah. Doch sie wirkte müde und abgekämpft. Sie trug wie gewöhnlich ihren königlichen ›Kaf‹, der mit dem Sonnenemblem bestickt war, und in der rechten Hand hielt sie noch immer den kleinen silbernen Speer. Ein Stich ging mir durchs Herz, gleichermaßen aus Bewunderung und aus Mitleid. Ich erhob mich mühsam und machte eine tiefe Verbeugung vor ihr. Gleichzeitig gab ich ihr mein Bedauern zum Ausdruck, daß ich aufgrund meines schlimmen Zustandes nicht aufrecht vor ihr stehenbleiben konnte.

Sie errötete ein wenig und sagte mit einem bitteren Lächeln: »Du vergißt, Macumazahn, ich bin keine Königin mehr, außer vom Geblüte her; ich bin eine Ausgestoßene und eine Gefangene, eine, die von allen verachtet werden muß und der man keine Ehrerbietungen mehr erweisen darf.«

»Schließlich bist du immer noch eine Dame«, erwiderte ich, »und daher geziemt es sich immer noch, dir Achtung und Respekt zu zollen, umso mehr, als du dich in einer schlimmen Lage befindest.«

»Vergiß nicht«, gab sie mit einem Lächeln zur Antwort, »daß ich dich in Blätter aus Gold einwickeln und an der Fanfare des Engels an der höchsten Zinne des Tempels aufhängen wollte.«

»Ich bin keine Königin mehr«

»Nein«, antwortete ich, »ich versichere dir, daß ich das nicht vergessen habe; im Gegenteil: oft habe ich daran gedacht, dann, wenn es mir schien, daß sich das Kriegsglück bei der Schlacht am Paß gegen uns wendete. Aber die Fanfare ist dort, und ich bin noch immer hier, wenn auch wohl nicht mehr lange. Warum also jetzt große Worte darüber verlieren?«

»Ah!« rief sie, »diese Schlacht! Diese Schlacht! Oh, ich wünschte, ich könnte noch einmal Königin sein, und wenn es nur für eine einzige Stunde wäre! Welch fürchterliche Rache ich nehmen würde an jenen verfluchten Schakalen, die mich in der höchsten Not im Stich ließen! Diese Weiber! Diese Bastarde mit dem Herzen einer Taube, die vor lauter Angst, besiegt zu werden, vergingen!« Und sie erstickte fast an ihrer grimmigen Wut.

»Ah, und jene feige Memme dort an deiner Seite«, fuhr sie fort und zeigte mit dem kleinen silbernen Speer auf Alphonse, worauf dieser erschreckt zusammenfuhr und ein äußerst unbehagliches Gesicht machte; »er entkam und verriet meine Pläne. Ich versuchte, einen General aus ihm zu machen und ihm Tapferkeit einzuprügeln. Den Soldaten erzählte ich, es wäre Bougwan.« Alphonse zitterte vor Angst, als diese unangenehme Erinnerung wieder in ihm aufgerührt wurde. »Aber es half nichts. Er verbarg sich unter einem Banner in meinem Zelt und hörte so alle meine Pläne mit. Ich wünschte, ich hätte ihn getötet, doch leider beherrschte ich mich.«

»Und du, Macumazahn, ich hörte, was du getan hast; du bist tapfer, und du hast ein redliches Herz. Und der Schwarze, ah, das war ein wahrer *Mann*. Nur zu gern wäre ich zugegen gewesen, als er Nasta von der Treppe hinunterschleuderte!«

»Du bist eine wunderliche Frau, Sorais«, sagte ich; »ich bitte dich inständig, flehe Nylephta an, auf daß sie Gnade gegen dich walten lasse!«

Sie lachte schallend. »*Ich* soll um Gnade winseln!« Im selben Moment trat die Königin in das Zimmer, begleitet von Sir Henry und Good, und nahm Platz. Ihr Gesicht verriet keinerlei Bewegung. Der arme Good machte ein äußerst unbehagliches Gesicht.

»Sei gegrüßt, Sorais!« sagte Nylephta nach einem kurzen Moment des Schweigens. »Du hast das Königreich zerrissen wie einen Fetzen Stoff, du hast Tausende von Menschen um ihr Leben gebracht, du hast zweimal niederträchtige Verschwörungen angezettelt, mit dem Ziel, mein Leben durch Mord zu vernichten, du hast geschworen, meinen Gemahl und seine Gefährten zu töten und mich von der großen Treppe zu werfen. Was hast du zu deiner Verteidigung vorzubringen? Sprich, Sorais!«

»Mich dünkt, meine königliche Schwester vergaß, den Hauptpunkt der Anklage zu erwähnen«, antwortete Sorais in ihrer ruhigen, melodischen Stimme. »Er lautet so: ›Du warst bestrebt, die Liebe meines Herrn Incubu für dich zu gewinnen.‹ Und für dieses Verbrechen will meine Schwester mich doch zum Tode verurteilen, und nicht, weil ich Krieg gegen sie geführt habe. Vielleicht war es dein Glück, Nylephta, daß ich zu spät versuchte, seine Liebe zu erringen.

Höre«, fuhr sie fort und hob ihre Stimme. »Ich habe nichts weiter zu sagen, außer, daß ich wünschte, ich hätte gewonnen, statt zu verlieren. Mach mit mir, was du willst, o Königin, und laß meinen Herrn, den König . . .« – sie zeigte dabei auf Sir Henry – »denn von nun an wird er der König sein, das Urteil verkünden, wie es sich geziemt, denn er ist der Anfang allen Übels, und so laß ihn auch das Ende sein.« Und sie reckte sich stolz empor, warf ihm einen kurzen, wütenden Blick aus ihren tiefen, dunklen Augen zu und begann, mit ihrem Speer zu tändeln.

Sir Henry beugte sich zu Nylephta hinüber und flüsterte ihr etwas ins Ohr, und dann sprach Nylephta.

»Sorais, ich bin dir immer eine gute Schwester gewesen. Als unser Vater starb und die Meinungen im Lande weit auseinandergingen, ob du mit mir auf dem Throne sitzen solltest oder nicht, war ich doch die Ältere von uns beiden, da erhob ich meine Stimme für dich und sagte: ›Nein, laßt sie den Thron mit mir teilen. Sie ist meine Zwillingsschwester; wir erblickten bei derselben Geburt das Licht der Welt; warum also sollte die eine den Vorzug vor der anderen erhalten?‹ Und so war es immer zwischen dir und mir, Schwester. Und so hast du es mir also zurückgezahlt. Aber ich habe obsiegt, und du hast dein Leben verwirkt, Sorais. Und doch bist du meine Schwester; du bist zugleich mit mir geboren, und wir spielten zusammen, als wir klein waren, und wir liebten uns über alle Maßen, und nachts schliefen wir zusammen in demselben Bette und hielten einander fest umschlungen, und darum fühlt sich mein Herz auch jetzt noch mit dir verbunden, Sorais.

Doch nicht aus diesem Grunde will ich dir das Leben schenken, denn zu schlimm war deine Schandtat; so schwer war dein Vergehen, daß es die weiten Schwingen meiner Gnade schier bis auf den Boden hinunterdrückt. Und ich weiß, solange du lebst, wird das Land keinen Frieden haben.

Und doch sollst du nicht sterben, Sorais, denn mein geliebter Gemahl bat mich, Gnade walten zu lassen; und so will ich ihm denn dein Leben als mein Hochzeitsgeschenk zu Füßen legen; mag er darüber verfügen, wie ihm beliebt; denn ich weiß, Sorais, auch wenn du ihn liebst, so erwidert er doch nicht deine Liebe, trotz all deiner Schönheit. Und obwohl du so lieblich bist wie die Nacht im Glanze ihrer Sterne, o Sorais, Herrin der Nacht, so bin doch ich es, seine Frau, die er mit all seinem Herzen liebt, und nicht du. Und darum lege ich ihm dein Leben zu Füßen.«

Sorais errötete heftig und sagte nichts. Ich glaube nicht, daß ich jemals einen Mann unbehaglicher habe dreinblicken sehen als Sir Henry in jenem Moment. Die Art und Weise, in der Nylephta die Sache hinstellte, war – so wahr und überzeugend es auch klang – alles andere als angenehm für ihn.

»Wie ich weiß«, stotterte Curtis, an Good gewandt, »wie ich weiß ... äh ... ich meine, wie ich gehört habe, warst du ... ich meine, bist du der Königin Sorais ... äh ... sehr zugeneigt. Ich weiß nicht ... äh ... wie ... also ich meine ... äh ... ich will sagen, ich weiß nicht welcher Art deine Gefühle ihr gegenüber jetzt sind; aber wenn sie noch immer so sind wie früher, dann finde ich ... also kurzum: ich meine, da wäre eine schöne und zufriedenstellende Lösung für dieses unangenehme Problem. Sie besitzt große private Ländereien, auf denen sie bestimmt – da bin ich ganz sicher – unbehelligt und in Freiheit leben könnte. Du hast doch auch nichts dagegen, nicht wahr, Nylephta? Es ist natürlich bloß ein Vorschlag.«

»Was mich betrifft«, sagte Good, wobei er heftig errötete, »so bin ich gewillt, das Geschehene zu vergessen; und wenn die Herrin der Nacht mich als würdig erachtet, dann möchte ich sie gerne heiraten – morgen, oder wann immer es ihr recht ist, und versuchen, ihr ein guter Ehemann zu sein.«

Alle Augen waren jetzt auf Sorais gerichtet, auf deren Zügen wieder das selbe hintergründige Lächeln lag, das mir schon aufgefallen war, als ich sie zum erstenmal gesehen hatte. Sie schwieg eine ganze Weile. Schließlich räusperte sie sich und dann verbeugte sie sich dreimal tief, zuerst vor Nylephta, dann vor Curtis, und schließlich vor Good und hub an zu sprechen, diesmal in sehr zurückhaltendem Ton.

»Ich danke dir, o huldvolle Königin und Schwester, für die Liebe und die Freundlichkeit, die du mir zukommen ließest von Kindesbeinen an. Besonders danke ich dir für die Gnade, die du mir erwiesest, indem du mein Leben und mein Schicksal in die Hand des Fürsten Incubu legtest – des zukünftigen Königs also. Mögen Glück, Frieden und Wohlstand wie Blumen auf dem Pfade deine Lebens wachsen, gütige Schwester. Lange mögest du herrschen über dieses Land, große, erhabene Königin, und die Liebe deines Gatten fest in deinen Händen halten. Mögen eurer Liebe viele Söhne und Töchter entspringen, die alle so schön sind wie du, o Königin. Und auch dir will ich danken, Incubu, dir, dem zukünftigen König, tausendfach will ich dir danken, daß du so gütig warst, das Geschenk der Königin anzunehmen, und daß du es weiterreichtest an deinen Gefährten in der Schlacht und im Abenteuer, Fürst Bougwan. Gewiß entspricht dieser Akt deiner Größe und deiner Erhabenheit, Fürst Incubu. Und nun will ich auch dir danken, Fürst Bougwan, der du dich dazu herabließest, mich und meine arme Schönheit als Geschenk anzunehmen. Auch dir danke ich tausendfach, und ich will hinzufügen, daß du ein guter und ehrenhafter Mann bist, und ich lege die Hand auf mein Herz und schwöre, daß ich wünschte, ich könnte ›ja‹ sagen. Und nun, da ich euch allen meinen Dank ausgesprochen habe« – und wieder lag dieses hintergründige Lächeln auf ihren Zügen – »laßt mich noch ein Wort hinzufügen.

Wie schlecht ihr mich kennen müßt, du, Nylephta, und ihr, meine Herren, wenn ihr nicht wißt, daß es für mich keinen Mittelweg geben kann; wenn ihr nicht wißt, daß ich euer Mitleid verachte und euch dafür hasse; daß ich eure Barmherzigkeit von mir schleudere wie einen räudigen Hund; hier stehe ich vor euch, verraten, verlassen, in den Staub getreten und allein, und doch triumphiere ich über euch, verhöhne und verspotte euch alle miteinander, und *dies* ist meine Antwort!« Und dann, blitzschnell, bevor auch nur einer von uns ahnen konnte, was sie vorhatte, stieß sie sich den kleinen silbernen Speer, den sie in der Hand hielt, mit solcher Wucht und Zielsicherheit in die Seite, daß die Spitze auf der anderen Seite aus ihrem Rücken herausragte, und dann stürzte sie vornüber auf den Boden.

Nylephta schrie auf, und der arme Good wurde von dem Anblick beinahe ohnmächtig, während die restlichen Anwesenden zu ihr hinstürzten. Doch Sorais, die Herrin der Nacht, stützte sich noch einmal auf ihren Arm und blickte in die Runde. Einen Moment lang hefteten sich ihre dunklen Augen auf Curtis' Gesicht, und es schien, als läge irgendeine Botschaft in ihrem Blick. Dann ließ sie ihren Kopf mit einem tiefen Seufzer fallen, und mit einem

Schluchzen ging ihr dunkler und doch so prächtiger Geist von ihr.

Nun, man bestattete sie in königlichen Ehren, und das war das Ende von Sorais, der Herrin der Nacht.

Einen Monat, nachdem der Vorhang über dem letzten Akt von Sorais' Tragödie gefallen war, fand eine große Zeremonie im Blumentempel statt, und Curtis wurde in aller Form zum Prinzgemahl von Zu-Vendis ernannt. Ich war zu krank, um der Feierlichkeit beiwohnen zu können; ich muß jedoch auch gestehen, daß mir das nicht ganz ungelegen war; denn ich kann solcherlei Gepränge auf den Tod nicht ausstehen; die frenetisch jubelnde Volksmasse, der Klang von Pauken und Trompeten und das prunkhafte Fahnengeschwenke – all dies ist mir zuwider. Good jedoch wohnte der Zeremonie bei – in seiner Galauniform, versteht sich. Tief beeindruckt kehrte er zurück und erzählte mir, wie reizend Nylephta ausgesehen hätte, und welch wahrhaft königlichen Eindruck Curtis hinterlassen hätte. Man hätte ihn mit solch frenetischem Jubel begrüßt, daß ein für allemal jeder Zweifel an seiner außerordentlichen Beliebtheit bei der Bevölkerung, falls überhaupt jemals ein solcher bestanden hätte, ausgelöscht worden wäre. Und als man Daylight an der Menge vorbeiführte, da hätte das Volk »*Macumazahn, Macumazahn!*« gebrüllt, bis alle heiser gewesen wären. Die Leute hätten erst wieder zur Ruhe gebracht werden können, indem er, Good, sich in seinem Triumphwagen aufgerichtet und ihnen zugerufen habe, daß Macumazahn zu schwer verwundet sei, um an der Parade teilzunehmen.

Später kam auch Sir Henry, oder besser, der König, zu mir. Er sah sehr müde aus und versicherte mir, sich niemals in seinem Leben so gelangweilt zu haben wie während jener Feierlichkeiten; ich wage jedoch zu behaupten, daß das eine leichte Übertreibung war. Es liegt einfach nicht in der Natur des Menschen, sich anläßlich eines solch außergewöhnlichen Ereignisses völlig zu langweilen. Und ich machte ihm klar, daß es in der Tat schon fast an ein Wunder grenzte, daß ein Mann, der erst vor Jahresfrist ein großes Land als völlig unbekannter Fremder betreten hatte, im Verlaufe einer so kurzen Zeitspanne zum Gemahl der Königin dieses Landes und unter dem Jubel der Öffentlichkeit auf den Thron gehoben wurde. Ich ging sogar soweit, ihn zu gemahnen, sich in der Zukunft nicht vom Stolz und Pomp der unumschränkten Macht zu weit forttragen zu lassen, sondern immer daran zu denken, daß er in erster Linie ein gottesfürchtiger Gentleman war, und in zweiter ein Diener des Gemeinwohls, den das Schicksal gerufen hatte, eine unerhörte Verantwortung zu tragen. Geduldig hörte er meine mahnenden Worte an. Ja, er dankte mir sogar dafür.

Wenige Tage nach dieser Zeremonie veranlaßte ich, daß man mich in das Haus trug, in dem ich jetzt liege und dies schreibe. Es ist ein sehr schöner Landsitz. Er ist ungefähr zwei Meilen von der finster blickenden Stadt entfernt, und wenn ich aus dem Fenster schaue, kann ich in der Ferne die goldene Kuppel des Blumentempels sehen. Seither sind fünf Monate vergangen. Während dieser Zeit habe ich, mittlerweile völlig ans Bett gefesselt, viele, viele Stunden damit zugebracht, diese Geschichte unserer Wanderungen und Abenteuer im Inneren Afrikas zu verfassen, wobei mir zum einen meine Tagebuchaufzeichnungen und zum anderen unsere gesammelten Erinnerungen eine große Hilfe waren. Aller Wahrscheinlichkeit nach wird niemand jemals diese Geschichte lesen, aber was macht das schon, ob sie gelesen wird oder nicht; jedenfalls hat mir das Niederschreiben unserer Erlebnisse soviel Kurzweil gebracht, daß mir viele Stunden fürchterlicher Qualen erspart blieben. Während der letzten Monate habe ich schreckliche Schmerzen ertragen müssen; doch Gott sei gedankt: das Ende meiner Qualen rückt immer näher.

Seit ich dieses schrieb, ist wieder eine Woche ins Land gegangen, und nun will ich ein letztes Mal zur Feder greifen, denn ich fühle, daß meine letzten Stunden gekommen sind. Meine Gedanken sind noch immer klar, und es gelingt mir noch immer, sie niederzuschreiben, wenn auch nur mit erheblicher Mühe. Die Schmerzen in meiner Lunge, die während der letzten Tage schier unerträglich geworden waren, sind plötzlich völlig verschwunden; an ihre Stelle ist ein Gefühl der Taubheit getreten, dessen Bedeutung mir absolut klar ist. Und in dem gleichen Maße, wie der Schmerz von mir gegangen ist, hat mich auch alle Furcht vor dem Ende verlassen. Ich habe nur noch das Gefühl, als sänke ich immer tiefer in die Arme einer unbeschreiblichen Ruhe. Glücklich und zufrieden, und mit demselben Gefühl der Geborgenheit, mit dem sich ein Kind zum Schlafen in die Arme der Mutter legt, lasse ich mich nun in die Arme des Todesengels sinken. All die Furcht, all die bedrükkenden Ängste und Sorgen, die mich mein ganzes Leben, das mir nun, da ich auf es zurückblicke, sehr lang erscheint, begleitet haben, sind nun von mir gewichen; die Stürme sind vorüber, und der Stern der ewigen Hoffnung erstrahlt nun hell und klar an jenem Horizont, der dem Menschen so unerreichbar weit entfernt erscheint, der mir jedoch in dieser Nacht schon so nahe ist.

Nun ist also das Ende gekommen – eine kurze Spanne der Mühe und der Sorge, ein paar ruhelose, fiebernde Jahre der Qual, und dann empfangen einen die Arme des Todesengels. Oftmals war ich ihnen schon sehr nahe, manch einen Gefährten umschlangen sie, während er an meiner Seite stand, und nun bin endlich ich an der Reihe, und es ist gut so. Noch vierundzwanzig Stunden, und die Erde wird von mir gegangen sein, mit all ihren Hoffnungen und all ihren Ängsten. Luft wird die Stelle ausfüllen, an der mein Leib war, und ich werde vom Erdboden verschwunden sein; der düstere Hauch der Vergeßlichkeit der Welt wird zuerst das strahlend helle Licht der Erinnerung an mich wie ein Schatten verdunkeln, bevor er sie für immer und ewig auslöschen wird; und dann werde ich fürwahr tot sein. So ist es mit uns allen. Wie viele Millionen haben schon so dagelegen wie ich und haben diese Gedanken auch gehabt und sind der Vergessenheit anheimgefallen! Vor Tausenden und Abertausenden von Jahren schon haben sie dieselben Gedanken gehabt, jene längst vergessenen Sterbenden aus grauer Vorzeit; und in Tausenden und Abertausenden von Jahren werden ihre Nachkommen dieselben Gedanken denken, und auch sie werden ihrerseits vergessen werden. »Wie der Atem des Ochsen im Winter, wie die Sternschnuppe, die über den Himmel jagt, wie ein kleiner Schatten, der sich beim Sonnenuntergang verliert«, so hörte ich einst einen Zulu namens Ignosi sagen, »so ist der Lauf des Lebens, jener Lauf, der nur ach so schnell vorbei ist.«

Nun, die Welt, die ich nun bald verlassen werde, ist keine gute Welt – niemand kann das behaupten, außer vielleicht jenen, die ihre Augen wissentlich vor den Tatsachen verschließen. Wie kann eine Welt gut sein, in der der Mammon die alles bewegende Kraft und in der die Selbstsucht der Leitstern ist? Was einem so verwunderlich erscheint, ist nicht die Tatsache, daß sie so schlecht ist, sondern daß es überhaupt noch welche auf ihr gibt, die gut sind.

Und doch – nun, da mein Leben zu Ende ist, kann ich ruhigen Gewissens sagen, daß ich froh bin, gelebt zu haben; daß ich froh bin, den warmen Atem der Liebe einer Frau gespürt zu haben und jene wahre Freundschaft, die oft sogar stärker ist als die Liebe zwischen Mann und Frau. Ich bin froh, das Lachen kleiner Kinder gehört zu haben, die Sonne, den Mond und die Sterne gesehen zu haben, den Kuß der salzigen See auf meinem Gesicht gespürt und das Wild beobachtet zu haben, wie es des Nachts beim Schein des

Mondes zum Wasser zieht. Doch möchte ich trotz alledem nicht noch einmal leben!

Wie anders doch alles um mich herum jetzt zu werden scheint! Die Dunkelheit rückt immer näher, und das Licht schwindet. Und doch scheint es mir, als könne ich durch den grauen Schleier der Finsternis schon manch ein längst vergessen geglaubtes Gesicht erkennen, das mich willkommen heißt. Ich sehe Harry; auch viele andere kann ich erkennen; doch alle Gesichter werden überstrahlt von dem der einen, jener meiner Meinung nach süßesten und vollkommensten Frau, die je auf dieser grauen Erde gewandelt ist. Doch über sie habe ich schon an anderer Stelle genug geschrieben; warum also nun über sie sprechen? Warum über sie sprechen nach dieser unendlich langen Stille, nun, da sie mir wieder so nahe ist, nun, da ich den Weg gehen werde, den sie schon lange vor mir gegangen ist?

Die untergehende Sonne verwandelt die goldene Kuppel des großen Tempels in eine hell lodernde Flamme, und meine Hand erlahmt.

Und so reiche ich nun allen, die mich gekannt haben, und all jenen, die ich gekannt habe, all jenen, die einen freundlichen Gedanken für den alten Jäger in ihrem Herzen haben, von dem fernen Ufer die Hand und sage ihnen Lebewohl.

Und nun befehle ich meinen Geist in die Hände des allmächtigen Gottes, der ihn einst sandte.

»Ich habe gesprochen«, wie die Zulu sagen.

24

Von einer anderen Feder

Ein Jahr ist vergangen, seit unser teurer Freund Allan Quatermain die Worte ›*Ich habe gesprochen*‹ schrieb, die am Ende seines Berichtes über unsere gemeinsamen Abenteuer stehen. Ich hätte niemals gewagt, diese Niederschrift mit irgendwelchen Ergänzungen zu versehen, hätte sich nicht ganz plötzlich durch einen höchst merkwürdigen Zufall die Möglichkeit ergeben, diese Aufzeichnungen nach England gelangen zu lassen. Die Chance ist nur sehr gering; aber da es sehr unwahrscheinlich ist, daß sich zu unseren Lebzeiten noch einmal eine solche eröffnet, haben Good und ich beschlossen, sie zu nutzen. Während der vergangenen sechs Monate haben diverse Grenzkommissionen die verschiedenen Grenzen von Zu-Vendis eingehend inspiziert, um herauszufinden, ob irgendwelche Möglichkeiten existieren, aus dem Land herauszukommen oder es zu betreten. Das Resultat war, daß sie einen Verbindungskanal zur Außenwelt entdeckten, der bisher gänzlich übersehen worden war. Dieser Verbindungsweg ist offensichtlich der einzige, der existiert. (Ich habe herausgefunden, daß über ihn der Eingeborene, der schließlich Mr. Mackenzies Missionsstation erreichte, in das Land gekommen war. Sein Auftauchen in Zu-Vendis wurde ebenso wie seine Vertreibung – er erreichte das Land tatsächlich drei Jahre vor uns – aus unerfindlichen Gründen von den Priestern, zu denen man ihn brachte, strikt geheim gehalten.) Er soll nun ein für allemal geschlossen werden. Doch bevor dies geschieht, wird ein Bote mit diesem Manuskript das Land verlassen. Darüber hinaus wird er ein oder zwei Briefe mitnehmen, die Good an seine Freunde geschrieben hat sowie einen Brief von mir an meinen Bruder George. Der Gedanke, daß ich ihn niemals wiedersehen werde, stimmt mich sehr traurig. Ich habe ihm in diesem Brief geschrieben, daß er als mein direkter Erbe frei über mein Vermögen, das ich in England zurückgelassen habe, verfügen darf, sofern das Hinterlegungsgericht seine Zustimmung dazu gibt, denn Good und ich haben uns dazu entschlossen, nie mehr nach Europa zurückzukehren. Selbst wenn wir tatsächlich den Wunsch hätten, könnten wir ohnehin Zu-Vendis nie wieder verlassen.

Der Bote, den wir losschicken wollen – und ich wünsche ihm von Herzen alles Gute für die Reise –, ist Alphonse. Seit langer

Zeit schon langweilen ihn Zu-Vendis und seine Einwohner zu Tode. »Oh, oui, c'est beau«, pflegt er mit einem bezeichnenden Achselzucken zu sagen, wenn man ihn fragt, wie es ihm in Zu-Vendis gefällt; »mais je m'ennuie; ce n'est pas chic.« Ständig beklagt er sich schrecklich darüber, daß es keine Cafés und keine Theater gibt, und dann jammert er pausenlos über seine verlorene Annette. Er behauptet, dreimal die Woche von ihr zu träumen. Ich glaube indessen, der tiefere Grund für seine Abscheu gegen das Land liegt – einmal abgesehen von dem Heimweh, das wohl jeden Franzosen in der Fremde plagt – darin, daß die Leute hier schrecklich über sein Verhalten, das er während der großen Schlacht am Paß an den Tag legte, lachen. Die Geschichte, wie er sich unter einem Banner in Sorais' Zelt versteckte, um nicht in den Kampf geschickt zu werden (was, wie er sagt, gegen sein Gewissen gegangen wäre), ist noch heute, achtzehn Monate nach jenem denkwürdigen Ereignis, in aller Munde. Selbst die kleinen Jungen auf der Straße rufen ihm spöttisch nach. Ich kann verstehen, daß das seinen Stolz zutiefst verletzt und ihm das Leben hier unerträglich macht. Nun, jedenfalls hat er sich dazu entschlossen, die Strapazen und Gefahren einer abenteuerlichen Reise auf sich zu nehmen, die an Beschwerlichkeit und Fährnissen wohl ihresgleichen sucht. Er ist sogar gewillt, Gefahr zu laufen, der französischen Polizei in die Hände zu fallen und sich für eine kleine Unbesonnenheit (von der ich im übrigen glaube, daß es sich um keine besonders schwerwiegende Angelegenheit handelt), zu der er sich vor Jahren hat hinreißen lassen, zu verantworten. Jedenfalls ist ihm das lieber, als hier zu bleiben, in *ce triste pays*.

Der arme Alphonse! Die Trennung von ihm wird uns nicht leicht fallen; möge er, um seinetwillen, und um dieser Geschichte willen, die es meiner Meinung nach wert ist, daß sie in die Außenwelt gelangt, heil und sicher Europa erreichen! Sollte ihm das gelingen, und sollte er es schaffen, den Schatz, den wir ihm in Form massiver Goldbarren mitgegeben haben, unbeschadet nach Europa zu bringen, dann wird er für sein Leben ausgesorgt haben und sehr wohl in der Lage sein, seine Annette zu heiraten, falls sie noch unter den Lebenden weilt und gewillt ist, ihren Alphonse zum Manne zu nehmen.

So, und nun will ich die Gelegenheit nutzen und der Erzählung des guten alten Quatermain noch ein paar Worte hinzufügen.

Er starb im Morgengrauen jenes Tages, an dessen Vorabend er die letzten Worte des letzten Kapitels geschrieben hatte. Nylephta, Good und ich waren zugegen, und ich muß sagen, es war eine zutiefst ergreifende und doch auf ihre Art schöne Szene. Eine Stunde vor Tagesanbruch wurde es uns zur Gewißheit, daß es mit ihm zu Ende ging. Wir waren zutiefst betrübt. Good brach bei dem Gedanken, daß unser lieber alter Freund bald von uns gehen würde, in Tränen aus – was noch einmal einen letzten Funken von Humor in unserem sterbenden Freund aufflackern ließ. Selbst in seiner letzten Stunde hatte ihn sein Humor nicht verlassen. Als Good zu weinen begann, fiel ihm natürlich, da sich die Muskeln lockerten, sein Monokel aus dem gewohnten Sitz, und Quatermain, dem ja nie etwas entging, sah das.

»Endlich«, sagte er schweratmend und versuchte ein letztes Mal zu lächeln, »endlich habe ich Good einmal ohne sein Monokel gesehen!«

Danach schwieg er bis zum Anbruch des Tages, und dann bat er uns, ihn aufzurichten, damit er zum letztenmal die aufgehende Sonne sehen konnte.

»In ein paar Minuten«, sagte er, unverwandt mit ernstem Gesicht in die aufgehende Sonne starrend, »werde ich jene goldene Pforte durchschreiten.«

Zehn Minuten später richtete er sich noch einmal auf und schaute jeden von uns lange an.

»Ich gehe nun auf eine lange Reise, die seltsamer ist als alle die, die wir zusammen unternommen haben, meine Freunde. Vergeßt mich nicht; denkt ab und zu mal an mich«, murmelte er. »Gott segne euch. Ich werde auf euch warten.« Dann sank er mit einem tiefen Seufzen tot in seine Kissen.

Und so ging ein Mensch von uns, den ich als einen betrachte, der wohl nahezu vollkommen war, mehr als jeder andere, dem ich je begegnet bin. Ich schätze mich glücklich, ihn gekannt zu haben.

Er hatte ein unsagbar gutes Herz, verfügte über einen prächtigen Humor und besaß viele der Qualitäten, die einen Poeten ausmachen. Unerreicht war er als ein Mann der Tat und als ein wahrer Weltbürger. Ich kenne niemanden, der mit so treffender Sicherheit wie er die Menschen und ihre Motive beurteilen konnte. »Ich habe die menschliche Natur mein ganzes Leben lang studiert«, pflegte er manchmal zu sagen, »und ich glaube, ich kenne sie ein wenig.« Und wie er sie kannte! Er hatte nur zwei Schwächen – die eine war seine übertriebene Bescheidenheit, die andere seine Neigung, die Personen, auf die er seine Zuneigung konzentrierte, eifersüchtig zu bewachen. Was den ersten Punkt betrifft, so wird jeder, der diese Erzählung liest, in der Lage sein, sich sein eigenes Urteil darüber zu bilden. Ich möchte mir jedoch erlauben, noch ein letztes Beispiel hinzuzufügen.

Der Leser wird zweifellos bemerkt haben, daß er keine Gelegenheit ausläßt, sich als einen furchtsamen Menschen hinzustellen. In Wirklichkeit jedoch besaß er, obgleich er sehr vorsichtig war, einen höchst unerschrockenen Mut, und was noch viel wichtiger ist: Er verlor niemals den Kopf. Liest man zum Beispiel seine Beschreibung von der großen Schlacht am Paß, in der er sich die Verwundung zuzog, die ihn schließlich das Leben kostete, so könnte man meinen, wenn man dem Eindruck folgt, den er zu erwecken trachtet, daß es bloß ein zufälliger Hieb war, der ihn inmitten des Kampfgetümmels traf. Tatsache war jedoch, daß er sich die Verwundung bei dem höchst tapferen und erfolgreichen Versuch, Goods Leben zu retten, zuzog, auf die Gefahr hin, sein eigenes Leben aufs Spiel zu setzen, und tatsächlich sollte ihn diese beispiellose Tat ja auch das Leben kosten. Good lag am Boden, und einer von Nastas Hochländern war gerade im Begriff, ihm den entscheidenden Stoß zu versetzen, als Quatermain sich über Goods Körper warf und der Hieb ihn selbst traf. Schwer verwundet richtete er sich auf und tötete den Soldaten.

Was seine Eifersucht betrifft, so mag ein einziges Beispiel, das ich anführen möchte, um Nylephta und mir Gerechtigkeit widerfahren zu lassen, genügen. Der Leser erinnert sich vielleicht daran, daß er an ein oder zwei Stellen den Eindruck zu erwecken versucht, als hätte mich Nylephta gänzlich mit Beschlag belegt, und als hätten wir beide ihn mehr oder weniger links liegengelassen. Nun, Nylephta ist sicherlich nicht perfekt; keine Frau ist das, und vielleicht ist sie bisweilen auch ein wenig *exigeante,* aber so wie Quatermain die Sache hinzustellen versucht, kann man sie wirklich nur als pure Einbildung bezeichnen.

Zum Beispiel jene Stelle, an der er sich bitter darüber beklagt, daß ich ihn nicht besuchen komme, als er krank ist: Es war so, daß die Ärzte mir den Besuch trotz meines Drängens schlichtweg untersagten. Solche und ähnliche kleinen Sticheleien tun mir sehr weh, wenn ich sie lese, denn ich liebte Quatermain wie einen Vater, und es wäre mir nicht im Traum eingefallen, zuzulassen, daß diese meine Zuneigung zu ihm unter meiner Heirat gelitten hätte. Doch reden wir nicht länger darüber; es ist, wie schon gesagt, wirklich nur eine kleine Schwäche, die bei all den liebenswerten Tugenden, die ihn auszeichneten, nicht ins Gewicht fällt.

Nun, so starb er denn, und Good las in Anwesenheit von Nylephta und mir die Trauerrede. Mit Rücksicht auf die Stimme des Volkes, die stürmisch eine Bestattung in großem Pomp forderte, wurden seine sterblichen Überreste im Rahmen einer großen, öffentlichen Trauerfeier beigesetzt, oder vielmehr, verbrannt. Während ich an der Spitze des endlosen Trauerzuges zum Tempel schritt, mußte ich daran denken, wie sehr ihm dieser ganze Aufwand zuwider gewesen wäre, wenn er selbst dabeigewesen und Zeuge der Feier geworden wäre; denn nichts verabscheute er so sehr wie prunkvolle Zurschaustellung.

Und so legte man ihn am dritten Tage nach seinem Tode wenige Minuten vor Sonnenuntergang auf die messingne Platte vor dem Hauptaltar.

Bald fiel der letzte Strahl der untergehenden Sonne wie ein goldener Pfeil auf sein bleiches Antlitz und tauchte es wie in einen goldenen Heiligenschein. Dann erklangen die Fanfaren, die Platte senkte sich, und die sterbliche Hülle unseres geliebten Freundes stürzte in den Flammenofen.

Nie wieder werden wir einen solchen Mann sehen, und wenn wir hundert Jahre alt werden. Er war der fähigste Mann, der vollkommenste Gentleman, der treueste Freund, der anständigste Kerl und, ich glaube, der treffsicherste Schütze in ganz Afrika.

Und so endete das so bemerkenswerte und abenteuerliche Leben des Jägers Quatermain.

Seither haben sich die Dinge sehr gut für uns entwickelt. Good ist seit einiger Zeit voll damit beschäftigt, eine Marine auf dem Milosis-See und einem anderen der großen Seen aufzubauen, mit deren Hilfe wir hoffen, Handel und Gewerbe entscheidend entwickeln zu können und darüberhinaus einige aufrührerische und kriegerische Bevölkerungsgruppen, die an den Seeufern leben, zur Raison bringen zu können.

Der arme Kerl! Es gelingt ihm allmählich, über den tragischen Tod jener fehlgeleiteten und doch so schönen Frau, Sorais, hinwegzukommen. Es war wirklich ein schwerer Schlag für ihn, denn er liebte sie von ganzem Herzen. Ich hoffe jedoch, daß er über kurz oder lang eine geeignete Frau findet, die er heiraten kann, und daß über dieses tragische Ereignis allmählich Gras wächst. Nylephta hat schon ein oder zwei junge Damen ins Auge gefaßt, darunter eine von Nastas Töchtern (er selbst war Witwer), ein prächtiges, stattliches Geschöpf. Für meinen Geschmack hat sie jedoch zuviel von dem intriganten und gleichzeitig hochmütigen Charakter ihres Vaters an sich.

Was mich betrifft, so weiß ich kaum, wo ich anfangen soll, wenn ich all das beschreiben will, worum ich mich tagtäglich kümmern muß. Also ist es das Beste, ich fange gar nicht erst damit an, sondern begnüge mich damit, zu sagen, daß ich im großen und ganzen recht gut mit meiner seltsamen Stellung als Prinzgemahl zurechtkomme – besser jedenfalls, als ich von Rechts wegen hätte erwarten können. Aber natürlich ist nicht alles eitel Sonnenschein, und manchmal drückt mich die Last der Verantwortung recht schwer. Dennoch bin ich guter Hoffnung, in meinem Leben noch einiges Gute zustande zu bringen. Zwei großen Zielen will ich mich in erster Linie widmen: nämlich zum einen der Konsolidierung der zahlreichen Sippen, aus denen sich das Volk von Zu-Vendis zusammensetzt; und zwar unter einer starken Zentralregierung. Zum zweiten habe ich mir vorgenommen, die Macht der Priesterschaft zu brechen. Die erste dieser Reformen wird, wenn sie erfolgreich durchgeführt werden kann, endlich mit dem Übel der schrecklichen Bürgerkriege, die jahrhundertelang das Land verheerten, aufräumen. Die zweite wird, abgesehen davon, daß sie eine stetige Quelle politischer Unruhen zum Versiegen bringt, den Weg für die Einführung einer echten Religion ebnen, die diesen absurden Sonnenkult ersetzen soll. Ich hoffe, daß ich noch zu meinen Lebzeiten das Kreuz Christi auf der höchsten Zinne des Tempels sehen kann; und wenn nicht, dann sollen es meine Nachfahren können.

Und noch etwas habe ich mir geschworen: Zu-Vendis von jeglichen Ausländern reinzuhalten. Es ist zwar kaum zu erwarten, daß nach der Schließung des letzten Verbindungsweges überhaupt noch einmal ein Fremder dieses Land betritt, aber sollte dies dennoch einmal der Fall sein, dann will ich ihn jetzt schon in aller Höflichkeit darauf hinweisen, daß er aus dem Land gewiesen werden wird, und zwar auf dem kürzesten Wege. Ich sage dies beileibe nicht aus einem etwaigen Gefühl der Ungastlichkeit heraus, sondern einzig aus dem Grunde, weil ich von meiner heiligen Pflicht überzeugt bin, daß ich diesem im großen und ganzen rechtschaffenen und warmherzigen Volke die Segnungen seiner relativen Unzivilisiertheit und Ursprünglichkeit erhalten muß. Was könnte meine tapfere Armee schon ausrichten, wenn irgendein blutrünstiger Abenteurer auf die Idee käme, uns mit Feldhaubitzen und Martini-Henrys anzugreifen? Ich kann nicht feststellen, daß das

Schießpulver, der Telegraf, die Dampfmaschine, die Tageszeitungen, das allgemeine Wahlrecht usw., usf. die Menschheit auch nur um einen Deut glücklicher gemacht haben, als sie es vorher war, und ich bin sicher, daß all diese Dinge viel Böses mit sich gebracht haben. Ich bin nicht gewillt, dieses herrliche Land in die gierigen Hände von Spekulanten, Touristen, Politikern und Professoren fallen zu lassen, deren Sprache die Sprache von Babylon ist, und die sich um jeden Fußbreit Land gegenseitig in Fetzen reißen würden wie jene schrecklichen Kreaturen im Tal des unterirdischen Flusses, die sich um den Kadaver des wilden Schwans gegenseitig zerrissen und zerstückelten. Ich werde alles tun, um zu verhindern, daß Geldgier, Trunksucht, neue Krankheiten, Schießpulver und jene allgemeine Demoralisierung sich im Lande breit machen, die das Hauptmerkmal für das Vordringen der Zivilisation in unzivilisierte Völker darstellen. Sollte es jedoch der Vorsehung gefallen, Zu-Vendis zu gegebener Zeit für die Welt zu öffnen, dann ist das etwas anderes; ich selbst jedoch werde diese Verantwortung nicht übernehmen, und ich darf hinzufügen, daß Good mit dieser meiner Entscheidung voll und ganz einverstanden ist. Und nun sage ich Lebewohl.

Henry Curtis

15.12.18...

P.S. – Ich habe ganz vergessen, zu erwähnen, daß mir Nylephta (der es im übrigen gut geht, und die – zumindest in meinen Augen – von Tag zu Tag schöner wird) vor ungefähr neun Monaten einen Sohn und Thronfolger schenkte. Er sieht wie ein richtiger blondgelockter, blauäugiger kleiner Engländer aus, und wenn er auch dazu bestimmt ist – wenn er gesund bleibt – eines Tages den Thron von Zu-Vendis zu besteigen, so werde ich mich doch nach allen Kräften darum bemühen, ihn so zu erziehen, daß er einst so wird, wie ein echter englischer Gentleman sein sollte – denn das ist für mich allemal noch etwas Schöneres und Wertvolleres, als der Thronerbe der großen Dynastie der Treppe zu sein. Es ist wohl in der Tat der höchste Ehrentitel, den ein Mann auf dieser Erde erreichen kann.

H.C.

ANMERKUNGEN VON GEORGE CURTIS, Esq.

Das Manuskript dieser Geschichte erreichte mich unversehrt am 20.12.18..., also etwas mehr als drei Jahre nach seiner Absendung tief im Herzen Afrikas. Die Adresse ist unverkennbar in der Handschrift meines lieben Bruders Henry Curtis geschrieben, den wir längst totgeglaubt hatten. Der Umschlag trägt den Poststempel von Aden. Die in ihm enthaltene, höchst erstaunliche Geschichte werde ich unverzüglich an die Öffentlichkeit bringen. Ich selbst habe sie mit sehr gemischten Gefühlen gelesen; denn obwohl ich zu meiner großen Erleichterung erfuhr, daß Henry und Captain Good wohlauf und auf solch wundersame Weise zu Glück und Wohlstand gelangt sind, kann ich mich doch nicht des traurigen Gefühls erwehren, daß sie für mich und für alle ihre Freunde so gut wie tot sind, da wir nicht damit rechnen können, sie jemals wiederzusehen.

Sie haben für immer alle Bande zu England und zu ihren Freunden und Verwandten zerschnitten, und vielleicht haben sie, trägt man allen Umständen Rechnung, gut daran getan. Wir werden es niemals erfahren.

Wie das Manuskript nach Aden gelangte, habe ich beim besten Willen nicht herausfinden können. Doch ich vermute aufgrund der Tatsache, daß es überhaupt erst dorthin gelangte, daß jener kleine Franzose, Alphonse, seine wagemutige Reise heil überstand. Ich habe alles daran gesetzt, ihn ausfindig zu machen, und habe zahlreiche Nachforschungen in Marseille und anderen französischen Städten veranlaßt, mit dem Ziel, etwas über seinen Verbleib zu erfahren. Bisher jedoch war meinen Bemühungen nicht der geringste Erfolg beschieden. Möglicherweise ist er tot, und ein anderer gab das Paket auf; vielleicht ist er auch längst glücklich mit seiner Annette verheiratet und zieht es vor, aus Angst vor dem Arm des Gesetzes incognito zu bleiben. Ich weiß es nicht. Ich habe jedoch noch immer nicht die Hoffnung aufgegeben, ihn eines Tages zu finden, aber ich muß gestehen, daß sie von Tag zu Tag geringer wird. Was mir meine Suche so überaus schwer macht, ist die Tatsache, daß Mr. Quatermain an keiner Stelle der Geschichte seinen Nachnamen erwähnt. Er wird immer nur ›Alphonse‹ genannt, und es gibt so schrecklich viele Alphonses in Marseille. Die Briefe, die mein Bruder zusammen mit dem Paket abschickte, sind niemals eingetroffen. Ich nehme daher an, daß sie verlorengingen oder vernichtet worden sind.

George Curtis

NACHWORT

Der Zauberer des Zululandes

Sir Henry Rider Haggard (22.6.1856 Bradenham Hall/Norfolk – 14.5.1925 London) ist einer jener Autoren von Abenteuerromanen, weder literarisch völlig unangefochten noch gänzlich zur Trivialliteratur zu rechnen, an denen die englischsprachige Literatur so reich ist. Er ist vor allem ein Geschichtenerzähler von schier unerschöpflicher Fantasie, ohne allzu große literarische Ambitionen. Zu Lebzeiten war Haggard einer der erfolgreichsten Autoren der Welt (in England verkaufte sich nur Kipling noch besser), und wenn seine Popularität nach seinem Tode auch rapid absank, so wird er doch nach wie vor gelesen. In den Jahrzehnten um die Wende vom 19. zum 20. Jahrhundert, als der Imperialismus seinem Höhepunkt zustrebte, hat Haggard sozusagen jene Gegenden Afrikas, deren letzte Reste die europäischen Mächte eben unter sich aufteilten, auch literarisch in Besitz genommen; in Romanen, in denen sich malerische Abenteuer mit Elementen des Okkulten, aber auch mit einem Schuß des Entwurfes idealer Wesen vermischen, die den sogenannten Wilden zuweilen sogar jene Gerechtigkeit zumindest literarisch zuteil werden lassen, die ihnen die weißen Herren politisch so oft verweigerten.

Henry Rider Haggard wurde am 22. Juni 1856 als achtes von zehn Kindern eines eigensinnigen englischen Landedelmannes geboren. Sein Vater hatte ein polterndes, prosaisches Wesen, während die Mutter eine sanfte, zurückhaltende Frau war. Die Haggards führten ein aktives Leben, das von den Notwendigkeiten des täglichen Daseins bestimmt war, nicht von geistigen Dingen, obwohl der Vater ein gebildeter Mensch war und die Mutter sogar selbst Gedichte schrieb.

Der junge Henry Rider Haggard las nicht viel, seine Lieblingsbücher waren der *Robinson Crusoe, Tausendundeine Nacht* und *Die drei Musketiere,* aber er zog es zeitlebens vor, Erfahrungen lieber im Leben zu sammeln, als sie aus Büchern zu beziehen. Er war ein schwieriges Kind, und die Familie hielt ihn für dumm; er lernte nicht leicht, merkte sich nur, was ihn interessierte, und dazu gehörten keinesfalls die Mathematik. Als einziger von den Söhnen hatte er keine höhere Schulbildung, sondern besuchte nur die Grammar School und wurde eine Zeitlang auch privat unterrichtet. Er hatte das Glück, in dem Geistlichen H. J. Graham einen verständnisvollen Lehrer zu finden, so daß diese Jahre zu den schönsten Erinnerungen seines Lebens gehören.

In der Gegend gab es einen jungen Bauern namens William Quatermain, mit dem Haggard gut Freund wurde. Den Namen Quatermain verewigte er später in der Gestalt seines wohl berühmtesten Helden Allan Quatermain, der in insgesamt 18 Büchern in Erscheinung trat. Noch ein anderer berühmter Name in seinen Büchern geht auf seine Jugendtage zurück: She-Who-Must-Be-Obeyed. Das war eine besonders scheußliche Puppe mit böse grinsendem Gesicht, die ein Kindermädchen, das die Furcht Haggards vor dieser Puppe rasch erkannt hatte, dazu benützte, sich durch seine Angst Gehorsam zu erzwingen. Sie ist bekanntlich Haggards berühmte Frauengestalt Ayesha aus der Tetralogie *She. A History of Adventure* (1887), *Ayesha: The Return of She* (1905), *She and Allan* (1921) und *Wisdom's Daughter: The Life and Love Story of She-Who-Must-Be-Obeyed* (1923).

Die starke Fantasie des Knaben zeigte sich schon damals, nicht zuletzt in seinen Schulaufsätzen; er war auch damals schon ein guter Schütze. Diese Erziehung dauerte bis zum Alter von 17 Jahren; dann setzte sich sein Vater in den Kopf, den Sohn die diplomatische Laufbahn einschlagen zu lassen und ihn für die Aufnahmeprüfung in den auswärtigen Dienst vorzubereiten. Damals kam Haggard auch mit spiritistischen Zirkeln in Berührung, ein Einfluß, der ihn zeit seines Lebens nicht mehr losließ. Er nahm auch an Seancen teil, fragte sich aber, ob alles bloß Illusion oder Wirklichkeit gewesen sei. Haggard glaubte indes fest an die Kommunikation der individuellen, noch auf Erden weilenden Seele mit den Seelen der Verstorbenen, und Reinkarnation und Metempsychose bilden einen Zug vieler seiner Erzählungen.

Aus der diplomatischen Laufbahn indessen wurde nichts, denn in einem plötzlichen Sinneswandel schickte ihn der Vater, als er hörte, daß einer seiner Freunde zum Gouverneur von Natal ernannt worden war, mit diesem nach Südafrika. Als Privatsekretär dieses Mannes und später als Gerichtsbeamter in Pretoria hatte Haggard Gelegenheit, entscheidende Ereignisse in der Geschichte Südafrikas unmittelbar kennenzulernen. Im Kampf mit den eingeborenen Basutos und Zulus und ständigem Rückzug vor der Ausbreitung der englischen Macht waren die Buren entschlossen, sich ihre Unabhängigkeit zu bewahren und den englischen Vorstellungen von Recht und Ordnung auszuweichen. 1877 wurde der burische Transvaal annektiert, ohne daß dadurch eine Beruhigung der gespannten Lage eingetreten wäre. Einerseits drohten ständig Aufstände der mit der englischen Herrschaft unzufriedenen Buren, andererseits konnten die Zuluarmeen Cetywayos jederzeit losschlagen, denn es war Sitte, daß die jungen Zulu-Krieger erst heiraten durften, nachdem sie ihre Speere in das Blut ihrer Feinde getaucht hatten. Nach einem englischen Ultimatum an die Zulus, das unbeantwortet blieb, wurden Truppen ins Zululand geschickt und im Januar wurde eine über 1000 Mann starke britische Streitmacht bei Isandhlwana völlig aufgerieben. Die Engländer blieben schließlich siegreich, aber der Eindruck der Niederlage blieb unauslöschlich, auch wenn die Buren zu lange zögerten, um die angestrebte Unabhängigkeit wiederzugewinnen. Haggard, der sich in der Krise ausgezeichnet hatte, hätte eine glänzende Laufbahn vor sich gehabt. Statt dessen gab er seinen Regierungsposten plötzlich auf, verließ Pretoria und ließ sich im Natal als Straußenfarmer nieder. Ein Grund dafür mochte eine unglückliche Liebesgeschichte mit einer englischen Schönheit sein, die er schon vor seiner Abreise nach Afrika kennengelernt hatte und heiraten wollte. Als Haggards Vater erfuhr, daß sein Sohn von seinem Posten nach Europa zurückkehren wollte, um sie zu heiraten, verbot er es ihm in einem heftigen Brief. Haggard blieb, obwohl er sein Gepäck bereits aufgegeben hatte, und bald darauf gab ihm die Dame den Laufpaß. Diese schwächliche Entscheidung bereute der Autor sein Leben lang und diese Enttäuschung mag mit ein Grund sein, warum er so oft von wahrer Liebe schreibt, sogar über die Jahrhunderte hinweg.

Haggard begab sich aber nicht gleich zu seiner Farm, sondern kehrte zunächst nach England zurück, wo er bald, gegen den Widerstand ihres Vormundes, eine reiche Erbin aus einer Offiziersfamilie heiratete: eine brave, ein wenig fantasielose Frau, die sich für seine Bücher überhaupt nicht interessierte. In der Zwischenzeit hielten die Unruhen unter den Buren an, die schließlich offen zu den Waffen griffen und mehrere Gefechte gegen die Engländer gewannen. Bei Majuba Hill fielen viele von Haggards engsten Freunden in Südafrika. Ungeachtet der Kämpfe gingen die Verhandlungen weiter, und 1881 wurde den Buren unter Krüger die Autonomie gewährt. Haggard, der die britischen Konzessionen für einen politischen Fehler hielt, erkannte, daß er in Südafrika keine Zukunft mehr hatte, und kehrte nach England zurück, wo das Ehepaar zunächst vom Vermögen der Frau lebte, während Haggard Jurisprudenz studierte.

Die Ereignisse in Südafrika waren zweifellos die entscheidenden Erlebnisse in Haggards Leben; dort mußte er sich bewähren, dort gewann er innere Sicherheit und dort lernte er die Verhältnisse aus eigener Anschauung kennen. Er lauschte den Erzählungen der weißen Jäger und der Zulus und lernte die Zulus und ihre kriegerische Kultur zu bewundern, während die Halsstarrigkeit und Ungehobeltheit der Buren, ihre Mißachtung der Eingeborenen, seinen Abscheu erregten. Schon damals schrieb er kleine Skizzen über die Gebräuche und Sitten der Zulus für englische Zeitungen, z.B. eine lebendige Reportage über einen Kriegstanz der Zulus. Sein erstes Buch überhaupt, erschienen zu einer Zeit, als ganz England das lästige Burenvolk vergessen wollte, ist eine datenreiche und weitgehend objektive Darstellung der jüngsten Geschichte Transvaals und Natals, *Cetywayo and His White Neighbours* (1882). Zwei unmittelbar darauf folgende unmäßig komplizierte und nichtfantastische Melodramen *Dawn* (1884) und *The Witch's Head* (1885) erregten wenig Aufmerksamkeit und scheinen von Haggard nur aus Langeweile verfaßt worden zu sein. Der Durchbruch kam erst mit *King Solomon's Mines* (1885), einem der berühmtesten Abenteuerromane des 19. Jahrhunderts. Dieses ungewöhnlich erfolgreiche Buch entsprang einer Wette mit einem von Haggards Brüdern, der behauptet hatte, Henry Rider könne nichts schreiben, was auch nur halb so gut sei wie Stevensons *Schatzinsel,* die damals Tagesgespräch in England war. Haggard nahm ihn beim Wort und schrieb in sechs Wochen *King Solomon's Mines.* Dieses Buch begründete auch Haggards eigenen Reichtum, was dem Ratschlag eines anonymen Schreibers im Vorzimmer seines Verlegers zu verdanken ist. Vor die Wahl zwischen einer Pauschale von hundert Pfund (damals ein achtbarer Betrag) oder Tantiemen gestellt, hatte sich Haggard bereits für die sichere Pauschale entschieden, als er, dem Rat des Vorzimmerschreibers folgend, seine Meinung änderte. Der Verleger war zwar verärgert, holte aber den neuen Vertrag. Das Buch wurde über Nacht ein Bestseller und war seit dem Erscheinen nie vergriffen. Der Roman ist die Geschichte einer aufregenden Schatzsuche in Afrika, ein farbiger und abenteuerlicher Expeditionsbericht, in dem Haggard seine Talente bei der Schilderung primitiver Volksstämme und pittoresker Eingeborener voll entfaltete, im besonderen der Kukuanas, eines Zulustammes, der von dem einäugigen Riesen Twala regiert wird. Zu den bemerkenswertesten Charakteren des Buches gehört die verschrumpelte alte Hexe Gagool und ein riesiger Eingeborener namens Umbopas, der die Schatzsucher auf ihrer Expedition nach dem legendären Schatz des Königs Salomon ohne Bezahlung begleitet, und von dem sich herausstellt, daß er der legitime König der Kakuanas ist. Die Schlacht zwischen dem Usurpator Twala und den Anhängern Umbopas ist eines jener episch geschilderten Gemetzel, wie sie bei Haggard in fast jedem Buch vorkommen. Im *Allan Quatermain* etwa gibt es den Kampf gegen die Massai bei der Missionsstation, bei der Quatermain, Sir Henry Curtis, Umslopogaas und Gefährten an die 2000 Gegner erschlagen, und natürlich die Entscheidungsschlacht zwischen den beiden Königinnen und das letzte Gefecht um den Palast, bei dem Allan Quatermain tödlich verwundet wird. (Aber als Erzähler erst stirbt, nachdem er, wie es sich gehört, die Geschichte abgeschlossen und das Manuskript einem Boten mitgegeben hat.) In *King Solomon's Mines* führt Haggards bereits die Charaktere ein, auf die er später oftmals zurückgriff: den alten, skeptischen Elefantenjäger Allan Quatermain, Sir Henry Curtis, einen großgewachsenen, blonden Gentlemanabenteurer, und Sir John Good, die Karikatur des eitlen und pedantisch auf die Etikette der Kleidung bedachten pensionierten Seeoffiziers, der selbst im dichtesten Dschungel seine Paradeuniform im Koffer hat. Zu den eindringlichsten Bildern von *King Solomon's Mines* gehört sicher jener riesige Felsendom, in dem die durch Kieselsäure zu Tropfsteinen erstarrten toten Zulu-Könige sitzen; als die Abenteurer eintreffen, ist Twala schon an seinem Platz, den Kopf zwischen den Füßen. *King Solomon's Mines* war von Anfang an ein ungeheurer Erfolg, und wurde möglicherweise nur von *She. A History of Adventure* (1887) übertroffen. Zu den Bewunderern des Buches zählt Graham Greene, der in seiner Autobiographie *Eine Art Leben* schrieb: »Mein Lieblingsroman war natürlich *King Salomon's Mines,* doch was Quatermain später an Abenteuern erlebte, fand ich langweilig. Ich verliebte mich heftig in Nada, die Lilie, und bewunderte Chaka, den großen Zulukönig, wegen seiner Grausamkeit.«

Zu den größten Bewunderern von *Sie (She)* wiederum gehört Henry Miller, der in *Books in My Life* überschwenglich behauptete, verglichen mit Ayesha sei die schöne Helena nichts als ein bleicher Mond; und der Psychologe C. G. Jung hat sie als klassisches Beispiel für die *anima,* das Ewig Weibliche, interpretiert; sie vereinigt in sich unübertroffene Schönheit, ewige Jugend und uralte Weisheit. Sie ist die Traumfrau, die zugrundegehen muß, wenn sie mit der harten Wirklichkeit in Berührung kommt. Ayesha oder Sie haust als unsterbliche weibliche Göttin über ein Volk von Schwarzen in der Felsenstadt Kôr. Im Ägypten des Altertums hatte Ayesha einst Kallikrates, einen eidbrüchigen Priester der Isis, geliebt und getötet, der mit der Prinzessin Amenartas aus seinem Lande geflohen war. Amenartas jedoch war ihr entkommen und hatte einen Sohn geboren, und von ihm stammt Leo Vincey, der Held der Geschichte, ein moderner Engländer, ab. Zusammen mit Leo Holly, dem Freund seines Vaters, bricht Vincey nach Afrika auf, wo sich das Drama verschmähter Liebe nach zweitausend Jahren wiederholt, wenn auch abgewandelt. Eine Reinkarnation der Amenartas, eine Eingeborene, die sich in Vincey verliebt hatte, wird von Ayesha getötet; denn Ayesha hatte die ganze Zeit auf die Wiederkehr des Kallikrates gewartet, und Leo Vincey ist ihm wie aus dem Gesicht geschnitten. Leo Vincey verfällt dem Zauber Ayeshas, die ihren Geliebten ebenfalls unsterblich machen will. Er zögert jedoch vor der lebensspendenden Flammensäule; um ihn zu beruhigen, geht Ayesha voran, aber bei der neuerlichen Berührung der Flamme schrumpft sie zu einem verrunzelten Knochenskelett zusammen und zerfällt schließlich zu Asche.

18 Jahre später, 1905, kehrt Ayesha in *Ayesha: The Return of She* in einer neuerlichen Inkarnation zurück, diesmal irgendwo in der Gegend von Tibet, und Amenartas ist zu der schönen Atene geworden; und wiederum rivalisieren die beiden um die Liebe Vinceys. Die Flamme, die ihren vorherigen Körper vernichtet hat, hat Ayeshas neuen Körper verunstaltet; als sie jedoch, von Atene herausgefordert, ihren häßlichen Körper vor Vincey enthüllt, erlangt sie durch dieses Opfer ihre übernatürliche Schönheit. Und wiederum kommt es zum Drama, denn sie ist übermenschlich, und Vincey stirbt in ihrer Umarmung. Irdisches Glück finden Haggards Helden nur im Kampf, aber nicht in der Liebe, und seine Gestalten sind dazu verurteilt, in immer neuen Inkarnationen einem platonischen Ideal vergebens nachzujagen. Erfüllung gibt es nur im Jenseits.

In *She and Allan* (1921), einer weiteren afrikanischen Abenteuergeschichte, treffen Haggards bekannteste Abenteurergestalten zusammen, und Sie verrät einiges über ihre Abstammung. Quatermain und seine Gefährten halten Ayesha für eine Hexe und sind nicht so von ihr beeindruckt wie Leo Vincey oder Henry Miller.

In *Wisdom's Daughter* (1923), dem letzten Roman des Quartetts, erzählt Ayesha schließlich die Geschichte ihrer ersten Inkarnation: sie ist die Tochter der Isis und verkörpert wie sie das weibliche

Prinzip in der Natur. Unzweifelhaft ist Ayesha ein mächtiges Symbol, und darin liegt die frappierende Wirkung und Faszination der Gestalt; als menschliche Persönlichkeit aber ist sie höchst uninteressant, und je mehr sie von sich kundtut, desto uninteressanter wird sie.

Neben *King Salomon's Mines* und *She* ist *Allan Quatermain* (1887) Haggards vielleicht bekanntestes und bestes Buch und in gewisser Hinsicht sein folgenschwerstes. Es ist erneut eine Erzählung von unerhörten Entdeckungen in Afrika, enthält aber überhaupt keine übernatürlichen Elemente, sondern gehört zu einer Untergattung der Fantasy bzw. Science Fiction, die im englischen Sprachraum als ›lost race‹ bezeichnet wird: eine Geschichte von einer im Verborgenen blühenden, von der Umwelt abgeschnittenen menschlichen Gemeinschaft. In *Allan Quatermain* leben in einem ausgedehnten, von Felsen umschlossenen Hochtal im Herzen Afrikas Nachfahren der alten Perser. Die Abenteurer gelangen dorthin nach einer alptraumhaften Bootsfahrt durch einen unterirdischen Flußlauf. Zu den bemerkenswertesten Ereignissen gehört eine aus dem Boden schießende Flammensäule aus Erdgas, ähnlich der in *Sie* (aber ohne okkulte Auswirkungen). In einer Felsenstadt mit grandioser Architektur und in den Landstrichen der Umgebung lebt ein hellhäutiges, kriegerisches Volk mit einer mächtigen Priesterkaste, regiert von zwei Königinnen, der blonden Nylephta und ihrer Schwester, der dunkelhaarigen Sorais. Beide verlieben sich in Sir Henry Curtis, was zu Intrigen und kriegerischen Auseinandersetzungen führt, zumal die Abenteurer unklugerweise gleich bei ihrer Ankunft eine Demonstration der Stärke veranstalten, indem sie einige harmlose Flußpferde erschießen – was die Priesterkaste gegen sie aufbringt, denn diese Tiere sind heilig. Ein solcher Konflikt ist ein beliebtes Motiv vieler fantastischer Romane. Das alles führt unweigerlich zu einer Entscheidungsschlacht, bei der der alte Zulu-Haudegen Umslopogaas den Tod findet und Allan Quatermain schon im zweiten Roman des Zyklus tödlich verwundet wird; die späteren Bücher, in der diese Gestalt auftritt, haben sodann seine Lebensgeschichte mit Abenteuern ausgefüllt, ohne daß es eine widerspruchsfreie Chronologie gäbe.

Die meisten von Haggards Büchern spielen in Afrika, das er am besten kannte, und einige glorifizieren die Zulus und ihre Kriegsorganisation. Sie sind voll vom Geschrei anstürmender Impis und erbitterten, blutigen Schlachten. Das beste der Bücher über die Zulus, wenn auch eines der blutigsten und grausamsten, ist unzweifelhaft *Nada the Lily* (1912). Es ist ein Buch von kriegerischer Grandiosität, das sich zuweilen zu mythischer Erhabenheit aufschwingt. Es erzählt die Geschichte Umslopogaas, des ›Schlächters‹, wie er in seiner Jugend mit den Wölfen (eigentlich Hyänen) jagte – Szenen, die Kipling stark beeinflußt haben –, wie er zum Häuptling des Stammes der Axt aufstieg, wie er von seiner eigenen Frau verraten wurde, wie er sich rächte und zum Flüchtling wurde. Und diese dramatische Geschichte entfaltet sich vor dem historischen Hintergrund des Aufstiegs und Falles des Zulu-Napoleon Chaka, der zu Anfang des 19. Jahrhunderts die Militärmacht der Zulus erschuf und der in seiner kurzen, aber stürmischen Karriere den Tod von mehr als einer Million Menschen verursacht haben soll. Er führte den Assegai als einheitliche Waffe ein, gliederte seine Armee in straff geführte und fanatisch gehorchende Regimenter und machte aus ihr ein Präzisionsinstrument der Vernichtung, das für letztlich sinnlose Eroberungen und Vernichtungsorgien eingesetzt wurde. Einmal hat er ein ganzes Regiment in eine Schlucht springen lassen, nur um den Gehorsam seiner Soldaten zu erproben. Chaka war ein genialer Stratege, aber ein völlig skrupelloser und krankhaft mißtrauischer Mensch, der schließlich von seinem Bruder Dingaan ermordet wurde – und Dingaan selbst wurde wiederum von Panda mit Hilfe einer Burenarmee gestürzt.

Man hat Haggard zuweilen Rassismus vorgeworfen, was kaum zutrifft. Er war natürlich ein typischer englischer Imperialist, das heißt, es war für ihn gar keine Frage, daß es die göttliche Bestimmung Englands sei, den afrikanischen Völkern die Segnungen seiner Regierung zu bringen, aber sein Werk ist frei von Verachtung oder Herablassung gegenüber den ›Wilden‹. Er interessierte sich für ihre Kultur und verherrlichte selbst die grausamen Seiten ihrer Gebräuche. In *Nada the Lily* hat er einen Roman geschrieben, den man als die Nibelungensage der Zulus bezeichnen könnte und der die gleiche Überzeugungskraft und Würde hat wie ein genuiner Mythos. Und Umslopogaas, in dem das Blut Chakas fließt, ist mindestens eine so interessante Gestalt wie Allan Quatermain selbst; mit seiner unfehlbar geschwungenen Streitaxt Inkosi-kaas ist er die Verkörperung des heldischen Zulus, der seine höchste Erfüllung im Kampf um des Kampfes willen findet.

Haggards Vorbild sind viele Autoren gefolgt, man denke nur an die fantastischen Romane Abraham Merritts oder die Tarzan-Bücher des Edgar Rice Burroughs, in denen ständig in Afrika neue verborgene Zivilisationen entdeckt werden. Diese Autoren schreiben aber alle viel primitiver. Einzig Talbot Mundy (1879–1940) verfaßte Abenteuerromane mit okkultem Einschlag, die denen Haggards nahekommen und sie in gewisser Hinsicht zuweilen sogar übertreffen.

Insgesamt schrieb Haggard 58 Romane und Erzählungsbände; daneben einige Bücher über die Landwirtschaft und ähnliches, wofür er sich interessierte. Er arbeitete an verschiedenen Kommissionen mit, und seine Sachbücher erhielten die Anerkennung der Fachleute. Doch das, woran ihm am meisten lag, eine anerkannte Position im öffentlichen Leben, wurde ihm nicht zuteil, während er durch seine Romane, die ihm selbst nicht besonders wichtig waren, berühmt wurde. Seine Bücher sind deshalb auch keine Meisterwerke der Prosa, sein Stil ist oft nachlässig, und die Fabeln wiederholen sich; aber er ist fast immer ein fabelhafter Geschichtenerzähler, der den Leser in seinen Bann zieht, ob er jetzt von Afrika schreibt oder von anderen exotischen Gegenden und fernen Zeiten: dem Mexiko zur Zeit des Cortes (*Montezuma's Daughter,* 1893), dem 10. Jahrhundert der Wikinger (*Eric Brighteyes,* 1891), dem alten Ägypten (*Cleopatra,* 1889) oder von Byzanz und dem Ägypten Harun-al-Raschids (*The Wanderer's Necklace,* 1914). In den meisten seiner Geschichten gibt es übernatürliche Elemente, und Haggard war der Überzeugung nach Spiritualist. Doch sind seine okkulten Einschübe gerade dann am langweiligsten, wenn er sie zu systematisieren suchte. Haggard war kaum ein philosophischer Kopf, der Glaube an ein Fortleben nach dem Tode und das spiritualistische Universum sind in seinem Werk sicher nicht zentral und die erzählerischen Einzelheiten seiner Romane, die Ereignisse selbst, sind zumeist weit interessanter als die Gesamtbedeutung der Bücher. Die romantischen Liebesaffären verblassen gegenüber den Schlachtszenen und Abenteuern, und seine verliebten Frauengestalten, ob jetzt Königinnen oder gewöhnliche Sterbliche, reden zumeist sehr papieren. Das Übernatürliche ist weniger eine Überzeugung als ein Element, das sich zwanglos aus den Vorstellungen und Ansichten der Wilden ergibt, die Haggard mit so viel Einfühlungsvermögen und Anteilnahme schildert. Es verleiht den Abenteuern zusätzlich eine mythische Dimension und steigert das Wunderbare und Erstaunliche.

Merkwürdigerweise hat Henry Rider Haggard in Deutschland nie ein sonderliches Echo gefunden, nicht einmal bei jugendlichen

Lesern. Von *King Solomon's Mines* gibt es immerhin drei deutsche Ausgaben, die vor einigen Jahren im Diogenes-Verlag erschienene Neuausgabe eingerechnet. Die erste Übersetzung erschien schon wenige Jahre nach der englischen Ausgabe, nämlich 1888 (*König Salomo's Schatzkammer,* München: Th. Stroofer). Eine Neuausgabe erschien 1910 im selben Verlag unter dem Titel *Diamantminen von Afrika.* Dreimal herausgekommen ist auch *She,* zuerst als *Sie* (Jena: H. Costenoble, 1911), dann erneut als *Die Herrin des Todes* (Berlin: Verlag Die Brücke, 1926); jetzt gibt es ein Diogenes Taschenbuch (*Sie,* 1976). Drei Ausgaben sind für so erfolgreiche Bücher recht wenig. Abgesehen von vier nicht-fantastischen Romanen, nämlich *Eine neue Judith* (1887; *Ioss*), *Oberst Quaritch* (1891; *Colonel Quaritch*), *Beatrice* (1892; *Beatrice*), *Die schöne Margarete* (1912; *Fair Margaret*), erschienen noch folgende fantastische Bücher in deutscher Übersetzung, die alle sehr selten sind: *The Ivory Child* (*Das Elfenbeinkind,* Berlin: Safari-Verlag, 1925; Berlin: J. Singer, 1927), *Cleopatra* (zuerst unter dem Titel *Kleopatra,* Stuttgart: Deutsche Verlagsanstalt; erneut 1897 als *Harmachis, der letzte göttliche Pharao als Verräter seines Volkes,* Leipzig: Buchhandlung Gebr. Fändrich, 1925), *The Holy Flower* (*Die heilige Blume,* Berlin: Safari-Verlag, 1925; Berlin: J. Singer, 1927), *The Heart of the World* (*Das Herz der Welt,* Berlin: Vita-Verlag, 1898), *Heu-Heu; or the Monster* (*Heu-Heu,* Wien, Leipzig, Lübeck: Stein Verlag, 1925), *Allan's Wife* (*Der Zauberer im Sululande,* Freiburg i. Br.: Fehsenfeld, 1897; Berlin: Ullstein, 1930) und schließlich *Allan Quatermain* (*Das unerforschte Land,* Freiburg i. Breisgau: Fehsenfeld, 1896, 1912 und 1927). Es ist zu hoffen, daß vorliegende Neuausgabe von *Allan Quatermain* das Interesse an Henry Rider Haggard beleben wird.

Franz Rottensteiner